U0918894

启点才赋

肖方浩 著

中国电影出版社

图书在版编目（CIP）数据

启点才赋 / 肖方浩著. -- 北京 : 中国电影出版社,
2018.6 （2023.7重印）
ISBN 978-7-106-04953-9

Ⅰ. ①启… Ⅱ. ①肖… Ⅲ. ①长篇小说—中国—当代
Ⅳ. ① I247.5

中国版本图书馆 CIP 数据核字（2018）第 140352 号

责任编辑：纵华跃
封面设计：黄佳影
版式设计：刘小利
责任校对：汪丽容
责任印制：孙　杉

启点才赋
肖方浩　著

出版发行　中国电影出版社（北京北三环东路 22 号）　邮编　100013
电话：64296664（总编室）　64216278（发行部）
64296742（读者服务部）
E-mail:cfpygb@126.com
经　　销　新华书店
印　　刷　成都市兴雅致印务有限责任公司
版　　次　2018 年 6 月第 1 版　2023 年 7 月第 3 次印刷
规　　格　成品尺寸 /165×240 毫米　16 开
印张 /21　字数 /392 千字
书　　号　ISBN 978-7-106-04953-9/I・1241
定　　价　59.80 元

序　一

肖方浩老师的新著《启点才赋》历时三年，九易其稿，它既是肖老师十几年人力资源管理经验的总结，也是他多年来研究的成果。

在《启点才赋》一书中，他花了很大的篇幅以小说的形式来描述职场上职业经理人之间、职业经理人与企业家之间、企业家之间的方方面面，改革开放近四十年来，中国的内资企业正逐渐壮大，部分先期进入中国的外资企业有些不能适应中国本土的发展，已经正在退出中国市场，而本土企业正在逐渐走向世界舞台。

如今，全球经济快速发展，随着“一带一路”经济发展战略的逐步推行，以中亚地区为中转站，将中国和欧盟国家联系起来的丝绸之路经济带，将大幅度推动参与者相互间的全方位合作与交流。届时，在中国以及国际市场上对于那些具有专业特长、综合素养的全面型高级人才会产生极其广大的需求，简而言之，“一带一路”背景之下，多面性综合人才将会产生供不应求的状况。

未来，市场上的稀缺资源不再是资本，也不是马云所讲的新资源——即大数据，而是优秀的跨界人才，从中我们可以看到，现代企业需要优秀人才，优秀人的事业合伙人。

书中大量的职场故事证明，企业要想汇聚一大批极富价值和创造力的员工，必须通过系统培训来提高员工的自我管理和知识技能，以此来最大限度提高组织效率，这是企业保持竞争优势和吸引员工，保证员工个人职业生涯得到发展的重要手段。

本人阅读肖老师此书感受颇深，也衷心希望广大读者能在此书中收获所需。

是为序。

陈彪

序　二

2003年，我和肖方浩就坐在一个僻静的马路边上谈人生。今天整理出来，算是对青春往事的一段回忆。肖方浩说，谈到人生，就避不开爱情。常常听见有人说，想找一个什么样的恋人。可是当问到他自己想成为一个什么样的人的时候，却像是从来没有思考过这个问题一样，答不上来。如果你连自己想成为一个什么样的人都不清楚，你又何以能够要求别人活成你幻想的那个样子？

就在两个月前，肖方浩跟我说，他创立了一个叫作启点才赋的学说。他问我这个名字取得怎么样。我说这很符合你的职业理想，你希望可以帮助更多的人，活成自己喜欢的那个样子。

可是要怎样才能够活成自己喜欢的那个样子？肖方浩说，自我意识的觉醒是每一个人不辜负生命和天赋的必然途径。这里所讲的自我意识的觉醒，不等同于简单的对自我存在的感知，而是在通往才赋的路上，有意识地去思考自己想成为一个什么样的人！

只有目标是清晰的，才能够得到真实的！如果目标是模糊的，得到的当然只能是抽象的幻影！

宋尚照

目录

CONTENTS

第一回　春水横流

佛讲五蕴皆空，指形象、情欲、意念、行为、心灵皆空，无量虚空，方为大彻大悟。

真经不在语言文字间，法语无为开口即是妄，真空妙语落笔就是假。如老子讲的：道可道，非常道，名可名，非常名，智者不言，言者不智。如道德经的五千言的真意在于无为，道法自然。

话说生产力决定生产关系，生产关系又可以促进生产力的发展。

我们国家在一九七八行改革开放的国策以来，全国上下，从中央到地方，大家解放思想，改变观念，放开手脚，打开我们的欲望、展现我们的勤劳。

整个山河一片生机勃勃景象：农村家庭承包，农民起早贪黑、稻花香、猪牛跑、鸡鸣狗吠；城市经济建设，工人加班赶点、高楼立、厂房盖、机器响、产品下线忙。人们四处流动、走四方、奔沿海，经济发展如春水一样，在华夏的大地汹涌横流，人们的生活来来往往赛小康。

发展才是硬道理！知识改变命运！

二〇〇三年，东莞，一座紧毗深圳繁华小镇。

虽是五月的天气，可外面炽热的阳光也是焦烤着大地。

因为非典病疫传播的严重性，政府出规定：学校停课、社会上各种大型的集会取消，工厂员工一律减少外出，员工每天早上进公司也要量体温，也不招工了。人才市场也不开放了，这样持续都有了两个多月了。据说还要继续进行，这个规定不知什么时候可以结束。

中午一点多钟，“最高发院”发廊门口，一只狗哈着舌头，双眼无力的似闭非闭，理发的老板坐在椅子晃来晃去着身体，双眼眯着打瞌睡，这样的时间里是没有人进来理发的。

可正在这时候，突然进来一位身材瘦削二十多岁年轻人，穿着皱皱巴巴白色衬衣，蓬乱着长头发、双眼无力借着理发店里的镜子，自恋地望着镜子里憔悴的自己，衣服渐脏终不悔。

老板也不理他，这个年轻人他熟悉，晚上有时候来他这里门外坐着，也不说话，就只听别人聊天。

年轻人等了一会儿，问道：“老板，理发多少钱？”

“洗、剪、吹共十五元！”

“单剪呢？”

“五元！”

“哦！”年轻人在嘴里嘟了一声，脸不经意间红了，“我晚上来理！”

说着，趿着凉拖鞋又走了出去。

他是郑鹏，他去年大学毕业之后，在政府工作几个月，不甘心庸庸碌碌一杯茶的日子。春节期间与父亲商量好，辞去了工作。春节后，二月初买了一张没有位置的站票，坐了近四十个小时候绿皮火车，随一位老乡，意气勃勃地从四川来到东莞。

他去了几次人才市场，每次都花十元买了门票，到里面找工作。也有几家公司邀约他去做生产储干，但他没有去。因为他听说过：所谓的生产储干就是与生产普通工人做同样的活，每天都做一样的工作，人如机器一样。那个与他一起出来做建筑工的老乡说：做工厂生产流水线，是人进去，猪一样出来，做久了，只记得自己的工号，而不记得自己的名字，人都变傻了！

东莞制造名城，遍地是工厂啊，郑鹏想凭着自己大学毕业的文化，至少也要进写字楼，干净明亮办公环境，而且是一种很时尚的感触。可是没过多久，三月份开始，人才市场关门了，网吧也关门了！他每天只能蜗居在那个狭小出租房里，把带的《史记》《方与圆》《演讲与口才》都读遍了。

他身上带的钱，今天上午又交了二百元房租，还剩五十多元了，他现在每天吃点饭都有些困难了，一个西红柿都分成两半，每顿煮面条分开吃，以调节自己的口味。

今早上起床之时，自己放在门口唯一的一双皮鞋也没有了，应是被人偷走了！

郑鹏一个人，拖着长长的身影，无力地走在大街上。

昨天晚上，父亲还打电话问他的工作如何？他从念高中之时，就学会了向家里面报喜不报忧。

郑鹏拿着手里的波导牌手机无力的摇来晃去。

波导手机，手机中的战斗机！郑鹏此时却一点战斗力都没有了，这是父亲在他出来之时，花了一千五百元在家乡的小县城买的。

他来到一个收购二手手机店。“老板，你看这个手机值多少钱？”

老板懒洋洋地看了一眼，回道：“一百五十元。”

“多少元？”郑鹏不相信自己耳朵。

“一百五十元！”老板提高了声音。

“你不是高价收购二手手机吗？”郑鹏那无神的眼睛也发出了声音！

“像你们这种来路不明的手机，是不好卖的！你在其地方，别人最多给你一百元！”

郑鹏涨红了脖子，气呼呼地看了一眼尖嘴猴腮的老板。扭头一摔自己头发，就气呼呼地走出二手手机收购店。这个手机这么新，至少也可以卖五百元。

他站在树下，用力狠狠地踢了一下那棵为自己遮阴的老榕树，却自己“哎哟”一声的大叫了起来。拖鞋歪在一边的嘲笑着他。

他真的已快弹尽粮绝，身上仅余五十多元钱。他想起了父亲那黑黑脸庞曾说的话：有钱就是男子汉，没钱就是汉子难！

难道老天真要绝我郑鹏，当然还有一个办法，就是张口告诉父亲现在实际处境！

不行！不行，一个声音在心里跳了出来。

郑鹏瘸着脚，重新穿上嘲笑他的拖鞋，漫无目的地在大街上走着，任炽热太阳光火辣地照射着自己。

他很想把这唯一的拖鞋脱下来，扔到对面的那香喷喷的包子铺里去，那些包子也在挤眉弄眼看着自己！他正这样胡思乱想着，“咚”一的下，全身心似乎角电一样！

“你眼睛挂高点，在做什么！”郑鹏这时回过神来！

“是你！兵哥！”

“是你，郑鹏！你老爹昨晚给我打电话了，说你在电话里的语气不好，叫我今天来看你下！我刚好下午工地上停工，就过来了！”

郑鹏没好气所说道：“你没跟我爸说我的情况吧！”

“没有！你这样人就是好面子！”这个身着脏灰劳工服，却满脸精神看着郑鹏。

“兵哥，不是的，你不懂我！”

“好！好！我不懂你，你一个人大热天的在路上干吗！”

郑鹏简单说了下自己皮鞋昨晚被别人偷了，正准备买鞋去！但身上带的钱又不多了，买了鞋子，连吃的都没有了，现在又不知道何时才能找到工作。

“我有一个建议，这个非典病流行很严重，这个禁严令不知什么时候能解除！你几个月不工作也不是办法，人最怕闲下来无事可做！”

“兵哥，我现在就想找个有住的地方，并可以吃饭喝水，不被查暂住证就好了！”郑鹏嘟嘟囔囔地低声回道。

兵哥也叹了一口气，说道：“你看这样行不？我打电话问我们工地是否招小工，你先干着吧！”

兵哥打完电话，笑着说：“我们那里招小工，正在为一家公司盖厂房，你可以先去提一下灰桶、搬搬砖，一个月八百元，还管吃住！工头让你下午见下他。”

郑鹏犹豫了几下，最后点了点头，说：“多谢兵哥！”

“不过你现在样子，不能去面试，你需要再到太阳底下，把自己再晒黑点，手与身上抹些灰！你再花十元买双黄胶鞋穿上走！”

郑鹏没有说话，心里默认了！

“我去买一包香，到时好打点下工头。”

阳光还是那么热烘烘的！两人下了公交车，来到工地上，厂房地基已打好了，搅拌水泥的机器轰鸣着黑烟，工人戴着安全帽、黑着脸在工地上跑动着。

“你把眼镜取下来，今后不要戴了！”兵哥说完这话，又抓了一把灰，扑在郑鹏的新买来黄胶鞋上，才走了进去！

工头接过兵哥递过去烟，自己点燃，看了一眼郑鹏。

兵哥满脸堆笑地说道：“这是我表弟，刚从农村出来，胆小、不大方！不过在家插秧干活，很能吃苦的！”说完，把刚才买的那包烟塞进了工头的裤兜里。

工头黑胖的脸上，眼睛眯成一条缝，笑道：“没事的，只要能吃苦，多搬砖提灰，勤快点就好了！明天就过来上班吧！”

郑鹏看见墙边的地缝，满脸通红发烧，恨不得钻进去！

工头又补充道：“干活可要手脚麻利点，别让人认为是我的亲戚，在老板那里说闲话！”

郑鹏弱弱地回答道：“是！是！”

两人出来，太阳偏西了！

“兵哥，我来这里做工之事，不要给我父亲讲！”

“好！好！你明天一早过来，把衣服都带好，注意安全，小心小偷！”

郑鹏下了公交车，来到“最高发院”，花了五元钱，把头发理了一下，郑鹏在镜子里看着自己那哭丧着的脸与剪的坑坑洼洼的平头，这是要断发明志啊！他理完之后逃跑回了出租屋！

先解决生计的吃住问题吧，毕竟明天就要上班了！

给父亲打个电话吧！

手机呢？手机呢？

郑鹏双手在裤里东摸西找，把所有裤兜找都翻了出来。

难道在床上？掀开那团轻轻飘飘的烂棉被，抖了几遍，还是没有。

郑鹏脑袋里面一片空白，他想起来了：从兵哥那里回来，上了三〇二公交车，有一个人在自己身后挤来挤去的，一会就下车了，应是那个下十八层地狱的长头发家伙干的。郑鹏无力地瘫软在那张单人木床上，只有那张草席成了他心里唯一的依靠！

郑鹏被饿醒了，他昨晚没有吃饭！他起床把昨天中午剩下的半个西红柿和一个鸡蛋，和剩下的面条都煮完了，一碗大大的如小山一样的干干的西红柿鸡蛋面，鼓着眼睛看着郑鹏。他不管了，赏赐下自己，今天开始：只有吃饱了，才能知行合一，脱去秀才外表，野蛮地干活！

想着这些又自嘲起来：孟夫子虽然写下了“故天降大任于斯人也，必先苦其心志、劳其筋骨、饿其体肤，空乏其身，行拂乱其所为”，应也没有自己狼狈吧！也许这话是专门针对自己说的吧！

郑鹏收拾好自己那两件皱皱巴巴的衣服，把烂棉被也带好了，小心抚摩着自己的大学毕业证与学位证，放在箱子底下，这可是自己与父母心血的见证。

他再把自己仅余的三十二元钱，拿了二元公交车费出来，余下的三十元都放进内裤里面的小兜里。

想到在工地那里有吃有住，并且喝水也不要钱，郑鹏无奈，但心里却踏实起来！

天才刚亮，郑鹏拖着黑布箱子，来到工地上，找到了大救星兵哥，咕咚咕咚地一口气喝了一杯冷开水，心里才安稳了下来！

就这样，一天干十二个小时，晚上有时还加班，机器喧嚣，厂房建的很快，一个多月过去，郑鹏与工地上工人也熟了起来。手茧已磨破了好几次，身上已经晒黑，并且身板更硬朗与精神起来，也会和大家打笑几句。那个工头看他机灵，学东西很快，还打算收他为徒，帮自己算算材料成本账。

这天傍晚，大家收工了，工人们都提着水桶，开心地站在工地的水管旁冲凉，大家在斜阳余晖中冲刷掉一身疲劳！

郑鹏默默地拿着一本《演讲与口才》，入神地看着！

“站起来！这是我们老板！”郑鹏唰的一下站起来，左手拿杂志藏放在背后。工头大声训斥道道：“这是老板，你们这些年轻人就是不实在，看什么书啊！跟我们一起，学个手艺才是最实在的！”

郑鹏黝黑的前额上渗出了汉珠！脸颊通红，没有说话，只是低着头！

老板过来了，拍了拍他的肩膀，说道：“你是个读书人！好啊！”

“叫什么名字？”

“郑鹏。”

“什么学历？”

“本科。”

说完，一脸忐忑不安的郑鹏低下头，满脸涨得通红！红到了脖子根！

老板嘿嘿地笑了两声，“好！好！”

“你明天去找人事部李主管，让其给你安排下！”

第二天，郑鹏来到他向往很久的办公大楼前，胆怯问了好几个人，才找到人事部李主管。

李主管说道：“你是老板的亲戚，老板把你安排在品质部，做质检工作，这个工作要认识一些英文，你是大学毕业应没问题的！”

就这样，郑鹏在质检部做了大半年，并做到质检主管，然后又做了生产物料管理工作。

在这大半年的时间，他的眼里只有工作，通过工作中学习！老板给他讲一句话：你在学校是拿钱学习，学的知识不一定有用。但在公司里是公司给你开着工资，你是在学习真的有用的本事。

一天晚上，郑鹏送别了李主管，自己又接管了人事部的工作。慢慢地郑鹏已有了办公室人员气质，脸也变得白皙起来，走路风风火火，讲话有条有理，汇报工作很有逻辑性，简洁而明了！

郑鹏一路扬帆，总经理助理，协助老板负责公司运营工作。他做的工作越来越多，老板更信任他了，并让其跟着老板一起陪见客户！他还去过老板的家，老板娘还把自己最小的妹妹介绍给他认识！他与老板家人走近了些。后来老板把核心的工艺技术都交给他管理了。

郑鹏与老板小姨子交往的过程中，从其口中，郑鹏还知道了老板创业过程：老板是湖北人，刚出来也打工，靠自己拼搏赢得了他老板的信任，并掌握生产工艺技术，最后把做颜料的配方也搞了出来，并用岳父支持的钱，办起了现有工厂，现在生意越做越大了。

其实郑鹏不喜欢老板的小姨子，就如老板也不喜欢自己的老婆一样；老板与老婆走在一起是为了生意的需要。郑鹏与其在财务部的小姨子走在一起，是为了打工的需要。

直到有一天，郑鹏为老板招聘秘书，遇到了贞子。

二〇〇四年冬，东莞，一座紧毗深圳繁华小镇，半山酒店！828客房，郑鹏高高的身影在房间来回走着，右手大拇指、食指、中指用力拿捏着高高的红酒杯。杯里的红酒已与贞子一起饮了好几口，还留下一丁点在杯壁间晃来晃去。

他的老板经常带他来这个酒店一起陪客人，享受着灯红酒绿中带来的生意成功与男人英雄豪气的乐趣。听老板讲，东莞有近五十家五星级酒店，真正的超五星级只有两家，他们都占用半座山，环境优美而清静，带着国际一流美女穿梭于酒店各个角落，半山酒店就是这两家之一。

随着郑鹏来酒店次数增加，他心里发誓：一定要有自己的事业。

这时贞子深情款款地来到郑鹏身边，把头埋在郑鹏胸怀里，郑鹏左手扶着贞子腰间，又轻轻喝了一口剩下的红酒，然手慢慢地用左手轻梳理着贞子的拉直的长发！是那样温柔无比。贞子明眸的双眼抬起，深邃明亮眼里含着无限情意！

这个客房有吧台，酒红色落地窗帘与柔和床灯，充谥着浪漫的情怀。

圆圆的玻璃浴缸里洒了些玫瑰花瓣，床上也用花瓣组合成两个“心”字图形，一枝玫瑰花穿在两心之间。

“亲爱的，今天是你二十四岁生日，8月28日，一个一辈子铭记的日子，直到天荒地老！”

“山无棱、江水为竭，天地合，乃敢与君绝！这是我们湘妹子对心爱男人的湘妃刚烈之情！”

郑鹏轻轻吻了一下贞子额头，少年老成地回道：“今天我们爬了一天山，在观音山，在菩萨面前都烧香了，希望佛祖保佑我们成功！”停了一下，又说道：“我们都有点累了，你先去浴缸里泡会，放松下。我等兵哥的电话！”

贞子从郑鹏怀里起来，说道：“我们离开这家公司吧！不能让老板知道我们在一起谈恋爱！”

郑鹏刚毅脸上，嘴角轮廓分明，说道：“是的，老板对你有意，我知道！又对我有恩啊！我也知道！但我们是天造的一对，而且我们也要自己事业啊！”

贞子红红的脸庞，说道：“我只爱我的郑鹏！”

听着贞子在浴缸里轻漾悦耳的水声。

今晚是他奋斗收获的季节，不知兵哥把配方是带否带出了公司？自己的计划是没有任何漏洞！离开公司之后，自己负责工厂生产，兵哥做销售，贞子管财务，自己的事业就开始了！

郑鹏走到窗前，看着窗外闪烁的霓虹灯，这个城市是那样发达，令他们年轻人向往！

郑鹏突然感到一双温柔的双手抱住了自己，一股沁人心脾的女人香直透脑部，一对柔柔的粉香的依在胸前，贞子披着粉红的裕巾。郑鹏心神晃荡，深深吻了下去！很久！很久！只有急促低吟声。

突然电话铃响了，郑鹏与贞子没有听到！

又响了起来，这时郑鹏从窗前沙发上坐起来，说道：“我们成功了！应是兵哥的电话！”

郑鹏正准备去接的时话，电话铃声又断了。两人害羞地对视了一眼，贞子说道：“你先回下电话吧，以免兵哥再打电话过来！”

郑鹏拿起手中的电话，兵哥没有打过来的，第一次是老板打过来的，第二次是一名保安打过来，这名保安是自己招聘进来的！平常有事也照料着他。

郑鹏内心顿感不妙！这时电话又响了起来，还是那名保安，郑鹏接起了电话。

保安的声音很小，“你现在哪里？”

郑鹏回道：“我在外面玩！”

“老板正在四处找你，你能跑多远就跑多远！”保安心情紧张的叮嘱他，然后就把电话挂了。

郑鹏的心跳加速，他本想问下兵哥的情况，但此也无奈何？此时兵哥应在走第二条方案之路，在老板面前很无辜，自己只是文件的传递者……

郑鹏明白自己眼下的处境，跑为上计！

外面寒风凛冽，一对人影坐在出租车里，“你们去哪里？”

两人对望了下，郑鹏说道：“东莞市区！”

常平火车站旁，一个不起眼小宾馆里，郑鹏已在这里住了十多天了！

他把手机号码也换了，他刚与父亲通完电话，告诉父亲，今年将带着女朋友提前回家过春节，父亲很心里高兴，再次强调他们要注意安全！

旁边贞子已入睡了！

这晚，郑鹏躺在床上，他想起叔叔曾讲的话：吃的苦中苦，但要为人上人，还要有“富贵险中求、马不吃夜草不肥”的话语。

他思绪起伏，以前生活如电影片段一样浮现在脑海。

自己出生在70年代末期，是国家改革开放的同龄人，一位农村家孩子，自小在父母双亲耳提面命的教导下，“读书是我们人生的最大出路，如果你不读书，就只有‘脸朝红土、背朝天，喂猪、割谷子’地生活一辈子。”

在读初中之时，村里已有人辍学出去打工，回家讲打工生活，这些人还唱起了流行歌曲《流浪歌》：流浪的人在外想念你，亲爱的妈妈，浪浪的脚步走遍天涯，没有一个家，冬天的风啊夹着雪花，把我的泪吹下，走啊走啊直啊，走过了多少年华，春天的小草正在发芽，又是一个春夏。

这歌感染郑鹏那为自己之跃农门的心！

他小时候经常听妈妈讲叔叔读书的故事。

那时候父亲兄妹五人，妈妈与爸爸结婚之后，叔叔还在读高中，那时候农村没有电，也没电灯，大家用的都是煤油灯照明，而且因为是计划经济，还要凭票才能买到煤油啊。叔叔每天晚上用一个大拇指大小一样的灯，把灯光挑的较小，这样较节约，蚊帐上写满了各种数学公式，叔叔每晚学习得很晚。他在当时，是村里唯一的一位高中毕业生。

在几年之后国家恢复高考，叔叔也去参考了，但始终没有结果，听说还找了所谓的关系，是一位远房的亲戚在外面当大官，但还是没有用。郑鹏的这位叔叔本也是一位心高气傲之人，这成叔叔心中永远的一个痛，后来叔叔外出，加入南下深圳的浪潮。

慢慢地长大，郑鹏也明白了“知识改变命运”的智慧话语。

应该说，其实郑鹏是在“鲤鱼跃龙门”跳出农村艰苦生活环境的自我激励长大，在初中之时也看过一些书，长了些见识，如“吃得苦中苦人、方为人上人”。看了写毛泽东《龙之脉》及其他名人传记的书，然后改变思维，从上初中，似乎懂事了很多，开始发愤读书！

郑鹏还记得一次让他这辈子都难忘之事。

那是初二的一个寒冷的冬天，在上物理课的时候，老师讲浮力阿基米德定律之时，在课堂上为同学们拿出一个实验工具，一个浅绿蓝色的圆柱状的塑料盒子，装上沙子，并用一盆水做了阿基米德实验。下课之后，因物理老师还要上下节课，就将实验器材放在教桌上。

下课了，同学都围着实验器材动手起来，郑鹏也不例外，带着好奇心拿起那个塑料盒子，突然，在同学推来推去中，盒子从郑鹏的冻僵的手里滑落了，“啪”的一个清脆声，在水泥地面响起，这个盒子摔坏了。

这下，同学们的眼光都盯着这个摔坏了盒子，郑鹏就更吓坏了，多么希望这不是真的，多么希望这个盒子摔坏的碎片能有魔法自动合好，可正在郑鹏傻想之时，“叮叮当当”，上课铃响起了。

一会儿，物理老师走进教室，“起立、老师好、同学们好、坐下”之后，老师发现摔坏实验盒子，“谁？谁干的？”

郑鹏紧张到极点，脑瓜子天旋地转一样，似乎同学都在指认他干的！

“没有人承认，就不上课了，”听到这里，郑鹏害怕地站起来，头低低，嘴舌坚硬地说：“是我。”

“你怎么这样调皮！”“你知道这要多少钱吗？”

物理老师黑青着脸，怒火的双眼似乎要把他烧掉，盯着郑鹏说：“必须赔十元钱，这还不包括买这个实验器材来往县城的路费，下午就交给我。”

郑鹏害怕地低着头，嚅嚅地答道：“好。”

最后一节课，郑鹏都不知道如何上完的，心蒙蒙的，十元钱，这对当时的他，就是天文数，只能向妈妈要，这件事真相不可能直接告诉妈妈的，要不然妈妈真会打坏自己的。怎么办，下午还得把钱交给老师。

中午回到家，郑鹏吃饭时候，小声地说：“妈妈，我们学校要交考试费十元，今下午最后的时间。”说完，郑鹏低着头悄悄看妈妈。妈妈说：“好，知道了。”一会转身走出了家门，说：“我到邻居家去一趟。”

郑鹏明白妈妈做什么去了，眼泪都快掉出来了。他知道：今年他们家刚砌好新房子，爸爸说这是为他和哥今后长大，娶老婆所必须要做的。在农村，如果没有房子，是讨不到老婆的。可这样，他们家欠了亲戚朋友的钱，经济紧缺，家里是没有钱的了。父母经常讲：你们要好好读书，我们砸锅卖铁都要供你们读上大学。这就是爸妈最大理想与愿望。

妈妈回来了，带着高兴的笑容，把十元钱给到郑鹏，说：鹏鹏好好学习，妈妈借了二次，终于借到了。

郑鹏拿着这十元钱，是那么刺眼！那么嘲讽！深深的刺入了他的内心！

这学期结束了，郑鹏：物理一百分，总成绩取得年级第二的好成绩。他们老师却不明白，这个从农村来到镇中学的学生，为什么这学期下半学期成绩突然变好？从那以后，初中毕业郑鹏以全区第一名成绩考入市重点高中。此时郑鹏开始以毛主席少年时期的一首诗激励自己：孩儿立志出乡关，名就不成誓不还，埋骨何须桑梓地，人生无处不青山。

郑鹏回忆着这些往事……迷迷糊糊地睡去！他做了一个梦，梦见自己在河里游泳，贞子在旁边看着自己，他得意洋洋地在贞子面前，从一块大石上跳下河去，钻到水里去，他正在水下面往前游的时候，突然来到一个黑暗的水洞，自己怎么也不出去了，恍恍惚惚间，似乎听见贞子边哭泣边叫他！但他怎么也挣脱不了那暗处的旋涡，正在这时他似乎看见了父亲，父亲宽大的右手一把将他提起，说：小心驶的万年船！

梦醒了，他惊出了一身冷汗，看了下表，六点多钟了，扭头看旁边的贞子眼皮在转动，眉毛一张一翕的，他知道此时她还在深度睡眠中，可他还是把她叫醒了，一起简单收拾了行李。

天亮了，郑鹏小心翼翼地牵着贞子的手，悄悄地转汽车去了广州，从广州火车站买票回家了！

春节之后，郑鹏与贞子回到东莞，贞子已经上班了，可两个多月过去了，郑鹏还是没有到找到工作。

郑鹏的简历在网上不能公开，自己只能主动投递简历，也不能在原先的行业做了，可投递的简历没有回音。

为预防原先的公司人员看到自己，人才市场也不能大胆地去了。今天是星期六，郑鹏瞒着贞子，还是独自大着胆子去了人才市场，投递了几份简历，但人家看了一眼他的简历，就把简历还给他了，并充满了疑问的眼神，让其等候通知，郑鹏知道，等通知就是没有结果的。

晚上，郑鹏颓丧着精神与无奈，与下班回来的贞子说起找工作之事，贞子想了一会说道："你的简历，显示你做过品质、物料计划、生产管理、人事工作，总经理助理！你才工作不到两年，就经历这么多工作，正常人都不会认可相信你的简历是真的。"

等了一会儿，贞子又说道："我们GZ公司刚好在招聘一名人事主管，我给总经理说下，你去面试这个岗位。建议你的简历，只写你有人事工作经验，其他的经历都不要写了。"

谁吐心香来路长，年少云卷花香来。红尘湘妃贞子情，鹏心还来两情绕。春来说空非是空，水是空在静虚中，横行非非是是非，流相无持只用功。

第二回　权变风暴

二〇〇八年，GZ公司。

郑鹏，人力资源高级经理兼总裁特助。

郑鹏终于坐上了从广州回东莞的快巴，还有一个多小时就会回到东莞了，郑鹏的一颗匆忙的心松了一口气。虽然坐了二十多个小时的卧铺火车，郑鹏的身体感到特别疲惫，但心里却没有一点睡意。

双手举起，十指相扣，手心向上，双脚用力向前伸，踩在前面的如起跑器一样脚踏板上，屁股稍离开座椅，浑身舒展向后仰卧，就这样放松完身体之后，再分别用双手相互的捏住十个手指，用力拉或从指背向手心弯曲，十个手指节“砰砰”响过。

郑鹏坐的快巴缓悠悠的，从如鱼一样多的车流中开上火车站对面的高架桥。这时，郑鹏扭了几下自己头，又伸了伸腿，将自己从头到脚，彻头彻尾的放松了下来。

郑鹏向车窗外看，这个高架桥差不多与外面的房子一样齐平。突然外面的喇叭大响起来，原来因为出了一点交通事故，塞车了，车子如长龙一样摆在高速公路上。郑鹏很想将头伸出车窗外，但不可能，这是一辆全封闭式空调车，车窗是打不开的。郑鹏想赶在八点钟准时回到公司上班计划是落空了。

郑鹏在GZ公司已工作近四年了，这次请假一个月回家，在请假之前曾给总经理宋湘仁承诺：如果事情处理得快，会提前回到公司，但无奈家事繁多，不但没提前回到公司，现在连准时回到公司都不行了。

在出发之前，助理张伟曾打电话给自己，公司在重新装修办公室，准备迎接从芬兰总部过来的董事，大家忙的如炸了的马蜂窝，团团乱转。这时郑鹏感到身上发起热了，快巴此时如一骑宝马，也飞驰在高速公路上了。他此时恨不能一拳将车窗玻璃敲碎，将头伸出窗外，任由十月金色的晨风吹拂自己。

郑鹏开始调整自己的思维，去考虑工作，让自己的心进入工作状态，回到公司即可开展工作。

九点多钟，郑鹏带着发困的身躯，但却兴奋的心，没有回到宿舍修整自己，一脸的卷容和长长胡须直接回到公司，将行李放到办公室。

工作吧！这就是东莞！

郑鹏三步楼梯并着一步，风风火火来到宋湘仁的办公室。宋湘仁一脸严肃地说：“你不是在走的时候说：你要在国庆节之前提前回到公司，我们在国庆节这几天都在加班，打你电话，又不通，通过各种途径，找到你家里，你家里又说：你已回公司，我真的为你安全担心。”

随后又批评：“郑鹏，为什么没有找一个职务代理人？下面这些人员都单独找我，搞得我太忙了，刚好在请假期间，公司总部决定，公司将有新的董事来工厂，所以公司特别忙，要忙于生产，还要忙于办公楼的重新布置。”

郑鹏听到这里，知道宋湘仁这位如兄长一样总经理，批评自己是应该的，同时也是充满爱护之心。郑鹏没有说什么，以最快的速度投入工作中去，有什么样的解释后面再说吧！

“你将工作准备一下，以便在后天公司经营会议上进行汇报。”宋湘仁在后面又讲了一句，也忙自己的工作去了。

郑鹏以往请假之时，都会将下面的几位同事召集在一起交代了工作及大家的注意事项等，但这次与以前请假不一样是郑鹏并没有指定一位下属，作为自己请假期间的职务全权代理人。而是告诉大家各负其责，有重要事情不能决定之时，找总经理宋湘仁。

人力资源主管李莉来公司时间最久，也最了解部门工作，一般情况他应该找李莉全权负责才对，但这次为什么没有呢？

郑鹏简要跟进最关键紧急工作之后，在当天下午即开了一次部门骨干会议，在会议上大家讨论了以前的工作进展情况及未完成的事项。

但在会议上讨论到人事工作之时，李莉先是环顾大家之后，最后盯着郑鹏说：“我需请假二十天，请假之后还回不回来上班，待定？”

大家都看着她：“公司现在如此忙，为什么你还请假呢？”其实郑鹏心里雪亮，立即批准了她的假，并高高兴兴的邀请大家今晚大家去湘菜馆吃饭，以感谢大家在他请假期间的努力工作，慰劳大家并增进大家感情与团队凝聚力。

在郑鹏管理思想中，一个吃吃喝喝的团体是腐败的，但一个正常聚餐与团队的娱乐活动，可以在活动中减轻大家工作与生活压力，融洽团队成员彼此间的关系，增加团队精神，鼓舞成员士气。

在酒桌上，大家热火朝天的，天南海北地聊着各种各样的事，随后又讨论公司最近的一些事，李莉借着三分酒劲，脸红彤彤的，直接提出了自己对公司管理的不痛快：“自己从前台调进来做人事助理、人事主管，到现在为止，连一台手提电脑都没有！我工作这么努力，却得到这种回报，这公司对我们部门太不公平了，你看其他部门的人员，有多少人做工作一般般，却用的是手提电脑！”

李莉提的这件事情，郑鹏知道她是表面在替部门人员抱怨公司，实际一半是在抱怨自己。

就这件事，自己与宋湘仁沟通过，李莉暂时用郑鹏的手提电脑进行办公，等郑鹏请假回来之后，再购买新电脑给李莉使用。郑鹏对李莉抱怨不置可否地笑了一下，没有表什么态，只说：非常感谢你的工作，希望你在请假期间休息好，并调节好自己心情。

在吃完饭之后，李莉提出，这顿饭她请客，她去买单。这一点大家都说：“经理为感谢我们的努力工作，请我们吃的，你要请大家，就下次吧！”

李莉想了想，“这样吧，今晚我请大家去沐足如何？好呢，就这样。”就这样大家又去玩了一会才回家。

郑鹏回到家里后，可心里翻腾着，睡不好觉，整整想了一夜，凭自己的职业敏感意识到：感觉公司将会有风雨欲来之势，而且他这里就是序幕的开始。

他首先想了一下公司的形式：公司董事在今年七月份来过一次，检查过公司的运营情况，依往常之理，如果还要来也是在年底十二月份，西方圣诞节之前，为什么现在十月份又要来呢？公司整体运营管理来看是非常好的，不足的地方就是成本管理不得力，开支较大，导致公司运营的利润不好。

公司每个月都在开管理会，在管理会上大家都会讨论公司的销值售、利润率这样公司指标，而数据是公开，因为集团总裁安东尼提出公司管理的企业文化，首要的就是“开放”，这些情况郑鹏知道的。

其次郑鹏想了一下李莉：他招李莉的时候，那个时候是四年前，快要过春节的时候。当时来面试这个岗位的有两位人员，本来事先录取的是另一位人员，但因候选人体检不合格，所以最后没有录取。因为急需一位人员来做前台的工作，所以又打电话给第二位候选人李莉，当时郑鹏也是犹豫一阵，因为此员工身上优点较多，做事要强、精明、干练、上进，以前在一家小公司做过品保专员，但也有较明显的缺点，因为任何事物都有两面性与一个度的问题，如果一个人太上进，就会玩一些非职业化的聪明，来达到目的，而不择手段。

李莉刚进公司的那一年时候表现确实也不错，并在部门的推导下，评选为公司的“十佳员工”。这是公司最高的荣誉称号，郑鹏因为李莉这样的表现，所以将她提升到人事助理这个岗位，并与总经理宋湘仁沟通过，因为该员工努力学习英语、又有较好发展潜力和上进心，计划将其培养成人事经理职位接替者，并提升其做了人事主管。

其时，郑鹏也在担心该员工承担该职位思想的问题，因为该员工在做前台之时，也因为公司派车之事，与其他部门人员闹一些小矛盾之时，自己玩一些女性的小聪明，来捉弄别人，自己又从不承认错误。郑鹏也做过她两次思想工作，同时本着“用人所长”原则，一直也迁就着她。

在第二次再次推出李莉参与全公司“十佳员工”评比之时，李莉仅仅得了三票，郑鹏明白，该员工在与其他们部门人员相处的关系太差了，因为有两票是部门内的人员投给她的，包括郑鹏和她自己的二票，她从其他部门人员仅获取了一张票，不过随后郑鹏安慰了李莉。

后来发生两件事：有一封投诉信，直接写给总经理宋湘仁收的，李莉在管理公司的投诉信箱时收到的，自己擅自打开此信，刚好里面有写公司一些管理之事，也写到李莉在做前台之时，在叫外面出租车之时，收供应商的回扣。另一个是有员工直接写邮件给总经理，投诉李莉看不起普通员工，趋炎附势，只知搞好上面的关系。就两件事，郑鹏与总经理宋湘仁讨论了，此员工年龄较小，个人思想素养还需要改善，郑鹏与她沟通，帮助其完善自己的行为。

在以前的春节晚会都是具有主持特长的李莉来组织，但在去年春节晚会，因李莉说要请假回家，所以改为由助理张伟来主持其工作，但在此过程中，张伟多次向郑鹏投诉李莉不但不帮助支持，反而在背后拆台此活动的组织。郑鹏在会上强调大家相互帮助，特别提到大家要帮助张伟组织好春节晚会，自己也在背后给予有力的帮助。

在自己请假之前，有一件事情，郑鹏牢牢记在心里面，公司新来的业务经理欧文和副总经理卡森、吉姆学习中文，提出在外面请专业的老师来教，李莉帮助寻找老师，在这件事情过程中，李莉提出自己来教这些老外的中文。

平常李莉在抱怨自己的工作较多，为什么这次自己找这份工作做，而且非常乐意，但郑鹏不同意，最后李莉发邮件给这些老外讲：郑鹏不同意。老外通过总经理宋湘仁与郑鹏一起沟通，最后郑鹏不得不同意。

这件事情的出现是意味着什么呢？郑鹏在当时心里就打一下鼓：第一，其实凭李莉的能力，真的教不了老外的中文，她也仅仅中专技校毕业，对汉语文化修养差得还较远。第二，工作如此忙，李莉非常乐意做这件事，只是因这是与老外相关的工作。第三，这预示着公司管理出现下属通过老外这种手段，越级得到一些特权的东西，这只是一个开始。

到现在为止，李莉却也没有再教老外的中文，还是请了另外的中文老师，但通过这些事情，李莉已与这些老外走得很近，充分取得了老外的信任，包括总经理和自己在内，有很大可能失去真正意义上的正常管理权威。

当然表面上看，手提电脑的事情只是一个导火线，想到这里郑鹏做了一个决定：明天与总经理沟通，李莉请假和不能确定来上班有离职意向的问题，自己不能被动，不管李莉来、还是不来上班，都要招一个人员过来帮助自己工作。对于公司之事，再看情况而定，只是自己需小心行事即可，以防暗箭伤到自己。

想完这些事情天都快亮了，郑鹏却没有一点睡意。

第二天上班，宋湘仁找郑鹏到自己办公室，了解工作进展情况，郑鹏作了汇报，当然不失时机地提出关于李莉请假事情、思想状况和自己工作中遇到困难，就是要重新招一名人员来帮助自己的工作，宋湘仁也同意郑鹏的请求。

郑鹏从宋湘仁的办公室出来，非常感谢如一位老大哥一样宋湘仁：有宽广的胸怀，做人特厚道，有非常好管理思想与修养。

李莉请假走了，郑鹏也投入到紧张的工作中去。慢慢地，郑鹏也听到在自己请假期间，李莉借去人才市场招聘之际去寻找新工作机会，只是没有找到合适的工作。

在李莉休假时间还没有到结束的时候，一天下午，李莉突然回到了公司，与新来的副总经理卡森在办公室谈了很长时间。至于具体什么内容，只有当事者自己知道，其他人不知道。随后李莉带着满身的欢心并给郑鹏说：我因为还有一有点事，所以还不能上班，等休假时间到的时候我回来上班。并且笑容满面的与办公室的同事打招呼。

在下班的时候，助理张伟走向郑鹏旁边说：“你看，李莉与成本会计主管李永德一起出去吃饭去了，看样子非常高兴，她是不是找到新的工作呢。”

郑鹏漫不经心地说：“不知道？她回来上班最好，不用担心我们的工作，我们已在招人，本周末我去人才市场就会招到的。”

其实郑鹏心里有数，成本主管李永德和李莉是湖北老乡关系，但与他的关系也还是很好的，是乒乓球友，李永德作为一个桥梁，明天会告诉关于李莉的信息的。当然，从今下午情形看来，事情的发展是值得令人捉摸思索的，不管怎么样，自己以不变应万变。

郑鹏吃完饭之后，双手抱在胸前，来回踱步在办公楼前的操场上，斜阳的余晖洒在公司“GZ”标志上，深蓝色钢化玻璃反射出蓝色光波，是如此的耀眼，大家在操场打着篮球，来回地奔跑着、呼叫着。

郑鹏走到操场左边车间楼前，顺手摘下一片白玉兰的树叶，慢慢地在手里捏着，看着这片绿叶，郑鹏忽然嗅到一股淡的清香，原来是白玉兰的花香。郑鹏想起自己以前曾对李莉讲过：领导就如一片绿叶，他已过了争奇斗艳年龄，现在尽可能将自己下属如鲜花一样推到前台，希望大家绽放，找到工作成长点与成就面。

郑鹏身影被残阳拖的长长的，映在地上，不经意间回过头看到，操场右边的餐厅里的乒乓球旁边也站满了不少的人，郑鹏也是一位乒乓球爱好者，业余时间也喜欢打乒乓球锻炼身体，但此时却没完半点心情。公司的董事层听大家汇报之后，也回到芬兰去了，公司看似风平浪静了。

郑鹏主动找到李永德，先打了一会乒乓球，又谈了一会工作。郑鹏话锋就转到李莉身上，李永德此时也就讲了昨晚与李莉一起的部分谈话：李莉对郑鹏阻碍去教老外中文之事，非常不满，虽然她还是去教了，不胜任，公司还是招了外面的老师，他认为是郑鹏与宋湘仁在作梗，而再加上没有手提电脑之事，所以感到特别气愤。

郑鹏委婉地讲了这件两件事情前因后果。李永德说：“李莉给他讲了，她还会回来工作，但可能不会在人力资源部工作了。”至于具体做什么事，李永德因为他与李莉的友好关系，也不便说更多的什么了。当然，对于两方面的关系都好，现在只能劝劝大家往好处想，努力做事。

有了这次的谈话，更坚定郑鹏重新招聘新人的决定，万一李莉回来部门怎么办？那是上面人的事？

虽然李莉向公司同事公开放出风声，她很大可能不回来，但又没有写正式的离职申请书。但这也正是李莉聪明的地方，她可进可退。进的话，找到好的工作可以离职走或不在本部门工作，退的话，找不到合适的工作，还可以回来工作。

周末郑鹏接到李莉的电话，大家先寒暄了一阵子，然后李莉说：“我星期一不能回来上班，我要续假。”

“但我们现在有很多工作要做，你必须回来。”郑鹏客气的讲道。

“我不回来了，我已经给欧文和卡森讲了，你有什么事找欧文和卡森去。”郑鹏挂完电话，心都气炸了，快冒出火星来，虽然结果他已经通过种种迹象与分析，会有今天这种结果。但现在该女孩子的人事异动单还没写，就如此不把自己放在眼里。自己被她玩了一把，这应了他招此女孩之初的印象与判断，也如当初诸葛亮对魏延判断一样。

郑鹏回到办公室，给总裁安东尼、总经理宋湘仁、老外吉姆发了一封关于李莉邮件，在邮件提到从他请假回来之后，李莉言行与今天的通话，希望上层管理能够解决此问题。

星期一上班，李莉还是回到公司，但回来之后，她发现所有老外就只有吉姆在上班。直接进了吉姆的办公室，并和吉姆沟通了好久，然后吉姆打电话给了总裁安东尼。这时郑鹏明白，这个邮件不应发给吉姆，自己太天真犯了一绝对致命的错误。

这时郑鹏也在隔壁与宋湘仁沟通李莉的事，这时郑鹏也讲出来，以前为什么请假一个月，应设定职务代理人并且应是李莉，但却又没有设定职务代理人的原因，及详细沟通李莉情况，并提出李莉周末打电话的语言情况。宋湘仁说：“这样的情况，他也不知道，总裁安东尼并没有与他沟通。”

宋湘仁随后立即打电话给在芬兰的安东尼，安东尼在电话里沟通意思：在这之前，李莉曾与这些老外沟通自己在工作遇到不愉快的事情，特别是手提电脑的事情，他们认为李莉这样优秀的人员都没有手提电脑使用，又考虑到李莉以前工作的表现不错，所以想让李莉留下来，做公司经营团队的助理，主要是帮助做一些会议记录之类的工作，不参与公司任何管理，在一周前安东尼让新来副总经理卡森特意处理此事情。自己为此事向总经理宋湘仁与郑鹏表示非常的歉意。

宋湘仁非常简单明白的指出：“作为公司高层管理这样处理事情的方法，是一个严重错误，对公司管理造成危害是灾难性的。”此时郑鹏突然明白一件事情：总经理宋湘仁与总裁安东尼之间的信任应有些危机了，这是公司管理最大的问题。

随即安东尼也向郑鹏发了一封表示歉意的邮件：如果你感觉我在你的背后弄出这个问题，我真的非常抱歉，我们在几周前讨论关于李莉问题，李莉告诉他：她在现有工作岗位情形不快乐，我认为我如何才能给她一个较好的方法，那就是把她提升管理团队助理，向我们报告，我叫卡森与李莉谈了这个问题，李莉也同意接受这个岗位。我从来没有意思要损害你的管理权威，我真的很赏识的你的工作，我希望你能接受我的道歉，我从来没有在你的背后不相信你的意思，我需要你支持和与公司持续的发展做出贡献，我真诚的相信你的能力在你的工作岗位做出非常出色成绩，如果你有任何建议请与我沟通，希望你能理解与接受，当然同时也非常重要的是关于这个决定对你带来不好的感觉请告诉我。

看到这封邮件之后，郑鹏也知道安东尼意思，也知道安东尼是一位胸怀宽广的人，因此郑鹏什么也没说，再次与总经理宋湘仁一起沟通达成一致意见，李莉就回来就任新的岗位，并找来李莉进行了沟通：李莉在第二天即星期二上班。

在第二天下午，宋湘仁突然打电话给郑鹏，说有急事需他立即到他办公室，当郑鹏走到宋湘仁的办公室，发现吉姆正在宋湘仁的办公室。

这时宋湘仁急迫而严肃地问："你昨天晚上打电话给李莉没有？"

郑鹏一脸疑惑地说"没有啊？什么事？"

宋湘仁年着吉姆说道："吉姆来找他，说：你昨天晚上打电话给李莉，并威胁李莉不要来上班。"

郑鹏也看着吉姆说道："我没有啊，不信你们可以查看我电话的通话记录。"

这时欧文也走到宋湘仁的办公室问起这事，宋湘仁再次重复这件事情的情况。

可吉姆不相信，这时宋湘仁从位置上站起来说："吉姆你为什么不相信郑鹏呢，他作为我的同事，也非常知晓他，并且相信他。"

这时吉姆和欧文一起，郑鹏与宋湘仁一起，大家发生起争吵，这时大家提议给李莉打电话，确认这件事。

"这样也好，如果不行，还可以去电话厅查是否打了！"郑鹏说道。

当电话打通之后，由宋湘仁与李莉沟通，可沟通的结果是郑鹏确实没有给李莉打电话，这时吉姆还有一些疑问，用怀疑眼神看着宋湘仁与郑鹏，宋湘仁严肃立说道："这件事与你吉姆没什么关系！"

这时的郑鹏心情久久不能平静，等两个老外离开宋湘仁的办公室之后，站在公室窗户边站了很久，眼睛望着远方。

只对宋湘仁讲了一句话："这真是一种耻辱！公司的暴风雨可能就要来了！"就离开了宋湘仁的办公室。

就在郑鹏为李莉的事烦心的时候，十月份的一天，新财务总监琳达找到郑鹏，说："现在成本会计主管李永德，因工作能力不行，不能完成她给予的工作任务，所以将离职，计划招一名成本主管，并且对此职位的要求非常高：有六年以上成本工作经验，当然如果有整体公司管理的经验是最好，英语良好。并还要有厂长管理经验。”

当时郑鹏盯着琳达看了一会儿，说：“好的，马上开始招聘。”琳达又补充一句：“这也是安东尼的要求！”

成本会计主管李永德来公司已经两年多了，在努力地改善公司成本统计与管理，工作一直做得非常不错，这一点郑鹏知道。

同时李永德的文采也非常好，经常在公司文化刊物上发表文章，作为这个刊物的主编郑鹏，特邀李永德加入编辑部任文编，这是义务的工作，没有任何报酬，李永德也非常高兴，大家凭一种职业的责任精神，和郑鹏一起为刊物付出了艰辛的努力，让这个刊物茁壮发展。同时李永德、郑鹏、宋湘仁也是乒乓球爱好者，所以大家关系非常融洽。

郑鹏对琳达今天沟通有四点疑问：一是提出李永德工作能力不足说法，郑鹏不完全同意；二是琳达要求这个成本会计主管要有厂长的工作经验，是一个很大疑点，自己将这个疑点埋在心中，看何时能破解；三是总感觉琳达虽说是来自香港，但明显感到缺乏实际的管理经验和不职业化；四是进一步验证公司的暴风雨来临的推测，前面李莉之事只是序幕，而这场风雨来临的切入点可能就是“成本”。

郑鹏双手叉在腰间，挺直自己身体，站在办公室墙边，透过的窗明几净的玻璃，望着办公室窗外那一片飘过浓黑的乌云，变着脸形，开始慢慢向公司的上空遮蔽过来，看来老天真的要下雨了，玻璃窗关起来了，这时想起原先的财务总监刘伟和琳达刚来的时候情形。

那天，郑鹏正准备下班回家，与办公室同事开玩笑说：“一周中最快乐的日子又开始了！”这时总经理宋湘仁走过来说：“郑鹏，我们新招了一位财务总监，从香港过来的，我们陪同她先看一看公司情况，并给她简要的介绍公司，因为她下周一就要到公司正常上班，所以你将宿舍的公寓套房给她收拾一下。”

郑鹏爽快地答道应了，给助理张伟布置道：“张伟，不好意思，这个工作你在周末完成，去沃尔玛买些日常起居的生活用品，记住女性的，要好一点的。”郑鹏考虑到这位新财务总监从香港来的，所以这样叮嘱了一下。

这时大家开玩笑说：我们看一下新来的财务总监，说不一定是位美女。

郑鹏事先知道：总裁安东尼花了二十万元猎头费用，从香港找一个财务总监的事。因为原财务总监刘伟在去年年底就提出过离职，因安东尼极度挽留，才留下来又做了大半年，刘伟离职的理由是在公司做得太久了，该做的工作，都完成了，自己也应该出去走走。

大家吃完中午饭，有的回到办公室收拾东西，顺便也闲聊一会。

不知是谁在窗台边叫一声，看：“那位应该就是新来财务总监，和总经理在一起，好漂亮呵！”大家都一窝蜂地跑到窗户边看。新来的财务总监确实很漂亮、很有气质，与电视里看到香港明星差不多！

郑鹏也看见了，但凭自多年人事测评的直觉：总感觉这位新来的财务总监少了什么一样，当然别人刚来，还没打过交道，也不能断言太早。

郑鹏又看了一下琳达：年轻、漂亮、时尚。确实是从香港来的，就是不一样，以前财务总监住公司公寓，新来财务总监住五星级酒店，应该有过人之处。

琳达来公司上班了，每周从香港来工厂大约上两、三天班，晚上住悦来花园五星级酒店。

不久，原财务总监刘伟离开公司，公司部门主管以上人员为他举行了一个送别晚宴，大家依依惜别，送君千言万语：前程似锦，今后常联系。

GZ公司在处理员工关系方面有一个人性化的管理：工程师以上人员离职，公司都要为大家举行送别晚宴。

员工的离职，在一些公司是人走茶凉，大家如离婚了一样一刀两断。可GZ的管理认为，我们离职的员工在公司做出了贡献，公司在员工临走之机，应表示最真诚的感谢，而且大家今后还可以再回公司，而且这也是给在职人员一种人性化显示，真正感觉GZ就是一个家，离职的人员今后大家还有可能再见面，而且离职人员在外面提起公司，说起公司，就是一种无形的广告，如果公司好，离职员工打好广告，如果人差，就打公司坏广告。而且进一步说，说不定有的离职员工出去，到新的公司做事或自己创业，有还可能与公司来往成客户关系或供应商关系。

过几天，郑鹏借一个与李永德打乒乓球机会谈起了新来财务总监要招成本会计主管之事。

李永德说：“是的，我口头向她提出了离职申请，琳达也同意了，所以她现在需招这个职位。”说完，李永德叹了口气！

又无可奈何地接着说道：“她作为财务总监，每周来工厂上两天班，每次匆匆忙忙地来，急晃晃地走。来了就提要求，从来不与我对所要求的工作作一个细致的沟通。她也不了解公司真正运作情况，就一味地强调必须要按照她的方式去做。

琳达提出，为加强成本管理，要分别算出公司主要二十多款产品的成本，以便更清楚公司做这些主要的产品，是否赚钱。

其实这件工作不是什么新算法，但她要求一个月内完成这项工作，说现在有MRP在运作没问题。其实现在MRP运行情况还不能达到这个程度，我是MRP运行的主要成员，我是知道的，车间现场MRP基本的资料输入都不全面。”

李永德看了一眼郑鹏又说道：“这不是我的能力问题，完成这个工作，时间没有这么快，这是一个管理体系的问题，至少要三个月的时间。”

郑鹏也无奈地说：“针对这个问题，我与总经理宋湘仁沟通下，看情况如何？”

后来郑鹏就这个问题与宋湘仁进行了沟通，宋湘仁特意找了琳达与李永德在会议室进行沟通协调。

宋湘仁在会议讨论之时，推心置腹地讲了公司现在管理中存在的弊病以及完成这项工作难处，需要一定的时间才能完成，并说目前这情况，招一位新的成本主管过来，工作也没有那么快上手，即使上手也不一定能完成这些工作。李永德也是一位不错的、做工作踏实的员工。当然在会上李永德也承诺：我将花三个月的时间来完成这项工作。

在这样的沟通下，琳达也没有说什么，“那好吧，我们就这样！”

在沟通之后，李永德总也感觉不到与琳达工作上默契感，而且与其沟通较困难，最后通过观察，发现了，琳达的第一语言是英语，她可以与老外进行非常流利的沟通。第二语言是广东话，第三种语言才是普通话，有一次李永德在沟通中使用到“秘诀”这个词，琳达都理解不了，问：“秘诀”这个词是什么意思，然后摇摇头。

通过几次打交道之后，李永德知道琳达以前受的西方式的教育，虽说都是中国人，但实际上有较大的差异，典型“香蕉人”是外黄内白。在以前公司是做审计的，没有工厂财务运作管理经验，做事情考虑的主观因素影响非常大，一点不考虑实际的情况。这个工作他有可能还是做不下去，但他为了感谢总经理宋湘仁在会议上讲的话，先还是努力将这个工作做下去。

没过几天，琳达找到郑鹏说：“成本会计主管这个岗位继续招聘，并且要尽快招到位，如有可能她一起去人才市场进行现场拍板。”

郑鹏将这个情况告诉给宋湘仁。宋湘仁说：“我已找琳达与李永德开过一次关于成本工作讨论会，在沟通时我也已经非常真挚与琳达讲了公司的真实情况，让她招吧！”

在一次晚餐后，郑鹏与李永德在一起，也给李永德讲了财务总监琳达还是要招成本会计主管这个想法，李永德说：“郑鹏，我与他沟通过好几次了，也仔细看过她，她漂亮脸上其实什么也看不到，管理方面的一片苍白，真不知道总裁安东尼招聘她之时，是不是因为英语好和漂亮的外表而录用她。”

郑鹏笑了笑，说：“外面的工作机会一大把，以你的能力与工作经验，找一个财务经理的职位做是没有任何问题，‘宁为鸡头，不做凤尾’，大家在特殊的环境中多保重，你走比留下好，你与总经理一起和她沟通的真心话，她会不爱惜的随意扔在路边践踏！人与人之间，因价值观与利益目的一样，根本就不是沟通能解决了问题，否则就没有那么复杂的人际关系与国家之间的战争了！”

李永德一脸无奈，说：“走，我们去打球去，找上总经理宋湘仁一起去！”

在郑鹏努力招聘下，琳达录用成本经理的名义，录用了李根。

李根来公司上班之后即依照自己在以前公司经验开始成本管理工作，在一次生产运营会议发表言论说自己要开展相应的成本管理工作。大家对他的发言都较反感，感觉他就是纸上谈兵。

在一次与郑鹏谈话中，宋湘仁说："郑鹏，我怎么就感到你新招这位成本会计主管身上缺乏财务气息的味道？"

郑鹏这时跟宋湘仁谈了他面试的情况。"郑鹏，我理解你，但你还是要严格依原则把关。"郑鹏只有哭笑了！

一天下午，李根找到郑鹏说因为工作方面事需要他的支持，需和他谈一谈。

李根一对圆溜溜的大眼睛，闪烁地看着郑鹏，说："我参与上周生产例会，感觉到我想推行公司成本管理的阻力非常大，公司管理层存太多问题，你是公司老员工应比我还清楚吧！"

郑鹏事先也已经知道这件事情，真心地说："以他对此事看法，其实成本管理这件工作，本身事情的难度不大，难点也就在于沟通，需要多沟通，转变大家观念，大家相互间多配合就好了，不要太过急。"

李根说："我已与琳达沟通好，她非常支持我的工作，甚至包括'釜底抽薪'这种方法，琳达也非常赞成。"

"釜底抽薪，什么意思？"郑鹏有点不明白李根意思。

李根没有回答郑鹏问话，而说："因为我是你招进公司来的，也较相信你，也希望得到你的帮助。"

郑鹏感到是今天的谈话充满了凶险一样感受！

李根突然警觉起来，小声说："我是相信你的，我们今天的谈话保密。"

郑鹏说："这个没问题，这是一个职业道德，而且你是招聘的，帮助你是应该的。"

李根说："为达到成本管理的目的，我给琳达指出，难点在于公司管理层的观念与思想的老化，琳达非常赞同我的观点。"

谈到这一点郑鹏看了一眼这位新来成本经理确实有"英雄"的本色，地都还没踩热，就动起了别人歪脑子。

当然如果没有琳达支持，他也不会，今天找自己谈话的目的，不是沟通工作而是来探自己的口风的，这家伙是一位公司的"政治家"。

在一次与张伟的谈话中，张伟告诉郑鹏，李根找他谈话聊天时，讲到公司管理运营成本特别高，芬兰总部的董事层已经在着手处理此事情，新来财务总监也正在为成本管理事情努力工作，并且为达到成本管理的目的，可能要换管理者。

张伟看了一下郑鹏，又补充说："听人员讲：李莉不仅是离开我们部门，今后宋湘仁也不能管到她了！"

郑鹏说："关于公司管理之事，也许风雨就要来临了，一切有可能就从两个女人身上起乌云，我们只要做好我们的本职工作就可以了，其他一些烦心事，不用管理他们的。"

张伟笑嘻嘻地说道："是啊，天塌下来，还有比我们个子高的人顶着，即他们顶不好，也还可以去另一个星球生活！"

郑鹏也笑了，说："走，我们吃完饭，去沐足去！"

虽说是十一月了，可广东这个地方是属于亚热带地区，这里很少有真正冬天的感觉，大家经常的一句话：这里没有冬天。这天，郑鹏穿一件白色的长袖衬衣，感到较为闷热，便解开袖子上面的纽扣，将袖子齐齐整整撸起来到肘上，感觉舒服一会儿，又开始处理手上的工作。过了一会儿，感觉空气特别的压抑，决定到车间工作的现场走走。

人力资源管理人员到现场的好处，一是可以直接了解到大家的工作情况，对于大家工作较好的，可以立即提出表扬，对于工作较差，要提出批评，告诉大家：我们的工作标准是什么，然后一起讨论，如何做，才能达到工作标准。随时和即时地去了解下属工作绩效，提出批评与表扬，这是对下属工作的肯定，说明主管心里装有大家。

从心理学的角度，大家都需要一种的成就感和得到上级的肯定。而且对执行工作到位也是很大帮助，很多管理者做了工作计划，便让下面的人员去做，可并没有检查确定。而实际上这项工作从经理的计划到主管那里，变成了八十分，到班长那里变成了六十，再到做的人员可能变成四十分，而且过了一段时间，如果经理还不去确认，就会变成二十分或零分，还没有做，或者刚开始做了现在不做了，这叫"执行中的偏差"，这些日常工作也是我们需要改善的工作习惯。

二是你想做好人事的招聘、培训、绩效考核、工作岗位分析与测评，必须去了解公司各部门人员岗位的工作内容是什么，并向他们虚心学习和请教，当然也要知道公司运营情况，这样的话，人力资源工作者站的高度才够高、面才够广，很多人力资源工作者在职业发中有一个误区：人力资源工作者不能担任公司高层管理职位，因为不懂制造管理、生产技术，其实不懂这些，不并等于不知道这些。人力资源管理者做工作，首要应该去公司各个部门学习业务知识，再回过来做人力资源工作，这对工作大有帮助，而且是职业走向高层也是必不可少的。

三是人力资源工作比喻为人体中的经脉或神经系统，必须伸入到人身体上的每个部位，这样工作才能到位。所以到现场员工去，了解员工的心声，如毛主席讲的工作方法"从群众中来，到群众中去"。让员工感受人力资源工作者在一线倾听他们的语言，收集员工的想法与建议，而且这种跟会议上相比，虽非正式性，确更容易听到员工的心里话，这对改善我们的工作大有帮助，并且与员工打成一片，和谐公司的员工关系管理。

当郑鹏从车间出来到操场上，天空呈阴暗色，但是却又泛出苍白色，时而刮起一阵风，盘旋起绿化区的树叶，这时树叶有的已开始掉落了。老天真的要下雨了。

突然，宋湘仁打来电话，口气严肃地说："你通知所有的部门经理在会议室开会。"

等大家到达会议室之后，大家看了一眼坐在主席位置左边的欧文与琳达、李莉，右边坐着宋湘仁。

大家都在心里打鼓：突然开会，是什么重大问题或决议？以前公司开会都会提前通知，告诉大家会议的主题和与讨论工作内容，大家都会提前进行相应的准备工作。

郑鹏也看了一眼总经理宋湘仁，从表情看他也不知道会议的内容是什么，再看坐在主席台上卡森，一脸庄严肃穆。

在会议上，卡森一一地看了下大家，宣告说："原总裁安东尼因公司运营管理情况较差，离开GZ公司了，他今后一切言行与公司无关，卡森作为执行总裁接替安东尼的工作。"

这个信息无意于如在一个夏天阳光高照的大白天，突然一个炸雷打在人们的心上，大家惊呆了！

这时卡森问大家还有什么问题，大家心在打鼓，但嘴上都说："没有！"

"那好，大家工作今后的工作如以往一样运行就可以呢！"

因为以前卡森是副总经理职位，只负责公司项目的运作管理，其他任何事情，他不参与公司的管理，从来不与公司大家交道。

这事情，太突然了，虽然大家预感到了风暴，当然这是公司总部的事情，管理层没权过问。

郑鹏虽然早就预料公司的风雨的来临，但怎么也没有想到这场风雨是从总裁安东尼头上开始吹出来的，郑鹏陷入深深的沉思当中。大家在散会之后，随即窃窃私语，并得出一个结论，总经理宋湘仁以前作为安东尼的工作搭档，也会离开公司，只时间迟早问题，等宋湘仁离开之后，可能各部门也会有人离职，也就是公司人事关系将会进行大的重新洗牌，如中国俗话讲的"一朝天子一朝臣"。

一天，张伟向郑鹏汇报："琳达要拿走了公司所有人员的人事资料。"郑鹏不同意，然后找到宋湘仁沟通此事，宋湘仁说："让她拿吧，没什么？"

此时，因工作需要，原制造总监余威与卡森一起到芬兰总部去公司客户那里，并在总部学习外国先进的管理模式。

卡森与余威回来了，第二天李莉发了一个邮件给所有部门经理，让大家在下午上班之时立即到会议室开会，也没说开会的具体内容，这时细心的郑鹏发现这封邮件没有发给宋湘仁。

到了会议室之后，大家没有看到宋湘仁，性情直爽PMC经理任丽说："总经理宋湘仁怎么没有来呢？"

这时李莉看了一眼卡森，卡森用眼睛示意了一下，让李莉去通知宋湘仁来会议室。

一会儿，总经理宋湘仁脸无表情地来到会议室，在卡森对面的位置上坐下。

卡森也不说话，一脸严肃地看了下宋湘仁，空气在大家的心中变的凝固起来了！

宋湘仁说："我首先感谢大家过去几年来支持工作，公司也一直在发展壮大之中，但在这个发展的过程中，我不适应公司管理发展需要，所以需离开公司，请大家支持配合公司新的管理团队，也希望GZ公司在新的经营团队领导下发展。"说完就离开了会议室。

这个信息让管理层如遇到惊涛骇浪一样，令大家呼吸都困难与难受！

然后欧文、余威主持与总经理宋湘仁进行了工作交接。

任丽与郑鹏走进宋湘仁的办公室，宋湘仁勉励两位老同事说："我根据公司发展需要离开公司没什么，大家今后在东莞还会相聚的，同时也希望大家多保重，我们大家都对GZ充满了感情，也希望你们能在公司新管理团队领导下努力做好自己的工作。"

会议之后，宋湘仁找到郑鹏，"我的生活物品暂时放在公司宿舍，后面我来领取，帮我叫一辆车我回家。"

郑鹏说："我已经叫好车了。"然后宋湘仁收拾好行李，离开办公室上了车。郑鹏目送着宋湘仁的车子离去。

这天下午，郑鹏吃完饭之后，独自一人走出公司大门向左边公司拐过去，突然，自己的右脚踩上一颗石子，差点将自己脚踝给扭伤了，郑鹏气不打一处来，阿Q式的将这两个多月以来郁闷之气全都撒在这块小石子上，一脚猛的如足球前锋射门一样将这个无辜小石子踢向远方的草丛中。这时一辆大卡车从前面的废品收购站，喘着粗气，嗡嗡的呼喊开上公路，后面腾起漫无边际的灰尘，废品站到GZ公司大门这段全是泥巴路。

郑鹏用自己双手蒙着嘴巴，这厚厚的漫天灰尘，在卡车离去之后不久就会散开。公司山雨欲来风满楼，气氛比起这而言，更令人窒息。

郑鹏来到这条路的尽头，下面就是废品收购站，透过脏兮兮的它，再往远处，在这里可以眺望到的远处的绿水青山。有一些荔枝树倒影在小水塘里，快下山的夕阳，将点点金光洒在水塘里波光粼粼的水面上。

"向晚意不识，独自坐荒凉"的意境油然而上郑鹏的心头，"斜阳却照深深院"是那么凄美，斜阳照荒漠的人心更是凄怆。

以前和谐平静的公司氛围一如斜阳照耀下小水塘，现在开始风生水起、暗礁激流了吧！夕阳躲在天边那几片云彩里慢慢地下山了。

总经理走了，有人说：总经理宋湘仁像大哥一样，也如一位牧师一样宣传布道，在这个过程中，对GZ发展洒下数不尽的“福音”，最后却如布鲁诺一样，自己燃烧在十字架上，但他精神却永远让大家留恋。

谁使苍天诸色变，冬日寒阴作吾仇。斜阳黄叶萧萧下，天地悠悠怆然泪。黑夜来临路途长，茫茫青山碧血染。波光潋滟物意远，大河奔腾蛟龙吟。

第三回　水火相伴

在宋湘仁走之后第十天，郑鹏早晨上班，一位同事告诉他，昨晚，李莉在宿舍对人说：经营团队拿走了三个人的人事资料，郑鹏、品质经理李建、PMC经理任丽，这三个人都会离开公司。

听到这样的话之后，郑鹏给任丽和李建打电话，并在会议室讲了这件事情，大家都明白李莉相当于中国传统文化中的妻子，会在丈夫吹“枕边风”。

李建在会议室埋怨郑鹏说：“郑鹏，我在二年多前就给你讲过李莉这个女人，你要小心，你不将我的话放在心里，还以我在挑拨你们上下级关系，这下怎么样，你看过《封神榜》吗，这个女人在GZ公司，就是封神榜里面妲己，祸国殃民。那时候有一次派车的小事情，向我发脾气，说要告诉总裁安东尼关于这些事情，那时她上面还有你，还有总经理宋湘仁。这个女人趋炎附势，很会侍候这些老外，你现在也自食其果了吧！”

任丽：“郑鹏，你知道吗？以前李莉做人事助理的时候，你的人事主管为什么稳定性那么差，就是你因李莉的原因，结果你提升她做了人事主管。”

对这些指责，郑鹏无言以对，说：“对这些事情，感谢你们的提醒，现在我们要把昨天晚上李莉传出的话搞清楚，大家提出直接找管理团队的琳达和余威。”

当天上午，这三人找到经营团队作出解释，余威与琳达相互看了一眼，琳达眨着大眼睛说道：“这是李莉个人的猜测，管理团队没有这样做。”

任丽直着性子说道：“李莉这个人是什么货色，我们很清楚，她上位之后，今后的工作职责具体是什么？”

两人以看了一下，余威说：“李莉只是负责这些老外在东莞的一些事项和帮助管理团队做一些会议记录，不会参与公司任何的管理。”

最后琳达保证：大家没有什么事，请大家安心工作。

听说，后来任丽单独又找了余威，希望他现在作为GZ大陆最高管理者，要主持公道。

随后不久，在十一月底发生一件匿名邮件，里面提到宋湘仁的离职原因与李莉向老外打了很多小报告的“枕边风”，还有李莉一些不光彩的女性红杏出墙的私事，并且说得有名有姓，包括下班之后与吉姆在接吻都被保安看到。这封邮件发给了部分人员，有的员工收到了，有的员工没有收到。

郑鹏明白其对于这样事情，冷处理最好，这样事情越闹越抹越黑。卡森让郑鹏查阅了一下情况：因为这是匿名邮件，从网吧发出的，具体也查不是谁发了这封邮件。大家本以为这件事情就这样处理了。

下午卡森和余威找到郑鹏，余威说：“这件事情要查下去，他有朋友在东莞市公安局，说可以查出来的。”

最后卡森和余威看着郑鹏说：“我们要查下去，要坚定查下去，这是侮辱她人刑事犯罪。”

郑鹏明白他们怀疑的对象是谁，自己的可能性最大！

过了二天，余威找到说：“李建是我们以前老同事，我们虽然已能查处就是他做的匿名邮件的事，但为了保全他的名誉，我们不直接告诉李建离开公司理由，而用另外一个理由：那就是李建在公司新的管理组织架构里没有他的名字，根据管理需要，他需离职，公司再依法律给李建相应赔偿金。”

郑鹏明白，这只是余威让李建离职走的一个借口与瞒老外，借李莉这个邮件事情，来达到自己的目的，郑鹏知道以前李建在做品质经理的时候与当时是制造总监余威关系上是有矛盾的，而且宋湘仁和李建十分亲近！

李建成为李莉匿名邮件风波的牺牲品，但也好，领到一笔补偿金后，走出获得新生。

后来，郑鹏听说是余威保全了自己，他对卡森说：匿名邮件的语言风格不像是郑鹏做的，因为郑鹏经常在公司《GZ风采》发表文章，他的语言特色不是这个样子。

公司新的管理组织架构里，李根职位也发生了变化，职位是“运营审计官”。

在一天下午，郑鹏坐在办公位置上忙于筹备送别晚会，李根志得意满地找到郑鹏说：“我给你讲的话实现了吧！”

郑鹏双眼厌恶地看着他，说道：“你很厉害，向你学习。你是新的经营团队的大功臣，你现在是运营审计官，公司所有运营管理你都有一席之地。”

李根志得意满地说：“但我还得努力，现在完成工作还是有很大的困难。”

郑鹏冷冷地说：“总经理宋湘仁不是都走了吗，还有什么困难呢？”

李根笑肉不笑地说：“不行，还有人在这个工作中起阻难作用，我要与这些老外沟通。”

郑鹏皮故意说道：“新的管理团队很相信你，琳达很支持你的工作，还有什么做不了的？”

李根还想说什么，郑鹏觉得这个人不值得深谈，借口工作较忙，就离开了位置，去办一件真正意义的送别晚会，也算是对以前工作同事安东尼、宋湘仁一个工作的礼物和对自己心灵的慰藉。

在送别晚会前的一天上午，琳达如无剑道里飘逸的神女一样，不知什么时候从香港轻轻地来到工厂，她真有点来无影去无踪感觉。

琳达来到郑鹏办公室，郑鹏打量着她，一双灰白色的高跟皮鞋，穿一条黑色的裤子，上身披一件米黄色的外套，大概有一米五几高，身材小巧玲珑，眼睛大大的，说话之时眼珠直转，明显在想事情，但眼睛明显没一点深邃知识，但从其眼神又看到一种香港人所特有的在大陆的优越感，骨子底里有点看不起大陆人。

在郑鹏的印象中，琳达好像还从来没有穿过裙子，像她这样的身形穿裙子是非常适合，能够穿出女性的味道来，以前郑鹏曾说：一个不穿裙子的女人，不是一位真正的女人，因为审美的角度讲，穿了裙子才显示出女人与男人不一样的生理特征所具有的独特之美。鲁迅在作品也曾形容裤子女人，双脚圆规一样，没有半点女人的情调。以前蒋介石很讨厌女人穿裤子，所以他曾要求宋美龄穿旗袍，而不要穿裤子。

琳达站在那里，满身高兴却似乎又有一点无奈，对郑鹏说：“李根要离开公司，怎么给他算工资。”

郑鹏内心非常吃惊，这样结果令人意外，而且报应来得真快！

但却反问道：“为什么？李根工作很好啊！”

琳达晃了晃手中的笔，说：“卡森不喜欢他，我也没有办法。我认为他的工作做得非常好。”

郑鹏回答道：“李根才来公司一个多点月，还在试用期，告诉他试用不合格，就可以让他结清工资离开公司。”

琳达摇摇头，皱了一下眉毛说：“给他赔偿两个月工资吧！”

琳达讲了这句话之后，好像对李根内心满怀依念，同时又问心无愧，同时又有“狡兔死、走狗烹”的解脱。

由郑鹏来通知李根。郑鹏心想：香港人就是大方，她们的钱真的很好拿，同时也在想这位香港来的财务总监真的如李永德讲的那样，起码管理常识都是一片空白，可这样的人又是公司决策者之一。

郑鹏在会议室通知李根，告诉他试用期不合格，公司给予他两个月赔偿金，立即离开公司。李根说：“就两个月赔偿金？我帮琳达出了那么多主意、做了那么多事。”

郑鹏厌恶看了这个人一眼，冷冷地说：“你可以了，本来完全可以一分钱赔偿都没有的，当然你完全可去劳动局告公司。”

李根捞了两个月赔偿金之后，离开了GZ公司，同时也是琳达第一次留给了大家一片佳话：财务部的李根走，试用不合格，公司反而赔偿两个月的工资，公司的钱好拿呀！

在李根走之后大家都在想：这个人怎么就走了呢？没有人知道？

一天，财务部一位老员工对郑鹏说：“李根这个人来了之后，就做了一件事，作为走狗帮凶，和琳达一起借公司成本管理之事，搞政治阴谋，然后琳达认为这个人做事特好。你知道他为什么走，我给你看一封邮件，你就知道了，李根这封邮件发给了卡森、欧文、琳达。邮件内容是中英文双语的，他的英文那么差，应该写不了英文的，一定有人帮他写的。”

邮件内容：我的个人意见，仅贡大家参考。

对于公司管理控制是复杂的和细致的。很多的信息资料我们必须清楚：什么是有用的？什么是必须用的？我们要选择什么？对于我们管理差的现状，不仅仅是个人的原因，我们公司的管理成本是高的，我们公司的原材料成本和管理成本特别高的。

别的公司是“一个石头杀一只鸟”，我们公司是“四个石头杀一只鸟”。在我一个月的工作时间里，我看到一些不可思议的事情。我有一些方法来降低我们的成本，请给我二个月到三个月的时间。

我有十多年制造行业的工作经验，请检验我工作的能力与效率，但我不相信余威，请也检验他的工作能力与工作效率。我非常担心现在情况与效率，在我们公司内部有好多部门都在抱怨余威，他们从自己的工作中感觉不到快乐。他是没有责任心的，他不能发现管理中的问题，他不是一位好员工，他的部门没有创造力，我不欣赏他的工作能力，也不欣赏他的管理才能，我建议公司董事会的管理人员多关注他，这仅仅是我的建议。

对我们的发展机会不是很多，我们只能成功，我们必须思索，如何才能成功？对于我们内部管控是非常必须的：目标成本、标准成本，管理成本，我们必须进行审计，在我们公司不努力是无法实现的，我们必须奖勤罚懒，提升品质，提高产出，如果我们不能管理好员工、原材料、生产，原材料的丢失是非常严重的，我们每个月那么废品，都是员工不认真工作造成的，如果不给大家压力，没有员工努力工作，他们不会投入精力去工作，生产效率是非常低的，生产成本非常高的，如何让员工投入到工作中，我们公司缺乏这样的管理机制。

我计划建立一个成本控制中心，从我们客户到公司一个完整的系统，公司内所有的部门：业务、计划、工程、采购、项目、机加生产部、仓库，我们必须要有一个手册，告诉员工那些是应该做的，那些不必做。我们公司未来一定是美好的！

郑鹏看完这封邮件之后说："他太自大了，他得罪新贵余威，只有死路一条了，这位办公室的政治走狗，走在了总经理宋湘仁的送别晚会之前。"

安东尼、宋湘仁、李根走了，加强成本管理的使命意义不知是否还能延续，这个主题已经完成了她的政治使命。

原总裁安东尼在十一月会过来，为感谢安东尼与宋湘仁为公司发所做出贡献，特意为他们准备一台送别晚会。

在送别晚上，公司将送别晚会的礼物、鲜花与管理人员的合影送给了安东尼，这时舞台的前排地灯将安东尼原本就瘦高个子的身影，高高的映在舞台的背景上，这时安东尼努力将自己的头抬起，眼睛朝上看，强忍住自己的眼泪不流下来，但眼泪还是止不住地流出了眼眶，在眼角上挂着，郑鹏看到这里心想：不知道安东尼在夜空里看到了什么事物？这个芬兰都少有的高个子美男子！郑鹏自己也喜欢一个人看孤独的天空，在深邃、迷蒙的夜空中，可以看到男人广袤的人生情怀，尘世纷乱在此时都会沉淀的大自然的地底。

安东尼应该在想：我作为GZ公司创始人，相当于自己是这家公司父亲，自己把它一步步养大，在这个过程中，付出艰辛同时也快乐着，自己定的企业文化的核心：开放、尊重、责任、快乐。现在因自己决策失误，自己却必须离开自己的这份事业，这份难舍的情怀与不知未来孩子的命运？

第二天，安东尼一个人走回自己的宿舍收拾自己物品，郑鹏将这一切看在眼里。他经历昨晚送别晚会之后，现在需要一个静静的接受这一切，离开自己在中国的异国他乡的事业，东莞这个他熟悉却又伤痛的地方，不知道他今后是否还会来中国。

安东尼走了，大家最后讨论他的决策失误，如果他不引进这个卡森的项目，也不缺少运营资金，也不会引入这个大股东，自己不丧失决策权。他也不会离开GZ这个孩子。

安东尼胸怀是宽广的、心是敦厚的，他作为一名芬兰人在中国的投资最后结果是离开公司，但他是令员工怀念的，这一点他是成功的，同时他在事业的过程寻到两位品质高尚的助手：原财务总监刘伟（先于他离开公司）和总经理宋湘仁（在他离去之后离去，但站在同一台送别晚会上）。这也是他慧眼的成功，同时因找对这两人员，也找到了一帮忠于公司兢兢业业的经理和带出一批以公司为家的员工，一个充满家的团队氛围的和生气勃勃的公司。

卡森第二天早晨大约十一点多钟来到公司上班。

他提着电脑包，略有一点倦意的在办公楼前下了车，无意地向这栋办公楼打量看了一下，这栋办公楼比以前相比，看上去舒、顺眼多了，公司的标志GZ是如此耀眼与光亮，从现开始，自己就是GZ主人，自己将会带着GZ这列火车，呜呜地开向远方。

这时卡森向办公楼左边的公寓大楼看了一眼，一个熟悉的、高而瘦的身影、往公寓四楼走去，这个身影是一个失败者带着无限伤痛的、风一吹就会倒下！卡森明白，这是就自己的前任、也是自己家乡人安东尼，看着这一影，卡森的脸上露出了胜利者的笑容，大脑袋加上如海盗一样的蓝眼睛，给人感觉有一种狐狸般的狡诈。虽然安东尼创建了GZ，但现在必已经离开公司，这就是中国人讲的"胜者为王、败者为寇"的俗语吧。

让这个家伙孤零零去收拾自己行李吧！其实这个没能力的人在中国的异国他乡到现在还没有结婚，也是孤苦伶仃的，早些回到家乡，让我们祖国芬兰政府照顾他，我也是一片好心的。

卡森自嘲的、同时也是为自己的行为自我解脱的这样想。西方的文明与东方的文明有一点区别，西方人在做完坏事之后，可以自我的去教堂忏悔，获得心里的安宁，这时卡森在心里为自己建了一座教堂，为对自己行为进行说法。

坐在高大的老板椅与办公桌前，卡森将双手抱住后脑，四顾环看了自己的办公楼，今天的办公楼好像与以往不一样：这些办公的桌子和椅子，还有前面的小桌子，是自己来东莞之后去家具城亲自挑选的，今天好像都张开了笑脸、笑眯眯的。在老板椅子转了几圈之后，卡森停了下来。

将安东尼与宋湘仁送走了，后面的事情还得做、还得给公司董事会交代清楚，不过这些事情都好办，对自己而言，驾轻就熟。卡森又在办公室转了几圈，看了看办公室对面的墙壁挂着的日历，GZ的历史又将揭开新的篇章，不知道对面墙壁另外一位家伙在想什么？我可要好好利用他达成公司董事交给一件重要任务。

其实卡森对面房间坐的是余威。余威今天一早就来上班了，上班之后他收到了一封邮件，这封邮件是原总经理宋湘仁发给公司部门主管以上所有人员：亲的朋友们，昨晚的送别晚会是非常好的，很难用语言来表达我的感受，这个晚会将在我的一生中给最美好的记忆，以及在GZ公司的六年生活，我一生都永远难以忘记，在这里，我向新的经营团队表示感谢！同时也感谢安东尼，你一直以来对我坚定的支持，也感谢他赠送的礼物，它是如此的珍贵。虽然我离开了GZ，但我的心永远和公司在一起。我希望在新的经营团队领导下，GZ公司可以取得更加伟大的成功。

余威看了这封邮件，心里面明白自己现在已经成功。想起了自己以前在GZ的工作历程，自己先是工程师的名义进入公司，一步步谋划，现成为公司在大陆最高的管理者。

余威看了看宋湘仁感谢的人员，根本就没有提到感谢自己屈蹲在他下面的配合多年工作的意思，余威刚感到成功的一丝喜悦有一点消退。

余威想了想，宋湘仁这封邮件是发给这些人员的，虽然宋湘仁没有感谢自己，但为了表示自己胸怀是宽广与感谢的，同时也是一个胜利者对失败者一点嘲弄意味，同时也是向其他人员展示自己胜利与仁义的一面的机会，决定回复宋湘仁的邮件，感谢宋湘仁过去工作支持，我们如兄弟一样的关系，我们将会永远在一起！

余威发了这封邮之后，余威想起了李莉，这个女孩转变很大，最好这个女孩来顶替郑鹏，自己可以不动声色帮助这个女孩达到目的。

李莉这段时间心里可不平静。带着志得意满情调，打量了办公室几圈，又敲了敲手提电脑。心里想道：在职场上只有成功，只有利益关系与手段，没有德讲，安东尼有德又如何？自己引进一个错误股东卡森，再招进一个财务总监琳达之后，反而现在走了，晚会上虽然有很多人为安东尼和宋湘仁的离开公司流眼泪，眼泪只是留给失败者。

想起自己以前做得那么辛苦、那么累，才那么一点工资，这一下工资翻了两番，这次自己胆大成功了。

郑鹏这个不解风情的老实人，只知道工作，不知道见风使舵，我早就放出风声讲过：他的工作岗位，我也能做，今天这种结果也是他逼自己的，当然我也是为了自己利益面采取手段，“人不为己，天诛地灭”吗？

这时李莉也想起那封写自己的匿名邮件，想起这封邮件，自己就不寒而栗！

这封邮件讲了自己与这些老外的关系并且和宋湘仁的走牵扯到一起，我的这些事情这些人怎么都知道了呢？以前也有写信投诉自己的，虽然现在公司几位老外卡森、欧文、琳达如此信任自己，但这也会造成自己在员工心目的印象极坏。

郑鹏，他现在应非常恨我，但这个人公司工作多年，又具有影响力，最好是让这个家伙走掉，这可是未来重要工作之一，本来上次匿名邮件，自己本想借机除掉他，虽然不像他写的，但可惜的是被余威利用了除掉李建。

想到余威，李莉又掂量了下，这些老外现在还是很信任他，他和自己也算是一个道路上的人，但他知道的我的东西太多，也用老的权威在老外面前压制自己，匿外邮件，可是个好方法！到时候再说。

现在重要的是自己虽然是名义上好听的经营团队助理，实际上没有什么特别的工作，只是帮助老外在东莞生活的起居之事和做会议笔记这样可不行，自己要找具体的工作做才可以，但哪里有呢，对！就是让郑鹏离职走，自己就顶替其工作，这是最好的，这个家伙反正上面的人都不怎么喜欢他，自己先将他的部分工作逐步挖过来，这些工作自己以前都做过，也较熟悉，至于如何做？看情况而定！

在送完总裁安东尼和总经理宋湘仁后的当天晚上，郑鹏又是一不眠不之夜。他想起了莎士比亚在《雅典的泰门》中描写世人在黄金之前模样，现稍作修改：金钱呀，金光闪闪的金钱啊！有了你，黑的会变白，丑的会变美，错的会变对，贱的会变贵，老的会变幼，怯弱的会变勇敢！上帝啊，这是什么？为什么可以引走你身边的牧场和仆人，这耀武扬威的奴隶，会弥缝宗教，打破宗教，会向奸人祝福，把癞蛤蟆变成雅士，使强盗受到册封，受人跪拜，受人颂扬，可以使哀哭绝望的寡妇再嫁，这个被诅咒东西，这个人类特别喜欢娼妇。最后上帝说：“我理解，我没有金钱，也是万万不能啊！”

西方的圣诞节快来临了，新年元旦也快来临。

自从新的管理团队建立以来，卡森、琳达、余威、欧文、李莉，五人有时间就碰在一起开会。

如以往一样，李莉习惯的在开会之前做好准备工作，来到会议室。因为老外身上有一种特别味道，又怕热，所以先打空调，打开灯光，在会议桌的位置摆咖啡。对老外的饮食起居李莉了如指掌，她也是依靠伺候这些老外才走到今天这个位置。李莉坐在右手边第二个位置。

卡森一会儿满脸笑容，带动着他肥胖躯体进了会议室，坐在主席椅上，硕大的脑袋晃了几下，将双手放在会议桌上，可能感觉比较热，便卷起袖子，又看了一眼空调是开着的，便说：“Good Job！”满意地冲李莉咧嘴笑了起来。

这段时间卡森可算是事业上如意，掌控了GZ公司的大权，同时情场也如意！今等天下午开完之后，再到酒店里去喝酒之后，饱餐自己心爱的尤物，然后回芬兰过圣诞节。

等欧文、余威、琳达都进来之后，卡森从幻想醒过来，理了理自己开会思路，说：“今天是安东尼和宋湘仁离开GZ之后，我们管理团队第一次名正言顺的开会，也是今年最后一次会议，在此次会议之后，我和欧文都会回到芬兰过圣诞节，在新年之后，才回到公司，这段时间的日常经营工作由余威和琳达处理了。”

几天后，经营团队又去西安开会。正在开会期间的一天，公司员工一上班，所有有电子邮箱的同事都收到一封中文邮件，朋友们：

给大家讲一个故事，本来上是想不必讲出的，但觉得从公道和人道来说有必要，很多人都想讲，可没胆量。

故事的主角是余威，就是公司里很红的那一位，宋湘仁走了，再无人监管人了！同时由于语言障碍，下面有些事，上面那些老外根本不清楚，所以他便可在公司只手遮天了。如果他是个忠心于公司且是能干的人，那就是GZ的希望了，可以把厂里好好整顿一下，如果说他有才有德，大家肯定会笑！你们可看他的管理水平，关键是无德。

其实一个无德的人即便他有才也不能用了，因为他的私心只能给公司带来灾难，细心的人就知道，如：他用人有问题，只选听话的，现在他正在稳固自己的势力，如果之前不和他是一伙的或不是心腹的，或者因工作和他和有过节的人，都在遭他的排挤，要么不用！要么抽空！要么炒掉！他心胸这么小，怎么能做大事呀！

同时下面出的大量的浪费或管理问题，他去蒙混管理层，这一点知情者都知，但由于沟通不便，老板却觉得一切似乎他做得不错，公司确实是这样的，事例不用太多了，相信大家都很了解他。公司董事会的人，其实他们的管理观念是没错，尊重人，也信任并放权，但可惜确实没看准人，你们说他已在公司干了好几年了，他有哪些成绩可以摆出台面的？

敢和你们打赌，如果你们不扭转观念，GZ迟早会被这个人弄挎的！你们可能会想，是我和他有积怨，所以攻击他，唉，信不信由你们，公司是你们的，你们自己评估吧，但愿GZ有一个好的明天！

郑鹏看到张封邮件之时，立即从自己的电脑里删掉了，心想，余威应这次应如何做？上次关于写李莉的匿名邮件，他都告诉自己：他在东莞公安局有朋友，可以查出来的。这些他应该找他的朋友来查这个关于他自己的邮件。

余威一天后回到公司了，黑青着脸找到郑鹏，说："郑鹏，你怎么看待这件事？"郑鹏说："可以找你公安局的朋友，把写这封邮件的人给查出来处理，这属于损害他人名誉罪，这是要判刑的。"

郑鹏这时观察到余威的脸是通红的，额头上有汗滴在往外面直冒，想了一会儿说："我们公司现在改革的过程中，有的工作差的人员的利益受到影响，所以发这样的邮件。"

郑鹏听出余威讲这种话的时候的内心不安与难堪！

郑鹏说："从行政的角度讲，处理这种事情，冷处理，不理会其实是最好的方法，因为你去处理，会将自己在员工的心里越描越黑，如不理会的话，久了，大家也就淡忘了，还认你胸怀宽广。"

PMC经理任丽离职了，余威匿名邮件的这事情就这样结束了，没有其他的了。

通过李莉的匿名邮件和这次余威的匿名邮件，郑鹏想了很多，为什么会这样邮件来写他们两人呢？以前宋湘仁在公司的做那么长的时间，宋湘仁批评起下属也是非常严厉的，为什么没有这样的邮件呢？自己在公司处理员工关系那么多，还没有关于这种类似的邮件。

郑鹏总结他们做事的行为特征：一是特别善于与上面的老板搞好关系，投老板所好的去做工作或老板私事，目的就是一个投其所好，取得信任；二是这类人趋炎附势，长着绝对势利眼睛，对自己有用的人员或有钱或有权的人员是点头哈腰，绝对服从，对自己没有用的人员或没有钱或没有权的人员是趾高气扬，看不起这些人员；三是他们没多少实质性的工作能力，只靠巧取或想尽一切办法取悦于上面的人员，赢得自己青云直上；四是这种人没有所谓的职业道德，一切行为都是以自己的利益为圆心，采取行动。

这种类型的人员最后结局，一时取得老板信任之后，便开始职位上升，然后便开始不择手段的获取自己的利益，因其看不起下面的人员，所以这种人在员工当中一般没有好的印想。最后是老板久而久之，自己辨识这样的人员，老板最后离弃这样的人员，也有可能公司就倒在这样的人员手中。

郑鹏的心里是无所畏惧的，经历了一种炼狱般心路，这些“鬼人”的一般是在半夜之时，鸡不叫、狗不咬的时候出现，这时是鬼人的世界，走夜路的人员会经常遇到鬼人。只要充满勇气，拿出锋利的匕首，将自己手指或身上某一个部位，划一个口子，流出鲜艳、充满生命的人的血液，鬼人自然害怕的烟消云散。

其实鬼人是毕竟是鬼，虽然能在半夜之时，阴风煞煞的一时得势，但鬼是怕人的阳性正义之鲜血的，所有的鬼都害怕阳光，只有你拿出匕首，充满勇气战胜自我，用充满自己鲜血的匕首刺向只有白浆的鬼，所有鬼以及所有的鬼计都会流出白浆，真相大白于天下，此时鬼和鬼计就会都死去了，遗臭在这个世界上。希望用自己的鲜血，点亮正义太阳，如凤凰涅槃的获得新生。

这天下午，卡森给李莉打了一个电话，说：自己在东莞的公寓房间需收拾一下卫生情况。李莉明白卡森的意思，又想了一下：自己也借这个机会，与卡森进行沟通，在这次公司大的动荡之中，感谢他的提拔和跟他谈自己今后的打算。

坐在车上，李莉打开窗户，此时温和的太阳照在公路两边的绿地上是如此美！用“风和日煦”来形容。可能是外面的风吹起来感觉有点冷，李莉裹紧了自己棕色的外套上衣，这套上衣是自己当时第一次来GZ公司面试前台文员所穿的衣服。后来郑鹏还闲聊中提这件衣服特别好看！

李莉因心情较好，便与司机说起一些事情来，并开起了玩笑。

李莉说：“你的两个儿子还在虎门吧！怎么好久没见了，我现在特别想我的儿子，想把我儿子从家里接出来。”

司机说：“在外面，想儿子，不如想老公，你老公呢？”

提到自己老公，李莉不由又抱怨起来，自己一直心高气傲，希望老公能有出息，可老公偏偏不争气，自己曾提与他离婚。可他又不离。

这时李莉挑逗性地笑着对司机道：“想儿子，还不如想你呢。”然后又幽幽地叹了口气，对司机说：“我们以前那些不愉快的事，也早过去了吧，我们找个时间去卡拉OK厅好好喝一杯，一笑抿恩怨。”

两人在车上说笑着，车子已经开到了卡森的公寓下面。司机问：“需不需要等你。”

李莉心想：等我，我要在这里过夜。李莉说：“不用了，这里这么多事，我要晚一点才回去，也不麻烦你了，到时我自己打出租车回去。”

李莉拿出钥匙，打开卡森的房间，里面一片狼藉。找了公寓里一个清洁人员来这里打扫卫生。完毕之后，李莉一个人仰身躺在沙发上微微养了一会儿神。自己近段时间操心公司之事，额头前面的头发都掉了不少！

一会儿，门吱吱两声打开了，卡森回来了，叫了一声：“心肝！”将李莉抱了起来。

李莉撒娇地说：“现在不行，我们去酒吧，喝一点酒，我们也需先调一会情调才可以，今晚我不回去了。”

卡森与李莉来到东莞的“迷情”酒吧。

这时客人还比较少，那些吧台小姐穿着低胸、性感迷人薄纱裙子，在五彩十色霓虹灯下，走来走去，露出挑逗性的笑容，这时的卡森也在这些小姐的身上扫来扫去，看到卡森这样子，李莉倒后悔了，不该来这种地方。

喝了几杯红酒之后，李莉感到较热，也可能为了适应这种场合，便脱掉外套，里面穿的是粉色掉带内衣，露出自己双肩一点之后，这时候，卡森摸了一下李莉的双肩，李莉将他的手拿开了。

李莉作为这方面，知道调情是如何进行，如何把握男人内心的情，挑逗男人的性的欲望，男人是急的，但女人不能急。慢慢地挑逗，让男人内心如火一样慢慢焚烧起来，这样也才能满足自己。在这样的时候，意乱情迷，在酒精作用下，男人的内心更如加了油的火一样，特别需要燃烧，你要求什么，他们都会答应！

李莉“嗯”了一声。又叹了一口气，便不说话了。

这时卡森走过来，说：“你现在是公司核心人员，工资也加了二倍。”

李莉看了一眼这个色眯眯的卡森，眼睛发出绿绿的光芒。调情地说：“你坏，今晚我都是你的了。只是，说白了还不是你的生活秘书加工作助理，可整天在办公室没事可做，无聊得很！我也总不可这样一直在GZ待下去，我要为后面的事着想啊，要不然，你养我一辈子！那是不可能的！”

李莉这时在卡森的额头亲了一下，又说：“亲爱的，我想做一些具体的事。对今后的工作是有好处的。”

卡森想了一会说：“你想要做什么？”

李莉说：“我原先是做人力资源工作的，我想继续做一些那方面的事。”

卡森说：“可这个工作有郑鹏做，我们虽然讨厌他，但他又没犯错，即使想把开除，也是名不正言不顺的。”

李莉说：“我怎么叫你让他走呢，只是我需要他再做一次好人，将他的部分工作分给我做一些就好呢？他也不走，我也可以工作，这也是为公司好啊！顺便教你一句中国话：欲加之罪，何患无辞！”

卡森说：“这不是明显在挤郑鹏走吗？”

李莉说：“你们不让他走，把他的工作挖过来给我做一部分，他这人心气高，自己就会走！公司也不用赔钱！我们的良心也不会受到指责。”

卡森说："好！好！这个好办，我的心肝。我今后可直接将郑鹏的一些工作交给你就可以呢？"

李莉看自己的目的已达到，卡森也开始燃烧起来。

便把衣服放在吧台椅上，牵着卡森一起来到舞池中间，便喝红酒，风情万种的尽兴而做。

李莉一觉醒来之后，快五点多钟了。

老外这个真的厉害，花样又多，老外真的比中国人有"性情"得多，以前与吉姆交往过程中就感受到了。可是几次之后，爽是爽，可搞得自己浑身乏力。

李莉看了一眼旁边睡得如猪一样的卡森。两眼看着天花板。一觉醒来之后，想自己的人生，想起自己在GZ公司：郑鹏，你真的不解风情与我的心，咖啡喝了那么多次，对自己总是看一眼又挪开。我知道你明白我的需要，但你两样都不给我，你们这些自认清高的人！我也没办法，必须要走这条路，我需要还不是这些，郑鹏要走！余威要走！老的管理层人员都要走！要建立自己权威！我要大展拳脚，依靠自己取的成功，那些车间机器是自己，我也做一家这样公司。想完又叹了一口气，自言自语道：我为什么当初会选择那个窝囊的男人呢？姐妹都说：选错老公穷一辈子，我不心甘！我要自己奋斗！！

"心肝！"卡森毛茸茸的手又伸了过来，两人又翻云覆雨几次到天亮！

这一天，还是到来了，郑鹏看了一眼办公桌，因为早做了准备，也没有资料需要收拾！

透过玻璃窗，看见外面树依然那么翠绿，天依然那么蓝蓝的，自己刚进公司之时，大门两边、宿舍大楼和办公楼和车间大楼的两边是乱石嶙峋，当时为改善公司绿化环境，这些树与草皮是自己和老同事们一起亲自栽成的，一声长叹：这些树是长粗了，长大了，自己该走了！

感谢这里一草一木及所有的同事！兄长与领导让自己专业成长！职场对手让自己情商成熟！郑鹏无限感慨！

经历了刺骨的北风，下起了飘飘的白雪，傲雪的白梅凌寒独自开，疏影横斜雪中映，幽香轻盈月黄昏。

人生跌宕起落，识尽了人间冷暖，金陵十二钗，满纸荒唐言，一把辛酸泪，都云作者痴，谁解其中味？有志者，事竟成，破釜沉舟百二秦关终属楚，苦心人天不负，卧薪尝胆，三千越甲可吞吴。独立寒秋，同事年少，风华正茂，人生意气，挥斥方遒，指点江山，激昂文字。

男儿西北有神州，轻骑大雪满战袍，浪花淘尽英雄，青山依旧在，苏东坡几经仕途沉浮，终于酿成千古《赤壁赋》，寄蜉蝣于天地，渺沧海之一束。《赤壁怀古》的，谈笑间，英雄灰飞烟灭，却又人生如梦，而三国的曹阿瞒却说：夫英雄者，胸怀宇宙之机，吞吐天地之志。当然也长叹了：对酒当歌，人生几何的苦短，书成泣鬼神，笔落惊风雨，只缘红尘中，云深不知处。

道家的无生有，一生二，二生三，三生万物的虚怀若谷，佛典的开口便笑，笑天下可笑之人，大肚能容，容天下可容之事；儒家的天地人和，不争是争，争是不争，海纳百川有容乃大。

东方的修身齐家治国平天下，西人每一位男孩都能成为总统，基督的创立者耶稣虽有了十二门徒最后晚餐的悲，精神依然浩气长存，人生有了海的深，山的高，才有了波涛汹涌与凌绝顶之气贯长虹之一种展翅高飞，一种闯荡拼搏之心又涌上郑鹏的心头。

从美国刮起全球性金融危机来了，一般公司都在裁员。

自己未来的东家GM公司在广州，却在成长扩张阶段。

郑鹏想起了自己这家公司结缘过程，通过猎头公司介绍，第一次在自家住的附近西餐厅和GM公司工厂总经理吴先生见的面。第一印象，吴先生上唇留着鲁迅式的胡须，头发自然卷曲，浓浓剑眉下，一双炯炯有神的眼睛，双眼皮，戴眼镜，透过镜片可以看出吴总的文化修养与理工科思维。

吴总循循善诱地问了郑鹏很多的人力资源的问题，郑鹏也根据自己的经验和知识，与吴总沟通的很愉快，并且两人在企业管理之中，有很多共同价值观，如：尊重人的人本管理、人力资源的从业者要有全面的企业管理知识，要参与公司战略，并需懂得公司的业务知识，以有效支撑公司业务发展。在结束之时，两人关系已非常融洽，但郑鹏心中有个迷，此人是否是新疆维吾尔族人？但郑鹏并没有问吴先生。

第二次是坐吴先生的车到公司面试的，在路上，两人谈起各自特长，郑鹏告诉吴先生：自己喜欢看书、打乒乓球、打羽毛球、游泳。两人有很多共同的爱好，从读书毛泽东选集到德鲁克管理经典、再到打球技术与步伐，虽然两人相差近十岁，但却因共同的爱好而引起了共鸣。当然郑鹏也问起了公司情况，其中一个重要信息引起郑鹏注意，公司正准备上市。

到了公司之后，进大门的保安礼仪、清清楚楚的厂区标识管理，到宽敞明亮的办公楼、前台小姐的倒水礼节都显出这是一家管理正规的公司，招聘专员将郑鹏领到一间独立小会客室，引导他填写员工资料表，并告诉他：“吴总已安排好了，到时在会议室对你进集体小组面谈。”郑鹏笑着说了声：“谢谢！”

郑鹏填完资料表，刚喝了水，招聘专员进来，领着他进了一个更大会议室，会议室的一边已经坐了几位人员，其中有吴先生。招聘专员先把郑鹏介绍给了大家，然后分别介绍与会面试的人员：生产黄总监、研发熊总监、财务戴总监、总经理吴先生、执行董事刘先生。

吴总问道：“你给大家介绍一下自己吧？”

郑鹏说："我先简单介绍，大家有疑问，可以问我。"郑鹏从学习、专业、到毕业之后二家公司的工作经历进行介绍。

研发熊总监问："我们公司的研发人员都是高学历，想法又较多，而且还有个性，如何管理呢？"

郑鹏说："你讲人员特征应差不多是八十年代后期出生人员，这些人员管理：一是尊重，尊重其人格与想法，他们学历高、年轻，但内心较脆弱，不像我们一样，当年可以如蚂蚁一样的生活，所以在工作中需多听取他们建议，不管你是否用他们的建议，管理人员先听取。二是参与，让他们自己管理自己，做一些项目，让他们参与进来，这些人员有想法，如果不让他们参与，就会较消极。我们先抛出问题，让他们自己解决，如果他们解决不了，我们再引导大家进行，这会有效的发挥他们的积极性，让他们也很有成就感。三是关心他们，他们年轻人在生活中还是遇到很多问题，我们多细点心，多营造一些氛围，比如在他们生日之时、单身派对之类的活动，他们会很感动的。四是建立职业发展通道，给他们学习与发展的空间，让其看到希望与目标，有目标就会想法，就会有动力。"

财务戴总监问："做绩效考核很多财务指标，你如何理解公司资产呢？"

郑鹏说："戴总很厉害，做人力资源的人从运营财务角度，必须懂一些，关于资产从组成角度说：资产有产品、设备、办公用品，这又分为原材料、成品、在制品；款项，这又分为预付款、应收款、应付款。从组织绩效指标来讲，我们应减少库存产品，现在提的是零库存的理念，当然这也要分行业而定；为了提升公司资金周转能力，我们也要减少库存，同时加强应收款和对客人预收款，而推迟对供应商的付款，但这必须考虑到公司信誉度的管理。"

生产黄总监笑着说："这有些高大上了，你如何解决我们生产工人难招的问题呢？"

郑鹏看向黄先生，这是一位年轻人员，也面带笑容看着他！

郑鹏笑了下，说："一是我们先分析外部人才供应环境，未来都是独生子女居多了，这些人员子女，即使是农民工二代，至少也会读个技校或中专之类，而且这类人员绝对数量较少。二是分析我们周边生产工人来源情况，这样才会有的放矢，并且还要分析周边企业的工人待遇，我们要吸引大家过来，工人第一需求还是物质的。三是我们要做好内部人力需求规划，不要总是急着招人，做好规划之后，平常就要做蓄水池的作用，培训员工的生产技能。所以，我们要先定招聘策略，还要结合公司的发展与行业的情况而定，从招聘的渠道上来讲：外出宣传、设点摆摊、人才市场、中介公司，但更重要的学校学生招聘，这要是根据学生毕业季节和公司需要学生专业情况，因为我们是一家科技行业，农民工必然逐步淘汰，所以我们要加强与学校合作，包括合作办班培养，专场招聘等。"

这时旁边执行董事刘先生问道："公司在引进高管过程中，工资都较高，引起了老员工不满，这如何办？公司引进高端人才又是必须的。"

郑鹏看看刘先生，头发都有些白，其他人员都非常尊重看着他，并听取他的问话。

郑鹏说："这是很多企业在发展过程中，都遇到的问题，不奇怪，这也是一个人力资源技术专业性非常强的工作，我以前有两家企业薪酬工资改革经验，都可以很好解决这个问题。一是建立一套工资标准与管理制度，这就需要对每个岗位工作进行梳理，并对其价值进行评估，同时对我们这个行业，以及我们这个城市工资水平进行调研，来制订工资标准制度。要确定出公司的薪酬策略，如我们是科技行业，要大力引进技术人员，那我们的工资就要偏研发，而文职不看重，文职的工资水平就可以比市场偏低等。二是对现有每位人员的能力水平进行评估，这方面最好是引进第三方公司，以给员工感觉是有客观公正性，至少程序是公平的，因为工资是否公平并不一定客观，人很多时候是一种感觉。三是薪酬要根据公司战略而定，这涉及工资结构与组成的问题，我们要针对不同类别人员有独特工资激励方案，但要保证整体公平性，如研发人员对新产品的研发激励，对销售提成研究等，我说起容易，这里面实际有大量的工作，如果要推行开去，还需要特别的能力与措施。"

大家相互交流了很多问题，最后，吴总问："你有什么问题问我们呢？"

郑鹏说："一是我想了解下公司实质的企业文化与组织架构模式？二是了解我们人力资源管理遇到最主要的问题是什么？"

吴总说："我们是一家中外合资企业，企业文化我们有公司刊物，到时我们给你一本，你就可以了解；人力资源管理遇到问题，是公司发展过程中问题很多，但主要还是匹配的问题，即建立一套与公司发展相匹配的人才选、育、用、留机制。"

六人沟通到中午下班时间，招聘专员带着郑鹏去公司餐厅就餐，下午上班之时，又带着郑鹏去各车间走动参观。晚上郑鹏回到家里，这家GM公司给郑鹏感觉非常不错，对于面试过程中自己的表现也不错。

几天之后，郑鹏接到了吴总的电话，说还要见一下老板。这有点令郑鹏感到意外，还要进行第三次面试。

郑鹏早早地来到约定地点，这是一家高档的港式餐厅，先找了一个较安静的位置坐下，餐厅人已慢慢多起来，大部分人是来这里喝早茶、吃早点的，大家交头接耳的，声音都不大，看得出来这里文化素质的修养较高。

这时，郑鹏远远地看见门口一位中年人进来，上身穿着白蓝色衬衣，手里拿着几张纸，正准备拿手机打电话，郑鹏猜测这人可能就是总裁刘勇亮了，但这人较年轻，最多四十多岁。这时郑鹏的手机响了，郑鹏不再迟疑，快步迎了过去，果然是刘先生，显的活力十足。

郑鹏在来之前，特意向猎头了解刘勇亮的基本情况：重点大学研究生毕业，曾在国外大型公司做业务出生，上个世纪末年带令着自己的哥、弟弟等家人一起创业，并与国际公司合作与融资，公司快速成长。具有强势个性，国际眼光，以及对市场的敏锐，非常佩服华为，并将华为作为自己标杆企业进行学习。

郑鹏简要介绍自己后，刘勇亮直接问道："你对我们公司也较了解了，像我们这样的高科技公司，你如何进行人才队伍搭建？"

郑鹏答道："我们公司应大量引进工科专业学生，去与我公司有对口专业一流学校去招聘，如国内华南理工、华东理工、大连理工，当然还有清华大学的材料系。如果招国际的，还可以寻找国外一流大学的人才，如新加坡的南洋理工大学、美国加州理工、德国的帝工理工等。"

刘勇亮微笑着说："我们公司今后招聘的部门负责人都须是985高校毕业，一流学校的人至少代表了智商高的人居多，而且好学习的情怀在某种意义也代着一种进取心更强。"

郑鹏笑道："正常情况下，清华北大毕业学生不可能比普通大专毕业学生差！至少更聪明。"

两人在讨论了一些人力资源问题之后，刘勇亮突然问道："你怎么看待老板强势性格特征？"

这个问题郑鹏以前都没考虑过，想了一会儿回答道："作为领头的狮子必须强势，才能带领大家充满勇气开疆拓土，作为第一代企业家，没有一个不带有强势性格特质，否则他们做不了领导者。他们强势带来的自信与果断，为企业辅入源源不断的活力与灵魂，他们的内心都是很大的，如华为任正非。同时，强势也可能与独断专行并行，也会有可能给企业带来损失和发展的阻碍。性格并没有对错之后，对于企业家，如何解决强势带给企业经营矛盾呢？一是企业家自己觉醒到自己是强势性格，所以在一些重大决策之时就要时刻提醒自己要善于倾听、多听，容纳不同意见。二是作为企业家要建立一种机制和智囊团，制约因自己性格强势独断，如做策之时就是要一个团队提相反意见，增强决策的正确性，并对风险做出提前预防。三是建立管理机制，让职业经理人依制度与流程做事，而老板不过多人为干扰！"

刘勇亮喝了一口白开水道："他们都说我强势，我有时候也反省自己，确实如此，可公司经营发展我必须负责，我也只能强势，我也是独裁为公啊！"

刘勇亮又问道："你让我如何相信职业经理人，人是最不可靠的，当然也是最不可信？"

郑鹏喝一口茶说："确实人是最不可靠，体现在性格、情商、价值观、人性本身的多变，正因为人有其不可靠的特性，所以才会带来了创新性，推动社会发展。当然也带来管理的难度，特别是对于知识管理者，如我们公司这种情况。所以我们怀疑人、也要用人，要激励开发与监督控制并行。”

两人从人才战略到国家产业看法，又到人才引进，培养与激励，谈了一个上午，直到中午吃完饭，因刘勇亮有事才结束，其中猎头都打了两次电话，后来郑鹏才知道，猎头原本在当天上午安排二人给刘先生沟通，结果自己一人就把时间都超过了，第二位只好先回家了。

郑鹏职业定位：人力总监，未来成长为集团人力总经理。

感谢GM公司培育，郑鹏每个月都会与刘勇亮一次单独见面沟通人力资源管理方向与政策，郑鹏中间经历薪酬变革、绩效体系建设、全球高端人才引进、企业博士后工作站建立、校企合作GM学院等，将自己人力资源专业与公司经营有效结合并在实战中践行！

郑鹏永远记住了刘勇亮说几个经典观念：一是在企业经营的过程中，我们每一个环节都必须强大，特别是人才这个关要过，要学华为公司，以奋斗者人才为本。二是我们要有自信心、要有全球眼光，心里要装得下世界，企业才会成长，要与国际企业集团共舞，我们才能长足发展；三是我们发展离不开祖国经济的发展大趋势，我们中国企业的发展，老板是关键：老板要独特的眼光，要少犯大的战略错误，同时老板强势，但独裁为公，为企业的发展，也是很可取的。

郑鹏在GM公司的职业发展可用“顺风顺水、风生水起”来形容，逐步走向成熟与独立思考，并践行与形成了自己的人力资源思想体系！五年后，因为自己要回成都照顾家人原因离开了公司。郑鹏心里想起孟浩然那首诗：人事有代谢，往来成古今。江山留胜迹，我辈复登临。

真是：长歌伴月如绮梦，放杯世事千日里。职场多少成长事，都付笑谈青山冢。启明人性之初善，点化人心在格物，才华本是于致知，赋能明德万物间。

第四回　初入探心

二〇一三年，新春，成都。

夜晚，窗外月光皎洁，树影迷离，斑光点点。河边的公园树林里，偶尔传来知鸟时断时续的鸣叫声，上午刚刚下过一场雨，空气显的凉爽湿润，晚风习习从窗外吹进来，郑鹏感觉惬意而又舒服。他几天前收到了好家居公司录用通知书。

他从阳台踱回步子到卧室，来来回回走了几次，看见妻子骆贞拥着怀里的一对宝贝儿女已进入了浅浅的梦乡。郑鹏心里对妻子充满了歉意。

妻子已与自己沟通了好几十次了，自从有大儿子豆豆之后，过四年又有了小女儿苗苗，一直都在家做家庭主妇，这可不是妻子生活风格。所以，总希望自己在小女儿断奶之后去上班工作，让孩子的爷爷奶奶来帮着带孩子。可是郑鹏不同意：抚养孩子是我们自己责任，不需要麻烦老年人。

孩子教育很重要，庄稼误一季，人误就一辈子。郑鹏是做人力资源工作，深深懂得孩子教育重要性，而且自己是“农民工二代”，知道父母亲教育孩子在观念上局限性。换个角度，自己培育孩子，虽然累，但也充分享受人生天伦之乐。

所以，郑鹏经常给妻子讲，俗一点说，你如果把两个孩子都培育成人，举个例子：豆豆和苗苗都上了“清华大学”，你可是“英雄母亲”，这是你无上荣誉和家族的荣耀！

郑鹏正在回想家庭这些事的时候，突然，父亲从客房走出来，说道：“鹏鹏这么晚了，你还不睡！”郑鹏看见父亲来到客厅，父子俩都坐下。客厅灯光照在父亲那充满劳动人民式黑黝黝的脸上，已过六十岁的父亲，眼袋已显现，脸上川式皱纹多了起来，白头发已开始爬上父亲的耳旁双鬓。父亲慈祥地望着自己，充满了无限的爱。

“爸，您不是睡了吗？”

“我见客厅灯光亮着，估计你没睡，起来看看你。”

接着，父亲又说道：“你明天不是要去新公司上班，早点睡！”

“是的，我们终于从广州回家乡成都生活，从明天开始正式上班，今后好好孝敬你们双亲二老。”

父子俩又聊了一会，郑鹏扶起父亲起身，让父亲回到房间睡觉，并轻轻带上父亲房门。自己也把客厅灯关了，回到卧室。

突然听到豆豆说：“爸爸，骑马马。”郑鹏知道豆豆说梦话。骑马马，是自己小时候也经常喜欢双腿骑在父亲肩膀上，双手抱住父亲头顶，显的特别高、特别舒服，很有男子汉的感觉。

现在，轮到自己做父亲也经常和豆豆玩的游戏。并且还教会豆豆一首歌：那是我小时候，常坐在父亲肩头，父亲是儿那登天的梯，父亲是那拉车的牛。

“郑鹏，起来吃饭了。”郑鹏张开双眼，外面晨光初现，郑鹏飞快穿好衣服，洗漱完毕，来到饭桌边。

妻子与爸爸已坐在桌边，郑鹏笑了笑，说：“天气很好，睡得真香。”父亲慈祥地看着郑鹏说道：“你昨晚睡得太晚了！”

妻子催促道：“快吃饭，你八点半去新公司上班，还要先送爸爸去汽车站。”

郑鹏与父亲吃完饭，快速来到楼下，郑鹏一看，愁了，车子后面停了一辆小车，右边还有一辆摩托车，只能勉强倒车出来。本来郑鹏想找保安让人把旁边摩托车挪下，可是天气六点多钟，太早了，自己也不好意思打扰别人。这时，父亲说："我帮你下车看看，你倒车更安全些。"

郑鹏启动车子，又下车看看地形，心里有思考着，任自己驾驶经验是可以移出来车位的。慢慢将车朝左前移动下，再右后方倒，一点点地往外移动。在这样狭小的位置里，移动确实很困难的，郑鹏都进行开车忌讳打"死方盘了"，又赶时间送父亲去坐火车。

来回磨了几次之后，车子终于出来了，郑鹏松了口气并招呼父亲上了车，车子继续朝大门外快速的倒出去。突然车子震动了下，郑鹏心里想：这下可坏了，一定撞到了什么，但又不相信。郑鹏下了车看去：原来右后边有一个一尺左右高的小消防天井伸出来，在大门转角处，从后视镜看，刚好在右立后柱的视线死角，自己又在心急放松之下，没有看到。车子右后边的侧面的保险杠已撞上了。

郑鹏心里可不是滋味了，父亲也下车了，说："都怪我，还是该看着，你倒车出大门。"

他笑着对父亲说："爸爸，没事的，有保险公司赔。"然后郑鹏用手机快速地拍了几张照片。

开车送父亲到车站之后，把车停在路边，下车又看了看车，给保险公司打了一个电话。然后深深地吸了一口气。心想：今天可是回到成都，开始新工作的第一天，就遇到这不顺心之事，似乎意味着什么！

看了看东方已冉冉升起霞光，眼光透过高空白云，又深深吸口气，长长的吐出来，敛住心神，然后上车，系好安全带，启动车子，上了绕城路，朝着好家居新公司开去。

郑鹏开车来到好家居公司大门口，可能因为离上班时间还较早的原因，大门口非常安静，大门的拦车杆向天空伸着，保安在保安室里吃着早餐。看到这里，他本想停车给保安打招呼，可又想了下，车子直接进了公司大门口，向左转弯过去，把车停在办公楼旁边的停车位上。

郑鹏看了下时间，才八点十分，离上班时间还有二十分钟，他一直有早晨上班，提前到办公室习惯。

还在念大学进行军训的时候，听过一位部队团政委训话说过：一个人如果在人生道路上，如果坚持每天早十分钟到办公室，你一定会成功的！这句话，给他的启发非常大，通过他自己经验总结，更是要求自己早到三十分钟：在开车路上，此时车辆与行人较少，路面相对畅通，即使遇上交通堵车，也有充裕的时间应对，而且，自己开车的习惯是"开车不赶路，赶路不开车"，以保证自己行车安全，这是对自己负责，也是对家人负责。

早到办公室，你可以观察员工通过昨天工作下班之后，留给办公室环境，了解这个员工工作行为在最后时候工作品德，同时还可以了解当天上班员工时间观念。自己可以充裕的时间，思考当天的工作计划，梳理重点与紧迫工作，解决主要工作矛盾点。

郑鹏下车之后，正好借用这二十分钟时间，想今天的主要工作：办理报到手续，初步了解公司办公环境，熟悉自己团队等，想好这些工作计划之后，他来到前台的办公楼大门口外。

虽然他来这里面试已到过公司二次，但心情是不一样，面试的不确定性让他没时间细细打量这家公司办公环境。今天来报到，意味他已是这家公司的一员，虽然不是正式的一员，但相信自己的专业能力是没有任何问题的。此时也没什么员工，所以他格外注重地看了看公司环境与办公建筑方位，作为新员工也是必要的功课。

郑鹏站立在办公楼的大门口对面，抬眼望过去，一幢只有一层楼钢结构为主的房子铺过去，后面望不到边，办公楼大门正中间楼顶上面树着国旗，在此时起来的朝阳、耀眼的红红的喜上心头，国旗左右两边插满了五颜六色的彩旗，让这栋房子看起来是很醒目的。

下边大门上贴着一副对联：一马当先驰骋疆场纵横四方传捷报，三阳开泰旗展东风扬鞭万里展新图。公司的大门与办公楼的朝向基本一致，都是坐西向东，南北铺开，此时，因是初夏，早上八点多钟的太阳已从东边直直照进前台区域。郑鹏推开大楼的大门，看到前台大理石桌面约三米长，正面的墙壁上用浅蓝色的黑体字印着“GOOD FURNITURE四川省好家居有限公司”，用烫金的玻璃材做的LOGO显的大气而又土豪，在前台的左右两边分别摆了两个大理石台面的茶几，茶几后面是一排黑色的沙发，在阳光斜斜的照耀下，可以看见沙发角落里还有灰尘。

郑鹏轻轻地拍了拍沙发，坐上去舒适感还不错，并顺手拿起茶几上一本杂志《好家居印象》，扉页里面有公司介绍：创造美好家居环境，中国十大家居品牌，始建于1993年，经过二十多年的发展，公司员工近万人，产能八十万套，已成为家居设计、研发、制造、销售、服务于一体的现代化大型家居企业，公司将以国际化的战略理念为指引，以品牌、文化为纽带，全力缔造满足顾客需求和超越顾客期望好家居！新的时代，新的机遇，好家居全体员工传承好家居精神，众志成城，再创辉煌！

郑鹏又翻阅一会杂志，突然从前台左边通道里传来的员工打卡声“打卡成功，谢谢！”以及员工笑声。

“郑总，你这么早。”一个熟悉而爽朗清脆的声音从通道传来，郑鹏站起身，向左边通道看过去，是他们之前已多次交流沟通过招聘经理陈燕。郑鹏轻笑了下，回道：“陈经理早。”

郑鹏在陈经理的带领下，在如迷宫的一样各个办公楼里签字审批入职，还好是顺利的办好了相关入职手续。

“郑总，这是你的办公室，你先看，有什么需要，叫我一声就好，我在你办公室外面的大厅里坐。”

出了门又回头说道：“我下午带你去李总裁办公室。”

“好，谢谢陈经理！”

郑鹏在办公室慢慢走了几下，在中间站定，打量一下这间办公室：约二十五平方米，进门在东面墙壁的右手边，外面是大厅，东面墙壁有不能打开的玻璃窗，百叶窗整齐的下垂遮挡住视线，窗子下面有一张三人沙发，南面是两张单人沙发和一个茶几。北面有两个文件柜，一张黄色的金属件合成大办公桌，坐西向东朝着，办公桌左边靠紧北边的墙壁，办公室天花板顶上有一个三排日光灯与一个排气扇，座位后上方有一个空调。

郑鹏打一下办公座位上灰尘，坐上去转了一圈，突然发现座位后面有一个涂料桶，仔细看了下，判断应是接装空调水用的，这水需要每天提出去倒掉，空调水不能直接排到外边，说明自己座位后的隔壁还有办公室，突然还隐隐传来了人员的说话声。这印证了自己想法，而且这些墙壁应是用石膏板做，不隔音。郑鹏皱了下眉头，这办公室只能开灯办公，前后左右都是办公室，阳光是永远照进不来的，从安全消防的角度这种房子建筑需要考虑的。

突然，郑鹏听到前台大厅外传来一群人的嘈杂叫嚷声。

“我就要进去找你们那些当大官才能解决！”

“不行！不能进去！”

外面吵闹得更凶了，声音越来越大。郑鹏听了一会，大约是说工资事情，什么不公平、扣工钱，找车间领导得不到解决，也找了薪酬部，还是得不到解决。

郑鹏正想走出办公室去看看，具体怎么回事。这时陈燕走了进来，郑鹏问道：“陈经理，外面是什么事？”陈燕说道：“郑总，这些人因为薪酬事情，上周来办公室闹过事，现在又来了！保安也不知道如何做的，就放这些人进公司来了！”

郑鹏低头想了一会儿，问道：“薪酬部与车间管理人员知道这件事情吗？”

陈燕回道：“薪酬部知道，他们计算工资是没有问题的。并与车间领导沟通过了！”

郑鹏想走出外面看看，陈燕用眼神视意郑鹏了一下。

郑鹏笑了笑，走出办公室门口，在这时，一位四十多岁男子走了过来，说道：“对方要么找我们人事部最高领导，要么找老板，这些下有戏看了！”

陈燕对这位男子，说道：“皮总监，你给薪酬部张经理打下电话，叫他过来看下！”

这时外面的吵闹声更大，有人说道：“你们为什么要扣我这些工人血汗钱？”

“是啊，我们在车间那么恶劣环境下上班，那些当官都不是人，还有些当官的，把轻松好挣钱的活都给他们的亲戚如：老婆、小姨子，把不好干的，工价低的都给我们做。”

“走，我们冲进去！”

郑鹏心里快速的转动起来，想了一会儿，说道：“陈经理你也给制造中心领导打个电话，说下情况，我出去看看！”

正在这时，突然办公室进来一位约五十多岁的男人，陈燕急切地问道：“王经理，你们的保安怎么让这些闹事的员工进来了？”

“你们不知道，他们刚开始只有三个人在公司门口，我们几个保安还拦得住，可后面他们来十几个，我们人手也不够，拦不住啊，他们就进来了！”

“这些人进来，打扰了老板办公可不好了！”皮总监好回道。

接着又沙哑着声音补充了一句：“还好，老板还没有来上班，如果老板来了，知道这事，按照老板的脾气，大家都吃不了兜着走！”

郑鹏看了陈燕与大家，这时陈燕说道：“皮总监，你陪郑总一起去看看！”

“这与我们绩效部可没关系，我去了也没有用的！我也不想去趟这个浑水！”

郑鹏与陈燕来到前台，只见前台的沙发上坐几个人，大门的外面站了几十个人。办公室里面的员工这时都走到门口，充满疑惑的眼神张望着这里。

这时，大家已经停止了吵闹！大门外一位身材厚实的人正在那里，似乎在对着大家说什么，郑鹏也不开说话，走了过去！

此人洪亮而沉稳地说道：“我听说了你们事情，我在今天之内，找到人力资源中心的领导，和总裁一起讨论你们的问题！”

陈燕悄声说道：“这是制造赵总，刚打电话时，就说在开车，到了公司的大门口，估计已知道情况，所以直接赶过来了。”

这时下面不知是谁说了一句：“很多当官的老婆都在车间，那些主管为讨好当官的，把好做的单价又高的活给自己亲戚！甚至不干活，只顶个名字在那里，只管工资，拿着我们这些干活人的血汗钱！”

这时，这群人又骚动了起来，低声交头接耳。赵总四处张望着大家，扫视了一下这些员工，也不说话，拿出手机似乎准备打电话。

郑鹏走上前去，说道：“我是人力资源中心的新来的郑总，与赵总一起来处理你们事情。”

赵总看了一眼郑鹏，这时陈燕在赵总轻声说了一句。

赵总又将眼神看向郑鹏，并伸出手与郑鹏简单的握了一些，轻声说道：

“这些员工都是来自同一个地方的。”

然后又转向闹事的员工又说道：“我们处理不好，你们可以直接找人力资源领导或总裁都可以？人力资源领导现也在这里！”

人群慢慢地安静下来，如看怪物一样看着赵总和郑鹏，脸上充满怀疑的眼神，这些人脸上黝黑，头上灰尘满面，邋里邋遢的工装与脏兮兮的鞋子！

郑鹏说道：“我和赵总懂你们的心，也理解大家！大家的工作很辛苦！”

停了一会，又说道：“你们留下二位代表，我们了解下情况，明天这个时候之前给大家结果。其余同事，都回去如何？”

赵总看了下郑鹏：“二位代表，一起就随我们去会议室吧，其余同事回宿舍，相信我们！”

这时突然，轰的一声发动机声音，从右边开过来一辆宝马7系的车，一位员工大声指着说道：“那是老板的车！走，找老板去！”

赵总看了一眼，没有说话。有一位试着跑上去，但宝马随着轰鸣声一闪而逝，大家笑了起来，后面反而安静下来，员工也知道，老板不可能理他们这些人的。

办公室的人员围的越来越多，大家七嘴八舌议论着：这件事麻烦，这些员工都是没有文化、难缠的，他们还是一个地方，很团结的！不过他们讲的管理情况也是事实，这里面还牵扯着相关的人员。

上午，郑鹏与赵总在会议室和二位带头的员工反复沟通，员工讲出制造现场一些管理问题，也确实因为计件工资计算完成之后，对大家疑问没有及时有效沟通管理有极大关系，郑鹏与赵总处理完这件事之后！

赵总看着郑鹏说道：“郑总，这事我们处理下去了，回过头来想一想，你们人力资源工作还需要加强啊，今天这件事情，人是我们制造中心，但事情确实因为薪酬引起的，其实应该由你们薪酬部的人来处理沟通。还有我们今后招聘一个地方的人员不能多了，给我们制造管理带来很大难度！”

郑鹏回应声：“好！这事幸亏赵总及时赶到，要不然后果不堪设想！”

赵总又说道：“是的，这件事，如果处理不好，员工是要罢工的，以前也出现过这样的情况。还有，人力资源中心主导的绩效考核，就知道扣我们工资，也是很不公平的，就我们制造对考核是最严的。上次我们中心的生产总监给你们绩效皮总说这件事情，想不到俩人还有差点打了起来！”

郑鹏接道：赵总，今上午这件事，感谢你！你在制造威望很高！对于绩效之事，我们还需要进一步了解情况，再与你沟通。

郑鹏想不到自己上班的第一件工作竟这是这样的事，中午吃饭之时，不由得苦笑，不过笑归笑，其实薪酬部给大家算的是没问题，只是大家心里有一股情绪的气，为消气，今晚还的和赵总一起，与带头的几位员工一起大碗喝酒吃肉。

下午上班，郑鹏先自己收拾了一下办公桌面的相关文件资料，然后打开电脑，电脑主机传来了“嗡嗡”的响声，这是一台二核老了的台式电脑，以前制造人员在用，里面有一些制造相关的文件，却没有任何相关人力资源工作资料。

作为多年管理者的经验，郑鹏心里清楚，作为新任管理者，如何获取相关信息：一是查阅公司及自己工作职责相关的文档资料，特别是最近的文件、公告，以及正运作的文件资料特别重要。二是通过公司质量体系及相关管理体系如ISO9001、SA8000等系统性文件，可以全盘了解公司运作体系；通过电脑QA及ERP等运营软件可以获取相关信息。三是通过前任留下的电脑文件资料，自己最方便、最细致的查阅相关资料。四是通过与团队成员沟通交流，了解他们想法，以及工作进展情况和遇到需要解决的问题。五是与上级沟通，获取相关工作信息，了解上级工作需求及急需解决问题这是特别重要，上级就是自己最重要要内部客户，也是这个职位以及这个人存在的价值。

郑鹏心里暗暗叫苦：文件资料几乎没有、电脑资料一片空白，自己作为新员工当前重要两件事情：一是了解上级总裁对集团公司人力资源最重要最急迫工作是什么？同时自己也需用心向其请教自己在开展过程需要注意事项，作为自己上司，他招聘自己进来，一定是自己最可靠可信的人了。二是想尽一切方法，收集自己在工作中所需要的相关文件资料。这样才能快速地进入工作状态。

一会儿，陈燕走进办公室，“郑总，我已和总裁约好时间，我们现在可以去他办公室了。”

“好的，谢谢！”

郑鹏走出办公室，向右走过去，穿过一条灯光暗淡通道，再向左拐。

陈燕轻声向郑鹏说道：“这是我们营销公司大厅。”只见大厅里人来人往，吵吵闹闹的，俩人来到总裁办公室门口。

陈燕轻轻地敲了总裁办公室门，“请进。”

陈经理推开门，用手示意郑鹏进去，郑鹏也不客气，走进李华平总裁办公室，并笑着说：“李总裁好！我是郑鹏。”

李华平总裁从座椅上站起，说道：“郑总！欢迎！这边沙发请坐。”

“李总裁、郑总，你们沟通，我回办公室处理工作事情了。”说完，陈燕退出总裁办公室，并轻轻带上房门。

郑鹏对陈燕露出赞许眼光，看得出来，陈燕虽然年轻，却是一位干脆利落又有职场经验的人员，潜力是非常棒的。

李华平总裁来到沙发边坐下，手里拿出一支烟，慢慢地给自己点上，并示意郑鹏。

郑鹏回答说：“谢谢，自己不抽烟，也不介意抽烟。”

郑鹏与李总裁在直角坐下，并再次近距离打量这位总裁：身高约一米七，身子微胖，精神饱满，鼓鼓的眼神隐隐透露出一股坚毅与自信之气，眼角已起鱼尾纹与面部微笑之气透露一种饱经世故的圆滑，看得出这是一位社会阅历丰富而且精明干练总裁。

李华平总裁先和郑鹏沟通一些生活之事，并关怀式地问了下郑鹏的家庭情况，最后才言归正传与郑鹏聊起工作，这一聊就是快二个小时过去了。最后李总裁告诉郑鹏：我们是民营企业，你要尽快适应这里的环境与工作压力，并发挥出自己应有的专业水平以及工作价值。在工作中需帮助的话，尽管找他，他会全力支持与协助郑鹏做好集团人力资源工作。

郑鹏离开李华平总裁的办公室，心情愉悦，并快速整理了与李华平总裁沟通的工作要点：一是公司招聘他进来，就是看重他在大型外资企业的工作经历与专业的知识，希望他能把现在集团公司的人力资源规范化管理，并带领上一个新台阶。二是公司现在人力资源长期而重要的人才发展问题或者说是人才梯队建设有问题，在制约着公司发展。三是公司已在实施绩效管理工作，这个季度已过去，需要立即开一个季度总结改善会议。

郑鹏感受到，李总裁在给郑鹏殷切希望之时，也有测试自己，是骡子还是马，通过工作遛一遛就知道的意思。

郑鹏心里度量一下：绩效之事需要立即处理；人才梯队之事可以推迟下，自己了解清楚公司人才结构需做一个系统的专案行动，“十年树木，百年树人”，这里面涉及很多事项。把人力资源带上新台阶，这是一个大事情，需一步步地来掌握这个节奏与张弛之道，老子说：“天下大事必做于细。”

郑鹏坐在位置，双手十指交叉，轻轻抱住后脑，身体稍稍后仰，全身心放松思考了下：这是一个有总体的、中期的、立即有事的任务框架，它代表李总裁的需求。

郑鹏也必须对李总裁作一个认知判断，郑鹏思索起来，自己来公司面试过程中就与李华平总裁有过两次沟通：

第一次，也是招聘经理陈燕带着郑鹏走进李总裁的办公室。李总裁的办公室与营销办公室连成一片，在整栋办公楼东南边，阳光透过窗子照进办公室，显的精神奕奕、思维活跃。郑鹏坐在宽大气派的皮沙发上，与李总裁沟通了有三个多小时，从其家庭、学习、工作经历、价值观、工作想法，李总裁都有问及，并重点关注了自己过去工作经历做出那些成绩，以及这些完成这些任务细节等。最后李总裁给自己布置一道测试：你对公司人力资源作一次实际的简单的调研，并做一个规划方案，时间三天，完成之后，为我们公司经理级以上员工进行六十分钟讲解。

作为有十年多时间专业人力资源管理经验的郑鹏，明白这道题的目的与意义，这是一道考查多方面能力实战题：沟通能力、演讲能力、调研能力、分析能力、归纳能力、逻辑思维等，还考查电脑技能，既要有实际能力，又要有理论能力，还有综合能力，面向几十位管理人员，自己站在台上，所有形象气质与知识能力都被他们如脱了裤子一样看个精光。

郑鹏完成这道试题后，被李华平总裁直接第二次叫进了他那宽敞气派办公室，与自己进行直截了当沟通，并通知其入职。这时郑鹏才有心思细细观察这位总裁：留着寸平头、宽宽的上额泛着精神光亮，凸起的眼睛炯炯有神而自信满满，鼻子方方的，浑身着装休闲却又是名牌的服装。最后李华平总裁介绍公司发展历程和他们一起随老板年轻就一起创业的惊险与辛勤的历程。

郑鹏根据所有的信息对李华平总裁作了总结：情商非常高，处事圆润细心，读书不多，但社会阅历丰富，工作实战能力强，做工作周全、细致，性格果断、外柔内刚，对家居行业有深刻认识；与好家居公司的老板有亲密关系。

相处原则：虚心向其学习民企管理之道和家居行业，有礼貌的展现自己专业知识与能力，获取李华平帮助与信任，坚定而快速完成他交给的任务。

郑鹏从沉思中回过神来，解决绩效总结会议这件事情。

郑鹏把陈燕叫到办公室，帮助自己通知人力资源中心全体人员于明天早晨九点钟到会议室开会，并先由陈燕把自己介绍给大家。

迎着晨光，郑鹏的车在绕城路上飞快地急驰，到公司之后，把车稳稳停好，现在办公室空无一人，只有守夜一名老人，大家叫其李大爷。郑鹏再次看了看整个园区，据李大爷介绍：这个园区修好有五年左右光景，占地面约两千亩。厂房基本都是一栋一层楼方式平铺开去，全是钢架结构，都是泥灰色，给人感觉是外在面积大、布局平淡、氛围土气。

还有十分钟就到开会时间了，郑鹏拿着自己的笔记本电脑，出门左转，通过前台及通道，再左转，似乎是在自己办公室后面的隔壁，进了会议室，会议室已到了些同事。在陈经理的帮助下，快速的接上投影仪，打开电脑等准备工作。

郑鹏坐在会议桌正中间，慢慢地扫视了下有近六十人的人力资源中心团队同事。

这时，陈燕在旁边轻声问道：“郑总，人都到齐了，我们开始了吧。”

郑鹏看了下大家，轻声回道：“开始。”

陈燕在会上简单而又有重点地把郑鹏学习与工作经历介绍给了大家。

郑鹏习惯性地从座椅上站起身，他习惯在主持会议站起来，这会让他自信并观察到与会人员。

“从今天开始，我将会成为我们好家居公司人力资源中心大家庭中的一员，非常感谢大家努力工作，也非常感谢前任为我们留下一个优秀团队，我们需要发挥人力资源具有优秀团队合作精神，大家一起拧成一股绳，披荆斩棘前行。”

郑鹏肯定大家的工作，肯定了团队全体同事，最后说道：“相信我们团队，今后一如既往工作，和大家一起发展前进！”

最后，由陈燕宣布：“今晚下班之后，郑总请客，大家去老地方聚会！”

会后，郑鹏单独留下绩效部的皮总监在会议室。

等大家都离开了会议室，皮总坐在郑鹏的对面，这时郑鹏仔细打量下皮总：穿着黑色无领T恤，前额有点秃，瓜子脸型，瘦削的双颊上一双老于世故的眼神正微笑着看着自己，从面相看此人比自己年龄大。

郑鹏根据计划先与皮总聊了会他过去的工作经历，并拍马屁式的赞扬他过去的工作经验与能力。皮总讲起了他在好家居公司刚开始是做流程管理，做出很多成绩，现在调到集团人力中心来负责绩效工作。

郑鹏听出他的话外之音：公司没有用好他，有些大材小用，同时也听出此人的自傲与人际关系相处问题。听了一会皮总监抱怨式的倾诉之后，郑鹏借他的工作的话题，也就顺势讨论起绩效工作的进展情况，并提出一季度已过去，我们必须准备召开一次“季度绩效总结改善会”。

皮总听到这里，稍稍停顿了下说：“这些绩效工作数据还没有出来，没有办法开会。”

“我们可以快速的跟进数据提供部门的工作进程，等数据出来再开会。”郑鹏说道。

皮总看了郑鹏，说：“即使数据出来了，这些数据涉及公司实际经营管理，不能给一般人看，也是保密的，如果开会泄密就不好了。”

郑鹏此时明白了他的意思，只能说：“李华平总裁特别要求我们开这个绩效总结改善会。”

“我去找李总裁沟通下这个事情。”皮总监回答道。

“你把我们绩效管理相关文件发给我看看。”郑鹏对皮总监说道。

“你给李总裁说下，李总裁同意，我就把资料传给你。”

这是第一次和团队部门负责人正式沟通工作，可这样的沟通结果，是郑鹏没有想到。

郑鹏内心想了一下，看着墙壁，说道：“好的，我会去找李总裁沟通。”然后自己找了个台阶：“我们今天就谈到这里，绩效的数据资料你还是准备着吧！”

郑鹏回到办公室，在办公室来回踱步几圈，一屁股重重地坐在沙发上，连续打了三个问号：“如何解决绩效这个问题？团队建设中还会遇到什么问题？如何切入到团队同事的工作中去？”大脑快速的运行起来，创立时间久、人数多的公司，管理的人际关系都是错综复杂的，今天遇到绩效沟通问题只是自己今后遇到工作问题的冰山一角，赵总也在说这个问题！皮总又是这样的态度！谁知道下面还有多少暗流与绊脚石，遇到这个问题是警示自己未来的工作难题不容小视，需认真思考再行动。

自己作为新管理者，今天会议从表面上看，应是成功的，简短有力，高效率，不介入和纠缠到具体工作事务矛盾中，对作为不了解情况新管理者特别重要，在会后单独了解清楚情况再行动。作为一名新管理者入职团队见面会，肯定大家过去成绩、肯定大家能力与态度，提出未来工作方向，给团队同事以希望；结束宣布的团队活动，满足团队同事心理需求与期望。

郑鹏想起如何解决绩效遇到皮总监的问题了，这个小问题自己不可能去找李华平总裁。皮总讲那些话总是有原因的，虽然自己现在不知道。这个小问题都需要麻烦李华平总裁出面，虽然可以解决，但李总裁如何看待自己这名新管理者处理问题的能力呢？也许是李华平总裁对这件事另有想法呢？也许他就是让自己在试用期的工作中遛一遛的试金石！

深深的思考之后，郑鹏决定采取行动，通过OA文件管理，以及绩效下属团队、公司的文件管理室拿取相关绩效资料。作为新来管理者与团队中每位成员进沟通，了解工作情况、关心他们内心想法，帮助他职业成长。

先约谈招聘、培训、薪酬等部门的同事，把绩效部放在后面，减少皮总监对自己约谈绩效部另外两位同事之时的抵触心。在和绩效部同事沟通之时，深度进行了解其想法，把此两名同事争取成为自己的人，以便完成任务。陈燕是一位可以信任与帮助自己的，刚好明天外出招聘，完成工作之后，找一个咖啡厅，和陈燕先进行深度沟通，先摸清团队情况。

郑鹏笑了笑，自信的调整好坐姿，可以想象，此时的皮总监也许正给他下面的绩效经理在说刚开会议室的事，也许还讲得眉飞色舞、唾沫横飞。

下午，郑鹏把陈燕叫进办公室，叮嘱到："今晚上吃饭活动，团队中每位同事都通知到位必须去，吃饭的过程中要轻松活跃的氛围。"

"另外，明天我和你一起出差招聘，中午在外找个安静的环境，我们一起吃饭。"

陈燕笑嘻嘻地回道："好的，先谢谢郑总了！"

老地方聚会中途，餐桌一派其乐也融融的景象，郑鹏走出房间，来到树下站了一会儿。忽然一个人影从洗手间那边走了过来，郑鹏知道是薪酬部张华经理。

"郑总，你不进去喝酒？"

"张经理好！站一会！"

张华笑着说道："郑总，我们可是真老乡哟！"

郑总看着张鹏说道："很好！今后还多谢你工作的支持！"

张华说道："支持是一定，你刚从沿海回到我们内地，对一些人际关系之事要慢慢适应！"

郑鹏回道："是的，你在公司很多年了，老同事、老革命，我们又是老乡，我一定来找你的！"

张华说道："你昨天入职遇到制造员工在办公室门口闹事，我在陈燕打电话之前，就知道信息了，我故意找了个借口不来。这本来是制造管理的事，而我们薪酬核算的是没问题！而且这件事，搞了好几天了。公司领导都知道，总裁与老板都知道这件事。但根上原因，他们也没法解决，那些员工讲的也是事实！我很清楚的。"

然后又补了一句："我们是真老乡，我才这样给你讲！我们老员工专业知识不够，但对公司错综复杂管理实情知道得很多的！"

郑鹏笑了起来，拉着张华手，在月光下，说道："多谢！我们进去喝酒！"

张华也笑了起来："我们公司故事可多了，可以写几本书！"

接下来几天，郑鹏通过暗中勾通，郑鹏对团队中每位同事个性及他们在公司的情况有个基本了解，原来绩效部的皮总监是常务副总裁张强从原先公司带来的人员，在公司做人高调、自认为能力强，其实也没有做出什么成绩，李华平总裁并不喜欢他，只是基于多方面原因，才让其流转岗位到绩效部。他下面的绩效部经理钱超是一位专业知识不错、个性较直率的人员、家庭条件并不好，与自己是同龄人，而且还与自己有共同的书法爱好。

这天下午，郑鹏把自己通过OA文件管理找到绩效管理制度，阅读几遍，对这些人力资源管理专业知识的理解，郑鹏驾轻就熟，对这里绩效脉络的思路方法很快理解清楚，并对其中存在问题进行标注，对这些问题根据郑鹏的经验，一定有好家居的管理原因，这需要和绩效部同事沟通。刚好依工作计划，可以和绩效钱超经理进行访谈沟通。

郑鹏先和皮总监打了个招呼，自己与钱超经理进行入职沟通，皮总监懒懒地淡淡地回应了声"好"。

钱超经理心里有些忐忑地来到郑鹏办公室门口。因为来之前皮总监与他有简短沟通，他隐隐地感受到皮总监对新来郑总并不认可！据其和郑总有过沟通交流同事反馈的信息，郑总还算是一位亲和力很好且较关心下属团队的上司，可毕竟是隔级上司，还是注意交往的分寸。钱超轻轻地敲了几下门。

"进来！"钱超进到郑鹏的办公室。

"这边沙发上坐！"

郑鹏看到钱经理进来，离开办公椅，拿一个紫砂杯子，放上茶叶，倒上开水，为钱超经理泡了一杯毛尖茶。

郑鹏到另一张沙发慢慢落座，与钱经理形成九十度角，这样没有明显的上下级感觉，目的让钱经理放松，而且眼神不易有直视压力，显得比较亲近。

"钱经理，听说你以前广州那边工作，来到我们成都习惯吗？"

"我到成都已好几年，基本习惯了。"

郑鹏笑着问道：“为什么是‘基本习惯’呢？”

钱经理回答道：“我这人比较直，喜欢讲实话，没有其他本地同事说话那么圆滑。”

郑鹏借此好好观察钱经理的面相：敦实的身材、衣服休闲而朴素，看得出来，因家庭经济原因，对衣服着装并不讲究。国字脸，两道剑眉下有一对双眼皮的大眼睛，这眼神对人真诚，也有些固有的固执思维；有人生事业的理想似乎不如意和想获取成功的冲动，所以显的拘谨而不自信。据郑鹏了解的信息，钱经理是第二次来好家居公司。郑鹏心里有判断，这是一位可以关心与帮助，并值得信任的同事。

“你是哪里人？”

“湖南的。”

“对长沙我是去了很多次，特别喜欢湖南同胞热情而又耿直的爽快性格！”

“是吗？”

“我以前和你们湖南大学的领导一起吃饭，大家要求是：喝酒恰到好处，不少一分也不多一分！”

“我们湖南酒文化不错。”

钱经理这时候慢慢地打开话匣子，和郑鹏聊起湖南文化与人文，随后说起了自己读书与广州工作情景，在知名的企业工作，学到了些专业知识。

“钱经理，听说你喜欢书法，还在学习画画！”

“是的。”

郑鹏笑着说：“书法，我也有些爱好，可以胡写几个毛笔字。”

钱超说道：“这个经济社会，我们能写毛笔字的很少，写得好更少，能写书法的更是凤毛麟角了！”

在沟通之中，郑鹏感受到钱经理的处事直而不拐弯的价值观，专业知识还不错，只是还需要在人文关系与全局的统筹能力方面进行修炼！

后来，两人的话题慢慢转到当前公司绩效工作开展上来了。

钱超说道：“当前公司绩效工作已开展起来，同时也有较大难度与诸多问题！”

郑鹏看着他说道：我们可以通过个二季度的绩效工作总结改善会，把这些难点与问题讲出来，给大家听听！

钱超疑惑地看着，“我们这个民营企业能讲真话吗？”

“能，讲错了，我担全部责任。”

“好的，绩效工作是由我和前任老总一起从无到有的推动，对里面这些问题都很清楚，我很想把这个事情做好，但我又不是绩效部负责人，所以也没办法。而且我很想通过绩效考核的工作，做好管理工作，也让自己有成就感。”

郑鹏郑重地说道：“好，我们来配合一起把绩效做好，这样，你负责把把本次我们想讲什么，即‘What’做好，我来负责如何讲的相关事情。”

“钱经理，我们谈了这么久，都快两个小时，喝点水。”

钱超拿起杯子猛喝两口，然后说道：“今天和郑总沟通得很开心，工作有了希望。”

郑鹏答道：“还告诉你一起你意想不到信息，我们俩人家庭住的地方都很近。”

钱超不相信，郑鹏说：“你住在‘阳光新城’，是吗？”

“这样，这个周末，我们先约好，一起喝茶！”

“另外，这个绩效工作总结改善会议，我们两天时间准备数据资料，花半天时间讨论修改，星期五上午正式开会，工作过程中，我们随时沟通，有疑问随时找我沟通。”

此时，钱经理似乎想起了什么，有些难为说：“皮总监那里？”

郑鹏自信的拍下沙发，笑了笑说：“分清大小王！依我们讨论去做。当然，你把你收集数据资料根据情况可以发给他，他交代你的工作也完成就好了，我会和皮总监沟通处理。”

“谢谢郑总！”

看着钱经理离开办公室的背影，喃喃自语道：“皮总监的人事工作必须处理好！在团队内部还需坚定有力支持自己工作的人员，有明的支持人员，还需几位暗中支持人员，这需要自己好好思考下。‘攘外先安内’团队建设需要提上重要工作。”

郑鹏一边快速的通过文件资料熟悉工作业务，一边通过陈燕拿到公司人事资料表和组织架构熟悉公司关键岗位与人员。

钱超经理向郑鹏汇报了绩效相关资料已准备完毕。郑鹏说：“会议通知拟定好吗？”

钱超答道：“郑总，你看看这个会议通知。”

“太棒了，真有你的！我们心一点灵犀通啊！”郑鹏内心佩服钱超经理做工作的速度与想得周到。

郑鹏逐句的细致地看了下，对内容与关键点提一些修改意见。“修改之后，打印给我。”

郑鹏拿着第二季度绩效总结改善会议的通知，来到总裁李华平的办公室。

“请进！”

郑鹏快步走进办公室，到李总裁办公桌旁坐好。“李总裁好！关于绩效工作总结改善会议召开，想得到你的指导帮助。”李华平总裁笑道：“郑总，你谦虚了，你是专业的！”

郑鹏给李华平总裁简要的汇报了本次绩效总结改善会议基本思路、以前需要解决问题及方法。

李华平听了之后说："很好，参加会议对象由总监级改为经理级上人员参加，我们要通过绩效管理的工具，把我们全体管理人员的业绩管起来，而且让他们了解学习下公司新的经营管理思路，并且由你亲自来为大家讲解。"

郑鹏回答道："我们一定认真准备，达到通过绩效管理来改善提升工作业绩的目的。"

"我们要让管理人员知道我们各部门主要的经营指标，让他们明白公司指挥棒的方向。"

郑鹏听了之后，想说什么又没有说，心里想道：这些指标有些是有问题，但这些指标是公司管理在以前讨论定下来，现在不能否定。看时机，对绩效管理来一次方向与策略的调整。

李华平总裁又询问郑鹏在工作开展过程有什么困难？需要他帮助其解决的。

郑鹏回答："暂时没有。"

在钱超经理和郑鹏加班赶时的充分准备下，第二季度绩效工作总结改善会如期举行，但皮总监却因身体不舒服，请假不能出席这次会议。

在绩效部经理钱超的主持下，郑鹏来到讲台上，先扫视了公司经理级以上的一百多位管理人员。总裁李华平露出肯定的眼神，其余人员有都看着他，有些有人员是不相信、有些人员是无所谓、有些人员是惊异的！

"尊敬的李总裁及全体同仁们，大家上午好！今天季度绩效工作汇报分三部分：一是我们已有经营指标数据分析；二是绩效工作管理推动过程中涌现好的人员与事例简介；三是存在问题与改善措施。"

"我们营销中心经营指标，销售达成率是提升了，但我们新产品销售的比例下降，这和公司今年定位的新产品市场拓展方向是不配的，所以营销与研发的同事对新产品的市场调研、设计、策划、销售、渠道跟进等流程需改善。"

郑鹏对每个指标数据进行了细致分析，对完成好的指标与没有达成目标的指标关联性也进行了客观分析，并提出解决思路。对绩效推动过程中做得好的制造、研发等中心在数据收集，以及数据的严谨、认真进行赞赏，对财务、信息管理人员对本中心开展绩效面谈等也进行指名道姓的赞扬。对绩效过程，大家有不重视的观念态度、走形式，以及经营指标具体存的问题都进行了分析解剖，并直接提出了解决这些问题的方法。

漂亮专业PPT报告、客观精准数据分析、严密的管理逻辑，有针对地改善问题都为郑鹏在入职之后，这样大型管理人员会议赢的不少赞许之声：专业，确实专业！

最后，由李华平总裁总结讲话："今年公司管理推行就是绩效工作，我们还要加大力度，让经营用指标说话，今后由每季度开，改为每个月都要开，在会上由郑总通过指标数据把问题提出来，我们必须克服解决。每位管理人员都要改变观念，我们是一家民营企业，很多老同事对公司立下汗马功劳，作为公司非常感谢。同时我们也需跟上发展步伐，所以我们引进郑总这样外资企业背景专业人才，他在短短几天时间，就对公司绩效管理进行这么专业的认知，并提出了解决问题的方法。相信，通过KPI绩效管理这个工具，公司经营水平今年会上一个新台阶。”

绩效工作总结改善之后，李华平总裁把郑鹏叫到总裁办公室，再次进行了沟通。不久，皮总监调往另一个部门，绩效部也没有新进人员，而皮总监这位弄潮儿又与同事起了几次波浪般的争吵，几个月之后就离开了好家居公司。

心结未寐任浮华，人道隔山他日复。几点风雨莫轻狂，时日多长念自功。夜梦鬼谷心生计，熟谙人性皆仗义。自认思维需缜密，感念人心苍苍意。职场花枝三日红，胸怀千山意茫茫。心量无痕情意切，漫野春日知人心。

第五回　化心融合

郑鹏开着车在晨曦中前行，快到公司前路上，看见前方山势绵延，这是成都的西边的角落，不由感怀，回到办公室写道：切莫伤春早，暮春更可观，山野新稔色，人心杂远峰，一字雁飞过，几声清韵宽，自信人生路，云外见峰峦。

“咚咚！”

“进来。”

钱超敲门走进郑鹏的办公室，说道：“郑总，你昨天下午约我，上午带你到公司各办公室与车间走走，我们现在去，你有时间吗？”

郑鹏答道：“谢谢！刚好有时间，我们现在就去看看。”“另外，我们不必主动与和管理见面招呼，只随意走走，如果我们和一线员工沟通，也不必表明我们职位身份。”

钱超回答：“好的。”

郑鹏心里盘算着这次行动目标：进一步熟悉公司的办公位置环境；了解公司全体员工的工作状况，获取第一手资料，如：行为、着装、工作效率等；当然也可以通过业务部门员工角度沟通，了解大家对人力资源中心的需求与评价。

郑鹏随着钱超先到财务中心工作区域通道，财务办公室人员较拥挤，大家都不多说话，办公桌面堆满了较多的文件，办公室门口写着几个字“财务重地，闲人免进”，他们只能通过窗口快速简单的扫视。

“钱经理，那个人是来结货款的吗？”

钱超探头看了下答道：“不是的，这里是成本区域，这些财务的同事我都认识。”

郑鹏轻话说道：“这位女员工穿的衣服好似睡衣一样！”

钱超听到这里，笑道：“郑总工作久了，就习惯了！我们公司没有强制要求上班穿工作服，穿衣都特别随意的和非常时尚的！”

郑鹏也笑了，说着，他们来到营销区域办公室。人来人往的穿梭着，营销的同事都比较忙，但大家思维活跃，也不忘说笑几句。

来到研发院办公区，郑鹏皱了眉头：一眼看过去：有人看手机、有人在上网、有人在说笑、有人在画图；在这样夏天，这些员工更是穿得很有个性，还有穿拖鞋走来走去的，郑鹏看了眼钱超，钱超会意的轻声说道：“这是董事长直管的部门，研发总监是老板亲自带出来的徒弟，和李华国老板关系非同一般！老板也说：研发只有在轻松的环境中，才能设计出好的作品。”

郑鹏笑笑说道：“你知道，中国最高精尖的科技都谁发明设计的吗？”

钱超想了下，答道：“部队。”

郑鹏说：“是的，解放军穿衣都一个样，统一的、严谨的、死死的！”顿了下又说道：“关键是知识、观念上、大脑要有创新，而不是在服装的形式上。”

钱超答道：“我们好家居公司，在一线生产工人是穿工装的，对于办公室职员和管理层是没有作要求，也曾经有人提出讨论此事，不知道什么原因，公司就一直没执行。”

在钱超的帮助下，郑鹏花了两个多小时将公司办公室都熟悉了，并且和几名员工沟通。

回到办公室里，郑鹏轻轻地坐在椅子上，眼睛望向天花板那盏灯，这灯也许能明了未来好家居公司人力资源之路吧！慢慢地郑鹏陷入沉思：这家公司虽然销售额与员工人数虽说已是中型公司规模，发展已有20年历史，可在管理层次上基本判断，还处在初级阶段：员工没有职业着装、没有职业化行为。

更重要的是员工几句话给他了强烈刺激：人力资源中心，可有可无！绩效管理没有什么用，他们也不懂业务，人力资源的人在那里瞎折腾！你说招聘工作，他们几个月都招不到一个人，我们新人员大部分都是我们车间自己招聘的，人事部只是办个手续；人力资源中心算个工资，也不发工资条，我们自己都不道如何算出来的，反正相差不多就行了。

现在还没有进入三伏天，虽说是成都的天气，虽然办公室里见不到阳光，但也感觉到有些热了。郑鹏顺手拿起办公桌一本人力资源杂志扇起风来。

他们都说成都是一个宜居的城市，“少不入川、老不离川”“成都一个来了就不想走的城市”，也许是因为成都是一个生活慢节奏的城市，这里麻将令人好玩、这里的房价不够高、这里特色小吃太好、这里的女人太美。

这样天气，成都姑娘已开始穿的风姿摇曳：一双多彩的夏季凉鞋；一条短到大腿根后的现代牛仔裤，露出修长而雪白的大腿。上身有穿的较少朦胧美各式小衣，有些直接甚或是吊带装，露出性感的双肩与后背；也穿的如风一样多姿阿娜如莲花一样裙子的姑娘。

昨天晚上，因同事加班较晚，郑鹏请办公室一帮同事吃火锅，他也不太习惯吃较麻辣的菜，所以要求吃一个鸳鸯锅（一半麻辣，一半清淡），吃在起大家有说有笑的，并开起玩笑，有些男士喝酒之后脱下了上衣。

大家也慢慢地聊到了工作的见闻，郑鹏借此意说起了公司员工行为着装之事，郑鹏笑说：“我们这些普通的男人都不是柳下惠，都是正常男人，建议在办公室女同事们还是穿保守一点较好。”郑鹏先这样放了一点风声，试探大家反应，从心理学的角度先打下预防针，让大家先适应下。

办公室里，正在郑鹏陷入思考之际，培训部朱经理黑着脸，一脸不愉快地走进办公室，说道：“郑总，我有些工作想与你沟通下。”

“朱经理，好，这边请坐。”说着，郑鹏起身给他沏了一杯茶放在朱伟旁边。朱伟感激地看了下郑鹏，说了声：“谢谢！”

“郑总，我们培训部李敏助理，今天又不知道去那里了？我有急事情找她，一直都不在位置。”

“你知道吗？这情况都发生好几次了。”

郑鹏应道：“你打他电话吧。”

“打了，可打通电话一直响，就是没人接。”

“哦，没事的，可能她没有听到吧！”郑鹏回答道。

“我怀疑李敏，她故意不接，依仗自己是公司老员工，不把我这个新来的培训经理放在眼里。”

“哦，是这样的。”郑鹏露出严肃表情，并在这时注意看了培训经理朱伟：下身穿一条西裤，左脚搭在右膝盖上，有点类似我们传统的“二郎腿”。上身穿了一件米白色传统的中国服式，圆直领、布纽扣；略有点小肚子，因为气着的原因而上下起伏。平头下面一对浓眉，口方鼻直的，耳朵上方带一个蓝牙耳塞，似乎有些不协调古怪的感觉。

郑鹏看到这里，心想先解决工作的事情，问道：“是什么紧急的事情呢，我需要如何协助你呢？”

朱伟回答道：“我要处理李敏，先给她一次警告处罚。”

郑鹏略想了一下说：“理由呢？”

朱伟气呼呼地说道：“不把领导放在眼里，不接领导电话，工作不努力。”

郑鹏答道：“朱经理，对于李敏处罚之事，等我们两人了解清楚情况再做决定，建议你可以与她先沟通下。”

顿了下又说道：“我们先解决你现在问题吧！”

朱伟答道：“今后李敏离开办公位置的时候，都必须先说一声，经过我同意才可以。”

“好的，大家离开办公位置之时都和上司打声招呼，这是必须的。”

“李敏，这次我必须处罚她。”朱伟又接口说道：“明天培训课这么急，还不努力做事。”

郑鹏答道：“好！说说明天‘非人’培训课还有哪些工作没有准备好？”

朱伟答道：“还有上课间的音乐、学员名牌打印、培训教材打印、桌椅的分组、上课主题横幅等。”

听完之后，郑鹏也暗的心惊了下：明天就要开始上课，原来还有这么多准备工作没有完成，也难怪朱伟经理这么急了。

这课是郑鹏入职之后，了解到好家居管理人员对人力资源管理的认知和对人才管理的上不足之后，请外面一位知名老师来讲课，也是自己入职之后，第一次请外面老师来给公司管理人员讲课，必须做好啊。

郑鹏再次详细的询问的朱伟经理的情况之后，说道：“我们必须把明天培训课程组织好！因时间紧急了，你把培训部的三位同事一起叫到我办公室，李敏助理之事，在这件培训工作完成之后我们后续处理，当然也顺便看回来没有？同时你把招聘部、绩效部几名同事都找到我办公室来，一起协助明天培训的课程准备工作。”

等这些同事都坐好之后，郑鹏看到李敏也回来了，坐在角落里正看着自己，估计她心里面已知道了些，郑鹏什么也没说。

对于培训课程组织具体组织工作，他轻车熟路的给大家讲起如何组织：“同事们，今天开会就一个主题，就是明天‘非人’培训课，非常重要，希望大家一起帮助培训部同事，发挥我们中心一如既往的团队精神。下面我把具体组织工作直接就与大家沟通，然后每位同事做补充，群策群力做好此次培训，这次也是我们中心对外服务业务部门最佳展现机会，不容有半点闪失与失误，李敏做好工作记录，跟进执行情况，并随时向朱伟经理和我反馈情况。”

郑鹏环视了大家一圈，见大家把注意力都集中他这里，继续说道：“明天培训课程流程，八点钟大家都到培训教室，进一步准备当天工作，如：投影仪、白板笔、电脑、签名表。八点四十到九点全体管理人员签名进入培训教室，注意，签名表分开，准备笔，播放视频与音乐。九点钟，主持人，就是朱伟经理自己来担当这一重要任务了，上台主持工作，然后我上台进行培训前致辞。主持人进行简单破冰游戏。老师开始讲课。

我们需要物料：电子设备：电脑、投影仪、电子、插板等；会场布置：白纸、白板、展架等；茶歇饮料：水果、茶、保温杯、咖啡等；培训资料：签名表、培训资料、培训评估表等。工作分配，会场准备，是体力活，由钱超经理带领男同事，拉横幅、分组桌椅、摆展架等，今天完成。茶歇准备，由陈燕经理带领，今天所有物料准备到位，明天早晨进行现场摆放。老师接待及其他准备，由朱伟经理负责。”

郑鹏简明扼要把工作分配讲完之后，喝了一口水，等待大家补充。

李敏说道：建议明天由我带上相机录像，以便下次展示用。郑鹏赞赏说道可以。

钱超接着说道：“我们公司员工纪律较差，建议我们要一个纪律组，巡视上课间纪律，如提示大家打瞌睡、玩手机等。”

郑鹏说道：“这个工作就钱经理做了，谁建议谁做，因为他最清楚！”

郑鹏话一出口，大家都笑了起来。

朱伟经理说：“建议明天专门有一人管理音控与麦克风，这些小地方最容易出问题。”

陈燕也说：“建议再通过短信通知下参与培训的人员，保证明天培训出勤率。”

大家的气氛慢慢活跃起来后，又提出了很多具体建议。

郑鹏心里满意地说道：“这次培训课，我们为业务部门谋取好处，从人力资源中心角度也是一次亮相展示专业时机，当然也为公司人力资源管理有所帮助。”

“今天是周五晚上，大家今晚要加班，完毕之后，大家一起吃饭犒劳下，更重要的是席间有培训的任老师，他是资深的又实践经验的专家，大家可向其沟通学习。”

末了说道：“大家忙起吧，准备好之后，我会和你们做最终确认。”

另外，“朱经理，你把培训教材再给我一本，我今晚再和任老师沟通下培训方式。你主持台词，自行准备好，相信你！”

朱伟说道：“好的，我叫李敏把会议记录做完之后传给我们。”

今天是星期六，郑鹏早早地起床。昨晚下了一场大雨，早晨清凉的夏风吹拂在脸庞上，让人感觉无比的惬意，此时在树间还传来小鸟喳喳的清脆叫声。

郑鹏快速来到车旁边，打开车门，启动车辆沿着绕城路，向公司开去，今天必须早些到公司。

培训的组织工作进程细致而又紧密的准备着，根据昨晚吃饭又讨论的一些细节，大家今天又进行一些改善，如手机箱。

在这样有大场合，郑鹏牢牢地抓住机会，在开场培训致辞中，提出了“职业化、专业化”的人力资源服务理念，赢得了阵阵的掌声。

在培训结束进行培训效果评估之时，参与培训的管理人员对培训的组织、服务、培训内容都给予了满意评价，对培训场地，希望今后能在外面进行，同时也提出进一步培训需求。

郑鹏着到培训效果的评估总结资料，知道选择培训这头炮是打对了，搅动起一些大家培训的工作希望，也转变大家对人力资源中心工作的看法。

郑鹏提示朱伟对本次培训组织也需进行总结，郑鹏参与此次会议，并邀请了绩效与招聘等参与培训组织工作的人员一起参与，借这次机会对大家也进行一次组织管理培训。在会上郑鹏提出培训组织的“一个中心三个基本组织点”的方法，希望大家记清楚：“一个中心”指“根据最紧迫的培训需求，找好对的培训课”，“三个基本组织点”指“组织流程表、物资与资料表、工作分配表”。

并要求朱伟经理根据此总结，完成《培训组织工作》作业指导说明书，今后大家都依此执行。

会议结束后，郑鹏单独留下朱伟在自己办公室。

“朱经理，关于李敏之事，建议你用关怀的方式与李敏进行一次沟通。”

“郑总，”朱伟似乎欲言又止，又说道：“好吧！”

郑鹏知道朱伟想说什么，鼓励其说道：“先去沟通吧，我坚定的支持你！”

在朱伟离开办公室之后，郑鹏轻轻自语道：类似朱伟与李敏这种小事的管理还有多少？我们人力资源中心这艘船的人员如何整合航行呢？

郑鹏总结的多年管理经验“带团队、建机制、抓关键、重执行”，带团队是放在第一位的，自己现有团队情况差强人意，郑鹏想起了二次会议的经历。

一次在总裁办开会的时候，在开会之前，总裁李华平先生问自己是哪里人？郑鹏回答道：“四川人。”总裁李华平呵呵笑着说：“你不讲四川话？”

郑鹏听到这里明白了，说道：“好的。”

另一次是在集团人力资源中心内部的周工作例上，大家讲述自己的工作之时，都用四川话，自己做总结之时用的却是普通话，这时年龄约五十岁的薪酬经理张华说道：“郑总，有一个建议可说不？”

郑鹏答道：“可以。”

“你能用四川话和我们沟通吗？”

郑鹏听了之后，略微顿了下，笑着回道：“可以。”

想了一下，又说道：“我们在平常沟通交流中，可以四川话、也可以普通话，同时建议尽可能用普通话。”

大家听到这里，相互看了下！

员工关系部经理黄平问道：“为什么呢？我个人认为没必要吧！我们大家都是四川人。”

郑鹏没有作回答，而是将眼睛望向陈燕，这时陈燕看到郑鹏将眼神看向自己，笑着说道：“我们之间平常用四川话沟通没问题，可我们招聘部同事，在和外部候选人沟通的时候，又特别是与省外的一些高管候选人沟通之时，曾有我们部门同事打电话给人家之时，人家就说听不懂，要求我们人员讲普通话，可大家平常都讲习惯了四川话，一时改口讲普通话还真有难度。”

郑鹏又将眼神望向培训经理朱伟，朱伟答道：“培训部的同事作为讲师，普通话是必须的，我们部门小李与小王是北方，曾经也给我提到此问题。”

“钱超经理，你的意见呢？”

钱超答道：“虽然我来成都有几年，会讲四川话，可还是认为大家之间应讲普通话，特别公司在引进外部管理人员之时，给我们这些外省的人员总有一种‘排外’的感觉。”

郑鹏看时机差不多了，说道：“大家可以讲四川话，我倡导大家都讲普通话。”

“为什么呢？”

郑鹏继续说道：“我以前在广州工作之时，这里的同事都来自全国各地，或是全球各地，如果同事们都讲家乡话，交流起来是困难的。在我当时的团队，四川老乡给我讲家乡话，我给他们说‘讲四川话，别人听不懂，以为我们老乡之间有什么秘密，故意用家乡话，不让别人听明白，这样给人感觉，你们俩关系要好一些，这对团队管理是一种分裂的行为’，因此我们要求大家都讲普通话。刚才钱经理讲的话，大家也听到了，那是他作为外省的一种感受，不管我们是否有恶意。”

郑鹏稍稍停顿了下，又环视了大家，说道：“我也知道，在我们公司，官方语言是‘四川话’，四川话与普通话相互尊重，同时倡导普通话，更意味我们企业对外一种开放的心理，只有接纳来自全国各地人才，公司才会发展，这种语言的背后是一种思维，接纳新事物的思维，要跟上时代的发展。”

郑鹏又看了下薪酬经理张华说道：“当然，我们也要尊重为公司做出贡献老同事的建议，黄经理，你比较年轻，是我们部门未来发展骨干，建议你讲普通话。”

其实这两次会议讲语言的问题，郑鹏心里明白：代表公司内部两种不同的思维观点。郑鹏选择先在自己能力与职权范围之内的问题解决吧！

郑鹏正想工作之时，“咚咚”响起了敲门声，“请进。”

朱伟说道：“我们周末‘非人’培训课，营销与房地产分公司的人力资源总监没有来，是否按培训纪律制度处理？”

郑鹏问道：“他们有事先请假了吗？”

朱伟答道：“没有请假。我刚去分别问了营销的李强总监和房地产的赵刚总监。他们解释说，他们出差招聘高管去了，因为工作忙，忘了给我们培训部请假。”

郑鹏略想了下说：“你暂不理会此事，把培训部紧迫的工作处理好！我会和他们沟通，并在后续进行处理。”

他明白：这是人心的问题，他们还不是当前最主要最急迫的工作。

另一个更棘手的工作是薪酬的问题。

薪酬部的办公室在马路对面，郑鹏看着外面有点热烘烘阳光，现在初夏天气，有些闷热，用农民伯伯的话讲：这是抽谷穗天气。郑鹏来到薪酬部张华经理的办公室外面，在入职之时曾来过，现再次打量下这间办公室：这是一间原公司宿舍改成的办公室，进门就有一个阳台但似又不是，右边有瓷砖做成台面，还拖布池，哦！这应是做饭用的。再进去，就是张经理的办公室，桌面摆着一个招财猫，在那里一只手晃来摇去的，很可爱的样子。办公室后面还有一个门，似乎里面还有一个黑漆漆的小房间。

“郑总，这里坐，哪能让你亲自来办公室呢！”张华开玩笑地说道。

郑鹏回答道：“不欢迎么？”

张华笑道：“领导视察工作，欢迎！”

郑鹏坐在沙发，这时张华让一位文员给郑鹏递了一杯水过来。

郑鹏喝了一口水之后，轻轻放在一边，直奔主题说道：“我来主要是和商讨你上午提出薪酬改革的事情。”

张华说道：“是的，这件事是老板李华国昨天晚上打电话给他说的。老板说：有很多老员工给其他发信息，说新进的员工比老员工的工资都高，公司的工资管理对老员工不公平，因此老板要求薪酬部本周内拿出一个薪酬方案来处理此事。”

张华停了下又说道：“我把老板的想法在今天上午也告诉了李华平总裁，李华平总裁让我来找你的。”

郑鹏听完之后说：“这件事情辛苦你了！我对公司每位同事的薪酬数据并不了解，我想听听张经理你对此事的处理意见。”

郑鹏说完，打量了一张华：下身穿着牛仔休闲裤，上身是一件蓝衣体恤，个子不高，寸平头的前额下面，一双饱经江湖的老练眼睛也正盯着自己。

张华经理答道：“关于每位员工的工资是特别保密的，公司只有我、计算工资的助理、总裁、老板才能知道工资，而且老板私底下特别交代了我，要看管好工资这个关。”

随即又说道：“确实我们从外面引进一些管理人员工资比原同级别的管

理人员的工资高。但要改革公司的工资结构体系，这个工作难度是很大的，也不是短时间内就能完成的，实话说吧，我的能力也完成不了。所以只有想办法跟老板沟通，现在这种工资不平衡情况，确实是引进优秀人才的一个必然情况，久了大家习惯就好，同时对工资低的老员工可以慢慢地逐步提升，慢慢地平衡。”

郑鹏听了之后，不由地佩服其想事全面及处理工作圆滑。他处理目的和自己的目是一致的，作为一名新入职人员即对薪酬进行变革，除非老板真的想清楚了并全力支持，这绝对是工作最不明智之举。如果老板仅仅是为了平衡新老员工的工资水平而做此事，更有问题，但这也往往是一些企业发起薪酬变革最直接导火线。而自己私底目标本身也只借薪酬改革之事，来与张华经理作沟通，融洽相互之间的关系、融入薪酬团队中去。

张华问道：“你的意见呢？”

郑鹏笑道：“我非常同意你的分析与处理方式，同时为了把此工作做好，我做以下补充，你看看是否可行？薪酬改革是件涉及大家利益的大事情，涉及薪酬改革的目的，为什么要进行薪酬变革，不仅仅是平衡新老员工的工资多少，要制订公司统一的薪酬政策。对外，薪酬结合公司业务战略而定，引进人才要用竞争有力的工资，考虑行业、区域、我们的竞争对手公司工资，同时还要考虑国家政策等。对内：要考虑效率，如何通过薪酬管理引导激励员工愿意高效地完成工作。公平，要考虑员工的心理公平，不怕寡怕患不均，还要考虑进行岗位价值评估等。这要考虑很多专业的因素在里面。”

张华看着郑鹏，似乎有些不解，郑鹏也不理，继续说道：“另外，张经理根据你的思路和我提建议，根据情况你直接向老板汇报。你把现有薪酬管理制度发给我看看；同时你只需对现有员工分管理层级，确定下各层级最底与最高工资。我根据你给的资料，以及相对科学薪酬原理，做一个薪酬改革方案，以防止老板确实急需，同时也为后面做薪酬改革做些准备工作。”

郑鹏讲完之后，说道：“张经理你有没有什么意见？”

张华这时站起来说道：“郑总，你的专业能力很足，依你提出建议做，我们分别完成这些工作，如有什么信息，我们相互告知。”

郑鹏接着说道：“我们做准备工资改革的方案之事，暂不忙告诉老板。同时，我们把整个如何处理此事的方式，一起去告诉李华平总裁，听听李总裁还有什么指导。”

郑鹏说完之后喝了一口水，他这次的沟通目的达到了一半，张华经理以为沟通结束了，准备回到座位上去做工作，这时郑鹏却拍了下沙发，说道：“张经理这里坐会，我还有些其他事向你请教。”

张华在郑鹏旁边坐下，看着郑鹏说道：“郑总，不能说请教之类谦虚话，还有什么事？”

郑鹏笑着说道："你是公司做出贡献的老同事，我们新来的人员对公司管理情况不知深浅，所以你今后多提建议，遇到人力资源中心的工作问题，我会找你协商沟通。"

接着话锋一转道："我们有三个共同点，你上次说我们之间纯老乡，我听说我们生肖都是一样的、都有共同爱好喝茶哟。"

张华笑道说道："是的！"

郑鹏说："我们一起去天府茶楼喝茶，如何？"

张华笑道："好！今晚我开车。"

郑鹏接着说道："员工关系黄平经理也喜欢喝茶，我等会约他一起去，我们就这样说定了。"

郑鹏回到办公室里，想起来李文的一句话：在我们好家居公司人力资源中心要立稳脚跟，必须把薪酬部张华经理搞定，要么踢走他，要么拉拢他，可是踢走他是做不到的事情，只能拉拢他。

今天的沟通过程中，从专业知识层面让张华"佩服"了自己、从人性的层面也让他感受到"尊重"，从关系层面也对他进行拉近，虽然他有那些不配合新管理人员、对新事物排斥、对人际关系圆滑、专业能力不足，但也有老员工的优势：对公司业务情况熟悉、了解公司潜在的人情关系，如张华昨天晚上告诉他：制造的赵总与李华平总是亲老表关系，而且制造内部很多老员工，与老板都有各式各样的关系。

将老员工的才能和资源用好了，是新任管理非常大的一个管理优势。

这天，郑鹏正在看张华传给他的薪酬管理制度与数据资料的时候，"咚咚"地响起了敲门声。

"请进。"

只见培训部的朱伟经理皱着眉头进来了，郑鹏关掉电脑资料，站起笑着说道："又遇到什么麻烦事了？"

朱伟气呼呼答道："上次你让我李敏作沟通，我给她讲：郑总也同意了的，今后培训部同事无论做什么事，离开办公室都要给我说，以便于工作开展。李敏当时也同意了。"

顿了下又说道："现在她们的工作进展我不清楚，工作完成不了，也不给我汇报，我要求培训部几位人员，每天必须写工作计划与完成表。"

郑鹏没有说话，这时朱伟又说道："我这样做的目的，是想把培训工作快速做好！"

郑鹏看着朱伟一张急切的脸与眼神，他评估过朱伟：优势在于进一位优秀的讲师、积极的工作责任心、优秀的执行力，不足之处在对管理实际能力停留在教材上，管理组织能力一般。

朱伟已经错误的领会了自己要求他与李敏沟通的本意了，自己的本意是要求朱伟经理与李敏进行心的关怀与交流，他结果只沟通了事，适得其反。

郑鹏思索一下说道：“朱经理，我们都想把培训的工作做好，这是确定的；在培训工作上我是坚定支持你，并与你站在一条战线的，你明白吗？”

朱伟说：“是的。”眼睛紧紧地看着郑鹏，并点了下头。

郑鹏接着说道：“带人要带心，你与李敏沟通是失败的，你只做了事，没有关注到李敏的情绪与想法。”

朱伟似乎有些不理解，郑鹏只有接着讲道：“李敏是一个有想法助理，培训部其他同事都是有自己独立想法的同事，只是李敏表现较突出而已。培训部以李敏为代表同事对你这位新人是有抵触心的，所以你作为培训的负责人是要解除他们对你的这种心，你要用心换心，真诚的沟通与关怀他们，而不是强制的根据简单管理手段，如外出需向你申请、每天写工作计划与总结表，这样做，只会让她们更反感。”

朱伟还有些不解，郑鹏只有继续说道：“她们对你，除了工作之事，其他事情都不和你在一起，也不与你沟通；对你要求做的事，虽然你很急，可他们是不关心、不关己的样子，而且拖在那里，完成不了也不给你汇报。她们对你只是想办法摆脱你对她们的管理限制，如外出有事也给讲，电话也不接，然后找理由与借口。人都是有情绪的，员工的心如果不通，所有管理方法与手段都是无用，这只能让员工被动的工作，要发挥员工的主动工作之心，这样管理才穿透力，你好好思考下。”

郑鹏说完之后，见朱伟不说话了。

又说道：“你自身有很多优点，如责任心、执行力、讲课专业风范，同时要实现你职业生涯的‘企业大学校长’的目标，在管理上要多下功夫。我也相信你一定能达到目标！”

朱伟听到这里，满心感激地说道：“郑总，我明白了你的意思了，相信我，通过管理实践能提升管理水平的。”

郑鹏笑着回答道：“很好！我也会针对我们人力资源中心团队管理会统一安排的。”

郑鹏入职已快满一个月，达到预期的三个工作目标：基本熟悉团队同事个性特质与需求；对业务工作的基本资料与开展工作进程也有了一些了解；对外的人员关系已通过工作和主要管理人员都有所接触，也取得总裁李华平和管理人员一些认可。

现在最急切的依然是团队之事：自己在团队中有待进一步树立权威（自己不喜欢权威这个词，本意是成员要把自己看成是领导），有些年龄大的老同事并且在公司时间长，摆老资格；大家在管理理念上不一致，而且各分公司人力资源还是军阀一样是很散的，不听从集团人力资源号令；大家的工作行为、思维方式的随意性，不专业与不职业，这是自己在入职时就能感受到的。

郑鹏打开经过自己整理人力资源中心组织架构图，集团总部人力资源依传统职能分招聘部、培训部、薪酬部、绩效部、员工关系部，分公司人力资源有营销公司人力资源部、制造公司人力资源部、房地产公司人力资源部、河北公司人力资源。

单从书面组织架构看，似乎没有太大问题，可实际上通过自己暗中观察与了解情况，并根据自己多年集团管控经验，好家居公司人力资源实际存在两个字的问题“散、弱”。“散”指团队建设一盘散沙，以及各分公司的人力资源政策与所做之事各自为政，都是一方诸侯；“弱”指总部人力资源看似健全，而实际少了一个重要职能部门“人力资源规划”，造成总部人力资源实际如分公司人力资源一样只是分别负责些业务部门，而总部没有“规划与平台”的作用，也造成人力资源中心对各业务部门开展表现出弱的工作表现。

郑鹏在房间内思索着，组织架构形式就不变了，暗中将人力资源规划的职能由自己来承担最好，并加强总部人力资源的力量与影响力，整合人心，再逐步整合事情。

提起人心，郑鹏想起三字经里面开篇语“人之初、性本善，性相近、习相远”。其实他对这个句话做个深入思考，这对人力资源是至关重要的，很多人都理解为是孔子或孟子为代表儒家提出的“人之初、性本善”，其实孔子与孟子只提出了“性相近、习相远”，这两句话还是很大区别。

人性是善还是恶是中国先哲争论点之一，自己理解：人性不善也不恶，但基于基因的传承，人都是趋利的，同时人也是向善的。所以对待团队建设，优秀的管理者都需展露出对团队的善意，也就是爱心，也就是仁道，同时给之以实在的各式各样的利，让大家都感受到肉的香味，激励大家都可以去吃肉。

郑鹏又仰头想了一会，深深地吸了一口气，想起老子道德“大象无形、大音稀声，天下难事必做于易”。润物细无声给大家以利与爱吧！

“咚咚”响起了敲门声，郑鹏知道是员工关系主管李文来了。

李文是湖南人，但在成都念大学，毕业之后，作为储备干部来到好家居公司已经快四年了。郑鹏入职之后，自己在暗中观察物色一位自己的助理，发现李文比较适合这个要求：对公司情况熟悉、有发展潜力、机灵而又踏实。明用在员工关系部任职，暗中若有若无为地为自己做助理的工作。李文为了自己职业发展之路，也乐意这样做郑鹏的助理，成为郑鹏的心腹！

“李主管，这里坐！”郑鹏招呼李文，为他泡一杯咖啡，并说道：“听说你喜欢喝咖啡，我这里有些不错咖啡，你尝尝，其中味道如何？”

李文很感谢地说道：“谢谢郑总，我是喜欢喝咖啡！”并拿起杯，放在鼻子前嗅了一下，说道：“不错！”

郑鹏笑着说道：“李主管在上班时候穿的都是很正式职业装，碎平头、衬衣、西裤、黑皮鞋，很精神！今天衬衣线型笔直不错，这更加青春帅气。”

李文不好意思笑道：“多谢郑总夸奖！这是我的工作习惯。”

郑鹏站起看着他，答道：“这个职业习惯好！一直保持下去。今天找你来做一件事情，也是锻炼发展你的能力。这件工作，关系到我们整个人力资源中心成长。”

李文答道：“好的，一定认真完成。”

郑鹏说道：“先网购两本书：《请给我结果》，作者是姜汝祥，我们中心全体员工（包括分公司人力资源）人手一本。《卓有成效的管理者》，作者是德鲁克，我们中心全体主管人员都需有。这些算我赠送给大家的，所以费用我出。”

稍停了一会又说道：“你写一个读书活动的方案，主要内容：时间是每周五下午，你主持及对主要进行内容讲解，每位同事在活动之前都需读书，在学习讨论会上都可以自由发言。每本学习完成之后，大家都需交读后感进行评比，奖励前三名、最后一名乐捐二百元。”

李文似乎有疑问，郑鹏笑着说道：“你的疑问我知道，最后一名必须乐捐，这名乐捐负激励会让所有人都认真写读后感，而前三名只激励文笔好的人员。评估方式：集体不记名投票。”

李文笑呵呵地回答道：“好的，我有不明白的地方，再找郑总指导。”

郑鹏答道：“相信你一定可以完成好，其实读书活动很多团队在组织搞，但要真正读出效果，对工作大帮助很少。你需加上你的思想，把此工作务必完成好！另外，在没有开始之前请保密。”

在李文离开郑鹏办公室之后，郑鹏找来培训经理朱伟。

“郑总，你好！找我有什么事？”

郑鹏看了下朱伟，说道：“你今天看上去精神风貌不错，我们培训工作进展还不错吧！”

然后拿出一张纸条递给朱伟，并说道：“这是康德公司企业大学校长李先生的联系方式。李先生是我朋友，我已与他联系交流过了：我们人力资源中心全体人员都去，本周五上午出发，去康德大学参观学习，主要交流议题是企业如何有效培养后备人才。你把此次参观学习活动务必组织好，请大家做好工作安排，去参观之时，我们没有统一工作服，但都必须穿正装，带上笔记本。在去的路上约有二个小时，培训部同事可以在车上做一些活跃氛围的游戏活动。”

郑鹏看了下朱伟又说道：“具体一些细节，你再联系下李校长沟通好。中午在康德公司餐厅吃饭，我们下午返回。”

朱伟问道：“分公司人力资源同事也来吗？”

“是的，向公司请派大巴车。”郑鹏回答道。

郑鹏静静地坐了一会，想起一件事。

办公室外面刚才电闪雷鸣，下过了一场阵雨，天气一下子变凉了，郑鹏深深地呼吸了一口新鲜空气，静静的来到员工关系部的办公室。

“郑总，什么风把你给吹来了！”黄平正在与一位员工谈话，突然看到站在门口的郑鹏，惊讶又笑着和郑鹏打招呼。

郑鹏也不客气笑着回答道：“这次来了是想让你请我喝你上次带来好茶！”

郑鹏环顾了下办公室，办公室有三张座位，桌面上文件随意地放着，上面有些公司的员工劳动合同，估计在整理，另外两位同事估计外出办事去了。墙壁上贴着两张KT宣传版标语“好家居之家、快乐好家居”，旁边还有一块“好家居工会”的牌子。

黄平已和员工结束谈话，回头说道：“好啊，我这里刚好有朋友从云南带来的‘雪里红’，你绝对没喝过！”

“你这边椅子上，我们一起喝一杯！”

郑鹏正准备坐下去，发现椅子上面有些灰，突然心里有了一个想法：改变办公环境。

郑鹏轻轻吹了一下灰尘，一屁股坐了下去！

这时黄平泡了一杯“雪里红”递给郑鹏，说道：“郑总品一下！”

“谢谢”郑鹏接过茶，看了下，确实较特别，一阵茶的清香扑鼻而来，水质清透但有丝丝红蕴。

“好茶！好茶！好茶！”郑鹏连赞三声，并再次打量了一下黄平，黄经理今天穿着白色T恤，下身着一条淡土黄色休闲裤，一双白色鞋子，三十出头的年龄。通过上次晚上喝茶聊天，郑鹏知道，黄平经理就是成都本地人，大学毕业之后在好家居工作了快九年了，是典型的“四川爱家型、有闲去钓鱼、麻将三缺一”的男人。

“黄经理，能品茶的男人一定是君子！”郑鹏说道。

黄平笑答道：“过奖了，只是有闲时间喝着解渴。”

郑鹏说：“我今天找你就两件事，可要麻烦你。”看了一眼黄平又说道：“第一件事：公司在推行9S管理，我个人观点执行得不好，我们人力资源中心内部推行下5S吧，就是‘整理、整顿、清扫、清洁、素养’就好了，但我要求做得很彻底，并由你全权负责。”

黄平听到这里，答道：“好的，没问题，只是我不知道如何做？”

“你先把你的办公室做一个5S的标杆，然后大家来参观；然后你固定每周检查一次、并有一次不定时检查；以部门为单位，每个月进一次5S评比，前面三名奖，第一名的部门挂5S流动红旗。”

黄平急急答道："最后三名呢？"

"我们不处罚，内部5S以鼓励引导为主。"

黄平回答道："这好办，不用得罪人！"

郑鹏答道："定一个简单的方案，我签批，在我们中心内部周例会上公布，你可先通过你内部做标杆之时，给大家吹吹风。记住，我要求你一定做的彻底，这关系到我们人力资源中心在公司内部形象，改变从办公室开始，所以，意义特别重大。"

郑鹏想了一下，又说道："当然，做好了，我会重奖励我们员工关系部全体员工。"

黄平答道："好！第二件事呢？"

郑鹏笑了笑说："你统计下我们中心全体员工的生日，注意：以农历为准，大龄的员工身份证是农历，年龄小的员工身份证的出生日是阳历。"

黄平有点疑问眼神地看着郑鹏，郑鹏没有理他继续说道："对我们人力资源中心的员工的生日，我们都要给他们一份意料之外惊喜，由你来主导此事，明白吗？"

黄平疑问答道："如何是意料之外的惊喜呢？"

"你先把大家的生日具体时间摸清楚，第一位生日的时候，我告诉你如何做，你就明白了。此事需保密了！"

郑鹏又和黄平聊一会茶的话题，外面阳光已更明亮，从树叶的缝隙透过水珠，五颜六色的晶莹。

下午上班，郑鹏忙了一会文案工作，这时黄平来到办公室。

"郑总，我们中心全体员工生日已经都清楚，这是资料，你看看。"

郑鹏说："你效率真高，不错！资料你保留好就可以了，最近的生日有谁？"

黄平答道："在下周一，刚好是营销人力资源李强经理和招聘部的陈燕经理。"

郑鹏略想一会，说："你通过方法，如QQ空间之类的，找：李强和其女朋友合影照，陈燕和小孩子家人的合影照，把他们的照片做在一个精致枕头上面，作为礼物由你当天送给他们；另外在下周一早晨上班之前，你提前到我们人力资源中心大办公室用气球稍加布置一下，再送给她们每人一枝玫瑰花放在桌面上；用手机下载一首生日歌！我们中心的同事都到场，用十分钟时间庆祝！"

只见黄平张大嘴看着郑鹏说道："郑总，有你的！"

郑鹏笑了，说道："这就是意料之外的惊喜，要有创新之意！你是我们中心的'喜星'呀！大家都会对你满怀情意的！一定要记住保密。"

星期五早晨，郑鹏开着车迎着红红的霞光，希望提前到公司。可车行驶的半路，突然车外传外噼噼啪啪的响声，天空此时虽然还是白昼，却是下起瓢泼大雨，真应了“朝霞不出门”天气预言。

一会又响起了电话声，郑鹏把车停一边，打开车子的警示灯，拿出手机，果然是朱纬经理，打电话过来问：下大雨了，是否还去康德企业参观学习？郑鹏坚定说：“对方没有打电话通知我们不去，就去，我们这里下雨，可对方公司没有下雨，夏天经常有‘东边日出西边雨’的情形，确实康德公司也在东边。”

郑鹏到公司之后，已有部分同事在公司的前台等候车子，朱纬经理也早已到了。

康德是成都一家本地成长起的、房地产为主业民营企业，此企业曾打广告语宣称“成都每三套住房就有一套康德房子”，这家企业的商品房虽不如万科在国内范围内有品牌，但在成都的市场中口碑是十佳，李校长是深圳企业大学交流会上认识的并成为朋友的。

郑鹏之前到过康德企业大学，见识了康德的优秀的企业文化、员工职业化行为、着装、礼仪是确实如优秀口碑所体现出产品。

这次带团队先是上午参观，让团队同事打开眼界见识我们身边优秀企业的是如何的，身临其境的体会，下午学习康德企业人才培养体系，这是总裁李华平给自己的长远而重要的攻坚任务，但这件工作是牵一发动全身，不仅仅是培训的事情，涉及公司人才素质模型建立、优秀人才苗子的选择测评、职业发展路径设计、薪酬激励设计、员工EAP关系管理，当然培训体系是其重要的呈现环节，所以郑鹏要求全体都要去，他也会在这次交流会上，系统的与对方进行交流讨论，同时也想借这样的情境，不着痕迹提出自己人力资源思想与思路。

这时，朱伟来到郑鹏办公室，说道：“除房地产人力资源同事没到，其他全体同事都到了，大家非常高兴，因为以前从没有到别的公司参观学习。”

郑鹏最后一个上了车，见大家都着了正装，眼神看着自己，和大家打了招呼，在中间的一个空位置上坐好，以便于他和同事们借此机会交流！

在培训部同事清点好人数、讲了一些安全注意事项之后，大家喜笑吵闹的帮助中开始发水，大家也是难得这样外出放松而且还可学习，所以显得特别高兴。

当大巴车缓缓驶出公司大门口，过了高速公司收费站，大家开始逐步安静，三三两两的低声交流。

这时，培训助理从车前位置上站起来，看了大家，大家这时也把目光转向李敏。李敏今天倒是特别职业化似的，穿着黑色皮鞋、黑色一步裙和淡蓝色的女式衬衣，令郑鹏惊讶的是，她的脖子还如空姐一样围一个围巾，头发用发髻束起，显示出干练！

因李敏平常在同事就显得开朗，大家见她站起来，有些同事还开起玩笑，李敏笑着回答道“今天，我们人力资源中心同事第一次全体外观学习，在车上时间约一个半小时，朱伟经理组织我们培训部同事一起讨论，让大家上度过这段快乐车程！”

大家笑道：“李老师，你先给我们唱首歌吧，我们就快乐了！”

李敏笑了说道：“我今天一定会唱歌的，我们今天第一个游戏就是唱歌接力赛。”

郑鹏看着在李敏的主持下，车里传来欢快的七腔八调歌声，自己也加入游戏之中，整个团队其乐融融！

不知何时车窗外早已没有下雨，已是阳光照耀。

车子很快就要到了，朱伟起身，温馨提示大家注意统一行动、礼貌行为、组织纪律性。

来到康德公司大门口，李校长和他们团队成员已在那里等候，整齐而统一着装。郑鹏看到这里，心里暗叹同事们职业化真是相形见绌了。

郑鹏下车之后，与李校长见过礼寒宣之后，在李校长的带领下开始参观康德大学。

康德大学是一座园林式的建筑，整体建筑呈现出中国传统古色古香特色，随着李校长等众人指引大家开始参观学习康德企业大学文化、先进的教学设。

中午在康德大学和员工一起吃饭，大家感受到热情与人性化关怀的后勤服务。李校长给大家讲解了康德的人才培训养体系与核心的内部讲师培训与课程开体系。

最后由郑鹏带领的团队进行提问并相互交流，直到超出预计的时间，郑鹏看到这里，明白此行的主要目的已达到，做了最后感谢性的总结发言，也顺着概要的讲解一些现代企业人才培养系统的先进理念，这倒令康德企业大学的员工耳目一新。

大家在回公司的车上还在意犹未尽的讨论康德公司，这时旁边的朱伟经理悄悄地问道：“郑总，是否让大家回去写参观学习感想。”郑鹏笑了笑回答道：“你认为让大家写，会让大家高兴吗？写了就真的学到了吗？当然普通的做法，是要写学习感想的。”

朱伟似乎想了会说：“不写了！”

郑鹏回答道：“不用写，我们今后还要带大家多走访优秀企业，通过去参观学习，更新大家观念、开拓大家眼界！这个任务就都直接交给培训部了，今后每两个月我们集团人力资源中心同事就要出去参观学习！你让大家安静下，我此时有些话要对大家讲。”

大家安静下来，郑鹏缓缓站起身，用眼光扫视大家一下，全体团队同事也齐刷刷集中郑鹏身上，郑鹏此就是团队核心的象征。

郑鹏说道："看得出来，大家今天的感悟很多，到现在还在激烈的讨论。大家回去写一篇参观学习的心得感想！"然后郑鹏故意停了下来，并观察大家表情，然后看了下朱伟。朱伟也看到：大家确实有人似乎就私语，显现出不想写的姿态。

郑鹏心里明白，立即又讲道："我们今后参观学习都不写感想！"又停了之后，爆发出热烈的掌声，并发出尖叫声。

在大家掌声停了之后，郑鹏说道："我提示大家讨论康德公司几个纬度：特色科学的办公环境、员工职业化着装与行为、优秀的人力资源服务、员工培养需要做哪些准备等。另外，今后我们培训部会每两个月一次带领大家去不同的优秀企业参观学习！"

这个时候大家发出欢快的笑声，有个别年轻同事还打起了口哨，大叫道："郑总，你真好！有你之后，我们集团人力资源中心全体同事都有信心把工作干好！"

这时，郑鹏给朱伟说道："培训部把我们今天参观学习之事，写一篇培训快报。"

星期一，迎着晨光，快速地进入快车道，郑鹏心情愉悦地来到公司，刚停好车，就听到办公室大厅传来人语声。郑鹏走到前台，看到黄平经理与两位关系部的员工正在办公室大厅的墙壁上布置"生日快乐"主题，这时他明白了，对黄平讲道："黄经理，你办事大家都放心！"

黄平笑了下，回答道："都是郑总的主意好，我们相信今天的李强与陈燕会意外笑起来。"

快到八点了，好家居公司的员工都陆续开始打卡上班了，有个别的员工惊讶却又不明白地看着人力资源中心办公室的简单装扮。郑鹏听到黄平在给李强打电话，"你八点钟，准时来我们总部人力资源中心大办公室开会，急事！"

陈燕一如既往地来上班了，还是那样热情开朗，人没到声先到与大家打招呼，只见她一脸狐疑坐在位置，快速地打开电脑、又看看办公室墙壁用气球布置生日主题。一会儿李强也气喘吁吁跑着过来，但见人力中心的办公室只有陈燕，正准备和陈燕打呼，问是怎么回事？突然，办公室里响起了"祝你生日快乐、祝你生日快乐"旋律。

陈燕正在那里思考不得解时候，只见人力资源中心几位男同事悄悄地跑向陈燕、几位女同事悄悄围向李强，遮住二人眼睛，并抬了起来，并唱起了生日歌。

这时，一位同事来到陈燕与李强面前说："我手里有两样东西，你们想要哪样？不许睁开双眼。"大家七嘴八舌说着，笑着说：要左手、要右手。李强说："陈经理，你先要吧，女士优先。"陈燕笑道："我要右手的！""好，睁开眼睛！”只见李强与陈燕睁开双眼，心里乐开了花，两人都是一束玫瑰花。陈燕笑着就把玫瑰花抱在怀里，说道：“太感动了，我都好久没有看到玫瑰花了！”郑鹏在旁边看到陈燕的眼睛都高兴得湿润了。

李强倒不好意思地说道：“只有我送花的，自己从来没有收到过玫瑰花，原来我们男人还有这样的福气！”说得大家都大笑起来。

待大家还沉浸这样的意外喜悦的快乐之中时，这时黄平经理突然出现在李强与陈燕面前，双手藏起背后说道：“你们再猜我手里拿的是什么？”李文这时看看陈燕，说道：“陈经理，应该是生日蛋糕！”黄平笑道：“不是！”

陈燕这时高兴地说道：“是礼物，但确实我们猜不准，也许是两个喝水的杯子吧！”

只见黄平经理故意搞笑又提示说道：“你们天天都要用到它！”二人还是摇摇头！

黄平又提示道：“你们天天在卧室都用它！”这句话逗得大家都笑了起来。

这时陈燕大声笑道说道：“是抱枕！是抱枕！”并一下从黄平经理的右手抢过去，这时黄平经理把左边礼物也递给李文。正在大家齐声称赞的时候。

只见陈燕惊奇说道：“黄经理，你在哪里找到的！太感谢了！”就在大家发愣不知怎么回事的时候。李强高兴说道：“黄经理，真有你的，谢谢你！”

大家一起围住李文与陈燕，拿着枕头看起来，原来：李强的枕头上有他和女朋友的相片，陈燕的枕头上有她们一家三口（陈燕、老公、小孩）的相片。

只见大家嚷嚷道：“黄经理，你咋就突然浪漫起来，这么有主意！对李强和陈燕经理这么好！”

这时李强与陈燕举起手中玫瑰花与枕说道：“谢谢大家！谢黄经理！真的好感动！好幸福！一个特别的生日！”

黄平这时站在中央说道：“郑总说的：今后要求我为中心的每位同事的生日都有不一样的惊喜，你们要谢谢郑总！”

郑鹏站在同事们中间笑了，没有说话，这个简易的惊喜的生日派对，很快在办公室同事中传开了。

上个月的工作结束了，郑鹏组织召开月度集团人力资源中心工作会议，郑鹏制订PPT汇报模版，分四块内容：上月工作总结、上月项目工作、上月工作存在问题、下月工作计划，并对大家作PPT要求四化：表格化、数据化、图形化、重点化。

好家居公司从老板到管理者，管理作风都是“散打式”的，没有系统性。平常开会方式都是临时性，有一个问题立即组织进行，快速解决问题。可会议管理本身就有问题，如：开会主题易跑题，跟随老板思维一起发散；开会大家都不做准备工作、随意型的大量讨论；开会没有具体数据支撑、做了决定经常改，郑鹏形容为：随时会、发散议、决易改、执行难。

郑鹏这样要求大家用外资企业标准方式进行：今后汇报工作大家都需PPT化、用数据说事。可大家还不习惯，因此郑鹏对每位部门负责人在制度月度工作PPT之时，从工作指标提炼，到数据分析对比性，到如何通过数据分析找出问题、解决问题的方法，项目工作如何跟进管理都进行一对一辅导。

这一过程虽然辛苦，各部门负责也看到郑鹏带新的专业知识，年轻管理者如陈燕、朱伟接受的就快很多，年老的如薪酬经理张华、制造分公司人事经理朱亮接受的较慢。

郑鹏明白，通过这次辅导，大家基本达到要求，后面再持续改进，通过这些准备工作，郑鹏让李文组织通知大家开会，并由李文做会议助理，做好相关会议记录工作。

这天，李文提前早早到了会议室，准备好投影仪与电脑相关工作，大家都走进会议室，依座位牌坐好，发现自己面前都摆了一本书《请给我结果》，管理人员还多了一本《卓有成效的管理者》，大家一脸不解。郑鹏坐在会议桌后面的位置也不说话。

李文起身宣布了会议纪律，各部门负责人汇报的时间不超过十分钟，由陈燕第一位开始进行汇报，在陈燕汇报后，大家对需要招聘部协助的事进行提问，然后由郑鹏进行点评与工作问题解决的方法回答决议。

在集团部门负责人和分公司人力资源同事们都汇报完工作之后，郑鹏做出今后集团人力资源中心发展方向讲解。

对内部同事发展方向是：一是专业化，专业是工作之本，每位同事都必须努力提升专业知识，中心会通过派同事外出培训，或者把老师请到公司，或外出参观学习，或内部分享交流学习，不断提升大家专业知识，最重要的是大家通过工作实际行动，体现出我们专业化。二是职业化，职业化形象、语言、行为、工作，通过外资企业服装标准统一、礼仪行为，也再次提到参观学习康德的感悟。

对外业务部门发展方向是：一是服务化，只有通过优秀服务态度与行为，让业务部接纳我们，在服务体现我们人力资源管理专业化，只有服务这样谦卑心态，体现我们工作价值。二是业务化，从组织管理、到招聘、培训、薪酬、绩效，只有我们理解并懂得业务部门业务是如何开展，人力资源同事才融入业部门中去。

郑鹏将此总结为集团人力资源中心四化建设：专业化、职业化、服务化、业务化。

在郑鹏讲完之后，李文起身提出人力资源中心周五读书研讨方案，并由他今后来组织学习，大家立即开始热烈讨论起来，并开始翻书看看里面内容之时。

郑鹏站起说道：“感谢李文给大家发书并组织学习，读书研讨活动方式是快乐的、有意义的，每次我都一起参与进来。”然后接着说道：“有请黄经理。”

黄平站起来说：“请大家到我们员工关系部参观。”大家更是惊讶，随即又笑了起来。大家七嘴八舌地的来到员工关系办公室。

大家也是不相信的眼睛一亮，张华先说道：“黄经理，还没看出来你变化这么快，看来我也该变了！”大家见员工整齐的文件标识、绿化的植物。陈燕等几位经理笑着还东摸西瞧的。

这时黄平说道：“我们中心办公室，今后推行5S管理，我们部门只是初步做了些改善，看出大家很惊讶，相信我们部门还会改善，这里是5S活动方案，我会发到大家电脑上，从本周开始持续进行。郑总说：我们简单事情，认真的、长期的做好！”

郑鹏通过一系列团队活动，包括早会晨读，在集团人力资源中心刮起了一股新的团队风！

春风拂面人心向，山河流转化天意。有花缘枝暮春意，夏日快临时节轩。杏花有酒大家饮，月华皎皎融心醉。纵有书山思更切，沧海之水纳百川。人心拾才真性也，玫瑰花里有心意。

第六回　引才之患

今天郑鹏与招聘部陈燕经理一起去成都会展中心，参加秋季人才招聘大会，这是成都特大人才招聘会。

公司的车辆过了绕城收费站，如脱缰的野马一样飞快提速到一百二十码以上。这时，郑鹏想提醒一下司机注意行车速度过快安全之事，但不好明说，只赞扬地说道：“师傅是专业选手，确实不错，与我们平常开车相比，就是不一样，开的又稳又快。”

师傅答道：“我们开的速度还好了，跟我们老板开车的速度相比，差远了！”

郑鹏也没说话，这时陈燕说道：“老板开那样快，有时人都没有坐稳，就开着他的宝马，呼的一声冲出去，有时真吓人！这样还是很危险，所以他的宝马车都修了好几十次了。”

这时前面的车辆慢慢地多了起来，司机把车速也降了下来。郑鹏慢慢将视线从车的前方转右边，发现此时的稻谷都低头了，并且大部分都变黄了，早晨的风吹过这些稻田，形成一波波的谷浪，令人心神清爽，一种旷然豁达之心油然而生。这种景象他已有十多年没有见到了，这让他想起小时候情景。

那时候，每到秋季快开学前十天左右，家乡稻谷就熟了，到这样收割季，农民都会抓紧时间打谷，以防止秋季雨天连绵，稻谷不易晒干，然后发芽。所以都会抓着大太阳的高温天气，快速打谷、晒谷、装好仓。

那时候，农村有些家庭会联合在一起，根据稻谷成熟的情况和各家安排，相互帮助，一起收割，自己还小的时候，家里就是这样，这个时候小孩子最高兴，可以跟随大人去别人家，帮助收谷而吃上一顿有滋有味的牙祭饭（就是有肉、有好吃的）。

后来，自己和哥长大念小学，家里就很少和邻居一起合作了，爸妈半夜三点多就起床了，趁着皎洁月色，去稻田里把稻谷割好一大片，然后自己和哥在五点钟起床，做些面条吃饱之后，再拿着收割稻谷辅助用具到田里。哥和爸爸一起甩谷子（把谷子和谷叶分开的方法），自己和妈妈再割谷子，然后爸爸在天亮时候，就会挑着满满的一担有露水的谷子，回到家里把谷子晒到坝子上。

在过程中有两件最让小时候的郑鹏高兴，有时候会在田里捡到鸭蛋，这是到秋季之后，有些农户家里的鸭子到田里之后，不再回家，晚上就把蛋生到田里了；还有就会解渴也为了补充体力，爸爸就会到商店里买啤酒喝，刚开始郑鹏和哥哥喝不习惯，可慢慢地喜欢上了，喝进肚里感觉很有力。到早上十多点钟，太阳升起来较热了，爸爸就会说收工了。回到家里之后，妈妈就会忙着做饭，爸爸就会带着草帽，用耙子翻晒谷子。一般这样在开学之前，都会把家里稻谷收割完。

想起到自己小时候，是辛苦的、快乐的、自由的，虽然爸爸妈妈在这时，总会说：“如果你不好好读书，就会这样辛苦披星戴月的劳作！”当然作为农民，他们不会深层次思考这是社会体制缘由，当时还要交提留税、交国粮，把最好的稻谷交给国家，用妈妈的话说，这叫“交皇粮”，天经地义的。但是现在不用交了，而且国家反过来还补贴农民种粮食。想到这些，郑鹏不由地笑了：三十年河东、三十年河西。

十多年前，在企业工作都要找人托关系，如果通过中介公司进工厂的，求职者是要给公司交中介费的。如果家里有亲戚在工厂的，可能还要提着红鸡公到亲戚家里。而到了工厂里，还要押身份证、收押金，有些黑公司最后还不把押金还给员工。现在好家居公司当年进的一批老员工都还有押金在公司。

现在是中介公司收企业的钱了，然后给其招工；或是企业给自己公司老员工介绍费用，让其介绍人进工厂；如果公司要地比较紧的技术工，还得请这些人吃顿饭，先叙叙情再说进工厂给你工作。

车子下高速过了收费站，来到会展中心停车场，大家下车之后，郑鹏还是第一次来这里，不由打量下，这里虽然没有广州琶洲会展中心大，可也不小，十多个展地形成月牙的弧形，整个设计显的高档、现代化。此时外面已慢慢聚集了人群，会展中心的服务已开始忙碌起来了。

这时陈燕带领大家轻车熟路的带领大家来到服务前台，办完手续，提着招聘袋子和展架来到好家居展位前面。

郑鹏看着外面找工作人员忧心忡忡地慢慢聚集的多起来了，成都一年就两次大型现场招会，主办方也加大宣传力度，并且有官方也邀请企业参与，所以这样的招聘会还是大而隆重，而企业确实也希望在人才紧俏的年月里招聘到合适的人才。

为了最大力度吸引人才来到好家居公司展位上，陈燕找了一名同事外出散发传单，并且把公司的装饰品装扮在展位的前面，也把介绍公司的展架放在侧面。

郑鹏看了公司的招聘海报、略皱了一下眉头，却又没有说什么。公司现在为止需要招聘二十多个岗位，从高层总经理到会计师、设计师、业务员等。

郑鹏与陈燕在展位上坐好，也开始忙碌着面试候选人，快到中午的人员渐渐少了些，简历收了有几十份。

郑鹏对陈燕说道："陈经理，我去整个人才会场走走，了解一些情况；另外中午我们找一个环境安静一点的地方吃饭。"

郑鹏此行的目的：一是了解家居行业竞争对手招聘岗位与薪酬待遇；二是了解竞争对手采用那些招聘方式以吸引候选人，好家居公司也方便借鉴；三是了解通过整体人才市场招聘单位了解成都的工资水平；四是通过大家招聘情况，了解成都人才素质结构情况；并通过沟通交流、照相获取直接的第一手信息。

为了多招聘到一些人才，郑鹏与陈燕到中午一点多钟，人才市场人都较少并且工作人员开始清场的时候，才离开人才市场，这时他们饥肠辘辘的开车来到一个雅致的西餐厅，坐好之后，分别点了饮品与用餐。

陈燕笑着说道："今天又让郑总破费，跟你在一起总那么愉快。"

郑鹏语带双关地笑道："如果你跟一位领导，连吃的东西都捞不着，就不用跟他了！"

陈燕也笑了，说道："我们从今天招聘效果来看，收的简历的数量还是不错，但质量不高，没有高层职位候选人。"

郑鹏说道："这虽然是一次成都大型现场招聘会，但人才市场这么挤、这么热，高层次的优秀人才除非像秦琼那样落难，才会在这样场合卖自己这匹马，家里缺现金流而急着找工作。虽然人才市场是我长期工作地方，但我是从来都没有在人才市场找过工作。”

陈燕说道：“郑总分析有道理，那我们今后是否就可以不将高层职位还的印出来了呢？”

郑鹏看了会陈燕，说道：“还的印出来，对整体的求职者来讲，职位高、多都是好事；而宣传出这些高层职位，对公司也没有什么特别不好的地方，万一有候选人来了；对人才市场的举办者也是好事，有高层职位、职位多，才称得上叫大型人才招聘会。”

郑鹏停了一会说道：“随互联网的发展与国民文化提升，找工作通过网上的途径在未来是主流，现场的招聘方式将会由以前主要方法，变为附加的方式。”

陈燕说道：“郑总今天在人才现场走看了下，发现了什么没有？”

郑鹏笑道：“成都企业人力资源确实需要提升，如招聘海报，没有多少家企业的海报可以打到及格分数的。”

陈燕笑了：“我们展位是那么大，那么吸引眼球，为什么还不好呢？”

郑鹏说道：“不足之处：该有没有，有了不清楚。优秀招聘海报要点：让候选人看到公司发展、职业发展与福利、让候选人看到有利可图；如果有相关图片，更可以让候选人直接相信；招聘岗位需要有工作内容，这一点清楚，大部分企业都有这个内容；任职资格，这是关键；还要有工资待遇幅度；写这些内容要有逻辑，分条写的清晰，同时要语言准确、精简、全面。”

陈燕惊讶地说道：“要求这么高！”

郑鹏郑重地点了头，说道：“细节体现出专业，行家一看就知道我们的水平。”

郑鹏接着说道：“我们每次在人才市场的现场招聘，都该体现出我们个人专业，也展现公司形象与品牌，人才第一位接触的人员就是人力资源招聘者，优秀招聘人员会显出很强综合素质，吸引到优秀的候选人。”

郑鹏吃过午餐，看着外面求职者已慢慢从会展中心走开，突然想起一个场景。

也就是自己刚毕业之后，在广东一家大型台资企业电子厂工作，一天下午下班之后，和几位同事站在办公室窗口准备加班，这时，一位颇有思想的文化同事，看着窗外两排长队，准备打晚上加班卡的车间现场年轻女员工，感叹地说道：“这些都是未来母亲！”郑鹏明白这位同事讲话的深意。这些十六岁到二十五岁的女孩子都是自己通过中介公司找来的，她们进厂还是给中介公司拿了钱的。这些女孩子普遍文化不高，有一双勤劳朴实而灵动双手，进工厂主要做电子插件的工作。

现在想起来那批女孩子的也都早已做母亲，他们孩子又能如何？也许少部分有知识与文化的人念了本科毕业，再次出来打拼；也许有部分做了农民工第二代，开始做基层的打工者吧！自己同事当时深意，这批人或是她们这代人自己都没多少知识文化，如果不改变观念，下一代孩子们大多数如她们一样。

这时陈燕已吃完，对郑鹏说道：“郑总，我们今天辛苦招聘人员，什么时约他们到我们工厂面试？”

停了一会儿，又补充道：“我们招聘岗位比较多，现在的招聘过程中主要问题，是我们工厂的地理位置有些偏，约一些办公室职员的岗位不容易，更让人难受的是我们约了候选人来面试，用人部门又很忙，有些时候没人面试或面试的让普通员工来面试，面试之后迟迟不作决定，又让候选人重来工厂，这样一来二往的，能够录用招聘成功的概率很低了。通过你教给我们的统计方法，发现我们从找简历到录用比例是百分之一。”

郑鹏笑着问道：“你们事先和业务部有沟通好吗？”

陈燕急着说道：“有，可是他们总是这样，理由是工作忙，老板要求高、任务又多变，搞得他们也没办法。”

郑鹏明白了，他在好家居工作这几个月以来，有一点不好感觉，整个公司从李华国老板开始就这样，做工作没较强的计划，有计划也赶不上变化。

陈燕又说道：“可事后业务部门工作完成不了，又总是找借口说我们人力资源中心没有为他招聘到人。”

郑鹏笑道：“制造部门生产任务完成不了，最终会找到两个别的部门原因，采购部门没有准时把各种物料采购回来，或者人力资源部门没有招聘到人员。”

陈燕张大眼睛，看着郑鹏。

他停了下又说道，人力资源工作者是分层级的，我今天告诉你的不是书本上分法，而是职场中潜在分法，人力资源从业者分以下五级：

一级是刚入门的人力资源人员，只有在办公室打杂端茶递水，腿跑得很勤快；二级学了一些人力资源专业知识，结果实践中总是掉进别的部门挖的陷阱里，摔的鼻青脸肿的，里外不是人；三级学了专业知识，还懂一些职业的工作经验，可以看到别人挖的陷阱，并能绕开走过去，自己不掉陷阱里，或自己掉进去了却能跳出来；四级学会更多工具专业知识，有较丰富的职业工作经验，对别人挖的陷阱能识别，并且为了推动工作，还能给别人反挖陷阱，专业与情商都较高；五级是工具应用熟练，能推动公司变革，朝着目标前进，对待办公室政治较为超然，对别人对自己不好能有效应对，还能超然的不搞政治斗争，只为工作成就感与事业。这时人力资源从业者，是专业与情商都很高，而且志向远大，成为老板左膀右臂。

陈燕听了一会儿，似乎没有完全理解，郑鹏也没说什么。

等会儿，郑鹏说道：“我们可以在工厂举办预约式招聘。”

陈燕说道："什么是工厂预约式招聘？"

郑鹏答道："主要针对我们工厂位置较偏，用人部门又没时间，而且招聘岗位的人数较多，又较急的方法。"

陈燕笑问道："好像是专门针对我的问题而定做的，如何做呢？"

郑鹏不紧不慢地说道：

一要确定要招聘的岗位和候选人来面试时间，并和业务部负责人沟通好，一般在周六的时间是很好的，并且给我们自己大约七到十天的准备工作。

然后通过各种方法，如熟人介绍、综合网站、行业网站，开始选候选人，并通过初步简历判断和电话面试筛选候选人，对合适候选人约其在周六时间来面试。这时要注意约的候选人的人数是你需求人数十倍左右，因为我们要预防有些候选人临时有事不来，来了之后给业务部负责人有可以比较挑选的余地，而且即使面试成功了，也还有工资原因或其他原因不来的。为来的候选人提供方便，公司派车到周边汽车站或火车站依时间接候选人，这一点很重要。候选人来了之后，因当天人员较多，我们对各岗位的面试流程与办公室要安排好！不要乱乱的感觉，并让候选人久等，一定要有条不紊地进行。

候选人来了之后，人力资源部同事除参与面试的人员外要做好后勤工作，如中午伙食、水、公司宣传资料、休息地点、参观安排等。业务部门负责人一定要来，并且可以是做决定的人员，这一点至关重要，要不然前面的工作都浪费了。

招聘部做好录用之后紧密跟进工作，跟进业务部门对录用的决定对接，跟进候选人入职相关准备工作。对没有被用的人员，发信息表示感谢，这很重要，这关系我们的公司口碑相传，很多人力资源从业都注意这点。

郑鹏一口气讲完，陈燕急忙在本上记着，最后，聪明地说道："郑总，我们回去立即做，第一次嘛，你带领我们一起做！这样能保证我们首战告捷，并突破现在招聘的任务。"

又说道："郑总跟你又学到不少专业知识！多谢！"

郑鹏笑了下道："时间不早了，我们回公司吧！"

郑鹏一方面花时间处理日常人力资源业务工作，也记得总裁李华平交给自己一个长远的任务，就是为好家居公司培养人才之事。郑鹏在办公室里处理完一叠文件资料之后，伸了一下腰背，双腿紧紧绷直，并深呼吸一口气，再缓缓地吐出来。站起来走了几步，略想了一下，合上电脑，离开办公室，来到员工关系部黄平的办公室。

员工关系部从上次开始主导实施5S管理以来，自己以身作则，办公室的整理已改善很多，并且还找来花卉放在办公室。业务部员工经常来往员工关系部的人都赞叹这个部门办公环境有很大改善，让人感觉比以前舒服多了。黄平正在电脑前面做事情，听到脚步声后，看到郑鹏来了，赶紧起身招呼到：

“郑总，今天是什么风把你给吹来了！”

郑鹏笑道：“直说吧，我想现在和你一起我们制造的车间走走，了解员工的工作状态，你看有时间吗？”

黄平回答道：“好，我也正准备去一趟车间。”

郑鹏和黄平一起向车间走去，郑鹏说道：“感谢黄经理工作，在你的努力下，我们人力资源中心的办公室环境有了很大改善！”

黄平说道：“这都是郑总要求的，我们下面的员工都在私下说：人力资源中心和以前相比有很大变化，如团队精神和风貌、服务的态度和速度、办公室环境。有一次我拿着文件到总裁李华平签批，都在现场表扬了我们人力资源中心。”

郑鹏笑道：“我们团队每位同事都是一样的，其实管理者很重要的职责就是把每位员工优秀潜能给发挥出来。”

两人说着就来到制造车间，郑鹏提议道：“我们按照生产的工艺程序走：开料、木工、底灰、底漆、干砂、面漆、包装、仓库。”

郑鹏之前有几次到过车间，这次他想重点看看工艺设备，来到开料车间，有些机械的设备，但还有些是半自动化，先是机器设备开料，人工辅助上料与下料。木工车间自动设备高一些，有铣型、钻孔、封边等设备，有些设备是国产的、还有些德国豪迈生产设备。底灰、底漆有些较为原始设备，干砂车间的空气中白灰蒙蒙的，工人都戴着口罩，头发与眉毛上面都粘上白灰。面漆有专门漆房，工人在房里喷漆，包装车间全是人工作业，仓库基本都是肩扛手抬的。

从车间里面出来之后，黄平咳嗽两次，然后说道：“我们生产工人都是计件的，现在天气热，车间在太阳炙烤下，温度是很高的，所以下午两点半才上班。”

郑鹏答道：“干砂车间的环境很有差，那些员工都今后都容易得尘肺病的。”

黄平回答道：“干砂车间的员工的工资每月工资有七千左右，工资还可以，不过我们私底上都明白，这是在用生命换钱！”

郑鹏答道：“制造机械自动化、智能化是未来很重要的发展趋势。五到十年后，像干砂这样工作环境，是没有人会做的了，制造设备改造是公司未来一个发展战略方向。”

黄平答道：“我们公司这前面两年赚了钱之后，老板在各个地方进行各种投资，如房地产、装修、小额贷款公司，并且还跑到湖北、山东、河北等地砸些钱进去。”

停了会小声说道：“听说我们有一个竞争对手，以前排名在我们的后面，现在超过我们，人均产值是我们的两倍。老板把赚的钱投资在机器设备改造上、办公楼规划改善、信息化建设。在管理上与我们已经大不一样了。有时间我们可以去参观学习下！”

郑鹏听了之后，回答道：“好！我们找朱伟经理联系下对方的人力资源方负责人。”

郑鹏通过这次细致的了解车间的设备、工艺，当然对人员情况他早已了解，他明白了制造中心需要什么样人才，但他还需和制造的总经理作沟通。

郑鹏回到办公室静静地坐在椅子，仰头思索了一会制造中心赵总的个性特点：公司骨灰级老员工、与老板一起创业的，有些傲气、做人直率。在以往的工作过程与他有几次来往，但这次人才培养规划是一件重大的事情，而且他掌握着公司三分之二的人数管理，并且赵总本人可以影响老板或总裁的重大决策。因此郑鹏决定与赵总好好地深入沟通一次。

想到这里，郑鹏拨通制造人事经理朱亮电话，让其约赵总在本周任何一个下班晚上的时间，赵总、朱亮、郑鹏三人在一个农家乐吃饭，要求：有特色、环境安静些。

郑鹏开着车，迎着习习的晚风与路边野草味，车子在乡村水泥上跑着，旁边的副驾驶位置上坐着朱亮。朱亮上身穿一件天蓝色的圆领体恤，下身一条黄白色的休闲裤，黑黝黝的面庞上一对灵动而朴实的双眼。

因为年纪的原因，朱亮在专业上不是一位进取的员工，是一位做实事，而且员工关系处理与招聘经验丰富的员工。他进入好家居公司已有八年多了，以前在公司集团人力资源中心负责招聘工作，后来因为制造需要招聘大量人员，所以直接将其调到制造中心负责人事工作。在制造中心通过努力，已有坚实的人脉基础，并赢得了大家尊重，而且他与赵总的私交不错，所以郑鹏才让他约赵总，并且一起参加此次活动，这本身也与他的人事工作有关。

郑鹏的车在“尚贤鱼庄”的门口停好！一位服务员迎上来，朱亮说道：“我们不坐房间里，给我们安排一个傍河边的位置，风吹着舒服点，一条鱼五种吃法，再配你们特色小吃两样，共三人。”郑鹏心里暗想：这样娴熟地告诉服务员这些内容，朱亮应是这里常客了。

朱亮与郑鹏来到旁边，一辆巨大的老式的转轮取水的古色古香的装饰物在右边入门处“嘎吼”的转动，水声潺潺滴滴的发出悦耳的清脆声。从风水的角度，这应是一个风水轮，在它左边有一座拱形小桥，小溪流流汩汩与风水轮连接一体，几十条红色的鲤鱼在水里自由地游来游去，郑鹏走过小桥来到亭栏上，下面是秋荷了，往前走就是吃饭餐桌椅，古朴而厚实，与亭栏、荷池相映成一体。

郑鹏坐好之后，这时朱亮说道：“郑总，我们就坐这个位置，赵总应该快来了，我去门口接一下他。”郑鹏回答道：“朱经理，这个地方不错！这里没有女同事，就辛苦你了，等会赵总来了之后，还需要麻烦你注意活跃下氛围。”

郑鹏远远地看见，赵总也从桥上走了过来，起身站起，迎上去说道：“赵总，这边坐，这是朱经理找的农家乐，环境还不错。”赵飞顺着坐下说道：“谢谢郑总，这地方确实不错！”赵总，微胖而结实身材，个子不高、留着平头、略有些黑的面容，脖子粗壮，身着休闲灰色T恤，带着一种饱经风霜人生阅历，一种不苟言笑、不易接近的感觉。

朱亮也在位置上坐好，这时服务员把小吃已端上来了，朱亮说道：“赵总、郑总这边先吃点东西，掂下肚子，我们等会吃鱼比较有特色的。”

赵飞说道：“朱经理不错，给我们招聘工人速度是很快的，平常做工作很实在，我就喜欢这样的人。”

朱亮笑着道：“谢谢赵总，都是有了你的帮助才完成较好，工作还有许多不足的地方，今后需要赵总多指导。”

郑鹏接过话说道：“朱经理讲，平常在制造中心遇到很多事情，都是赵总帮助并协调人员一起完成的。”

喝了一口茶又说道：“朱经理平常的人事工作就是为制造的同事服务，我这边也是协助他如何完成工作。”

赵飞说道：“我们制造中心同事都比较耿直的，反正大家相互帮着，把工作做好就行。”

郑鹏接道：“听朱经理讲，我们制造前培养了一些学生，大部分都走了，留不下来。”

赵飞说道：“能够在我们制造中心做一段时间生产，能吃苦学生确实很难，留下来更难，其实我们确实需要一批管理储干来充实在基层管理中。”

郑鹏问道：“为什么这些员工留不下来？”

赵总想一下说道：“现在这些学生的吃苦精神不如我们当年，做起工作真实能力眼高手低；我们本来也是把他们朝主管方向培养，可这些在生产才干半年，然后指指点点，说生产现场四处都有问题，并且还看不起我们现有主管人员！”

郑鹏说道：“赵总讲的很有道理，现在学生吃苦能力确实不如以前员工，自以为是的，我们以前是‘为工作而生活’现在是‘为生活而工作’，时代环境变化了。”

略停了下说道：“我们制造中心除了生产管理储干之外，还需要哪些人才呢？根据李总裁计划，我们要从学生开始培养人才梯队！”

朱亮说道：“我们公司以前招较多在文艺上多才多艺的人来，感觉还不错！”

赵总说道：“这些人都花瓶子，只有在晚会上演点节目粉饰下公司太平还可以。”又说道：“我们要找一些工艺和设备方面人来培养。”

郑鹏说道："赵总讲的很有道理，我们也去车间参观学习几次，从我们对学校专业设置来看，我们应多招聘理工科的如：机械、自动化、工业工程专业的学生。"

赵总笑着回答道："对，就是这些专业的学生还行。"

郑鹏见工作沟通差不多，就转移话题到生活方面、孩子教育、最近时事国家政治方面，这有效的拉近与赵总的心，朱亮也不失时机地掺和，吃鱼的氛围融洽而谈笑起来。

最后，赵飞说道："郑总是做实事的，有时间来我办公室一起喝茶！"

"多谢赵总，我一定经常来，跟你学习制造管理的知识！"郑鹏笑道。

周围的客人都走了，朱亮看时间也较晚了，和郑鹏讲道："我们今晚就到这里吧！"

郑鹏笑道："朱经理，这个地方找很不错，时间过得真快！"

赵飞也说道："我们下次再聊。"

郑鹏通过这次交谈与赵总建立了良好的关系，同时为了把人才培养这件事做好，他先做了以下几项工作：

了解各部门的业务情况，取的第一手信息，并分析他们需要哪些专业；再分别与各部门负责人沟通人才培养的方向与思路以及需求量，做出各部门的大学生需求计划总表。

召开一次集团人力资源中心经理与分公司人力资源经理会议，在会上进行反复讨论：根据所需公司招聘学生所需专业，定位相关专业比较好的学校；进行大学生薪酬市场调研，定义出各专业岗位薪酬待遇，还设计出各岗位职业发展通道分四大类十一级：管理类、技术、营销类、文职，对大学生招聘测评的方法：结构化面谈、潜能试题考试、小组测评、业务测评、深度面谈，并设计出招聘具体流程。

郑鹏和朱伟沟通，制订出大学生培养专业培训具体方案与整体规划；在人力资源中心全体员工内部讨论，对方案不足，以及相关完善建议。

通过一个月紧张的筹备，人才培养体系主要准备工作已完成。

今天是星期六，郑鹏一早开车来到公司，将车停好之后，站在停车场举目看去，大门口进去主道的右边的装货的地方依然是货车往来不停，这个时候家居销售已开始慢慢地进入旺季了，停车场四周绿化带的树叶有些已在落下地了，这时太阳从东边慢慢升起也没有那么热了，照耀着公司整栋厂房。

在这几个月的时间里，对公司地理位置环境的布局已很熟悉，各部门在哪些地方办公，公司整体运作流程及物流环节都清楚了，当然对公司人力结构与人才素质情况都摸底完毕。郑鹏穿过前台走进办公室。

九点多钟李华平总裁也来到办公室。郑鹏拿着人才培养方案简化版本，轻轻敲响了李总裁办公室的门。

“请进！”

郑鹏走进总裁办公室，向李总裁问好之后，坐在李总裁办公台对面的椅子上。李总裁说道：“这段时间，辛苦了！工作开展还顺利吧！”

郑鹏回答道：“谢谢李总裁关心，很顺利！”

李总裁说道：“我知道你可能会遇到些问题，我们是民营企业，管理上有很多地方还需要改善，你们在规范化企业做工作人员，做起工作来都是有板有眼的。”

停了会儿说道：“民营企业在人际关系的灵活是很锻炼人的，特别是我们这样大企业，历史又比较长，在二十多年的发展过程，确实也形成复杂的人际关系网，这也是中国特色啊！”

郑鹏回答道：“民营企业在管理上确实不规范，但都是正常的，同时它在应对市场灵活度方面是很好的，快速反应、快速决策执行，少了一些官僚主义！”

稍停，看了下李总裁又说道：“作为职业经理人，在民企与规范的外企是有差异的。”

李总裁问道：“我也一直在好家居工作，有什么差异？”

郑鹏答道：“外资企业职业经理人在一个好的平台上，打个比喻，职业经理人如果确实是一辆宝马，到了外资企业这条高速公路，自然的就会很快的高速跑起来；而在民营企业，虽然你是辆宝马，但平台是高速公路，只是乡村路，所以开车的人还必须得边开车边修路，修路就是要建立你管辖内职责、流程、权限、工作目标等。”

李总裁回答道：“嗯，这个比喻很贴切！也很中肯！所以，我们对外面招的职业经理人要求较高，进来之后也要理解他们！”

紧接着对郑鹏说道：“我们到旁边沙发上坐着一起讨论人才培养体系，这是个大工程，所以我们在周末静下来讨论。”

郑鹏感激地说道：“谢谢李总裁支持，这是我们人力资源中心通过走访调研之后，制订地人才培养框架简易方案，请李总裁指导。”

李华平在沙发上坐好，拿着郑鹏递过去人才培养方案细致地看了起来。郑鹏坐在李总裁旁边，根据李总裁提问给李总裁解释道：这是一个五年人才培养方案，我们从以下几个方面来系统性开展工作：

一是根据公司业务实际情况，了解公司未来需要什么样的专业人才，以支撑公司的运营发展，就是需求确定；

二是确定人才的来源渠道与评估的科学方法，就是在哪里选苗子，以及如何选苗子；

三是确定人才职业发展通道，当然也把公司全体人才职业发展通道一起给打通，让员工都看到希望；

四是确定这些人才薪酬福利待遇，我们主要通过市场调研来制薪酬数据的；

五是确定了人才培养方案与具体方法，以便于学生快速进入我们好家居公司文化模子与学习相关业务知识。

李华平看完之后，又问了一些细节，说道："你们做的准备工作很充分，确实专业而系统。我有一个建议：你们把这个方案拿出来，在公司中心负责人级会议再讨论下，目的：一是再听取大家的建议；二是让他们参与后更有利执行；三是有利于提升我们集团人力资源中心的影响力。并且在会议之后，让大家在方案上会签。"

郑鹏不由得暗暗佩服李总裁：姜还是老的辣！把工作做得稳稳当当的。郑鹏也趁机提出这件事情在今后实施过程中面临的最大风险：人才培养之后流失的问题？特别是我们制造中心的人员。

李总裁反过问道："你怎么看待人才培养之后流失问题？"

郑鹏料到李总裁会有这么一问，不慌不忙地答道："人才流失是一个正常的现象，根据我们行业数据，平均每年流失30%，这样流失两年，最终公司与学生匹配好的有30%左右。优秀公司的学生流失是要低一下，管理不规范的企业流失要高些，而且现在年轻学生与我们当年不一样，所以公司除了薪酬之外，在工作环境、文化活动、培养体系、职业发展做好工作。而我们公司在工作环境与文化福利活动是二个弱项，培养体系与职业发展我们人力资源中心可以在未来牵头做好些项工作。把大学生培养成有工作经验而离职了，确实会浪费公司资源，但从社会角度看，企业需有心胸为社会培养人才。"

李总裁点了点头，说道："这个问题各中心负责人都对此有不同的看法，估计在会议上大家会有激烈的讨论。"

郑鹏说道："我们这次招聘学生的专业发生转变，理工科类为主要，文科偏少很多，未来我们制造中心的机械自动化，特别是智能化进行设备改造，需要大量这方面专业的人才，而且家居行业从酒店装修演变过来的定制化生产柔性对我们生产工人技术要求更高。"

停了一下说道："所以我们人才规划数量与专业比现有实际超前一些进行准备，这一点大家在会上容易讨论的。"

李总裁思索一下说道："你能将人才考虑在业务推动的前面很好！"

后来，李华平关又谈论一些企业发展趋势与家居行市场变化，这是一次成功的交流，郑鹏愉快的离开李总裁办公室。

"咚咚！"

"请进。"

陈燕走进郑鹏的办公室，"郑总好！"陈燕拿着笔记本来到郑鹏办公室。

郑鹏起身笑道："陈经理今天这身孔雀的连衣裙很漂亮，而且也只有你穿，才这么美丽而有气质！”

陈燕笑着说道：“谢谢郑总赞扬！”

郑鹏说道：“我们前段时间准备公司校园人才招聘培养体系方案，李总裁非常赞赏，我们要组织一个各中心负责人的沟通会议，我在会上对此方案进行说明，并让大家再次讨论。你来准备会议并做好会议记录！到时李总裁也会参加。”

稍停会又说道：“虽然我们在做方案之前，与大家都有沟通，但在会议上一定还会有一些激烈的讨论。”

陈燕问道：“我们怎么办？”

郑鹏胸有成竹的自信回答道：“我有方法，我更希望大家在会上是一次积极开放的讨论，会后更有效执行。为了确保大家充分了解我们人才培养方案，你要准备投影仪，同时也给每位参加者打印一份我们简化版的方案，便于大家快速很好地理解。”

郑鹏与陈燕提前十分钟来到会议室做好了好家居校园人才招聘培养会议准备工作，随着各中心负责人都陆续进会议室，李华平总裁也来了。

郑鹏站起身，翻动PPT，将方案里关键点给大家做了简明扼要作了介绍，然后请大家讨论提问。

财务中心李总说道：“人才培养是一个大项目，是要花钱的，我没有看到你的费用预算？”

郑鹏回答道：“我们做了预算。”然后打开另外一个Excel文档。

“这里面是我们招聘与人才培训期间所做预算。”

李总看了会说道：“这只是显性的直接费用，你们还应把工资也预算进去，特别是他们脱产培训这一个月，是不创造任何价值的，也应算是直接费用。另外，公司花这么多钱值不值的问题？”

郑鹏看了一下财务的李锦总监，他也是公司老员工，他从财务成本与收益角度考虑问题，这也民营企业管理特征；同时也看了一下大家，发现大家对李总讲的最后一句话很感兴趣的在私底交流了。

这时郑鹏回答道：“关于工资方面我们确实没有纳入本次的项目预算，但我们员工的工资在每年底本身就有一个工资预算，到时可以直接纳入这个系统里面。对于第一个月因脱产培训没有产生价值也算成直接费用，可以的。”

停了一下说道：“至于公司花这些钱值不值得招聘培养大学生之事？这个问题很好！很大！我们稍后讨论。”

这时供应链管理中心彭总也说道：“是啊，花这些钱招聘这些学生并培养了，我们以前也做过这样工作，大部分学生最后都离职了，没有意义！”

这话一出更让大家热烈地讨论起来了，各抒己见。

这时研发院的王总说道：“从我们研发院的角度看，我认为公司招聘学生还是有很多好处的，现在我们中心还有些骨干的设计师就是从学校招聘来的”。陈燕悄悄对郑鹏说道：“研发院王总自己就是公司从学生就招进来，董事长亲自管研发院的时间，将王总培养出来，王总就叫董事长为师父。”

制造的赵总说道：“我认为从公司长远角度要招聘年轻的大学生来培养，只是我们做好留人的工作。”

营销吴国平副总裁这时说道：“我们营销的客户经理需要年轻人，这样才有激情与拼劲而且想法比较多，对于留人的问题，虽然现在年轻人确实想法多，易换工作，但公司自己还的思考如何留人。”

在大家七嘴八舌讨论之时，郑鹏在心里想道：大家还停留在观念上，没有在如何执行上讨论问题，确实先要解决观念问题，让大家认清形势，李总裁这时也不讲话。

郑鹏看准时机说道：人才的引进分二种情形。

一是社会招聘有经验的人才，这适合快速发展企业，能够快速满足公司人才需求，人才到岗位之后，快速进入工作状态；不足之处，人才稳定差、不一定适合公司文化、管理过程大家都有以前公司文化观念，工资成本会偏高。

二是校园招聘人才，这适合发展成熟企业，世界知名大公司都会这么做，这些留下来的人对公司充满感情，大学生一张白纸，易于培养成公司需要的人才；不足的地方对公司管理规范性要求高，而且要具有系统性。我们好家居公司人才情况：从学历上看，本科以上学历不到百分之六，大部分都是农民工；从工龄上看，有很大一部分是和董事长一起创业打天下的老员工，这些同事们可是公司的宝，但如果跟不上发企业发展又如何呢？有些经理电脑都不会用，离开文员都没办法工作。

未来我们家居行业发展趋势，从制造角度一定要机械化要自动化，更有的是智能化设备，新的工艺、新设备谁来使用？现在有些员工连英文字母都不认识。从营销客户管理角度大数据化，这更需要一些学习现代营销理论的人。从信息来讲，很多公司都上集团化的信息系统，加强对运营数据管理分析，提升公司运营效率，信息建设进公司未来重点，但信息化不仅是信息中心的事，是全体员工之事。从我们设计角度，我们设计师需要和外国同事交流，我们能交流吗？我们现在培养人才都已迟了，所以我们要两条腿走路，对中高层我们根据情况外部招聘有经验人员来满足公司现有所需，对中层以下人员要开始储备培养，希望人才走在业务前面，我们不能等到人才用时方恨没有。

所以，我们现在人才引进策略是“拿来为辅、培养为主”。当郑鹏把这些话讲完之后，李华平总裁投来赞许的眼神，这时开口说道：“今天会议听到了大家心声，积极的讨论很好！同时我们也定调：不再讨论做不做，只讨论如何做？以及如何才能做提更好？”

这时大家都不说话，接着李总裁讲道：“对于招聘培养哪些岗位、多少人，我们要有前瞻性意识，郑总与你们都有沟通讨论，我也有和郑总讨论这个方案，大家针对这个方案实施过程中多提些建议。”

这时大家针对这方案一些细节问题，如业务部一起如何参与面试评估提了建议。

会议结束之时，李总裁说道：“大家看到了这个方案在比较系统，很好！更重要的是加强执行，郑总在会后，把方案再修一下，大家会签，审批之后实施。”

在李总裁支持下，郑鹏带领陈燕经理在十、十一月两个月时间里，在二十多所高校进行专场招聘，录用一百二十多位学生，并签订了三方协议，如果学生或企业双方违约将相互赔款三千元。

就在郑鹏忙校园人才招聘的时候，一天上午总裁秘书刘悦到他办公室，说道：“郑总，李总裁有急事找你，他现在办公室等你。”郑鹏拿起笔和记录本随着刘秘书到总裁办公室。刘秘书退出总裁办公室并把门也关上，郑鹏坐在总裁面前椅子，没有说话。

这时李总裁点燃了一支烟，看着郑鹏笑着问道：“郑总，你在外面很多企业做过，问下：董事长、总裁、执行总裁有什么不同的地方？”

郑鹏一时也摸不透李总裁为什么问这个问题，略微思考下说道：“董事长是法律意义上董事会主席，代表股东利益监督公司运营管理，是企业所有者代表，在国内企业实际运营中，董事长负责战略与方向；总裁是企业管理者，是企业在经营过程中最高行政管理者，对公司经营管理负责；执行总裁实际是就是常务副总裁，作为总裁助手负责公司运营管理，偏重执行。”

李总裁听了之后说道：“公司要发展，我们需要此一些优秀人才，根据董事长指示，我们要招聘一位执行总裁。”

郑鹏听了之后，思考了会问道：“执行总裁的职责是什么？”

李总裁想了答道：“全面负责好家居公司管理。”

郑鹏又问道：“我们的核心要求是什么？”

李总裁回答道：“知名消费品行业的公司总裁工作经历！”

郑鹏补充道：“营业额是我们好家居公司三倍以上，并且企业管理规范性在国内是知名的，对于其他要求和岗位职责，我具体化写出来之后，呈给你看是否合适。”

李总裁回答道：“好，你也可以对此岗位的招聘直接与董事长沟通。”

郑鹏疑惑地看了一下李总裁，想了下说道：“好，我如果与董事长有沟通的话，把沟通的结果抄送给你。”

郑鹏透过李总裁抽烟之后吐出烟雾之后的脸庞，感受到了什么，这时李总裁笑笑说道："此工作抓紧！"

回到办公室，郑鹏也思索一会，也不得其解，自己多年职业经验总结：积极完成老板认为重要的事，帮助老板做重要的事情，帮助老板就是帮助自己。

想到这里，郑鹏收回思绪，快速拟定好执行总裁工作内容与任职要求及对候选人评估方法，计划第二天早上给总裁看看。也打定主意，如果董事长不找自己沟通此事，自己也不找董事长。

郑鹏通过人脉关系与猎头公司开始搜寻起执行总裁的候选人。

郑鹏开着车迎着初秋的晨光，清风习习给人吹来阵阵舒服的凉意，虽然今天是周末，可他今天是去茶楼约见一位人员，所以还是穿的非常正式的衬衣西裤。此时路上车辆还不多，郑鹏希望自己先去找一个好位置，开着车七拐八弯地来到了阳光茶楼。

郑鹏是阳光茶楼的老顾客，他喜欢"阳光"这个名字，人生不如意的事常有八九，但我们内心必须有阳光，内心的阳光不管外界的生活如何有乌云与大雾，但一样光芒照亮，这样的内心才是强大的。

郑鹏找一个有窗户的包间，自己先来了一杯柠檬水，然后发了一个关于茶楼位置的信息给对方。朝窗外看去，老黄桷树枝叶繁茂，树干粗大，对于这种树，郑鹏是有深深的情意。

记得小时候，自己的家乡属丘陵地带，一般在丫口这样的十字路口都有这样一棵古老的树，也叫风水树。自己家的屋背后就有棵老黄桷树，具有一千多岁了，树干的直径有一米五左右，上面有四个分杆都有半米粗，高有二十多米。一到春天，老黄桷树就会发出绿芽，这时自己那帮儿时玩伴就会爬上树，把这些嫩黄的叶摘下来吃，吃起有一种微酸感觉，在当时春天也意味着易饿肚子，这可是小玩伴最好的零食，这零食也是自然环保安全的。

有时候还会和小伙伴一起玩打仗游戏，爬在高高的树杆上，用一个树枝做成假的机关枪，隐藏在上面，朝对方"哒、哒、哒"地开枪射击，这时村里的大人见小孩子爬在这么高的树上，都是不放心，在下面大声继续叫道："下来，别掉下来，把腿摔断了"，但在自己记忆中，小伙伴们在那样危险的高高树上确实从来没有出过事故，也许是因老桷树在保佑着我们，你的树干的胳膊太粗壮了。

自己在今年开车回家给爷爷奶奶烧香祭祖之时，村里也没有小时候热闹了，基本上都成了空心村或年逾古稀的老人村，这棵老黄桷树也老了，其中两个树干都断了。听爸爸讲，这棵老黄桷树成精了，一天晚上村里人听老黄桷树上有"当当的"敲铁锤声音。第二天村民发现黄桷树的一个树干被钉一个钎子，据说是想把这个树精钉在那里不能动。

郑鹏正在沉思之际，这时"吱呀"一声门开了，服务员领着一位身材微胖结实，面庞微黑，着一件蓝色高档体恤，穿一件浅白色裤子。郑鹏站起身，伸手握道：“付先生好！久仰其名了！”

付先生答：“多谢郑总，让你久等，来的路上堵了一会车。”

郑鹏笑道：“先喝点水，喝点什么茶？”

付先生回答道：“服务员，来一杯铁观音。”

郑鹏说道：“根据朋友讲，你们公司发展非常好，而且还上市成功了，这都有你的功劳啊！”

付先生回答道：“这都是公司战略方向正确，老板英明决策、团队一起努力结果。现在经济形式，我们电器行业也是一片红海。公司也面临着新的战略转型。”

郑鹏答道：“为什么这么讲？”

付先生回答道：“现在经济危机刚过，政府为了救市场，一下子放了几万个亿货币到市场，有大部分到股市和房地产，这带动了我们制造家电行业发展，大家炒股买房，而且政府补贴家电下乡，所以市场一片欣欣向荣，但背后其实有危机重重，因为这更造成房地产和股市泡沫，这个泡沫大了之后到一定程度就会停止或萎缩，然后慢慢破了，这对我们实体经济制造业造成非常大的影响。我们家电市场，特别厨房电器和家居行业一定会受到房地产影响的，只是多少而已，而这个行业市场虽然国外的企业如日本的电器行业都被挤出了我们中国市场，我们中国企业也会血流成河的厮杀，最后只由几家品牌企业占领市场。”

两人开始从世界经济走向，国家宏观经济政策激励与方向、到中国民营企业发展转型以及遇到问题进行细致沟通详聊，这一沟通就是半天时间过去了。

郑鹏说道：“付总，有什么问题需要问我的吗？”

付先生问道：“这个岗位是全面负责公司经营管理并向老板负责吧！”

“是的，虽然我们现在有总裁，估计老板会另有安排！”

俩人又沟通了一些执行总裁岗位一些具体职责与要求等。

付先生说道：“我可以自信说，我很胜任你们公司这个岗位！”

郑鹏答道：“很高兴与你沟通，你如果有时间邀请你去我们公司与董事长详谈！”

付先生回答道：“好，约好时间，希望我们有再次见面的机会。”

郑鹏与付先生见面沟通之后，开车回到公司写了一份评估报告：付先生从年龄、专业、工作经验与知识都是稳合公司要求，现在一家优秀上市电器行业工作，与公司同属消费品行业。性格强势自信，这会与董事长性格易冲突需要注意的地方，作为一家大型公司总裁强势也是应有特质，建议公司约付先生来公司复试。

郑鹏将付先生简历与评估报给李总裁之时，李总裁神色凝重地看了资料之后，点点头说道："很好！来复试之时如何评价呢？"

郑鹏答道："先由李总裁你来面试，然后，给其三天时间，让其对公司现有的管理情形进行调研，我们提供相关资料与可以沟通的人员（以营销、研发、制造为主，不涉及财务），让付先生对公司作一份经营发展报告书，考察其实际能力。并让公司总监以上人员参与，让付先生对报告作演讲，然后董事长、总裁参与对其进行评估。"

李总裁答道："你约下董事长的时间，依此执行。"

这天上午，郑鹏坐在办公室里，思考了一会，与付先生进行电话沟通，邀约他来公司进一步时洽谈，并告诉了所需时间与要做的事情，末了，郑鹏特意温馨提示他，因为最后要进行演讲经营规划PPT方案，所以建议多带一套正装。在这期间郑鹏与付先生断断续续的联系过程中，郑鹏对付先生的工作经验与能力有了进一步判断。

付先生如约而至来到好家居公司，依照郑鹏事先安排好流程有条不紊地开展工作，在这过程中付先生与各部门负责人沟通与了解实情况，郑鹏都一一进行了引荐与帮助，这是郑鹏职责与尊重候选人行为。

三天时间过去，付先生通过白天调研，晚上自己完成方案资料，将其PPT形式方案通过郑鹏提交给总裁与董事长。

董事长并没有看内容，只是说："时间较忙，等付先生演讲之时，他会到现场听取汇报！"

郑鹏邀请了各中心负责人以及总裁办的领导一起到会议室听取演讲。郑鹏见管理人员都到齐了，还差董事长没有到。向李华平总裁问道："是否开始？"李总裁回答道："开始。"这时郑鹏让陈燕继续去邀请董事长。

付先生今天身着正式的白色T恤与深蓝色的裤子，脚穿一双棕色的休闲皮鞋，显的稳重而又轻松自行，走上演讲台，打开PPT，先谦虚地对题目"好家居经营构想"进行解题，然后从产业价值链分析，宏观经济与产业价值分析、战略规划与家居行业成功要素分析、文化运营系统、人力财务、市场研发、品牌构建、销售新渠道、组织流程等进行了深入浅出的专业演讲。

在演讲过程中，董事长带着文件夹来到会议现场，在付先生演讲过程中，快结束之时急急忙忙又离去。郑鹏从礼貌的角度，都感觉不太合适，但也不能说什么，不知道董事长对付先生是有什么样的评估。

郑鹏听了付先生这番演讲，不由得暗暗佩服其思想的高度与实际工作有效结合，系统而专业。演讲过程中显示充分的自信与气度。在演讲完毕之后，各中心负责人也提了一些问题，付先生回答的是圆满而令人佩服。

付先生的表现的气定神闲的演讲完毕之后，郑鹏请其回到自己办公室休息，并进行沟通。"付先生今天演讲太好了！有高度并落地，系统而专业！"

郑鹏说道。

付先生回答道：“这是的，我是能够完全胜任你们执行总裁岗位，在我调研过程中，你们好家居公司问题确实也不少，好家居公司未来面临着重大的战略与转型问题。”

郑鹏送走付先生之后，来到董事长办公室，李总裁、各中心负责人，大家开始讨论评估。

供应链总经理彭兵说道：“思想高度还是有的，比较自信，里面讲的战略与组织变革等，只是在我们好家居，这样的高度能否落到实处？”

制造中心总经理赵飞说道：“我只讲不足的地方吧！他不是我们这个行业的，对我们制造的工艺技术等不是很懂，到时指导我们制造工作之时，只怕不能够深入。”

财务中心李锦总经理说道：“他演讲的内容不涉及我们财务，不清楚他的财务知识，从他演个演讲内容来说，确实是做过大公司的总裁，很有高度与思想，如果能在我们公司实施当然最好！”

大家你一言我一语评论，最后，李总裁问道：“郑总，你的意见呢？”

郑鹏答道：“我和付先生接触较多，他的工作能力与大公司的工作经验我认为是可以的，对是否有要求家居行业经验，我们当时招聘要求就是大消费品领域，对他的知识经验，是否能在我们好家居公司实现，这很难说。”

这时，董事长说道：“我认为他务虚成分太多，我们要招既有高度又可以做实事的。”

听李华国老板这么一讲，让郑鹏对执行总裁岗位招聘的要求深度又拿不准了。郑鹏本想说什么，但在这样场合，他什么也没说，李总裁说道：“郑总，关于付先生，我们保持联系，我们再找几位候选人多对比一下。”

这次会议，是好家居公司核心团队评价一位高层候选人会议，其实，从反的方面讲，也看出好家居公司董事长到管理团队自己本身的思想与能力。大家对候选人要求的矛盾性，说明自己本身对这个岗位做什么以及需要候选人层次都是不清楚的。对于这样高层职位郑鹏曾用非人力资源专业知识做过层次总结：

一级是看守型总裁，只是协助老板把公司内部运营管理的相关工作牵头理着，在老板的要求下做内部事情，也不主动进行大变革，只进行修修补补的管理工作。

二级是运营型总裁，对公司外部市场与品牌文化建设不作管理，但有自己思想，只是针对公司内部管理通过组织变革、流程优化，提升公司内部运营效率。

三级是全面型总裁，在现有公司业务范围内，对过市场、品牌、财务、人力分析等全面性的对公司进行诊断，并提出全面发展思路，稳步的推进现有业务发展管理。

四级是变革型总裁，结合行业的技术与产业发展创新转型，对公司从宏观经济型分析到具体内部全面变革进行深入思想指导，大刀阔斧地进行运营变革，将公司现业务发展带上一个新的发展平台。

五级是领导型（或金融型）总裁，对国家经济与宏观金融与投资、上市都了解，可以通过产业链分析与投资等手法，把公司带上一个跳跃型的发展之路，这样的人才在市场是少见，确实在实际的运营管理工作过程是较务虚些。

好家居公司是找什么总裁呢？老板希望找每个层级都具备的能力人才，就如男人找妻子一样，希望在客厅如一位淑女，在厨房如一位保姆，在床上如一位荡妇，在外面如一位名媛那样精彩，但不可能有这样的候选人。

老板当然希望这个执行总裁是位十全十美的人，其实每位总裁都自己工作侧重点，一位细心过度总裁不可能有战略思想。

继续再找吧，让老板对比一下候选人这也是个方法。自己想方法，与付先生保持有效的联系。

郑鹏在猎头公司的帮助下，寻觅到一位候选人黄先生，这是工作背景非常过硬的集团总裁，营业规模是好家居公司好几十倍。因为候选人在北京，通过简历判断与电话沟通，郑鹏得出一个结论：可以推荐给公司领导层进行见面沟通。

刚好，董事长去清华大学学习，郑鹏准备好黄先生简历，以及联系电话给到董事长，也把董事长的联系方式给到黄先生。

在郑鹏的协调之下，这天下午，董事长上完课，黄先生直接开车去清华大学接到董事长，并在一起吃饭沟通，据董事长讲，他感觉黄先生讲的比清华大学上课的老师还要好！因此在当时就直接承诺黄先生，录用他。

当李华国董事长将录用黄先生意见告诉李总裁与郑鹏之时，俩人都建议说：“可以录用，但我们最好进行一次背景调查。”董事长听听也有道理，说道：就让我的秘书汪东去调查吧！

这天下午，郑鹏突然接到一个电话，原来是从好家居分公司离职HR同事小王打的电话。小王先在电话里询问了一些好家居公司发展近况和同事们的情况。突然话锋一转道：“郑总可厉害了，竟然把我们现在集团公司黄总裁给挖到你们那里做执行总裁。”

郑鹏刚开始一听，也吓了一跳说道：“啥意思，你讲的是谁？你现在什么公司。”和小王沟通之后，原来黄先生就是小王现在公司集团总裁，对此人工作经历都是真的，而且对其能力进行高度评价，当然也是很强势的。

郑鹏把小王的联系方式告诉了汪秘书，然后小汪就进京调查黄总裁背景。

这天下午小王打电话给郑鹏说道：“老板的汪秘书来电话了，并让我保密。”

郑鹏忙问：“什么意思？”

小王答道：“你们不是让汪秘书到北京对黄总裁进行背景调查吗，让我帮助一下吗？”

小王停一会说道：“原来汪秘书一下机场就给黄总裁打电话，黄总裁派人去接他，然后俩人在一起吃了顿饭，然后汪秘书在北京玩了二天，走那天，打电话给我讲：让我保密，就说他来北京与我见面了，并进行细致调查，结论就是很好。当然黄总裁经历与能力都是真的。汪秘书和我都没见面，这样也好！”

郑鹏回答道：“原来如此，汪秘书也够机灵的！”

最后结果是好家居公司决定录用黄总裁，黄总裁也开始在原先北京的公司办离职手续，并且计划下周一就来公司上班，并且联系郑鹏，问道：“需要做哪些准备工作？”

郑鹏回答道：“来了之后，我负责安排好相关工作，并熟悉我们公司环境。”

成都的冬天有一大特别美景，就是银杏落叶，郑鹏完成执行总裁招聘这个岗位，身上觉得轻松不少，带着家人小孩子来到青羊宫。

青羊宫是比较少有的都市道观。观内建筑都是中国古建筑，走进去，只见殿堂楼阁气势恢宏，雕梁画栋活灵活现，树木繁茂，其中古银杏树不少，树干高大而挺拔，金黄的枝叶茂密的耀眼，走在其中青砖古道上，一阵微风吹来，有些杏叶落到行人身上，似如一位调皮的小姑娘可爱的亲吻。金黄银杏和建筑相映成景，显得厚重而古朴色香，别有情致。

顺着往里走去，突然转过一角，看到一棵高大金色银杏树，似皇后一样端庄而婆娑，落在四周银杏叶如金色裙摆，是那样的曼妙多姿。走近一看，原来她的雅号叫“百果大仙”，是一位唐代就生长于此的银杏，从她身材确实感受到唐代的华贵，主干需要三人才能手牵手地抱住，树身直径达三米多，树高五米多。

郑鹏正欣赏银杏的美景和了解道家的文化之时，突然电话响了。

拿起电话话一看，原来是李华国老板。

“董事长，你好！”

“郑总，我们原先录用的黄总裁，不用了，你给其打电话通知他吧！”

郑鹏急急地答道：“为什么呢？”

“公司不招这个岗位了。”

“可黄先生后天，也就是下周一，黄先生计划来公司报道了，他也从以前公司离职了！”

“你就告诉他，公司不招此岗位就行了！”

说完，李老板就挂电话了！

郑鹏接完电话，站在原地愣在那里：这样的情况自己从业十多年第一次遇到，公司高层岗位，说招聘的时候很急，结果招聘到人才时候，说不招聘就不让人家来了，什么逻辑？

看来结果是不能改变，是否给李总裁打电话呢？郑鹏思索了一会，不打，招聘执行总裁这个岗位，对李总裁而言，本身就是敏感的。

当下之急，还是先想办法如何通知黄先生，让不能入职，并且还要通知猎头公司。

郑鹏拨通黄先生的电话，“黄先生，你好！”

“有什么事吗？”黄先生在电话另一端客气说着。

“有件事真的很抱歉，我直接给你说了吧，我刚接到李华国董事长的电话，我们执行总裁这个岗位不招聘了！”

电话那端是一段时间的沉默，一儿说道：“是什么原因？”

郑鹏答道：“我也不清楚原因，老板直接告诉我的。”

黄先生答道：“因为你们录用了，我都从原公司离职了，计划下周就入职了，这中间造成我这么大损失，你们说如何办呢？”

郑鹏答道：“我给公司反馈你的要求吧！我真的也没办法，真的很抱歉！”

“你们这些民营老板真是莫名其妙，不过没来也是好事，来了也做不了事！”

“嘟嘟”，电话挂了。

郑鹏实在没心思再去游看风景了，但为了不扫家人兴，所以勉强跟着，一直思考此事如何给猎头公司沟通呢，黄先生是猎头推荐的，猎头的人员也许正做美梦计划收业务费呢？

正想着，猎头公司打电话了，应是黄先生找猎头公司了说了些事。

“你好！是郑先生吧！”

“是的。”

“我们刚才接到黄先生电话，说你们公司不招聘此岗位了！”

“是的。”

“为什么呢？”

“老板告诉我的。”

对方没有说话，虽然没有见面，但气氛是那样尴尬难受。

郑鹏只有接着说道：“真的很对不起，这也无能为力。”

“你们都发录用通知书给对方和我们了，你们这样做是违反劳动法的，对方可以要求你赔偿损失，五百多万的年薪酬，按惯例是两个月，你们都要赔近一百万元的！你们也知道对方都因此离职了！”

“真的没办法，对黄先生的损失，我和老板沟通一下吧！”

当然，最后公司也没有给黄先生与猎头公司任何费用。

郑鹏通过这件事，算是对民营企业老板行事风格有了一个认识，打雷轰轰的开始，可能会无雨之果，一个字“变”，对老板做交代工作慢半拍，否则，我们会做很多无用功。

这天下午，郑鹏开车回家，刚下高速公路，电话响了，原来是小王电话。

“郑总，你把我害惨了！”

“什么意思？”

“你们为什么不录用黄总裁了。”

郑鹏答道：“是的，这是老板决定，我也没办法。”

小王急急地说道：“你知道，黄总裁知道我是从好家居出来的，以为我在是中间给你们说了什么不好的话。”

郑鹏说道：“你对他评价是很好的，这跟你没关系的！”

小王说道：“你们都发录用通知书，黄总也离职了，他就责怪我，害得我在公司，大家都用怪怪的眼神看着我！”

郑鹏答道：“这件事真是乌龙的很啊！”

小王说道：“为此，我特意请黄总吃饭，赔不是，保证真的没有说他不好的地方，你打电话给他说下，我一直都说他好话的。”

郑鹏心想，从你的角度我是应说，可从我的角度，再给黄总打电话不是自讨苦吃吧。

不过，在嘴上还是说道：“好的。”俩人又说了会其他事情，才挂断电话，郑鹏开着车，不由得暗暗的苦笑了起来。

第二天上午，李华国给郑鹏电话说道：“你约上次来面试的付先生，我想和他再沟通下！”

郑鹏心想这又是卖的什么药？不是都不招聘执行总裁这个岗位了吗？自己都好久没有和付先联系了。老板要求的，自己还是和付先生联系下吧。

郑鹏说道：“付总，你好！好久没有联系了，最近工作很忙吧！”

付先生说道：“还好，上次来你们公司见面之后，现在是下半年，公司也较忙了！”

“这样，我们李华国董事长主动提出来想请你喝茶，你有时间吗？”

“可以，交个朋友吧！”

付先生再次来到公司和李华国老板见了面沟通。结果是付先生作为李华国的私人顾问，给其顾问费用。

郑鹏心里暗想到：这也许是对付先生和李华国董事长，双方都是最好结局吧！这也许是招聘执行总裁这个岗位最好结局吧！

实际上，付先生确实来参与过公司一次经营会议，从那以后再也没见到他在公司咨询的身影了，而他也确实不能改变好家居什么？那些老同事评价也是正确的吧！因为他们更了解李华国。

后来李华国要求郑鹏要深入公司，具体了解业务，并且说道：我们要招懂营销和制造的人来做营销和制造人力资源总监，这些候选人最好本身就是营销总经理或制造总经理。当然最后结果，真正做营销和制造的人是不会来做这些部门的人力资源总监的，结果也就是不了了之。

当年招聘的一百多位大学生都在毕业之后，准备入职，老板要求对其重新评估，不合格的不能要，最多要一半，招聘部同事也没有办法，遵从老板旨意，又不能赔钱的情况，只能死死的想尽办法和理由，造成一些学生不能入职了，公司在这些学校品牌口碑也就那样了。

人生自古谁无才，我劝天公重抖擞。都云本是商海言，诚信二字见心丹。莫道有钱鬼推磨，尊重适合才是金。人才代代无穷尽，山河夜夜东流水。道路漫漫人生远，世间人心功名退。夏日苍柏深深意，秋月朗朗天在看。

第七回　诊断东流

“郑总，你好！”李文敲门走进郑鹏的办公室。

郑鹏在电脑前面抬起头，笑着说道：“这边坐。”

李文在沙发坐好之后，郑鹏也在斜对角的沙发坐好，说道：“现在你暂时还在员工关系部做着你原先工作，黄经理会把你的工作量减轻一些，在我们人力资源中心内部正式的做我的助理，协助我完成一些重要工作，我和黄经理都已沟通好了。”

看了一下李文，又说道：“作为助理对你要求有三条：一是对我们做的工作保密要求高；二是专业知识能力提升要快；三是做工作标准要求更严、更高。”

李文听了之后说道：“好的，感谢郑总的信任与培养！”

郑鹏笑道：“你也不要先拍马屁”然后正色说道：“做这个岗位的助理，无论是知识能力的提升，还是发展机会都是不错，希望你把握这个机会，当然，我选中你本身也说明，你很有潜力的！”

郑鹏做完这些准备工作之后，然后拿出一份文件给李文，并说道：“这是一份《企业管理调查问卷》，里面的内容模块分为：公司战略、组织问题、企业文化、人力资源等。”

停了一下又说道："我们员工关系部每月在开员工座谈会，并由你负责组织。本月的员工座谈会，人员稍多一点，要求是：各中心部门都要有、各阶层员工、老员工新员工都要有，一句话就是这次参与会议的员工要全面的代表性。"

李文看着郑鹏，点了点头，说道："好的。"

郑鹏说道："在开座谈会期间，你把这份企业管理调查问卷每人发一份，并给每人一支笔，认真填写，我们为填写人保密，采用无记名方式进行。大家填写好，不要有任何遗漏地把这份文件收上来。"

"这件工作很重要，对公司管理很有帮助，在实施阶段对任何人都保密，明白吗？"郑鹏神色严肃盯着李文说道。

李文说道："然后怎么办呢？"

郑鹏答道："你把大家填写的资料收起来之后，我会告诉你一下步如何做的。"

在郑鹏送走李文之后，回到椅子上，坐下去深深地吸了口气，陷入了沉思。

现在大家都在讲好家居的管理存在很多问题，每位同事都在讲，包括从高层的中心负责人到一线的员工，都从自己角度和自己所看到的、所感受到的，说出道理来，好像自己都能做总裁。在实际管理过程中，确实有这么一种现象：高层做着中层的事、中层做着基层的事、基层做完自己事还讨论着高层该如何做事。

每个人都在说自己对公司贡献很大，工资却比较低，好像在公司自己吃的都是草，挤的都是牛奶。

郑鹏在工作中也遇到问题，但作为职业化经理人，心想公司请自己来就是解决问题的，人力资源最高负责人从某个角度讲就是公司的管理顾问，并推动公司的管理变革。但做任何事必须有调研与根据，自己不想声张着来开展此事，所以自己拟定一份调查问卷，先交由有工作之便的李文来处理。

郑鹏想了一会，由谁来牵头负责对外部市场和竞争对手公司进行相关信息的收集呢，这需要较强的综合素质与专业能力，综合评估一下之后，郑鹏来到绩效部钱超的办公室。

钱超正忙着整理资料，通过与各部门沟通，建立公司运营绩效指标库的相关资料，见到郑鹏来到办公室，赶紧起身，并笑道："郑总，有什么事，需要你大驾光临我办公室，你叫我一声，我就到你办公室。"

郑鹏说道："确实是有一件重要的事情，非你莫属才能完成。"

钱超答道："什么事？"

"对我们这个行业进行宏观市场发展分析，我要求你用PEEST方法分析，并对我们这个行业前五名竞争对手也进行分析。"郑鹏答道。

钱超低头思考一会，又抬头看着郑鹏，没有说话。

郑鹏看着钱超的眼睛，说道："这不是你的本职工作？"

钱超说道："郑总，不是这个意思。直率的讲这需很强的专业知识，这些专业知识当然不是我们人力资源专业知识。"

郑鹏说道："其实我们人力资源不仅仅是掌握教科书上六大模块，当然要掌握因企业不同，而采用不同的使用方法，这是非常重要。但要成长一位优秀的人力资源工作者，还要有另外知识，如你们绩效工作，在提取绩效指标，其中就有财务指标、客户指标，如果你不懂财务知识，如何来判断这些指标背后的经营数据。"

郑鹏见钱超没有说话，继续说道："人力资源做的优秀人员，在懂人力资源知识之后，就要对公司业务要了解，要对公司所在行业进行了解，并学会收集相关的信息，这其实本身也是实践过程中人力资源战略所必须的。"

"PEEST分析，这个你听说过吧，也就提示我们从政治、经济、环境、社会、技术发展五个维度，对我们家居行业进行分析，了解行业未来发展趋势。"

钱超看着郑鹏，似乎有点不解，好像在说：郑总你是做人力资源的，为什么懂这些知识呢？

郑鹏又说道："对竞争对手分析，主要首先从竞争对手分析，古时候人员打仗，第一位了解的就是敌对阵营主帅是谁。其次是对手年度经营规划、品牌与渠道策略、研发方向与风格、产品制造与工艺设备、人才素质、薪酬激励。"

郑鹏一口气讲完这些，喝了一口水，静静看着钱超。

钱超陷入沉默，一会抬起答道："我愿意做此事，这过程相信可学到很多人资源之外的知识。"

郑鹏道："你今后的职业规划是做咨询，这方面知识与技能是必备的，借这次机会你就先尝试着做。"

钱超道："我需要你的指导，而且我一个人不够，需几人一起做才能完成。"

郑鹏听了钱超的要求之后，说道："好，我们一起做，你就是这个项目组长。你先思考一下，根据你的思路，我们如何去搜集并有效的分析这些数据资料。"

在安排完李文与钱超的工作之后，郑鹏回到自己的办公室沉思：依照工作心惯，在每年十月开始就筹备明年的工作规划，好家居公司的管理层似乎没有这样管理之路而循，自己先做这样准备工作。

通过几个月的工作，人力资源中整体工作规划在郑鹏脑中慢慢勾勒出来。

人力资源使命：好家居　人才造　造人才。

人力资源愿景：打造好家居一流人才的孵化器。

人力资源策略：顶层设计：从公司战略、业务、经营的角度设计HR管理机制。

系统管理：全面夯实人事管理，着眼未来人才发展。

专业职业：加强业务知识，提升专业能力，良好职业素养。

精简整合：强将精兵、简化流程、整合资源、合并职能。

人才理念：德才兼备、培养为主、引进为辅、能者上前。

工作理念：系统化、精细化、持续化、数字化、标准化。

当郑鹏慢慢地把些纲要规划好，需要进一步思考如何推动呢？

在秋分之后，早晚的天气已慢慢变凉了很多，这时晚上已八点过了，郑鹏刚从会议室出来，还沉浸在刚才会议情景之后，幸好自己参加这次的员工关系管理座谈会。

郑鹏在会议正式开始之前，与有些老员工有简短的沟通，发现大家意见非常多，所以临时改变主意，先进行“企业管理问卷的调查”工作，在李文发放问卷的过程中，大家还是感觉很新鲜，以前公司从来没有向员工做过这样的事情。

大家也有很多担心，自己说了实话、讲了实情之后，是否会被管理层穿小鞋。郑鹏明白员工的心理，给员工讲明：本次调查是不记名进行的，而且对本次调查是保密的。在郑鹏与员工反复沟通过程中，大家放心了。

郑鹏通过自己过去的工作经验，曾对员工说：中国工人本身作为人意识思想并没有觉醒，或者是觉醒了因为文化政治或生活原因也不会真实的讲出来，中国人民是世界上各国当中最为温顺与隐忍的人民，他们以前物质极为匮乏的时代，忍饿忍饥的，现在改革开放之后，在工厂打工，很多人是没有劳动法律意识，也不会用法律的条文来保护自己合法权益。

同时，工人对自己作为社会公民角色认知也是不够的，作为企业的一员不仅仅只是打工挣钱，其实还有效主动地参与，作为企业的管理者也必须发挥员工主动性，这样的管理才有穿透力。每月一次员工关系沟通座谈会，是郑鹏在好家居公司要求员工关系做起来，并要求将每次会议内容上报给自己。

在郑鹏提出此工作之时，黄平还提了很多意见，如员工也提不出很多建议，有的只是意见与牢骚，或者有的建议根本也没法做到，有些建议都只是要求公司加工资涨福利，而公司管理层也是不会同意的，这样做了反而不如不做。

郑鹏耐心给黄平打了一个比喻：在我们成都最伟大工程是都江堰水利工程，以前成都平源是洪水泛滥，后来李冰父子通过疏导方式治理，为我们成都成为天府之国打下深厚的根基，他对中华民族生存的功劳超过长城啊。

黄平问道：“员工提的意见如何回复？”

郑鹏回答道：“我们先定调，员工在座谈上，只要不违法、不涉及公司经营机密和污蔑他人情况，任何意见都可以提出。他们的意见分为以下几类：

一是他们有自己想法与观点，但对事情的真相并不了解，我们大家借此员工座谈给大家讲楚就好了，以避免员工不知真情又闷在心里，造成不满发泄在工作之中。

二是他们有些要求或建议较简单，我们当场就可以回“是”或“不是”的，可以直截了当和员工沟通。

三是员工讲的事情较复杂，需要在会议之后，请跨部门或上级来回复的，就把问题记下来，请另外领导来回复。重要的是，针对员工提的建议我们要有回复，而且还要针对这些问题确实能现在改善的就改善它，如果能做的事情，我们回复做。但实际我们不做了的，也就回复做不了，如果说了做，结果我们又没有做，这样久了，有几次之后，员工就会不信任我们。”

通过员工座谈会这个平台与员工沟通，可以逼我们进行管理工作的有效改善，这就是员工是主人的管理思想，把员工当真的人才与财富来看，员工是企业的原动力；而且借员工沟通会平台，我们也可以有效地将公司管理思想与经营策略有效的向员工宣传，让员工知道并理解，一起为企业发展努力，这是很多企业提高执行力的重要方法。

当郑鹏针对员工关系座谈这个浅白平台，做好之后还有这么深的管理思想之后，黄平似乎理解了，确又没有真的理解，因为这确实需要一个整体企业文化氛围与环境。所以郑鹏对于现在有些“工业旅游”做法也有自己看法。有多少企业去华为、海尔、丰田参观，又有多少企业学习了之后能用上呢，不到百分之一吧，因为参观不是只是看到现象，不是里面的员工你不能深深感受到这些管理现象背后的管理思想，去参观之后，只是你多了些知识，成为管理口头上的谈资而已。

这次座谈会，郑鹏变成主持参与了，疏导了很多员工想法，也把集团人力资源中心“服务员工”员工这个理念讲给大家，并且讲公司人力资源管理的重大事项，如公开招聘的公平性、多增加一些技能培训。

大家也对人事工作提了一些建议：如员工进公司与离职，到各个部门签字审批流程很长，有些员工根本就找不到这些地方，不认识这些人，又没有人带领，如一只没头苍蝇乱撞，问东问西的，很麻烦！郑鹏明白，可以成一个“员工服务中心”员工入离职这些事情，大家都可以在一个窗口，一站式服务搞定！这就是为员工服务！

李文今晚上看到郑总主持员工关系座谈会，终于明白了什么叫管理功底。

郑鹏被一阵秋风吹来，从回忆中醒过来，回到办公室收拾好电脑包，轻轻地关上电灯，穿过静静的通道，来到停车场，启动汽车，打开车灯，照亮前面的路。不知这次的年度人力资源规划是否能如这车灯，刺破公司管理混沌之气。

第二天上午，郑鹏早早地来到办公室，发现朱伟也来到办公室，突然灵光一闪现。

“朱经理，早上好！来我办公室坐坐！”郑鹏与朱伟打了声招呼，此时朱伟经理在郑鹏帮助下，管理实践能力已进步不少，特别组织能力进行很快！

朱伟来到郑鹏办公室坐下说道：“郑总早！你这么早也来了！”

郑鹏打开电脑，先倒了一杯水给朱伟，然后自己也喝了一口水，说道：“找你有一件重要事情讨论，想听听你的建议。”

朱伟答道：“什么事？”

郑鹏说道：“明年的年度工作规划，现在都十月了，我们要提前准备。”

朱伟又问道：“具体做什么呢？”

郑鹏问道：“你以前做过年度培训规划工作吗？”

朱伟答道：“没有，我以前做讲师为主。”

郑鹏见朱伟一时也不提能出好的建议，说道：“我先说一下框架思路，你作补充，并做好记录。”

郑鹏说道：“我们用一个会议的形式，宣导这次规划，请集团人力资源中心与各分公司人力资源对今年的工作进行总结，并对明年工作开展以月为时间单位，进行相关规划工作，你做一个PPT模版，发给大家根据模版，往里面装内容。从宏观上准备我们集团人力资源中心的工作规划，在会上花半天时间让大家讲。邀请相关领导在会议开始做一些工作指导，参加人员就是人力资源全体员工。”

这时郑鹏停住望了下朱伟，朱伟答道：“这样很好，我有一个建议，就是请一位人力资源资深的老师来到公司给大家讲课，借大家都在的机会，提升同事们的专业知识。”

“很好！”郑鹏答道：“我们也应该请一位营销领导给人力资源的同事们分享市场营销方面的知识。”

朱伟也答道：“这个主意不错！”

郑鹏看了一下朱伟，说道：在会议的组织方面，我们培训部是很棒的，你来拟定这个方案，我们需要一些预算，并给李总裁签批执行。

朱伟答道：“好的，我们主题是什么呢？”

郑鹏在办公室来回走了两步，说道：“人力资源中心年度工作规划会议方案，副标题：好家居　人才造　造人才。”

“目的呢？”朱伟记下主题之后又问道。

“目的根据内容来定，反过来进行。”郑鹏想了会说道：“一是人力资源系统全员年度专业能力的业务培训提升；二是明年的年度工作规划的策略方向与具体措施；三是加强人力资源团队精神建设。”

接下来，郑鹏与朱伟又一起讨论确定好：时间、地点、参加人员、预算，对会议的内容以及相关准备工作进行反复研讨。

"朱经理，主要内容就这些，具体相关会议流程与安排、老师选择、督导大家工作PPT等，你来完成，时间比较紧，你还需要什么资源。"

朱伟想了想，答道："如果工作过程中，我还有不清楚的，我可以问你，但我还需要有人协助。"

郑鹏说："我让员工关系黄平经理协助你，如何？"

"好，和黄经理配合不错！"

"你现在就打电话给黄平，来我办公室，我们当面把这件事与他沟通清楚，并把他的工作事项分配好！"

一会儿，黄平来到郑鹏办公室，由朱伟将整个年度工作规划会议方案之事给黄平讲了。

黄平说道："在我们人力资源中心还是第一次这样做！需要我做什么？"

郑鹏笑对黄平与朱伟讲道："这件工作很重要，二位务必用两个部门同事力量全力做好！这件工作由朱伟经理负责，黄平经理协助进行完成，将员工关系部同事和培训部同事都纳入在这个项目里，以你们二人为核心来完成。"

交代完这件工作之时，这时郑鹏回到座位，喝了一口水。沉思了一会儿：年度规划还有一项重要的准备工作，就是集团人力资源中心明年的年度预算。

郑鹏感到心情愉快，上午先处理几件紧急的工作。为了让本次年度规划会议顺利地完成，他还需组织一次讨论会。郑鹏想了一会，让李文通知：集团人力中心及各分公司人力资源负责人下午二点半来办公室开会，主题是：年度人力资源及预算工作规划会议。

下午大家都来到郑鹏办公室，在会议开始之前有些同事们讲着工作中遇到笑话，有些同事在交流工作遇到问题与处理的方法。

郑鹏让李文给大家都泡了一杯茶递给大家，然后说道："潽耳茶，较为养胃，而且据了解，对我们身材微胖的同事，有减体重的作用。请大家品尝一下。"

然后转向李文说道："你做会议记录。"

郑鹏看了同事们之后，说道："我今天商讨一件事，就是明年的人力资源规划与预算。我们的年度工作规划是要做的很好！这件工作由我负总责，大家分别负责，具体年度工作规划的模板与回收由朱伟经理负责，而且我们隆重召开一次年度工作规划会议，大家都要根据PPT进行发言讲解。"

薪酬经理张华说道："我们具体要做些什么事呢？"

郑鹏说道："两件事，一是PPT工作规划，你们看模版就会知道如何做的？我们统一模板，目的是以免大家用不同的文件做出不同的格式，整的五花八门的。"

"第二件事，就是由张经理来牵头负责，具体将集团人力资源中心的预算汇总。”

这时大家笑了起来，说道：“谁先说话就给谁工作。”

张华笑道：“给我就给我，没有关系的，说不定郑总会给有任务的同事发红包！”

郑鹏听到这里也笑了，说道：“借张经理吉言，在本次年度规划中，发红包！”

接着说道：“为什么给张经理呢？因为预算最大部分在张经理的薪酬那里，所以给他较合适，而且张经理对数据敏感而且细心，所以交给他最合适。”

张华说道：“这件工作交给我没有问题，说实话，郑总，这预算有用吗？”

郑鹏答道：“预算在我们好家居公司是否有用，我不清楚，但从我们中心绩效部的角度，要真正推行绩效管理，其中重要的财务维度指标就应有预算，如果没有预算管理，绩效推行就是一句空话，特别是组织绩效。当然如果有预算没有绩效来运营落地，预算也白搭。钱经理，你说呢？”

钱超听了郑鹏讲话之后，说道：“是的。我们现在指标有费用预算，但还不全面。”

郑鹏接着说道：“从公司层面讲，预算管理就是收益管理，也就是在企业在经营之前，通过预算这个工具就在沙盘上推演好了，在经营过程中只是预算管控；绩效管理就是利润管理，绩效最重要财务指标，通过对成本与费用管控，对应收应付管控，就会很好提升公司利润。”

大家此时都把眼睛睁大的盯着郑鹏，他们从来都没有听过这种新理论。郑鹏接着说道：“在一家有一定规模并且管理规范的企业，在每年十月就要开始做预算了，通过反复论证研讨资源分配，当然这个时候，私底下讲也是各部门抢资源时候，然后每月做滚动预算。预算完成之后，这个圈内有句话：有了预算不超支，没有预算不开支，所以在万科，王石讲：在预算之内，不管多大金额，他从不签字，所以有时间爬珠峰；但王石也讲，超支预算一分钱，都需他的签字。”

郑鹏喝了一口水又说道：“我们好家居公司没有推行全面预算管理，其实全面预算管理，我们不仅仅是看那财务数据，更重要的这些财务数据背后的经营活动，举例：假设，我们明年的培训费用总共二百万，当朱伟经理报给我，我会问：这二百万是如何进行，有哪些培训课程？谁参加？目的是什么？什么时候开支？要非常清楚，这就要求朱经理做年度培训工作规划，这就要求做培训需求的调查、培训课程设计、培训供应商信息搜集与课程价格信息管理等，一句话说完：预算背后是完善的经营的活动准备，预算就是打有准备的仗。”

在郑鹏给大家讲这些财务预算管理与基本常识之时，又结合具体业务管理讲解，大家面面相看，似懂非懂，他心里面也明，一时让大家理解这么深有难度，然后缓和语气说道："有些同事做过预算，有些同事没有做过，从预算表格的形式来讲，一般左边纵列是财务科目，上面行列是月份时间，由张华经理去预算管理部把这些资料科目给拿过来。"

张华说道："财务预算部如果没有呢？"

"我们自己编制科目：薪酬、招聘、培训、办公费用等，凡是我们涉及的费用项目都列清楚，不好归类的就加一个其他项目。"

"大家重要的是结合我们年度工作规划进行，举例，我们招聘费用，陈燕经理就需要做年度的人力需求调查，并完成明年人力需求规划，再根据人员需求规划决定明年的招聘事项安排，网络多少费用、人才市场招聘费用、校园招聘费用、猎头费用。招聘的人力需求规划出来之后，薪酬部根据这些定编人员数量与工资标准，进行工资与福利预算，薪酬预算由我们部门统一负责，也是人力资源最重要的预算。员工关系部主要有员工活动费用。绩效部主要有一些出差与办公费用等。"

郑鹏这样解释之后，看了看同事们，意思问问大家还没有意见。这时营销李强经理问道："分公司人力资源呢？"

郑鹏说道："如果总部人力资源已做了的项目如：薪酬与招聘网络是大家共用，其他项目你们自行预算，然后交给张华经理一起汇总。"

张华又说道："如果我们先做了预算，到时预算部也主导预算工作，如果不批我们预算费用，怎么办呢？"

大家又立即说道："是啊，我们不是白做了？"

郑鹏说道："这次我们人力资源中心内部进行一次全面预算管理，主要让我们内部同事都需要学会，根据业务来会做预算，先要学会这知识；其次你们说的财务预算部对我们人力资源中心预算费用不批，要进行减少，我们就要参与讨论，我们就要对我们的预算做出解释，这是正常的，这更锻炼我们的能力。做的过程中，有些费用有可能会减少，也有可能也增加。"

郑鹏又说道："朱伟，你负责我们年度工作规划的会议组织，实际你就是年度工作规划负责人，把会议的主要内容给大家讲讲，并听取大家建议，我们一起把这件工作做好。"

朱伟把整个计划说了一遍，同事又提出建议，如陈燕提出：在会议现场要做些宣传，把我们人力资源同事们相片做一个合影KT版，以及我们口号先做成横幅。

营销李强说道："我在营销公司对我们的竞争对手较了解，我想出去和钱经理一起进行相关市场情报调查。"

郑鹏说道："很好！李经理很主动，对外部人力资源规划市场与竞争对手了解，你和钱经理一组完成。"

郑鹏想了一下又说道："陈燕与张华经理一组，协助人力资源全面的预算工作。”

“大家还有没有意见？如果没有我们这次年度人力资源规划依工作分配开展，如有任何疑问可找我，同时大家保密，我们不要声张，要低调的进行。”郑鹏在会议结束之时这样叮嘱道。

在会议结束之后，李文留在办公室，问道：“郑总，我们的企业管理调查问卷已分类收好，下一步如何进行统计分析？”

郑鹏说道：“我们问题分两个类别，第一是选择题，Excel档将把类别、问题、问题的答案在左边纵向列好，然后再把大家选择的答案用‘1’作为代号填进去，把‘1’求和，然后进权重的分析，并做成图表，再把权重最高分与最低分标示出来就可以，然后做成PPT；第二是开放问答题：以问题为主，把大家写的建议分类统计好就行。”

郑鹏边说边在白板上给李文演示了一遍，李文很快明白了。郑鹏又说道：“你把PPT做之后，再找我一起沟通，如何通过分析，得出问题原因与趋势分析。”

郑鹏正在起草年底人力资源规划整体草案之时，“咚咚”响起敲门声。

“请进。”钱超与李强走进郑鹏办公室。

“郑总好！关于家居行业外部市场与竞争对手调查之时，我和李强经理进行沟通了下，有些有方法，有些问题还需要你指导下。”钱超说道。

“好，你们说吧！这对你们的工作要求是最高的，非常体现专业性和信息的搜集能力。”郑鹏笑着说道。

李强说道：“对于竞争对手信息收集，我们主要方法：通过对方网站公开信息；有些朋友在竞争公司，我们可以约出喝茶的方法，进行沟通获取；去对方公司所在地，向他们员工调查，如员工的工资福利待遇、人员的稳定性；对他们销售人员也可经约出来获取销售额与策略等信息。当然这需要一点交际费。”

郑鹏说道：“很好！交际费可以。另外我对此有三点建议：一是你们调查过程中人身与信息安全事宜需要注意；二是最好可以获取他一点一手的文件资料，这最真实可靠；三是注意调查他们的老板与高管团队的管理思想与意识。”

钱超说道：“还有是搜集市场信息我们还没太好的方法？”

郑鹏看了看钱超和李强，见二人都看着他，知道他们确实不知道如何办呢？

说道：“信息收集方法有：我们家居行业协会网站、杂志是一类，中国企业家协会对国家经济发展有信息，我们家居设备协会有及相关设备公司的网站，还有专业行业发展趋势调查报告。我们和家居行业各公司营销负责人沟通也可以获取这些信息，这方法我们如果认识这个圈子朋友最好，或者我们用招聘名义，通过面试候选人也可以知道信息。还有家居行业上市公司会暴露自己招股说明书，这里面有很多信息，如果同事们炒股，通过股市也可了解到一些信息。”

郑鹏稍停，又说道：“搜集信息还好，主要是我们从众多信息中，如有何有效的提炼这些信息更为重要，所以我们首先要根据我们需要来分类信息，并列成一张表，从宏观影响（宏观经济、社会发展、行业政策、行业技术变革）、行业概况（上下游、发展阶段、经营方式、利润水平、行业特点）、竞争状况（竞争特点、行业壁垒）、行业发展驱动因素等。我们把这些信息分类填好，这样有目的性、同时高效地完成工作。这要求有专业知识及很好归纳能力。”

钱超与李强一直看着郑鹏，说道：“这些知识我们需要先消化下，然后再做。”

对操作过程中细节，郑鹏给大家进行了较细讲解。

郑鹏明白：这两人有较好人力资源专业知识与想做好工作愿望，并且愿意学习实践新知识，只是这件工作对能力的跨度比较大，要求较高。所以有必须随时以关注，细心指导他们来完成。

郑鹏又说道：“建议你们先用Word做，然后再转换成PPT，我也已经搜了一些资料，先发给你们看看。”

大家在完成正常工作之余，年度规划工作大家都在有序进行着，很多时候大家都在加班做，不过热情度很高！

这天下午下班之后，郑鹏也加了一会班，来到办公室外，西边只有一丝残霞了，随着秋天的到来，天气黑的更早些了，郑鹏看看绩效部办公室还亮着灯，侧头再看了一下培训部，朱伟也还在忙着看培训老师视频，突然心里一感动，想起自己以前在外资企业工作时的导师说过二句经典话：“员工都是好员工，就看管理者如何带领他们，员工不懂不是你的责任，但员工成为你团队一员的时候，过了三个月他还不懂，这是你的责任，说明你没有培养好他。”

按照郑鹏毕业之后在企业的工作经验：一个人的职业发展，需要找到一个好的行业与一家好的公司平台，更重要的是遇到一位好的上司，他可能是你生命中的贵人，教会你学会职业中很多事情，甚至是你的人生观的倾向，会影响你一辈子！

郑鹏来到钱超办公室，钱超经理显得很意外，说道：“郑总，你怎么在这里？”

郑鹏没有回答他这个问题，说道：“你帮我看看，我们中心的同事，现在还在办公室加班的，我请大家一起去吃宵夜！五分钟之后出发，地点你来定，要求有些特色。”

郑鹏开着车带上同事来到一个叫“柴火灶”的农家乐，车辆停在一个有几棵大树的土坝子里。

下车之后，虽然穿着长袖子衣服，但天已有些变凉了。紧接着黄平、李文、李强等几个部门负责人和部门同事都来了，原来自己这个部门的同事一半都在加班。

在钱超的带领下，前面出现一个木栅栏做成的大门，门上的两边还挂了两个灯笼，顶上有麦秆铺陈而成，很有古朴而原始的风味，走进去，穿过一个石拱小桥，走在石子铺的小路上，来到个房间，这个房间的墙壁是用木板做成，房上是青瓦盖成；正面的墙壁上贴着“江小白”酒一句句的具有煽动性情怀的话，右边一个中国农村特有的大方桌，旁边有四根长形的条凳；左边有一个灶，放着两口锅，灶的形式绝对是郑鹏二十年前见过的。灶面上贴的是瓷砖，每个灶的前方有一个将木材放进去大灶口。

大家进去之后七嘴八舌的，吵来笑去的，郑鹏看得出来，大家对这个意外的“宵夜”是很高兴与愉悦的。

郑鹏有事信步走出此厅，四周有些灯光，旁边还几桌吃饭的客人正在开怀大饮，突眼郑鹏墙上一些画吸引了，原来在这木墙上有木雕的梁山一百0八位好汉的画像，而且旁边还有介绍，原来高手在民间，看不出这个柴火灶还有这一手，再往前走，突然，发现约有十只大口的缸，里面传来一阵香味，郑鹏低头一看，面上竹叶做成盖子，郑鹏悄悄揭开一看，是辣椒酱，估计应是这家店的特别有的工艺调料，也不外卖的。

看来今晚菜的味道有特色了！

郑鹏回到房间，这时服务员端上生的鸡肉块、菜、各种调料、油，原来是当着我们的面炒菜了，客人也可动手一起做，灶里面此时已燃起熊熊的大火，有些年轻好事的同事们已围在锅边一起操起勺子来了。

郑鹏也高兴起来，夸奖道：“钱超真会找地方吃饭，果然有特色有味道。”

这顿饭吃的大家都“嗨翻”了，有两位少数民族的同事还相互唱起了祝酒歌。等大家吃完饭，灶台上一片杯盘狼藉，大家走出柴火灶，虽然时间较晚了，却还在兴高采烈地谈着。此时一钩残月挂在偏西的天空中，显的苍白而明亮。

郑鹏启动车子，打开前面车窗，迎着秋高气爽的晚风，吹在脸上是如此清凉清醒，令人愉快而精神焕发，郑鹏心里有一种特别的豪气。喜欢在大冬天夜晚，迎着寒风而行，这会让他豪气上升与迎难而上做事之劲，而且会深深的冷静的思考问题。

第二天上午上班不久，估计是同事们把昨晚吃饭之事悄悄传开了，中午陈燕与张华等同事一起吃饭，就开玩笑说：“郑总，下次加班吃饭，给我们提前打声招呼，我们也想，听说昨晚郑总突然请大家吃饭，搞得非常好，还有人高兴地唱起了歌。”郑鹏笑了，说道：“今后不管大家是否加班，我们都一起吃饭，昨晚，我加班之后，看大家都在，感谢大家努力工作，所以一起简单吃个饭，填肚子！”

陈燕笑道：“郑总真好！我下午给你汇报下人力需求规划的事情问题？”

下午，郑鹏在办公室正处理文件资料，陈燕敲门之后走进来在沙发坐下，郑鹏离开办公椅，在斜对面的沙发上坐下问道：“是遇到了什么问题？”

陈燕说道：“按照我们的讨论，我做一张集团人力需求规划表，依照栏目：部门、岗位、编制、现人数、缺编人数、预计离职数、招聘人数（社招有经验，校招大学生）、到岗月份这样做好，也发给大家并进行了跟进，大家工作配合度也很好，不过各部门都提出了一个问题，就是公司本身业务缺少计划，所以这份人力需求规划做出不是很准，对工作的用处不大。”

郑鹏听了之后点点头，说道：“大家讲的确实是我们好家居公司在经营上一个整体的系统性问题，缺少业务计划与工作规划，优秀的公司与团队做工作都是有计划性的。我希望在我们人力中心内部大家养成一个做事有计划的习惯，而且在这个过程，同事们学到并实践了这方面知识。”

他停下来，看了同事疑惑的眼神，说道：“给你们讲一个事例：你们都知非洲国家人民比欧洲的人穷，你知道为什么，从我们在外资企业工作接触他们，其中有一个重要的工作特征就是工作的计划性，我以前欧洲的老总来我们中国，半年后事都可以预计，而非洲的人连下周的事都不能定，可以说，越是发达国家人做工作越有计划性。”

“于对年度人力需求规划做完之后，在明年我们可以做滚动每月人力需求计划，月度的人力需求相对就要准确些，要不然，我们如何统计我们招聘需求报表，如何衡量我们招聘工作价值与有效呢？我们在进行招聘数据的分析之时，就需要这些活动，并反过来改善我们工作，提升工作效率。要求各部门负责人在我们做的年度人力需求规划和月度的人力需求规划签字，这样做的目的也是为了保护我们招聘部的同事们，以证明这些需求都和大家主动沟通得出来的。”

陈燕听郑鹏这么讲，心里豁然开朗，说道：“谢谢郑总，我们确实需要养成工作计划的好习惯。”

“是的，我们老祖宗告诉我们：凡事，预则立，嬉则废。你很聪明，很有潜力！”郑鹏答道，停了会又说道：“你的电脑技能较好，协助张华经理一起来完成。”

在和陈燕经理沟通完之后，朱伟拿着《年度人力规划会议方案》走进办公室递给郑鹏。

郑鹏拿在手上看了会说道：“很好，主要内容都拟定的很棒，同时提出建议：公司的行文风格都是简洁，这要形成习惯！这个方案里面的会议是如何组织，具体流程和准备事宜这些内容你自己用，但在李总裁签批之时要删掉，还有些文字较啰唆，你再精简下，争取一页纸完成。”

“好的，另外，通过私人师资关系，找了一位崔老师，来给我们中心讲课，而且这位老师讲的课，我听过还不错！”朱伟回答道。

郑鹏笑道：“很好，朱经理，你真不错，同时我们更应做好老师的接待工作，细节方面你都很知道，另外我们还应送给老师一件礼物。”

郑鹏想了问道：“内容是什么？”

朱伟答道：“金字塔原因，这是一门解决思考问题的方法课。”

郑鹏知道这门课，自己以前上过，说道：“很好！大家确实需要这堂课的方法，来提升思维的能力！”

郑鹏又说道：“我们PPT工作模版发给各部门负责人，你要跟紧一点。”

朱伟说道：“自从你把这件重要工作交给我之后，确实感觉责任重大，所以晚上需加班来完成。”

郑鹏站起来拍拍他，说道：“我发现你进步很快，相信你通过件工作的完成，你自己都会感受到，在工作实践能力又进步不少，这和你以前单纯做培训讲师是有很大差异的，你在向真正的培训经理以及企业大学校长管理能力迈进。”

郑鹏拿着《集团年度人力资源规划会议方案》来到李总裁的办公室，李总裁刚好一个人在办公室，抽着一支烟，正在电脑前面看着文件资料。

郑鹏发现李总裁白头发比起自己刚进公司多了不少，而且面容憔悴了很多。

李总裁和老板一起创立好家居公司，又和老板有亲戚关系，更重要的李总裁在公司通过自己的人格魅力，树立了威望，公司中高层管理都很信任他，自己曾比喻，他在公司就如当年红军里面如朱德一样，是一个定海神针。

但实际董事长强势和人治管理风格，而且多变好奇想，他在公司实际权力有限。有时候中高层管理干部遇到一些和董事长管理意见相左时候，大家都会向他倒苦水，他就如一个接收抱怨的垃圾桶一样，其实自己也有满肚子苦水，所以他的QQ签名都是“积极、阳光”这样来暗示自己。郑鹏从来没有向李总裁透示出消极情绪过。

郑鹏将方案递给李总裁，并简洁地给其进行说明，李总裁又点了一支烟，问了几个人力资源小问题，就签了字。然后说道：“你有时间去一趟河北分公司看看。”

郑鹏有疑问却没有发话，李总裁说道：“老板想在河北投资了，说那边土地很便宜，政府有很多优惠政策。”

郑鹏明白了李总裁意思，说：“好，我去了之后，到时回来给报告。”

星期五下班了，大家都下班，人力资源中心的同事还在公司的大会议室紧张忙碌着。

郑鹏舒缓了下，他刚刚拟写明年人力资源工作主旋律的文章，计划在年度工作规划会议中给大家进行讲解。来到大会议室，见朱伟与黄平正在会议室和几位男同事一起搬桌子椅子，将其做成岛状一样用来明天做培训用，其他们同事们有的在挂红色横幅“集团人力资源中心年度工作规划及能力提升大会”，有的在摆宣传展架、有的在贴KT宣传版，有的同事在试投影仪与电脑话筒、检查白板、水笔、电池等。

对会议组织，同事都已掌握，并做成了会议组织手册，郑鹏这方不用去参与，只是告诉朱伟，让大家加快速度，完成之后一起吃晚餐。

第二天一早，郑鹏就起床了，这是晚秋气爽早晨。因为是周末，所以大家都在睡懒觉，高速路上车辆较少，畅通无阻，十分惬意的高速行进，两边路灯杆快速往后倒退而去，这时一抹柔柔的带着喜悦的深秋朝霞从东边升起，从侧面照耀进车里，令人情绪奋进而昂扬。

郑鹏将车停好，来到办公室，一片沉静，他又将昨天下午写的文章进行了修改。一会儿外面传来同事们笑声。

郑鹏也收起电脑和同事们一起来到会场，同事都在会场外签到，然后到里面找到相应位置坐下。对于同事们座位的安排，郑鹏特意要求：每张培训桌男女交叉，注意年龄大小相搭，一个部门的人员要坐分散开。黄平在忙着培训过程中茶歇和点心安排，朱伟在和崔老师沟通相关培训流程等事宜。

郑鹏走上去和崔老师握了握手，感谢崔老师奉献，并安排朱伟一定要接待好。会场通过大家布置，显出主题明确又团队亲和的凝聚力。特别分公司的外地人力资源同事们还从来没有回到总部参加这样的会议，更是感受暖暖的团队亲情。

一会儿李总裁走进会议室，郑鹏迎了上去，招呼着李总裁在位置上坐下。

紧接着，会议开始在主持人带领下，大家先唱公司的歌曲、又朗读了企业文化、又开始朗诵大学篇章，这是郑鹏在人力资源中心内部独特的学习传统文化展现。

“有请李总裁为集团人力资源中心年度规划致辞。”

李总裁今天穿着白色T恤，宽宽的平头、额上带平行“川”字纹，走上讲台。

“人力资源的同事，我还是第一次单独的和人力资源同事们见面沟通，在这一年，我见到你们内部变化，就如你们会议展现那样，都是那样独特的有文化，对外面业务部门你们逐步展示出专业的服务水平。未来企业竞争说到底是人才竞争，人才选、育、用、留责任就在大家身上，我们这个人力资源规划开得很好！做工作就是要有调研、要有规划，我希望你开出好的成果，并认真执行。郑鹏，也把你们的工作经验推广到其他兄弟部门！”

同事们听了这样李总裁讲话，响起了激动的掌声。

会议在计划有序地开展，崔老师讲金字塔原理的课、市场总监分享销售策略的课、每位部门人负责讲解今年的工作总结与来年工作规划。

“下面请郑总给大家分享年度工作规划战略。”

郑鹏今天穿着一件淡紫色长袖衬衣，稳稳地走上讲台，说道：

“今天给大家首先分享，由我们钱超和李强经理、李文主管辛苦工作，花了大量精力，我们一起做的家居行业市场发展报告与竞争对手调查以及好家居内部管理调研信息。”

当郑鹏把这些分享完毕之后，大家稍做休息，在课间同事问了不少问题，其中有些同事问道：“听了你的报告让我们很吃惊，人力资源的同事还要懂这么多知识。”

郑鹏答道：“人力资源同事们在企业工作，要研究我们的行业、竞争对手、内部的管理问题，有针对性实施人力资管理，我在下节演讲就会说到我们明年工作的方向与主题。”

缔造世界一流家居企业，让全世界家庭都拥有高品质、高品位的家居生活，实现“世界一流好家居”的企业愿景，我们好家居的“产品是根，人才是本”！

随着国家宏观经济的调控，国内家居行业竞争日益白热化，整个家居市场正面临重新洗牌的严峻考验。“逆水行舟，不进则退”，我们不能只满足于过去的辉煌，而要清醒地看到行业发展变化带来的机遇与挑战。站在红海市场的风口浪尖，我们只有研发好产品、培养高人才，一步一个脚印，才能使企业继续保持行业领先地位。

好产品，除了要具备超级实用的功能，赏心悦目的创意也尤为重要，这就要求研发产品的技术型人才，更需具备美学方面的修养。换而言之，只有把先进的培育理念、体系、方法、工具以及大量的资源投入人才培养中，才能打造出顺应市场发展、极具创意思想的创新型人才。所以，我们明年人力资源工作的主旋律就是“好家居　人才造　造人才”。那么，公司全体管理人员如何巧妙地整合资源，“众人拾柴火焰高”，把我们好家居成功的、优秀的基因，进行提炼、沉淀、继承、发展，打造出好家居极富创造力的人才队伍呢？

首先引进高素质的校园人才。企业发展是第一要务，人才是第一资源，用一流人才造就一流企业。近段时间，我们人力资源中心制订出了“高品质校园人才发展规划”，评估出影响公司发展的核心技术岗位，作为重点招聘对象，并与对口专业的实力高校强强联合，运用科学化、系统化、客观化的人才测评方法，极具竞争力的薪酬激励政策，引进高品质、高素质的高校人才！

其次实行完善的人才培养机制。企业人才的获取途径，不外乎外招和内培的两种方式。在人才难引进的当下，许多企业都特别注重人才的“内部培养”。通用电气（中国）董事长曾坦言：“通用电气的接班人肯定是从内部产生，因为外部人员根本不了解内部的组织结构和管理系统”。而且内部培养人才具有可信度高、适应能力强、激励性更佳、费用率低的明显优势。因此，我们制订了完善的内部人才培养计划，用公共课、部门实习、导师培养、专业授课、轮岗实践、好家居文化课等全方位的培训模式，加强内部培训师的培养，并与知名高校和培训机构合作，让员工最终成长为技能与管理俱佳的人才！

再次打通员工职业发展通道。优化集团人力资源配置、打造职业化与专业化组织、提高集团人才核心竞争力，根据企业管理的实际情况，经过与管理层的充分讨论，我们也为员工提供了适合自身发展的职业通道，加强对核心人才的激励，建立集团内部人才梯队。实现员工的个人成长与组织成长共赢。

然后建立人才职业测评体系。随着企业的发展，团队也需要更多的人才，如果能有一把尺子把人才进行有效的量化评估，再根据个人专长，人尽其才，个人和企业方能达到高效率、高效益。鉴于此，我们根据员工职业发展通道，制定各岗位职称的任职资格，通过360评价、试题测评、小组评定、述职报告评估、领导面谈等一系列的测评体系，对员工的素质能力、专业技能、工作经验等进行全方位评估，从而使人事决策更为科学、准确。

最后贯彻全员绩效考核管理。绩效考核是企业对员工所承担工作，运用科学的定性和定量的方法，对工作的实际效果及其对企业的贡献值进行考核、评价。它是企业人事管理的重要内容，更是企业管理强有力的手段之一。有目标就会有奔头，因此我们拟定了年度关键业绩指标，设定目标值、权重，全体管理人员签订《绩效责任书》。从财务、客户、内部运营、学习成长四个维度进行考核；非管理人员实行“区别考评”方法，以员工的行为结果为导向，遵循“谁用人、谁考核”，考评权力下放部门领导，由一级单位负责人和集团人力资源中心绩效部根据总体原则进行把握。最终，评比出优秀、良好、正常、改善、较差的员工，逐步改善，全体员工都向“优秀员工”学习、进步。

建立完善的好家居人才造血机制，打造高效的好家居人才培养体系，用“创新”的思维，结合公司高瞻远瞩的战略目标，系统化、精细化、持续化、标准化的要求，以“流程制度管事”和“文化道德管人”的人力资源运营思想，把集团人力资源中心打造成“好家居一流人才孵化器”，为企业人才发展提供如江河流水一样源泉的不竭动力。让我们携起手来，不断学习，不断提高，共创“世界一流好家居”的新辉煌！

最后郑鹏提出集团人力资源中心三种学习力：向传统学习文化思想；向国际学习职业专业；向共产党学习与时俱进。

这次人力资源规划议在公司内都得到好评，最后郑鹏将调查报告和工作规划两份文件交给李华平总裁，李华平总裁看了之后高度肯定人力资源未来发展。

后来讲，当李总裁把这份报告给到李华国董事长之时，却是“泥牛入海”！

一天，郑鹏接到付先生电话，付先生高兴地告诉郑鹏，他入职了一位知名上市家居企做总裁了，不再做老板私人顾问了。郑鹏简单与付先沟通公司现在管理情况，付先生说：“你的人力资源诊断规划很棒，但你们董事长是听不进去的，有些性格里面有些类似《三国演义》里的袁绍！”

郑鹏听到这里笑了，他想起自己几年前看的一本书《水煮三国》，作者对袁绍的管理之道的描述！

乾元地坤知先后，东风渐远山河西。天高云淡书生意，朗风轻轻雁南飞。张良布衣不得时，腹有良谋心不欺。指点文字他朝笑，枫叶不识秋风至。得意忘形自身红，不知菊花已怒放。风雨送春飞雪到，山花烂漫丛中笑。

第八回　地产投资

在美国刮起金融危机波及中国之时，政府为了拉动经济保住GDP，快速地向市场发几万亿的货币，拉动房地产经济快速再次飞涨，这也带动家居行业的增长。

好家居通过国家发展十年黄金期，特别是现在国家在实施城市化进程的房地产高歌猛进，家居行业迎来春天，但李华国对这个春天还不满意，认为房地产春天更是在如仙境一样：花更繁茂！叶更深！

李华国这天开着新买的霸气劳斯莱斯，来到花湖会所，下车之后立即来了一位漂亮服务员领着李华国老板和秘书往里走去。李华国穿着比较随意的休闲，留着一个浅浅平头，但不是精刺那种，带着一副眼镜，穿一件名牌的休闲外套，一身一条品牌牛仔裤，这显得李华国精明而干练。

他旁边女秘书还没有经历过这样场合，显得生疏而拘谨，手里帮李老板拿着包。服务员与李华国应是老熟客，笑道：“李老板换新秘书了？”李老板深深地笑了笑，回答道：“是啊，你什么时候当我的秘书！我的房间在哪里？我先休息下。”“这边请，知道你要来，我给你提前预订好一间靠河边窗户的房间，通风而且私密性极好！”他们一起朝房间走了去。

“晚上有几位朋友过来，先帮我订一下包间，我们好吃饭，最后也留四间房。”李华国说道。

服务员笑盈盈地而又特别有点媚地回答道：“好，你有什么需要，李老板随时叫我就好了，我的任务就是把李老板服务的舒心！”

晚上，华灯初上，这家私人会所时里面显得特别静谧，走廊的墙壁与天花板全是西式风格，是五颜六色手绘各种人物生活像，栩栩如生，这些古代亚当与夏娃很容易引起人们某种原始的欲望。

李华国走进包间，桌上已经坐了三位人员在交谈中一些事项，见李华国进来，大家都身说道：“李老板还是来了，我们都以为春宵苦短起不来了。”

李华国嘿嘿地笑几声，说道：“男人有钱，就可以有女人，钱是男人的本，这社会有了钱，什么事好办。”

坐好之后说道：“你们聊的如何？”

“我们正在聊现在国家这些钱如何赚？有什么好政策来支持我们这些搞实业的企业家！”

李华国回答道：“确实我们这些做实体企业，确实好辛苦！我都不想干了，解决那么多的人就业，管那么多的人，你们说有多难啊！”

其中一位额上有疤痕的小个子人说道：“是啊，我们厂现增加了一千多人，销售额是上去了，但好像赚钱只多了一点（我们暂把此人叫‘额疤’）。”

李华国回答道：“是的，我现在赚了一点钱，想把公司搞大些，从外面引进一些管理人员，拿着高工资，这些人员啥也不懂，跟我整天搞些文件，看都看不懂，也懒得看，叫我买好的机器设备、制定公司发展战略。我战略能跟他讲？他再做不出好成绩，让我不满意把他们干掉，免得那些老员工整天在耳边说，自己在公司做了二十年了，工资还不如新的人员。”

其中一位高个子显得比较斯文，说道：“李老板遇到问题和我一样啊！有同感！去年我们从上海引进几位管理人员，刚见面的时候跟吹牛，结果来到公司做事，要改革、优化流程、按劳动法管理，先是老员工不满他们。然后向我说，公司要有授权体系，其实就是向我要权。我的权力怎么可能给他们，被他们那套所谓流程把自己套住，最后我让人事部的把他们给开除，这几个家伙竟然去劳动局告公司，要求赔偿。”

这时，大家一起看向旁边一位留着长头发小胡子说道：“你搞房地产，发大财了，又轻松自在！”

小胡子说道：“你们三位老兄确实做企业比我做的早，我也是这几年才开始搞房子卖的，赚钱还可以。”

额疤说道：“你不用讲了，是比我们挣得多、挣得快，听说你在外面都有几个女人呢，还为你生孩子，其中还有空姐。”

小胡子说道：“这有什么，只要有钱，明星都可以做我的女人，不要以为这些怎么样，遇到钱，都好使！”

李华国急急地说道："说说房地产的情况，我现在就是想如何才能快速赚钱，把公司原计划整上去，结果找了几家咨询公司来问，说这里要合法，那里要合规，搞得我火起，如果都合法合规了，把以前的钱都搭进去，还赚不到钱。听他们忽悠说，上市就可以圈到大笔钱，还要等三年才行，太遥远了，而且前面要填很多本钱进去。"

小胡子说道："上次，我就给你们说，现在房地产好火，你看那些专家都在电视上说，中国房价还会一直涨，而且中国还需要大量的房子来实现城镇化，现在很多农民工及二代都想在城市买房子，农村未来都没有人住了。我前段时间去深圳听了一次三天投资课，教授说：现在有钱，如果想赚更多钱，要么是投资股市，主要指我们做企业的，把企业做上市之后圈钱，就如李老板讲的那样。其实更好是搞房地产，而且房地产始终是保值的，看得见，摸得着，大家都这么想，人不可能不住吧！"

高个子说道，"可是我们如何才能进去，你要给我们传授下经验。"

李华国也笑笑地说道："是，做房地产，几十个就可以顶我几千人赚的钱，这么轻松！这就是我的战略，我才不听那么帮人说什么！"

小胡子在沙发慢慢说道："要和政府处理好关系，能拿到好地段的土地，这是很重要的。"

三个人都点了点头说："是的，和政府打交道，我们并不陌生，轻车熟路的。"

小胡子斜了斜眼睛，笑道："我说的是要利益共享的哟，这可不是你以前搞实体企业给别人那点小恩小惠，人家都是明白的，当然这些钱最终都能赚回来。"

"第二嘛，要和银行搞好关系，你们也不能完全把自己赚那点钱都搭进去，买地向银行贷款，我们在卖房子的时候让那些买房的人在银行搞按揭，这时就变成买房子给我们还银行的钱了，当然我们开发房子作抵押，但我们其实是空手套白狼。当然银行也赚了，赚我们利息还赚了买房的人利息。"

"其实地方政府是喜欢我们的，地方税收提高了，还解决了就业问题，还可以借助我们把环境搞好，不像你们这些搞企业，总搞破坏环境之事。我说得对吗？"

三人说道："高见啊，我们都以为以前这块蛋糕好难分，原来如此，听君一席话，甚读十年书啊！"

小胡子又说道："房地产永远是朝阳行业，你们看，刚过去经济危机，政府很快出手，房价是全天下都知道，反而更火，买房子的人半夜起来排队摇号。温州那些搞企业都不搞，组团到上海、内蒙古等地炒房去了。"

三人都佩服的头如母鸡啄米一样，连连点"是"称赞。这时小胡子说道还有一点："你们找一个房子承建商，也就是施工队就好，这些施工队都一级级地往下承包，你们慢慢就学会给跟他们交道，需要注意一点是，不要急着付给他们钱，要用‘拖’字，把房子都建好了，再慢慢付款，钱在我们自己包包里最稳！这一点你们都懂的！”

四位再东拉西扯聊的很晚了，又谈了一会自己喜欢女人类型和男女那些有趣事，各自回到房间。

李华国通过几次沟通了解信息，坚定的开始做房地产，不过他也有自己想法。按照他的经验：不要把鸡蛋放在同一个篮子里，也不要只有一个鸡蛋。所以先拿了一些，试做另外的业务家纺、装修，还做起小额贷款业务。

对于房地产这事，他想尽快做，又为了节约人力，就把自己现有人员当中提出来做此事，因此先把自己想法在高管层讨论听这些人意见，虽然他已决定了。

成都的天气已慢慢地进入冬天，今天星期一，郑鹏一直有早起习惯，早早起了床，洗漱完毕之后，今天穿一件深色西服，在办公室里，他一直保持着一种职业着装精神，虽然好家居公司对办公室人员衣服并没有要求，但这是对自己职业形象要求。

郑鹏来到客厅，厨房里的灯亮着，妻子也起床了，并且已做好饭，正在看锅里蒸蛋是否好了，把这些都做好之后，郑鹏就会自己盛饭吃完之后去上班。这时妻子就会去叫醒已开始读小学一年级豆豆，这小家伙也已慢慢地习惯准时按点起床，只要妈妈一叫，就会起床，然后妻子也去洗漱了，然后与豆豆一起吃饭，送豆豆去学校。

郑鹏每天早上上班的时候，出门之前都有一个习惯，把豆豆抱起来，祝他学习愉快，并告诉他：“爸爸挣牛奶钱去了。”然后和妻子拥抱一下，关上门出去。

今天早晨，妻子说道：“你带一条围巾吧，我已放在沙发上，看天气预报说，还会降温。”

走出电梯，今天下起雾了，郑鹏打开车门，把车了启动之后，让车子发动机先热了一会，紧跟着打开空调，把蒙着挡风玻璃上雾气除掉，并用雨刮器喷水刮了几下，打开前灯，开始出发。

早上，大家都急着去上班，今天又突然下起雾，高速公路上车辆只能如蚂蚁一样往前行着，比较好的是，郑鹏每次出发都给自己留了充裕的时间，今天上班虽然晚了些，但并没迟到，但到公司之后，平常停车位都已满了，郑鹏只好留了一圈，才找一个停车位，挤了进去。

郑鹏急忙忙地来到办公室，打开电脑，倒了一杯热开水喝起来，正在郑鹏处理OA文件之时。

“咚咚！”

“请进！”这时董事长秘书汪东的进来。

郑鹏起身开玩笑，“汪秘书到来，蓬荜生辉哟！”

汪东笑着答道：“郑总好心情，你可以长期在家，我今后可要长期出差了，特来向你告别的。”

郑鹏在工作中与汪东交集的地方较少，只有上次去的背景调查之事，知道他和自己在很多处事方式不一样，没有过多私交。但作为同事，在工作中要本着善于团结一切可以团结人，要高情商，善于和任何人打交道的本领。

郑鹏也笑了说道：“什么事，我今晚为你送行！”

汪东回答道：“送行就免了，我今后还会经常回公司的，只是经常出差要接受新的工作，事情你等会就知道了，一会十点钟，董事长办公室开会。”

当郑鹏来到李华国董事长办公室的时候，办公室里已坐满人了，总裁李华平、三位副总裁、各中心的负责人都到齐了。

李华国办公室很大，最外面是几位秘书的综合办公室，各中心负责人有事找他当面沟通签批文件，先要对接的秘书沟通预约时间。进去就一张茶几和八张黑色的皮沙发摆一周，这个房间是他用来开会的，可容纳约三十人。

再进去就是他的办公室，大搬台桌后面就是一面书架墙，上面摆放了几本家居行业杂志刊物，还有就李华国荣誉证书，如家具协会副会长、IS09000证书及其他水晶杯等。令郑鹏百思不解的是他的办公室窗户是向着东方的，但为什么这些窗户也是封死的，而不能打开，让新鲜空气流进来。这难道是设计的缺陷还是老板有什么爱好！

此时，有些同事借此在小声和旁边的人交流工作中问题，有些同事不说话，大家都不知道老板李华国突然开会要说什么，但接到通知都是“讨论公司战略问题”。

这时李华国从里面自己小办公室走出来，说道：“汪娃，都到齐了吗？”

带“娃”都是董事长对特别亲的、对自己徒弟的称呼，对年轻人得到这个称呼在公司上班都会高兴好几天。

“今天把大家召集起来讨论一件重要的事情，就是公司战略方向的问题，你们以前都在给提这个建议，今天就讨论下。”

停了下，看了他的这些管理人员，见大家不说话，发挥着说道：“我知道大家在工作都很努力，做得都很辛苦，在此也谢谢大家，当然，今后公司要转型，要开展新的业务，大家更辛苦，但我们如果成功，公司就可以轻松的赚钱了。”

大家一脸疑惑地看着老板。李华国接着说道：“我通过近些时间，多方面考查，并与一些专家沟通，决定投资房地产，你们看全国富豪榜排名，有大部分都是做房地产，有个别是做和房地产相关行业。我们做家居行业，何时才能做出头，只是赚点辛苦钱。”

大家听老板这么一讲，明白，老板想做房地产，但这是一个大转变，要做这件事有许多人力、物力、资源等各种具备的条件。

这时李华国又说道："我先把我的想法说完，你们再讨论。我想我们本来是做家居行业的，和房地产也是紧密相关的，当然做法还是差异很大，有的同事要说，公司没有这方面经验与相关资源，但我们必须要有勇气，要看清国家经济发展形势，我们看清形势之后，就要果断去做，根据我的经商智慧，看准，就要胆子大！要敢于去干！才能成功！"

大家没有讲话，脑子还没转过弯来。老板继续说道："我今天给大家沟通这件重大的，就是想听听你们的意见，多出正面主意。"

这时，财务中心李锦说道："董事长，做房地产需要花很多钱，这是一笔大的投入，动则上亿的资金。"

李华国看了这名跟随自己多年的老员工，说道："公司本身现在资金是放在那里,没有用处,所以我才想办法,把这些钱用起来,去做最赚钱的项目。"

稍停了一会，又说道："你从现在开始要学习新的知识，给我学会和银行打交道，学会融资，做房地产这个项目，我们必须向银行贷款与其他相关的公关关系。"

大家都一阵沉默，在老板强势下不说话，李总裁说道："我们对这个行业并不真的了解，并没有进行很好调查研究，举个例：我们去哪儿做房地产呢？卖给谁？"

李华国说道："我必须说明，我对这个行业已经深入了解过了，当然我指的是房地产这个行业赢利模式，对具体操作方面还没有进行，今天本身就计划讨论这个问题。因为我对这个行业赢利与经营方式进行了深入的了解之后，才计划投资这个行业，到时大家都不用这么辛苦做事了。"

李华国喝了一口水，又说道："我们去哪做房地产？主要就是中国范围内政府土地政策，哪里适合就去哪做，北京适合就去北京做，如现在内蒙古适合就去内蒙古做，所以我们派一些人出去，到全国各地进行投资考查，看那些地方政府有招商投资优惠政策，我们就去哪里。"

李华国看了一眼大家，又急切地说道："现在很多地方政府为搞政绩，都是欢迎我们企业去投资，拉动当地的经济与就业，特别是房地产。卖房子嘛，中国这么多人，谁不需要房子，根本就不用愁卖，只要把房子盖好了，还愁没有买的人，你们自己也有感受，现买房的人都半夜起来排队要'房花'了，就是房子还没有修起来，那些就排队买，房子就卖出去了。"

郑鹏问道："我们要做房地产项目公司应该储备或招聘这方面人才吧？"

李华国说道："确实所要，这也是正要给说的，我们公司管理人员都要加强学习，多学习，特别是年轻人。我们今年不是招了一批大学生进来作董事长助理吗？我们就培养这些年轻人！就要大胆用这些年轻人！年轻人犯错误没关系的，也是正常的，做新的行业，我们总是要交学费的。如这次投资调查，我就让汪秘书去带着几个脑袋还好使的学生去调查，然后回来给我汇报，我来做决策。”

这时制造老总赵飞说道：“如果我们要做这件事，还是招聘有经验的人才可以，毕竟这是一件大事，公司投入那么大的资金。我们是赚了一些钱，我听说我们的竞争对手都在进行生产方面设备改造，我以前就提起过这件事，我们是否考虑这件事。”

李华国想了想说道：“现在从外招聘有经验的人员，可是我们对这些新的人员摸不准啊，有些人只能吹，这还在其次，我凭什么相信他们在背后做什么？你讲家居生产设备，我们是要考虑，但今天不说这个，只讨论房地产，我建议你不要本位主义，也许你到时候都和我们一起去修房子了。”

老板不轻不重这样回绝赵飞之后，又问道：“大家还有什么意见？”

接着又说道：“我知道你们思想还没转过弯，有些人思想不开发，还站在原先的角度想事情。从现在开始，我们公司战略与资源转向房地产，到时候大家都可以轻松赚钱了，当然我们现在还必须做家居，多卖些钱，准备房地产的资金！”

成都天气越来越冷了，这天晚上，郑鹏和几位同事在一起吃火锅，大家热火朝天有说有笑地说着一些生活有趣之事，郑鹏在外面生活工作时间太长了，所以都不能如大家一样吃的那样辣了，还是习惯吃清淡些，所以要了一个鸳鸯火锅，一半汤锅是辣的，一半是不辣的。

郑鹏正在想一件工作之事出神之时，这时旁边的钱超问道：“郑总，听说公司现在都不想做家居行业了，要去做房地产了，老板要去赚大钱了。”

郑鹏没有答话，钱超又说道：“房地产现在确实很火，但现在进去不一定对，物极必反哟，而且我们并没有这个行业的经验。”

郑鹏回道：“你我的思维只能打工，不能做老板啊，做事情总是先看到不足之处，然后就退却了，老板都是胆大而果断，而且还撞了南墙不回头的。”

李文这时吃一口菜，说道：“听说老板都和你们开会了，其实你们在老板办公室开会，并不隔音，我们在外都能听到，而且老板的讲话的声音又很大！还要求你们转变思想，多学习，听说好几位老总都被批评了。”

郑鹏笑了笑，没有回答。对面的陈燕说道：“我前天和老板秘书汪东一起吃饭，他都告诉我们了，他昨天带了几个大学生，到外面考查去了。老板还特别批准他们，开着公司那辆新的帕萨特出去，说和政府打交道，才有面子。”

郑鹏笑道：“你的消息倒很灵通的，我们都不知道。”

陈燕说道：“你知道，汪东有多高兴吗？他给我们这样讲道：他这次到各个省份出去和政府交道，可以学很多新的投资知识，还可以免费旅游。他只要顺着老板所说的去做，前途一片光明。”

郑鹏反过问道："你们说老板为什么在此事上不找有经验的老人呢？"

李文说道："老板喜欢年轻人，特别是那些能说会道的人，在他面前要顺着他思路，并且要学会摸准老板心思，并且善于表现自己。"

郑鹏笑道："你领悟倒是很深的。"

钱超回答："好家居的老员工都知道，而且老板不是一个兼听之人，总是很自信的，有时候还会表现很自我，和下面人沟通，不等员工说话，就打断并抢着说。"

郑鹏讲道："这也是中国民营企业老板的成功之处，他们自信来源他们过去改革开放之后，办企业成长经历：胆子大、肯苦干，接受新事物快并且强势果断。"

钱超说道："又有人在好家居要发迹了！"

大家还在议论公司房地产这件事，郑鹏没有加入进去，也许老板是对的，也许老板是错的，中国老板做生意在国家改革开放的大好时光中，机遇太多，所以大家都是先开枪后瞄准，这当然也有赌的成分！

其实从心里情绪的角度，人往往在做重大决定的并不是理想的，而是感性的并受到情绪或突发事件的影响，如结婚就是如此，但有这样也并不完全是不好的事；从中国的文化角度来看本来就有"大而化之"做事不太精确的思维，主要把握住方向和核心的就行，也不多做逻辑与数理化的研究与推演，然后再做决定。

在老板主导之下，汪东等人一起努力，对公司的投资项目考查也在如火如茶地进行着，大家去了湖北、山东、河北、广西、山东、江苏、湖南等地，并和当地政府沟通，了解政府的招商引资与房地产的信息。

这天下午，郑鹏正忙着处理工作之事，汪东来到办公室，笑着问道："郑总在忙些什么事？后面你可能会更忙了！"

郑鹏看着汪东这个年轻小伙子，本来就不高的个子，更加黑瘦了些，但人却更有精神。说道："这边坐，这段时间在外面走南闯北，辛苦的奔波，为公司可立功了！"

汪东回答道："确实，我们走了那么多的地方，不停收集相关信息，大部分时间还的和当地官员打交道，你知道吗？很麻烦，其实公事公办事情很简单，可官场总有些潜规则，一件事找张三就可以搞定，但还必须找李四盖章，并且这些官员能吃能喝能玩，讲话只能揣摩其意思。我刚出去真的不习惯这种沟通方式，后来习惯了也开始喝，有几次喝的都不成人呢。"

汪东停了下，说："我给讲个故事，有一次我们在山东，我们找几个局长、副县长一起吃饭，大家喝酒，他们有转桌盘习惯，桌上有鱼。第一次我不懂，桌盘转了之后停下，一位副县长是酒司令，这时说道：头三，吴局长你喝三杯。我正准备笑，结果副县长指着我说：尾四，你喝四杯。我正准备说话，副县长摆摆手。说道：赵局长你们税局果然有钱，就喝五杯。然后指着自己说道，我是酒司令，刚好也巧，喝六杯。停了下说道：为我们今天聚在一起，今后好好合作干杯。这种情况，我只有一气喝下四杯，喝完之后，把眼睛看向副县长，这时副县长才说：我们这里规矩是，鱼对着大家，喝酒的杯数是‘头三尾四肚五背六，所以你今天才四杯’，便宜你了！”

郑鹏听汪东讲完这个故事之后，笑了一起来，然后说道：“无事不登门，有什么指示？”

汪东也一笑说道：“和上次一样，通知大家半小时后，在董事长办公室开会讨论投资之事。”

“好，我们一会也一起吃饭，聊聊你在外面遇到那些长见识的事。”郑鹏回答道。

大家都来到董事长办公室，这一次除了各中心负责人及总裁办的人员之外，还有董事长的几位助理，即和汪东一起参与项目的人员。

李华国见大家都到了之后，说道：“汪东带领着助理一起，通过一个月在全国各地考查，了解一些政府情况，证明我们投资房地产的方向是对，同时也有一些新情况请大家讨论一下。”

然后环视了大家一下，屋内有些暗淡，这时汪东机灵打开墙壁上的灯光，亮起来之后也刺激大家视觉与思维。

这时李华国说道：“通过小汪带回的政府资料以及汇报的情况，我分析了下，我们基本可以初步确定，在湖北、河北、山东，政府大力扶持进行房地产投资，当地政府和银行都有很多支持或优惠政策，而且我们要加快房地产投资的步伐，我们以前不清楚这个，现在也还来得及。”

“另外，在河北这个地方，我们发现政府对实体企业投资更感兴趣，如果我们投资企业，政府有返款，返款之后，拿政府的地的成本几乎为零，不像我们这个地方，政府没有什么好的政策鼓励我们这些企业。所以，如果我们去河北或也有可能其他省份投资我们的家居工厂又如何？”李华国又补充道。

这时制造赵总说道：“在外省去建制造基地，我赞成，同时这里面涉及到一个公司在家居的一个更大战略，就是全国布局，我们在北方建家居生产基地要把利弊分析清楚，如优势：布局全国的销售渠道、减少成品的运输成本，更大规模化生产，不足的地方就是：如何管理问题，如管理费用增加，公司对外地基地管控，当地人员工资成本、材料成本如何？”

供应链彭总说道：我们如果去当地建基地，需要考虑当地供应商配套设施，如板材供应、机器设备，采购起来是否会降低成本，当地如果没有这个行业配套设施对我们采购是有影响的。

老板听了之后，对汪东说道：“你把这些问题都记下来。赵总和彭总说得有道理。这是公司更大的一个战略，我们以前没有考虑过家居行业的全国布局，政府有很好土地优惠和税收优惠政策，我们走出到外省去，又扩大公司规模生产和品牌的影响力，而且也不至于就一个生产基地，如果有一个基地有问题到时还真的没办法生产，所以去外省生产确实对的。”

赵飞又说道：“我通过一些特别渠道了解，我们几个竞争对手，他们也计划在经济较落后但又在北方的省，如山东与河北等地进行家居生产基地投资。”

这时老板拍了拍大腿，笑着说道：“你看，这就对了，别人也在这样做，我们现在也要加紧些。对于你说的管理之事，这都不是问题，从我们这边调一些管理人员过去就行了，主要是生产的人员，所以赵总的制造这时要多储备些人员才对。对于彭总讲的采购配套厂商的问题，你们可以跟随小汪也去调研下。另外郑总也去调查下人员的工资成本和人员情况。”

这时财务李总说道：“如果我们又投资房地产，又投资新的生产基地，这对现金、投融资的要求更高，依照我们公司现有资金会有问题。”

李国建说道：“我们可以贷款，而且也不是一下就投这么多钱是逐步进行投资的。”

李总裁这时开口说道：“这意味公司今后发展两个方向，一个是房地产、一个在外建立家居生产基地。我的意见，我们还再做调研才可以，建议我们成立一个投资部，直接向老板汇报工作。”

老板说道：“好，我们成立一个投资部，就由汪东负责，助理张杰和王建平也参与进来。这个投资部门对我们投资的房地产和新的家居生产基地负全责，进行全面考查，其他对应单位模块也都进行考查，以保证我们决策的正确性。”

会议结束了，大家走出董事长的办公室，外面静悄悄的，原来早下班了，这时有的同事开玩笑说道：“肚子早唱起歌来了！”

郑鹏收拾好包，来到外面，天气早黑了，外面淅淅沥沥地飘着雨，让天气更加阴沉而冷飕飕的，风吹郑鹏打了一个寒噤，上车之后打开空调才感觉好了一些。这时公司还是灯火通明，车间的工人还在加班生产，家居行业一到下半年就旺季，买了房的人赶紧装修，希望在春节之前搬进新家。

郑鹏开着车，打开前车灯，快速上了绕城高速，这时路上都是回家行人与车子，大家缓慢地行进着，看着前面车子一闪一闪的红尾灯，郑鹏感觉有些刺眼，他心里还在想着老板的话。公司这么大的事，这么快速的做决定，总感觉与自己原先在外资企业做事风格不一样，没有科学的实实在在的分析做决策机制，他内心也总感觉的不对劲，如果方向是对的，老板让年轻小汪和两个毕业没多久的大学生做此事，也是有欠妥的。

这时前面车子快速开起来了，郑鹏收回没有一个结论的心思，多年开车经验告诉，冬季晚上下雨天开车，一定要注意力集中，否则危险了，这时郑鹏打开音乐，传来汪峰的《怒放的生命》之歌。

第二天上午，郑鹏走进李总裁的办公室。看得出来李总裁并没有休息，眼睛上面还在一丝黑眼圈，全身穿一套灰色西服，看见郑鹏进来之后，笑笑之后说道："今年销售任务和制造任务都很重，辛苦你们人力资源中心同事加班，才满足公司的人力需求。"

郑鹏回答："确实同事们都比较辛苦，有些同事基本一个月都没有休息过了。"

李总裁说道："今天找你来还是为昨天下午在董事长办公室开会之事，和你沟通一下，一是董事长做决策做房地产和在外省再建一个家居制造基地这两个方向，从董事长的角度看，他应是一定要做的了，从我们的角度还有一些疑虑，都是正常的，至于是否对的，董事长当然是信心满满的，我们也拿不准，只有在后面经营结果才能看得出来。二是如果董事长去做这件事，我们只有全力辅助他去做这件事，只是在做过程中，我们注意到方法用对人，并调研清楚相关的信息。"

李总裁弹了下手上烟灰，看着郑鹏又说道："三是从人力资源资源角度，我的建议有三：（一）找一些真有投资经营的人才来公司，我们先看看是否合适；（二）公司多储备一些家居与房地产人员；（三）对家居有投资，你也去老板最想建的几个地方调查下当地人事政策和其他情况，回来之后把这些信息先沟通下。"

郑鹏心里明白，李总裁对老板任命的投资的人员并不放心，在昨天那样的会议也不便提出，只有在这样场合提出并采取实际行动来做一些工作，这也是中国的文化与处事的方式。

李总裁最后说道："我们现在重心一定得把我们现在销售与制造搞好！保证公司这个基地赚钱，所以人力资源重心现在还在这里。"

郑鹏回答："好的，我明白，我不会偏离方向的。"

公司投资部成立了，老板用一批年轻人及新招聘的大学生，通过几次热烈的讨论，公司选择的第一个投资重地河北廊坊，公司在同时投资家居实业基地与房地产。

李华国力排众议选了：张杰河北家居公司总经理、王建平为房地产公司总经理。

一天下午，天气特别的冷，郑鹏正在办公室写总裁发言稿，为公司年终总结文艺演出大会的之用，这时，汪东一脸风尘仆仆，虽然志气昂扬，但却没有当初那种劲头的锐气，穿一件厚厚的黄色羽绒服，走进房间说道："还是我们成都好，北方的天气太冷了！"

郑鹏笑道："我们的大功臣回来了！这边坐。"说着并给汪东冲了热一杯咖啡。看着热气腾腾的咖啡，汪东说道：“知我者，郑总也！”

“这是我的一位朋友刚从国外带回来的，我喝过，确实不一样！”郑鹏回答道。“你们这段时间在北方很冷，很辛苦吧！”

汪东回答：“说来话长，跑了那么多地方与省，政府各有优惠政策。一般来讲，工业少、地理位置不好、经济欠发达的地方，都欢迎我们去投资建厂、搞房地产，而优惠力度比较大；在这时候，经济发展较好的城市，虽然也招商引资，但都有条件，而且优惠政策较少！”

叹了一口气，又说道：“因此，董事长的决策也变来变去的，前段时间指示我们重点去湖北孝感谈，我们正和对方谈的差不多的时候，又说暂停。要我们又去和山东一家谈。现在我们主要选在河北这个地方，希望老板不要再变了。”

郑鹏说道：“辛苦了！你好像都瘦了！”

“还好，只要老板对工作满意就行！”

“你们就学到很多投资和与政府打交道的知识经验了吧！”

“这倒也是，不过还是张杰与王建平爽！”

郑鹏问道：“为什么呢？”

汪东回答：“先讲讲他们的故事吧，我带着张杰与王建平，去廊坊的政府沟通吧，我先就给政府投资、税收、分管副市长说好了，说我们公司两位高管也要来，一位是分管房地产总经理，一位是未来这里家居实业总经理。所以对方非常重视。当天晚上给我们接风洗尘，去了当地最好一家五星级酒店吃饭。结果当天飞机又晚点了，让人家等了几个小时，都晚上十点多钟了。而且令我比较意外的是，对方太看重我们，把他们市长都请来了一起吃饭。”

郑鹏回答：“哦，很难的，引进大的企业投资，政府是很重视的！”

汪东答道：“是啊，所以，这也是我们在外面自豪之处。结果当张杰与王建平到了之后，大家一起吃饭，席间你来我往的，市长、副市长、局长们把气氛搞得非常好！这二位好像有点不适应。饭吃完之后，副市长原还计划去放松一下，我推了，时间太晚了，就没有去。”

汪东喝一口咖啡，又说道：

第二天上午十一点，分管副市长给我打电话，说：“你们好家居公司是真的与我们合作吧！”

我回道：“是啊，我们老板都定了。”

副市长带着哭丧口气说道：“真的吗？”

“真的！”

“你知道，今天上午，市长找我们及几位局长开会，并质问我们和你们谈投资的细节了，我们吓了一跳，一五一十回答，中间虽有点小违规，但也没有大碍呀！”

我问道："那是怎么回事？"

最后，市长说："我看有假，你们想骗取政绩。"

郑鹏笑道："为什么呢？"

汪东也笑了一会，继续讲。

这时副市长说："我们市长说，你不是说对方派是两个总经理，一位是房地产总经理、一位是家居实业公司总经理吧，你们自己认为昨晚上两位是吗？汪总，其实，我也怀疑他们是不是来忽悠我们的，以及你们的诚意！"

我回道："是啊，真的是。"

副市长："他们太年轻了，和我们的孩子一样大，估计也就大学刚毕业吧，虽然他在酒桌上也能说会道，但掩盖不了他们年轻的稚气，而且我们市长也观察到他们，其实没有投资经验，也没房地产行业和做企业经验，或者说经验很欠缺。"

我只有回道："他们确实是我们的总经理，我们老板喜欢用年轻人，我们好家居是很有诚意的！我可以担保，你们也可以去我们总部公司看看。"

汪东笑着说："此时我灵机一动，既为打消他们的疑心，也为了给董事长面子，趁机邀请他们来公司，并告诉他们，两位年轻老总背后是有一个更好的平台与团队。"

"所以，在上周，我们公司管理层打着横幅，欢他们市政府领导来公司指导工作！"郑鹏回道。

汪东点了点头，脸沉下来说："这两人在老板面前邀功，说还是他们的有能力邀请来的。这两个家伙倒是很灵通的。"

郑鹏笑着说道："真有你，工作经验丰富，而且反应很快，将危机转化为机会了。"

汪东回答："这又有什么用了？"

郑鹏想了一会，说："现在老板想大力开疆拓土的投资，投资部可是一个炙手可热的部门！"

"还不是为他们作嫁衣的！"

郑鹏听到这里，明白汪东为自己讲故事的目的了，原来从他的角度来看，他想去做未来的更有发展机会外地诸侯。

但郑鹏心里知道，老板为什么力推张杰与王建平分别做总经理，是为了好家居二代接班人做准备的，这有深层次私意，是后话，是秘密，不能讲的。

郑鹏回道："好好做，大有前途的，我们都是你们这些冲锋陷阵的年轻人坚强后盾。"

两人又聊了一会儿，下班了，汪东才离开郑鹏的办公室。

对老板用张杰与王建平，从表面上看，人与岗位是不匹配，缺乏科学的与普通道理的，也许会让老板在此事有失妥当之处，严重点会导致失败，但老板有深意，而且老板本身管控的很好了，也许就是老板领导艺术与魅力了。

郑鹏也去过河北廊坊这个地方，从用工的人力成本来看，确实比我们成都现在要廉价些，从公司区域布局的空间角度看，也是可以的。但需结合本身家居产业的纵向发展考虑，如逐步起来定制、实木、电商、制造机械化甚或是智能化，把企业做强。也需要考虑宏观经济发展趋势，更重要的是看到本质。

其实好家居从扩展家居基地和进行房地产从本质上都是看国家对房地产的支持，政府不会让房地产这一整条链上经济一下戳破而硬着陆，而会通过调控方式，让其加速或缓慢发展，这本身不是真实的市场经济的反映。

就在好家居公司进军河北之时，而且通过政府沟通洽谈，多回合讨论土地与税收、贷款等优惠政策之后，董事长决定，把这些优惠政策最大限度发挥，减少成本与政府返款的回收，进行家居实业和房地产并举措施。

这天是冬至节到了，依照成都习俗，大家都在外喝羊肉汤。郑鹏约了制造中心赵总一起，来到一个汤馆，两人天南海北聊了一些事情。

赵飞问道："郑总，你说老板投资房地产这个领域对了吗？反正我是坚决反对，他认为房地产现在闹得欢，但这是一个泡沫，老板还派了两个不懂事的娃去做事，让我在后面辅佐他们。"

郑鹏答道："对进军房地产这件事，我相信老板通过私底下他的企业朋友圈是多次考证过，应是多数人都讲应该，如老板自己讲的那样，中国首富前十名都与房地产有关，所以老板想赚大钱，就要进军这个领域。"

赵飞答道："这些我也知道，但我认为现在进去也许迟了，你我住的周围，每天搞的热火朝天的建房子，而且很多央企都进来建房子，还有中信、绿地，房地产市场也厮杀得很厉害的！而且我们还不专业，我们公司这几年是赚了些钱，但如何跟专业的万科、恒大相比，如何与国企这些有钱的大佬企业相比！"

郑鹏笑道："赵总讲的很有道理，你不赞成现在进入房地产，你赞成到外地可以建我们家居生产基地，但同时也得把企业基础与管理做好，就是做强吧！"

赵飞笑道："是啊，据我了解的信息，和我们同级别一个竞争对手，他们没有去做其他行业，也没去外面新修生产基地。他们老板在前几年就在做公司信息化建设，并改造公司生产设备与工艺，他们现在的公司人员就已比我们少了些，但产值和我们差不多，而且他们还在投入啊！"

赵飞露出羡慕神态，又说道："他们新修了一栋现代化的办公楼并且与展厅连成一体，我们公司离职的人员有进他们公司的，我们还保持联系，这些员工对这个竞争对手的未来发展非常看好。"

郑鹏说道："赵总眼光独到，企业做强很重要，从人力资源角度，我们现在还是每天工作六天，不合法，很多国家法律规定假期也没有，未来我们国家对企业一定会加强劳动法的执行力度，人力成本一定会增加，我们未来我们必须给全员买社保与公积金，我们必须的依法进行规范化管理。”

停了一会儿，郑鹏又说道：“据我所了解，我们制造为主的，公司很多安全生产，员工职业健康检查、污水处理等工作，现在不做出全局的规划改造，公司未来首先从员工内部得职业病逐步增多，同时政府环保部门也加强执法力度，这些都会加剧公司经营难度啊！”

赵飞听了之后，说道：“老板现在听不进去这些话，也许我们确实是老员工保守了，现在都听那些小孩子的，公司要发展扩张赚大钱。”

在年终总结的文艺演出大会上，李华国董事长公开演讲，讲到好家居公司未来的发展方向，就是双向的，向外扩张家居生产基地，同时进军房地产领域，并且要加快步伐，加大力度的快速进行。

天气进入三九严寒的时候，哈一口气都会变白。郑鹏早晨开着车，下了高速公路之后，路过一个低洼重雾之地后，来到平坦之地，发现路边枯黄小草上白晶晶，似有冰花一样覆盖在上面，郑鹏有十多年都没看到这种情境了，这是下霜了，打开车窗，一股冰凉刺骨的风迎面吹来，但却令人清爽无比。此时路面上有层干的薄冰，公路有些打滑，郑鹏放缓车速，来到公司将车停好，看了看还笼罩在大雾中的公司厂房，似仙境一样，前几天开年终会留下的一些残迹还在地面上。

昨天听李总裁说，老板听了投资部与张杰、王建平的建议，公司又要在山东投资了，而且也是并举式，家居实业与房地产并举，而且这次不是修商品房而是打造别墅，而且是更大手笔投资。

郑鹏知道李总裁还派了其他中心几位老总都去了这个地方，从不同的角度进行考查调研，有些人已经先他而去了这个地方。

当郑鹏从山东回之后，李总裁组织几位中心领导开了一次关于山东投资会议，老板没有参加。

制造的赵总说道：“这是山东下面一个西边的小县里，周围比较荒，配套的设施还在修建之中，建工厂不是很合适，而且我们在河北都有了，我不赞成。”

供应链彭总说道：“据考查，那边确实木材确实较便宜，而有木材基地，设备与油漆方面厂商较少，房地产开发建议不要去了，那个地方经济不好。”

郑鹏答道：“这里现在人力成本较低，但确实如彭总讲的那样，太偏僻了，早上住酒店连个吃早餐的地方都很难找。”

这是李锦清了嗓子说道：“不知老板如何想的，河北现在已开工在建了。现在又在山东投，四处开支，我们公司到时只有去贷款了！”

李总裁看看大家之后，说道：“对于山东的投资，我们需要和老板谈谈，大家意见一致，在会上我就少说话，会后，我和老板沟通。”

郑鹏正准备收拾好文件资料，关上电脑下班，突然收到汪东电话，说立马到董事长办公室开会。

当郑鹏进去的时候，大家都是一脸疑惑：在问什么事情这么急，在晚上讨论。一会儿，李总裁也走进来，但董事长还没有出现。汪东告诉大家：董事长在开会还需要等二十分钟，大家可以先讨论，主要就是讨论公司去山东的投资之事。

李总裁说道：“汪东，你把山东的情况先给大家简要介绍一下，等会董事长来了直接讨论。”

汪东讲道：“其实山东的情况与河北情形差不多，只是政府对土地政策有更大的优惠实偿，刚好我们竞争对手也在那里，当地政府告诉我们说，在那里，政府专门用于开发一个家居工业园。如果按照老板指示，我还在那里搞配套的房产开发的话，政府还有更多优惠。”

这时财务李总说道：“公司这样大手笔的投资，根据你提交的资料我测算过了，现在资金是周转不过来了，只有贷款或推迟，等现在总部的家居赚了钱之后才能做这个项目，公司现有资金只是基本能够周转河北的项目资金。”

这时董事长也进来了，看得出来他是意气风发、气宇轩昂了！他可能已经听到李总的讲话了。

问道：“汪东，你的意见呢？”

汪东讲道：“公司财务之事我不懂，现确实这个地方比原先河北那里还要好，我都阐述过了。张总和王总和我一起去山东看过，问问他们的意见？”

这时张杰说道：“现在这个在山东西边，与我们现在河北廊坊较近，而且也在江苏与安徽交界，在这样的围绕之中，交通很便利，确如汪总讲的那样，虽然这个地方经济落后，但是政府正加大力度扶持企业，招商引资，所以在那里建家居工业园，各种配套设施很快就完成了，而且那里还本身生产重要木材。”

供应链彭总道：“那里我们都去看过，各种配套设施刚开始施工，确实有木材而且较便宜，但其他我们家居制作外协厂商很少，我们在廊坊建了一个基地，在附近又建一个，我认为没有必要。”

王建平说道：“按照董事长指示，我们将家居生产基地和房地产二者结合在一起，几乎地的成本为零，这在其他任何地方都找不到，我们那里建别墅，成本才二千元多点，我们就便宜卖五千元，一年就可以直接赚五个亿。”

董事长听了之后说道：“王建平说的有道理，我要看到赚的钱，向前看。当然也要考虑我们的财务资金。”

这时制造赵总说道：“那个地方那么穷，谁去买我们房子。”

张杰说道：“买房都不会是本地的，都是外地有钱的人跑到那里去买！”

看到里，郑鹏看了下李总裁一直不说话，说道：“这个地方我们在进行人力成本调查，确实很穷，而且很少是到外地人，那里原先有一个开采炼油的公司都快搬走了，大部都是本地人。我说的不客气也许是：用我们本地话讲，一个鸟不生蛋的地方。”

大家分成两派，分别说去山东投资的优缺点，吵来吵去的，但李总裁始终没有说话。

董事长问：“李总裁，你的意见呢？”

李总裁道：“从财务角度，确实需考虑，再好的投资，如果公司本身现金流都没有了，就如一个人，血都没有了你给他吃龙肉都没有用！”

这天的会议，大家没有讨论出一个结论。

当大家走出会议室之时，有些老员工情绪还没平复，还在说：在那里修别墅，简直就是乱整。郑鹏笑了笑。

走办公室，郑鹏饥肠辘辘，一阵冷风吹来，一下就吹清醒了，已过十点了，什么也不想，赶紧启动车子回家。

据说，李总裁主动找到董事长进行了沟通，最终董事长做决定是在山东建生产基地，因为那里确有很多优政策，并在政府那建一个家居生产工业园。

正当大家私下讨论山东投资的心还没消下去之时，山东省这个县的县委书记和县长一起来到公司了，就是为投资之事，也来公司看看。

县委书记和县长在公司投资部陪同下，和董事长一起进行亲密的交流。还是投资房地产，只是先买地，在后面推迟修建别墅。

郑鹏曾因家居实业工作的需要，去过河北与山东两地，并顺便看了房地产的情况，第一次去的时候，国家已在宏观调控房地产了，好家居公司还在投资。

此时，汪东此时是河北房地产公司总经理，在漂亮售楼部与郑鹏进行沟通交流，说道：我们刚进行一次大的促销活动，这个月卖出了二十几套。并且带着郑鹏去了现场，另外一半还没开始修建。

郑鹏看了之后，连声赞道：“不错，很好！”但内心明白，房子从设计外形到内部结构真的不好，因此，比公司最开始的定价降几百元，而且现在已销售的房子是在对内部员工更优惠的情况下，大部分是河北家居公司的员工买的。

山东房地产开发把别墅的售楼部和旁边河边公园修好，花了一个多亿，售楼部一律西式风格，金碧辉煌，里面放着奢华红酒，用餐有刀叉，还有别墅模型，但真的别墅却还没有修起来，只是用围墙将土地围了起来，当时一起出差的。

赵飞扔了一个石子小河里说道：“这一个多亿不知是否扔在这水里？”

郑鹏没有答话，如在河北一样，只是用相机拍了些照片。

这上午，郑鹏出差回公司，来到李华平总裁办公室。李华国从办公椅里站起来，拿了一支烟点在手上，坐在沙发上。郑鹏发现李总裁更胖了些，头发白的更多了。

因为李总裁从没有去过，所以郑鹏将这些照片都给他看了。

两人又谈了会其他管理事宜，郑鹏明显感受李华平总裁有些力不从心，但还在为好家居公司勇敢的尽心尽力。

郑鹏第二次去山东与河北的时候，因经济形势不好，公司已在裁员了，两个房地产公司售楼部已是只有两位清洁人员，里面灰尘很厚了，一片残迹败柳之印象。

山东与河北两个生产基地每个月只有几百万的产值，厂房大面积出租，公司还必须还银行上千万的贷款，这是后话了。

老板最后，想把山东房地产用三千多万卖了，投资近一点五亿，同时也把山东家居实业给很便宜的卖了，合同都签了，但对方始终还是没有买。

硕果无存寒冬临，松龄实沉长寿身。桂枝只余干枯意，古稀晚霞盼春归。天宽地阔功业去，人心察世非恩怨。读史明志从我心，青山依旧夕阳红。

第九回　咨询纠缠

这天下午郑鹏主持集团人力资源的周例会之后，李强留在了办公室却没有离开，郑鹏知道李强找自己有工作之事，刚好自己也有些工作的问题需要和他沟通。

天气比较冷，郑鹏泡了一杯茶递给李强之后，问道：“李经理有什么事？”

李强脸上显得有些不好意思，开口说道：“郑总，从我们私交的角度，我们都一直很佩服你的专业，而且管理能力很强，所以现在我们人力资源中心团队氛围很好！同时，从公司历史的人力资源管理来看，我们营销人力资源相对总部人力资源是较为独立的，所以在会议提到整个营销中心年度预算和绩效之事，吴国平副总裁也在教我做，而且做好几稿，现还在没有定下来。”

李强轻轻地喝了一口茶，又说道：“为因绩效涉及预算，预算部门也不知道我们预算情况，说得直接一点，我们营销公司的事，就是李华平总裁也管不到我们，老板在直接管我们，所以吴国平副总裁是在向老板要资源，老板在向吴副总裁要高销售额。”

郑鹏听到这里，说道：“哦，原来如此！”

其实郑鹏心里明白，他跟吴国平副总裁私交也不错，确实吴国平副总裁与李总裁是不和的。

至于不合原因说来话长，总结起来就三点：一是李总裁从公司创业之始就是元老，而吴国平副总裁中途进到公司从中层开始，一步一步做起来的；二是俩人有许多管理的观点与方法不同，当然很多做人处事风格也不一样；三是权力之争，两人在老板面前都争实权。俩人在公司各有一些铁杆人员，吴国平副总裁如老板一样，培养了一些学生，有些学生是老板的徒弟，也把吴国平叫老师。李总裁通过自己在公司多年打拼与威信，也有一些追随者。

李强说道：“所以明年绩效管理方案，集团人力资源可以不用管我们营销是如何做的，你们可以先把总部的方案签批执行，我们到时候也可以参考。”

郑鹏说道：“好，没关系总部绩效方案在李总裁签批之后，我们会公布出来的。”

李强说道：“还有一件，就是我们吴国平副总裁计划请一家人力资源公司来对营销的人力资源进行咨询，内容都定了，我们都谈了几家供应商了，我告诉你之后，可要保密哟！”

郑鹏说道：“谢谢！有些事情是上层建筑的治理之事，我们也没办法的。你们请咨询公司来做我们人力资源管理之事，这对我们人力资源是好事，只是咨询之时，我们可旁听，或者咨询的内容可以分享就好了。”

李强起身说道：“谢谢郑总的理解！”

一天上午，郑鹏来到李总裁的办公室开会，会上有老板新秘书杨建冬，他原也是营销公司，因与吴国平不合，所以出来在董事长身边做秘书，郑鹏还是第一次与此见面，出席会议的还有财务中心李总和预算部经理。

李总裁从椅子上站起来，笑着说道：“大家都到齐了吧！”然后点燃了一支烟，和大家一起坐到沙发上。

郑鹏知道此时的李总裁压力是非常大的：对公司在外投资之事与董事长观念完全不合，对内的管理也是有很多的问题，虽然他的实际权力有限，但大家有事都找他，此时他就好比“文革”时周恩来一样，由他来维持公司正常高效地运转。

李总裁说道：“前段时间，我们在大力推动公司的明年绩效管理方案与签订年度目标责书以及相应的年度预算之时，在营销中心那里推动不了。因为他们确实属董事长直管，所以很多方案自己做，直接给董事长批准。但不管如何做，营销中心与公司是一个整体，方案总体方向应具有一致性，不能有不统一或者有矛盾的地方。所以，我把这个原则也与董事长进行了沟通，董事长也让从营销出来杨建冬秘书参与，因为杨秘书对营销的业务情况较为了解，这样就更为方便了。”

郑鹏打量一下杨建冬，穿一件灰色的夹克上衣，下身一条灰白的牛仔裤，个子不高，带一副金边眼镜，一看就是一位十分机灵与八面玲珑之人。

根据识人经验，做销售的人，是把产品卖出去，把钱从别人皮包里掏出来放在自己包里，对方还感到很舒服，所以销售往往是点子多，说的话也不能完全相信的。

而制造的同事要把产品做好，要符合质量标准，就必须依照工艺流程进行，一步一步地做好，往往也是呆板的，这样环境也造成员工做事比较直接，讲话不会拐弯抹角的。曾经好家居有一位制造副总自己说道：我们都是没有文化的木匠，脑瓜子如木头一样不灵活，而且还有倔强，所以简称“木强”，但我们必须要有把品质做好的匠人精神。

杨建冬也是公司一名十多年老员工，所以，直接说道：“董事长让我们一起帮助看营销公司预算和薪酬绩效方案的合理性，这件事有些难做，因为营销是董事长直接管，董事长说了，我们就必须的做，并提出我们的建议，这些事情还是人力资源与财务中心负责，我参与讨论。”

李总裁说道：“杨秘书，你就直接和大家说你的意见。”

杨建冬说道：“这是他们的薪酬绩效方案与营销组织架构图以及预算表。他们把原先‘销售人员本需通过评级后才能上涨方案’改成了‘把提成与底薪放在一起，这样提高了底薪工资，降低提成额’。总体来说销售人员工资总额增加，他们的绩效方案我看过了，这些指标问题不大，我这里刚好也有竞争对手的一套指标体系，建议我们要专门研讨一下。”

停了一会，杨建冬若所思的又说道：“对于营销组织架构和预算建议我们也要专门讨论，老板请付先生来做顾问也借此参与讨论，提提建议。”

郑鹏答道：“因付先生没有入职我们公司，给老板做私人顾问，现给付先生一年顾问费了，这个方法很不错，付先生的时间我来约。”

财务李总讲道：“关于预算部分，如果营销中心不能出来，我们其他部门做了也是不行，我的意见是这件工作必须尽快，而且现在都已是十二月快结束了。”

外面的天气，阴冷冷的吹着风，树枝已光秃秃的了，郑鹏来到停车场，开车准备去一个酒店。

到酒店的大堂门口，郑鹏接着付先生寒暄一会，说道：“给我们老板做顾问也是不错的！”付先生苦笑了一下，没有说话。

郑鹏打电话给杨建冬，他还需等十分钟才到，一会财务李总与预算经理也来了。

杨秘书到了之后与大家打了招呼，说道：“很不好意思，刚才因在老板办公室开会，脱不了身，所以迟到了。”杨秘书很熟练地走到前台，问道：“你们这里有一个会议室吧？我们订下来开会，多少钱一天？”

与酒店的大堂经理沟通好之后，大家一起随着服务员来到顶楼的，上面有一个天台，旁边就是一间大的会议室。

财务李总问道："这间会议室有点大了吧！我们也就几个人，有点浪费了。"服务说道："现在只有这间会议室了，虽然有点贵，但我们都已打六折了。而且这里有天台，可以很好休息。"

到会议室，服务员忙碌的准备投影仪与茶水，这时杨秘书对服务员说道："你们电脑吗？"服务员摇了摇头。郑鹏见状，说道："我带了电脑。"说着把电脑从包里拿出来递给杨秘书。

大家都坐好之后，杨秘书把今天开会的主题简要地说了一下。这时郑鹏问道："李总裁与董事长不来吗？"

"他们不来"杨秘书回答，"领导让我们今天务必讨论出一个结果，把方案告诉给他们。我们先讨论营销中心组织架构是否合理。"

付先生讲道："先把营销中心最新的组织架构图拿出来看看。"

杨秘书答道："在我电脑里，忘了带了，但是我记的，我可以在白板上将其主要架构给画出来了。"

付先生又问道："营销的人不来参加吗？"

杨秘书答道："不来参加，按照上面的意思，还不想让他们知道：我们在开会讨论他们营销的事，所以才来到酒店里进行。"

杨秘书把营销中心组织架构画出来：营销副总裁、助理、市场部、渠道部、商学院，然后说道："依照老板的意思，不想这么做营销的组织架构，不要把权力都集中营销副总裁身上。"

然后又说道："前段时间营销公司自己做薪酬绩效方案，定销售目标，然后自己做预算，还不让其他部门参与。这次老板希望我们参与了解。"

付先生讲道："我们应根据市场和行业特性来定营销的架构与运作流程，大家一起讨论，最好是营销副总、老板或总裁一起参与。"

然后大家开始从零开始，重新讨论营销的组织架构图，你一言我一语，中午吃了一个盒饭，然后继续讨论，郑鹏心里也明白，好家居公司的组织架构随时在变，今天讨论也没有实际意义，他关注的是绩效管理如何推动。今天是应该不会讨论绩效之事，因此在下午四点钟之时，因他确实有事要带领人力资源中心同事明天去做拓展活动，所以，刚好有个借口离开了。

在周一上班之时，郑鹏把车停好下车，就见到营销的吴国平副总裁也下了车在打电话。吴副总裁看见他，就给他招手打招呼，然后走了过来。

吴国平问道："你们上周五在外面开会讨论了营销的事？"

郑鹏笑着，点了点头。

"讨论的结果如何？"

郑鹏回答："不清楚，我下午四点多钟离开了，当时还没有结论。"

吴国平笑了笑，讲道："你们在开会时，我就知道了，而且我还知道了，你们开会的内容。"

这下，令郑鹏感到特别的惊讶了！虽然他不喜欢当时开会的组织方式，但对吴国平很快就知道这件事及其内容也是想不到的。

郑鹏进到办公室，先自己打扫了一下卫生，把电脑打开，打了一杯开水，这时总裁秘书刘悦来电话了，说："上班就到总裁办公室开会。"

郑鹏走进李总裁办公室，见他坐在沙发里抽烟，估计在思考着什么，此时财务李总也到了，杨建冬也到了。

李总裁说道："周五，你们开会讨论营销之时，吴国平知道，并且直接打电话给老板了。"

停了下说道："他怎么这么快就知道了，他还告诉董事长，开会的内容他都知道，还知道哪些人开会了。"

郑鹏说道："我也很奇怪，然后把早上刚好碰到吴国平之事也讲了出来。并且说自己下午离开但立即去搞团队拓展去了。"

财务李总也说道："在郑总走了之后，我们当晚开到七点多钟，是谁告诉了他的呢，我们这几个人应该不会啊。"

杨建冬也说道："有点怪了，难道是付顾问。"

郑鹏说道："不可能，付先生虽然提到要求营销人参加，但他作为多年高层素养应该不会。"

李总裁说道："杨秘书，你把参加会议的人员再说一下。"

杨建冬说道："可能是他！"

"谁？"大家问道。

杨秘书答道："运营的人！"大家都明白是谁。

李总裁说："是我让他参加的！"

杨建冬说道："他跟我关系较好，他有一次跟我说过：吴国平与他沟通，让其到营销中心给副总裁当助理！"

后来，这位运营的人果然去营销中心。

通过件事，郑鹏又一次感受到好家居公司从上至下的关系，真是错综复杂！这些问题如何解决呢，绝不是依靠纯专业知识就可以解的，这是一个文化与品性的东西，或者是一个公司高层治理之事吧！身在棋局，人人都觉得累！

也就在公司正在进行年终大会之时，在董事长办公室却坐满了公司核心管理者，大家都从年终大会现场离开，没有观看精彩演出，郑鹏也只有找了一位职务代理人，临时处理在演出现场的工作。

薪酬部张华经理在一旁哭丧着脸，大家都不说话，只听董事长一人在那里高声讲："我们明年就是要实行全员绩效考核，公司每位员工的工资都必须跟我们的销量结合，每人都为销售服务，因此，我们现在就必须将每位人员现有工资一分为二，一部分为基本工资、一部分为绩效工资。”

郑鹏见董事长正在情绪上，没有说话，这时张华说：“董事长，现在分，上个月的工资我们都算好，明天就可以发了。如果你全部重新划分工资结构，还要给员工打绩效，时间来不及了。”

董事长大声说道：“我们现在立即就做，今晚上加班或者推迟发放，这样都行，我看没有什么！”

郑鹏见大家都不说话，说道：“只怕员工不愿意，因为我们绩效工资都拿不全的，也就是变相减少了员工发的工资。”

这时几位中心负责人都提出，讲道：时间又来不及了，而且这是一件重要的事情，也要考虑员工的感受，我们需讨论再做决定。

郑鹏又补充说道：“对员工的工资结构作改变，也需要企业与员工双方同意才行，才合乎劳动法的要求。”

董事长提高嗓门，说道：“不管什么劳动法，这部法律本来就不科学，造成企业经营压力大，管理员工也不灵活了！先把大家工资重新拆分，你拿一张白板来，我立即给大家写出来，我们要把等级分细一些，这样更科学，分十几等级，依工资分，工资越高的绩效工资的比例就越大，大家才会努力工作，第一级占百分之五十的绩效，最后一级工资低的，只有一千多元的人占百分之十的绩效工资比例。”老板边写边说。

老板写完之后，说道：“你们有什么意见。”

大家还是不说话，李总裁回道：“我们先试运行吧！确实现在基层员工为主，这么多人员，各部门负责人去为大家评定绩效分，都是主观的印象分，不是很好，所以基层人员就这个月都打满分，下个月开始根据实际情况打分。经理级人员，以前我们就有考核的，就用那个分数计算，但是需要注意大家绩效工资比例增加了，要做好沟通工作。”

张华听见总裁这么讲，他的工作量减少了，赶紧说道：“试运行，这样较好！”

大家心里虽十分不情愿，眼看着自己工资就少了些，但在老板强势下，与李总裁都这样讲了，也就不说话了，只有闷闷的离开董事长的办公室，出来之后就开始唉声叹气，开始抱怨！

这天下午快下班的时候，张华走进郑鹏办公室签批文件，说道：“现在为止，这些人员工资都没有拆分完成！老板说起来容易。”

张华是老板的心腹，有一次张华对郑鹏说，老板曾私下给他交流，让他一定要把好每个人薪酬这一关，防止有人乱搞动作，所以，对于每个人的薪酬，特别高管的工资，张华都会越层级直接向老板报告，也因为这样，张华取得老板的信任，所以张华自己虽然职级不高，但这种关系，一般高管都给几分面子于他。关于突然拆分工资这事，多半也与他有关系。

郑鹏问道：“为什么老板突然想起拆分工资结构，增加绩效工资比例之事。”

张华回答：“因为董事长最近从营销调了三位做他的秘书，这三位同事工资又高，又不努力工作，老板就问起他们工资，然后问我怎么办，我就告诉他，加强考核就好了。结果老板问起现在的绩效考核之事，然后想通过考核降低这些人的工资，但不又不能只针对这些人，干脆所有人都这样做。事情大概起因就是这样。”

郑鹏说道：“这件事情估计各中心负责人，和所有员工都会对此事耿耿于怀，也会对我们中心有看法，他们把老板没办法，但一定会把怨气撒在我们头上的。”

张华听了之后，默然一会，说道：“我们需要找总裁沟通一下此事。”

郑鹏讲道：“但我们需要从公司全体员工角度说此事，建议李总裁对这件事给公司管理层做一些沟通，这样就好了！另外对于基层员工考核，现在还需要多做准备工作，建议还要推迟才行。”

在李总裁主持下，针对此次绩效工资风波最终大家接受了，虽然大家想法很多，但最终没有酿成大事情。虽然执行了，但执行过程中打折与消极的形式主义，并没达到绩效考核目的，最终也没有达到老板目标，公司管理水平日益下降，管理矛盾日益突出。

随着冬天的天气日益变冷，白天时长更短了，而四川作为一个盆地，冬天大雾迷漫，很少见到阳光，时而寒风苦雨，时而长雾笼罩，这会让人冬天有一种精神不振。

好家居公司随着年底来临，生意也进行冲刺阶段，但最终还是没有完成销售目标，虽然老板提出明年销售目标，比今年要翻一倍，但是并不实际可行。

在年度中心负责人会议上，老板出席，要求吴国平副总裁根据他制定的销售目标来做营销工作计划，但吴副总裁对销售实际情况进行讲解分析，管理顾问付先生也认可吴副总裁想法，结合内外形势的分析，吴副总裁提出明年销售和今年持平，就可以了。

最后老板多次和吴国平副总裁沟通营销目标之事，吴副总裁同意老板销售目标，同时提出授权与资源的要求，也就是责任与权利要对等，但这是老板所不能接受，销售实际是老板在直接管理，很多实际性权利，如定价、广告费用、渠道、经销商返款，都是老板直接决定，老板而且还直接指挥下面的销售老总。

付先生来好家居面试之时，也了解老板这种管理风格，所以当时提出，如果老板闲不来，喜欢做事，就让其去管理一个中心，如研发院，但不要干扰公司其他部门的正常管理。

其实老板闲不下来是正常的，喜欢做事也是正常，问题是，老板他会不会做他本职董事长岗位的事，其实很多老板自身意识或能力的原因，根本就不会做董事长，如战略方向决策、行业与市场研究、国家宏观经济政策把控，董事长没有升华到这个层级，担当不了这个岗位，虽然名字叫“董事长”了，其实没有成为“懂事”的长。

郑鹏曾提出理念说：“‘企业治理’，首先就是应该治理‘董事长’，让董事长明白哪些该做，哪些事不该做，不能上级越下级权责，而应集中精力把自己该做的事情做好！”

事实上，这也是中国民营企业转型之关键处，很多董事长自己创业做事，对自己企业内部管理之事很了解，而且在内部无限权威，做起管理的事来，得心应手，所以更有成就感。而对于公司上层建筑应做之事，不想做，因为这是有点虚的、有点孤独的，没有那么成就感，就如一位皇帝在深宫谋划，大将军在外面打仗，大将有沙场秋点兵的豪迈气，而深宫皇帝只能等待自己谋划的结果的胜利或是失败。

当然如果董事长能做好董事长应做之事，还能做其他管理之事，是最好的。

曾听制造的赵总说：“好家居老板喜欢管理事情，通常喜欢去一个部门亲自动手管理，打破原先管理系统，然后去创新管理，搞一些新花样，然后理一阵子，自己累了，员工累了，最后自己疲倦了，管理系统乱了。他说一声，我给你们理清楚了，你们自己来管。”

公司的管理问题是越来越多，董事长也想寻找治病良方。

制造方面与华宜国际合作，花了百万的成本，去日本的丰田总部游学，回来之后，将公司9S管理还是改成5S管理，在制造作了一宣传，做一些精益生产的KT版贴在制造墙上与车间，但还是没用的。

又听说阿米巴经营方式不错，是由日本经营之圣，稻盛和夫创建建一手算盘一手论语管理方法，老板带领财务老总去听，然后花几十万，又请老师来公司给管理层讲课，最后老板说话了：我花了几十万，论证阿米巴的管理模式在公司也没效果。

老板不停地在外部寻找新管理方式方法，迫切的希望能改变公司经营管理现状，每家咨询公司都从不同的角度，根据自己已有药，为公司开出药方，好似都有理。

董事长秘书杨建冬呵着气，来到办公室，郑鹏起身笑着说道：“今天是什么西北风把杨总吹到这里来了，一下子让我冬天的办公烧起火来了。”

杨秘书也笑说道：“郑总，我也是无事不登三宝殿，今天来找你是想麻烦你帮忙一件事。”

郑鹏泡了一杯铁观音的茶递给他，说道：“乐意为杨秘书服务。”

“你也知道，现在市场竞争很激烈，公司用人也有些问题，今年销售额都没有完成，董事长一直想改善公司的管理，提升我们的经营水平，因此多方找咨询公司，最近，老板听一个朋友介绍，说去韩国的三星学习之后，回来在公司实施，管理效果非常好的，因此让我联系这家培训公司，我已联系好了，老板让我们几位秘书和营销人员先去学习下，因此特来向你告知此事，并走相关培训程序，帮我们订机票等相关事项。”

听杨建冬讲明来意了之后，说道：“这是好事啊，又要辛苦你们了去韩国之行，现在韩国的天气比我们这里还冷了，可要多带点衣服。你说的事，我们帮你做好。老板去吗？”

杨建冬回道：“老板要去，老板娘也要去，顺便游玩一下。”

郑鹏道：“哦！你们回来之后，可要把这些所学的知识分享给我们，让我们也开一下眼界，见见世面。”

杨建冬与老板及几位秘书去了韩国之后，立即开始轰轰烈烈的行动了，听说感悟很深，在公司进一步加大了老板秘书队伍，帮老板出谋划策，并督导参与各中心的工作。而且还引进韩国管理协会，来公司咨询我们制造管理，进行精益生产与改善提案的活动。

根据杨秘书的安排，韩国标准协会先进驻公司进行管理的诊断，需要与各中心与相关负责人进行沟通了解情况。对人力资源的沟通，由郑鹏负责。

一位翻译与一位咨询师来到郑鹏的办公室，郑鹏邀请客人在沙发上坐好。

翻译是一位中国人，戴着眼镜，估计不到三十岁，显得有些老练，但眼睛又透露出有那么一些傲气与管理幼稚。

咨询师是一位韩国人，有卷曲的头发，穿一件普通的灰色西服，来到郑鹏的办公室四处打量着。

郑鹏也在斜对面的沙发上坐好。

咨询师：“你们公司有多少员工？大专以上学历有多少人？五年以上的老员工有多少人？离职率有多高？”

郑鹏对这些基本人事问题一一做了回答。

咨询师：“为什么你们车间要实行计件工资，这样做合法吗？他们与计时工人有什么不一样吗？他们可以不算公司的正式员工吗？”

郑鹏答道：“计时与计件员工都是公司正式员工，在管理方面没有什么区别，只是计工资的方式不一样。计件工人是合法的，计件是我们这个行业为提升效率对员工的一种管理方式。他可能与韩国三星这种正规管理方式不一样。”

咨询师：“为什么不改成计时呢？”

郑鹏答道：“这个行业传统是如此，对一线生产工人都采用计件，我在以前公司也没有遇到过。这样对工人的管理更直接简单一些，相当于是一种最原始绩效考核，但确实有效，特别对我们这样低文化的劳动密集型企业。如果改为计时，对我们管理水平要求更高，如对工业布局，工人生产效率管理等。四是在劳动关系方面，如对淡旺季的生产量协调，公司更方便些。”

郑鹏一边思考一边讲，咨询师似乎是懂非懂点了点头，然后郑鹏问道：“你们以前咨询过我们家居行业吗？”

咨询师：“没有咨询过家居企业，韩国也没有这么大的家居企业。”

翻译问道：“咨询在制造中心调研过了，制造的管理比较落后，为什么好家居还能做这么大呢？”

郑鹏笑了，说道：“一是因好家居老板抓住中国改革开放这个大好的时机；二是中国人口基数众多，市场需求量大，中国的一个省都比韩国大。”

咨询师：“你认为好家居的人力资源管理存在什么问题？”

郑鹏想了一下，心里知道这是第三方咨询师常用的手法，提出一个大的问题，让你自己把公司的问题讲出来，然后写成咨询报告。

郑鹏答道：“主要还是提升人才素质，把人员文化与管理水平提升上去，这就需要你们这次咨询来帮助了，我到时向你们学习。”

咨询师又问了一些基本的人力资源问题，郑鹏都做了解答。

一天晚上，同事们聚餐在一起，刚好杨建冬坐在郑鹏的旁边。

大家喝了一点酒，杨建冬在餐桌上表现得很活跃，讲解老板最近管理大思路。

对大家说道：“老板想真的改善公司管理，我们现在谈的两家咨询公司，一是韩国标准协会计划花一千万来做这个咨询，他们咨询都对我们进行诊断，计划先从制造中心的改善做起。另外老板还派我们去学习营销品牌课，也计划将他们请进来咨询公司的营销管理，将销售目标提升上去。这样公司就一手制造一手营销，两手抓两手都硬的，公司未来要做世界一流，冲百亿销售额。”

大家都说道：“杨秘书辛苦了，引进这些咨询公司进来，我们也学习，见识一下，同时把公司搞好了，大家都好了！”

这时郑鹏悄悄地问道：“是真的吗？”

杨建冬说道：“是真的，这两个项目都是我在主导。”

过了元旦节，农历已是腊月了，天气更加冷，哈一口气都快结冰的感觉。

好家居营销会议室热火朝天，公司经理级以上管理人员都参加了与韩国管理协会合作管理咨询启动大会，董事长、总裁等都出席，韩国管理协会的会长，一位六十多岁的老头也参加了，并在会上对双方的成功合作及未来进行深切的发言，董事也发言了。

开会之后，各中心负责人一起陪同，到公司附近一家豪华酒店用餐，用餐之时，大家进行沟通了。

老师提出本次咨询思路先从制造改善做起，首先成立一个改善提案小组，建立一个改善提案管理的制度，每个人对公司的管理只要有提议就奖励，鼓励全体员工参与，李华国听了之后频频称是，并当场决定由杨建冬任组长。

这个周末下午，钱超坐着郑鹏车，一起回家。因是周末，绕城路上车子特别多，只有如蚂蚁一样移动。

钱超说道："老板这次请韩国这家咨询机构，听说花了一千万。"

郑鹏回答："你怎么知道？好家居真的没秘密！"

钱超讲道："不仅我知道，大家都知道，这个咨询项目现在搞得这么火热。"停了一会又说道："我在韩国三星工作过，虽然时间不长，确实有一套管理系统，只怕好家居学不会。"

郑鹏回答："根据我与他们仅有几次接触与沟通，我并不看好这家咨询公司，虽然牌子似乎特别大的。"

"为什么？"

郑鹏答道："他们并没家居行业的咨询成功的经验，所以要他们先要了解学习我们的行业知识，老板会等不及的。他们从制造做起，但是真正制造好的，不是韩国企业，而是日企。"

想了一会，郑鹏又说道："在我听他们讲话中，也看得出来，他们提案改善、QCC这些理念并不新，在十多年前沿海一个普通的工厂企业都在做，说直白一点，这些咨询公司在我们一线城市是吃不香的，才来到我们二线城市的。从与他们沟通中，他们身上有一些傲气，这会让他们提出一些不合乎公司文化的过分苛刻的要求，而会让这个项目更快的死掉。"

钱超答道："老板是一个喜欢'短平快'的人，确实不会给他们太多时间，听说他们在制造，会议较冷，他们要求装空调、无线上网，还给做这个项目的成员，每人配了一台笔记本电脑。"

郑鹏没有说话，钱超看看窗外车子，说道："好家居的咨询不好做，我在二年前加入好家居之时，当时人力资源老总请了国内人力资源界泰斗李教授来做人力资源咨询，结果都失败了。"

郑鹏说道："他确实是中国人力资源界的泰斗极人物，曾参与起草华为的基本法。"

钱超讲道："他亲自来过好家居，并讲过课程，最后只留下个工作岗位说明书模版，钱都没有收完，因为做不下去了。"

郑鹏说道："李老师偏学院派了，对企业的管理只有研究并没有实操过，他的有些理论看起来很美，但经不起检验，如他在十年前根据'二八'原则，提出一个企业的价值是由百分之二十的创造的，所以管理层要把这百分之二十的人找出来，加以区别对待。其实，这会打击余下百分之八十的人积极性。听说有些企业听了这个理论之后，认为很好，立即实施，结果最后就销声匿迹了。”

两人边走边聊，不知不觉间就到家了，钱超下车之后，说道：“好冷啊！”

一天上午，公司高层管理在老板办公室开会，董事长突然问：“韩国管理协会咨询做得如何啊？”

杨建冬没有说话。

制造的赵总说道：“做了一些事，但他们根本不懂我们家居制造，在车间转来去的，问来问去，反而打扰生产。”

杨建冬说道：“他们对我们后勤服务不满意，有一次我们派了一辆公司奔驰接送他们，他们不坐，要求派雷克萨斯。”

财务的李总说道：“我们咨询加在一起，已经花了二百多万了，但听说还没有一点成效出来，他们又在要下一笔款了。”

李总裁说道：“这个项目从现在实际情况，确实用处不大，费用特别贵，建议停掉吧！”

这时李华国拿起电话，给制造一名懂工艺，也是他的徒弟王经理打电话，询问咨询的情况，电话挂了之后，说道：“没有效果，大家都说不好，就不做了！”

后来，营销咨询课也没引进。

腊月的天气更加冷了，此时好家居的销售还在下降之中，同时老板也有自己接班人等深层原因，原先的管理层发生激烈的动荡。

一天，杨建冬又来郑鹏的办公室，说道：“我们现在的绩效管理存在很多问题，管理者给员工打绩效不客观，就是老板自己对我们高层每月打绩效分数都头疼，而我们每次给董事长签绩效考核表，他问东问西也是很麻烦的事。”

郑鹏没有说话，杨建冬又说道：“老板说我们经销商请了一个顾问，在那里推行一种绩效考核管理方式，是最新研究的绩效管理法，叫价值量化管理，这考核的方法完全颠覆了传统的方法，传统方法主要盯着员工的缺点，而价值量化管理主要激励员工内在主动积极性，员工都是很乐意的。”

郑鹏答道：“关于绩效管理方法较多，确实价值量化管理的方法我还没有听说过。”

杨建冬说：“我先去这家经销商公司考查学习，如果可以，我们就把这套管理系统引进来。”

郑鹏说道：“很好！”

在杨秘书的主导下，价值量化管理章顾问很快来到公司，这天杨建冬来找郑鹏说道：章老师已经来了，我已经安排好了，在外面的一个有特色的吃鱼的农家乐，在吃饭的时候我们就讨论这件事。

郑鹏随着杨建冬来到农家乐，章老师和李秘书都在场了。章老师留着一个平头，精瘦的身材，全身着一套中国传统布纽扣圆领服饰，脚上穿一双布鞋，一种修道的得仙之感！

刚开始，章老师有些拘谨，一会儿，就和大家聊天，并从绩效开始，问公司的一些存在管理问题与大家对这些问题看法。

章老师问："李秘书，你认为公司的绩效管理存在什么问题呢？"

李秘书讲："公司绩效管理主要大家考核数据不真实，没有较真，流于形式。"

章老师转向杨建冬问道："你认为有什么问题呢？"

杨建冬讲："说实话，中国民营企业的绩效考核都有很多问题，如没法量化、目标不清楚，考核就是为扣工资，员工不相信，我们好家居公司也不例外。"

章老师又转向郑鹏问道："你认为呢？"

郑鹏笑了一下，说："大家都说呢，意思都一样，本质上还是老板定的考核标准与员工理解期望的考核标准不一样。"

这时，服务员把菜端上来了，大家开始边吃饭边沟通。

章老师说道："我自己也做一个化妆品企业，我们企业也实施这套价值量化系统，刚开始员工不喜欢，我后来逐步改进，我花了十年精力研究这套系统，现也与你们经销商作咨询，你们的经销商导入我这套系统反馈效果非常好，所以你们老板叫我过来。"

老师吃一口鱼，又说道："我现在给一家理发店实施我这个系统，效果也是很明显，我这套价值量化管理系统与别的绩效考核管理不一样的，百用百灵。举个例子，如果你们会议室脏了没有人扫，因为工作职责没界定清楚，但有了这套系统之后，会有人主动打扫，因为打扫之后，就有价值分打给他。"

见大家不说话，章老师又问道："你们认为公司主要的管理问题是什么呢？"

李秘书讲："公司的管理问题大家都不相信老板，老板也不相信大家，员工在老板面前一个样，离开老板之后是另一个样，而且老板喜欢亲自指挥下面的人员，中间的管理层被架空了，管理层没有一点权利，在员工面前也没有威信，管理人员没有动力，就只由老板一人在那里吆喝。"

杨建冬接着讲道："老板不相信下面的人员，所以也不授权，什么事情都是自己亲自过问才放心，而且老板是个完美主义者，员工做完事之后，只有批评没有表扬；在员工大会公开讲，员工就创造剩余价值，要不然员工就没有价值，所以他经常变着法子让大家加班，如开会需在晚上，他自己组织会议，故意在下班之前招集大家，然后大家一讨论事情，就下班了，接着一起讨论。"

郑鹏听了之后，讲道："公司现在最核心的问题：一是缺少战略，没有明确未来的发展方向，也许公司现在降成本就是一种方向，我指的是业务发展方向；二是公司人心问题，其实老板自己讲过，经营企业就是经营人心，但公司现在的人心是一盘散沙。”

章老师说道：“你们讲的都很对，我们做咨询辅导企业，其实更重要辅导老板，有很多时候是老板需要改变思维。”

三人齐心说：“对，其实好家居的员工都是好员工，我就希望章老师能改变老板，我们这次咨询就成功了。”

郑鹏问：“我们这次咨询的内容有哪些呢？”

章老师答道：“这要看公司的需要而定，我们一般是一个系统，十二方面：企业文化、组织架构、目标制定、岗位职责、流程优化、制度规范、薪酬设计、价值量化、财务管理、职业生涯规划、招聘培养，劳动关系，最好全套咨询。”

郑鹏又问.“咨询的时间安排呢？”

章老师答道：“这个项目一般是一年，我每个月来一次，每次一周的时间在公司。平常大家有事也可以电话咨询我。”

杨建冬问道：“章老师，吃好了没有？”

章老师说道：“这么多菜都没有吃，我吃东西较简朴，一般吃素的，有菜吃就好了，我不愿去看杀生之事，这样没有福报。人要相信因果福报，有机会我给你们讲讲袁了凡的《太上感应篇》。”

吃完饭之后，章老师是老板请来的老师，所以杨建冬把他安排在一个豪华的酒店，并由杨建冬联系老板，让章老师见面与老板沟通。

三人对章老师进行了评价，杨建冬说道：“我去我们经销商那里看了，章老师这套管理系统实施之后，对人员管理效果确实不错。”

李秘书说：“他人是较谦和的，与别人咨询师不一样，较低调，他信佛，从品德看是不错的；对于实际咨询效果很难说，就看今下午与老板沟通情况如何？”

郑鹏说道：“他的观念我赞成，咨询师重要的辅导老板，如果他能转变老板就非常不错，这也是我们请他价值。”

李秘书说道：“这很难，我们老板这人是非常自信，有时候是自负的。”

杨建冬：“如果章老师与老板沟通可以，我们明天一起谈价钱，也可以先让他们来给我们上课看看是否行？”

三人这样商讨好之后，第二天中午，几人一起还在昨天吃饭的地方进行沟通。

在吃饭之间，杨建冬问道：“昨天下午与老板沟通的如何？”

章老师说道：“还不错，董事长很有想法，当然也很强势，我给他提了几个建议，他都表示赞同。”

吃饭之后，杨建冬问道：“章老师，这套管理系统请你来做咨询，需要多少钱呢？”

章老师看着大家，微笑了一下，说道：“我们做咨询主要是进行知识转移，你们先给出个价钱吧！”

杨建冬根据事前的沟通说道：“五十万。”

章老师没有说话，眼神朝旁边看了看，说：“这也较低了，出乎我的意料之外，我们以前做最低都是六十万元，而且比你们人少，我主要是为传播我这套管理系统，做善事，我也同意了吧。”

郑鹏说道：“你能不能先给我们公司管理上课，看看效果如何？”

章老师显得比较难为情，最后说道：“可以。”

大家问道：“如何上呢？”

章老师回答道：“这套系统，一般上三天课程，共十万元，先打款后上课。”

李秘书问：“如果我们后续做这个项目咨询，这十万元可以抵咨询费用吧！”

章老师回答：“可以，这个费用太低了，希望你们不要向外传！我这个项目的咨询效果不错，我花了十年经历，潜心研究才得出来的。”

三人在回公司路讨论，杨建冬说：“我们真的太狠了，给别人砍这么低的价钱？”

郑鹏说道：“依照我了解的市场情况，这些项目，如果请外资品牌的咨询公司来做，至少一千万，即使是国内品牌的至少也是五百万元。”

李秘书讲：“这个老师信传统文化，你看人家打扮与态度十分低调，他真的想帮助企业。”

杨建冬说：“是的，老板还想我们砍成四十万，我给老板回复下，可以行。”

郑鹏对这个项目的这么多内容，这么便宜就能做的，心里其实没有底，本想说：便宜没好货，但在这种场合没有说，因为大家都想做，特别是杨建冬想做，如果真的做了，自己也可以学习一下。

这个项目就这样基本上敲定了。

培训之事由培训部朱伟负责组织，这天朱伟走进郑鹏办公室，朱伟讲：“郑总，章老师讲课的教材电子档发给我了，估计是要求我们打印，然后在培训的时候发给我们学员。”

郑鹏说道：“可以，没有问题。”

朱伟又问：“他自己有助教吗？”

郑鹏讲：“不清楚，老板非常看重此事，尽我们努力，克服条件，把此培训工作完美的组织好。”

朱伟说：“好吧！他的教材好简单！”

郑鹏笑道：“你也知道，有些优秀的讲师，是不需要教材都可以讲几天的。”

朱伟笑道：“他的教材里面有《弟子规》，我们中心以前早会都学完了，我们现在都学《大学》了。”

郑鹏说道：“早会之事，很感谢我们培训部的贡献，这说明我们有先见之明。借此机会，我们也沟通对传统文化本身与传播的看法。

现在从整个文化来看，国家与社会在复兴中国的传统文化，在做这件事的人有三种，一种是出版商，为了商业之利益，把原先传统文化一些文章，进行简单的翻译，就出版；二种有些国学的教授，为评职称，写一些传统文化的文章；三是以商人，装扮成复兴传统文化传播者的大师，出来忽悠人，这样情况的人多了。

当然也有真正以复兴传统文化为己任的人，现在市场讲传统文化的泥沙俱下、良莠不分，而现在社会的人对我们的传统文化理解较浅，没有很好分辨力，大家也在说中国人没有信仰，很多人就信仰传统文化吧！而且这样一来，大家学习假的或不齐或不真的传统文化，而且学习的方法不对，后来让人感觉很不舒服，大家反感传统文化，这对传统文化是一个真的伤害，结果是复兴不了，反而更反感。

确实现在很多传播传统文化的人观点狭隘，一讲传统文化，举些案例就去批评人家西方文化，这都是不对的，这说明这些人根不了解西方文化的要点。还有些人讲传统文化，就是如炒冷饭一样，把古人说的话重复说一下，或者只是翻译一下，不与时俱进。我们现在讲传统文化的人，心不要急，要静下心，真正了解这些文化，而且要接着古人的话，与时俱进接着说，要有新意，而不是炒冷饭。”

朱伟听了会，说道：“原先早会，为什么你要求我们一次只学几句，而且还要讲解，原来是这样的。”

郑鹏点了点头，“有时间我们再沟通这方面，学习传统文化是对，但要学对传统文化，并要用对的方法，与时俱进的接着讲。”

章老师一人来到公司授课，公司全体管理人员都参加，上课的形式确很具有新意的，上课之前先定班规：不许抽烟、随意走动、积极发言。选出班委，竞选班长与组长，然后宣布课程中管理价值分的方式，结束之后根据价值的多少抽奖，这本身也是演练章老师这套系统，大家必须认真体悟。

在每次上课之前，大家先起身，根据章老师要求，同时向PPT里的孔子与轩辕黄帝画像三鞠躬，旁边响起庄重的音乐，然后章老师在台上讲：“尊师重教、诚意、正心。”

在每次课程结束之后，大家起立，念章老师的感恩词：感恩圣贤传承智慧，感恩天地滋养万物，感恩国家培养护佑，感恩父母养育之恩，感恩家人默默支持，感恩老师辛勤教导，感恩公司提供平台，感因领导用心栽培，感恩同事关怀帮助，感恩顾客理解信任，感恩农夫辛勤劳作。

在一天下午，章老师在讲程结束之时讲道：“我们的传统文化优秀精华都被我们这些不肖子孙给忘记了，反而被日本韩国继承的很好，你们去过三星和丰田公司，可以感受他们谦卑。”

下课之后，章老师把老板、老板娘、班委的员工给留下来：在培训室大门口两边站好，当员工进来之时，大家鞠躬九十度，并问好：“你好，欢迎你，辛苦了！”大家觉很得有新意，老板与老板娘也认为不错。

第二天上课，门口欢迎仪式、向孔子与轩辕黄帝画像三鞠躬、读一遍《弟子规》；上课结束之后，念感恩词。

上课内容主要讲解章老师研究这套系统的价值量化管理分数的好处，在任何场合都可以使用，如何激励员工，花了一天讲企业文化建设，就讲《弟子规》，并播放一些学习传统文化视频。

通过两天半学习，所有管理人员的心灵都受到熏陶！第三天下午就是搞企业文化活动，根据大家在课程中学习表现价值得分，开始抽奖。

奖励的内容有特质小礼品，也有精神奖励，其抽奖氛围十分融洽，特别精神奖励很出人意料之外，如：请董事长表扬我的三个优点、请董事长陪同我如阅兵一样沿着培训场地走一圈、请董事长跳肚皮舞蹈，这样整个场面上的人情绪被带动起来了。

抽奖活动结束之后，董事长作了重要讲话，感谢章老师的培训，好久都没有感受到这种情绪。然后章老师回到办公室休息。

接下来，董事长做了一个大家意想不到举措，就是让大家一起参与讨论是否引进这个咨询项目，这是董事长通过培训之后，自己内心的一个转变，想民主一些，让大家参与讨论。

王建平，第一位发言，他是作为董事长徒弟，得意门生，也是校园招聘中的宣传榜样，二十多岁当房地产公司总经理，也是这次学习的班长。

王建平说道：“通过章老师培训，我很感动，我以前参加过内似心灵培训，但没有章老师这次培训这么感动过，通过学习传统文化的孝心之道，我都感到我以前对家人父母做得很不好的地方。我相信每位参与者通过刚才活动都感受到，我们的董事长都改变了，我认为可以请章老师过来作咨询。”

此时，营销的一位年长张总站起来说道：“章老师的培训内容确实较好，通过传统文化的学习，也会改变我们的人心，希望能改善我们的管理，我们现在是销售量上不去，能不能增加咨询内容，把我们的销量给增加上去。”

又有一位年轻营销老总站起来，说道：我已在用章老师的价值量化管理办法，在我们的专卖点开始试行，大家感觉非常好！而且我个人观点，管理企业，必须建立企业文化，现在中国传统文化就在复兴之中，我看是可以的。我相信章老师这套理论在公司适合的。

这个时候在场上发言的明显分成了赞成与反对派，理由各不一样。

这时，郑鹏走到前台说道："传统文化是个好东西，集团人力资源中心内部，通过早会方式，早已在学习，是否引进章老师这套系统，我的意见，我们在这里可以讨论，但要慢做决定，做了决定之后就认真的坚定做好，不要虎头蛇尾的。"

房地产的汪东起来说道："我们哪有那么多理由，我参加很多培训，这次培训真的很感动，通过弟子规的学习感悟非常，我们好家居公司员工就是人心不齐，人心不古，不努力工作，而且章老师这套系统里有管理知识，我认为是可以的，我的意见是可以请来的。"

这时，公司海外事业部总经理站起来说道："诸位，我们要明白好家居公司现在真正得了什么病？我们诊断清楚了吗？如果不清楚，随便请一个医生，本来是肚子痛，请一个牙医来能行吗？"

这一讲，倒令郑鹏很意外，这话说到了根本上去，好家居病因是什么？

杨建冬说道："通过章老师系统在我们经销商那里实施，确实不错，我认为可以，而且老板也认同的。"

这是培训主持朱伟拿着话筒，急切地说道："我从一个旁观者角度，大家在培训过程中，章老师通一系列的仪式和大家感觉新鲜而易接受传统文化，很受感染，特别通过刚才活动，我们心里情绪被彻底放出来，相信董事长也放出来了。所以，我们认为这是一个好东西，我对传统文化也有点研究，章老师讲些东西，有些观念本来就是有问题的，大家如果冷静下来，仔细去想就会明白，我是不赞成的，我认为这些东西没什么了不起的，没有什么深度！"

这讲了真心话，又一石又激起千层浪，这导致一位老板徒弟直接上台，这位也是力挺杨建冬的人，说道："我们公司做事情，哪有很多理由？我们只要坚定地执行下去就好，有些人自以为是，这里不对，那里不是，你很对的，你来讲课"而且这位仁兄情绪失控，滔滔不绝地讲了起来。在大家劝说下，才下台，台下又一些老板的弟子发言力挺。

老板看着，笑了，最终拍板决定引入章老师这套系统。

当天晚上，回到家之后，郑鹏想了一下，给朱伟打了一个电话，说道："朱伟，你今天勇敢地说出了真话，依照你的年龄与性格是对的，虽然我们失败了。"

朱伟说道："我讲了真话，招来了一条疯狗，还惹了麻烦，我那么辛苦的准备这个培训活动，这个章老师就不懂管理，也没有一个助教，什么事都到了我们这里再做准备，而且事先也不说，我们救了不少的场，今下午的活动项目，很多项目是我们出的主意，才可以完整的做完，那个王建平，说是班长，其实舍事也不管，早如此，我就应该不这么努力帮他，等他搞砸场子。"

郑鹏安慰道："组织这次培训工作是我们的职责，应做好的。你今天的发言，如一道亮丽的闪电，划破了长空，照亮部分人员的思想，让这个氛围不沉闷，如一声春雷一样，虽然老板没有听进去。这也就是你的本色、你的良知。”

朱伟听了这话之后说道：“郑总这么理解，我心时好受多了！”

郑鹏说道：“今天，还有一个人令我刮目相看，海外的老总，一眼看穿本质，好家居患的不是这个病啊！”

朱伟说：“是的，这句话真的很对，但没有人响应和注意，但确是真知！通过今天这次讨论，其实我后来也想了下，公司现在就分几派，一是有工作经验的人，他们看问题较客观，有自己见解；还有一派是不说话的，较为中立的见使舵者；另有一派是老板的徒弟，这些人，今天其实摸准的老板意图，想做这咨询项目，所以都顺着老板想法表达观点，他们确实也占上风了，赢了。”

郑鹏说道：“说他们赢了，还为时过早，相信我们的判断，这个项目最终结果是不令人满意的，或直接说会失败的！只是需要一些时间来验证。”

窗外，寒风萧萧，吹得呼呼直响，郑鹏给朱伟通话之后，陷入沉思，好家居未来的走向如何呢？

一天，杨建冬、李秘书、郑鹏三人来到酒店，这个酒店也就是上次开营销会议的秘密酒店，这次章老师就安排在这里，到酒店里，大家商讨着如何实施本次的咨询。章老师还是上次那样一身着装，一身仙风道骨之玄虚感！

章老师问道：“你们如何思考的？做了哪些准备工作？”

郑鹏说道：“这依照章老师的计划进行，我们在你的指导下工作。”

杨建冬说：“我们还是成一个项目组吧。”

章老师说道：“很好，我们成立一个项目组，为了很好推行，从老板开始，把下面管理人员都拉进来做此项目，这样推行起来更有力度一些。”

李秘书说：“我们应有项目组长，项目成员，还有项目总监。”

郑鹏说道：“我们可能考虑到老板位置安排，他是总负责，但不能叫总监。”

大家讨论一会儿，最后定下来：老板为董事，负责决策；杨建冬为负责人，负责管理；各中心负责人为常务委员，参与讨论；各部门管理人员为委员，参与执行。

杨建冬问道：“章老师这次来主要为我们指导什么呢？”

章老师想一会儿，答道：“我首先成立这个咨询组织，开一次启动会；另外推行企业文化，我们先带领大家通过早会的形式，把文化学习起来。我也此再给我们管理人员把弟子规给讲一下。”

这天晚上，老板出席、杨建冬主持、全体中心负责人参加，在会议开始之前，章老师又提议一个仪式：大家起立，主持人说：各位同事现在好！大家说道："好！很好！公司好！"然后鞠躬坐下。

在这次启动会上，老板高度赞扬了章老师的精神与文化，并且要求全体管理表决心，坚定的执行本次咨询方案。

当天晚上，即讨论早会的方案：内容与流程是：主持人集合员工、问好仪式、唱公司的歌、大家齐声朗读《弟子规》、朗诵感恩词、管理人员站前排向全体员工鞠躬、结束。明天早上即全体人员参加，章老师领着大家一起操练。

关于开始时间，在上班之前，提前半小时进行，有同事提出异议，说：这是冬天，很冷，大家可能来不了。但很快被否决，大家一齐表态通过。

第二天，天空中大雾迷漫，大部分管理人员都是如约来到操场上，章老师也来了，由军人出身的保安队长整队，中心负责人在前排站好。下面人员，开始嘻嘻哈哈的，东倒西歪的，有些人手插在裤子口袋里，有双手擦来擦去地放在嘴边哈气．章老师也不说话，一种高深莫测的样子。一会儿，老板来了，大家好了些，整队完毕。然后杨建冬带领着大家问好、唱歌，朗读弟子规的时候，章老师露了一手，他可以完整的背下来弟子规。

在这个会上，老板再次强调这个重要性，并要求采购人员买音响设备，在全公司推广，每天早上进行，即全员的每天进行这项早会内容。

在这一周的时间里，章老师白天在办公室备课，晚上分组式对公司管理人员又进行弟子规的讲解！

在老板督促要求下，采购很快各种音响设备也买了回来，全公司几千人也开始进行早会工作的忙碌起来，每天唱公司歌、读《弟子规》、念感恩词。章老师每次来，就为大家讲解弟子规，并放视频给大家看学习传统的文化好处，并强调中华传统文化最重要就是儒家文化，现在一些不理解或歪曲理解文化，我们现在要纠正过来；其中儒家文化最重要的根就是《弟子规》，这本书很小，三岁小孩能背，八十岁老翁做不到！我们现在数典忘祖，一味去模仿实行西方性解放文化，并用视频加以解说！

章老师后面每个月都来一周，这次来就是提升公司管理，实施价值量化管理，在这天晚上会议中，大家开始讨论建立价值量化管理制度。根据章老师提出建议，先一步步地来，由各门自己提出写方案，我们那些行为可以加分，那些行为减分，然后这个项目组统一讨论之后执行。

好家居价值分加减标则花了二个月时间讨论完成，学历分、职务分、工龄分、早会的加减分项、保密加分项、分享弟子规加分、不戴厂牌减分、别人对自己讲脏话不还嘴加分、别人打自己不还手加分、与同事或客户争吵减分，并规定加减分的一些权限与基准，如：总经理级有二百分加分权和一百分减分权、经理级有一百五十分加分和一百分减分权。制度建设完毕，大家开始轰轰烈烈地行动起来了。

郑鹏对这个制度无能为力，一次与一位同事谈道："这就是一个员工行为奖惩管理制度，唯一不同：不是与钱或绩效直接结合，只是换了一种说法而已。"

这位同事笑了，说道："章老师说了，管理就一个数字游戏。推行这个价值分管理，老板每月拿钱出来搞点活动，就相当于把生日会取消，来搞这个游戏，也是给员工的一种福利吧，大家都乐吧。"然后又说道，"我就怕这个活动搞不久，老板为节约成本不搞了。"

郑鹏说道："章老师管理功底还是很一般的。对奖惩管理制度拟定，很多公司都有，这个价值分里面加减人条款真的档次较低，如果有企业管理经验的都易明白：从奖惩条款为看，内容主要分为两部分：一是公共部分内容，对全体员工都适合，只要集中行政职能部门；二还有各部门自己业务范围内条款，这主要为业务管理服务的。从执行主体来说：行政部门上公共的执行主体，业务部门对本部门的业务条款是执行主体，大家各负其责，随管理而需。根本就不会强制性的，每位管理人员必须每月开出多少奖惩单，这是强奸性管理，其实效果只有适得其反，强制都不长久，我相信很多管理人员因为特殊情况，完成不了加减分任务的。"

这位管理人员说道："你们现在都不说话吧！是心死了，不想说了吧！"后话，价值量化管理实施三个月后，老板节约成本，不搞活动了，搞不下去，停止了。早会，因老板减员之后，大家早会要扫地，早会改为每周一次，只有管理人员参加，内容还是那些。

春节后，章老师来了几次，老板也不想见他，他把在好家居实施之事，写到他的书里成为成功的大案例，好证明，以此为后面作咨询业务作为例证。

一天晚上，大家开会讨论这个咨询项目是否还进行，是否付余款二十万，大家齐声反对不付，而且也不违约。

供应链彭总说："章老师也是一个老江湖，他那套传统衣服只是一个道具。"其他管理人员都说，没有必要了。杨建冬说："这也不能怪章老师，这是我们公司自己执行不力原因。"余款还是付给章老师了，章老师还在与杨建冬来往，说推迟进行这个项目吧。

一次，郑鹏和同事聊起此事，笑着念了一首打油诗：《致伪传统文化的商贩》：传统文化作道冠，不知儒道之真谛；装扮寻章摘半句，假借佛道我吃斋；不知经史与子集，装腔文化读经书；不知商海战场上，弟子规里哭秋风。

大家都哈哈大笑起来，朱伟笑了。

价值量化管理失败了，好家居绩效管理还在进行着，因为受到价值量化管理影响，考核更加形式主义！好家居的李老板是猫，要考核下面这些人员工，员工就是耗子，大家就玩起猫抓耗子游戏。

绩效考核在中国企业推行，百分之九十都是一个鸡肋，没有绩效考核好像企业管理没有现代化，没有跟上管理的形势，有了绩效考核，对企业管理没有实际作用，反而把内部的员工关系矛盾给搅起来，这里不好，那里也不好。其实中国企业搞不好绩效管理，从根本上老板观念那里就开始了，很多公司管理把绩效管理看作是一根指挥棒，很多没有实战管理专家也这么讲，是指挥棒没错，所以很多老板把绩效管理看作是员工不努力完成工作，我就用绩效来狠狠抽员工的鞭子，这反而会让员工都反感绩效考核，就如好家居一样，在员工的眼里，绩效考核就是老板想扣员工的工资的一个工具与借口。

其实绩效管理要推行成功，从员工看老板，老板要有分享与担当两种精神，“分享与担当”，很多老板都说，我有啊，我很懂的分享，我们公司还计划搞股权激励，我作为企业家有担当了，创造了这么多的就业机会。其实没这么简单。在绩效考核指标与标准设定科学的话，如果绩效考核满分是一百分，结果员工只打了四十分，这是谁的责任？这是员工责任？这其实是老板责任！也许这位员工技能不好、态度不好，但在你这里工作，老板不能提升员工技能与态度，这说明我们的培训与激励机制本身就有问题，或者我们考核之时，有些因素就是员工所不能控制的。这时候老板就要担当，对员工绩效考核分数有一个低限，这低限不是零分，低限分数究竟是多少为好呢，根据企业实际管理情况而定，五十分较合适，员工绩效工资这部分，他承担百分之五十的责任，企业承担百分之五十的责任，这叫企业或老板有了绩效的担当文化。

很多公司绩效考核满分是一百分，所以一百分的情况下，员工才能拿到全额的绩效工资，即全额的绩效工资是封顶了，这如何激励员工，绩效考核结果是不封顶的，员工做得越好，公司指标越盈利，员工绩效分数就越高，可以比绩效工资翻几倍，这样才能激励员工，这叫绩效分享文化，可是很多老板做不到，连员工做好了，都不多愿意拿出来。

如果绩效考核实施之时，老板没“大担当与大分享”的气魄，就不要搞绩效管理。在管理中很多老板喜欢搞花里花哨的激励，其实员工拿到实惠很少，员工心里明白的，再花哨都没有用。在员工温饱还没有满足的情况，只给员工谈情怀与理想或是文化，不谈工资与物质待遇的分享都是流氓老板。

老板想引进股权激励，并且自己出去学习了，还派了高管去学习，后来不了了之，公司最重要SAP咨询项目花上千万费用，最后也不做了。

郑鹏总结好家居的咨询经验，一天深夜写了出来。

董事长不明白公司经营的真正主要的矛盾是什么？其实好家居经营上的主要矛盾从行业市场与技术发展角度，是公司战略方向与发展路径的问题。董事长被自己的管理层都看透了，管理层都知道揣摩董事长心里想什么，然后投其所好发表言论。

我们会议特点：会上不说、会后乱说，会上假说，会下真说。董事长容易被外在环境的气氛所影响，而缺少理性的思维，自己内心不够强大，做不了正确的决定。缺少做决策的正确流程与标准。董事长自己不懂事，也没有带领一个懂企业真正经营之道的团队。因为决策就不正确，在执行也不能贯彻执行到底，所以做工作就“虎头毛尾”，连蛇尾都没有。

企业如何引入咨询公司：一是企业首先需明白企业真正主要矛盾是什么，这个问题解决影响到企业根本经营；二是为什么需引入咨询公司，这些问题解决可不可以用自己老员工解决，还是可以聘用员工来解决。咨询公司来解决问题与员工解决问题差异是什么，共同点是什么？

成功的共同点：领导作用：董事长参与、决策、支持；全员参与：每位员工都需要参与差异点：主导者的角色不一样：咨询公司客观上讲确实是第三方公司，他与客户公司整体上是商业上关系，不存在着组织内部相互间利益关系。如果公司高管来主导咨询变革牵涉内部利益关系，给员工的感觉可能会不好。这也是咨询公司业务人员经常宣导卖点；知识的理论高度不一样，如果我们找到优秀咨询公司与咨询团队，他们在主导某项变革之时，理论上更容易说服企业员工；他们确实可以实现知识转移；选择咨询公司标准，确定公司需要解决主要问题之后，就需要解决咨询公司选择标准。

匹配性，公司发展规模（人数、营业额）匹配，我们如果是一家小型作坊式企业，可以找本土小型咨询公司；如果你一家是一家中大型企业，管理还不正规企业，必须选一家中国本土知名的咨询公司。发展行业与专业区配，大型的咨询公司都是综合的型，小型咨询公司一定是以专业与行业来分的，依专业分：有人力资源、IT信息、财务、营销咨询；依行业分：制造、金融、电商，我们是什么性质问题确定之后，就需找专业咨询公司。

咨询师选择，咨询师必须有正直品质，在老板面前敢于讲出公司最本质问题，包括老板问题，很多咨询师辅助企业，就是辅助老板。现在很多咨询师太过商业，缺少正直品德与勇气，太过于商业化，只管收钱，本来他是老师，结果变成老板是老师，最后开出药方都是老板的意见。

咨询师必须要有对结果负责担当，中国大部分咨询都是看起很美，谈业务的时候，是聚光灯下明星，诱惑感人；咨询过程是一位化淡妆之后的女人，咨询完了之后就是只有骨头没有肉的女人，最后的结果就是一根毛。

首席咨询师（项目总监）必须要实战经验，在优秀大型企业必须实战经验，并且有原工作企业有成功发展案例。咨询师都在以前都必须解决过我们现在咨询问题案例，最好是我们能够去了解这个成功案例的公司现身说法。

咨询项目团队搭建，老板必须是项目的最高负责人。

内部项目总监的要求：从工作知识判断，必须能力承接这个项目，并能与咨询师在专业知识上进沟通交流、判断；优秀的组织能力与执行能力、变革推动决心与勇气。

咨询过程，有良好制度，保证全员参与、贯彻执行，先优化、僵化、固化。有疑问可以与咨询公司沟通交流好，不要事后会说。项目最高负责人要有定力、并协调好相关利益关系。

对于好家居公司管理问题，李华国说：即使稻盛和夫来了也搞不定，因为他不懂家居行业。

几位同事开玩笑地说：格力集团董小姐也来了也是不行的，干不了几天就会打包走人。对于好家居的咨询故事，几位老同事笑说：老板一直寻找企业问题解决之道，一日梦中，德鲁克和老板沟通。

德鲁克说道："我帮不了你！"

老板说："你给个建议吧！"

德鲁克讲："照你的思路，你们好家居关门吧！"

老板说："我不想关门，你帮我吧。"

德鲁克说："如果我做了你咨询顾问，你不关门，我的咨询公司关门了！"

幕云遮天冬日临，草树青青文字扬。风物长宜放眼量，风长智短拾浅偿。春花不堪风雨情，夏日无果空悲尚。秋风秋人冷视天，遍地黄花起狼烟。

第十回　传承思痛

今天是星期六，郑鹏本想犒劳下自己：一觉睡到自然醒，然后看国学大师钱穆老先生写的《中国历代政治得失》，可想起昨晚总裁秘书刘悦打电话告诉他和人力资源中心各部门负责人：今天上午十点钟去皇朝酒店参加董事长李华国五十大寿生日。

郑鹏心里知道这件事，是李华平总裁在组织这件工作，并让营销公司品牌中心在专门负责策划此事，要求很多，用流行语讲就是高端、大气、上档次。

郑鹏快速的洗漱完毕，启动车子，输入皇朝酒店地址，开始导航，谁知却没有这个地方、没法导航。只有用酒店的具体地址，对于皇朝酒店的位置也并不知道，郑鹏只有再打刘悦的电话，让她告诉自己皇朝酒店的位置，一会刘悦将酒店的位置短信发过来了。郑鹏用手指快速在导航仪上写上好地址，重新开始，显示位置在西南边，三十多公里路程，上绕城估计约五十分钟就到了。

此时郑鹏的手机响了，原来是钱超经理电话来了，说他起床晚了，想一起坐车去参加老板“生日大典”，郑鹏笑着说：“我现在开车过来，你在小区门口等着。”

郑鹏远远地看见钱超在对面公路边，把车停下向其招手，钱超看见之后，慢慢悠悠地穿过公路，拉开车门，钻进副驾驶位置坐好，并系好安全带。

这时钱超说：“本来今天是想去看一下书画展的，结果还不得不去参加这个‘生日大典’这个政治任务。”

郑鹏笑问：“为何说是生日大典呢？”

钱超也笑道：“我们好家居公司以往过年放假的年终总结之时，都会把所有员工请到公司篮球场，摆八大碗的坝坝宴，员工一起海吃一顿。现在这次老板的生日，去的是一个新开张五星级的酒店，听说价格较便宜，在五星级的酒店又是老板生日，当然是生日大典了！你知道古时候皇帝在祭拜天地之时，去泰山就是封禅大典，我们老板在公司是不是就是皇帝？是不是生日大典？”

郑鹏笑了，回答道：“钱经理真是幽默之人，历史知识很好！”

车子快速进入到高速路中间，穿梭在车流中，此时晴空万里，此时太阳并没完全钻出来，这时钱超打开话匣子说道：“虽然今天是一个欢乐的万民朝圣的日子，你在这样轻松的场合中，也能感受到圈子的亲近关系的。”

郑鹏不由得笑着说：“愿听详解。”

钱超说道：“郑总，你从沿海的外资企业来，是做事的人，但我们好家居公司作为典型的内地民营企业，是讲‘做人为主、做事为辅’的与老板关系文化的，与老板关系文化，我给你划个由内向外亲疏圈。”

第一圈：与老板有亲属关系或本地人的高管，这些人身居高位掌控公司最核心的一方，如营销与制造的老总，当然我们的李华平总裁也算。

第二圈：与老板有着师傅与徒弟关系的人员，这些人可能职位不高，有些个别是高层，有些在中层、有些是普通职员，但说不定你那天得罪他，在老板那里背后直接参你一本，你明天就离职了。这些人员主要集中房地产、研发、营销、制造，对于这些师徒关系，双方都引为自豪的。

第三圈：职业经理人式的高管，就是你们了，其实老板与最核心的高层是用着你们、防着你们、制约着你们的。

郑鹏听到这里，内心是沉重的，其时他知道，或者说是还知道更多更深入一些，作为职业经理人，他不想参与，本着的原则是：拿公司的工资，为公司做好事，不想去参与公司这些所谓的政治纷争。职业经理人与企业不是永恒的关系，只需遵守相互的契约行事理论。

钱超发现郑鹏没有说话，说道：“相信我们今天还会看到很多新的故事。”

郑鹏开着车通过收费站之后，来到绕城高速上，提起精神进入快车道，车辆来来往往如龙阵一样，郑鹏驾着车穿梭其中，心想着自己在好家居公司的工作遇到时的工作经历，也如行车一样。

远望天空，有几朵如棉花一样白云在天空浮动，湛蓝天空中已有温和的晨光从云朵里照射出来，看到这里，郑鹏的心情愉悦些来。接着钱超的话说："是吧，我们要开车快些赶去。"

郑鹏很快来到皇朝酒店，整体看过去：富贵气派、奢华、一个新的五星级酒店，顺指车辆指引牌，车辆来到了地下负二层停车场，找一个停车位将车稳稳地停好。钱超与郑鹏一起来到电梯口，上了三楼宴会厅，在礼仪的带领下签名并找到自己位置。

郑鹏坐好之后，看见人员已经来了很多，人员在宴会厅中穿来穿去、忙忙碌碌的，耳朵里传来喜庆的歌曲："今天是个好日子，心想的事儿都能成。"这时郑鹏朝前望去，大厅表演台上，一个大大的投影仪上映着"热烈祝贺李华国先生五十寿辰"，台子前面布满了鲜花与气球装饰物，左边一个演讲台也摆了一大束鲜花，满厅热闹气派景象。

这时人力资源中心其他同事们都来了，大家笑着说："郑总，我们去前面看，更热闹些。"郑鹏笑着答道："你们先过去，看看那些奖品，你们一会都中大奖！"郑鹏内心是宁静，他以前与同事一起去各种热闹的如KTV这样的场合都是能控制自己情绪的，越是热闹的场景内心越安静！这是父亲小时候就告诉他一个做人处事原则。

一会儿，只见宴会左边的大门打开，人潮涌动、鼓掌声热烈地响了起来，是李华国董事长一家人来到了。

这时一位穿紫色礼服、身材高挑的主持人，款款走上台，台下响起口哨声。这时钱超说道："这是公司花高价钱从外面请的主持人。"待大家安静下来之后，主持人致辞欢迎各位来宾，并辞藻华丽地赞颂李华国先生不平凡创业经历和高尚的企业家精神与情怀。

"接下来有请观看大家对李华国先生深深祝福语！"郑鹏也把眼睛朝前看去，确实很温馨的祝语：感谢师父培育之恩，祝师父五十大寿，福如东海！看了一会儿，郑鹏旁边的钱超经理说道："大家都会在这样重要时刻，记得与老板拉近关系的！"

郑鹏笑了几声，回答道："这是人性的本能。"钱超也笑着说："你看这里面有门道的，我刚才在车上给讲的第一圈的在这种公开场合不会发声的，主要都是第二圈的这些具所谓的师徒关系的人员以及挤破脑想靠近老板人；第三圈的人也没有，不会找你们写这些祝语的。"

在钱超私语的时候，"有请老董事长上台讲话！"这时一位拄着拐杖，穿着泥土颜色而朴素衣服老人从中间台阶上去，在众人搀扶下走上讲话台。老董事长上台之后把拐杖递给旁边礼仪，立身站定，直起腰板，用标准的四川话讲起了自己年轻生活，从毛主席到改革开放的艰苦创业，回忆那段艰难做生意到现在有些功成名就好日子，大力赞扬毛主席对他们教导，并提出自己纯朴生意经，郑鹏总结为“二清三子”，就是“一清”指：一手交货一手交钱，财货二清；“三子”是：动的了脑子、放的下面子、吃的了苦子。这就是老人一辈子成功生意之道。

好家居公司第一代真正的创始人应是老董事长当年四十多岁创业，李华国老板当年二十多岁。

“下面有请李华国先生之爱女讲话！”

突然灯光暗下去，投影仪灯亮了，这是画面上一个女孩在油轮上展现风姿，海风吹向其秀发，更显出清透面庞，眼睛大大的，透露朝气的灵光，身材小巧，满脸高兴的，遥遥祝爸爸生日快乐！

主持介绍道：李先生应没有想到会有这样的礼物吧，在美国留学的女儿真是父女情深啊！

“她在公司可是一位风雨故事的人。”这是钱超悄悄说道。

“下面有请李华国先生讲话！”

今天李华国老板在这样大喜的日子，身着一套灰色的西装、里面穿一件白色衬衣、并系一条蓝色的领蓝，五短的身材，脸是焕发着荣光，在聚光灯下更显得精神熠熠而精明干练。李董事长在台中央站定，先是感谢父母亲的养育之恩，接着讲解企业发展经历，最后说道：“企业大了都是社会的！”

接下就是大家正午篝筹交错喝酒，祝福抽奖的高兴环节！

在回家的路上，此时太阳正当午的时候，热辣辣地照着公路，明晃晃的。钱超坐郑鹏在车里，提议到：“郑总，现在回家也没法做其他事，我们找个茶楼喝茶如何？”

郑鹏回道：“好啊！”这时车子一拐弯，刚好看到一个“指道茶楼”，郑鹏把车停好！与钱超一起上楼，找了一个靠窗的位置坐下。

钱超说道：“这个位置真不错！”

郑鹏朝窗外一看：一棵古老的大柳树，挡住刺眼太阳光，柳枝下垂，在夏风中轻轻地飘来飘去，偶尔传来知鸟“叽叽”的叫声！

这时一位身着半袖旗袍的女子走过来，问道：“请两位喝什么茶？”这时，钱超笑道：“我来一杯铁观音，郑总，你呢？”

郑鹏原本看着窗外的风景，这时转过身来答道：“竹叶清吧！”也笑着问道：“你们这里为什么叫‘指道茶楼’呢？”

茶女也笑道：“你们是第一次来吧！”

钱超问道：“你如何知道？”

茶女笑吟吟地回答道：“只有第一次来的客人，才会问这个问题，这也是我们老板引以自豪的。”

郑鹏答道：“你们老板应是一位饱读传统文化的有知识的人了！”

茶女道："这个我们不知道，但我们平常遇到总能感受到他的文化与别人不一样。"接着说道："指道，如果你们是品茶的话，应可以看到我们茶楼与别的地方不一样的倒茶技术，这些技术的核心都在我们手指间流动的，你们看看这本书有介绍的。"

钱超答道："哦！确实不一样！手指灵动、茶壶流动，清茶杯中映人！"这时钱超文质彬彬的一面显现出来了。

这时茶女接口道："指道还有一层意思，你们如果有缘分，遇到我们老板，可以谈茶论道，我们这里好多有文化有钱的高人都来找我们老板。"

"哦，果然如此！"郑鹏答道："你们开的茶文化之道吧！"

这时，茶女说道："二位茶上来了！不打扰了！"

钱超说了声："谢谢！"

这时钱超回头对着郑鹏说道："今天李老板生日大寿令你心潮起伏了吧！"

这时郑鹏回答道："是啊，以好家居为代表的家居行业，是一群没有文化的木匠做起来行业，今天的老董事长总结得很到位，本质上是他们被当时生活所迫，又抓住那个年代改革开放之初，各种家庭用品奇缺的大市场，他们敢干、并吃苦的干，把几把斧头、几张锯子，看到别人一个沙发模样，回到家里模仿就可以做好，第二天就拿到市场卖了。他们也动了脑筋，在生产上进行板式生产工艺、油漆工艺的学习，在销售上进行了渠道的建设，并且与时共进地请了当时的明星演员打广告，也就是'天上打广告、地下铺渠道'销售策略。"

这时钱超轻轻笑着："郑总，总结的到位啊！你所讲是这个行业以前成功发展之道，还有企业发展之道由我来告诉你！"

郑鹏答道："好啊！"

钱超接道："今天还有应该来的人员没有来！"

"谁？"

"李老板的弟弟。"

"同胞所生的亲弟弟？"

"是。"

"哥哥的这么隆重的生日，确实要来！"

这时钱超说道："我给你讲好家居公司的继承历史你就知道为什么不来了！"

好家居公司刚开始创业是在老董事主持之下创的业，当时李华国董事长在外面负责卖家居，而事实上我们所知道李家有几兄妹，其中李老板的弟弟也在公司管着采购等要害部门，弟媳妇特别精明干练，管着公司的财务。

公司做了十多年之后慢慢做大起来，而老董事长年龄也大了，虽然也时不时地来公司走走看看，可不想管理公司了。当然中国有句古话：“树大分枝、人大分家”，可像好家居老板这种情况，分家就是分公司，处理的方法有好多种，根据情况，两个儿子在公司股权上各分一些，根据能力情况共同经营这家企业。女儿嘛，根据实际情况，适当给些就好，不重要，最重要的是两个豆豆权益要处理好！

李家为分家分公司这件事，闹了好几年都没有结果，老董事长年龄越来越大了，这时一个突然事故，改变了格局，就是精明干练、可以撑起好家居公司半边天的弟媳妇因一次偶然医疗事故去世了。

处理完这起丧事之后，分家分公司的议事提上日程来了。这时的情况当然是一边倒，李华国老板本来管理营销，这时也回来管理着制造，他弟弟本来管理着采购等部门，因为精明强悍的老婆出事了。

结果出乎大家意料之外，李华国董事长给了一笔现金给弟，自己全盘接手了公司。因为这个事情听说老董事长在背后流了不少的泪，但确也在情理之中，从公司当时发展情况与经营能力来看，李华国能担当好家居公司的掌门人，老董事长也只能选李华国了。但兄弟俩也因此就反目成仇了！

钱超讲到这里，停了下，喝了口茶水，看着郑鹏说：“我只讲了大概，实际情况，如果你在公司听小道消息比这个精彩的多了！”

郑鹏淡淡地说道：“中国人是讲亲情，家国同构，以家治理国家，以家治理企业。所以有句话说：‘血浓于水’，从周天子直到清朝的结束。不过，通过我长大之后，对血浓于水做了一个补充，从皇帝和有钱人一直到普通家，要一句‘利益浓于血’，李家企业是一个普通而典型之事例。”

钱超回答道：“郑总，精辟之见解，我知道你心中还有一个问题。”

郑鹏微微笑了一下，点了点头。

钱超说：“当年康熙皇帝好多皇子，后面选中了四皇子雍正，最具有决定的因素是因为雍正有一个聪明的皇子叫弘历，也就是后来的乾隆。这说明康熙皇帝看得远啊！儿子决定了爸爸是否能当皇帝，也是中国人有隔代亲的原因。”

郑鹏这时也笑着回道答：“你想表达意思，毕竟是木匠啊，想的不深远！”

停了一下说道：“确也如此，但当时李华国可以再生继承人的嘛！所以老板应该多看历史电视剧，学习历史、借鉴历史。”

钱超接着说道：“这几天正在演一部好电视剧叫‘晋商’，不错，值得我们一看，希望李老板也看看。”

停了一下，说道：“你想听的‘女儿的风雨故事’，且听下回分解吧！”

郑鹏与钱超离开“指道茶楼”，太阳已偏西了。

真是：水声潺潺入心声，荡漾碧色怀春日。清风凉凉咏沧浪，何似暗思吟潇湘。心之缥缈春风扬，春风萋萋惜春色。遥寄春光与明月，春月长河入海流。

这一天，几十辆大巴车，载着公司好家居公司的经销商，行驶在山间的公路上，偶尔能看见一些旅游车迎面而来，虽然公路只有两车道，但公路较直，而车辆较少、左边是险峻的高山，右边是清澈的河流，风景如画。

为了准备此次的经销商大会并确保效果，公司选择风景优美的峨眉山，理由有三：一是这里环境很好并且大气上档次，可以体现好家居公司的实力，给经销商以信心，消除公司前段时间的负面影响；二是这里虽是五A级旅游风景区，但此时是淡季，价格并不贵；三是经销来到这里之后，因交通不方便，所以没有机会去好家居公司竞争对手那里看货，也预防了竞争对手来抢经销商。

经过五个小时行程，几十辆大巴来到峨眉国际酒店，大家下车之后顿感被大山拥抱、绿树遮阴的天然氧吧！

晚上，郑鹏独自一人信步走出来，看到酒店休闲之地人影交错，来来往往，公司营销的人员与经销商一起坐在茶几或休闲吧台，正忙着谈一些商务之事，在这些场景中，好家居的客户经理是不会错过这些机会的，加班加点与客户沟通下半年销售任务，不遗余力讲解公司今年对经销商有销售奖励与装修返款等刺激政策，在这样的场合中，如果你是一位初出道生意人会很爽快的接受，对一些老江湖的生意人则会拿着计算器，计算再三再做决定。

第二天早晨六点多钟，郑鹏就从睡梦中醒来，他一般都是这个时间生物钟起床，他推开窗户，清晨一片宁静，外面还没人影，看到酒店外围苍翠而高大的松树显示出古老的生命历程，这带给人们普通而重要不可缺的天然氧吧！

郑鹏深深吸了一口气，慢慢地吐出来，双手十指合在一起并尽量往前伸，再把双手从前向上举过头顶也尽量伸直，换一口气之后，慢慢地踮起脚后跟、前脚掌着地，将整个身子向上拉伸，反复五次，配合深呼吸进行，这是郑鹏长期坐办公室为缓解疲劳自创的瑜伽工夫。但今晨在这个森林酒店这样做的效果更不一般，让心胸舒畅，清新多氧的空气沁入到心，并流到了全身的每个血孔。

此时外面已开经泛白，红红的晨光初现，穿过树林的间隙，透过树枝晶莹的露珠，折射五颜六色的光线，让人如在画景中一样。

郑鹏作为非营销人员，在此次商务活动中并没有实质性工作，主要的工作就是根据李华国老板对管理层要求，对我们的客户经理在他们对经销商的沟通成单的过程中进行观察，从其沟通交流，了解其业务能力与发展潜能。这件工作昨天已完成，而且本不赞成老板这种如间谍式的管理员工的方式，心里也只是想做如何应付李华国董事长，然后完成任务。

他其实还有另两个自己想法：一个就是从经销商客户的角度，了解家居行业的发展市场及相关信息数据；另一个就是观察公司是如何通过商务会的营销方式来达成销售的，以及商务的流程与策划的亮点。

吃过早餐，郑鹏走过金碧辉煌大厅，正坐在旁边的一张不起眼的沙发，处理工作的短信之时，这时突然听到旁边一位人员说："这是公司老板女儿李佳，现在是我们电商公司总经理。"郑鹏抬头一看：从酒店大门进来一群人，中间围着一位穿着名牌而时尚黑色衣服年轻女子，正经过前台朝电梯方向走去。郑鹏想起来了，在李华国老板生日的当天见过，老板女儿当时正在美国留学。

这时旁边一位营销的业务说道："人与人就是不一样，投胎的就决定，别人就是含着金钥匙出生，我们昨晚那么辛苦一晚，与那些狡猾的经销商都磨破嘴皮，讲了一堆公司优惠政策，才签了几个单。"这时旁边一位人员说："是啊，公司这次来奢华的峨眉大酒店这里，也是花了大价钱。"然后悄悄地说道："今年上半年销量大滑，公司一些负面影响，承诺给装修反款，公司拖着不给，所以经销商不信我们。公司希望借这次商务提升下半年销量，营销副总裁吴国平也想打过翻身仗，说服老板来这里进行商务会的。"

郑鹏不认识这些长年在市场上跑销售的业务员，也没说什么，然后坐电梯来到八楼大会厅。大会厅外面的走廊摆着一排桌子，桌子里面坐着公司财务人员，只要客户经理与经销商谈好之后，就可以带他们来这里签合同并交预订金。大会的大门边分别站着四位漂亮的礼仪小姐，正热情招呼着到来客人。郑鹏从后门来到大会厅后面，对整个大会厅一览无余。

九点钟，一位穿着浅黄色衣服的女主持和白色西服的男主持款款移步到台中央，郑鹏听说这两位主持是公司花重金从当地电视台请来的。在主持人进行大会主持欢迎嘉宾之际，这时大台左侧又有一群安静的人员涌动，正在郑鹏暗自惊异之时，主持人说道，下面有请好家居公司年轻美丽充满智慧的、从海外留学回来李佳董事为我们大会致辞。

只见李佳身穿黑色镶金边的连衣紧身裙，在众人的掌声中从侧门走上台，来到演讲台中间站台，这时郑鹏远距离打量下：披肩的长发、大大眼睛，小巧而清秀的脸型，浑身散发出一股青春的气息，这气息中有着强势与生意精明，她应继承父亲的细心与精明和母亲的脸庞，只是这股气息还是有那么一股稚嫩与缺少文化的味道。在致辞中，她讲到了自己从小和父辈家居的环境的熏陶中长，对家居行业充满了感情，父辈以前在大环境靠勤劳与改革生产模式而成功。现在企业需要用智慧与优秀的管理来提升好家居企业的竞争力，台下观众为李佳演讲报之以热烈的掌声。

"接下来有请好家居公司研发院王艺先生为大家演讲。"只见年轻的王艺快步走上台，应该说略微有些紧张，但很快就正常，只见他打开PPT，讲解了家居行业的发展趋势，以及好家居产品的如何通市场调研反馈的信息，在李华国老板的带领下，打开思路、大胆创新、走出好家居独特产品设计路线，推出大量不同风格的新产品，以多品种多款式的方式满足市场不同消费者的需求。王艺确实是李老板带出来的高徒，演讲思维发散有创意的赢的不少赞誉。

“下面请好家居营销副总裁吴国平先生上台！”

吴国平先生年纪约四十五岁左右，吴国平先生稳稳地走向演讲台，从宏观上讲家居行业的市场变化趋势和营销管理的新模式，同时也演讲本次商务会主旨是“产品见证奇迹”，体现好家居的实力以及以此带来各种优惠方式与措施，好家居公司今后在市场如何打假串货，保障经销商权益和好家居公司品牌。吴国平副总裁的发言确实给经销商带来一支实在的强心剂，赢得阵阵的掌声！

“下面请欣赏由著名歌唱家腾格尔带来的《我的家》，果然是明星大腕，气场袭人，曲终之后，掌声经久不息，再次展现好家居公司的实力。”

“请大家掌声再热烈一些，下面有请好家居公司董事长李华国先生！”

掌声雷动经久不息，李华国老板身穿一套天蓝色西装，紫色的衬衣，外加一样斜花纹的领带，神采飞扬地走上台。来到台中央站好之后，环视全场人员。然后开始从去年家居整体市场下滑到今年上半表现形式，家居行业从传统家居，到智能家居、定制家居的发展转型，从产品的整体规划设计到产品质量的管控，到消费者需求挖掘进行宏观阐述。虽然好家居遇到市场整体下滑情况，但还是有实力有信心的，并且提出回归初始创业激情的调子。

听到这里郑鹏也不由暗暗叫好老板的讲话，但接下来的讲话却令他吃了一惊。李老板会将好家居公司的接力棒交给第二代接班人李佳，现需逐步过渡，现在由李佳接管电子商务公司。如果这还有情理可原之外，接下来李老板宣布：有谁可以有能力管理好家居公司，谁就可以成为他们李家的人。这意思再明白不过了，公开为自己这个独生女儿招婿吗？这让在场的人大吃一惊之外，同时也有多种情绪渲染其中的响起了热烈的掌声。

在商务会结束之后，郑鹏等一行人坐公司的大巴车沿着崎岖的山间公路，路边时而水声淙淙、时而鸟语声声、风景时而迎面扑来，陡然又似到公路之尽头前面无论可走，可一转又是另一片好风景，车到路尽头自然转，人在路尽头自然思变。

郑鹏对李老板最后讲话不由得陷入深深的沉思：民营企业接班人管理，好家居是一个典型案例，在第一次接班，有人接班却又闹得兄弟反目成仇；第二次接班却又想以男性为主，女儿还是撑不起这片天，还挺心酸通过找外来男人来撑起，这一次能心遂人愿吗？如果不接班，将所有权与经营有效分离，当然，现在民营企业基本上将所有权与经营合二为一的，有的只是形式上分开，让有所有权的董事长真正去做董事又如何呢？如自己孩子一样虽已独立门户，但骨子底还是自家血脉，当然如果有效经营接班人最好！但这也要看接班人的意愿与兴趣啊。

正在郑鹏陷入思索之际，突然车辆减速向右避让，一辆红色的奔驰跑车快速的如一匹红色宝驹绝尘而远去，这时车里其他同事有人开玩笑说道：如果有人有能力追上辆车，成为车里主人的另一半，今生都不用工作了，财务充分自由，多好啊！

回到公司之后，大家在讨论这次商务会成功之外，大家最有兴趣的是私下讨论李老板公开找女婿接班这件事呢！听说有好事者给李老板出主意，去“非诚勿扰”，既找到人又宣传了公司品牌。估计也有人为了接班人之事出其他主意，如去名媛圈时混迹一下等。

一个周末的下午，钱超刚好坐上郑鹏的车一起回家，此时夕阳已偏西了，霞光道道给天边的云彩镶上金边，一道道的美景，引得众人将车停在路边有手机拍照。

这时钱超说道：“夕阳无限好，只是近黄昏。”

郑鹏看着远方的高楼和来往的车辆接道：“太阳明天依然会升起。”

钱超说道：“太阳是如此，可人呢？”然后接着说道：“听说你们这次去峨眉的商务会做得不错，但我好像感觉就如这夕阳一样呢！”

郑鹏没有说话，钱超接着说道：“听说在商务年会结束之时，老板还扔了一个炸弹，我们都知道了，大家在下面窃窃私语了，又成了一个笑柄。”

郑鹏回答道：“你们消息倒很灵通的。”

钱超说道：“我们今晚去一个茶楼，放松下一周的疲劳，然后告诉你‘风雨故事’的那些事。”

郑鹏开着车，溜进一条有些偏僻的巷道，旁边有一个叫“杏花村”的茶楼。锁好车之后，钱超与郑鹏信步走进去，里面有些昏暗，在暗淡的夕阳中显得氛外宁静。钱超笑着说道：“这个茶楼名字‘杏花村’，有点意思，有诗意、有朦胧的感觉，虽然没有酒却有酒之意，在茶中让人喝出酒意，也较合我们今天故事的主题。”

郑鹏也笑了起来，说道：“钱经理有文人骚客之才，有文心剑胆之意啊！”

钱超眼睛扫了一下房中位置，回答道：“多谢郑总夸赞，我们坐这个靠窗的位置吧！”

郑鹏与钱超坐好之后，来了一位穿着朴素的姑娘，衣服的上胸印着公司“杏花村”的字样。

钱超说道：“来一壶有些醉人的茶吧！”

姑娘也开朗笑了起来：“你应是常来客人了，那就是‘杏花’茶，如何？”

“好的”，钱超转向郑鹏说道：“这个杏花茶我喝过，确实是茶，却有酒意，味道不一般！”

郑鹏笑了起来，笑着说道：“钱经理是杏花之意，饮着茶品喝着酒，这也是这个店老板的本意吧！”

说话之话，一壶茶端上来，茶女点上火，烧上水，把茶拿出放好，发出阵阵清香，郑鹏也赞了起来，“好茶！”

茶女回头笑道：“泡了之后喝起来，更香，更入心之意！”

钱超接口道：“别人说人生如戏，我在此时感叹人生如茶。女人如茶，此时男人却是水了，茶需要水的滋润，烫水的浸泡！只有水与茶合起来，人生才能品！”

茶女也笑了，做好准备工作离去了。

这时郑鹏看了一眼窗外，此时窗外有一株大槐树，在夕阳中，静谧而光点婆娑！有些怪怪的感觉！不由想起了小时候大槐树那些离奇的童话故事。

此时钱超轻轻地品了一下茶，打开了话匣子，进入好家居历史的浪漫多彩多伤故事中。

家居行业随着房地产行业的火爆，也迎来迅猛发展期，好家居公司也抓住了机会，发展如日中天，公司赚了很多现金流在手上，而老板在有钱之后，又听人讲，家居行业没房地产更赚钱，所以也想做房地产行业，并且也还想把家居行业的生产基地进行全国性布局。

公司一方面成立一个投资部门，专门去全国各地和当地政府部接触，了解招商环境与政府，公司选择湖北、山东、河北等多个地方。

钱超停了下，说道：“你现在看到与去过的是河北廊坊这个地方了。”

在投资部门正在全国马不停蹄的圈地之时，另一方面公司大了需要有人管，当时公司从大学里招聘了一批学生来公司实习，统一由老板带领着，也就是你现在能看到老板徒弟，大部分都是当时招进来的，这些学生嘴都很甜的，叫老板师父。另外，还有一个重要的事，还是接班人之事，这应该从那时起，就是老板心中一个结。那时老板女儿李佳应也有二十岁左右，依照成都这边的习惯，姑娘一般都早婚。

好家居李老板就将女儿婚姻大事与好家居事业发展结合在一起了，他心里在揣想女儿是不能够自己挑起好家居的大梁的，因此就想在好家居扩张之机，找一位年轻的准候选人加入公司，给予能力的锻炼，也好将来给公司出力，并有力量掌握公司发展方向。

最后李华国老板将目标锁在这群大学生。

一天下午，人力资源总监接到李华国的电话，让其依照身高不低于175CM、形象气质好、头脑聪明、面相要有福气、眼睛五官要好、学工科专业、在实习期间表现优秀，依照这些条件高标准的要求，并进行排序，把前六名的实习生的名单给李老板。

然后，李老板要求人事总监组织这六名员工一起在办公室开会，由李老板自己与这六名学生沟通了解情况，这天六名学生在人力资源总监相陪下，忐忑不安地走进老板办公室。

在办公室除有李华国老板之外，另外还有两位人员，讲到这里钱超停下来了，说道："郑总，你猜会有谁？"

郑鹏笑道："一定会有老板娘，另外一位很难说是谁，反正是老板家里面的人。"

钱超说道："郑总说对了，另外一位是老板的妈妈。"

郑鹏答道："为什么不是老板的女儿呢？"

钱超答道："情理上应是老板女儿，这样也尊重当事人意见。为什么不是呢？我个人客观分析：当时老板的女儿才二十多点，而且时机未到，而且不好意思；还有就是在好家居公司，老板的妈在公司是一位很重要很厉害的人物，好家居公司的发展离不开老人家，而李华国老板的夫人却是不行的。婆婆强势了，媳妇就不行了，这也是下代接班之大忌，以及关系相处之大学问。"

钱超发完感叹继续讲这段故事。

李老板让每位同学都做了自我介绍，并询问他们工作情况，以及在工作上有哪些好的建议和改善措施。李老板眼神在这些稚嫩员工身上扫过，并快速进行思考判断。旁边两位老板娘没有讲一句话，只是用眼睛一遍又一遍地从身上看过，并从上到下的观察，同时通过他们之间言谈沟通来进行判断。

这次见面沟通交流会结束不久，李老板给人力资源总监说：选了其中四人，由公司出资百万元，去西南联合大学读在职研究生班，并对这四位人员进行了暗中家庭背景走访。

钱超停了一下，又说道：这四人里面有其中两位确实聪明善于观察并充分把握时机。

王建平，当年借此机会，主动追求我们的老板女儿，追求失败，老板还是很喜欢他，同时也为了一种情感的弥补，与事业的接班人的培养，在第二年年纪轻轻二十四岁在没有任何工作经验情况下，就当上公司上亿资金规模的房地产总经理。

张杰，当老板进行家庭背景走访之后，原父母亲也是经营一家中型企业的家居厂，所以平常也是很有气质的大方如公子哥一样，在选中之时还在与老板秘书谈恋爱，在当年二十二岁，公司直接任命河北分公司总经理。然后与老板的女秘书分手之后，开始正式与老板女儿谈恋爱。

这是钱超重重地说道："也就是这位张杰把李佳送到了美国留学读书！"

郑鹏惊讶地答道："这不是很好吗？"

钱超笑说："是的！我慢慢给你讲来！"

“当李老板决定任命张杰为河北公司总经理之时，公司一起创业的元老们打上问号，其中也有人直接去问老板的。最后大家都知道了答案，也就不说什么了，这是李老板的家事。当然张杰成为李老板女婿之后也在公司内部公然传开了，大家也在私下里讨论了。此时王建平也知道之后，就默然地退出了这场竞争，后续自己也结婚了。”

郑鹏说道：“这确实是家事，企业员工不能说三道四，只是老板自己却将家事和企业之事合在一起，并且还是一件没有靠谱的家事，如果是老板自己的孩子，估计公司的大臣们也不会有那么多的疑虑了。”

钱超说道：“后来，估计两边大人都清楚了这回事，也见了面。李佳小姐用出差的名义，就经常飞到河北公司，公开与张杰谈起了恋爱，当然俩人之间的故事，你懂的。”

郑鹏说道：“这是好事情，我们应祝贺！”

钱超说道：“我们外人认为是好事情，可当事人却不一定按照我们的意愿发展！”

“后来，张杰用公司的公款在河北买一块地，对河北公司之事也不管了，当然，本来也缺少了实际能力与经验。但这哥们既然是公子哥，也见过世面，主意也很多，和我们老板一样思维风格，后面和公司玩起了失踪，手机关机，公司找不到人，最开始也没有办法报警，只有派河北公司人事负责人暗中打寻找，最后终于在一个夜总会把张杰给找到了。”

纸包不住火，这些故事在公司内部、在老板身边家居圈内的都知道，并且捕风捉影的传，与今天娱乐圈的八卦新闻一样！

张杰最后与好家居公司没有任何关系，和平的解决掉，听他说还在经营当时他在河北买的那块地。

郑鹏淡淡地说道：“李老板一厢情愿，李佳当年在老爸指挥下，也开始的自己青春的行为，只是两个事情，必须是你情我愿，两情相悦、文化与脾气稳合、两情才能修成正果。有些事情，并不是钱能解决。”

钱超说道：“最后李佳只有美其名的回避这段伤心太平洋之事，到彼岸去读书，时间能治愈人的心痛！”

郑鹏明白了，所以他能看到是李佳身上那些特征，原来如此！

这也是老板心结：李佳接班好家居经营管理，但毕竟是女流之辈，还是需要依靠一个男人，这个男人必是李佳的另一半，这也就是企业婚姻。

郑鹏说道：“中国的企业老板必须的生个男孩接班啊！”

钱超说：“郑总，时间也不早了！”

郑鹏看看窗外，老槐树下面已停满了车，路灯也早已亮起了。

俩人买单之后，开车回家了。

后来，李佳开始出席公司各种重要场合，如重要决策会议与年终经营会议，都以公司的董事出面。这时大家当面都叫她“李总”，背后叫“小师妹或大小姐”。这时的她已经有一种老板气派，但内心其实还较柔弱的！

这段时间进行大量人员的裁减，美其名是“优化”，根据管理人员私下讨论，李老板把这些老臣子都被裁走之后，是好为李佳重新搭建新的管理班子铺路，以便于李佳能够从牢牢掌管年轻的、新的管理经营层。

李老板学习韩国三星之后，成立董事长秘书室，主要在老板指令下推动公司各种变革。

一天，老板秘书杨建冬找到郑鹏，在沙发上坐好之后，开口说道：“这里有一个岗位要求，你看一下，我们可以采用猎头公司来运作此事。”

郑鹏从杨建冬的手上接过要求，看了一会儿，皱起眉头说道：“这个‘总经理助理’的岗位要求较清楚，只是用猎头也不一定能行，当然我们可以试试。”

杨建冬笑道：“这个要求，我们刚开私下讨论过，能满足：未婚、家庭资产不低于五百万、身高、形象气质好、睡眠好且少的条件，有一个地方有。”

郑鹏笑着问道：“哪里？”

杨建冬笑着说道：“佛学院的院长。”

四月天，天气还较凉快，杨建冬、郑鹏、李佳坐同一航班到深圳参加学习股权激励，李佳坐在商务仓，李建冬与郑鹏坐在一起。飞机平稳的飞行在气流层，看着窗外的白云，有时候如一片盐湖，有时候如河水在流动。天高云淡，令人心情舒畅！

杨建冬说：“郑总，我们这次去深圳参加股权激励是虚的，实际考查猎头公司是重要事情。”

郑鹏说：“我安排了三家，我们都可以进行考查沟通。”

杨建冬说：“好的，但我们是否需要让李佳知道我们此行的真实目的呢？”

郑鹏回答道：“这与李佳较少接触，你与她的关系不错，这由你来决定。”

杨建冬问：“我们与猎头公司如何沟通了？”

郑鹏答道：“建议我们用‘董事长助理’的名义，另外，如果对方问：为什么要对外在身高与形象气质作要求呢？这个岗位对外公关交流是必须的；如果对方问：为什么对生肖有要求呢？这与老板相信风水有关系，希望生肖是匹配的；如果对方问：为什么要求未婚呢？希望对方是年轻人，可以全身心地投入工作，当然，我们也可以为候选人介绍女朋友；为什么对家庭财富有要求呢？因为好的家庭成长孩子较为大气一些，见多识广！”

停了一会又说道：“我要给对方强调这个岗位优势，就跟着老板学习，可以全面学到公司管理知识，建立很好的人脉关系，并且是老板重点培养，可以未来成长为总裁级人选。”

杨建冬说："好的，老板把这件事就托付给你了，说我们俩人如果办好了，还会给我们奖励。"

郑鹏说："杨总，你想听真话，还是假话！"

杨建冬说："当然是真话！"

郑鹏说："老板用猎头的方法其实可以试试，但依照我对老板十全十美的个性了解，这件工作基本是不可能完成的了，当然我们努力做好此事。所以我不想他的奖励，因为这个结果是不可能的。"

杨建冬，没有说话。

这天下午，杨建冬随着郑鹏来到深圳一家本土知名猎头公司，接他们一位年轻的小伙子，矮胖的个子，在业务上还显得比较稚嫩，业务员领着他们来到一栋稍显较旧写字楼，七转八拐的上了电梯，来到一间狭小的会议室，会议室旁边文件上摆放一些这家猎头公司荣誉奖品，郑鹏明白这些都不重要，重要的是他们通过什么方法找候选人。

这时会议室来了一位后端的猎头顾问，大家问候之后，这位顾问直奔主题问起这个岗位的要求，郑鹏作了简要口头说明，这位顾问果不其然问到了郑鹏预测的上那些问题，虽然郑鹏与建冬作了比较好回答，但顾问还是直接提出猜测，并说：他们以前也遇到过类似情况，只是别人是找儿媳妇。

郑鹏与杨建冬没有正面回答，郑鹏道："你们寻找候选人方法主要哪些呢？"

顾问说："我们自己有人才库，并有自己人脉关系，也通过相关人力资源网站搜索人才简历。"

郑鹏问："你们对候选人有什么评价方法呢？"

顾问说："我们主要通过面试评估，会填写评估语。"

沟通一会儿之后，顾问准备给郑鹏介绍猎头收费方式之时，郑鹏说："关于收费之事，就是没有问题，关键是你们要能找到候选人，合同之事，你们与我们采购沟通。你们把公司介绍资料传给我，我转给采购，由他们与你们主动联系。"

在这家公司沟通结束之后，郑鹏说："我今天下午立即去广州一家猎头公司沟通，你可在附近的风景看看，平常也很少来深圳。"

杨建冬说："好的，我们这次至少敲定一家猎头公司合作！我去玩了。"

郑鹏驱车前往广州沟通另一家总部在香港注册的猎头公司去了。

郑鹏返回深圳之后，在第三天晚上，又与另一家中外合资猎头公司进行沟通，这两位候选人直接来到郑鹏与杨建冬上课的酒店等着，然后，四人找了一个粤菜馆吃晚饭，边吃边聊。

四人又把招人标准以及他们招人方法沟通一遍，其中高个人穿白色T恤的顾问说："我们公司是非常大的，一般的单，我们是不接的。"

郑鹏问道："你们与万宝猎头相比如何？"

高个子顾问想了一会说："我们确实没有万宝猎头好、大！我们正在向他们学习。"

然后指着旁边一位顾问，说："他以前就在万宝盛华做过，我们也想参照学习他们的流程。"

郑鹏问："你们如何看待猎头行业的发展？"

高个顾问说："现在较乱，市场很好，订单较多！"

四人谈完之后，回酒店的路上，杨建冬问："你们提的万宝猎头公司很大很好吗？我们可以找他们合作。"

郑鹏笑了一下，说："这家公司名气很大，是家跨国猎头公司，我以前与他们合作，以及现在通过我们圈内评价：收费高、还收预订金，有高傲外资公司优越感，但服务很差，而帮客户找候选人一般、又少，但他收你预订金，又没有办法，只有降低标准录用候选人。"

郑鹏回到成都之后，又找了两家猎头公司，然后将相关的资料都交采购部门，由他们负责谈合同事宜！

通过猎头公司，郑鹏开始收到候选人简历，有国外留学经验或外资企业工作经验的，郑鹏面试三位米先生、钱先生、吴先生，都不合格，主要体现在综合素质方面。

这时郑鹏又收到一份简历，杨先生，通过简历看，还是不错的，郑鹏决定先约他在成都见一面。

两人在一间茶楼见面了，杨先生走进包间，一米八多个子，浑身散发着阳光气质，慢慢地交流起来，两人从杨先生小时念书到留学法国、投资工作、对社会看法、家庭情况等，郑鹏沟通之后做了一个判定：此人文质彬彬但却不失有阳刚之气，年轻朝气、热情开朗，从外在形象气质与内在涵养都是不错，可以带给董事长见面沟通。

这天上午，杨先生如约来到好家居公司，郑鹏在公司大门口将其接到，来到办公室，先给其沏一杯茶，两人先沟通了一会儿，杨先生问："董事长有什么样的性格特征呢？"

郑鹏答道："董事长中国典型的民营企业家，对市场敏锐、强势、善于接受新事物、果断；管理多变，强势的表达自己的观点，对管理工作插到底不松手。"

杨先生回道："哦！带我去你展厅看看，我学习并了解家居的知识一下，等会好和老板进行一些沟通。"

郑鹏带领杨先生到公司展厅参观，一边参观一边给其简单沟通家居行业基本发展情况和公司的一些情况。

郑鹏说："中国家居行业有三大家基地，是江浙、广东、四川，其中广东走高端路线，他们产品设计理念与国际接轨，走在前面，销售渠道主要以一、二线城市为主；四川走中低端路线，现在计划往上走，产品的材质与设计方面以板式家居为主，销售渠道以二、三、四线城市为主，广东家居在渠道方面想往下沉，但现有沉不下去，都被我们川派家居挤压了。”

杨先生问：“家居行业市行业发展情况应会受到房地产影响吧！”

郑鹏说：“我们这个行业与房地产关联性较大，买新房装修，在十年左右换新家居。同时，这个行业的整体市场量非常大，根据我的调研达到两万亿，我们看到是劳动密集型企业，但其实这个行业实际很赚钱，毛利润达到近百分之四十，当然因企业各种合理避税的方法，实际利润更高。”

杨先生问：“这个行业现在遇到最大挑战是什么呢？”

郑鹏说：“是转型，当前国家发展遇到大数据、称动互联网、定制家居、智能化等对这个传统的行业都是巨大的挑战，这也是公司现在为什么招人才年轻化，你们年轻人，有新思想、新观念，思维活跃，敢想、敢干！有冲劲，企业人才年轻化，企业才能跟上发展潮流，企业未来是你们年轻人的！”

郑鹏也不由得暗暗想这个年轻伙子机灵，在简单问答之中，他了解一些这个行业基本情况，也为他在董事长面前的沟通打下基础。

郑鹏说：“这是公司电商产品展区！”

杨先生问：“电商的产品与线下渠道产品有差异吗？”

郑鹏说：“是的有差异，线上产品主要拼的是价格，如产品又一致的话，线上会对线下造成非常大的影响！”

俩人参观电商产品区之后，郑鹏问道：“你对未来销售是什么看法？”

杨先生回答说：“线上销售确实是未来重要销售方法，但依我不成熟的看法，家居是一个看到实物之后体验感很强的商品，实际上，线下门店的作用还是无法取代的，不管今后VR技术如何成熟的展，它毕竟还是不如实物的观感性强。”

他们又来欧美风格的展区，看了一会儿，杨先生问：“我们欧美产品销售情况如何？”

郑鹏回答道：“还不错！”

杨先生说：“欧美产品给看上去的感觉是高大上，实际有一种土豪的心里，我在国外读书时候，欧美的产品实际没有这么大，这些大城市都是寸土寸金，大家喜欢的家居都是功能多样化，简洁化的！”

俩人参观完之后，郑鹏根据与老板的约定，十点钟来到一个茶楼，他十一点到，结果郑鹏与候选人都等到十一点半都过了，老板又才通知郑鹏，说：你到一个农家乐的地方，他在十二点就到，并找上杨建冬和另外两位秘书一起看看。

郑鹏赶紧安排之后，开着车来到农家乐，找了一个包间，几位同事在私下里商讨论，谁故意安排陪候选人喝酒，谁提问，谁倒酒，结果令大家意料之外的是老板娘突然也跟着一起来了！

郑鹏将杨先生的情况简单地给大家做了介绍，杨建冬问："杨先生，我们简单地喝点酒，你酒量还不错吧！"

杨先生说："少喝一点啤酒吧！"

大家边吃饭边聊天，郑鹏时不时穿插着提示几句话，一场饭局结束了。杨先生回家了，大家评估：此人外表形象，综合素质不错！但老板娘提出一点：此人眼睛小了一点；老板要求有制造行业的营销工作经验，此人不行，再找人！

事后，杨先生一直问结果，郑鹏没有直接拒绝，只说：老板认为杨先生还不错，但老板需要对比下，所以要先等着。

杨建冬与郑鹏又去广州见了两位，两人都是在世界五百强企业，愿意回来成都工作，综合评估之后，杨建冬认为：两人工作知识较窄，看待问题的高度不够，灵活性不好。

郑鹏说："外资企业管理相对规范，像他们这种年龄不可能升到很高的职位，外资企业是做事为主，与我们民营企业的管理风格差距较大。"

杨建冬说："在我们这样公司，做事不重要，如何会搞好关系，特别在老板面前灵活性很重要，否则他们活不下来。另外一位博士倒不错，但他和其女朋友关系很好，通过沟通，分手的可能性几乎没有，所以，也不通知复试了。"

两人去广州这次又白忙活了一阵子。

这天，天气格外晴朗，一早太阳就火辣辣地照着大地，郑鹏开车来到一个茶楼，才早上九点钟，茶楼刚刚开门，服务员正在打扫卫生，空调虽然打开，但里面还是一种闷热的气息，郑鹏坐了一间靠窗的房间，打开空调，要了一杯素茶，看着窗外一棵大银杏树，树干高大，树枝向四枝斜斜地散开，似扇子的树叶婆娑。

郑鹏回看了这位候选人罗先生简历，本科学中医，学校一般，但在学校曾获得国家级奖学金这点非常棒，毕业之后进了两家世界五百强的美资企业做销售，然后去了英国留学，从相片上看此小伙不算很帅，但耐看！

此时，响起了敲门声，"请进。"一位眉清目秀个子高高的小伙进来了，"你是郑总吧！"郑鹏点点头。

两人开始慢慢地聊起来，从小伙的英国留学相关事情到外资企业工作想法，以及当前热点新闻，这位小伙是有浑厚的男中音，聊到开心的地方，这才显示处最光笑容。

郑鹏做了评估：此人身高形象都不错，剑眉、方嘴、直鼻梁、国字脸，本人实际上比相片帅气，头脑应较聪明，而且有外资企业的销售经验，可以带给老板看看。

当天回到公司，老板也刚好问到寻找候选人工作进展情况，郑鹏随即意罗先生简历与评估表发给了老板，结果在意料之中，老板通过相片认为此人不够帅，被否决了。

郑鹏又将罗先生的情况和杨建冬进行沟通，杨建冬看了之后，说：“我看相片也不行，而且老板都说不行了，就不行吧！”

郑鹏无语，只有作罢！只有进一步跟进猎头公司继续寻找候选人。

这次收到是一位来自湖北王先生简历，本科毕业的学校非常一般、研究生学校虽不重点大学，但在广州也算是好学校，相片看上去非常秀气，有短暂世界五百强工作经验，现在自己创业。

郑鹏先与其进行电话沟通，郑鹏评估：此候选人较阳光，做健身的，但也有很强傲气。郑鹏说：“你发一张生活照给我们好吗？”王先生：“我的形象气质是没有任何问题，你们见了就知道了！”郑鹏愣了一下，也许就真的如此呢？并约报销往返的机票。

王先生在来的路上，因为天气下暴雨，没有赶上飞机，所以等了几天，坐动车来公司，在来的当天，郑鹏在下班之时主动与其打电话，原来他自己早已来，在成都市区住下来了。第二天一早，王先生自己又打车来到公司，郑鹏在公司大门口接到王先生，欢迎其远道而来，到郑鹏办公室，郑鹏为其沏一杯热茶，两沟通交流一会，郑鹏对其进行观察，然后找上李秘书一起，带王先生参观公司展厅，三人一起又进行沟通。

事后，郑鹏与李秘书进行会商评估：优点：个性阳光、会说话、善于总结，外在形象并没有他自己说的那么好，很像公司已离职一位员工，此人口皮较薄，在诚信度与忠诚度较差；郑鹏说道：“此人，如果与老板沟通，就是不错的，王先生保证会和老板沟通很畅的。”李秘书也同意郑鹏的看法，郑鹏说：“我们试验一下，候选人远道而来也不容易，也许我们的判断有误呢？”两人形成了一致意见。

这天下午，郑鹏带着王先生进了董事长办公室，俩人开始聊起了，郑鹏也坐在一起，并引导着双方的谈话。董事长问：“你本科学校如何？”

王先生回答：“我本科学校是重点二本学校。”

董事长问：“你研究生学校呢？”

王先生回答：“研究生学校在广州是很有名的，重点大学。”

“你认为你的管理能力如何呢？”

“我在学校就是组织部长，善于组织各种文体活动，并且获得了学校的好评，重点是要把每次活动的目的搞清楚，把每位人员工作分配好，按计划进行；我参加工作之后，在一家外资企业工作，也管理十多位人员，这家外资企业总部在广州，当时是千里挑一，去面试的人特别多，经过了六次关，我最终被公司录取了，并管理沃尔玛这样的大客户，能进到这样的公司都是智商与情商很高的人。”

“哦！还不错，你为什么又离开了这家公司呢？”

“我在这家公司做非常好！也很舍不得离开，但我母亲生病，我必须回家照顾她！她是我们家当地企业一家财务总监，突然得易晕倒的病，现在她的病好了，我就可以出来了。”

“你在家里，自己做了一家健身房？”

“是的，做得还可以，我占了百分之二十的股份，每一年大概可以收入六万左右。”

两人一直这样聊开了。

董事长问：“你看多少时间就可以了解公司运作情况？”

王先生回答：“两到三个月吧！”

“你到我们制造中心，多长时间可以搞定工作？”

“三个月就够了。”

“你到我们销售公司，多长时间可以搞定？”

“我是做销售的，两个多月就可以了。”

这次面试有足足的三个多小时，董事长评估：“这位王先生还不错，人很聪明，有管理经验，可以录用。你也带给杨建冬沟通一下。”

郑鹏回答：“好的，此候选人确实有很强的总结能力。”

董事长又说：“好像此人生肖不配？”

郑鹏回答：“我查查，此人生肖年份是没有问题。”

此时下班，刚好杨建冬出差回来了，郑鹏将情况简单与他作了沟通，并说：“他很像我们这里一位工作的同事，这位同事大家都认识，但你明天和他沟通之后，再做结论吧！”

第二天上午，杨建冬与王先生作了沟通。杨建冬评估：“此人头脑确实聪明，讲话散打型的，所以和老板对路，但此人品德不好，如果录用了，会打我们的翻天运的。我的建议不录用，如果老板真要录用，我们也没有办法。”

郑鹏笑了，说：“我们三人评估是一致的，另外老板在说他的生肖不合之事。”

杨建冬说：“是的，老板也给我讲了。”

郑鹏说：“我确认为，确实不合，因为他的生日月份是一月，是阳历的，如果换成农历，就是前面一年生的，而生肖本是依照农历的，所以生肖就不合了。”

杨建冬说：“好，就用这个理由告诉老板，说不录用了。”

郑鹏说：“老板的角度是很想录用了，说不把王先生作为董事助理，找女婿的人选，作为销售储备人员培养。”

杨建冬说：“老板娘看了没有？”

郑鹏说：“老板没有细看。”

杨建冬：“让老板娘见下。”

郑鹏说：“就让老板用财务总监的名义见一下，只注意听和看就好，余下工作交给我。”

杨建冬：“郑总，好，就听你的，我去找老板娘过来。”

来到郑鹏办公室，王先生正在办公到休息，看见郑鹏、杨建冬进来，后面还跟着一位中年女人，他也吃了一惊。

郑鹏说：“这是我们财务总监，这位是王先生。”

俩人握了下手，王先生眼睛看着郑鹏，又看向老板娘，似乎有很多疑问。

郑鹏问：“王先生多长时间可以入职？”

王先生回答：“一个月应可以。”

郑鹏问：“你希望工资多少？”

王先生疑虑了一儿，又看一眼财务总监，说：“六十万吧！”

郑鹏说：“好的，等会我派车送你去机场。”

老板娘事后，也没有说什么。

老板认为生肖不合，决定录用王先生作为销售中心高级储备管理人员，工资三十万。

郑鹏和王先生沟通，说：“公司决定录用你，但考虑到你的实际能力情况，作为公司销售的高级储备管理人员，工资三十万。”

王先生说：“你们公司如果录用我，不是面试董事长助理吗，工资不是最低五十万吗？”

郑鹏回答：“其实根据你的能力，达不到我们的董事长助理岗位，所以公司量才录用，给你一个机会。”

王先生说：“我不来，我不管，你们要把我来你们公司所有交通差旅费给报销了。”

郑鹏说：“你寄给我吧！”

等了好多天时间，郑鹏收到了王先生报销相关发票的快递，郑鹏一看，吓了一跳，总数有近五千元，原来，他来的时候坐的商务仓，住宿都是高标准，包括吃饭、打的费用都有了。

郑鹏与杨建冬、李秘书会商讨论，杨建冬说：“我的建议一分钱不给其报销，因为他这里有虚假的情形，并且也没有通过公司批准，做得很过分。”

郑鹏与李秘书的意见：“报还是要报，给其依照公司正常标准报销交通与住宿费，虽然他会有意见，但该公司做的，我们就做好！”

另来，王先收到钱之后，果然不高兴，扬言要来公司，并且要在网上中伤公司之类的话，大家再也没有理他。后来据猎头说：此人很后悔没有来公司，他从那以后找工作非常不顺，现在一家小公司工作，年薪还不到十万。郑鹏明白，这是一些独生子女，又缺少文化修养的人，虚假而非常自我的个性。

李老板一直在着急催郑鹏，加快寻找董事长助理的进度，其实郑鹏看好罗先生又被否决了，这天郑鹏把罗先生简历与照片发给李秘书，李秘书看了一会儿，细细的点评此人外表，说：“从形象看，此人不算是韩国那种帅哥，但绝对属于耐看型，我们可以约他过来一起看。”

郑鹏说：“此人我当面沟通过，其实还不错的，但发给老板和杨建冬都给否决了，所以我约罗先生过来，你也一起当面沟通一下，你如果你也认为可以，我们就推荐给杨建冬和老板看。”

李秘书说：“好，我们相互验证，共同评估一下。”

罗先生如约而至，也到展厅参观了，和秘书进行长时间沟通，最后两人评估结果：带给老板看看，刚好杨建冬也在办公室。

杨建冬与罗先生沟通之后，评估道：“此人有制造企业销售经理，在销售方面的思想高度还不够，实际本人比相片确实要帅很多，我们带给老板吧！”

这天下午，阳光还是火热的，郑鹏带着罗先生走进董事长的办公室，两人见面之后，相互沟通，董事长问了较多的问题，罗先生应答都是得体，而且反应也还不错。

李华国问：“你本科为什么考的是二本学校呢？”

罗先生答：“我在上高三的时候，确实因为人年轻，有些思想晃了，所以只考了二本，实际依我正常情况，考重点一本学校是没有问题的，也正因为如此，我在读大学的时候，是拼命地努力，在学校表现非常好，获得了很多奖学金。”

李华国问：“你获得过哪些奖金？”

罗先生回答：“本院的有，校级也有，我更为特别的获得了国家级奖学金。”

停了一会又说道：“我对自己本科是二类学校不满意，所以在工作之后，虽然工作不错，但还是想去一个好学校进修，所以后来进一所英国著名的学校，学习和工作相关市场专业。”

李华国问：“为什么你学习技术，但却一直做销售呢？”

罗先生回答：“我的个性其实偏外向，喜欢和人打交道，而且学技术的人，具有工科思维，对做销售是也是有优势的。”

面试之后，老板评估：“此小伙不错，但我们需要对他进一步了解，如何了解呢？”

郑鹏说：“我们可以对其进行家访。”

李老板：“我也要亲自去看。”

郑鹏面有难色地说："董事长，我和杨建冬就好了，你去的话，从身份的角度不妥当。"

郑鹏打给罗先生电话沟通好了，说："公司已决定录用他了，但这是一个高管职位，而且会接触到公司机密，所以要进行家访，而且老板还要来，你们家是否介意？"

罗先生说："我可以，我最好还是给我爸妈说下，好做些欢迎你们的事。"

李老板、杨建冬、郑鹏三人来到罗先生住的地方，四人先在小区的里面的花园里，老板进一步寻问罗先生父亲职业与学历情况，然后进行罗先生的家里。

罗先生的家是干净而整齐的，桌上摆满了水果，显然是为了欢迎李老板一行特意摆放的，大家在沙发坐好。罗先生父亲是原先厂里的工人，现在已退休，每月领取退休工资，性格较为内向。罗先生妈妈也是工人，也退休了，现在小区里面做坝坝舞带领者，是一位热心肠的老大妈。

李华国问："你为什么要去跳广场舞？是不是身体不舒服？"

罗妈答道："我过更年期的时候，身体确实感觉不舒服，但现在身体非常好！"

李华国笑了，说："很多老年人去跳舞，都是有身体不好原因，你们老一辈活的年龄都很大吧！"

罗妈答道："我们家族的人较乐观，我妈都活了八十多岁。"

李华国向罗爸问道："老哥应性格内向些，身体还可以吧！"

罗爸答道："身体还可以，现在也没有事做，就在家休息，只是喝点小酒。"

李华国问："喝酒是好事，身体不错就好，我们身体就不行了，你们家的有易得癌症的情形吗？这对我们身体很重要。"

罗爸说："是的，还好，我大哥得过病已走了，我排行第三，现在虽六十岁，但身体很好。"

李华国问："你们家有重大决定的事，谁做主，做决定呢？"

罗妈笑呵呵地答道："一般还是他爸，但大多数都是大家商量决定，不存在谁做主，小罗去读书之事，都是他自己决定，我们很少管理，只是小时候调皮管一下。"

李华国笑笑，说道："你小时候打过小罗吗？我们家闺女我打过，现在还记着！"

罗爸说："小时候，较调皮，打过，用竹条打，而且较重，但较少，从读初中后，就没有了，自己也自觉了。"

大家都笑了起来，小罗不好意思起来。

李华国说："小罗有什么特长爱好吗？"

罗妈说："有，他以前读大学，是学生会组织部部长，经常搞文艺活动，而且自己也表演，他这方面像我。小罗，你去把那些相片找来给大家看看。”

罗妈此时也自豪起来，又说道：“我们孩子真的不错，自己喜欢读书，参加工作之后，自己挣钱，我们也给了一些钱，去英国留学了。”

李华国说：“你们用微信不？”

罗妈说：“他爸不会用，我用微信，平常开会就召集大会，就在微信里说。”

李华国说：“妹妹，我们加下微信，到时好联系。”

罗妈说：“谢谢董事长了，我们娃在你们公司工作，要感谢你们的培养，希望他在你们那里学到更多的知识。”

李华国说：“我刚和小罗沟通了，他的性格和你一样，喜欢和人打交道，喜欢做销售工作，可以先从营销做起，然后慢慢负责公司管理。”

郑鹏悄悄提示说：“董事长时间差不多了，我们要走了。”

李华国说：“还是你们舒服，自由自在，我们五十多岁还在忙。”

罗妈说：“你们公司好有名气，那么大，是要耗费精力，你们这是为大家谋生活。”

李华国说：“是啊，我们要走了。”

罗妈说：“吃了饭才走，好不容易来趟。”

李华国说：“这就不用麻烦了，下次有空，我们好好聚聚，你们下次来我们那里，请你们好好玩。”

罗先生送大家出来之后，李华国、杨建冬、郑鹏三人坐在车里讨论一会。

李华国说：“他家里遗传基因一般，父母文化都不高，普通工人，因此，罗娃智商也只能是中偏上。”

杨建冬说：“他爸爸有些木讷，因此，也不善于说话。”

郑鹏说：“他爸是有些内向，他妈比较乐观，家庭财富不多，但罗先生本人还可以。”

李华国说：“长的倒也还是眉清目秀，智商只能中偏上一点，所以只能考个二本学校。”

杨建冬说：“是的。”

郑鹏说：“我有不同意看法，这个娃还可以。”

李华国说：“你说他可以，为什么他在外资企业没有当销售总监。”

郑鹏说：“在世界五百强的企业，管理很规范的，一个部门的总监是需要科学培养评估，可不同于我们公司，只要你喜欢，一个大学生刚毕业，就可以当总经理。”

李华国不高兴地说：“你的看法和我们总不一样。这个娃就不录用了。”

郑鹏明白，这是老板在打女婿，自己只能建议，点到为止。

李华国说：“你们回去之后，把这个招聘的标准再重新拟定下，详细些，到时发给我看看。”

郑鹏到公司之后，又将《董事长助理综合素质评估表》进行详细修改，共八大项、七十多小项。

郑鹏将这张评估表的具体的标准与评估方式都进行详细的制定，并根据这张新的报表，再次与猎头公司沟通要求，有猎头公司直接说："郑总，这个订单我们放弃了吧，你们这个要求很难，可以说，比找一个大公司的总裁都还难，你们是否有想过，如果我们通过概率计算：这种年龄没有结婚，而且没有女朋友有多少呢？还有身高、形象、学历等下来，真的很难，好比找神仙一样。"

郑鹏笑笑，说："没关系的，我们相信是没问题，作为我职业操守来讲，给老板也建议过了，但我们必须尊重老板的要求。"

公司也只有开发新的猎头公司，老板因信任的原因，让采购人员开发新猎头公司，但采购人员根本找不到与公司合作的供应商，有经验的猎头顾问一听要求，就明白就怎么回事，最后，还是只有郑鹏委托朋友找两家公司合作。

公司就这样面试，沟通了二十多位人员，总是找不到令人满意人选，大家回头想想，还是最开始杨先生综合素质高。李华国指示说："你们约下杨先生，我们再沟通下。"

郑鹏打电话给杨先生，别人已在一线城市上班了，最后杨先生回到成都。

老板说："我们还是要亲自家访。"

郑鹏说："我和对方沟通下。"

其实郑鹏内心已不想老板这样做了，这会造成非常不好影响，所以，郑鹏过了两天之后，直接回复老板，找了一个理由，就放弃对杨先生进行家访之事，然后自己找个机会，给杨先生赔礼结束。

一天下午，郑鹏接到了李华国的电话，说：李佳通过婚介公司也介绍了一个人，你们和李佳沟通一下，看是否也用这张表来评估一下对方。

郑鹏听了董事长话之后，不由得皱起眉来：自己如何开口与李佳来说这件事？如果要评估婚介公司介绍这个人就必须要见面，李佳同意见面吗？用什么身份或角色与对方见面，如何聊起有关的话题呢？

郑鹏决定还是要李佳见面聊聊，听听她对此事的想法。

"咚咚"郑鹏敲响李佳办公室，进去之后，郑鹏根据事先的设计，先找了一个工作之事进行铺垫与李佳进行沟通。沟通完毕之后，郑鹏笑着说道："李总还有一件事不知你知道否？你是否看过董事长助理最新评估表？"

李佳有点不好意思，显出女性特有害羞之意，说道："之前的表看过，但最新的我没有？"

"是这样，董事长要求我们用此表评估一下你那边婚介公司的人员，我想问问你的意见？"

李佳答道："这样不是很好吧！"

郑鹏见机也顺着说道："我也认为不太好！我们去和对方见面，用什么角色和对方沟通？谈什么内容，对方与我们是平等的。"

李佳答道："是的。"

"我们用董事长助理的名义去招聘，我们实际上处于优势地位，我们可以主动要求评估得到许多信息，然后进行评估此表，是可以，这不一样。"郑鹏接着说道。

李佳问道："你们认为什么样人会适合这个岗位的要求？"

郑鹏答道："个人条件优秀，综合素质高，但家庭条件不是特别有钱的家庭，在国外读书，愿意回国发展。"

李佳自言道："适合董事长的继承人条件不一定适合我。"

郑鹏问道："你对此事有什么看法？"

李佳说道："我并不喜欢那些长的小白脸似文质彬彬的人，找一个我喜欢的人需要缘分，我也不想那种先在一起，再培养感情。"

郑鹏明白李佳所讲的"喜欢"意味着什么？虽然表述不清，但真谈过恋爱的人都知道，就是那种感觉，情人眼里出西施。

李佳又说道："我喜欢那种自由之人，就是有自己想法之人，他可以很有事业心，但不是把事业当成全部，是把事业与家庭分开的人。"

郑鹏说道："我想说的自由，是一个人觉醒的心灵与思想自由，不是被现实社会所压、生活所迫自由，但这很有难度，这需要一个内心非常强大，要过的了董事长的接班人这关，还要过你的情感，这样很难。"

李佳又说道："要招对公司有价值的人才，如对营销与制造这样专才，这两件事搅在一起不好，我非常反感，我也不能改变我父亲性格，只有让他多找些人看看。"

郑鹏说道："我找一个恰当的时机，和董事长沟通下此事，也许你父亲会听得进去。"

回到办公室，郑鹏陷入思考，如果老板将公司的经营继承人和家庭的女婿结合在一起，该如何做呢？

先把合适的人员招聘到公司，再有意识培养成女婿，但明确了恋爱关系，这个双重角色又如何扮演好了，如何维持这段感情到结婚呢？如果结婚之后，对方是否会感觉压力很大。

按女婿的标准找人，找到对象之后，先在公司工作呢，还是结婚之后再到公司工作呢，还是不在公司工作呢？如果是，标准又如何？

纯女婿标准与企业经营继承人还是差异的，对方在事业上也没那么大担当与责任，更重要的是没那么大的依附感。

李佳意见：首先是一个自由的人，所以她不一定想自己男朋友（或是今后丈夫）一定企业的经营接班人，而且首先是她喜欢的人，所以李佳应是将恋人的情感与家庭放在第一位，如果是一位自己喜欢的人并且还适合做父亲企业的接班人，才是最好的。恋人与事业是递进关系，也可以分开不成为事业接班人。情感、恋人、家庭、看情况可接班人

李华国意见：就是要既适合作企业的接班人，还要有适合作女婿的条件，两者是同时并进的关系，这后一个后续跟进之事，俩人情感如何培养。

分析之后，发现老板是理想化，这会造成李佳婚姻与接班人绑在一起，不一定是幸福，接班人也许能成。李佳的想法是情感化，一定会幸福的，但不一定会成为企业的接人。

当然这个职位最重要的还是人品是根本。

我是老板该如何办？没有长久的企业，只有一位独生女儿，让女儿做自己喜欢的事，并把事情做正确，让女儿情感自由发展，如果找到能帮助共事业发展别一半最好，找不到也让家庭生活幸福，也许女婿有自己事业，不一定接你的班。建立企业治理机制，将所有权与经营权分开，真正有智慧的不一定是要亲自经营这个企业，国内外有很多成熟企业，企业股东根本就不参与管理，而企业运行得非常好，这是中国企业需要改变，中国民营企业都是将所有权与经营权合二为一，不懂的资本管控的手法。

老板非常强的控制欲，不但女儿接自己事业的班，而且还要女婿接这个事业的班，好难！这也许会束缚女儿及女儿家庭幸福与另一种事业的发展！这也豪门独生女在强势父亲管理下一种悲剧。

如果找到一位女婿，这位女婿会真的很幸福吗？需要这个家庭的文化教养，老板为什么要有这些要求：对女婿家财富要有一定基础，有个几百万就可以；对外形象气质与文化要求比较高；对孝顺老人有要求。因为老板有极强控制欲，他不仅想在工作中，强有势的控制自己的员工，在家庭亲情中对下辈的女儿和结姻亲的女婿也会充满控制欲。

李华国在找女婿接班人这件事，从心理角度讲：他家情况是富而不贵，本身自己文化基因并不高，但现在来讲有钱，所以骨子底里找，用自己有钱来换一个不太有钱但文化基因很好的人才，希望下一代更好些。但从现实的角度，依照他性格，他会以商人精明来对待女婿，看起来又是对的。

结婚之前进行财产公证，女婿在公司任职一个关键岗位，并给其正常的工资。同时为了激励女婿也许会暗中给经营目标任务，然后给予公司的虚拟的一点股权，女婿永远分享不了李家现有财务，在公司也享不了，只有比正常的好一些，但也不必须的看老板与女儿的脸色行事，女婿自己只能自己平常开支用度不愁，只为自己下一代着想，继承上一代财产而真的富有。

当然也有可能聪明而隐忍的女婿从谈恋爱到结婚之后的十年都装出一种驯服的样子，然后暗中掠取财产，或者直接和女儿服侍得好好的，从自己老婆身上拿取财务，这需要很高的本领。如武则天，现实生活女人没有武则天

那么更大的权，同时也更没有那么有文化素养，而在权钱之中，也许会更加生活的变味，从生活生理与人心的角度控制别人。

所以这样分析来这个女婿是不幸生活的人，最终也反抗而走向婚姻的失败。

芳心不抵家人意，佳人有心郎无意。杜甫撰诗想生女，家有大业需生男。古来英雄怕日暮，烟波江上愁更愁。独木成林潇潇下，枭雄无剑空悲吟。

第十一回　优化神伤

今年的天气回温非常的快，在雨水节之后，有的同事就脱下了羽绒服，穿一件背心与衬衣，这是乎真有点全球回暖的之迹象。

郑鹏开着车，驾驶在一条乡镇公路上，慢慢开着，坐在后排的是公司常务副总裁张强以及战略运营小张总。张强来公司公司一年多了，是外地北方，个人偏中等身材、略胖，今天晚上穿着休闲的夹克服，似乎心情不错，与小张总讲着他们家乡的风土人情，两人时不时不传来开朗的笑声。

小张总来公司一年多，是公司通过猎头，从国内一家非常知名企业挖来的，协助张副总裁做公司战略与内部运营。据说，小张总的工资比张副总裁的工资还高，因为背景好，老板也想提升公司的管理。小张总穿得非常年轻而时尚化，一套蓝白相间的运动体恤。

在他们的谈话中，也夹着有对公司管理的一种看法，小张总说道："在前几年，在我们行业内流传一句话，如果你想不要职业的安全感，只想赌一把式的，并且善于迎合老板的，你就去好家居公司上班。"

张副总裁说道："我进公司之时，老板不识我的能力，给一个比你现有的职位和较低工资给我，然后我就请假出去再寻工作，后来，老板又亲自打电话给我，给我现有副总裁岗位和相对应的工资的。"

小张总回答："老板听不进真话，太过自负，只管自己说，不听下面人的建议，只相信自己徒弟，我前天晚上，和李老板一起吃饭，对公司的管理讲了真话，确实也用词较为刻薄一点，结果昨天给我信息，让我找郑总，办理相关的离职手续。"

郑鹏对小张总讲的话很明白，笑了一说道："离开也许是为了更好启程。"

郑鹏昨晚接到李华国的电话，说道："让小张总立即离开公司，好像自己很有能力似的，在我们面前说公司这里也不好、那也不好。负责公司的战略，写了厚厚的一件文件稿，我才懒得看，做战略，事先不与我这个沟通，在办公室里闭门造车，有屁用。”

这天晚上，三人吃了很多，小张总喝得有点多，借助酒劲，还讲了一些好家居管理中真实话，说道：“好家居老板对社会发展形势认不清，对家居行业发展趋势也不清楚，即使了解，上午决定，下午就改了，真的没有用。”

张副总裁也笑了，说道：“我们有一次和老板一起参加家居设备展，参加完之后，车子上高速公路，老板就给制造赵总说：了解清楚这些设备，我们要不惜成本的引进。当时，制造的赵总也参与讨论，并估算了一下成本，结果，车子还没有下高速，老板变了，说道：不提了，这多么钱，我们反复论证之后再做决定。”

郑鹏说：“我们很多民营企业老板是卷起裤子上田，开始搞企业的，他们胆子大，抓住了改革开放的机会，然后成长起来，在企业成长起来后，有些老板通过自己不断学习，提升文化素养，成为真正的企业家。而有些老板从名义上讲，也给自己贴了企业家称号，但文化与思想格局上，还是一个老板，这部分老板有一个‘三多’的特征。”

郑鹏突然打住了话，张副总裁正在听，这时候说道：“说下去，听听！”

郑鹏接口道：“多变化，早上做的决定，下午就变，他们的理由是市场变化快，但其本质上是思考问题不深入、不全面、没有系统性，也听不进别人建议，又缺少战略的定力。多怀疑，因为有些老板在公司就是土皇帝，对谁也不放心，这个不放心，很多时候是对别人一种不信任，特别是员工品德的不信任，所以，玩弄权术，一个信息在多个地方求证，众多信息只有自己知道。沟通过程中关起门开会，不开放真诚，他们不知道，如何通过建立合理管理机制，来避免这种管理漏洞，也就只有考人治了，最不信任部门就是采购部门、关键岗位，还有财务这个部门都是由自己的亲戚掌控。”

小张总接口道：“还有呢？”

“多骄傲，他是老板，自己以前都那么成功了，赚了这么多钱，你在为我打工，拿了我的钱，就该无条件的听我的话，如果有下属显示出比老板专业，这就不行，不能被老接受，所以好家居的老板非常喜欢徒弟，因这些徒弟在形式上与在他的面前，都是事事顺着他的。”郑鹏慢慢地讲完这些。

小张总说：“郑总，真是如此，有次我给老板讲战略，老板听了一会说，你那么厉害，你为什么没有当老板呢？直接搞得我没语言回答他。”

郑鹏说：“这是老板之病，其实很多老板不明白，他有他的优势，如善于抓住机会、年轻就创业，但并不什么都好，为什么是年轻就创业呢，很多时候，也是被生活所迫，因为读书不行，又没有其出路，从打工的角度也没有很多机会，而有些优秀的人，读书出来了，在当时，可以说现在的高管比老板在这方面要高明得多，但其实老板选择一条淘汰率很高，但回报也很高之路。但现在老板如果蜕变自己，也很难做得好！”

张副总裁说：“好家居公司的发展瓶颈其实不在管理层，而在老板那里，我很清楚，对公司经营管理，我建立一套有序有效流程体系和授权体系，到老板那里，他又喜欢亲自插手一事情，就相当于我们国家主席，一会兼做广东省的省委书记，一会又做北京市委书记，这些管理的东西都没有。而在这过程中，把我和李总裁的工作权责与威信架控了，让我们的管理落不了地。”

在送走小张总之后，张副总裁因为管理岗位的工作内容，落不了地，不需要这个岗位了，所以在一个月后，公司拿钱赔偿他之后，最后也静悄悄地走了，公司没有送别。当然公司对所有管理者，无论什么样的离职方式，都是没有送别之说的，只有员工私底下拿钱，对离职的同事进行送别。

都快清明了，似乎天气却转冷了一些，真有一种倒春寒逆袭而来之意，大家又穿上了冬衣。

公司为节约成本，在公司的工厂内开了一次经销商的商务年会，在老板强压之下，吴国平又把目标压给经销商，基本完成了年商务年会的订货目标，但有些经销商在好家居开完之后，被我们竞争对手接走了。

在一次销售管理会议上，吴国平说：“我们的经销商打着好家居的牌子，也在店内卖着其他公司的产品；而且，我们经销商总数量在下降，不和我们合作了，因为我们装修返款不到位；而且还有一部分经销商在亏本卖我们的产品，而这些经销商与公司一起成长的，他们真的很不错。”

李老板说：“公司本就计划砍掉一部分没有忠诚度和不好的经销商，要求销售中心开拓新的经销商，达成公司的销售目标。”

清明时节雨纷纷，路上行人欲断魂。清明是中华民族一个传统的为先祖扫墓的节日，郑鹏因多年在外，在清明之时，很少回家扫墓，想借此机会回家祭拜下，提前买好动车票，计划在放假之时，立即回到家乡。在好家居放假的头天下午，杨建冬打电话说：放假之时，也就是第二天上午，老板开会要讨论公司重要之事。郑鹏想，既然是公司重要会议，就只有把票退了，重新定第二天晚上的票回去。

第二天上午，郑鹏开着车，如正常上班一样，早早地来到好家居公司，老板九点多钟来到公司，组织秘书讨论公司的组织架构，一上午，大家都心不在焉讨论，也没有什么结论。中午在外面吃饭之后，郑鹏离开公司回家，到了火车站，打开手机一看，有两个未接电话，都是杨建冬打过来，郑鹏打回去，询问什么事，这时电话另一端老板接过电话：“你不回来开会，就再也不要会回来了。”郑鹏听到这样话，把电话都差一点扔了，在妻子劝阻下，还是满不高兴地回到公司开会。

在当天下午，老板也要求一位已回家在外省的高管立即回到公司，结果这位高管当天晚上立即回来，第二天，一早在办公室，结果老板太忙，连面都没有见到老板。这位高管从这件事当中也埋下离职之隐根。

清明三天假，郑鹏内心并不舒畅，只休息了一天，在清明节假期后的第一天上班，路上的雨还淅淅沥沥地下着，天气很凉爽，凉快当中也透着一点冷意，但车窗外也绿意盎然，但因为下着雨，也不能打开车窗。郑窗开车来到公司，因为较早，办公室的人员基本还没有来。

郑鹏打开电脑，将全身心稳稳地坐在办公椅上，身子紧紧地靠在椅背上，双手抱在后脑勺上，双脚用力向前绷直，并下压，感觉全身心的放松，但还不过意，又站起身子，左右扭了几下腰，这才感受爽了些。计划着今天的工作：给团队的同事收收心，尽快进入工作状态，最重的绩效工作要总结、重要的招聘岗位、老板要求的组织架构调整。

门“吱呀”一声，只见陈燕和钱超两人探头探脑的走了进来，郑鹏看着他们，只见两人神神秘秘的，脸上有一丝疑惑，陈燕欲言又止，郑鹏起身招呼二人在沙上坐下。

问道：“你们有什么重要的事吗？”

陈燕没有说话，而是看向钱超，钱超轻声说道：“听说营销中心吴国平副总裁走了，现在由老板亲自管理营销中心，今天他都没有来上班了。”然后拿眼神看着郑鹏求证。

郑鹏内心也行吃惊，问道：“我不知道，放假三天，前面二天都在老板办公室开。”

陈燕说道：“听说就是昨天下午，吴副总裁和老板在一起开会，俩人因营销管理之事，吵了起来，老板针对销售任务目标与达成不满意，而吴副总裁说老板不了解实市场情况，也不授权，所有权利与资源都被老板自己抓在手中”

陈燕停住话，又压低声音说道：“最后老板对吴国平说道，你明天不用来上班了。”

郑鹏没有说话，在脑海快速地想着这件事情起因与后果：吴国平在公司也是元老级别的人物，深得老板信任，曾经老板的老爸对他不满，就想撤掉他，但在老板大力支持下，职位反而得到上升，受到重用，最终成长为公司副总裁，他在公司工作多年，也是有一些铁的同事、也有反对他的人，如总裁的团队之内的人。

钱超说道：“我等会去营销中心办公室走动一下就知道了实情了。”

郑鹏明白：钱超与陈燕，都是吴国平私交都是非常好，他们二位也很佩服吴国平的。

这天下午，杨建冬一脸微笑之意走进办公室，郑鹏起身为其泡了一杯素茶，杨建冬也随意的沙发上坐下。

杨建冬说道：“清明假三天假，你还休息了二天，我可一直陪在老板身边，一天都没有休息。”

郑鹏笑着说道：“哦！辛苦你呢，不过，你是老板秘书，确实是应和老板走的亲近些。”

杨建冬讲：“你知道吗？昨晚老板决定把营销副总裁吴国平给赶走了！”

郑鹏露出一脸惊讶的表情，杨建冬继续说道：“这个人早就该离开公司，在公司喜欢玩一些权力之术，去年把我从营销中心赶出来，本来应是我当销售总经理，结果他找了自己一位亲信当销售总经理，他的销售总经理今天也走了。”

郑鹏没有说话，杨建冬还说道：“昨天，他和老板开会，不把老板放在眼里，竟然敢和老板吵，结果老板晚上就打电话，叫吴国平不要来公司了，打电话的时候，我就在旁边，我给老板建议说，你给他发工资，那能不听你话的，这样人你管不了，也是没有用的。老板问工作如何安排，我告诉老板：你亲自管理营销就行了，再找一个助手，做一些执行工作就好了。最终下定决心，不让他来公司了。”

郑鹏想自己在清明节之事，老板开会是形式，目的就想证明自己在公司作为老板的权威，每个人都必须无条件听他的。

郑鹏说道：“原来如此，那你现在回营销中心呢？”

杨建冬叹了一口气说道：“其实老板对我也是不放心的，我不可能回营销中心，不过，在老板身边也是很好，可以帮助老板在工作中，提出一些好的建议，给老板出谋划策。”

郑鹏讲道：“这样也好，对你也是一种新的机会。”

杨建冬想了一会，说道：“我们可能与郑总不一样，我原先本在车间做普通工人，后来到营销中心，自己一步步做起来当区域经理。我们是有很强韧性的，如野草一样，没有机会，就在低头在那里做事，然后寻找机会，抓住了就会疯狂地成长起来，我们只管打工挣钱，不像你们追求工作的成就感。”

听了杨建冬的话之后，也不由佩服此人这种生活哲学，他们这类型的人有的是生存本领与街头智慧。

郑鹏答道：“我们那里是什么工作成就感，不过想多做点事，怕闲起来无聊，而且，拿了老板工资，必须做好事，也就是中国的古话：拿人钱财、为人消灾，端了老板碗，就要服老板管。”

杨建冬说：“这也是，我也一样的想法。”

在杨建冬离开办公室之后，一会儿，钱超走进办公室，说道：“吴国平副总裁今天确实没来上班，走了，是真的。”

郑鹏想了一会说道：“你和吴副总裁关系很好，注意一下他近期的情况，打个时间与恰当的机会，我们为其送行，但不要惊动其他部门人员，这件事由你去办理。”

钱超回道："好的，保证完成任务。"

吴国平再也没有回到好家居公司，离职手续都是人力资源同事代为办理的。没有送别！没有解释！没有沟通！公司内部对于吴国平的离职在私底下是传得沸沸扬扬的，有人高兴！有人议论、有议借题发挥、有人受牵连。

这天下班，迎着初夏习习的晚风，郑鹏开着车，来到人力资源中心私下送别吴国平饭桌上，年轻的后辈后接二连三的和吴国平喝着送别的酒，大家讲着往日的情意与情景。

吴国平说："好家居公司是一家好公司，我非常感谢好家居公司培养，我进公司从一名招聘主管做起，公司普通工人到那些多才多艺学生、到来来去去数不尽的高管，在辛苦付出的同时，几经周转轮岗，到最后一班营销副总裁的岗！非常欣慰在好家居度过这多么多年美好的工作日子，我今后也不会从好家居挖人，做对不起好家居的事，我始终感谢我们的老板，我也希望大家都如此！"

曲终人散，据说吴国平与李老板虽然同住一城，但再也没有来往过！

一次郑鹏和吴国平一起喝茶，吴国平讲："好家居在过去，创建了良好渠道，以支撑公司销售，同时，好家居公司经营，就如一条在高速行进的火车，其实已没有动力，再也没有加速度的发展，相反只是在慢慢地减速，也许几年后最终停下来，毕竟这个行业是有需求的，以及本身庞大的个体时，百足之虫，死而不僵。"

郑鹏没有答话，静静地听着，用眼看着吴国平。

吴国平想了一会，说："也许老板在业务下滑情况，又有新的想法，也许我的离职，是好家居在管理上或者人事变革的一个转折点。"

郑鹏知道：吴国平作为公司高层以及多年老员工，他非常了解公司内部机密，所以发出这样的感叹！

吴国平一位在好家居，能长袖善舞弄潮儿，他曾经借招聘之岗位，为企业招聘进了很多人才，都成为好家居公司优秀人物，有漂亮与才华的人才成了老板的女秘书，有能说会道的学生成了老板的徒弟并成长为老总的，这些人当然也称种他为吴老师，并感谢他作为伯乐知遇之恩与培养之德，也因为这些众多弟子成功与老板亲近关系，吴国平可以有能力与李华平总裁分庭抗礼。

吴国平，慢慢淡忘在了员工的脑海，也许有些人还记得。

知了也开始在五一节之后打鸣了，好家居公司在内部管理上，老板也亲自插手管理的地方越来多了。

制造公司赵飞总经理调去研发院做产品工艺技术工作，这是一位跟随李老板一起创业元老级人物，这一调离之后，制造中心和产品供应链合并在一起了叫"大供应链"，都由彭兵一起管理；此时的郑鹏也在老板安排下，负责制造中心运营人力，即人们常说的HRBP工作了。

赵飞离开制造之后，在公司又成了一个特大的新闻，特别是在制造公司内部更是引起一轰动。

一天早上，刚刚上班，赵飞打电话给郑鹏说：“郑总，你马上到李总裁办公室，有事找你。”

郑鹏轻轻地敲门走进李总裁办公室，他顿时感受到气氛不对，赵飞一脸怒气地坐在沙发上不停地抽着烟；李总裁坐在办公椅上，在看着电脑，看见郑鹏进去，打了一声招呼，继续做自己的事。彭兵坐在赵飞的旁边，也不说话，在玩着手机；他们二人对面坐着制造的一位副总经理，这位副总经理现归彭兵管理。郑鹏也在沙发上坐下来，不说话。

赵飞把烟猛吸两口，掐灭了，说：“李总裁、彭总、郑总都在这里，我今天在这里说清楚了，他指着这位制造副总，他在背后，在很多场合、当着很多人面讲：制造公司姓赵、不姓李，你为什么这样讲，你知道，你这样讲，老板也听到了，他是什么感受吧，他会认为我是军阀，他指挥不动我，而且还认为我在制造乱搞。”

赵飞稍停了一会儿，又说：“李总裁知道，我在制造这么多年，是的，他们都听我的，我是有些威信，但这是我与大家一起多年工作建立的感情，与大家同甘共苦，在那些经理主管遇到解决不了的难题与生产工艺之时，我跟着一家一起饿肚子，加班很晚，直至解决问题才离开车间。他们从内心里面，从技术和人品的角度佩服我。”

副总耷拉着脑，一直没有说话，这时嚅嚅地说道：“我确实不是有意的。”

赵飞没理他，说道：“你这样讲，老板对我意见非常大，所以让我离开制造，我承认，在过去二十多年工作中，我的确错误用过一位主管，他偷窃公司财物，他已被公司开除了，李老板对这件事也有想法，但我在这些年工作中，在制造公司和李总裁、老板一起，我还是立下了汗马功劳，把公司的工厂由一个作坊，和李总裁一起建成现在的规模。”

李总裁、彭总、郑鹏都默默地听着，看着他们二人，没有说话。

副总说：“我错了，我再也不说了。”

赵飞语气缓和下来，说：“我也知道，你的嘴比较大，守不住，你第二次进公司，我就给你讲，年纪也不小了，我再次建议你，作为公司高管，口要稳一些。”说完自己又点了一支烟，不说话了。

彭兵说：“好吧，这件事我们都知道了，就这样解决吧！”

郑鹏也说：“赵总，我们都知道了。”

李总裁从电脑前面站起来，也来到沙发上坐下，分别给赵飞与副总点燃了一支烟，慢慢地说道：“赵总在公司发展过程中，在制造公司是立下了很大的、不磨灭的功劳的，我们公司员工都很尊重他！”

然后看着副总说道："我理解你，你也要从这件事情当中吸取教训！"

又看着彭兵和郑鹏说道："你们二位在接管现在制造工作，制造要进行大变革、瘦身，还多需要赵总支持、帮助，他们对制造的各种人际关系非常了解啊！还要发挥余热。"

郑鹏也由不得看了李总裁，头发明显白了更多，多年的为公司操劳，似乎心力交瘁了。

不久之后，这位制造副总也离开了公司，理由是在岗位的价值不大。

根据公司各种私下谣传：赵飞不受到老板的重用了，不如以前那样在制造就是一方诸侯那样呼风唤雨了。

一天，在总裁办公室开完会议之后，赵飞对总裁秘书刘悦讲道："今后开公司经营会议不需要叫我，研发院有助理来就行了，你们只要将与我相关的会议内容告诉我就行了。"

彭兵接手管理之后，开始进行裁员的瘦身活动，为了便于管理，便建议对制造公司管理人员家属进行清理。

彭兵讲："现在制造公司的很多管理人员的家属都在基层工作，造成了基层的管理人员对他们不敢管理，而且有些员工还投诉他说，这些基层管理人员在分配工作的时候是不公平，给那些有关系的人员分配轻松好干的活，给我们这些没关系分配不好做而且不挣钱的活干。我都多次接到这样的投诉了。"

彭兵、郑鹏在李总裁办公室正讨论家属人员在管理过程中遇到问题之时，彭兵这样阐述着。

郑鹏说："公司招基层员工之时，是鼓励内部介绍的，这样做的目的有利于员工的稳定，我们以前是鼓励夫妻都在公司做的。"

李总裁讲："我们的关系人员确实会影到公司管理的公正性，在公司的发展过程中也是不可避免，在公司的发展之初，所有民营企业还是依靠兄弟叔侄、七姑八姨、乡里乡亲一起做的。这样如果仅在制造这样做也是不行的，把老板秘书杨建冬和各中心负责人一起找来讨论下，如何处理好一些。"

刘悦把大家都通知到总裁办公室了，大家开始热烈地讨论起来，最后形成结论：管理人员有亲属在公司确实会造成管理公正性受到员工质疑，因此决定：凡是公司经理级以及上管理人员的父子、兄弟、夫妻等离开公司，无论这种关系是否在同一中心工作。

这个人事关系管理通知一出来，除了个别管理人员家属没有在公司之外，大部分管理人员都受到利益损害，其中制造中心受灾最严重，包括原制造总经理赵飞都有亲属在制造工作，制造中心有几十位这样的家属存在，而且这些家属的工龄都比较长。

作为公司自己本身在那些年发展过程也存在许多不合乎劳动法的行为，

如没有足额为员工买社保，而且老板当年为鼓励大家积极工作，对这些老员工还有私下承诺，如：供你们养老之类。这些家属有些正值中年，需要工作，但离开好家居又不好找工作了。

这时李总裁看着赵飞，赵飞明白了李总裁的意思，赵飞说道：“我带头，我的妻子依照公司规定，离开公司，由我与她沟通，她的手续由我为其办理，明天就不来上班了。”

接下来各中心负责人纷纷表态，自己的家属由自己做思想工作离开公司。

李华平总裁站起来，拿出一支烟，放在桌子抖了两下，看着大家说道：“我感谢你们的大力支持工作，同时也有离开的家属，无论何种岗位，一律依照法律的规定，公司给予正常的补偿。”

说完再点燃了烟，深深地吸一口，透过烟雾扫视着他这些同事，有大部分同事是他亲自培养提起来老同事，跟随自己有的都有近二十年了，公司当时发展较快，要快速招聘人员到位，同时为了鼓励大家安心工作，他亲手签署了介绍家属来公司奖励政策。但在这件事，原由自己起，也该由自己来结束此事吧！

李华平吸了几口烟又说道：“这里面亲属关系最多应是制造了，因为人多嘛！那里是我以前与赵总一起，和全体员工朝夕相处的地方，和大家具有很深情感，我们看到很多现在总监，当年都是由一个小伙子成长起来的。”

大家听这么一讲，心里又暗自高兴并感谢李总裁这份情意！郑鹏不由暗赞：李总裁高明的管理手段，果然如传说中那样九段高手。

但这件工作接下来出现了难度，制造的十多位中层经理说自己没有办法说服自己的亲属，所以搞不定此事，而且反问道：我们这些家属确实也没有违反公司管理规定，如果说缺少管理公平性，员工可以投诉，查到有事实可以重罚，而且我们的家属走了，管理就真的有效率了吗？上了一个台阶。

随即彭兵和郑鹏一起，将这种情况告诉李华平总裁，李华平总裁思虑一会儿，说：“明天上午九点，邀请这些管理人员，家属就不要来了，由我和董事长一起参与直接沟通此事吧！”

第二天，管理人员都来了，家属都没有来，氛围比较严肃，李总裁先和大家聊了一会家常之事，郑鹏陪着董事长来了，大家都不说话了。

李华国把包放下，坐会议桌的首位，先环视了一下大家，说：“今天把大家请来，解决的问题大家都清楚，我们公司在多年的发展过程中，都是有大家支持才发展到今天，现在公司也遇到了管理的一些问题。”

李华国又用自己一套道理给大家说起感情与困难，会议足足开了一个多小时，管理人员都没有说话，当然在这种情形下，大家不会说话，都有各种想法。最终这些管理人员家属非常无奈地离开了公司。

有些管理人员私下与郑鹏沟通说道：“老板把话都讲得这么有情义了，

而且我们还要在这里工作啊，我们也舍卒保车，有利益的考虑。”

郑鹏说：“理解，我非常尊重你们这些老员工，你们为公司的发展做出很多贡献，有些同事进公司还是一位闺女，到现在，人到中年了，对公司充满了感情，当然也有生存之必要的意义啊！”

通过对家属人员清理，制造人员对彭兵有一种威严，但还有信服！

赵飞虽然离开制造中心，但并没有搬离他在制造的办公室，这确实对彭兵有一定的影响，只要赵飞还在这个办公室，给制造的员工有一种感觉：赵飞还是会回到制造做总经理，只是时间而已，而且大家在心里还是希望赵飞回到制造的，而且赵飞在制造管理这么多年，大家从赵飞正直品德和对生产工艺技术能力是非常认可，相反大家认为彭兵对生产并不了解，在管理上也帮不了什么忙。

彭兵一天对李总裁说：“现在制造办公室布局不合理，我要对制造办公室重新规划一下，提升大家工作的效率。”

李总裁沉思一会儿，说：“可以重新规划一下，也方便于你的工作，你的办公室也要搬到制造。”

彭兵迟疑一会儿，说：“这里最要有一个矛盾就是赵总的办公室还在制造没有搬。”

李总裁说：“赵总的办公室由董事长和赵总沟通，这样更好一些，由郑鹏给董事长说一下这事。”

郑鹏想说：“好的，我先和老板沟通一下。”

这天下午，已经下班了，董事长的办公室外面还排着几批人员，等着和董事长沟通工作之事，需要他做决定。

郑鹏的顺序是最后一位，没办法也只有耐心地等着。

管理人员私下里开玩笑说道：老板就好像一位医生，员工都在这里等着他排队候诊，好解决问题。

郑鹏看看人员还多，肚子饿的直叫呢！给前面一位人员说了一声：等快到自己的时候，给他电话。

离开等候的队伍，来到办公室外面，虽然是初夏，八点钟，天色也慢慢的暗下来，从天边一钩如镰刀一样月亮早早地挂在空中，看着对面的马路灯已黄黄的亮了。郑鹏深深地吸了一口气，全身心放松了一下，来回在外面踱步。

郑鹏终于等到了，急急忙忙来到董事长办公室。

“什么事？”李华国问道。

郑鹏简要地把赵飞办公室的位置之事给李华国说了一下。

李华国问道：“你对他有什么评价？”

郑鹏心里一听，不失时机建议道：“赵总在公司这么多年，对生产工艺技术非常了解的，而且有正直的品德。”

李华国回道："确实也是。"

想了一会儿，又说道："他有些傲气，总以为自己很能干，你让他来找我吧！"

第二天早晨，上班，郑鹏就来到赵飞的办公室。

赵飞见是郑鹏来了，赶紧说道："这里坐！"

郑鹏笑笑说道："好，我来是想和赵总沟通下老板想法！"

赵飞说："老板是不是想让我走了？"

郑鹏叹了一口气，说："老板应没有下好决心吧！我昨天因有事，并顺便和老板提起你的事，我给他提出建议，老板让我对你做了评估，最后老板说：你让赵总来找我吧！"郑鹏并没有将位置之事告诉赵总。

赵飞说："公司现在在用一些年轻人，老员工都会走吧！"

郑鹏不由说道："也许，我们这些都要走吧，但公司现在，已走了一些高管，公司整个氛围，似乎也没有正义之气，你还在这里，还是一只捕耗子的猫，至少在制造，大家还不会做一些损公肥私之事，如果你一走，就很难说了。"

赵飞说道："老板现在尽用些他认为信得过的人，其实这些人的品德，我们都是知道的！"

然后叹了一口气说道："我在制造这么多年，虽然老板总说我没有培养人才，但我自认为还是培养了人才的，而且还向制造以外的部门输送了人才的，现在，即使我走了，制造也没有事，只要老板重用生产和质量总监就没有事，你今后有什么事或疑问也可以找他们二位。"

郑鹏说："你去找老板沟通一下吧，也许事情有转机的！"

赵飞说："很难，老板喜欢的管理人员是'早请示、晚汇报'，而我认为一位管理要有担当，要有解决问题的能力，我把这些问题都帮助老板解决，还汇报什么呢，邀功，没有意思！这本身就是我的职责。"

两人又聊了一会儿，郑鹏说："好好和老板沟通，我祝愿你，希望我们好好合作！"

这天下午，赵飞来到老板的办公室，俩人沟通了整整一个下午。

赵飞没有搬离办公室，也不需要搬办公室，人还是走了。

制造中心主管级以管理人员都是自己出资，为这位公司创业元老举行好多桌人的感动送别宴，在送别宴上，赵飞对大家说道："我非常感李华国老板与李华平总裁，没有他们，就没有我今天，我从他们身上学到很多东西。"郑鹏与其单独对饮之时，笑着说道："你说，吴国平换了部门走上不归之路，但你也步人后尘啊！"

赵飞没有直接回答，而是说："我与老板沟通了，大家都放开了，把我积压在心里所有的话都讲出来了，老板对我们之间这份情感也是很认同，说的他也是热泪盈眶的！”

这天下午，外面狂风大作、一会就下起了大雨。都快下班之时，郑鹏抓紧时间去打李华平总裁签批文件，郑鹏走进去之后，发现李华平总裁手里拿着一些东西，在收拾物品，虽然下班了，但李华平总裁从来没有这种情形，看见郑鹏进来，李华平笑着问道：“什么事？”郑鹏把文件递给了他，李总裁拿出笔签了字，说：“我明天开始，就退休了，公司的工作由董事长亲自管理就好了，他兼任公司总裁，你在这里好好做，不要受到任何影响！”

郑鹏听到这里，鼻子一酸，虽然大家都知道这一天会到来，但没有想到这么快，这位德高望重的元老。

李华平笑着说道：“我在公司这是第三次退休了，以前也被老板退休过了，但又被老板请回来了，这次是真的退休了，我的心也累了，年龄也大了。”

郑鹏说道：“你还不到五十岁，正是壮龄啊！而且做总裁正是这样的年龄。”

李华平苦笑了一下，没有说话，继续收拾物品。

李总裁离开公司了，公司也没公告，第一天，第二天。大家慢慢地开始议论起来，这如一颗原子弹一样，引发了地震。李华平总裁走后，谢绝所有同事对他的送别之餐。

随后，王华副总裁，是老板的亲妹夫也没有来公司。

一位财务副总也走了，采购老总也走、运营老总也走、信息老总也走、山东分公司老总也走。

最红的房地产公司老总王建平也走了。

这一天，郑鹏和同事们一起吃饭，遇到了已离开公司的赵飞，俩人见面之后显得异常惊喜，随后两去了一家茶楼。

郑鹏问道：“赵总现在做什么？”

赵飞道：“我和朋友一起合伙，投资也做一家小型的家居公司，生意还可以。”

郑鹏笑道：“恭喜！这是好事啊！”

赵飞问道：“听说公司在我走之后发生了很多事？”

郑鹏把公司走的这些人以及一些情况简单和赵飞作了沟通，郑鹏说：“李华平总裁走的时候，员工的心中引起极大的震动，一天，我在车间处理工作之时，特别意外的是，李总裁也在车间。”

赵飞说道：“这件事情，我知道，李总裁来制造两个目的：一因为李总裁最开始就是管理制造，对制造的感情特别深厚，所以来车间是为了给大家告别；二是因为他的离开，在制造的影响也是很大，老板要求在车间走一走，是为了稳定人心。”

郑鹏说：“是的，而且李总裁在车间对我们说：他虽然离开公司，只是不是全职的在公司上班，现离开之后，也会帮老板处理一些公司外围的事情，他的心和好家居公司还是在一起的。他讲这样也是真心话，也是安慰大家心的话。”

赵飞说：“李总裁处理事情与讲话都是很圆润的，而且很有水平的啊，所以在公司，他的威望很高，实际上比老板还得员工之心。”

郑鹏说：“这也许他走的原因之一吧！好家居员工，从高层到基层都是好员工，只是老板在用人方面需要改善啊！”

赵飞说道：“老板在识人用人的确有问题，他因为这次优化裁人，把元老和家人亲戚都得罪光了，有次我们一位亲戚结婚喜事，大家都去了，老板也去了，可大家都是象征性和他点头，话都很少说，吃饭时候，也不和他坐在一起，他也很尴尬啊！如果只是亲戚之外员工闹翻了脸，事后就不交往；但是这次走了很多人，住在一个市里，大家可能抬头就会相见。对于亲戚这种血缘关系，在重大喜丧之事和过节之时，大家不可能不碰面吧！他就如一位孤家寡人一样，虽然有很多钱，可大家并不买他的账，相信他是不快乐的。他想不通，这些跟随他的人，走之前，还赔了钱，为什么大家还不喜欢他？”

郑鹏说道：“因为他做事的方式需改变，胸怀格局再大些！”

赵飞问道：“这如何说起？”

郑鹏说：“一是依照约定，很多元老，不管理亲戚还是邻居，在好家居创业的过程中，大家都付出很多，但回报并不是很多，如你的工资，在我来的时候还较低的，搞的老员工们有意见。现在又叫这些人员离开公司，再奉献一下，我们都是生活在烟火之中，所以老板应该在员工角度想想，在物质上需要考虑的。”

郑鹏喝一口茶，又说道：“二是老板做事确实很果断，但做事的过程要圆滑一下，让员工虽然走，但要走的‘有怨没恨’，举个例子，我们应把走了这些经理管理人员，找到一起开过会，说明公司经营过程中遇到实际困难，非常真诚的和大家说清楚，以情动人、以理说事，取的大家理解，然后，大家一起喝过送别宴，最好是，还要为大家办一个送别晚会，让大家从情绪上感动，感受老板深情厚谊，这其实都是花钱不多的。可实际情况中，老板一样事情都没有做的，这些一起创业现又把别人裁掉的亲戚喜欢他，才怪呢。”

赵飞问：“相信老板这样做，钱是没有问题的，但为什么老板不这样做呢？”

郑鹏想了一会儿，说道：“依照我的管理经验来看，在中国民营企业老板的脑海中有这样一种思维定式，我是企业的老板，你们都是打工者，你们是在拿我的钱，你必须听我的话。从简单的逻辑角度讲这些道理是对的，因为的确是员工做工作，老板给员工发工资，员工是拿着了老板的钱。但实际情况真是这样的吗？这个道理有一个前提条件，就是老板是没有代价的给员工发工资。否则就是员工的工作以及在工作中付出时间与贡献是一种商品，当然这更是一种特殊商品，这是一种交易关系，在交易过程中不是老板单纯的只是在发工资单方面的行为。”

赵飞点了点头，示意郑鹏继续讲下去。

“没有员工哪来老板，在另一种意义上是员工养活了老板，当然，老板创办了企业，给员工提供了一个工作的平台，对社会来讲，老板在帮助政府解决了就业之事，但本身言大家都公平的。在实际过程中，企业是处于优势或强势地位，但对于今天来讲，员工作为有知识、有思想的人，在企业工作过程中不仅仅是工资还有机会、尊重，老板没有必须拿出一种土皇帝，在企业之内莫非老板之威，企业才能获得持续的发展力量和源泉。”

赵飞静静听完郑鹏之后，说：“听君一席话，胜读十年书啊！”

郑鹏说：“走了员工都是好事，走者长叹，留者且痛苦偷生。”

赵飞说：“走了之后，确实感受一身轻，现在吴国平开了一家咨询公司，有几个同事在他那里；李华平总裁也做自己的事，非常放松！”

郑鹏说：“工作同事，有合就分，分是永恒的，合是短暂，其实，中国企业高管压力很大的，而且在企业的寿命都是不长。”

赵飞说道：“不过在我们公司老员工高管寿命还可以，当然，这次老板还是果断。以前，我看见从外面招了很多职业经理人，这些高管理进进出出的，我们都已习惯了，但到自己离开好家居之时，才深刻感受到这种情绪与思想，所以别人也该拿高工资。”

郑鹏笑道：“赵总喝着茶，又体悟了很多！”

赵飞说道：“和郑总聊天，感悟确实较多，特别像我们从年轻开始，就一直在好家居公司工作，从来没换过公司的人啊。”

郑鹏说：“其实我真的很佩服你们，在一家企业一干就是二十年，你们这些元老对公司做出了很多贡献，对公司很深的感情，很有忠诚度，你们就如一棵大树一样，深深扎根于好家居，所以，你们现在即使离开了公司，其实心也还向着公司的。”

这一次他们聊了很多！说到人生，人的一生，就是豆腐的一生，儿时就像白玉豆腐，鲜嫩无比；青年就像小葱拌豆腐，清白分明；恋爱就像大葱炒豆腐，清白不分了；结婚就如麻婆豆腐，五味杂陈；等老了就像臭豆腐，喜欢唠叨，别人闻着臭，自己觉得香。两人都笑着分手了！

创业元老们，这些亲属们都离开公司了，公司对于老板心比较“狠”谣言与传说，一波又一波发酵传播开，也把他以前，把自己亲弟弟赶出公司故事也拿出来，作为话题私下聊。

五一节来了，一天晚上，很晚了，郑鹏突然收到老板信息：你在五一节前，必须把河北公司的人员裁减到位，如果你不能让他们走，你就走。郑鹏没回老板的信息，第二天早上才回复：我争取完成任务，我计划去河北一次，亲自督导河北的裁员工作，同时也把河北分公司总经理龙涛一起裁减。当然，我也知道，我最终会离开公司，大家要相互尊重。

这是郑鹏第三次去河北分公司，每次去都是带着裁减人员的任务，现在人员已裁减了三分之二还多。事不过三，郑鹏这次去河北分公司，自己预测再也不会去了，这应是最后一次，并没有事先给龙涛说明是为什么了事，只是简单和那边人力负责人说自己去的时间航班，让公司派车接自己。

在下飞机之后，郑鹏遇到了财务中心李锦老总，俩人刚好有伴一起同行，在车上，两人开玩笑，说了一些有趣的事，但令郑鹏与李锦纳闷的是，以往来接他们这位司机都很喜欢讲话，但这次却是一句话没有讲。车直接开进分公司工厂，俩人直接进入龙涛办公室。这天晚上，李总、龙涛、郑鹏，还有几位分公司经理一起吃饭，聊了公司的发生的一些变化，都是令人惊叹不已的。

郑鹏回到酒店都九点多钟，一直在思考，明天该如何与龙涛沟通他的离职之事，正在此时，电话响了，郑鹏拿起一看，略一思考，接起电话。

龙涛说："郑总，打扰你了，还没有休息吧！"

郑鹏说："还没有，刚好合适。"

龙涛说："你这次来，一直没有告诉我是什么事，以往两次来我们这里，都是直接告诉我有什么事，并让我做些准备工作，我们兄弟之间直接说吧！没关系。"

郑鹏说："龙总都直说了，想你也明白，就是为你自己的事，老板这次派我来，就为解决你的事。"

电话另一端沉没了一会儿，郑鹏说："龙总，公司现在这种管理的局面你也知道，大形势如此啊！你我交往这么久，都知道的，你很优秀的，自从你接管理河北分公司之后，发生很多改变。"

龙涛说："是啊，我为公司做出了很多贡献，我刚接管理时候，公司做的产品根本就没法卖，现在质量终于管控好了，还可以准时交货，而且成本不断得到下降。"

郑鹏说："龙总，是的，我都明白，这都是你的贡献！"

龙涛说："我很理解公司，所以去年老板提出降我工资，我二话没说，都同意，按说公司这样做是不合法的。"

郑鹏说："是啊！龙总真的很优秀，出去之后，相信找的工作比在好家居好！"

龙涛说："是的，我知道，我原先在广东工作，我去年在广东被评为十大职业经理人！"

郑鹏说："恭喜！这样我明天来处理：公司给你正常赔偿费用，把该给你的都算清给你；你把相关工作交接清楚。”

龙涛说：“交接给谁呢？”

郑鹏说：“具体业务工作交接给下面厂长，财务李总刚好在。”

龙涛说：“厂长知道这事吗？”

郑鹏说：“他不知道，我明天与他沟通清楚，你也不要告诉他。”

挂了电话，郑鹏真的很庆幸，龙涛自己打电话来问，明天上午，真的还不好开口，说此事。又想了一会儿明天准备工作，洗漱休息了。

第二天一早，郑鹏就起床了，到酒店的河边独自散步，河风吹来，天气有点凉意，他有时候会思考着公司和自己的前途。

车子接上李锦和郑鹏又一次来河北分公司龙涛办公室，郑鹏和龙涛简单地进行沟通，并把自己做事流程与龙涛交换了意见。

郑鹏找来分公司的人事行政负责人和厂长，告知他们：龙总将会离开公司，请他们通知，分公司主要管理人员到会议开会，会议由自己主持。

在会议，郑鹏简单地给大家说明开会的主题思想之后，由龙涛进行了发言，龙涛对自己和团队的工作及其成绩进行回顾，说的大家也是默然，然后，由接替其工作的厂长发言，最后自己发言。

会后，由厂长与人事行政负责人列出工作交接清单，和龙涛进行工作交接，自己抽空时间，陪着龙涛到车间，进行最后回顾。

中午吃完饭之后，郑鹏陪着龙涛在公司外面散心，并且也进行工作具体交接，晚上，郑鹏把河北分公司的管理人员都请来，私人出钱，但用公司名义，为龙涛举行一个送别宴。

在桌上，郑鹏说：“亲爱的同事们，龙总做出很多贡献，为感谢他，公司为他举行送别宴，这个待遇公司总部的总裁都没有过。”

龙涛听这句话，非常感动，说：“多谢公司了，多谢我们的团队，我先喝一杯了！”说完，仰脖子喝完了一杯。

郑鹏说：“大家今晚上，借此机会和龙总要喝，我们要喝的恰到好处！”

大家开始吃饭、喝酒，气氛非常好，慢慢地，龙涛喝醉了，话多了，说：“我也是人才啊，当时在广东，也是好家居挖过来，由老板直接面试成功，然后上班的，这也算是老板的徒弟！”

推杯交盏之中，大家表达了情意，也喝醉了酒，郑鹏看到龙涛之事，也圆满处理，并且政权进行很好过渡与稳定，在喝酒结束总结的时候，说：“大家在一起，要发扬龙总在的时候，那种优秀的团队精神，我在工作中，也会与厂长进行紧密沟通，支持他的工作。”

停了一儿，又说道：“因为龙总在这里，有较多行李物品，离龙总老家的路也就几百公里，由厂长亲自开车，送龙总回老家。”

龙涛虽然喝醉，但听到这句话，又与郑鹏满满的饮了一杯，感谢郑鹏想得周到细致！

从河北公司回来，几天之后，财务总经理李锦也悄无声息地走了，行政部老总也走了，郑鹏将二人请来，也吃了顿饭，简单送行罢了！

在彭兵的主导下，制造中心一步步地快速减员，以满足老板要求。

经理走了些、主管们走了些，现在是班组长了，这些班组长是公司的基层骨干，但在老板要求，班组长必须要如员工一样干活才行，因此彭兵做了一个决定，班组长，要么选择自行离职，要么选择去一线做事。

这时，彭兵、郑鹏一起，在老板办公室沟通班组长之事，彭兵说："我现在安排了四位班组长到新的岗位去做事，当员工做计件工人，其中一位愿意去了，但另外三位不去，跑在我办公室闹事，搞得我都没有办法工作了。"

郑鹏没说话，因为这事彭兵事先并没有和他沟通，这时老板说道："人员裁减之事，由郑总管理，这两位员工如果来闹事，你就把他带到郑总办公室，由郑总和他们处理沟通。"

郑鹏还是不说话，老板说道："彭总的任务就主要是负责生产、质量。"

郑鹏把班组长之事的工作最终还是接了下来。

第二天，这三位人员果然如期而至，来到了郑鹏办公室，郑鹏和大家的沟通了基本信息，然后给大家讲：你们是基层的老员工，为公司发展做出的成绩，自己是很清楚的，也非常尊重大家，这件事也的依照劳动法和公司管理进行，自己尽最大努力把情况告诉给老板，努力为大家解决好。对于这件事结果，如想要不去上班，赔钱走人，公司是否这样做，自己也做不了主。

其实郑鹏心里明白，老板其实是知道了此事，就想拖，最后让这些人去当一线的工人。

这些工人就这样天天往郑鹏的办公室跑，郑鹏也把情况给老板再次做沟通，并把情况也给员工进行说明。

最后，郑鹏也没办法上班，故意在办公室和其中一位带头的员工吵起来，把事情搞大，好让老板解决。

郑鹏调查清楚，这带头的员工是制造中心一位厂长的亲戚，郑鹏想了一下，将此情况告诉了老板。

最后，由老板找这位厂长沟通，再由这位厂长出面把此事情给摆平了。

公司的人员裁减工作在如火如荼地开展，在老板严密的通过各种手法叮嘱之下，人员在大幅度地减少。

"你好，王阿姨！"郑鹏接到了老板妈的电话。

老板的妈说："采购的张经理，你们把他的事尽快处理了，你们不要考虑到他和我们的关系。"

郑鹏说："好的，我尽快和张经理沟通下，不过用什么理由呢？"

老板的妈说："工作不得力，只是能用嘴皮子忽悠人，实际做事情不行，让公司从供应商那里亏了，我这里有事实和证据。你们要尽快，有问题找我。”

说完把电话挂了。郑鹏虽然很少和老板妈打交道，但通过别人口中知道：老板妈虽然快八十岁，但精明干练，公司的采购很多具体事情，都是由她掌控着的。老板妈说的张经理，自己是经常打交道的，此人平常在公司有点老油条仗势说话，在沟通之后，动不动就是干妈说的，他的“干妈”就是“老板妈”，也就是他是老板妈的干儿子，在公司也是老员工了，深得老板信任。

郑鹏先预想了自己和张经理沟通过程和结果，当然是必须要和他沟通的；同时，决定也让薪酬经理、杨建冬也参与进来，把事情搞大，大家都担当一些责任，并都可以向张经理施压。

在郑鹏预料之外，和张经理沟通，张经理就讲述自己为公司做了多少贡献，通过采购节约了多少成本，讲了一堆的理由，并且说：我的事情就只有老板才能解决，我只需要老板一句话，话说对了，可以一分钱都不赔，而且确实我离开公司之后，想做点生意，确实需要向董事长借点钱用，作为他老哥，这么有钱，帮小弟这点小忙，等我有钱之后，就还给他。我想这是合情合理的吧！

薪酬经理、杨建冬沟通结果和郑鹏遇到一样。

这天中午，老板的妈把杨建冬、薪酬经理、郑鹏都找到办公室。在办公室里还有老板的爸，一位精神矍铄的老革命，有八十多岁了，但还自己开路虎车，没事的时候，在厂区转一圈，然后抓住他认识的老员工，讲革命的道理。

三人简单将和张经理沟通情形作了汇报，老板妈说：“我不是他的干妈，他是顺着他老婆这样叫我们的，我们家对他的帮助很大，他们家的人都有些不讲道理。”

老板的爸说：“我们公司现在遇到困难情况，需要大家理解，张经理就想公司多赔钱给他，这怎么可能，叫他来向我要钱，我一个八十多岁的人了，不怕死，那些年，在‘文化大革命’时期，我们经历多少事情，还怕这些。”

老人把他年轻时候，创业的故事以及那些自豪的事情，又给大家讲了一眉飞色舞讲起来，三人只好听着，并不时赞扬着两位老人。

老板的妈说：“今后这种事，不要事事找董事长，他的心较软，我们拿了公司的工资，就要为董事长分担忧。”

老板的爸说：“你们等会把张经理给我找到办公室来，我给他说，我看他有什么说的。”

三人离开老板的妈的办公室，交流说：“张经理这下惹着老太婆和老太爷，没的说了，惨了！和老人家有什么好说的呢。”

三人来到张经理办公室，将情况进行了说明，张经理也默然，说：“我去吧，老人家说，我就听，老板也不在公司，发信息也不回，我想他们是否是唱双簧？”

之后，张经理找到郑鹏说：“我走了，我儿子在公司留下来。”

郑鹏说：“根据老太婆的要求，你和你儿子都离开吗？”

张经理说：“我和董事长已沟通好了！”

这时，薪酬经理张华走进来郑鹏办公室说：“张经理，我刚好找你，我刚接老板妈电话，说：你儿子留下来，但你前段时间工资，也就是从开始和沟通之日起，到现在的工资是没有的。”

张经理听到这话之后，实在没有话可以讲了，说：“他们随便吧，我不走了！”

这时，郑鹏说：“张经理，冷静下！建议你儿子也一起吧，留下来没有意思。因为老板妈让你儿子留下来，她可以拿捏你，你走了，你儿子在这里不做开心吗？长久吗？不可能，倒不如，你这次高风亮节，和儿子一起走，该给你的工资，一分不少，全部照拿走！老板妈是和用供应商谈合同方式给你谈这件事。你事后，再单独找董事长说此事。”

张经理思考良久，说：“好的，我听从郑总的建议！”

张经理这位老江湖在最后，也没捞到任何脸面的消失在好家居公司。

天气越来越热，下午，天气突然变脸，下起了狂风暴雨，彭兵来到郑鹏办公室。

彭兵说：“你帮个忙，给老板说一下，把我裁减了吧！”

郑鹏说：“这是什么意思？”

彭兵叹了一口气，说：“以前谣传的都是真的，老板正在这样做，我们这些大龄人的管理者最终都是要离开公司，他要用年轻人，用自己信的过人，用自己的徒弟。”

郑鹏不说话，看着彭兵，彭兵继续说道：“老板找了一位徒弟，以前在制造做过的，懂生产工艺的，来做我的助手，说是协助我把业务工作处理好，但其实大家都明白，这是取代我的方式而已！”

郑鹏说：“我们心里都明白，彭总，你今天讲的都是实话，老板确实有这种想法，但念在你在制造裁减人员过程中，做得比较狠，所以还不会裁减你！但这是公司管理基本策略，谁也跑不掉！”

停会又说道：“老板用我们都是阶段性，实现他的一些目标之后，就会让我们走，这也正常，公司元老们都比我们先走了！”

彭兵没有说话，郑鹏明白他的内心在涌动，彭兵在公司也是一位老员工，也是一位优秀的弄潮儿，但也必须走，自己最终也要走。

郑鹏自己曾说过：“自己随时做好明天就走人准备工作，但每天依然努力工作，这会将明天走人这件事，明天的明天推迟，这就是自己过去打工的哲学。”

在老板亲自主抓，每天跟进详细的人力资源报表，“拆庙子、合部门、减岗位、优人员”的指导方针下，一些大的中心部门都没有了，如“战略中心、运营中心、流程中心、人力资源中心、企业文化部”都合成秘书办了，由秘书杨建冬统一管理，行政部由以前近二百人减到只有五十人了；清洁工五十人全部裁掉，员工统一自己分班打扫卫生；最终公司的人员减少一半。

“郑总，董事长助理找的候选人情况如何？”杨建冬在前台遇到这样问道。

郑鹏讲：“我们现在二位选人需要出差面试。”

杨建冬说：“这段时间心情比较闷，我和你一起出去面试，你给董事长说一下。”

郑鹏说：“好，我们周三就出发。”

这一天，天气非常的好，凉风习习，太阳柔柔的照耀着大地，坐在宽敞舒适动车的位置上，看着窗外风景，农田绿意盎然，人的心情也不错起来，但杨建冬心情还是没有高兴起来。

郑鹏问道：“杨总，你还有什么心事？”

杨建冬答道：“李老板还要优化人员啊！”

郑鹏说：“老板优化都是常态了，他自己都说过：看到公司人员没有减少，心里就难受，如果每天有人员被优化走了，心情就高兴了。”

杨建冬说：“是的，他也给我讲过，现在老板对员工是：加工作量，但不加价，每天还要被他骂。这些人都走了，我们的工作量又增加了啊！”

郑鹏看一会窗外，说：“闲看天上云卷云舒，坐看公司人起人落。杨总，你的心可不能消极起来，你还要辅助小老板接班了！”

杨建冬也看一下窗外，说：“老板这人，就不想让员工舒服，他早就说，员工在公司如果没有剩余价值，就是企业的负担，人在家庭里没创造价值，也就是剥削家人，所以，他总是让我们晚上加班，并且让我们第二天写日清日毕工作表。”

郑鹏说：“公司现在人心都非常散，员工没有安全感，现在制造招一名生产工人都很难，有人说：好家居公司远看似天堂、近看是牢房，员工计件的工价低，老板在忙的时候为鼓励员工，就给补贴，在闲的时候就把补贴取消掉，员工也不相信老板。”

杨建冬说：“我们俩人现在主要任务，就是把董事长助理这个岗位人员找到，其他事情，老板都有自己的打算的。”

动车飞快地向前跑去，郑鹏说：“你离开公司之后，如何打算？”

杨建冬说：“自己创业的项目还没有选好，估计还是会打工的。”想了一会儿，又说道：“在公司十多年了，现在最痛苦的日子，无所事事，我有时候安慰自己：你现在就是在和老板做生意，老板每个月给你分利润（发工资），到分手那天，老板还会给你本金（赔偿），老板不让我做了，这个生意就做完了。”

郑鹏笑道："杨总的想法很好。"

杨建冬叹了一口气，说："老板现在就盯着内部节流上看，公司每月用了多少油、多少水、多少电都在发号施令，在市场上，只想通过促销来拉动销量，这对公司品牌伤害很大，郑总也看到了，我们竞争对手，在各个地方，包括高端机场、动车站打起广告，而我们却没有投入一点费用。现在销售人员只管逼着经销商卖，不去进行品牌的思考与建设。"

郑鹏说道："好家居公司对内因人心涣散，怨气横生，缩减些成本，但真的工作效果更差了。原先建立有的品牌与渠道也萎缩之中，现只有进行自然销售方式，最后市场被对手挤压，慢慢缩小了，如果渠道与品牌没有了，公司又没有转型，公司就真的结束了。"

杨建冬说道："等我离开公司那天，人之将死、其言也善，建议老板一定要把自己还留在公司徒弟用好，还要招一批优秀学生，继续做他的徒弟，最后这些徒弟和他一起把好家居公司都搞垮了。"

晚霞照耀着天边的一抹云彩，郑鹏开着车行驶在去往农家乐的路上，今天是他离开好家居公司的日子。仅有几位人力资源中心同事为他吃饭送行，在开车上，一位同事说："郑总，洗脚水和孩子放在一起，我们要倒掉，你说有几种结果？"郑鹏看着前方急驰车辆，淡淡的开玩笑式说道："这是一道管理问题吗？"

"是的。"

郑鹏答道："有三种情况：一是老板的目的是倒掉洗脚水、留下孩子；二是做的过程中会有洗脚水和孩子一倒掉；三是如果没有做下全盘的人力资源规划，最后结果是孩子倒掉了，留下洗脚水。"

同事笑道："我们好家居公司是优化，留下的应是优秀吧！可我听说，'优化'是'优秀的都划掉'了！"

郑鹏想了下，回答道："还有一种情况，如果倒水的人有较优秀人格与胸怀，洗脚水也是有用，也是可净化，孩子与洗脚水各取所长，但有些理想化了，虽然我们好家居倡导'家'文化，其实好家居不是员工的家，老板就是一个生意人。"

郑鹏想起了自己第一次与李华国见面沟通工作情景，在工作沟通完之后，李华国突然来兴趣，聊了生活之事，以观测他自己。

李华国问："你喜欢看书吗？"

郑鹏回道："喜欢看书！"

李华国问："一年看几本书？"

郑鹏说："也就十多本吧！"

李华国说："我喜欢看书的人，说明他们爱学习、聪明、善于思考，而且因为喜欢看书，不良嗜好可能会降低很多。"

等一会儿，又说道：“我最喜欢看一本书、最喜欢这本书里的一个人物，最喜欢这个人物一句话！”

说完，李华国笑了，并从座椅上站起来，说道：“你也一定看过这本书，但对这本书对于我们那个年代文化层次不高，连高中都没有毕业（当然有社会原因，也有自己学习成绩效不好的原因），却意义非凡：‘宁教我负天下人，休叫天下人负我。’做老板一定是这样的人！否则不会成功，这也叫‘义不经商’的意思！”

郑鹏想起老板优化之事，确实佩服李华国内心斩断亲情六根的狠劲与果断！但对自己而感悟：其实，有时候的人生就像蹲坑，有时你已经很努力了，但结果却是个屁啊！顶多自己是风尾巴，而且还离不开风屁股！空！空！

这天晚上回到家，看见妻子在厨房，郑鹏说道：

桂枝新妆芙蓉面。淡扫蛾眉，花颜镜中鉴。似有雕车待堂前，却执五味烹家宴。

何惧飞烟染罗衫。一瀑流云，直上九重涧。青丝红袖芳如兰，不负金屋藏落雁。

妻子笑着说：“就你这样显摆，油腔滑调，哄我做饭给你吃。”

郑鹏说：“诗词让情感自由的美、让心灵自由飞翔！这虽然是对一位带妆的美女在厨房做饭炒菜。”

晚上，郑鹏和妻子商量一下，刚好离职，孩子也放假了。借此机会，全家自驾游，出去走进大自然，放飞思维翅膀。

身外之利抛却易，乾坤真道获变难。真将桂影展华池，千情万意人生路。时光叠叠复重重，偷度潜移三世中。秋来风雨骤然歇，心寻闲暇天地欢！

第十二回　吾性自启

郑鹏开着车，带着一家人来到并不出名，也没有被过度开发的古镇，这里商业氛围不那么浓，一种农村姑娘清朴之感，小镇的街道都是青石板铺成的路面，下午的斜阳中，走在路面，虽然有些热，但却有阵阵凉风。

一排排古建筑，墙壁大部分都是木板做的，柱子也是用约二十厘米圆木做成，两边有些商铺摆着各种特色小吃和小物件，这里的街道都有一个特征，在街道中间或两边都小溪潺潺的流水，这是造成这里天气较凉爽的原因。

天气慢慢地暗了下来，一家人吃了晚餐，欣赏街上各具特色建筑美景、亭台楼桷，飞檐翘脚，刻画得细致而栩栩如生。沿着街道往西边走，来到一个圆形小坝，上面燃起篝火，几位着少数民族服装的中年男女带领着一群在跳康巴舞，在火光的照耀下，大家的脸上泛起红光与满心洒脱。

郑鹏抱起小女儿，妻子牵着豆豆的手也加入了进去，大家在那里一顿乱舞，却也心情完全释放开来，有位热心女人还牵着小女儿的手，逗着小家伙一起摇来晃去，这时，豆豆跑到郑鹏的旁边，说：“爸爸，好热啊！我要喝水。”

跳了一会之后，一家继续往西，来到一座装扮的五颜六色大桥上，桥的上方是木雕的盖，两边是坐满了行人的木椅，栏杆上画涂着各种花与凤凰图案，这时凉风阵阵的从北边吹来，阵阵清凉极了，还传来隐隐的水声，这时只见有的游客拿出来相机在选取美景，有些年轻的男女们在拍照。

豆豆骑在郑鹏背后肩膀上，不停地问这问那，小孩的嘴中总是有十万个为什么。

“为什么这座桥雕刻得这么漂亮呢？”

“为了美观好看。”

“为什么我们平常看到桥不像这样，也做花花绿绿的好看呢？”

“因为作用不一样，平常的桥是为了通车用，这里的桥是为了游客来玩。”

“通车，也可以建的很漂亮呀！”

一家人下了桥，来到北边的下游，这里人员较多，河水在上游较窄较深，但在这儿河面却宽，河水变得平缓了，而且河底是由大的石块和大大的的石板构成，河水淙淙，却又清澈见底。一些游客早已忍不住走进水里，妻子和豆豆穿的是凉鞋，也跃跃欲试的下水，郑鹏见状，也把鞋袜给脱了，放在一边，抱起女儿，妻子一手扶着郑鹏一手牵着子的手，走向河中。

郑鹏说：“虽然河水较浅，但有石头，注意别被绊倒了。”河水有些冷意，真是在夏日炎热中送来最好的礼物，这时抬头向桥上看去，桥的侧面，用灯光组成在一条大大的中国龙。在上面水深的地方，有些年轻胆大，估计也是经常来的人，在里面游来荡去，还打起水仗。

上河之后，河岸依地势而建的茶楼，还遇到古朴的小酒吧，这样小酒吧里面应有很多的文艺青年吧，回到酒店，因为累了，妻与孩子们很快进入梦乡。

这天晚上月光皎洁，打开窗子，外面凉风习习，蛙鸣阵阵，还传来山间特有清新，让郑鹏思路回到了小时候的山村梦乡。

那时乡村孩子，村里虽有土土的公路，但车辆不多，他们是永远不会有交通安全的问题孩子；吃的自己家种的粮食与蔬菜，吃的肉是自己家喂的粮食猪，吃的蛋是自己家母鸡下的，所以也永远没有食品安全的问题，那时吃了肉之后，还可以直接喝井里凉水，肚子都不痛，也没有事的。

呼吸的是菜花香、青草的味道，还有农村生火之后做饭吹烟味的空气，纯纯的没有任何污染雾霾空气；那时候，村里大人孩子们可以为了去邻村看一场电影，打着火把，半夜来去，走在乡间小路上，大家热热闹闹唱着跑了调的老歌，偶尔还有胆大孩子讲一些鬼故事，来吓胆小的和女人们，逗得大家哈哈大笑。

我们现在城镇化了，工业化了，经济发展了，社会进步了。听一位哲人说：人类社会一进步，上帝就笑了。也许我们进步了，也倒退了吧。

郑鹏推开窗户，一股夹着水雾味的空气慢慢沁入心脾，他想起刚才豆豆问的问题，自己也不知道如何解答，为什么宇宙中有这么多少星星呢？他们寿命有多长？生命究竟是什么？生命真的就是没有呼吸了吗？郑鹏知道，这是因为近段时间，自己给他读的《数理化演义》这本书，他发出奇想。

确实，我们现在认识的宇宙形态，是星球与星球之间通过万有引力相互吸引，你围绕着我转，我围绕着他转，星球随着自身有序的轨迹而运动着。但现在有科学家通过计算星球与星球之间引力发现，星球自身的引力，远远不够维持一个个完整的星系运动，而且要五倍于我们看到物质，也就是说宇宙之所以能维持现有运行规律，可能还有其他物质，只是目前为止，我们还没有看到与找到，就像当年居里夫人发现镭一样神秘，现在只能发现光线在经过某处时发生偏转，而该区域我们并没有发现物质，但又不是黑洞，因为黑洞是光出不来的，它会发出其他射线的物质。

而且，现在的宇宙还在不断膨胀，而在加速膨胀。但如果加速膨胀就要有新的能量加入，这种能量从哪里来？特别现在我们伟大祖国的量子卫星成功发射之后，他们的原理是量子纠缠的原理，即两个没有任关系的量子，会在不同位置出现完全相关相同的表现，相隔很远的两个量子，之间没有任何常规的联系，一个出现状态变化，另一个几乎在相同的时间出现相同的变化，而且不是巧合，如神一般发生纠缠，而且量子传导速度四倍于光速，把我们人的意识放在量子态去分析，意识其实也是一种物质，这会完全颠覆我们现有辩证唯物主义哲学的认知。

这和一千多年前我们人不知道有空气，不知道有电场、磁场，不认识元素、分子、原子、电子、质子、中子一个样，我们未知的世界很多，多到难以想象，所以，人类社会一进步，上帝就笑了。世界如此浩瀚，人类如此渺小，我们是如此更渺小。郑鹏想起了小时候两小儿辩日故事，太阳是中午大、还是早晨大，孔夫子也不知道也。

自己现在大了之后从另一个角度认知，圣人孔夫子对我们社会治理、人与人之间关系的哲学，在总结前人基础之上，有很深的认知，可又说明他们在自然科学认知上，确实有不足之处，同时代的西方大哲学家，如苏格拉底、柏拉图、阿基米德，他们都是伟大自然科学家。现在我们对科学越来越重视，如邓小平先生提出，科技是第一生产力。

基于自己对科学的热爱，所以自己给豆豆买了一本《数理化演义》的书，来启迪点化其科学的智慧，特别是豆豆天性的情商不是很好，而对科学确实有爱观察与思考，自己希望他未来的人生扬长避短。

这时妻子，翻身看见郑鹏还在窗前说道：“明天还要去都江堰呢，睡了吧！”

一进都江堰的大门，右边就是现代著名文学家余秋雨先生题词：拜水都江堰、问道青城山。拜水，二字用的特别奇妙，显示了中华民族对水的奇特情感和崇礼之情，在老子的《道德经》，对水就有精辟描写：上善若水，水善利万物而不争，居众人之所恶，故几于道矣；天下莫柔弱于水，而攻坚强者莫之能胜，其无以易之；江海所以能为百谷王者，以其善下之，故能为百谷王；天下这至柔，驰骋天下之至坚。

而刚好旁边就是青城山，也就是道教发源地，而道教最宗来源就是老子，也是道教里的太山老君，道教不等同于道家，但他们最本质哲学是一样的，而且都是以《道德经》作为开篇之宗的，郑鹏喜欢道家之智慧，而喜与道士一起谈道教哲学。问道必在青城山，拜水必来都江堰，而且二者智慧完全融汇，也与儒家的“智者乐水、仁者乐山”而呼应！

正中一处如蒙古包一样喷泉，四周架起圆木，下面是用竹条编成弯曲条形筐，里面装的是大大小小的鹅卵石，这是李冰父子修建都江堰的原始材料，结实而灵动。

往前走去，石路的两边是小水渠，并且用青石雕刻的小龙头，汩汩的喷出泉水，两边还有的是历史上在四川的一些名人塑像，最后一位是诸葛亮先生的，因为太多的人与其合影，所以他的脚都被大家摸的发亮了。这时右边一棵“张松银杏”，传说是三国时候张松所栽，现已有一千七百多年的历史了。这棵树在前年开始还结果了，结的果子比乒乓球还略小一点，晶莹剔透，听说吃了，可以长生不老。

正中间一间中国传统道教建筑，前面有六棵古老的参天大树，跨过高高门槛，里面李冰石像，这石像是李冰在治水之时雕刻，当年也是为了镇水，并监测水位一种方法，这石像虽年代久远，却依然是那么清晰，李冰因治水都江堰而得名，都江堰因李冰而幸，蜀国，因此而成为天府之国。

余秋雨先生对此有散文专门描述都江堰功绩。学而优则仕，封建实行科举制度，造就了多少状元郎，但有多少是千古留名，造福人类，李冰一位科学人才成为蜀郡太守，他的治水为秦国统一中国，打下坚实基础，并奠定中国人的国家意识，在抗日之战中，四川作为大后方，坚定支持国家的人力与物力，让中国人民有坚定信心长期抗战，直至胜利。

李冰治水的“深淘滩、低作堰”的方法，并结合道家的“道法自然、天人合一”深邃哲学思想，到现代国人，也必须学习的智慧。其实，做实事才会流传千古，在四川另一位名人，杨慎，其父是明朝的首辅，他也是状元，但在官场的政治斗争中，失败，自己一生流放在贵州之地，后来成为明代三大才子之首，并写了三国演义开篇词：滚滚长江东逝水、浪花淘尽英雄，是非成败转头空，青山依旧在，几度夕阳红，白发渔樵江渚上，惯看秋月春风，一壶浊酒喜相逢，古今多少事，都付笑谈中，这位才子也大彻大悟的看透，不过据说当年皇帝却没看透，时常记着他，问他生活过的如何？对他当年在朝廷闹事耿耿于怀。

郑鹏带着家人从左边沿着水利工程的鱼尾走过一座木桥，有年轻的好事者，在桥上晃来晃去，吓得胆小的直叫，但安全没有问题，慢慢地走向工程的鱼头，又过一架在李冰时间就已修好的长长的木索桥，水在桥下哗哗地流，桥在水面上荡，高高的空间，有些让人目眩。

过了桥，来到山上是一些道家的冠宇，里面有多种道家人物雕塑，经过“安澜桥”“五一二遗址”“上善若水”“时来运转”等景点，最后从山这边的方向回到门前，这时台阶旁边，也就是门口水渠的源头处，大家在洗手，据说用这水洗了手会发财，两边各一樽，大的龙头在前喷水，龙头后面是乌龟背的形状做底座，并刻有九条小龙缠绕其上，上面是龙身昂扬成柱身。

在左边还有古老木桩，略比人高，并雕成道家人物的模样，活灵活现、姿态不一的喜笑或远观，显的充满智慧与看透人间尘世的洒脱不羁！

看着窗外月光如水，远山的高峰若隐若无耸立在哪里，这里冬天是要下雪，很多游客只是白天在这里观看风景，但夜晚下的都江堰更让我们听觉生灵，听滔滔的水声与先祖进行智慧的对话。张载的四句“为天地立心、为生民立命、为往圣继绝学、为万世开太平”，这就是李冰父子事功吧！

离开好家居公司，从内心得到一种释放与自由，同时也感谢好家居公司这段时间给自己带来的工作与思想启悟。

郑鹏拿着手机，他现与原先公司的同事，都通过微信联系上了，包括第一家公司的老板，十多年过去了，两人一笑了之，两人都说起那个年少不更事的郑鹏。后来李莉也联系到了自己：GZ公司最终没有挨过当年那场席卷全球的金融危机，关闭了中国大陆的工厂，李莉在那里坚持到了最后，在破产的过程中，她赚了一笔钱，出来自己也买了两台机器，把原先GZ客户拉过去，做起了自己的事业。

前一周，郑鹏突然接到了一位GZ公司老同事电话，说余威现在一家大型的跨国集团公司做高管，这次来成都出差，大家聚起。几人在席间谈起了当年那些共事的美好回忆，有时惋惜、有时大笑！

元旦节快来临了，天气还是那么的冷。

这天早上，在豆豆的一再要求之下，郑鹏去送他读书。吃过早饭，小家伙兴高采烈的背上书包，穿上鞋子，戴好红领巾，快速跑向电梯。走在外面，雾特别大，几米之内看不清楚人影，而且在寒冷的冬天，天气本来就亮的较晚，大家驾驶着车都打开雾灯，偶尔鸣着喇叭，缓慢的行动着。

郑鹏本来也想开车送小孩子去上学，这本也是豆豆再三要求自己送他去学校的原因，但郑鹏看到路上车辆的样子，改变想法，决定步行去学校，刚好也锻炼下身体。

郑鹏说："宝贝，今天的雾很大，公路上车辆行的很慢，开车易堵车，反而可能会导致上学迟到，我们不开车了，好吗？"

豆豆本来高兴的心一下低落下来，自己也看了一眼路上车子情况，估计考虑到爸爸说的也事实，也不好说什么，一会开口说道："不开车，可以，但有一个条件。"

郑鹏问："什么条件？"

豆豆说："你要给我一个故事，题目我随便出。"

郑鹏说："好的，你出题目吧，爸爸给你讲。"

小家伙眼睛四处看了看，突然把目光盯在车子上，说："你给讲一个《轮子》的故事吧！这很简单的哟！"

郑鹏看了一眼豆豆，小家伙脸廓长得像他妈妈贞子，眉毛和眼睛特别像自己，个子也长得比较快，现在开始读二年级了，想法也多了一些，喜欢自己动手做一些事情，而且思维活跃，并且妻子也有一个教育理念，不要剥夺孩子劳动权利，小家伙因此自己都会洗一些小衣服、拖地、做简单的饭，其实在他的思维里，这些所谓的劳动都是"玩"的概念，但也练习了他独立生活的能力。现在豆豆这个小脑子里有时候也装了些稀奇古怪的东西。

郑鹏略微一想，就给豆豆编起了轮子故事。

第一代轮是我们祖先通过自然界中滚动圆石、圆木的原理发明的，他们把那些圆木锯开，并在中间打成方孔，如现在清代的币一样，外圆内方，做成轮子之后，就方便于运送沉重货物，这样就省力了。第二代轮是中空的，如道德经理里讲的"三十辐，共一毂，当其无，有车之用"，当然轮鼓与外轮之间不再实的，而由轮条做成空的时候，这就减少轮子在行进过程中刚性，也就是现代车子减震作用，而且更轻了。

第三代轮是轮心是铁做的了，并且中间还有弹珠，轮子也是刚的了，这进一步增加轮子的圆通性和弹性，行动起来更加安全可靠。第四代轮是外轮用橡胶做成，并且可以打气，这更增加了轮子弹性与坐在车上舒适性，如现在自行车轮子一样。第五代轮就是现在汽车轮胎和飞机轮胎，他们真空的，没有内轮胎，这进一步增强轮胎的性能。最后，轮子有两个特征，更适合来指导我们人生，一是外圆内方，二是外圆内刚，郑鹏一边走一边讲故事，针对豆豆较刚性格，做出了发挥性解释，寓教于乐的故事之中。

这样的半小时上学路程，豆豆津津有味听着故事，学校大门口到了，故事也讲完了。

豆豆说："爸爸，晚上回来，你还要给我讲故事，我随便说一个字，你就给我讲一个故事。"

郑鹏说："好的，宝贝，学而乐！"

郑鹏送完豆豆上学，在回来的路上，在校门口的车辆特别多，而且大家都在这里调车头，车子在宽广的马路上乱七八糟停开，其实路够宽的，但没有设计好，没有有效的引导车辆，大家反而慢了，在管理过程，其实有框框条条的流程，反而会提升效率，如高速公路一样。普通公路慢是因为太过自由，如行人随意穿梭，车辆自由走走停停，反而降低效率。

郑鹏边思考边走，此时雾虽然还没散去迹象，这反而意味今天可能会有一个大太阳。这时，郑鹏发现路边还有晶莹剔透的露珠，点缀在枯黄的小草上，其实在成都的冬天并不完全是一片萧条的景象，这里大部分树木是一年四季都绿绿的，如榕树一样，这时还充满着生命不屈之意。

郑鹏没有多想，随意地走到旁边一个公园，抬头往前走去，这个公园是新修的，一条自然的小河穿流而过，而且是开放的公园，这时在旁边四个刻有书籍雕塑青石上，镌刻着"智慧公园"四个大字。

在郑鹏的思维意识里，智慧与知识是有差异的，知识改变命运，知识是人们学来的改变社会的，是越学越多，也就老子讲"为学日益"，知识只有与每个人心灵融合并且通过实践之后，有自己体会或感悟才能叫智慧，有智慧的人可以正视、反省自己的思想、行为的不足之处，不断修身心，提升自己作为人素养。有智慧的人是灵动的，与天地融为一体，而有些有知识与经验的人，有时可能会因循守旧，固守自己过去知识而无法超越，有智慧的人是不停的超越自我，一个人只有超越自我，就可以说实现马斯洛的自我需求理念中最高层次的自我价值的实现。

郑鹏来到小河边，此时的水一片宁静，水面平静得可以照出人的影像，似乎在这寒冷冬天也在参悟宇宙之道，郑鹏想起大学里格物致知，自己能把小溪里的水格出什么道理来了，当年的王阳明为当圣人，遵从孔门的朱熹教育，格物通理，和同学格竹子，最后两人都格了一周之后，吐血了，却还是没格出什么理来，这差点断了王阳明先生圣人之路，当然最后的龙场悟道：圣人之道，吾性自足，心外无物、心外无事，人本身的内心就是与天地万物融为一体的，每个人的内心都是有良知的。

大学里面讲的：格物、致知、诚意、正心、修身、齐家、治国、平天下，朱夫子是根据的是大学本身原文最平正的讲法，所以王阳明老先生也不怪朱夫子，当然来王阳明先生根据自己的知行合一、致良知学说，把儒学精要之处吃透之后，再根据儒学之理来解释大学，把致知解读为致良知，是非常精妙之论，并且对诚意、正心进行了一下子融会贯通。这八目里面最核心的在于修身，这也是中国哲学精华之处，中国哲学历来讲究主体的修为，和西方哲学讲求外面规律是不一样，所以儒家都讲究慎独，就是针对主体而发的，修身过程本身也就要致良知，也就是大学三纲，大学之道在于明明德、在亲民、在止于至善，王先生后面的四句教：无善无恶心之体、有善有恶意之动，知善知恶是良知、为善去恶是格物。

无论儒家的《大学》《中庸》《孟子》《论语》，还是道家《道德经》《齐物论》，或是佛家的学说，都是具有普遍的哲学智慧，在某种意义讲，所有宗教的都有一套自己人生观、宇宙观哲学论，并且能自圆其说，他们的这种哲学都能给人以启发，当然我们生活的当下，还是要学习专业的知识的，闻道有先后，术业有专攻。

现在我们国家一些在改革开放之后成长起来民营企业家，都是凭着胆子大，有点原始的资本，再加上苦干，把企业做起来。但本身学历不高，大部分人蜕变成有文化的老板，并且有钱之后，成了人大代表、成了企业家，但本质还是原先的“包工头”思维，并不是张瑞敏先生讲的“儒商”，更不是“商儒”，而且基于自己成功经验，自高自大，以为自己有智慧超群，什么都能做。但在企业实际经营过程中，真有一条原则就是专业的人做专业的事，好家居李华国老板经常自己将智慧挂在嘴边，但实际做了很多旁观者都显而易知的错误决策。

学习与读书的功能是让每个人、每个团体、每个民族、国家能够自我进行反思，认识到我们思想、意识、知识、经验中成功与不足之处，然后进行为修身、完善，让我们保持着进步。越是没有文化的人到年老越固执己，越是有文化的人越能反思自己，非常轻松地意识到和正视自己的缺点，并进行改善。

记的GM公司刘老板曾讲过，自己企业能成长起来原因有三：一是遇到了国家的大好政策与发展环境；二是自己确实经常反思，少犯错误；三是通过团队一起，大家勤劳苦干做起来；这就是一位有文化人智慧的自知之明，但他也并不是一帆风顺。

企业家之间最大不同，从表面看是公司规模、资产，赚钱多少，但就本质却不是，是什么呢？一是企业家本身的道德文化修养，看他的文化修养与德性，能承载起那么大的物，多少的大老板最后消失在人们视野之中；二是企业家本身的胸怀与格局是否高远，是否有海纳百川，如我们尊敬的华为公司老板；三是企业家知识是否有高度的战略眼光与行业的深度的认识，在企业经营之道修炼足够，我们真的做好企业治理之道，百年老店，如宗教一样的千年公司。

我们国家治理经历了周公制礼作乐封建社会、以秦始皇为代表六国一统君主专制、孙中山先生建立现代民主治理制度，我们现代中国企业家还存在什么水平，应是封建社会与君主专制混合体吧！如果要发挥出员工作为现代企业原动力主动性，员工是人才，就必须建立现代企业治理机制，也才能解决企业家接班人问题和长远发展的问题。

企业家，必须学习点哲学，中国的企业家必须学习中国的哲学！

经理人，必须学习点哲学；中国的经理人必须学习中国传统文化哲学与企业经营之道！

水风轻轻月露寒，梧叶飘黄诉衷情；寒风萧瑟梅花香，心学亮慧书中来；青城道家洗烦心，都江堰水高鸟飞；野旷云低新月明，鱼翔浅底霜自由；李冰淘滩水千秋，秦皇功过后人评。

第十三回　再启征程

二〇一五年，成都。

新春已过，新的一年又开始了，中国北方天气还在冰寒地冻之中，成都也还是如以往一样，雾还是那么大、那么频繁，大家很少见到时太阳，如果起得早，在城郊之地枯黄的草地上，还会有一层白晶晶的冰霜，如果再往西北大雪山、甘孜方向边还会下雪，大部分时间都还是那么阴冷冷的，不过白天的时间长多了，人们已在开始忙碌着生计与生意。

一年之计在于春，一日之计在于晨。

拉开窗帘，西边的天空还有一勾如镰刀一样的晨月悬挂在那里，外面已开始有人语响了。郑鹏早早地起了床，快速的洗漱完毕，上身穿一件灰色衬衣，再穿一件薄毛衣，外面再套上一件紧身淡黑色的羽绒服，下身穿了一件天蓝色的休闲裤。

此时厨房亮着灯，并响起了放菜板的声音，随后响起了沙沙的切菜声，妻子穿着衣服、围好裙子已经在厨房忙碌起来了。

郑鹏在妻子的背后伸手轻轻地抱着她，开玩笑地说：“我老婆是家里的厨师与营养师，两位宝贝会因为有这样的妈妈而健康成长。”

妻子回过头看了下郑鹏，说：“豆豆昨天说要吃三明治，所以我买了些面包、培根、鸡蛋之类材料，今早做给他们吃。你今天还要回广州，你先喝点豆浆，三明治马上好了，你也尝尝，多提改善意见！”

郑鹏笑道：“多谢老婆大人，辛苦了！我去叫豆豆起床了，让其开心的品尝他老妈的手艺！”

郑鹏吃完早餐，背一个简单背包，穿好鞋子，走到桌边，抱起正在开心吃三明治的豆豆，亲了一下，说："祝学习愉快，爸爸出差两天，很快就回来，你是家里的男子汉，要照顾好妈妈和妹妹哟！"

"爸爸，你是回广州吗？"

"是的，爸爸去办事，很快就回来。"

郑鹏又拥抱了一下妻子，妻子说："注意安全，你带水杯了吧，要多喝开水！这样有利于肠胃，并补充阳气。"

郑鹏说："是，遵命，老婆就是好！我们家的营养专家。"

郑鹏已养成习惯，每天出门之时，都要相互拥抱，这样感受家人亲情与爱。

小区里面灯光还亮着，天还没有完全亮，远处有几位晨练之人的身影。郑鹏想起毛主席的诗词：东方欲晓，莫道君行早，踏遍青山人未老，风景这边独好！迎着寒寒的晨风，朝外面走去。

这里到机场约有五十分钟车程，因为早上多雾，怕堵车，所以郑鹏留了一个半小时的时间，不急不缓地开着车，车辆通过收费站，上了高速之后，车内雾气蒙蒙，郑鹏打开空调，并把雾灯也开了，行走到前面一拐弯之处，雾更大了，这时郑鹏放慢速度，并打开了警示灯以提醒旁边车辆。因为较早，其实路上车辆并不多，大家都走得很慢，下了高速路，然后一直到机场的停车场，虽然因为雾的原因，行的较慢，却不堵塞，所以实际只花了一个小时就到。

郑鹏将车放在停车场，快步走向候机楼，然后拿出身份证换好登机牌，这时机场人员晃动，看了一下时间，还早，郑鹏给妻子打了一个电话，报一声平安到机场。

然后走到旁边一个书店。郑鹏喜欢逛机场书店，机场的书都是较新与热卖的书，在这样的书店你可接触最新的知识点，然后如果看上一本书，你可以直接买了，或者记下书名，回家之后再到网上购买。这时郑鹏沿着书架，双眼一排排的扫过每本书，这时将眼光落在一本红色书皮上，《周鸿祎自述，我的互联网方法论》，互联网思维第一书，互联网转型方法与路径图。

郑鹏翻了一下目录：欢迎来到互联网时代、互联网里的用户至上、颠覆式创新、免费时代、体验为王、互联网方法论，再略细微地看了书里内容，感受实践性强、浅显易懂，操作有用。在那么多互联网书里，看到这样一本好书，就直接就掏钱买了。郑鹏小心地拿着书，心里想到，可以在坐飞机这段时间里，好的阅读下。

郑鹏买书有一个习惯：一是写书的人一定是一个人所写，两位及以上的写的他一般不看，因为这里面有拼凑与逻辑的不统一的感觉，特别是管理类的书；二是写书的人一定要有非常丰富的实践经验，这样的书才有独特性见解；三是最好看经典的书，特别管理学的书，他很少看那些很热门但其实都差不多的书，这些书大部分为了自己的商业企图，想出名，用一些文化公司的写手并与出版社合作，而出的书，这些书看似结合很多案例，而实际并没有作者对管理真实感悟，都只是一些表相而已。郑鹏喜欢边看书边做笔记，并写下自己感悟，将其书中思想与内容，读成自己理解，这就是他说的：通过书与智慧的人对话，你将会受益无穷。

他想起最近与一位专家讨论中国人关于读书的观念。这位管理专家在讲台上拿出图片证据说：中国一年人均读2本书，发达国家的人均读书量都比我们强，如美国人一年读十二本书，犹太人读的书就更多读了。

郑鹏表达了同不同观念点，说道：我们是读书的，我们是读文章之书！我们是读碎片化之书（包括视频与音频）！我们读的绝对不少。我们在互联网时代，用碎片化的时间，利用手机的方便，更加随时随地读书学习。只是我们现在读书太过功利性了：应试教育死读书、工作所需才读书。我们缺少读的是圣贤或经典书，很多国人只是在大量的、娱乐性的读文章，是走马观花的读书，而不是抱着求知、求真的态度去读书！缺少的是读书的质量！缺乏深度阅读。

什么是深度阅读呢？就是与书中的作者对话，将书中思想内容与自己心灵感想一起融合成精华：哪些是与作者共鸣！哪些与作者有不同意见，而用自己独特的感悟！大家见过毛主席点评二十四史吧，是深度阅读的典范！我们静心深读一本经典书，胜读100本普通书；“万书并作，各归经典”，夫物芸芸，各归其根。如管理学的书，我们必读德鲁克的《卓有成效的管理者》《管理的实践》《管理的使命、责任、实务》。我们如果读了这些书，就再也不会被那些商业包装并且还名家推荐的畅销书蒙蔽双眼了！

郑鹏手里拿着书，一边想这些读书的心的体会，一边步行来到了安检口。这时安检好像变的严格了些，连皮带都抽出来检查了。

上飞机之后，在后排靠窗的位置下，此时机场的大雾已散开了，太阳的光芒透过云层照在飞机坪上，带来生的迹象，冬天来了，春天还会远吗？郑鹏坐交通工具有特点，前后无所谓，一定要靠窗户，虽然根据原理，坐飞机挨着窗户可能会有意外紫外线，对身体也许会造成不好辐射！但还是很喜欢窗边位置。

郑鹏用心理学知识解释：这样的人，心是开放的、阳光的、空旷的、想象力很好的、有时爱幻想，偏文艺范一些，理性的思维较次。而且郑鹏喜欢坐高铁与飞机的那种快节奏与高大上的感觉，一到这样环境里，就会不由感受到生命的激情与成就的欲望，更会享受这样的环境下那种没有人打扰的阅读与思考的心灵快感！

此时，飞机视频里播放出动画式安全录像片，以前有空姐在中间过道上随着解说员做动作，在郑鹏的心里，这是她们的例行公事，但又是必须的，这个动画片的片子倒是灵动多了。随着飞机缓慢的滑行到跑道上，然后快速地加速，机身震动起来，轰轰的发动机鸣声响起，飞机仰头飞离陆地，冲向厚厚的云层，穿过蒙蒙的夹层，来到平流层，阳光四射，到了更高处更是一番风景。

风景在云上独好！在地面估计还是雾气重重，在云的中间也灰蒙蒙的，但到上面观看，云朵悠闲的飘走着，变幻成各种形状，很像那种写意画，有时如棉花、有时如白羊群、有时如盐湖一样，天边有丝蓝色，又如远阔的大海。

飞机进入平流层之后，平稳的飞翔在空中。

郑鹏拿出《周鸿祎自述，我的互联网方法论》，继续看着小目录，又更为细致地看内容，并在核心观念上做标识：互联网里面的用户至上，是用户而不是客户，互联网的本质是为用心服务；颠覆式创新需要逆向思维；免费开启我的互联网之旅，免费是一种商业模式，也更是一种颠覆性的力量；互联网的转型与跨界；体验为王与追求极致，体验的基础是用户的需要，一定要聚焦、大道至简；好的产品让用户离不开，好的体验需要处处留心。

郑鹏似乎没有注意到身边发生什么，只是在空姐拿水与食品的时候说了一声谢谢！在飞机着陆之前，他静静地合上书本，思绪万千，这本书的道理看似很简单，非常好懂，但平白语言里却是思想意义很深，他结合自己理解，这些思想深入了自己内心，让自己思想好似吃了一顿美餐，但却还意犹未尽的回味着：用户至上、体验为王。

郑鹏下了飞机之后，快速地坐上机场快线。

广州，一个他生活多年城市，在这里是他的第二个家乡，他对这里熟悉到眼睛一闭，就有一个广州及周边城市的活地图在脑中，他喜欢广州，其实广州更适合他的性格特征。郑鹏曾在年轻之时，那时刚毕业，算过命，说他的生命财富之气在东边与南边，这是根据他的八字算出来的，他不相信，但这个算命先生又是对的，因为在中国的东边与南边都是经济发达的城市，这些地方更适合他们这样的年轻人。

巴士车快速地出了候机楼，走上高架桥，往市区走去，郑鹏这时感到有些热，把羽绒服脱下来放在怀里。望着外面的阳光明媚，公路两边绿树与花卉，这一切是那么的熟悉与亲切，这个南方城市的冬天是如此这般惬意，望着窗外风景：时而高楼林立，时而低矮的住房，郑鹏想起那些年在这里工作生活的情景与感触。

这里有现代化的高楼与繁荣的商贸，也有居住在城中村的挨的很紧密的“一线天”出租房；有厚重历史感文化环境，也有改革开放之后，前沿城市的快节奏的文化生活；有富可敌国的富翁可能只穿一条休闲的短裤，也有西装领带风度翩翩月薪只有几千元的月光族。

郑鹏这次来广州，是接受自己念MBA班老师介绍，和一位也在学校读工商管理班的老板见面，对方希望招聘到一位专业知识能力很强人力资源总经理，成为他的左膀右臂，提升公司的人力资源管理水平。公司人力资源中心的人招了很久，老板都不满意，所以就通过老师，希望可以推荐优秀人力资源专业的人员。

这次来的所有费用都是公司出的，也可以想象这位老板对老师的信任与求才之心，郑鹏对回广州工作本来就有些犹豫的，但想借此机会：一是回广州再看看；二是见了老板之后，如果不能合作也可以交朋友；三是双方沟通相互认可，合作方式可以是灵活的，可以咨询也可入职，看情况而定，这样自己也有选择余地。

郑鹏下了机场快巴，旁边就是南方人才大市场，对面就是广州购书中心，一个让人思想丰满的地方。走在大街上，行人匆匆地擦肩而过，冬日暖风拂在脸上，是如此的让人舒服与无限惬意！郑鹏快步来到约好的地点，这一家西餐厅，自己以前广州上班也经常在这里坐，在年轻之时，还在这里写了一首打油诗：承担了这个孤独寂寞的周末，找个幽静的西餐店，来一杯咖啡品尝孤魂之人，你不是放风筝的人，我却是飘落那水中的风筝，想让距离解开思念之结，但"结"却缠绕的更紧。郑鹏想到年少轻狂的自己，不由得笑了。

郑鹏上楼，找了一个角落里包间，里面非常幽静，打开窗户，外面有几棵木棉花树。木棉花是广州的市花，每年春节之后时间，就会开出如火如荼、耀眼醒目的深红色花缀满枝干，所以木棉花也有生命之艳和勃勃生机之意，也有英雄树之称。

郑鹏点好一壶茶，给王永标发了一个信息，告诉了地点与房间号，然后继续拿出《周鸿祎自述，我的互联网方法论》的书，又慢慢细读其中的案例，郑鹏读书有个习惯，对于好的书，先理清文字的意思，再思考逻辑的意思，再领会其中本意，并与自己思维结合起来思考。

一会儿，服务员领进一位中年男子，郑鹏合上书，立即起身，说："王先生好！这边坐"

王永标坐下，看了下郑鹏，说："你从千里之外的成都过来，还顺利吧！"

郑鹏回道："顺利，王先生先喝点什么？"

王永标也点了壶茶，郑鹏借机观察了下王先生，瘦小身材、显的稳重而干练，理着平头，两眼较大而炯炯有神，额上有细微青筋，消瘦的脸颊上，鼻梁挺直而有力，嘴唇较薄而又嘴唇轮廓线分明，脖子长而因为瘦而筋络突起，上身穿一件衬衣，外面着一件普通灰色西服，在他普通的外表下，有一种说不出的气质，郑鹏感到这种气质是矛盾。

如果将王永标与原先刘老板相比较，没有刘老板的高瞻远瞩和霸气的外露，也看不到一种高学历修养与思维敏捷，但绝对是一个文化修养的人；如果将王永标与李华国老板相比，截然不同的有文明礼貌的修养和一种内敛的气质，绝对有一种做老板的那种不容侵犯其权威的感觉，让人感觉喜怒不形于色。

郑鹏说："今天来的路上很顺利，飞机也没有晚点，这似乎也预示我们今天是个好日子！"

王永标微笑着，点点头，说："成都天气还较冷吧，广州天气在冬天是不错，温暖宜人。"

郑鹏也微笑着，说："广州天气确实舒服，我在广州也生活很多年！"

郑鹏停了一会儿，说："先把我的情况，简单地介绍下，王先生了解我之后，沟通起来也可有的放矢，你有疑问，也可以随时问我。"

王永标动了动身子，换了下坐姿，身体朝前倾了一下，眼神再次移向郑鹏。他眼前的这个人很自信，没有如公司的员工，把他当成董事长那样毕恭毕敬，这种自信中也带着真诚与直率。此人国家脸型，轮廓分明的口唇与厚实的鼻翼，宽宽的额头下面有两道浓眉，显得有朝气与激情，但似乎眉毛之间靠得太近了些，显示出人生圆练程度需要磨炼！公司现在的发展阶段正要这样一种具有杀气变革的人才吧！但也许不能长久拿用，就如一块锋利刀片，好用却易折！而且大家也抢着用，也易耗尽其钢刃，是否长久，要看其内心修为！

郑鹏简洁地把学习培训、工作经历做了介绍，王永标认真听完之后，问道："你认为人力资源总经理与人力资源经理有什么差异？"

郑鹏喝一口茶，说："这样，我把人力资源从业者几种境界，用非人力资源语言，简单分享下：总而言之人力资源是一个入门易、提升难的职业。一级，是刚入门的菜鸟，在专业主管人员带领下，可以做些基本的人事工作，然后慢慢接触专业知识，可以修修补补一些人事管理制度与表单，可以做主管。二级，是有几年经验，也通过专业人力资源学习，懂得所谓的六大模块：人力资源规划、招聘、培训、薪酬、绩效、员工关系管理这些工具，可以应用，知其然不知其所以然，这时没有自己独到见解，但可以基本应用这些知识，这就是人力资源经理。"

郑鹏停下，看了下王永标！

然后接着讲道："三级，有七八经验了，人力资源专业知识进步深化了，并有自己一些独特的经验感悟了，意识到并有意地去了解公司各部门业务，做起工作较为得心应手，在知识层面已有自己独特感悟与观念，人生修炼的情商也较高了，人际关系较圆滑了，到达这个层面已是这个领域佼佼者了，他们很多已是人力资源总监。四级，有十多年经验，专业知识早已过关，并且可以在外面人力资源市场讲课。对外：有战略的思维，对企业商业模式、行业的发展、竞争对手有了解，并对国际国内的人才发展趋势与政策能有效把握，对内：可以推动公司管理变革，成为公司战略的参与者，业务的推动者，把公司管理水平带上一个新台阶，成为老板左膀右臂，而且可能从业人员自己就有一定资源可以促进公司的发展。"

郑鹏说完之后，看了一眼王永标，然后又说道：“王先刚才提这个问题很好，我也借此表达一个观念，其实高管除了专业知识之外，本身在观念上要与老板稳合，两者对事物有共同观点，做起工作更默契些，就是易经讲的同气相生。”

王永标点了点头说：“很不错，浅显易懂。”

郑鹏继续说：“我希望未来公司的人力资源平台不仅是一个普通人事工作，游历于业务之外，未来的人力资源工作要参与到业务中，在实际工作过程中，要参与公司重大经营会议、客户活动、供应商与经销商活动，了解公司业务动向，公司的人力资源只有建立在深通业务之上，能够与各业务进行有效的沟通对话，这样才做得精、透，否则起不了多大实际的作用，只是漂浮在水面上，只有这样对公司才起真正帮助。”

王永标这时收起眼神，看着郑鹏，微笑着说：“这个理念，我赞成！那你认为人力资源核心价值是什么呢？”

郑鹏也微笑着说：“从财务的角度讲最直接的就是投资回报率，当然可以细分为人均收益率或其他细分公式与定义，但最好是确定一个具体的指标概念，让我们与行业水平进行对比分析，看自己在行业处于那个层级，以便于分辩公司人力资源真实的竞争能力，特别是与行业的标杆距离。从人力资源角度，组织岗位人才的培养产出，这里培养而不是培训，这是有很大差异的，培训具有更多时间短暂性、直接性的！培养更具有战略性、系统性、深远性，涉及企业未来，即百年树人的大目标。”

王永标问：“谈你对企业文化看法？”

郑鹏说：“这个问题较大且没有目标性，我们可以深入交流下，先谈我的几点看法。”

一是很多管理者都说企业就是老板文化，这话没有错，但也有失偏颇，企业文化严格来讲是企业性格，这种性格离不开这个国家与民族的文化根基，举例日资企业终身制与他们这个国家提倡忠的文化有关，美资企业讲创新与自由，与美国建国思想与宪法里的主旨目标是相承，我们国家文化，普遍而讲是儒、释、道，稍学术点讲：儒、墨、道、法、名、阴阳家，特别儒、道两家影响深远，深入到我们骨髓与血液，而且这些思想有些时候看似矛盾，而实则根据情况而推变的，举个例子，我们传统文化里提出最大的用人观点是“用人不疑，疑人不用”，可我们海尔集团张瑞敏先生是一位深通国学文化的高明管理者，他提出“用人要疑，疑人要用”，我们人性中有一面是疑，疑的背后思想，是要用管理来制止我们人性中另一面。

二是企业文化就是老板与经营层或全体员工一起创建的，如毛泽东思想，实际上毛泽东为主体的共产党思想的结晶，毛泽东是那个年代一个符号，而且也只有让员工参与进企业创立或培育过程，这样的企业才有生命力，才能落地，才能统领员工的心与行为。

三是很多人也讲企业文化是个筐，什么东西都往里面装，这表明企业文化在一般企业存在的尴尬境地，一家公司要有核心文化，其余的都是核心文化的一个延伸，如：儒家的仁、义、礼、智、信，并且每家公司要有自己的独特性，不要去网上，看见某个东西好，就抄写来，然后印在自己公司报刊里或挂在墙上，即使同样企业文化主题词，所代表的含义都应是不一样，因为行业不一样，企业管理特色不一样，我们应对其内涵进解释。

四是企业文化表现形式多种，什么物质、行为、精神、核心的，但在宣传形式在灵活，要有人性、要易于接受，宣传不要干条条的，要有故事性与趣味性，化于员工口头之中，让员工自己讲故事分享给大家，并且融入公司管理制度体系之中，有些直销和保险公司在这方面都是做得不错的。

五是企业文化的核心价值观是公司宪法，无论是老板与员工都遵守，有些公司挂一个“诚信”的企业文化，要求员工遵守，而老板自己在经营或管理却不诚信，这是明显的老板忽悠员工，而现在员工思想意识觉醒，本来也不易被忽悠的，反过只有忽悠企业自己与老板。

“请王先生多指点，谬论了！”郑鹏喝了一口茶，最后说道。

王永标听了之后，说：“你刚讲的第一条很重要，我们家乡对中国传统文化很重视，我本人也喜欢传统文化，所以在公司内部也在推行传统文化。”

郑鹏说：“这很有特色，很不错！，我也想请王先生介绍一下公司情况”

王永标说：“我们公司是家成了有二十多年民营企业，经营较稳定，现有一千多人，两个生产基地，研、产、销一体化，公司在过程中，通过亲戚、老乡、老员工共同打拼才有了今天，同时也遇到发展瓶颈，里面有错综复杂的人际关系，而且团队现没有发展动力，大家都安于现状，所以公司需要变革，我们需要一位专业能力很强、有魄力、有思想、有前瞻性管理人员来点燃变革之火！”

然后王永标又问道：“你作为新来公司高管人员，特别又是人力资源总经理，就是与人打交道的工作，你遇到我们公司这种情况，如何与原先团队成员和老员工相处呢？而且还要推动公司的变革发展？”

郑鹏说：“我们民营企业在引进外资企业的高管之时，很多时候会失败，我们民营企业确实存在管理的不规范性，同时又想引进外资企业的高管，以此来改善提升公司的管理水平，但这些高管进入企业之后，发现水土不服，这里有企业老板原因，也有管理者自己的原因。很多高管来到企业之后，就批评公司这里存在不足，那里存在漏洞，然后推翻前人所做的事，开始雷厉风行的推行自己那套管理方法论，这样做。”

王永标对这个话题似乎特别关心，身体往前倾了下！

郑鹏继续说道：“很多时候是开始老板支持，因为老板确实需要，不久之后，老板顶不住老的管理人员反对之势，只有叫停，最终失败。从职业经理角度分析失败原因：一是不要在口上指责这些存在的不足与漏洞，而且这些不好的现象也是站自己的角度，也有可能存在有失偏颇之处。二是这样否定前人所做的工作，会让前人所带领团队人员反感，也会因此而抵制新来高管政策制度；三是先推倒原先政策、规章、制度，而直接建立自己制度的过程，做得非常直接而急功近利，没有把握好方式与节奏也只有失败了，打个比喻：你如果直接推倒居民原先的房子，再建新房子给大家住，是较难的；我们可以先建新房子，让大家搬进去住之后，尝到新小区带给大家不一样的服务感受，我们再慢慢推倒老房子，而且还要有选择性地保留历史古迹才可以，而且这些古迹另有用途，只是方式不一样而已，如旅游等。”

郑鹏停了一儿，又说道：“在有较长发展历史的民营企业做事，而且企业还没发到职业化与专业化的阶段之时，职业经理人除了要具有做事的专业能力之外，还应具有非常强的人文关系能力与谋略能力。所以有人这样总结：在民营企业工作一年，你的情商就本科毕业，连续做满二年就硕士毕业，连组做满三年就博士毕业了。”

王永标微笑着说：“你这两个个比喻有意思？你认为职业经理人在民营企业水土不服，老板要如何做呢？”

郑鹏没有立即回答，而是看了看王永标，说：“王先生问这个问题很好，我想你也有自己的看法，我先直接谈谈看法，不妥之处，请你多见谅！”

王永标说：“好，我们今天探讨下这个话题！”

郑鹏说：“好，民营企业老板有很多优点，在此不探讨，只说需要改善的地方，第一是思想态度上的‘三多’，多疑、多骄、多变。”

“多疑，是指不相信任何人，而且在手法玩弄权术，中国人天生的在内部喜欢玩权术，无师自通，用人要疑没有错，要用机制或规定来约束，而不是完全靠人与人之间猜忌、人盯人方式进行，同一件事在多个下属之间询问，然后将信息集中起来，自己判定；沟通过程中关起门开会，不开放真诚，所以就会造成管理氛围当面一套背后一套，始作俑者是老板。”

郑鹏看了下王永标，又说道：“多骄，就是老板对于职业经理人，从找到对方与刚开始见面的时候，还有礼节性的尊重，久了之后，因为工作标准不一样，老板对于职业经理人就有主人般的骄傲之气，并且很多老板本身学历也不高，但下面可能有博士员工，认为自己很厉害，博士还不是为自己打工，其实这里有三点：一是老板有老板的特长，如对市场敏锐、善于冒险与抓住机会，有学历职业经理人也有自己管理特长，器皿有大小、术业有专攻，各有所长短，相互弥补；二是当年创业成功的老板，从根本上也是在对生活没有任何选择的情况，选择创业是唯一的出路，而同时代的当年的博士也许因为学习成绩好，有了更多选择，从原始角度看，职业经理人并不比老板差；

三是人与人之间，并不仅能从财富的角度对比，而且也不要认为职业经理在这里打工，好像就低你一等，你在给别人发工资，也许我们团队成员在某方面的思想境界比我们高呢。”

王永标似乎被触动了什么，但没有说话，而是用眼神示意郑鹏再讲下去！

“多变，老板确实要面对外部多变的市场，所以会造成内部经营上变化，但变与不变是相对的概念凭，其实很多老板在做决策之时多变，是因为二个原因：一个原因决策之时，没有通过思考与科学的决策，只是自己感觉拍脑袋进行的，我们应有一套科学的决策程序，特别是重大决策。二个原因在做的过程中，没有战略定力，总是被眼前晃动的市场事物来影响自己的企业行为。华为的任总提出流程三化：僵化、优化、固化的原则，他们提出僵化式学习，优化式创新，固化式管理流程，华为的研发流程管理为华为的发展是居功自伟的，这也是IBM为华为做咨询留下最可贵的价值。”

郑鹏看了一下王永标，又说道：“第二是对新进职业经理人，要么是不放心，用试一试的态度，是骡子是马先拉出来遛遛，而且还用老员工作为监工在旁边盯着，对新进职业经理人指手画脚，因为不放心其能力与忠诚度，让新来职业经理有一种窒息的感觉，像是被捆住的手脚；要么是完全放养：我给你一个无限的大平台，也对你充满无限的期望，希望一位职业经理人一来，可以如孙悟空一样解决所有问题，到一定时候，就事与愿违了，正确的做法，在入职之时必须确定好职业经理人职、责、权、利，并且有帮助的心，将新来职业经理人扶上马走一程，有平台、有约束、有帮助，这样对公司与职业经理人都好，大家才不会如谈恋爱一样，只有几个月的蜜月期，而是如一杯清茶，长久的合作，越久越有回味。”

王永标眼光久久地看着郑鹏，细细闪烁几下没有说话。心里想到，这个家伙也确实有丰富职场管理经验，对我们的认识程度很深啊，但也太直率，是一位不错的将才啊！

郑鹏喝了一口茶说：“王先生，恕我直言了，请指教！”

王永标消瘦的脸颊浮现微笑，眉毛动了动，说：“你讲的有道理啊！你喜欢下象棋还是下围棋。”

郑鹏答道：“我相对喜欢下象棋，在象棋里更有一种‘醉卧沙场君莫笑，古来征战几人回’的豪迈之情。”

王永标眼神露出默默的笑意，说：“我更喜欢下围棋，围棋中更有天地之感，一种更大视野。”

稍停一会儿说道：“我们一起到我公司看看，也可和公司执行董事程强见面沟通一下。”

郑鹏点点头，两人出来之后，温暖的阳光斜斜地照在高楼上，发出粼粼折射之光。

坐进王永标先生的车子，在车上王先生与郑鹏沟通交流了对中国传统文化看法与理解，王永标说：“文化是民族之魂，中华民族为什么五千年的历史从未中断，这是因为中华民族独特的文化，而文化里面，以孔孟为代表的儒家文化，更是中华文化之首，孔子在后世被称为‘至圣先师’是不无道理的。儒家的文化深入我们民族的基因相传承。在近些年里，儒家文化也被思想解放的自由浪潮中，被否过，这些年又有兴起之势，在我们公司是提倡儒家文化的，你到公司之后就知道了。”

郑鹏微笑着点了点头，说：“我们必须继承我们祖先的文化基因，难得王先生能在公司有这份担当！”

此时，还没有到下班时间，路面车辆较少，王永标的车在经过东风路，又转向三元里，再走上白云大道，这辆SUV四驱车很朴实，但却熟悉的飞驰而行。看着窗外景色是那么熟悉，这是火车站的高架桥，到了广州火车站了，宽广的站台广场，雄伟庄重的售票楼，两边依然还矗立着“振兴中华、统一祖国”的八个朱红色的大字。

很快到了公司写字楼，走进大厅，不算宽敞，但很精致，整个装饰以清新的蓝白色为主，前台的背景墙是圆弧形的，上面镶嵌着天蓝色的“佳美集团”四个大字，两位前台着公司职业装，但令郑鹏差异的是：他们的脖上都围了如空姐一样方式紫色丝巾，显得年轻漂亮而高雅。大厅往右，来到王永标的办公室，简洁明亮。

这时，王永标领着郑鹏再往右一转，原来旁边还有一间独立的会客室，右边的墙上是幅正楷小毛笔字书法《道德经》，前面告墙壁是一个仿明清的橱柜，上面放着一些装饰品，左边也是一排书柜，放在一些企业管理、文化之类书籍，正前方还有一张书桌，上面放着宣纸与墨汁，面前摆一张艺术典雅的茶桌，并且嵌入了古朴的茶具，整个风格古色古香、朴实而韵雅、清瘦而劲气的精气神，这和主人身上的气质极为稳和。

这时，王永标拿出茶叶，烧一壶水，泡起工夫茶，郑鹏对这些并不陌生。

在这时，一位身材高大，略有含胸之感，穿着白黄色休闲上衣人走进来，约有四十多岁，国字脸型，脸色微黝黑，平头下面有一双不太大却深邃的眼神，直可穿透人的内心。王永标说：“这是我们公司的执行董事程强，这是郑鹏。”程强与郑鹏相互握了手之后，三人分宾主坐下。

程强问道：“郑先生从成都过来，那边可是好地方、天府之国，我们都喜欢这个城市。”

郑鹏微笑着说：“是的，这个地方的人热情好客，人情味很浓，程董事对成都很了解？”

程强笑道：“以前协助董事长管理营销工作的时候，成都这个地方我们经常去，那里女性很爱美，我们市场做得也很不错。”

王永标先将开水轻轻地倒在茶壶的外面，把茶壶暖了之后，第一杯茶水倒出来，把三人的茶杯都清洗好了，然后倒上开水，略微等一会儿，一壶纯暗红色茶泡好了，分别给三人倒上了，郑鹏知道是潽耳茶，入口养胃的。此时的王永标显的随意而轻松，只是静静的泡着工夫茶，听两人讲话。

程强扶了扶自己眼镜，看着郑鹏说道："我们公司虽然是民营企业，但公司的管理已有二十多年发展，我们已有一个好的基础了，管理体系是较完善的了，公司经营业绩在近几年已有了长足的发展。同时，我们董事长有更严格的要求，想把公司的管理再提升一个平台，并激活员工的动力，所以想推动公司管理变革，你作为人力资源最高负责人是如何看待这个问题了！"

郑鹏略一沉思，看了看程强，说："我先讲讲我的看法，然后请程董事与董事长指导分享。"

管理变革是一个大概念，对企业各业务单位而言都可以实施管理变革，变革有大有小，如刚才程董事介绍的目标，提升到一个新平台和激活老人员动力，这可以需的是一次大的变革，从人力资源角度理解，可以理解为公司治理结构与组织架构变革，当然组织架构变革为公司的战略服务的，同时也必须根据公司流程最优化来进行，理论上讲，战略与流程决定组织架构。

同时，组织架构变革涉及人事任命变革或是叫人员调整，如果这样就复杂了，可以说组织变革是所有管理变革中最难的课题，所以要慎重，要长远的谋划好，谋定而后动，而且还要看董事长坚定决心，要有全面掌控能力与最坏的打算。

变革都是要流血的，从国家历史案例中看变革者本人很多时候都是没有好结果，这里面有人的利益、权力的打破、重新分配，自然就会有企业政治斗争在里面，如何来调和这些利益，这需要非常高超领导艺术手段，举例：我们如何处理老员工，特别高级管理者的老员工，他们可以是公司发展过程中的功臣，现在能力与观念跟不公司的发展，自己也不注重学习了，简称：年老、功高、不上进，如何办？从结果上看，肯定是不再居位高权重之位，它会阻碍公司的发展，公司必须另有安排，如何让老员工挪位？如何安排老员工？这里面有成本，更需要管理的艺术。当然方法还是有的，在结果上是坚定的，在手法上一定是圆润的，一定照顾老员工的功劳与心。

我建议，不能由新来高管主导推动组织变革，这样对高管与企业都是不负责任，因新来高管不了解公司错综复杂的关系和具体的业务情况，一不小心会让公司经营管理陷入不好境地，到时悔之晚矣，而对辛苦找来高管最后只有被迫离职，而组织变革的事情却还有完成。如果推动，尽可能请第三方，虽然内部的高管有这个能力，但这是角色的问题，他在棋局中，总会给别人以利益不公与不信任之嫌。

郑鹏看看程强与王永标，最后说道："管理变革，必须要，谋定而动、稳重而坚定的去做。”

程强与王永标对看了一眼，说：“郑先生讲的很有道理，也提示我们的对此工作的态度，当然我们主要想在人力资源方面实施一些变革，这方面你是专家呢，我想问一个问题，你如何看当前的企业发展趋势呢？主要针对我们企业经营发展的角度。”

郑鹏说：“我对贵企业的行业了解不多，也不敢在你们面前班门弄斧，我只是肤浅地对制造行业发展有个人的一点认识，我认为所有企业发展至少有以下四个趋势。”

“一是消费者大数据的收集分析，以此来分析我们市场发展趋势和消费者行为习惯，让我们品牌策划有更强的目标性，让一线销售人员对消费者个性与行为习惯有更强的针对性的销售。二是以智能手机为代表移动互联网技术，引起销售渠道的革命、消费者的消费方式革命，对日化行业而方，特别化妆品而言，消费者的体验显的非常重要了，如果那位消费者用了公司产品出现副作用，立即通过网络传播，这将会是致命的；而且对我们管理变革都是深远化，如管理区域扩大化和管理层级扁平化等。”

郑鹏看了程强，又接口讲道：“三是制造的由机械自动化，转为智能化，人机相连，万物互联，这需要企业一定把握这个行业制造技术，他对我们柔性化生产、个性化产品定做都是关键的。四是产品的专利技术管理，这是企业另一种竞争手段，如华为与思科的案例，而且这里面涉及情报，这方面日本的公司做得非常不错，国内是华为公司，如果一家企业要有长远的竞争力，必须加强自己专利技术保护与研究，加强竞争对手情况的研究。”

程强眼神似乎有一种共感，说道：“好，你喝点水。你讲的大数据、移动互联网、制造智能化我们都有注意到，公司在这方面发展都有注意，至于你说的专利，我们虽然重视，但还没有提升到一种竞争的高度啊！你提的华为，如果有机会，我们公司管理层一定要到华去看看，这也是一家令我们佩服的学习标杆企业。”

略顿了一下，又问道：“你对我们传统文化有了解吗？”

郑鹏说：“我一直在外资企业工作的时间居多，对我们传统文化学习了解真不多，刚好你们墙上写的《道德经》，我爸爸在我们读初中时候，要求我背过，现应可以肤浅的识其文、断其意的。我们有时间可探讨这书里内容，这是一部中国人的智慧之经、哲学之经，如里面的：道者反之动、上善若水、致虚极、守静笃等。”

程强问道：“你是如何理解上善若水的呢？”

郑鹏答道：“上善若水。水善利万物而不争，处众人之所恶，故几于道。居善地，心善渊，与善仁，言善信，政善治，事善能，动善时。最高的善像水一样。水善于滋养万物，而不与万物相争。它处身于众人所厌恶的地方，所以跟道很相近居身，安于卑下；存心，宁静深沉；交往，有诚有爱；言语，信实可靠；为政，天下归顺；做事，大有能力；行动，合乎时宜。水的四个品德：利他、不争、谦卑、不居功。对有事业心的人，在自己岗位职责内，要做好善事、止于至善。企业应有水一样文化基因，视‘善’为最高的经营原则，这是企业长久秘密。”

郑鹏想一会问道：“我们佳美有一个‘水之美’的牌子是取自这个意思吗？”

王永标，这时抬起头说道：“水的善是最美的，让人类多一分美丽是我们企业的使命！”

程强笑了，又随意问道：“你有什么特长呢？”

郑鹏说：“打乒乓球、读书、写作之类的吧！”

“你喜欢读什么书呢？”

“我喜欢读哲学、心理学、管理学方面的，如冯友兰的《中国哲学简史》、牟宗三的《中国哲学十九讲》、津巴多《普通心理学》、德鲁克《卓有成效的管理者》。”

程强微笑着说：“后面有机会我们相互探讨下哲学的议题吧！”

郑鹏明显感受到程强与王永标不一样气质特征，有深邃的文化思想性与对企业实际管理的问题实践性，与之交往应是非常愉悦的。而王永标另一种中国人所讲的那种智慧的灵性或悟性。

当天晚上，王永标邀请郑鹏、程强一起，在公司旁边的悦来酒店，一边吃饭又一边交流些公司的管理情况，三人吃完饭之后，郑鹏问：“董事长与程董事是否还有别的事情？”

王永标看了下程强，说：“公司这边暂没有其他特别的事，你今晚就在这里休息，公司已为你订好酒店。”

郑鹏说：“多谢了，我回家。”

程强说：“如果这样话，公司就派车送你到机场吧！”

郑鹏说：“不用了，我对广州熟悉，多谢！”

当晚，郑鹏叫一辆滴滴车，迎着清凉的晚风，来到白云机场，灯光明亮、人来人往，候机楼还是热闹非凡，郑鹏感到有些累，但兴奋的精神似打了鸡血一样，换好登机牌，过了安检，郑鹏一边走，一边观赏两边高档商品店，这些店里的商品都有名牌子，质量也够好，价钱也够高的，一般情况下，卖衣服、包箱、化妆品之类的店人迹较少，而开餐厅的、卖特产的店是有生意的，能把店开到机场公司，本身就是一种实力象征，也许是有可能拿钱买吆喝的事，但一定推广与提升了品牌。

郑鹏边走边思考今天与王永标、程强的沟通过程，总体评价而言：自己总体表现还可以，但过于讲真话了，因为对他们二位还不太了解。自己对公司评价，从王永标、程强显露出来思想言谈，也还不错，前台与办公室呈现，是一家有自己独特文化品位的公司，在管理真实情况如何？还不能断定。

反正今天大家还没有作结论，还可以再进一步沟通，双方都还在进一步评估之中，也许此时，王永标与程强也在对自己进行评估呢？想到这里郑鹏笑了！

已是晚上十一点多钟了，候机楼还是人影绰绰，大家似乎也有些累了，有的坐在位置上看手机，有的开始闭上眼睛养神。郑鹏登上飞机，随着轰鸣声响，飞机如一只展翅大鸟冲向茫茫的夜空，坐在窗口从上往下看，下面的城市灯光璀璨，映照在珠江之中，粼粼的流动在水中，公路如一条长长之龙，车辆穿梭其中，广州之夜如一颗明珠镶在珠江之边。飞机穿过云层，来到上空，天空是如此的清、空、寂，可以看见明亮宇宙里的星光闪烁，这不由得让人思绪穿越：宇指天地，宙指时间，宇宙是如何形成呢？

大爆炸学说，大爆炸之前的天地又是如何呢？一个密度无极限高的黑洞？天体这么多星，相互之间运动规律是什么在主宰着，据说宇宙还在膨胀之中，还在长大，这是什么奥秘呢？老子说：道可道，非常道；名可名，非常名。无，名天地之始；有，名万物之母；故常无，欲以观其妙；常有，欲以观其微。此两者，同出而异名，同谓之玄。玄之又玄，众妙之门。郑鹏不由感叹，自然之伟大！宇宙，玄之又玄啊！人需有敬畏天地之心，人同时必须有为天地立心，这是儒家之说，人之心即天地之心之责，人之心即良知之心，人与人之间要有良知，人与自然万物之间也有良知，这种良知是否代表了天地万物之道了，如果违背了就有遭天谴了！也就是我们中国常讲天怒人怨，必作死。大家有时候说没良知的人做事：人在做，天在看，天在这里也许可以指天（也可以指上帝）、道、德、法、心吧！

郑鹏又回到了熟悉的双流机场，走下飞机，来到停车场，上车之后，感觉到身体有些疲倦，双手向上用力举起，十指相扣，手心向上，双脚用力地向前伸，浑身舒展向后仰卧，就这样放松完身体之后。扭了几下头，又伸了伸腿，彻头彻尾的放松了下来，深深呼吸几口气。然后开着车上了绕城路，此时半夜了，路上车辆较少，郑鹏快速向家的方向开去，两边夜景飞速向倒退。

郑鹏回到家里，妻子开着筒灯，躺在沙发上睡着，妻子在等他。听到敲门声之后，打开门、揉了睡眼，接过郑鹏的包，然后打来水，郑鹏洗完脚之后，夫妻俩闲聊一小会，才又睡了！

这天晚上，一家人吃过饭之后，妻子在厨房收拾碗盘子，郑鹏先辅导豆豆写了一会儿日记，说：“写事秘诀是：一是时间、地点、人物；二是事情起因、经过、结果。”豆豆一直保持着每周写一篇日记的习惯。旁边的小女儿这时已在开始牙牙学语，可以清楚地叫“爸爸、妈妈”了！

妻子来到客厅，和郑鹏一起坐在沙发上，说：“我今天看了一文章，题目是《家庭遗传的秘密》，这是一篇国学者，通过实验数据得出的结论：孩子优秀与否的背后，是父母自控能力、学习能力的展现，父母的影像将会间接的映射到自己的孩子身上；父母与孩子沟通交流的越多，孩子的语言表达能力，认知能力和学习能力就更强，孩子智商水平就越高。我们通过语言来启迪点化孩子的天赋。”

郑鹏说：“我们现在越来越认识到自己知识的缺少，其实在培育孩子的过程中，也逼迫我们自己学知识，同时也需更多了解一些正确教育理念和方法，我们成人此时觉醒之后再次学习，和孩子一起成长。他们说孩子拼的父母，这是对的，但不仅仅如社会上讲的那样物质金钱，还有是父母本身的知识与理念，陪伴他们过程中也会再一次启迪我们的智慧，带孩子的过程是辛苦的！是天伦人性的快乐！也是成人再次自我赋能与才的时候！”

郑鹏看了看妻子，她又抱起了小女儿在怀里，接着说道：“我有一件事想和你商量下。”

妻子没有答话，郑鹏说：“上次去广州之行，有了结果，我本来是想用咨询的方式合作，但公司董事长说，需要全职才能全身心地投入工作，因此需要入职，我们老师也给我讲了。”

妻子看一眼郑鹏，问：“你答应了吗？”

郑鹏没有回答，妻子双眼闪了几下说：“没关系，我们可以继续回广州生活，你什么时候去？”

郑鹏说：“我还没有回复公司那边，还在考虑之中，我们还要进一步了解公司，如果去，还必须做些准备工作，如果你同意，我计划过完元宵去。”完之后，想了一会说：“这也许是后一次打工了吧！”

快消品行业的市场有一个特征是依靠品牌与广告来提升知名度并来拉动消费的，这也意味佳美公司也必须打电视广告，这虽然是一种老式的方法，还是一种重要的且有效的方法，一是公司直接请明星拍广告，然后在电视里播放几十秒，二是在知名电视娱乐节目中，成为各种等级的赞助商，来推动与提升知名度，并且提升消费者的认知度，当然通过公司拍的广告也可以看出这家的文化品牌层次性与老板在这方面的修养与个性。我们可以打成脑白金那样赤裸裸的广告，也出名了，相当于脱了裤子去城市里跑一圈，也可以打成康美药业那样美轮美奂的知性美广告，或是农夫山泉有点甜的经典之作。

佳美公司请了当红青春派明星木易子作为广告，代言其女性护肤品牌“水之美”，也在江苏卫视的非诚勿扰的节目有特约赞助。从广告代言与节目来看，“水之美”品牌系列产品定位就是将青春年轻女子作为消费对象，走的清新补水唯美的路线。

佳美公司以护肤类产品为主，以洗浴类为辅，在营销的定位，以商超KA为渠道为主，如果我们去一些超市应有其产品，如：沃尔玛、家乐福、好又多、大润发、华润万家、麦德龙、世纪联华等。

晚饭之后，孩子们在爷爷奶奶家玩，郑鹏陪着妻子一起外出散步，广场上大妈们随着音乐的节奏还在翩翩起舞的锻炼身体，有些调皮的小孩子们在旁边或扭腰或歪身、或伸手或踢腿的学样着，有时又打闹着在跳舞大妈的身边奔来跑去，嘴里传来小孩子清脆的大笑之声，搞的这些大妈们又气又笑。

他们穿过广场，来到小河边的公园，这里安静了许多，在寒冷的冬天，来河边散步的人是比较少的，夫妻俩相互牵着手，慢慢地走在用塑胶铺的小路上，一些不知名的小树枝有时横挡在路边，显得特别可爱的，自从有了两个孩子之后，他们好久都没有这样的浪漫的风情了，两人看着路灯下枝影横斜，光影点点，偶尔吹来一阵寒风，时时听见小河边传轻轻的流水声，心与景是那样的静谧。

郑鹏说："台湾人把妻子叫'牵手'，是很有深意与情致的，而且指的就是我们现在这个样子，也可以理解相爱之人，执子之手，与子偕老。牵手更生活化一些。"

妻子说："少年夫妻、老来伴，相互牵手走完一辈子的幸福！"

停了一会儿又说："你让去超市看看'水之美'化妆品，在我们附近的吉选超市看了，确实有卖，但摆货架的方式普通，没有什么特别之处，也不是很高大上，价格一般适中，性价比较高吧！"

郑鹏说："你可以买两支来尝试着用一下，也可再去其他一些大型连锁超市看看，他们的产品一般会在超市或百货店的，估计那些小便利店也有的，主要在连锁商超看看，我们也可以看看国内化妆品的品牌情况如何，可以拍几张照。"

此时，一钩残月挂在天空中，显得明亮而清冷，郑鹏看着月光，轻轻地念道：今夜鄜州月，闺中只独看。遥怜小儿女，未解忆长安。香雾云鬟湿，清辉玉臂寒。何时倚虚幌，双照泪痕干。

妻子笑道："杜甫老先生写下当年这首思念妻子之诗，是面对国家当时动乱，夫妻离别之思，现在社会可好了，飞机几小时到，高铁也有了，今人应没有古人相思之苦了，估计也写不出这样以情动人的诗篇了。"

停了一会儿，妻子又说："共患难、同荣辱夫妻很难啊！"

郑鹏说："为何有此感？"

妻子说："我们四川老乡卓文君和司马相如故事，你都知道吧，为了爱情，俩人私奔，后来无法生活，只好卓文君卖酒，司马相如跑堂，后来司马相在京城发迹了，后来写了一封信给卓文君：一二三四五六七八九十百千万，一到万全是数字，但是就是没有'亿'，令卓文君明白了司马相如对自己再无此意了。

卓文君读了之后，伤心欲绝，回信写道：一别之后，二地相悬。只说三四月，谁知五六年。七弦琴无心弹，八行字无可传。九连环无故折断，十里长亭望眼欲穿。百思念，千挂牵，万般无奈把郎怨。万语千言说不完，百无聊赖十倚栏。重九登高孤身看孤雁，八月中秋月圆人不圆。七月半烧香秉烛问苍天，六月间心寒不敢摇蒲扇。五月石榴似火，偏遇冷雨催花瓣；四月枇杷未黄，我欲对镜心烦乱。急匆匆，三月桃花随水转；飘零零，二月风筝线扯断。噫！郎君兮，盼只盼，下一世你为女来，我为男。”

妻子轻轻地把此诗念完，紧紧地看着郑鹏，郑鹏站在溪边，握着妻子的手说：“确实啊，故事的结局是好的，司马相如最后感动了，辞官回家，俩人携手白头，两才子终实现圆满，如天上月圆。”

“很有美感，不知是否化妆品这样行业能否将古诗之美融入产品的品牌中进行宣导、讲故事。”郑鹏说：“如果我们产品展现出内在爱的魅力和外在美的完美统一的知性多好啊！”

俩人又谈了一会儿家事与孩子的教育看法，散步之后回家。

郑鹏通过佳美公司网站、百度搜索、化妆品行业相关网站、招聘网站、这个行业上市公司的招股说明书以及年报，一是了解佳美公司的品牌、产品研发、战略、销售渠道、生产、供应链、人力资源等基本情况；二是对这个行业的市场容量和增长趋势、产品发展趋势、技术研究、行业特性、竞争对手情况都有了一个快速的学习和了解。

并且重点了解国外与国内竞争对手，这在未来不可避免的将会从竞争对手获取人才，同时对这个行业从营销策划到产品研发、工艺技术的国内学校的专业情况还要进行了解，并且重点了解化妆品的航母公司宝洁公司和国内相宜本草公司情况。

通过这些一系列的方法，郑鹏做好笔记，尽快了解这个行业与公司，但这不细致，只是较为粗糙的知识。后来，郑鹏又去大型连锁超市走访、观察了解佳美公司专柜、展台，总体而言三点。

一是佳美公司从国内化妆品市场的表现来看，处于前十名较靠后，但有发展潜力，公司销售与品牌手法的路子走的是正统路子。

二是公司经过多年发展，管理确实需打开思维，带入一些新的营销管理思想，需要有创新性的发展，要激活人的创造力，也还还要引进新的营销人才。

三是这个行业有较多品牌都在被国外大型企业给收购，然后品牌都给做死了，这说明这个行业竞争也是很激烈的，而佳美还处于稳步增长势头，老板的经营风格较稳，就是专注地做好民族化妆品的牌子。

郑鹏一边梳理收集来的信息资料，一边再次回想他当时与王永标、程强沟通的过程中一些细节，把这些融汇在一起，用毛主席的方法：去伪存真、去粗取精的，将一个真实佳美公司呈现在自己脑海。判断一家公司是否值得去工作：一是行业发展可靠性与增长性；二是企业老板的胸怀格局、目光远大、坚毅的决心与战略定力；三是公司品牌运营与销售能力；四是产品的研发与生产的资源配置能力；五是内部的管理体系与人文环境。

通过这样评估，职业经理人对自己和公司都负责，如果做了决定去一家公司，就要坚定做出一番业绩。

郑鹏决定等程强再给自己电话，并通过人力资源的角度再与其进行一些细致交流。

另一方，郑鹏也开始进行入职前规划工作，并进行总结。

一是与老板关系相处，站在老板角度的人资总经理的文化修养和管理智慧，获得老板的信任胜于一切，老板就是精神领袖，他认同你了，他会帮你去扫清工作障碍的，努力地表现，帮他就是帮自己；做老板认为重要的事情，帮助老板做正确的事情，在公司寻找到自己的价值点。

二是团队构建，让同事们充满优秀团队的荣誉感；有责任感、坦诚率真、坚持原则、观感敏锐、公平待人、尊重员工、发展员工、作风稳重、理解员工、善于倾听、懂得表扬和批评艺术、多褒少贬的欣赏；适当沉默、保持距离以等级有别；设定工作目标，进行业绩效评，良好沟通平台。

三是管理上，对事不对人的、客观全局的、深度高度、成熟稳重的思考与解决问题，听而不评论、说教，做而少议；与程强的关系必须处理好，做好所有副总裁交代的工作；再在适当的机会在更上层面前表现自己；程强是来自外企职业经理人，专业能力强，性格强势、果断、思辨，完全听取与程强的观念与思想，并且与自己具有较强的统一性。

四是时间上，百分之三十的时间与王永标董事长、程强沟通，赢得他们的支持，从公司经营发展的角度，期望人力资源工作价值点是什么。百分之二十的时间与团队成员沟通。百分之二十的时间去学习沟通各部门业务与并熟悉潜规则。百分之三十的时间思考战略性规划公司人力资源管理。

五是人力资源应回答问题：谁是公司的核心客户？最近是否和某位客户交谈过？他们面临什么挑战？谁是公司的竞争对手？他们哪些方面做得好？哪些方面做得不好？公司的竞争力什么？就赢得客户和对手而手，公司什么地方做得好，什么地方做得不行？懂公司业务和战略，是人力资源工作的根基，才能成为企业的“战略合作伙伴、高层主管的咨询顾问、组织变革的倡导者”。

乱世佳人源佳美，水是生命水之美；用户为王是体验，智能工业万物通；谈天说地不离人，上善若水化智慧；抒胸启程鸿雁飞，燃烧青春千秋意；漫卷诗书喜欲望，春风卷起才赋路。

第十四回　点石问路

过了立春，日照时间都开始变长，天气已不如以前那么寒冷了。

郑鹏与妻子早早地起床，没有惊动在熟睡中的孩子们，外面依然大雾迷漫，妻子紧紧地拉着他的手，郑鹏说道："挥手从兹去。更哪堪凄然相向，苦情重诉。眼角眉梢都似恨，热泪欲零还住。知误会前番书语。过眼滔滔云共雾，算人间知己吾和汝。人有病，天知否。今朝霜重东门路，照横塘半天残月，凄清如许。汽笛一声肠已断，从此天涯孤旅。凭割断愁丝恨缕。要似昆仑崩绝壁，又恰像台风扫寰宇。重比翼，和云翥。"

妻子望着郑鹏说："我知道了。"

郑鹏说道："毛主席多与妻子杨开慧也多情啊！这是他离别杨开慧之时，送给杨开慧的词。我们可以没当时那么不好社会环境，感谢毛主席建立了新中国，让我们中国站起来，也感谢国家改革开放，让我们遇到这么大好的时代。"

两人牵手又聊了一会儿，郑鹏说："小孩子要熟背唐诗三百首，要把毛主席诗词背诵下来，以培育他们宽广、豪放、乐观之心。可以多给他们讲我们国家那些英雄的故事、也要把《大学》《论语》《道德经》给诵读培育。"

妻子站在小区门口，围着一个红色的围巾，明亮的大眼睛露出无限深情的爱意，站立大雾中，挥着手，直到出租车消失在自己视线之外，久久还在那注视，然后慢慢转身，回到房间里面，两个孩子还在熟睡之中。

郑鹏坐的坐这辆车是一辆众泰，外形的屁股特别酷似奥迪Q3，坊间都说这是众泰奥迪，我们国家汽车产业的从外形的模仿能力已非常不错，只是核心的一些技术还是不行，有进步了还需发展，出租车师傅很健谈，在车里讲着各种车子故事。而郑鹏还在回味着妻子讲的那个故事：一饿狼到农户，听屋内一农妇在训孩子：再哭把你扔出去喂狼！孩子哭了一夜，狼痴痴地等到天亮，含泪长叹：骗子，女人都是骗子。这时郑鹏想起倚天屠龙记张无忌的妈妈说的话：女人都是会骗人的，特别是漂亮的女人。他似乎明白了什么！

郑鹏坐在飞往广州白云机场的飞机里，拿着飞机上一本杂志，上面有介绍南方航空的航线，再看看外面万里云海，心潮澎湃，现在交通发达、互联全球，无论你在世界的那个角落，只要你内心胸怀远大，世界都在你手中，真的实现老子《道德经》所讲：不出户、知天下、不窥牖，见天道。

现在全球化的趋势，地球都是平的了，地球都变成了一个村了，企业竞争也面临的是全球竞争，你即使不到国外去，也要在国内与跨国企业竞争，同台共舞！这要求我们的企业家与职业经理人都要有全球眼光，全球视野！在国外国际型的企业里，任中高层的职业经理人是印度居多，而中国人较少，虽然印度有英语方面优势，但同时说明中国缺少国际化的经营人才。

虽然这次去佳美公司，做了准备，但依然是前途未明，但在此时此境中，内心也豪情起来，真正的英雄是：胸怀大志，腹有良谋，包藏宇宙之机，吞吐天地之志，具有杰出的智慧和领袖魅力。花繁柳密处拨得开，才是手段；风狂雨急时立得定，方见脚跟。

飞机稳稳地停在白云机场，走出机场，感觉暖风迎面而来，郑鹏脱掉外套，轻车熟路地来到柜台，买了一张机场专线的票，上了巴士车，车子如一条大鱼一样在路上顺利的穿梭，绕立交桥、上高速线，开车师傅技术非常好！

郑鹏再次回到广州的家，把自己基本生活物品准备好！打开窗户深深地吸一口气，明天就可以去佳美总部报到了。

佳美集团总部，接待郑鹏的两位美丽前台热情地把郑鹏引进背后的一间小会议室，并为其倒上一杯茶。

郑鹏说：“谢谢！”其中一位小姑娘看上眼光流动，将长长的头发盘起在脑后，做成一个漂亮的发髻盘好，亮出额头，一个女孩能把额头亮出来，说明女孩对自己外表形象自信与聪慧的头脑，穿着职业的套装如上次一样，脖子系一样紫色丝巾，气质可比飞机上的空姐！

小姑娘说：“不用谢！程董事的秘书给我们特别沟通好了！一会儿招聘部王经理就过来。”

小姑娘处事清爽利落，郑鹏喝了一口茶水，润了下嗓子，会议室是用钢化玻璃隔开的，旁边还有会议室，两层玻璃的中间用百叶窗隔开视觉，上空是一个投影仪，会议桌是米白色，下面钢结构架子与桌脚，会议桌的中间有一排电线插孔，右前方挂了一个壁式空调。投影仪对面的墙壁，用两个盒子装着两个遥控器，郑鹏细细一看，分别是空调和投影仪所用的，并在盒子边写着两句话：专业、职业，革新、创新。

一会儿，会议室进来一人，并说道：“郑总，你好！我是王秋影，负责公司的招聘工作，程强董事和董事长都给我们讲了，早就盼着你来了！今后，你是我们新领导了！”

郑鹏起身，说：“你好！我是郑鹏！”

王秋影说：“你入职手续相关资料，我们都做好了，这是劳动合同，请你签字！”

郑鹏签完字，递给王秋影。王秋影说：“我先带你去办公室。”

郑鹏来到办公室，办公室已是玻璃隔间，感觉干净明亮，郑鹏轻轻地坐在沙发上，这时左边窗户照射进来缕缕冬日阳光，让人心情一爽，右边就是进出办公室的大门，办公桌的基本朝向是坐北朝南的，郑鹏心想，这个方向还是不错，左前方摆放着一棵茂盛的发财树，枝叶在斜照进来的阳光下，显出生机勃勃的生命之意；右手边有一个饮水机，水已开了，看来王秋影在之前已来过办公室帮他打开饮水机，这应是一位心细，办事干练之人，四壁没有做任何装修，清一色玻璃墙。

王秋影说："我们办公室都统一重新装修过，这间办公室的位置听说是王董事长特意留给我们人力资源中心。给你先泡了一杯茶，你先息一会，有什么事，直接给我电话，然后我去向程董事汇报下。"

郑鹏根据自己的习惯，把办公桌面的文件资料重新摆放了一下，然后进入到电脑里面，获取相关工作信息，以最快的速度进入工作状态。

一会儿，王秋影进来了，说："郑总，你中午下班之后，我带你一起吃饭、下午二点半，去程强董事办公室，明天要参加我们的新员工培训，你要做好准备，具体是由我们中心培训部负责，相关事宜，你可以直接问培训经理杨小林。"

郑鹏说："我对附近也不熟悉，这样，你帮忙通知下，我们中心经理级以上人员参加，中午我请大家吃饭，地点要近、好一点，具体点餐相关事宜，你来定，提前准备好！大家下班就走。"

下班之后，王秋影引着郑鹏来到旁边的潮悦酒家，到了二楼，进入到"鸿运来"的包间，大家都坐好在位置上了，正中间留了一个位置，郑鹏知道，那是大家留给自己的，也不客气地坐下。这时，王秋影站起来笑盈盈地介绍："这位是郑总。"

其中一位坐旁边一位肤色很好的同事，爽快地说："你这不是废话吗？我们都知道，程强董事早给我们说了。"

王秋影笑着说："我知道，礼节性介绍还是必要的嘛！那这样，我就不介绍大家了。就从你那里，每位同事作自我介绍吧！"

郑鹏笑道："好，就辛苦大家了！"

"我叫杨红，来自湖南，心直口快，负责公司组织架构和岗位说明书编写等工作。"

"我叫赵小勇，负责公司薪酬与绩效工作。"

"我叫杨小林，性别男，负责培训工作。"

大家都笑了起来，说："我们知道你是男的。"

杨小林也笑了，说："很多人，听我的名字，没见面之前，都以为我是女的。"

"我叫刘新浪，负责公司企业文化宣传工作，大家平常叫我新浪，也有叫我'新郎'的，我都答应。"

大家又笑了起来，说："你就想女人叫你'新郎'，赚便宜。"

这时大家都看王秋影，王秋影这才说：“我还用介绍嘛，好吧！叫王秋影，大家都叫我影姐，性格嘛，大家都知道，有点温柔！”

大家又笑了起来，刘新浪说：“是，你好温柔哦！我的影姐！”

郑鹏快速地看了大家一圈，说：“我也介绍一下，我叫郑鹏，来自四川，大家今后可以叫我英文名：Jack。很高兴和大家共事，我们今后就是同一个战壕里面战友了。”

因为大家都穿着公司的工作服，郑鹏不便于通过服装来简单辨别与记忆大家，便借在席间吃饭这段时间，注意观察团队新同事形象。

王秋影：个子不高、约一米六，头发挽一个髻盘在脑后，肤色微黑，额头上有几颗青春痘，双眼皮下的眼睛大大的流动，顾盼生辉，并显示出精明干练女汉子的现代职业女性。“黑，王秋影”。

赵小勇：约近四十岁的样子，个子约一米六多，不到一米七，留着平头，盆子脸形、鼻梁不高，口方唇厚，粗粗的脖子，身材微胖，不多说话，给人一种稳重与信赖感。“老，赵小勇”。

杨红：湖南妹子，个子较高约一米六五，头发挽一个髻盘在脑后，肤色很好，白里透红，戴着眼镜，眼睛不大，有一种青春水汪却又老练的感觉，挺直的鼻梁，瓜子脸型。“杨红，眼镜”。

杨小林：约一米七五瘦高个子，留一个时尚的碎平头，一双剑眉下有一对明亮而有神眼睛，约三十岁年纪，鼻梁直而有点略窄，脸型较瘦削，但有一种隐隐中有一股刚毅的感觉。“高，杨小林”。

刘新浪：约三十多岁年纪，整体显年轻，眉宇间透露出一种幽默感，约一米七的个子，体形不胖也不瘦，眼睛较小，弯弯的上眼轮，时常显露出一种笑意与聪明。“笑，刘新浪”。

郑鹏和几位同事一起吃完饭之后，大家说说笑笑回到办公室。

从杨红的言语中，郑鹏知道公司的生产基地在广州的番东区，在基地还有一个人力资源部，经理叫王涛。郑鹏听出：基地的人力资源和总部的同事内心有些不默契的嫌隙，这如何办呢？这可是个问题，这也许是这个团队管理首当其要做的工作。

就这样想之时，郑鹏回到了自己的办公室，进办公室郑鹏坐在椅子上，轻轻地打开电脑，突然看到办公室右后边的墙角落上面有个黄色纸条，约三十厘米长、五厘米宽，这是什么？他心里起了疑问，走近去，又看了一会儿，上面是用毛笔写了一些东西，但看不懂，郑鹏也曾练习过书法，对一些繁体字是不陌生的，心想，这也许就是王安石写的诗“总把新桃换旧符”吧！这是公司的重要文化呈现，是公司对我们传统文化继承，用这种方式来保护公司新来高管？也祝愿高管在这里和公司合作？郑鹏心里思考了下，沉静下心来，暂不理这些东西。

郑鹏回到座位上，正在电脑里查阅文件资料熟悉公司情况之时，这时在门口响起了轻轻的敲门声，抬头一看，原来王秋影站在门口，王秋影笑着说道："快到二点半了！"郑鹏回道："谢谢提醒！"然后拿起笔和笔记本。

俩人穿过走廊，走出办公室大厅，来到程强董事的办公室门口，在程强办公室门外前面的墙上挂了一幅横写的大书法，装裱的非常的好，"克己复礼"，在市面上写这四个字的书法是比较少的了，房里的主人是一位什么样的传统文化修为的领导呢？虽然面试之时曾见过面，但那些信息较少了！

王秋影敲门之后，里传出一声"请进"，程强董事见是郑鹏进去，从高大办公椅上站起，从大搬台办公桌走出来，笑着，握着郑鹏手说："你来，就太好了，一路上辛苦了！"郑鹏忙回道："谢谢程董关心！"程董拉着郑鹏的手说："盼你好久了，这边坐下！"王秋影麻利地拿起开水壶，放在两人中间的桌子上，并拿出了茶具与茶叶放在上面。然后说："程董、郑总，我出去了！"

郑鹏这时近距离地看着程强董事，只见他黝黑的额上起了"川"纹，宽宽的额头显示出"勇"的一面，一双炯炯有神的眼睛，闪烁出职业经理人的老练职场智慧和圆滑之感。

这时程强拿起烧开的水，慢慢冲洗茶具，然后泡了一壶茶，分别盛在二人的茶杯里，说道："我们人力资源已经有了较好基础，我们还需要进一步提升，这是一个总体趋势，我们公司提出五年发展规划，人才发展要跟上去。"

郑鹏听程强讲完之后说："程董，你的企业管理经验很丰富，今后要多谢帮助，我们人力资源中心工作的发展方向需要你的指导。"

程强董事听了之后，接道："人力资源这几年是我在带着大家一起做，这里面的情况我是清楚的。公司现在发展很快，人力资源的同事需要改变现状，扬鞭奋蹄啊！我们现在的工作总是被业务部同事赶着跑，要解决问题很多，我们今天就先讨论两个简单而现实工作问题。"

郑鹏正想开口说话，这时程强又说道："按理说，你今天刚入职，应有几天适应期，但这个工作确实需要解决，业务部门已催逼得很紧了，负责品牌工作的李家杰董事都已和董事长说我们了。而对我们对业务部门的正当管理确又总是不到位，王永标董事长都找我两次了。"

程强说完，看着郑鹏，郑鹏心里盘算到，这也许真是小事情，但董事长与两位董事都搅进来，并关注，就是大事。然后点点头，并望着程强问道："是什么工作呢？"

程强说："其实也是两件小事，但必须想办法解，为我们人力资源中心工作，缓下气！"

郑鹏说："必须解决吗？"

程强看着郑鹏坚定地说："是的，这两件工作，你要全谋、做好！人力资源中心其他工作也很重要，但可以缓一缓！”

郑鹏也坚定地点了点头回应，并且将身体向前倾了过去。

程强说：“你向王秋影了解下招聘工作情况，我知道当前招聘是最主要的人力资源工作问题，李家杰董事分管的品牌中心的推广部需要约一百人左右的美导，公司现在市场上大力推广‘水之美’系列补水产品。”

两人说到这里，程强示意郑鹏把茶喝了，郑鹏轻轻拿起杯，程强又说道：“王秋影这姑娘不错，抗压力好，是我当年招聘的，在公司工作有好几年时间，你可用好她。”

郑鹏问道：“另一件事呢？”

程强笑了笑说：“也是小事，但董事长很看重！我们现在每天有做晨会与早操，是我们人力资源中心企业文化部在主导，负责这件事情的是刘新浪。但有部分员工不积极参与，踩着上班点的时间来上班，这种情况的人越来越多了，让员工更有一种散漫之感。”

郑鹏说：“刘新浪负责组织晨会与早操这件事，这些人不参加晨会和早操是纪律考勤的事情！”

程强回道：“是的，王永标董事长非常看重晨会学习和早操，要求我们人力资源中心一定要组织好！”

郑鹏回答道：“我今下午立即了解情况，并向你汇报！”

两人又聊了会，郑鹏起身告辞。

离开程强董事的办公室，郑鹏心里面暗暗盘算了下，这两件事情，心里想：招聘人员，急！急！也是人力资源同事最易被业务单位抓住把柄之事，并且以此推脱自己责任的万灵之药；早会考勤，员工从上班的角度也没有迟到，有些员工就是不喜欢参加。

郑鹏没有心思打量办公室其他景象，一边思考一边回到自己办公室，他倒真的感谢程强董事，就拿这两件小事做事：招聘，满足业务部门需求，树立人力资源中心服务的形象；考勤，树立人力资源中心敢于管理之心，这两件工作从新人切入的角度上，也是刚好合适的。他打定主意之后，略微思索了下，便采取了行动。

王秋影走进郑鹏，拿着几页纸递给郑鹏，郑鹏示意王秋影坐下，扫了一眼这份招聘需求统计表。

这时王秋影介绍道：“这是我们招聘需求统计表，共有38个岗位、总计要招283人。”

郑鹏笑着说：“王经理，辛苦你了，我们招聘部共几人？”

“三人。”

“程董事今天表扬你了，说你的抗压力能力很强。”郑鹏看了下王秋影，一双大眼睛看着自己，似有很多话要讲。又说道：“你们三个人完成这么多招聘任务，是不可能完成。”

王秋影笑着，点了点头，说：“谢谢领导夸奖与理解！”

郑鹏问：“你把公司各岗位的招聘紧急情况给我说下？”

王秋影答道：“现在招聘的岗位，用人部门都说急，但我们招聘之时，自己心里有数，现在确实最急是品牌中心推广部‘美导’岗位，数量达到一百零八人，要求又较高，身高要一米六以上，皮肤一定要好，白里透红的，要口齿伶俐，最好做是做过销售与美导这个岗位的。”

郑鹏又问道：“他们这些高要求，确实造成了招聘的难度，我们有和业务部领导沟通过吗？”

王秋影答道：“有，我都找了品牌中心总经理刘俊沟通过了。刘总说：外表形象要好，还要会做销售讲话，这是他们美导岗位性质决定，这是他们的核心要求。”

郑鹏问道：“你们招聘多长时间了？招聘了多少人？”

王秋答道：“一个月时间了，才入职五人？”

郑鹏听到这里，心里暗暗吃了一惊，不动声色地问道：“你们都用了些什么招聘渠道？”

王秋影说：“主要方法两种，在南方人才市场招聘，以及在前程与智联网上搜索人才，或候选人在招网上自己投到我们招聘邮箱，然后招聘部的同事就根据分工，约大家来面试。”

王秋影顿了下说：“我们三个人周末跑人才市场，大家下班之后，我们还要留在这里加班，从网上找人才，下面两位同事都有意见了！”

郑鹏听了之后，笑道：“大家都没有时间休息了！”

又问道：“你们在招聘面试入职过程中有没有问题呢？”

王秋影沉思了一会儿说：“有，有时候约候选人过来，业务部的人没有时间面试？人面试好了，也有工资谈不好的、也有体检不合格，中间问题较多呢？”

郑鹏点了下头说：“你有什么方法来解决？”

王秋影说：“我也给程强董事汇报过来，我们只有努力招聘，满足用人部门的需求。”

郑鹏指着招聘需求表说：“这里有还要招三名大区销售总监，急吗？”

王秋影动了下身子，并理了下头发说：“急！销售中心范志勇董事都找我呢！他一找我，我就把现在招聘任务重，讲一堆理由之后，反给抱怨下，他就没语言了，说他自己找人去！”

郑鹏在心里笑了起来！虽然这不是长久解决之计，但也是没有办法的办法。

郑鹏看着王秋影，说道：“我们招聘部做得很辛苦，业务部门还不满意，是吗？”

王秋影哭笑着脸，点了点头。

“我们现在就解决这个问题，我出以下几个方法，你来根据现在实际情况，补充完善，然后我们就开始执行。”郑鹏拿起茶杯喝了一口水，打量下王秋影，这位同事微黑的脸上，一对大眼睛，透着一股聪明劲，略微瘦削的脸上，透露一股刚毅与韧劲。

郑鹏接着说道：“对于这几位大区销售总监及公司这些高级管理岗位，用猎头招聘，要尽快招聘到位，找两家猎公司，我们要尽快让有基本合适的候选人来公司面试，以便于让范志勇董事他们让感受到我们在采取方法和措施，改善工作。这个资源的争取由我今晚就向程董事汇报，我手上有广州十多家猎头公司资源，你直接和他们联系，选取性价比与服务态度好的公司。我们美导这个岗位，我们采用项目招聘的方式集中突破打歼灭战。”

王秋影急切地问道：“郑总，如何进行？”

郑鹏反问道：“我们人力资源中心有哪些同事对招聘工作熟悉一点？”

王秋影答道：“番东基地王涛经理那里有两位专门做招聘的同事。”

“我们部门还有谁的工作有弹性，较松一点？”

王秋影答道：“培训部杨燕、企业文化部田君他们都行，我们私交也不错。”

郑鹏说道：“杨红经理的工作如何？”

王秋影答道：“可以帮助我们。”

郑鹏答道：“我们就暂时组织成这个八人小组招聘项目团队，每天的工作目标，预约到五位候选人，集中本周六统一面试。”

“其次，对于招聘网站，我们立即再增加一个化妆品专业网站。”

王秋影似乎想说什么？郑鹏说道：“你帮我通知下我们中心全体同事，包括番东基地几名同事，明天上午十点来总部开会。我们就主要议题之一，就是这个招聘工作突破之事。”

接着又说道：“等我们内部形成一致讨论决议之后，其余同事开始行动，明天下午我们俩人就去找刘俊总经理沟通，让他们中心的部门负责人在本周六专门配合参与候选人面试。并且当天给出录用候选人的结果，提升我们工作效果。总之，我们面试流程要短、快！”

想了下又说道：“你把我们讨论的内容，做成一个简单的方案，明天好在会议上征询大家的建议。”

王秋影脸上露出笑容，忙答道：“好！”

郑鹏拿着招聘需求表，又给王秋影说：“我们这张表有以下几个关键点要写清楚，业务部提出招聘需求的时间、招聘需求原因：离职补充、新增岗位、扩大编制，招聘的核心要求等，即使是上面领导口头告诉我们的招聘岗位，我们也要为其拟定好一张员工招聘需求申请表，让他们招聘需求要走相应的审批流程，还且还要白纸黑字的签名。”

另外，“我们要做招聘数据统计表，从现在开始立即做，我们要有数据统计的依据，才好与业务部沟通，我们找到简历数、电话约候选人数、来面试人数、合格人数、入职人数，合格而不来的候选人原因分析。我们分析表与数据，在月底我们要做成报告，在公司管理会议上说明。”

郑鹏又和王秋影沟通了些其他招聘的事情，在王秋影离开办公室后，想了一会事情。

走到出办公室的门口，向外面的大办公室望去，人力资源中心似乎都在忙于工作，郑鹏心里明白：有些是真忙，有些是不怎么忙的，那些假忙看似在电脑里敲着文件，实际在做自己的事情，而且有时候还是装模作样。作为管理者也没有必要去盯着他们，基本的管理手段，就是交代他们工作任务，向他们要工作的结果，结果是不撒谎的，用结果去读员工的能力与心态！

郑鹏在办公室走了几步，看着窗外的高楼，微一思索，约刘新浪来到自己的办公室。

刘新浪急急地跑了过来，眼睛看着郑鹏，透露出一种不解的疑惑看着郑鹏。郑鹏略略地观察了刘新浪，此人是聪明的，同时做工作是需要有人跟进督导的，不够特别踏实。郑鹏示意他坐在办公桌前的椅子上，刘新浪手里拿着本和笔，郑鹏简要地询问了企业文化部的主要工作情况：主要就是负责公司每月一期的刊物出版、公司春节之后春茗活动组织，还有就是早会组织跟进工作。

郑鹏听了之后说道：“企业文化部的工作还有改善的空间，一是内容拓宽，正如大家说的那样：企业文化是个筐，什么东西都可以往里装，这从另一方面说明企业文化工作宽广性；二是内容的质量，你如我们每月一次刊物的质量，还有就是。”郑鹏说到这里，故意停了一，然后转向了主题。问道：“你怎么看待我们企业文化部组织早会工作，大家缺勤的情况？”

刘新浪将身体坐直起来，答道：“这个问题是严重的，听程董事说：董事长有一天早上来公司，正是早会的时间，刚好在电梯里碰到几位品牌中心同事，其一位还是副总监。”

郑鹏没有说话，继续盯着刘新浪。问道：“程董事讲了之后，你们是否有改善了？你怎么看待这个问题？以及如何解决呢？”

刘新浪答道：“我们也没有特别的方法去改善，因为这是一个纪律问题！当然程强董事和王永标董事长非常看重早会，希望利用早会的时间，组织大家学习国学文化、分享化妆品的行业快讯、宣导公司管理政策等。”

刘新浪停了一会又说道：“大家对这个都不是很热心，我们也尽力组织好！但因为我们场地有限，分为六个地方，大家分别负责开早会的，我们企业文化部负总责，有时我和田君一起也去各地方看看大家执行情况如何，大家执行都走了样，对不参加者公司早会的，我们也没有处罚，只是告诉宣导：大家都尽可能地参加。”

郑鹏说道：“你想把早会的工作做好吗？”

刘新浪立即答道：“郑总，我们也真的想把此事情做得很好！领导让我们怎么做我们就执行好。”

郑鹏心里想道，这小子倒显的职场很老练。

他也不客气的直道说道：“我们好好一起商量下，我的思路分两个方面。第一方面：你把早会的内容与流程，进行梳理做好文件，进行标准化，这个工作是你的专业特长、也是很简单的，明天上午九点完成，并在我们中心的大会进讨论；你和田君录制一个主持早会完整的标准化视频：整队、汇报人数、内容讲解等；再把六个地方负责早会的主持者，找起来进行培训，早会的内容要主持的轻松、活泼，对优秀早会主持者要进行奖励，并用文章，在公司的刊物上公开赞扬其事迹。”

“第二方面是于对不参与早会者、迟到者、不着工作服者的情况，由负责考勤的同事处理。”

刘新浪忙回答道：“负责总部考勤的是张冬。”

“把他现在找进来。”

张冬进来之后，郑鹏打量下，瘦瘦高高的个子，不苟言笑。郑鹏起身和其握了下手，并指着旁边椅子座下，简单问了考勤情况。

刘新浪将早会出席缺勤情况讨论之事给张冬说了下，并说希望由他来负责早会纪律巡查之事。

这个小伙似乎较为害羞，回答道：“可以，我该如何做呢？这是一件很得罪人的事！”

郑鹏离开办公桌，来到张冬的旁边，说：“如何做？彬彬有礼的霸气，你来公司有二年多了，对公司人应都认识吧！在每天开会早会的时间，你就在上公司办公楼的电梯与楼梯前，看看有那些人是迟到了没有参加早会，并把名字给登记下来，发给他们中心负责人就好了！”

郑鹏又看了下张冬，说：“对于来得早，却不参加早会者，我们给其行个礼，先询问是否那里不舒服？是否需要帮助？如果没有什么原因，劝其去开早会，去的就好了，对于没有去的，把名字也记下来，一起发给中心负责人，在月底做一张表，统计各中心单位，有多少人没有参加早会，把名单附在后面，余下事情我来处理了。”

停了一下，又说道：“关于得罪人，这是会的，不过事物具有两面性，这些违纪的同事在阳面是不好意思说你的，而且可能还会树立你个人威信，当然也因你的付出，也会树立我们人力资源中心的威信。这样，再找一位我们中心的经理和你一执勤早会纪律。”

郑鹏说完之后，张冬回答道：“好，明白了！”

郑鹏又看了一眼刘新浪与张冬，说：“关于早会组织与纪律处理之事，我们就这样定了，大家一定认真。新浪，早会形式内容要提升，很重要，内容为王，让大家喜欢上我们的早会，纪律自然就好做了。”

郑鹏处理完招聘和早会纪律之事，走出办公室，发现大家都下班了，他给程强董事打了个电话，简要汇报两件事情处理方法。程强说道：“很好！就这样执行，我要的是结果，资源都给！”

郑鹏又给王永标董事发了一个短信，汇报自己已经入职公司，并开始工作了。王永标董事长很快回复了信息：“欢迎加入我们佳美公司，人力资源是公司未来发展关键，工作具体开展与程董事沟通，等你熟悉工作之后，我们约时间详谈。”

郑鹏离开办公室，来到地铁口，街上人来人往的嘈杂，他迅速娴熟挤上地铁，心里盘算着明天工作如何开展？

简单吃过饭之后，郑鹏给妻子打了个电话，女儿在电话里牙牙学语道：春眠不觉晓，处处闻啼鸟，夜来风雨声，花落知多少。豆豆在旁边抢着说道：爸爸，你吃饭了没有？我放暑假之后也来广州。两个小家伙叽叽喳喳地说个不停，搞的夫妻两个倒插不上嘴了。

清晨微风拂面，郑鹏走过天马河公园，春日的广州，天气是那样的令人心情舒爽，来到地铁口，郑鹏又闻到那熟悉的肠粉味道，挤上人群滚滚的地铁，忙碌去吧！

第二天上午十点钟，郑鹏提前几分钟到来到会议室，大家有说有笑的在谈论着什么？看见郑鹏进去，大家安静了些，会议是宽敞明亮的，这时杨红走到窗边，把窗帘布又拉开了一些，这个动作引起郑鹏注意，说明这是一位心思细腻的姑娘，而且主动性较强。

他多年外资企业工作经验，没有使用助理或秘书的工作习惯，经常讲一句话说：“我们都是老板助理，团队的同事都是我的助理，你们工作职责里最后一句话都是一样：完成上级临时交办的事情。”

郑鹏在会议桌的中间位置上落座之后，会议室变得安静起来。他用双眼扫示了大家，有二十一位同事，除了总部的同事外，其余的应是生产基地的人力资源同事，其中一位年龄较大，有四十多岁的样子，宽亮的额头，淡淡的眉毛下面有一双较小的眼睛，皮肤微微有点黑，额上有青筋突起，一般说来，这样的外表的人都有固执的一面，有些时候会把事情看得很简单，一遇到不如意的事，就开抱怨，内心是关闭的，不易与人沟通。

郑鹏目光迎着他笑了一下，又离开，看着全体同事说道：“我叫郑鹏，大家也可叫我Jack，我们今后就是一起平等共事、文明相待的同事了！”

故意停了一儿，郑鹏想拉近大家距离，问道：“我们人力资源中心的同事都到齐了吗？没来的举手！”大家笑了起来。

郑鹏说道：“这是我的第二天上班，要尽快解决三个问题：一件是招聘之事。二件是早会纪律之事，我知道大家手上事情很多，但作为我们中心工作，这两件当前要排在第一位，因为董事长王永标和程强董事都高度重视！第三件事，就给我们人力资源中心同事们提一个概念‘One HR’。大家今后思想、行为、语言都以团队合作的精神向一个人力资源中心靠齐。”

郑鹏停了一下说：“我们同事们都来自五湖四海，到我们佳美公司人力资源中心，又分了几个部门与两个工作区域，总部、基地。”

“‘One HR’，具体分三个方面来讲，一是我们一条心，每位同事心，都以做有利于我们人力资源中心的事，要有集体荣誉感，大家心要往一处使，大家工作遇到困难，要相帮，生产基地HR遇到事，总部要帮助，招聘部忙不过来，其他部门要帮助等。二是我们人力资源机制要统一出来，统一建设，因此我们要做一个佳美集团人力资源中心公章，从我们HR中心出去的文件资料，都要盖这个章，以此章为准，大家今后不再签名的方式出公告了，我也不签名，这意味着人力资源任何部门出去文件，大家都要承担责任，这个责任，人人有份。”

郑鹏扫视了下大家，又说道：“三是就是今后我们人力资源中心，全体同事活动，不再分部门、基地、总部，都统一进行、大家参加，我们要如战友之情，统一行动。总之我们是：败者拼命相救、胜则举杯同庆，不抛弃、不放弃团队工作精神啊！”

郑鹏给大家讲了“One HR”理念之后，并征询大家意见，这时王涛露出了笑容，每位同事脸上出现不同的表达，有惊讶的！怀疑的！高兴的！观望的！这些郑鹏都理解，最后郑鹏打了比喻，“我们都是人力资源中心这一艏大船，航行佳美公司这条河流上，诸君都须努力，我们才有所收获。”

“下面有请王秋影把第二件事，招聘方案给大家讲一下，我希望还有同事参与进来。”

王秋影把项目招聘方案给大家进行了简要的说明，大家又针对具体实施过程中细节提出了些建议，如：身高，在招面面试的会议室的门上设一个记号，候选人进会议室就看出来是否符合身高条件等；并事先准备位置，让面试者和候选人成直角坐，这样大家都感觉比较舒服，还便于观察候选人肤色。还有其他一些事项等。

杨红与杨小林也主动与进招聘项目组织来，愿意花一半的时间来一起参与人才搜寻与打电话邀约。

然后，郑鹏看着刘新浪说道：“下面有请新浪把早会及相关纪律之事给大家讲解下。”

刘新浪清了清嗓子，站起身子，带着笑意把早会改善的方案讲了一遍，并着重讲了纪律之事。

赵小勇说道："说实话，早会主旨是好的，不过让我们站在员工的角度，提前15分钟到公司，这其实不合理的，所以有些同事要迟到，我只要上班没有迟到，你也不能把我怎么样，扣我的考勤工资？我建议把早会开始时间放在上班之前5分钟，大家可能就好些，这样更人性化些！"

郑鹏想了下，说："有道理，我和程董事做些沟通！但纪律要坚定执行，赵经理建议很好，我也邀请赵经理和张冬一起参与，这样一位老练管理薪酬绩效的赵经理和一位管考勤高个子张冬，在大家心里一定完美的组合！而且都指向一个利益目标，那就是员工的工资！"

郑鹏讲到这里，大家指着赵小勇和张冬笑了起来！郑鹏自己也笑了起来，然后说道："中午大家一起吃饭，王经理已安排好了吧！"

在饭桌上，郑鹏和王涛和其他同事都进行简单交谈，并且在心里定一个计划：要与每位同事进行一次深度沟通，打开大家心扉，激发人力资源中心同事们内心的工作热情。

星期三开始，佳美员工发现人力资源中心的在早会开始之后，有一高一胖的人力资源中心的绩效与考勤的同事总在进电梯与楼梯口地方晃动，并给大家打招呼和大家提示早会纪律之事。刘新浪与田君在早会之时，也在几个早会的地点里穿梭，观察大家主持早会的情况，下来之后，再与各地方早会主持者沟通交流。

慢慢地各中心负责人会在每天上午十点收到一个文件，自己中心的有那些员工没有参加当天早会，以及早会组织表现得较好部门同事，这个文件还清楚明白的还抄送给了公司董事高层。

这周星期六，天刚蒙蒙亮，郑鹏早早地就起床洗漱了，开着车沿着广花路上了高速，此时路上的车辆较少，特别通畅，他还不是很了解同事们的工作执行情况，因而有些不放心。当他停好车快步来到公司，招聘项目组的部门经理级同事都来了，总部招聘的两位同事去了人才市场，如果合适的个候选人，当天就约过来复试。

因为时间还早，郑鹏组织项目组的同事，对招聘面试流程准备工作再次进行确认，并由王秋影再次给大家讲了美导的核心要求与要点：谁约谁接待，并由他的上司初试，合适的候选人就带给用人部门复试。

郑鹏和王秋影盘算着：根据努力情况，总共约了八十位候选人，假设到现场来面试率应在六十位左右，预计应有二十位左右合格。

整个上午，人力资源中心和用人部门在忙碌着，刘俊总经理和郑鹏也在办公室交谈着。刘俊以前是在一家外资企业做品牌策划工作，七年前就加入了佳美公司，刘总非常喜欢佳美公司文化，而且他自己还是一位书法爱好者。

两人从楷书的“颜筋柳骨”到怀素的狂草，聊起书法的历史与美感，同时也对未来的毛笔文化传承感到担忧：一手好字，让电脑给毁了！后来郑鹏还亲笔书写一幅书法字送给刘俊，这是后话，两人后来成为关系要好的朋友！

中午，所有工作人员和候选人都吃了盒饭。

王秋影及时做着来面试候选人的数据统计，到下午结束之时，刘俊总经理露出笑容，对王秋影说：“你们这个方法，我们就喜欢这样集中面试，也不耽误我们大家的工作，收获很高啊！”

王秋影说：“这是我们郑总想出来方法，我们连续加班工作了几天，我们中心为你的美导都在奋战，今天统计果，来了八十一位，我们录用三十二位。”

刘俊笑道：“谢谢你们！我请客！”郑鹏心里想道：旗开得胜。

郑鹏笑着回道：“只要招聘到人才，帮助我们业务部门解决人才事，就最棒了的，还要感谢刘总，打扰你和部门管理人周末休息了。”

早会纪律之事，没有处罚一个人，张冬就这样一直坚持巡查，后来经常迟到员工也不好意思了，连中心负责人都不好意思，估计自己都把本中心的员工给管理好了。后来，郑鹏才发现，张冬与董事长有某种关系，不由暗自庆幸自己！

招聘之事，大区销售总监也有人来参与面试了，而候选人的质量还不错，也有人才在入职了。

入职佳美公司已经快两个月，又是一个周末，因为企业宣传之事，郑鹏、刘新浪、田君在会议室开会，三人中午在一起吃饭。

“田君，把你的事情给郑总说一下吧！”刘新浪轻轻地说道。

田君放下筷子，看着窗外，然后转过头来，露出多愁感知的眼神，说道：“刘经理，我的情况，你是知道的！”

郑鹏看着两位下属，摸不着头脑，看着田君，又看看刘新浪。

刘新浪说道：“田君想离职！”

刘新停了一会儿又补充道：“我提出给她调薪，她还是要走！可公司现在企业文化部事情又较多，又只有我们两个人，等段时间，我因家里有事，也需要请假！”

郑鹏没有说话，他自己也不知道个女孩的心结，只知道这个女孩很喜欢写作，文笔很好！有时候还写一些诗歌发表！

这时，田君拿起桌面一支塑料玫瑰花，捏来捏去，看了下郑鹏，也不说话。

郑鹏笑着说道：“好了，我知道！今天你们二位辛苦了！我们吃完饭，田君先回家，刘经理再留下来，把余下的工作再处理下！”

郑鹏从橱窗里看到，田君穿着白色连衣裙，长长直发披到腰间，挤上公交车走了。

他还在回味着刘新浪的话。田君是一位四川老乡，还没有男朋友，可公司是化妆品公司，相对而言女性居多，而田君平常也比较宅，与外面的人交流也较少，喜欢读书。去年就提出要走，是刘新浪将其留下来的。

郑鹏决定找田君沟通下，希望她能留下！

郑鹏因独自一人在外工作，周末有时间读书，又把随身携带的《红楼梦》里翻阅一些，他想回着红楼梦里面的《好了歌》：世人都晓神仙好，惟有功名忘不了！古今将相在何方？荒冢一堆草没了！世人都晓神仙好，只有金银忘不了！终朝只恨聚无多，及到多时眼闭了！世人都晓神仙好，只有娇妻忘不了！君生日日说恩情，君死又随人去了！世人都晓神仙好，只有儿孙忘不了！痴心父母古来多，孝顺儿孙谁见了？

黄昏，郑鹏独自走在天马河公园，看见公园有捡垃圾的老妪与谈情说爱的青年。郑鹏心里有一种说不出感慨之情，就这样的一直呆呆地出神，思想在回荡：广州、家人、自己、祖宗，回忆起十多年多前如电影片段一样故事与情景：广州是一个古老历史的、却又是改革前沿的现代化都市，在这里你可以走在具有上几百年历的幽深的小巷上，这里树古朴而高大，同时你以可以看到鳞次栉比的现代化酒店的高楼耸立在这座都市里。

郑鹏从毕业之后，主要的工作与生活时间都是在南方渡过的，喜欢珠三角这块地方，这些城市不像上海、北京那样，排斥他们这些如候鸟一样，在各个城市飞来飞去的打工者，其实“打工”这个名词含有多种意义，“打工者”一般两类：要么是在自己的家乡没有合适的工作可以做，迫于生活的无奈，才到异乡去打工，也求得一口饭吃，这样的打工者，是恋家乡的，但却不得不离开家乡，所以内心有些辛酸，这类打工主要是那些建筑民工和工厂一线打工者，他们一年之尾，总会带着大包小包行李，用些牛仔包或蛇皮口袋，带着满身的欢心和鼓鼓的腰包，千辛万苦的赶回他们所想念的家，这群打工者和家乡生活的相比，钱袋子凸出了些，让家乡人眼红，但同时因为他们打工所留在脸上艰辛和举止、工作生活不稳定性和缺乏中国人传统所要的生活保障安全感。

他们好像在家乡的政治地位又矮小了许多，所以他们在一年之头，又得匆匆走向长途的汽车站或火车站，来到熟悉异乡，其实对长期生活的异乡，已变成实际生存的第二次家乡，所以也有整家整口来到异乡一起长期生活，可能在年老的时候也会叶落归根。

第二类“打工者”也许可以在家不如人意的生活，也许本来会生活得很好，但因为年轻或有文化知识的人，带着一种“闯荡江湖和打拼生活”，来实现自己的理想人生心态的打工者。这类打工者，大多是办公室的白领，他们是这些城市发展的中层阶级的精英，有文化、有见识，不会恋家，但有时也会回家看一下自己的家乡的亲人，但因为长期漂泊在外，已习惯于外面的生活，回家也不能完全融于家乡的人文当中，所以回家之后，吃了几碗白发老妈做的小时候一直吃的几样“妈妈菜”之后，又想急急忙忙的离开家乡，这时候的我们不再有妈妈手中线，千万针缝补的游子衣，不恋家，可妈妈内心真的意恐我们迟迟不归吧！这类打工者，喜欢漂泊来实现人生，生活也许会辛苦，但不辛酸。而回家之后也风风火火的，体体面面的。郑鹏也许属于第二类打工者吧！

突然电话响了，原来是王永标董事长来电话了。

春分三月露微凉，独对青山感渺茫。羊城深巷，杨柳低河，深深一片春色。豆雨声来，微风拂面惬意。疏疏三五点，春意浓，问心怀。家人远，问妻遥相思，闪烁邻灯起。知他诉衷情，碎哝哝，诉未了，手拨柳枝，雁过也！

第十五回　绩效飞扬

早上六点多钟，郑鹏开着车，望着窗外景色，心情舒畅起来。这时广州在中国南方属于那种“晚睡晚起”的城市，他在这里工作十多年了，也有晚睡晚起的习惯，难得今早看到晨曦中的广州。

这时太阳红红的、圆圆的，从北二环的高速公路远处的葱绿小山丘背后升起，霞光红艳艳照向自己，远远似乎还能看到起早的农民大哥在自己菜地里浇水，郑鹏细细看了一下，这里的农用的工具与老家不一样，他也是一个农民家的孩子，自己从小没有少干各式各样农活，如打猪菜、插秧苗、打稻谷。

虽然郑鹏自从念高中开始，就很少做农活，但从小做的这些事永远印在自己心灵深处，当别人笑他一身白衬衣的白领阶层之时，郑鹏说，我的身上、骨子里流有中国农民的血液。这时浇水用的个器具如家乡的洒水壶一样，壶里装满水之后，挑到菜地里，提起壶后面的尾巴，水就从前面长长的喷嘴里喷洒出来，洒出水轻盈而均匀，比家乡用瓢从桶里舀水再浇向菜的底部高效的多，他看到这里，感叹到：确实是沿海打赤脚的农民工作都比内地的效率高。

这时的太阳已越过远处的小山丛林，透过天空中几朵棉花团似的白云，照出道道红亮的金光。汽车高速穿行在金色的晨风中。根据导航，车子很快到达了东莞山庄，七弯八拐的在山庄幽静的山路上行驶。

“董事长好！”郑鹏赶紧走上去，和王永标董事长打招呼，虽然自己是提前两分钟到的，但王永标已先到达了。这是一家典型的潮汕风味的中国式的会所，亭台楼阁，小溪水潺潺的，窗外一个没有规则形状的大石上写着“仁者乐水”的雕刻书法大定，古朴而苍劲。屋内正强也一幅横写书法大字“志存高远”。

侧面墙壁上写着一幅行楷小书法：咆哮直下气如虹、倒泻银河挂碧空。滚雪飞珠生象，砰崖溅玉映云空。临渊慨叹洪荒力。瞪目惊疑造化功。道法自然堪济世，箴言哲理古今同。郑鹏不由赞道，这真是一个好地方！这似乎也看出王永标董事长一个爱好与心境。

王永标示意郑鹏在对面坐下，郑鹏坐下来，他对于茶道的研究不深，只知一些基本知识点：如茶的工具位置摆放、如何喝茶与敬茶。

王永标在主位上，一边慢慢地煮着水，拿出茶叶，气定神闲地问道：“郑总，在工作的开展过程中，我也没有过多的参与，很抱歉，有没有疑虑之处啊！”

郑鹏答道：疑问之处很多，也都有些考虑，现要主要是找一个时机与合适切入点！

王永标将所有茶具用第一杯茶都冲烫一遍之后，递给了郑鹏一杯，郑鹏说道：“谢谢！”接过茶，酌饮一下，顿感回味无穷！

王永标点点头，说：“大学里面讲，物有本末，事有终始，我们要善于抓住事物的根本与紧要点。”

郑鹏没有回话，王永标继续说道：“你入职工作这段时间，总体来讲是很不错的，很快解决了招聘问题，现有人面试了，还入职了不少人，几位董事对你都有好评！关于纪律的问题，也把员工给管理起来，这一阴一阳之道，不错啊！”

王董事长停了一会，又说道：“为了你今后做好更多的工作，我也给你提二点建议，一是多去各位董事那里多走走，特别分管销售的范志勇董事那里；二是工作节奏把握好！因为我们毕竟是一位发展有二十多年民营企业，里面关系还是盘根错节的。”

郑鹏鹏心里听了之后，不由暗暗的佩服务，这位董事长从表面上，对公司管理人员是若即若离的，好像不管事的，但其实心里如明镜一样，自己确实不太喜欢那个范志勇董事，前一周，因绩效之事，还与他下面的助理发生争执，听说，最后这个助理跑去范志勇那里告了自己一状，这是程强董事告诉他的，他当时都没理这个事，现在想想还应该去和范志勇董事沟通下。董事长讲的第二点，很对啊，他对公司这么多年发展可以说是了若指掌的。他对自己讲这些，是对自己真的好啊！真应那句话，帮助老板就是帮助自己，他会为你指点迷津与暗沟的。

郑鹏忙回道：“谢谢董事长指导！”

王永标沉思了下说道：“你认为我们当前员工的工作效率如何？”

郑鹏思考了下，回道："需要大力提升！"

王永标说："如何提升呢？"

郑鹏答道："我们公司老员工居多，大家工作技能不是主要，主要'老资格'的问题要解决，这是主要矛盾！"

郑鹏看着王永标，瘦削的脸颊上，眼睛炯炯有神地看着自己，额上青筋微微突出，显示中国民营企业家老板所特有精明与干练，他额头向下微含，在鼓励着自己说下去！

郑鹏又说道："招聘问题还是最紧要，但目前的方法是管用的，我们要想办法，提升员工效率与效果是必须解决的。根据我的观察与深入实际调研，当前最薄弱的没有激励与考核员工，建议我们选择从绩效体系的构建做起，提纲挈领去解决公司经营的问题，并把经营里面的关键节点打通，同时在一定程度上，调动员工的工作积极！"

郑鹏停住了，看着王永标。

王永标又把一杯茶缓缓递给郑鹏，自己也喝一口说道："可我听说绩效很难做好！有些管理者将其称为'鸡肋'，食之无肉，弃之可惜。"

郑鹏问道："你认为是什么造成的呢？如我们公司，现在也有员工考核评价表，你认为有用吗？"

王永标看了一眼郑鹏道："我们公司的员工考核评价表，每个月都在做，其实没有用！管理者自己对员工的工作情况都没数，只是主观的并形式打上分数，每位员工都是九十几分啊！大家都无可奈何？"

停了一会儿说道："造成考核是鸡肋的原因，我也不知道，你说呢？"

郑鹏看着王永标道："原因很多，实际两点：文化与方法。"

"文化方面，举个例子，要有'开放'的文化，一是我们考核指标与经营数据要公开给员工，对于公司商业机密的数据与信息保密，要讲方法的公开。要让员工信服我们考核方法是公正、公平的、公开的，大家心服口服，并接受大家监督，如果我们各中心/部门单位数据都不能公开，谁信，缺少信任，再好的考核方法都没有。二是我们员工考核结果大部分公司都不敢公开给员工，接受员工的监督，只是发给薪酬部进行工资核算，因为一旦公开，员工会发现大量的问题，如不公平等。方法上，现在很多公司在用BSC或360度考核方法，这些方法好不好，好！但适合自己吗？不一定，一定根据自己企业的特征与发展阶段，使用不同考核方法，如我们公司现阶段就不能用360度考核方法，因为我们员工职业化程度还不够！"

郑鹏说完这些，似乎意犹尽，"我们在考核执行的方法也有多问题，短视，有些公司在老板压力之下，绩效考核急急忙忙地上，连用试运行都没有，数据都收集不起来，只能做假数据或编数据，考核管理看似完美，实则不了了之，里面有很多猫腻。"

当郑鹏简要的说完这些之后，王永标似乎明白了些，说道："我还补充点，我们要不停地向员工沟通：我们考核的绩效文化与方法，至少每月一次正式的沟通会议，由人力资源中心组织，公司高层参与解答。"

郑鹏点点头，王永标又说道："公司的经营管理就好比一株白菜，绩效考核确实是鸡肋，但确实也是浇灌企业管理之粪，我们很多人只想要白菜之香、不要大粪之臭，却不知没有大粪的臭，哪有白菜的香？所以我们守其大粪，将其用时间做好她，并将它与公司经营紧密结合在一起。"

郑鹏为这个辩证的比喻不由暗暗点头称妙，这就是老板不一样智慧的地方，这也表达出董事长也许也早就想改善公司绩效管理之事，也许做绩效的天时来了，老板就是天，老板的想法，就是天时，做绩效工作必须要有老板的坚定支持，其实老板都支持做绩效考核工作，只是在方法、观念上有很多问题，比如：只站在老板的角度进行考核指标与标准的制订，最终做的考核方法与在考核的过程中，公司老板就是猫，员工就好像是考核的老鼠，最后大家玩起猫抓老鼠的游戏。

王永标问道："讲讲你做绩效管理基本思路吧？"

郑鹏说："简而言之二点：组织绩效KPI，员工绩效强制法。"

"组织绩效就是对公司、各中心单位与部门提取关键经营指标，用这些指标数据来衡量这个部门做的最终业绩是什么，指标提取总的方法就是根据BSC平衡计分卡思维，从财务、客户、流程、学习四个维度进行。BSC本身是一个战略分析工具，各中心单位指标来源于两个方面：一是公司战略分析之后，公司级指标选择与经营重点与方向；二是部门本身的职能与价值当中提炼出指标。"

王永标插话道："举个例子？"

郑鹏答道："公司级指标，一般都是财务性指标，如销售额达标？销售额增长？利润？利润率？投资回报率等，我们公司用那个指标？"

王永标没有答话，看着郑鹏，郑鹏继续说："也许还有其他指标？选哪些指标？就看公司经营策略，如果我们是经营策略是快速增长，就选取销售增长率，快速占有市场，成本就不是重点。如果我们想稳住市场，求公司利润，就选利润指标，销售与成本都要考虑。我们如果开分公司投资，对其选投资回报率标指标。当然我们公司发展成熟，还要从客户角度，考虑品牌传播度与美誉度。"

王永标点了点头，郑鹏答道："公司级绩效选什么指标来考核由董事长你来拍板，考核的标准你要和经营层商讨决定！"

"为什么呢？"

"因为战略决定指标，董事长负责战略的！标准是考核经营层，经营层做到什么程度奖励，做到哪个程度是基准线？做到哪个程度要处罚？所以大家要参与进来。”

“员工绩效强制分布呢？”

郑鹏喝了一口凉了的茶水，答道：“我给你讲个我们公司绩效争论故事吧！”

王永标笑着点了点头。“就在两周前的时间，我们开月度经营会议，大家在悦来酒店吃饭的时候！范志勇和程强董事在桌上讨论一个问题：员工绩效考核谁说了算？程强董事说：员工绩效考核成绩由上司说了算。范志勇董事说：不对，由员工自己说了算，举例如销售提成，员工卖的化妆品，销售成绩在那里明摆着的，员工自己算出来的，上司说了就不算。程强董事长说：员工绩效考核我都不能决定，我如何对员工进行管理。”

“员工绩效谁说了算？”

郑鹏说到这里，不说话了，看着王永标。

王永标说：“有些考核不能量化，由上司说了算，能量化的指标由员工努力说了算！”

郑鹏说：“是的，其实所有指标都能量化，有的客观量化，如销售业绩，由员工自己说算；有的是主观量化，如员工的逻辑能力，在某种意义上，就是上司说了算。”

郑鹏继续说：“从考核对象指标是员工个人之时，我们就要注意，要让上司说了算，要把权力下放给各中心负责人，但必须有一定条件。而对我们民营企业管理的员工对象，我们要采用韦尔奇的强制方法，这个方法是把员工分成20%优秀、70%的一般，10%的差，如何把员工强制分类呢，各中心单位自己要根据本单位管理情况，制订适合自己中心员工的考核方法，最终的考核方案报绩效考核委员会通过，并把方案与考核的结果公布本中心员工，接受本部门人员监督，做到透明公正，当然这对管理者是一个很大的要求。”

王永标说：“强制分布的方法我也听说个，听说华为也采用这种方法，也看过一些报道，韦尔奇这个方法淘汰员工方法过于残酷了！”

“是的，所以我们要改良一下！两个方面着手，要适合我们中国企业，一是我们层级上细分下，10%的优秀、20%的良好！40%的一般，20%改善，10%的差，这样大家矛盾点就会在一定程度上降低；二是在理论上，我们要不停地和员工开绩效会议沟通：我们分等级不是目的，目是让‘差’的变成‘改善’，再变成‘一般’，再变成‘良好’，再变成‘优秀’，形成管理上员工业绩效改善的良性循环，一步一个阶梯，大家都向优秀看齐，并向上滚动自己的工作绩效。”

郑鹏进一步说道：“对于我们这样发展多年的民营企业，为了让员工焕发出新的创业力量，反道而行之，也要让员工有压力，为员工关系的管理做些准备工作，这当然对员工也是好的，让我们企业的善有原则，才是真善！”

王永标点了点头，思索了一会，问道：“组织绩效与员工强制分布绩效如何有效的结合使用呢？”

郑鹏答道：“一是可以将部门KPI绩效考核结果与员工强制分布后的结果直接相加，这是技术层面的问题。二是可以把部门KPI考核结果好与差，和强制分布比例挂钩结合，这是一个机制问题，建议在考核文化与方法成熟发展之后使用。”

两人谈到这里，都已快中午了，王永标站起身指着墙上书法说道：“志存高远。”

“郑总，你知道吗？有些人做企业如养猪，做大了就卖一个好价钱或上市。有些人做企业如养孩子，会一直坚定走下去，把企业如孩子一样呵护，做实业很累！有个不错牌子化妆品，如‘宝贝、花蕾’等，在他们最好的青春里，卖了一个好价钱，也就是被国外垄断集团外资企业给收购了，我们都以为找了一个好婆家，可是过了几年，这些牌子都消失了，为什么呢？因为那些年我们的市场，完全被国外企业垄断，我们国家用市场换技术，我们也换来了自己品牌崛起。但这几年，资本大鳄采用另外一种方式打压我们品牌，一位好女儿被他们买之后，慢慢地掐死了！也有人盯上我们佳美公司。”

郑鹏听到这里，对这位瘦小个子老板不由生起了敬意！

“郑总，绩效工作之事就由你去推动吧，立即开始做，我会和几位董事和中心负责人也沟通此事的！”

郑鹏听到这里，明白王永标董事长和自己想法暗暗地合上节拍。

离开东莞山庄，郑鹏开着车，回到公司！他和前台两个小姑娘已很熟了，她们与郑鹏打招呼，并递给郑鹏一个包裹，郑鹏知道，这是妻子给自己寄来的。

郑鹏轻轻进入办公室，推开门，从背包里拿出电脑，将上午与王永标沟通的事情做了记录。

他又站起来，双手伸开，做了几个扩胸运动，深深呼吸了几口气，然后坐在椅子思考了会，把绩效考核基本思路理清楚：第一步、第二步、第三步……

“咚咚！”

“请进。”

杨红进来了，杨红今天脸上气色很好，喜上眉梢地说道：“谢谢郑总的礼物，太感动了！真是一个惊喜！”

郑鹏想来了，忙说：“生日快乐！对不起，今天上午因领导找我在外出面差，没有参加你今早上的生日会，这要谢谢张冬与刘新浪，还有其他几位同事，这都是他们的劳动成果，是他们找到你和家人、小孩照片，然后做成海豚枕的，他们很用心的！”

杨红说道：“是的，这也是大家的主意，给了我一个很大惊喜！”

“另外，根据大家讨论，我们中心全体同事明天都去烧烤活动，你要参与哟，大家都充满期待，每位同事都会去的。”

郑鹏说：“好，我们都去，大家玩得开心！”

车子在广深高速路上飞快行驶着，二十多位同事坐在车里，男女同事交叉坐，生产基地与总部人力资源同事交叉坐，有几位年轻女同事放开心怀，如小燕子一样叽叽喳喳的说说笑笑，引的大家嘻嘻哈哈的大笑起来。

郑鹏坐在车子最后一个靠窗外的位子，他喜欢这样位置，原因有两个：一是因为作为一名成熟的管理者，在团队中位置大部分时间都是靠后的，自己在后面做好谋划与服务工作，除非特别关键的事情，自己才会冲上前去，以身作则的展现自己；二是因为有窗户，可以看外面风景，让自己心豁然开朗，看看天上白与远处的高山，让自己思想进行深深思考，而脱离尘世凡俗，这是一种非常舒服心灵之行，偶有微风吹在脸上，还可以闻见泥土、树叶及花的香味，在现代社会的水泥森林中，让自己感觉离大地还是那么亲近，这也许是他中国农民孩子的天性。

车内热闹非凡，大家一会猜字谜、一会词语接龙、一会又唱歌，他们是那样青春与活泼。郑鹏也不由受到感染，人力资源中心的同事通过他每月的例会与分享，对相互工作更了解，气氛好了很多，这都是“One HR”理念倡导改变。还需进一步改变，从管理机制上需令出一孔，这次绩效管理机制就是个开始吧！

“到了！到了！”只见王秋影与杨红、杨燕等几位高兴地叫了起来，“松山湖，早就想来了，这里真的好美！”有几位还玩起了自拍！

这时张冬介绍道：“这里大地方叫松山湖，我们现在所处地方叫‘佛岭湖’，这里是一个专门烧烤场地，我们上午与中午就在这里，下午就到松山湖的另一个地方，更美的。”

赵小勇、刘新浪、王涛、张冬等男同事一起抬烧烤的物料，田君、杨燕等女同事拿工具，大家三三两两的组队，散乱地、开心地忙着。

这时，郑鹏在一边，叫上赵小勇，来到湖边的，慢慢地走着，最后坐在树下一张石桌旁，湖水轻轻地荡漾，榕树的根须也垂了下来。

郑鹏说：“你前段时间给提的，要改善公司绩效考核之事，我们今天就好好地沟通交流下，等会只管去吃现成的烤鸡翅。”

赵小勇说：“是的，现在各中心部门交到我们薪酬部绩效考核结果就一张表，都是中心部门主管打的，没有一点意义。”

“我们如何改善了，我想听听你的建议！”郑鹏问道。

赵小勇回道：“我要改为KPI的形式，让每个人考核指标都可以量化，而且数据不是自己领导说了算，而是数据提供部门说了算，我们薪酬绩效部对这些数据来源要进行检查，确保其真实性。”

郑鹏说：“你的思路很对，我们这次对绩效不是一点点的改，要进行大的变革，我们如果把这件工作完成很漂亮，老板对我们这个部门都要刮目相看，而不会再说我们薪酬绩效部只是个没有大脑的‘计算器’了？”

赵小勇说：“虽然我对‘计算器’这个词语不舒服，我们部门确实也主要是做这件工作，别人端什么菜，我们就吃什么，我们自己还没有炒菜，也没有去买菜。”

郑鹏拿起一颗扁扁的小石子，斜斜的扔向水面，石子在水面起飞了三次，漂沉入远方。

说道：“我们这次要炒菜了，而且从下周一就开始，立即行动！，我们要把KPI工具发到实处，我们上次给你沟通，绩效管理要经营化，我们中心重点抓组织绩效，这就会对公司战略或是经营管理要深度参与进去，深化我们人力资源管理的水平；对员工考核绩效要授权出去，让各中心自己出方案，然后在我们定的强制分布的游戏框架内活动，而还要公开、透明、公平，接受员工的监督，这会对管理者有一个较大压力，而我们只作评判者。”

郑鹏将自己工作思路与步骤与赵小勇进行交流，赵小勇时不时从细节进行补充。郑鹏知道赵小勇是一位非常实在的人，在公司工作了近五年时间，对公司里各部门的业务都较熟悉，也是乐于帮助人，同时也是一位非常坚持原则人，所以一直在掌管着公司的员工薪酬核算之事。

郑鹏进一步说：“我们在本月的任务，你做好两件：一是把各中心单位与部门KPI指标、定义、计算公式、数据收集等工作起草完毕，我们边做边讨论；二是根据我们的思路把绩效管理方案给初步拟定出来，我们到时先讨论下。我的任务两件：一是与程强董事沟通我们绩效考核的想法，听取他的建议与想法；二是我先与各中心负责人、董事走动沟通，把我们绩效考核思路与方法进行沟通，听取大家的建议，让他们有参与主人感，同时了解大家的业务情况，作为组织绩效指标重要信息！”

赵小勇回答：“好，我们就这样进行！我还有一个建议，我们快消行业，都是特别注重销售的，在我们公司更不例外，特别又是范志勇董事，是一位不好说话的。如果要搞绩效工作，我们必须和他沟通好，让他及销售部门不反对此事。”

郑鹏暗暗为赵小勇竖起大拇指，说：“好！张冬过来了，估计大家都已经在开始吃了！”郑鹏说着，拉起赵小勇离开石桌。踩着小石子路，两人心情十分愉阅，说说笑笑走了过去！

这天下午，郑鹏根据事先约好的时间，准时来到范志勇的办公室。

“郑总好！你今天来到办公室，可是非常好啊！我们好好聊聊！”范志勇说着离开位置迎了上来！

郑鹏回道：“我今天来可是登门谢罪的，上次把你的助理给批评了一些，搞得很不愉快，请范董事包涵！”

范志勇说道：“哪里，哪里！上次他们给我哭诉了，搞得我也很难受。没关系的，这事过去了！来，坐这里，我们一起喝杯淡茶！”

郑鹏来之前，是做了准备工作的：范志勇比自己大两岁，和老板一起长大的并一起创业的，负责公司销售工作，是非常护下属的，上次之事对自己一直心有介怀的，人也是非常聪明，讲话实实虚虚的。

郑鹏打量范志勇的办公室，非常宽敞，办公桌前面摆设一张工夫茶桌，十分讲究的楠木做成，整个茶桌工艺造型如一条龙一样，看来他是属龙的没问题。几只用树根雕做的凳子很有艺术感！办公桌背后一排文件柜，并挂有一幅对联：让顾客的脸笑哈哈，使员工之包胀鼓鼓。郑鹏看到，心里暗想，这倒也非常直白有效语言，通俗易懂。

范志勇拿出茶具，摆好，烧上开水，说道：“郑总还是第一次来办公室吧！很多第一次来找办公室都会对前面那幅对联评品一番！”

说完之后，范志勇自己倒笑了起来，并看着郑鹏！

郑鹏说道：“这对联很好！切合销售工作最核心的价值，让顾客的脸笑哈哈，这是销售最高境界，这是水到自然成的营销啊！”

接着又说道：“使员工之包胀鼓鼓，我是你的员工，我喜欢，领导根本任务之一，特别营销的同事在市场上那么辛苦！钱包必须鼓起来！士无禄不来。”

范志勇笑道：“郑总说的好，有些人来办公室，看了之后，说对联好俗，却不这俗语里含有深厚的营销精神与管理精髓啊！这对联是我编的，我写的！”

说着，范志勇递过来一杯茶，“谢谢范董事！”郑鹏接茶饮道：“你在商海的世场中修道，在员工的吃喝拉撒中修道，这才真正修道，在深山独自一人，那叫修身，没什么，只有促进客户与员工的共赢才是真道！”

范志勇说道：“郑总，我们知己也，我也是这么想的。”

郑鹏笑道：“我早该来唉，我们今天的主题就是迎着你的这幅对联来的，我们中心就是为你服务的，我们一起让客户笑得更快乐，感受到我们佳美服务，我一起让员工的钱包涨的更鼓！”

这时郑鹏迎着范志勇再次递过的茶，细细打量他：国字脸形，皮肤较白，鼻翼较大，口唇方厚，眉毛较淡，双眼皮下面的一对眼睛，眼神闪烁，眼角已开始起鱼尾纹了！

范志勇说道：“听董事长谈起了，我们公司要开始大力推行绩效考核之事，我很赞同，我们现在养了很多懒人，做好做坏一个样，特别是一些职能部门，不像我们销售人员是真刀真枪的在拼杀。”说完看着郑鹏。

郑鹏接道：“是的，我们销售同事最辛苦的，我们这次绩效管理有一个重要思路，就要如销售管理一样认真、较真，指标都是可以客观量化的。”

范志勇说：“是的，没有客观量化，考什么考，考也没有意义！我听董事长讲，我们这次绩效变革总体方法是公司与各部门进行量化的KPI指标方法，对各部门内部员工进行授权，采用强制分布法。我当时就给董事长说，这思路很好，赞成！特别适合我们这样企业”

郑鹏说道：“谢谢范董事，我们还需要你的指导啊！”

范志勇说道：“我这人很直爽，我直说了，我的第一个疑问，指标好做，我们销售就几个指标：销售额达标、新产品销售完成率、成本不超标，还有其他重要过程指标，如岛柜的安装更换完成率等，但这有了这些指标，完成标准的问题如何定？员工想把标准定的低下，公司想把标准定的高些，这如何来平衡呢，我每年在销售考核之时，都为这个事情头疼。”

郑鹏回答道：“范董事，你真的一下子讲到事情的核心，考核标准的制定，我们这里需理清两个概念。”

一是目标，目标是由公司定的，员工没有太多讨价，达到目标就拿全额奖金，公司定个目标如何进行呢？一方面是考虑公司历史发展趋势和未来销售规划，不能盲目过高，也不能太低；另一方面是考虑销售资源的投入量，举个例子，我们促销策略、岛柜资源投入、客户奖励等。

二是基准，基准是红线，就小学生考试的六十分，六十分不及格，就叫挂科，就要补考，补考再不过关，就不能拿到毕业证。员工如果低于这根线就是要做出处理，如何处理在制度里面另行规定，大家可以讨论的。

我们把这两个概念清楚了，再定标准，标准常用的有两种方法，一种是等级间断性的，如一个亿是A级、八千万是B级，六千万是C级，然后对应不同的奖励系统；还是一种连续的，我的销售额目标就是一个亿，用实际销售额除以目标，高于销售额就有奖励并拿全额金，低于一个亿就拿部分奖金，如果基准是六千万，低于这个基准，一分钱奖金都没有了。我们还可以：上不封顶、确定目标、下设基准红线。

郑鹏讲完这些之后，范志勇看着他，点头道：“这就对了，但还是有疑问？员工还是想把目标与基准设底啊？”

郑鹏说道：“这是必须的，大家可以讨论、客观说话，但不要忘记，决定权一定在公司经营层。”

郑鹏拿起面前的茶杯喝完之后，范志勇再次斟满说道：“我还需再思考下，另外还一件事，我们还要招聘两位大区销售总监，分别负责东北、西北区域，这些销售总监年龄不要超过三十五岁。”

郑鹏说道：“还有其他要求吗？我讲的除普通要求之外的，因为我们公司销售额都三十多个亿了。”

范志勇说道：“你提醒了我，候选人要有优秀潜能之外，我们有几家外资企业的目标公司，如宝洁、欧莱雅、资生堂等公司人才，他们可以为我们带进来新营销理念。”

郑鹏问道：“我们公司现在有KA渠道，有的走专卖店吗？”

范志勇说：“有走专卖店，但不是我们强项，公司未来营销渠道建设，应放在电商与微商，我们电商已起步，微商渠道也开始在做了。”

郑鹏见时间也差不多了，起身道：“打扰范董事了，今后我要向你多学习销售的知识啊，多多赐教！”

郑鹏离开范志勇的办公室，顺着销售办公室大厅走廊，旁边墙壁上有一个“光荣榜”，当月销售状元、榜眼、探花，下面是员工姓名与大头像，下面写了一句话：我们为了让我们自己、家人过上物质丰富的生活，我们努力成为销售冠军！

时间过得很快，三周时间过去了，郑鹏与公司董事高层、中心负责人分别就绩效工作的开展一一进行了沟通，大家分别表达出不同观点与绩效考核历史的问题，郑鹏都记录下来：指标来源没有经营策性；指标多、全、过大、过细；指标没法客观量化，定义界定不清；目标过高，标准不合理；方法照搬、浮躁，缺少试运行；考评结果不敢公开、运用不良；个人绩效与组织绩效混谈；缺少绩效培训、面谈与改进；没有试运行，缺少数据资源。

整栋办公楼里，大家都下班回家了，办公室只有郑鹏和赵小勇还在电脑前忙碌着。他根据这些问题，正在拟订一个绩效管理培训与实施的教材，他一边在办公室来回地走动，一边喝着咖啡提神。

在培训教材上写道：绩效管理是为实现组织发展战略和目标，采用科学的方法，通过对组织/员工的行为表现、工作态度和工作业绩以及综合素质的全面监测、考核、分析和评价，充分调动员工的积极性、主动性和创造性，不断改善员工和组织的行为，提高员工的素质和组织能力，挖掘其潜力的过程。

绩效发展四个阶段：一是人事管理阶段，德能勤绩，人的主观绩效等于工作的绩效，采取定性和模糊评价；基于德能勤绩指标为基础的考核表，公平性精确性差，主管拥有绝对权力。二是粗放型人力资源阶段：任务结果，绩效重点是对任务或指标的结果的考核；绩效考核结果与年终奖金紧密结合；绩效管理以业务部为核心，缺少运营统筹。三是精细化人力资源阶段，KPI激励和沟通，绩效与培训发展提供依据；绩效对奖金、薪酬、职位调整等有评价、激励、沟通功能；绩效关注的重点是绩效文化、指标量化、激励、沟通问题。四是人力资本管理阶段，BSC战略和目标预算，绩效管理是企业经营管控系统，绩效就是企业经营；全面财务预算与绩效系统互为孪生兄弟，承接公司战略；人力资本的概念，人力资源投入与产出贯彻经营。绩效管理的方法：行为导向型，选择排列法、强制分布法、关键事件法、行为观察法、选择量表法；结果导向型：目标管理法、述职报告法、关键指标法、成绩记录法、计件工资法。

郑鹏做完这些都快十二点了，他见赵小勇还在忙碌着身影，不由得心里点头称赞，这是一位敬业的老同事，也是一位很有责任心的同事。

这次绩效改革之事，通过与高层管理沟通，已经在公司开始预热了，在这样一个盘根错节而人际关系复杂民营企业，虽然只是一次小动大家奶酪之事，而且表面上风平浪静，可大家眼睛也都盯上郑鹏，都在看郑鹏如何亮出剑，老板看、董事在看、中心负责人在看、中层在看、员工在看，不同团体与层级都为不同的目的盘算着，都希望自己能为他们自己分得更多蛋糕。

但郑鹏心里确如明镜一样，这块蛋糕现在来讲只能逐步进行，并且要做增量，大家要分增量，老板现有的、员工现有的都不动，而且还要试运行期，让大家有一个逐步接受的过程，自己必须做到两个原则：一是注意推进的节奏与方法，要多沟通、在原则框架内达成共识；二是周密细致的准备调研，尽可能将问题与解决方法想得周到，并随时解决大家的疑虑。这件事情是：天时老板支持，地利是赵小勇经理的敬业并对公司情况熟悉，人和倒不一定，就看自己与大家沟通情况，平静湖面的下层，现在也许里面暗流涌动呢？

郑鹏与赵小勇离开办公室，路面上行人少了些，但夜市还是热闹非凡，昏黄路灯光映出人们长长的身影。

郑鹏说："赵经理，我们继续去那个'皇帝粥'吃些夜宵，补充点能量！"

郑鹏喜欢这种吃粥的感觉：在大排档，几位要好的朋友或同事一起，在凉爽的露天里，大家围坐在一起，谈天论地，天南海北侃着。一会儿，老板将一大碗砂锅粥端上来，再往上浇些香菜叶，搅拌在一起，热气腾腾的，粥里可以有鸡肉、螃蟹、虾子等，很实在的饱肚子，粥也味道浓浓的。大家如果兴致来了，还可以要上两瓶啤酒，然后大家喝起来，感觉无比畅快，很快忘掉白日工作疲劳，一切烦恼都会融在粥里、酒里、朋友的话语里。

两人围着桌子坐好，并要了两瓶啤酒，各自负责喝完。

郑鹏说道："赵经理你这段时间，加班较晚回去，你老婆不会责怪你吧！"

赵小勇说："我在外这么多年，都已经习惯了广州这种工作就是生活的节奏。"

"是啊，一线城市的经济发展确实与内地不一样，大家工作更忙些，有些人只知道一线城市的工资高，却不知是大家拼出来。"郑鹏为赵小勇盛上一碗粥这样说道。

赵小勇说道："我这几晚回家，女儿都睡着了！"

"多大了？"

"九岁了，都读三年级，小家伙很可爱！"赵小勇露出幸福笑容。

两个大男人就这样聊着生活，又转回了工作。

赵小勇说道："把各中心、部门的KPI指标库都做完了，只是还没有做标准。"

郑鹏说道："很好，因为公司老的管理人员较多，大部分都是老板一起打天下的，大家对一些的管理工具有听说的，属于听过猪叫、看过猪跑，但不知道猪是如何叫、如何跑的，也不知道猪肉是如何吃，是做成粥、还是拿来炒、或蒸、或烤。"

停了下说道："其实都可以，但前提要了解猪的习性，方法要对，要有资源，这次绩效是首次推行，我们角色是保姆式服务，引导式管理、教练式顾问。保姆式服务就是把绩效这个指标淘好、切好，放在灶台上，再听取大家意见，和大家一起炒。在炒的过程中，还要引导大家，先放油，油烧开了，再放菜；放什么调料，什么时候放，大家不懂，就要问我们，有可能大家会问，为什么青菜炒熟了再放盐了，我们要随时做好解答，充分准备啊。"

赵小勇点点头说："是的要让大家转变观点，我们要在管理里有服务的。"

"另外这段时间，我在员工中也听说了一些消息，大家对我们提出的强制分布法，管理层是赞成的，因为权力下放，但也有疑问：有些部门人数较多，无所谓，但有些小部门人数较少，只有几个人，如何办？"

郑鹏回道："这是个技术问题，两个方法：一是把部门等级往上提，上级部门人就多了，如果上级部门还少；就用第二种方法，依时间推算，举个例子，这个部门只有三个，就让其一个季度评一个优秀好了！依次类推。"

"对于员工个人绩效考核我们总体来讲把到三个原则：一是定下强制分布的原则，并督导各位管理者执行；二是放权各中心与部门定方案，但要交给考核委会备案，公司所有董事都是考核委员会领导；三是把考核结果公开，让大家的考核方案与考核结果公正受到员工监督。"

赵小勇问道："我明天把给大家初步起草绩效指标库发给部门负责人，你有什么指导的？"

郑鹏说道："一定要写明我们只是初次之时起草，为服务好大家，起草了指标，以免大家引起误会，以为我们要求考这些，并且我们是包办的。告诉大家，在下周之内统一回复，不回复，意味着没有意见，并且重点提示大家，要重点看指标的合理性。"

赵小勇答道："好！我们的绩效考核方案也起草完毕了！"

"我们明天自己内部讨论下，征询下大家的建议，然后再去找程强董事做沟通。"

郑鹏摇着瓶里的酒，笑着说："我们喝完吧！"

这晚，郑鹏想起上周末田君之事，在自己挽留下，田君留下来一，这个姑娘做的文化宣传方案确实是一流的，写的文章带着一般幽幽的清泉之味，一种纯美之感的清新。可通过上周天下午两人在办公室加班之后，在间隙休息的沟通，却又是另外一个田君。

那天，郑鹏正在办公室加班，因为刘新浪请假了，田君把做的一个企业文化方案给郑鹏看，两人在办公室聊了一会工作之外话题。

天边一抹快下山晚霞之光照进办公室里，映照在田君那件黑色连衣裙上，拖出长长身影！

这个姑娘似乎特爱穿连衣裙，郑鹏笑着说道："今年给一个KPI任务，要把男朋友找了，把自己嫁出去！"

不料这个姑娘却说："不想嫁人，受伤太深，今后笔就是我的男朋友，诗就是我的爱情！"

这下让郑鹏有些尴尬而吃惊，原来自己与刘新浪并不了解她。虽说上次因离职之事，自己与她有过交流。

郑鹏坐在椅子上，看着这姑娘，清秀的脸庞，一双大眼睛，灵气中带着些不易捕捉到的忧伤。

"我可以帮助你吗？"郑鹏轻轻地说道。

"你帮不了我！"田君回道。"他们都说我是一只带刺玫瑰，哪知这带刺玫瑰的忧伤！"

"你是四川那里的？"郑鹏问道。

"我与卓文君是一个地方的！"

说完又叹了一口气，说道："可惜，我没有卓文君才华与幸福！"

郑鹏没有接话。两人离开办公室，又找了一个咖啡厅坐了下来，从文学聊到哲学，从司马相如说到同是天涯沦落人，从"红与黑"说到"平凡的世界"；从余秋雨说到林清玄。

回到家里，看着窗外一轮明月，不由想起了家，想起诗圣杜甫的：遥怜小儿女，未解忆长安，心中感慨：

人道隔山难寄思，我缘问月易填词，未谙绩效变经营，已觉通灵贾宝玉。肝胆秦砖与汉瓦，珠玑跌宕人心性。几时功过千古事，烟波江上月易愁！诗心凡意吟骚客，人间正道问沧桑，天若有情天亦老，佳美功过谁是非！

这天佳美集团会议室正忙碌着，赵小勇在做准备工作、杨红与王秋影在摆放着参会者领导名牌、杨小林在测试话筒与投影仪、刘新浪与王涛在旁边墙壁上挂横幅："佳美集团绩效与经营启动大会"，张冬在确认会议桌摆放与资料的准备确认。

郑鹏看着忙碌着的同事位，在会议室来回踱步，虽然和董事长也交换了意见，但今天这么多人，管理层都来参加，是否会有意外之事，能否顺利进行，绩效考核指标都和中心负责人、董事都沟通过了！

"尊敬的王永标董事长、程强董事、李家杰董事、范志勇董事及经营层领导和全体管理人员，大家上午好！我们今天齐聚这里，举行佳美集团绩效与经营启动大会，此次会议经过董事长指导，各位董事大力帮助，并给出宝贵的建议，让我们绩效管理工作顺利进行。”

“请大家用热烈掌声，欢迎程强董事为我们此次会议做动员指导！”郑鹏简短有力引导会议有序进行。

程强董事高大身子快步走演讲台，显的沉稳而老练，宽宽的、黑亮的额头下面戴着一副博学的眼镜。

“大家好！我们佳美公司经过二十年的发展，已经在行业里非常有知名度，在市场上有我们的一片天地，在消费者心目中树立起了‘水之美’品牌印象，我们在非诚勿扰里投入广告，同时我们也戒骄戒躁，华为都有冬天，何况我们呢？根据董事长的指导，我们五年建成新型企业，我们必须在管理上练好内功，在经营上要下苦功夫，如何提升管理水平，绩效管理是一把很好利剑。”

程强略顿了一下，又讲道：“郑总在跨国集团工作过，有外资企业工作背景，同时也有民营企业工作经验，有理论也有实战经验，在这一个月里，我都亲自看见他与赵小勇经理一起加班到晚上十二点，白天与大家沟通，晚上整理文稿、完善方案，这样工作敬业精神，才有了我们在这里一起开会。我们把掌声送给人力资源中心！下面我们把话筒交给主讲者，郑总！”

郑鹏接过程强手中的话筒，说道：“谢谢程董事，也谢谢我们管理层的同事，有了大家同心协力的团队精神，我们佳美公司发展一定越来越好！”

“我们今天第一步先讨论确认我们‘绩效管理’方案，大家手上都有一份，在会议之前也有发给同事们！先针对大家提的共性问题先提出解答。”

“对大家提出，有些指标没有数据来源，我们是否考核？肯定地告诉大家，要考核，指标是否考核是根据公司经营所需而定，如果没有数据来源，我们就用试运行，开始收集数据，并把数据来源的真实性、准确性搞清楚，我们一般试运行三个月时间，也可以肯定，我们现在有一定管理基础，同时我们要改善，养成数据化的管理习惯。”

“对大家提出如何与工资挂钩，我们基本思路是年终奖金结合在起，公司总体拿多少出来分给大家，就要根据赢利的增量的部分，这要靠我们全体同事共同努力，可以讲，我们不会因会本次绩效变革，让大家少拿一钱分，目的是让大家多拿钱，绩效考核的目的，就是让大家一起创造公司效益，解决好分配机制。我们不能干多干少一个样。”

郑鹏在演讲台上给大家讲着专业绩效知识，并解答着疑问！

“我们有请董事长为大家作总结指导！”

王永标坐在正对面的桌子前，站了起来，严肃地说道：“我们公司必须通过绩效管理，提升我们管理水平，要让其开花结果，目的有两个：一是提升公司管理效益，从关键指标来衡量我们各中心、各部门、各位员工的工作，提升我们的人均产出与效率，我们公司与国际的外资企业要比，人均产出是较低，我们必须跑步跟上，市场竞争是激烈的。二是让每位员工都挣更多奖金，如郑总讲的那样，通过绩效管理，我们把增量做起来，有钱大家分，我们人力资源中心要把这个奖金分配机制建立起来，做到有制度可依，有数据可支撑，我们要把这个机制公告给全体员工，不停地宣传沟通，我们要把考核结果公开，做到公平、公正，才会最大效度的激励员工。”

停了一下，又说道：“今天我们全体管理层都在这里，等会有个签名承诺书，大家都要这上面签名，等绩效管理体系试运行三个月，我们认为考核指标更合理，考核的数据有了来源了，并且真实可靠了，我们就可制订合理考核标准，我们大家就签订绩效责任书，郑重承诺！”

会议在有序地进行，各位董事在场，而且有董事长的坚定支持，加上在这之前的充分准备与沟通工作，这让郑鹏与赵小勇掉的心有了底气！事后，郑鹏对赵小勇说道绩效管理要诀：战略牵引定指标、关注整体重平衡；领导承诺是重视、开放沟通是必须；重视过程反馈快、数据统计当一功；激励定要多方面、固化管理很重要；全员参与都受益、持续改进常规化。

会议结束之了！程强董事邀约人力资源中心的全体同事，聚集在会议室合了影，说道：“我们人力资源中心在公司已经有一定影响力，我们可以邀请公司管理层参与我们人力资源中心主导的会议，我们的会议可提升公司管理水平，这就是进步！大家，加油，一起干！一定要把郑总提倡的‘One HR’理念，进一步深入到我们精神里！”

说完之后，说道：“郑总，下午来我的办公室里，我们继续商讨另一件重要的事情？”

第十六回　人才学院

郑鹏再次看着“克己复礼”的几个大字，是如此苍劲有力，从书法艺术的角度不算高境界，但却四平八稳的很耐细看。

“咚咚！”

“请进！”郑鹏来到程强办公室，此时一抹下午阳光透过对面窗户斜射了进来，让办公室增了一丝美感，阳光刚好照在紫荆花上，让办公室的都精神一爽。

程强正在书架旁翻看一本书《国富论》，郑鹏看过这本书。

他看见郑鹏进来，招呼着在茶桌旁坐下。

“程董好！”郑鹏与程强打着招呼，两人工作已形成默契。

程强说：“我们人力资源中心的工作已在逐步的提升，你的工作绩效是大家都知道，我和董事长决定，给你调薪，你在本月发工资时就会看到。恭贺你！”

郑鹏忙回道：“谢程董事和董事长，其实这些工作背后，都是有你们智慧与大力指导，才得以推进，我是心知肚明，我只是点燃这个引线而已，还有HR中心全体同事共同努力啊！”

程强说：“我们言规正题吧！你如何评价开发区生产基地刘旭总经理！”

程强突然提出这个问题，令郑鹏吃惊，也捉摩不透他的意思，在自己脑子迅速将刘旭所做的事与大家对他评论过了一下，说道：“我与他的工作交集不多，但可以做出一个基本评价，两个方面三个点。”

从好的方面说：工作较积极，想把工作做好，善于表现自己；不好的方面：一是团队管理能力不行，团队是一盘散沙，下面经理对他的管理颇有微词，而且连下属功劳都要抢为自己的；二是人品有些有些问题，喜欢在背后说别人的不足，作为高层管理这是很忌讳的。

这时郑鹏突然想起一件事，但没说。

程强想了一会说：“这是你来之前的事了，刘旭是一家叫万宝的国际猎头推荐的人才，我们在签协议就付给这家猎头公司两万元的订金，他给我们推荐三位人才，一位候选人能力不错、工资非常高；另一位只做过高级经理，工资要求低，就只有刘旭在中间，能力适中、工资也适中，但我们并不满意，此事就这样拖着，这家公司也没有为我们重新推荐更适合的人才了，最后我们几位董事商讨了，抱着试试的态度，就录用了刘旭。”

程强喝了一口茶，又说道：“刘旭原先是在宝洁公司工作，做过生产副经理，最后一家是在做洗发水的海鸥公司做生产总监。你也知道，海鸥发生过质量事件，就是洗发水中含有致癌物质，结果因这个质量事件也造成海鸥公司的销售额开始下降，公司利润下滑，所以他们公司很多人才也因此外流。而刘伟也是在这样的背景下离开海鸥。我们高层对这个背景持有两种不同观点：一方认为刘伟经历过这事件，对质量的意识更加看重了，会与别人不一样；另一方认为他们经历这件事，说明他过去行为不好，他是生产总监本身也应付一定责任的。”

“当然我们最后录用了他，他的试用期是六个月，通过这几个月观察来看，他对我们这个行业知识还是有些见解，但质量意识与管理是薄弱的，虽然我们为其配了一个质量经理，但还是生产较多不合格品。我们化妆品行业的质量管控会更加严格，现在已经属于食品药品监督局管理了，提升到与食品一样的高度。”

郑鹏听到这里，明白程强的意思。

程强说完之后，问道："从你专业的角度，你认为该如何用好此人呢？"

郑鹏听了之后，说道："从我们角度看，人的现在行为是由过去行为所决定的，特别是他的一些思维与方法，都四十多岁的人，可以改变，但很难了。"

郑鹏略一思考又说道："还有一件关于他与你的事情，你是不知道的。建议你果断处理掉，不要做农夫与蛇故事再演！"

郑鹏将自己亲听到的事，简要地说给程强听了，程强却十分平静，说道："我听说了此事，但你提醒了我，就这样处理吧，你去和他沟通下，我们要请刘伟吃一顿饭，我就不用参加了！"

停了一会儿，程强补充道："刘伟公司在公司工作这段时间，不可避免地知道公司生产机密情况，我们不想他乱来。你找个理由，带上行李亲自去他们家看望下他的家人，带上王秋影一起去！"

郑鹏点了点头，不由暗暗佩服程强心思的缜密。说道："明白，我明天下班之后就去。同时，我们也要从这件事情，吸取一些教训，一是不要盲信外国公司的服务就是好的，我们现在猎头公司都不交定金了，服务态度也真不错；二是用人才不能勉强，最后还是不行，我们对优秀人才进公司之前要严考过关，进门之后将扶上马、走一程。"郑鹏讲第二句，也是为自己说给程强听的。

程强接过话说道："是的。另外借此事情，我们也要思考一下，我们公司人才建设策略了，外部招聘、内部培养，因为我们开发区生产基地建立好之后，公司要大发展，需要大量人才。"

郑鹏回到家里，吃过晚饭，在小区散步，看着斑驳的月影，与那高悬的明月的嫦娥，心生一灵感的诗意：嫦娥坐月非生子，吴刚伐树千年修；行者悟空只取经，红色性格护唐僧；八戒参禅高老庄，喜笑开心随团队；孔明守城却鼓琴，诗意文章出师表；肝胆去留皆仗义，一片心香痴为佛。

郑鹏还想着程强讲的刘伟的事，他的思虑飘很远。

这是一个浮躁的时代。在浮躁的大氛围下，有些企业过于急功近利，不够沉静专注；过于投机取巧，不够脚踏实地，搞出过多粗制滥造产品，而别具匠心、让人不忍释手的优品精品则不多见。而缺乏专注、缺乏耐心、缺乏品质追求，恰恰是很多企业后续乏力，遭遇困境的根源所在！时代正在变化，但对产品品质的需求不仅不会变化，而且将更为强烈！中产阶级人数破亿，说明中国已经渐渐进入了富裕社会。在这样的社会，大家吃饱喝足后，需要更多的是丰富多样、各具特色、高品质的产品和服务。

在中国，一大群愿意为高品质、新体验埋单的人正在蜂拥而出。当前的中国，不是没有需求，是我们的需求，越来越瞄准了高品质的产品，而这些产品在国内得不到对应的供给。中国所谓的产能过剩，是结构性的过剩。过剩的低品质的产品，我们不需要；而我们需要的高品质的产品，国内却往往生产不出来。在这种情况下，大量的消费品进口，建设品质企业，打通中国制造的最后一公里，彻底实现由量的扩展到质的突围，这已成大势所趋。如果说以前靠劳动力优势，我们勉强还能混过去，随着时代变化，如果我们仍不培育“品质精神”，那不仅成不了“制造强国”，连“制造大国”甚至都会被开除！我们只有向视品质为生命的企业学习，中国企业想赢得国际竞争，没有别的捷径可走，最根本的就是两个字：品质！有品质的品牌、有品质的产品和有品质的员工。

可如何打造有品质的员工呢？佳美员工职业程度并不高，郑鹏思路是两条腿走路：一是公司现在继续招聘引进人才，总体标准：要化妆品行业找比佳美公司更大、管理更优秀企业的员工，最好是行业的外资企业里寻找人才，如：宝洁、联合利华、上海家化、欧莱雅、资生堂等。如果外部招聘员工可以解决一些问题，及时补充新鲜血液，但也有问题：管理层人员稳定性、公司文化价值观的统一等；二是从长远来看，企业还是要建立自己的人才体系队伍，但这要付出时间成本与财务成本。对于内部员工队伍建设，提出“专业化、职业化”的标准，“培训与培养”并行！

这天，郑鹏正坐办公室里，伸直双腿，双掌合拢向上，长长出了一口气。

“进来。”

王秋影进来了，说道：“郑总，下班了，我们都准备好了，立即出发。”

郑鹏这才想起，今天周五了。

车子从北二环直接上高速，迎着清爽的晚风，拖着长长的晚霞，车内人开始不安分起来。

培训经理杨小林从位置上站了起来，说道：“我们现在离红海湾还有一个半小时，我们先活跃一下，下面有请王秋影来主持拉歌接力赛。”

王秋影闪动着灵灵的大眼睛，笑哈哈地从位置站起来说：“我可以赶鸭子上轿子，不过我也是为了我们人力资源中心同事的快乐，把淑女形象给豁出去了。”

刘新浪笑嘻嘻从旁边的接口道：“没关系，新郎在这里当接盘侠！”

王秋影说道：“你这位接盘侠面试不过关，Pass 掉！”

杨小林说：“影姐，我们新浪试用三个月，让其唱首歌！”

大家起哄道：“杨经理这建议不错，新浪来一首！”

刘新浪没有想到火烧到自己了，在大家众目睽睽之下，只好起身道，“影姐，为了你，我拼了。”

王秋影笑了起来，说：“谢谢你的配合，开始！”

新浪看了一眼窗外，唱道：“今夜我又来到你的窗前，窗外的月光……”

郑鹏看着这一切，也笑了起来。

“大家开始唱歌接龙比赛，如果输了表演节目一个。”王秋影站在前面，拿起话筒说了起来。

“从王涛经理开始。”

王涛唱道：“日落西山红霞飞。”

杨红接道：“飞来飞去……”

“赵经理该你呢？”

结果，赵小勇笑道：“去字，很难接啊！”

“表演节目呢？”

郑鹏看着大家放松喜笑场景，内心却非常冷静，生产基地的人力资源同事们，虽然关系比以往亲近些，至少从工作的协作与配合确实好了很多，但其实心里的距离还是没有融合。

郑鹏突然想起了一首诗：谁都不是一座岛屿，自成一体；每个人，都是那广袤的一部分；如果海浪冲刷掉一个泥块，我们的世界就少了一点。这就在这时，杨红在车上叫道：“我们看到海了，快到目的地了！红海湾，我们来了！”

迎着海平面的最后一抹晚霞，大家踩在松软沙子上，欢乐飞跑着，一些年轻的男同事，早已经按捺不住内心的激情，直接奔向了海的怀里。这里的海水很净，沙滩上人们渐渐的多了，三三两两一起走向水里。

郑鹏先也下了一会水，感觉比较凉，一会就上了岸。杨小林也走在他的身旁，两人默默地走向海岸的另一边，这边的人很少，刚好有几张木制的桌子，放在那边，旁边有一个烧烤小吃点。

郑鹏坐了下来，笑说道：“杨经理，你这身材很不错，保持得很好啊！”

这时烧烤老板走了过来，问道：“两位来点什么？”

杨小林看了下老板，回道：“给我们来点羊肉串、炝炒两个青菜，两瓶啤酒！”

郑鹏看着他瘦削而文静的脸，问道：“对于我们上次讨论的培训工作开展思考的如何？”

杨小林说道：“我们当前培训工作评价从两个方面来说：在职培训：虽然我们花了成本，安排了一些员工外出培训，也有把外面老师请进公司来上课，总体来讲是比较散的，缺少系统性的规划，而且结合工作的实用性不强。新员工培训，现在还较好一些，我们人力资源中心培训部有统一的课程体系，让新员工在培训过程中，对公司的文化、体系、制造、市场、品牌等都有一些了解。同时我们在课程设计还要再改善，内部讲师在教学的方法与技巧上进一步提升水平，在上课的质量与服务还需要改善。”

郑鹏点了点头，说道：“我赞同你对现有培训工作总体评价与判断！可我们如何进一步做得更好呢？”

杨小林又说："培训工作，给我个人感觉，其实管理层不是很重视的，虽然董事长多次强调，大家要创新！要学习。但我理解，培训工作在企业内部来讲，就是一个成本部门，做的工作就是锦上添花之事。"

郑鹏说道："你讲得很现实，也是对的，但我们必须怀有理想，努力地去拼！让别的部门同事看到我们培训的价值呢？培训师是企业的第一工程师啊！"

杨小林听了，停了一会儿，没有说话，这时老板把二盘青菜与啤酒先拿了过来，两人碰了下杯。

杨小林说："我也很想干，做出好的成绩，并有自己想法！"

郑鹏示意其说下去，"我们新员工培训给大家感觉还是不错的，为什么还可以呢？一是领导是非常重视，董事长自己都参与了讲企业文化课，所以其他管理者，也不可能好意思说自己没有时间，而不配合我们完成上课的工作。而且学员都是全天候的学习，没有一个中途说：我要处理工作而离开。大家也全心全意的参与，不管职位多么高。"

"二是给外面感觉，我们的课程还是有体系，新员工在这里确实还是可以学到东西的，对其今后的工作有帮助，我还发现如果是同一期的学员，他们上课完毕之后，今后的感情都是很融洽的，他们在工作中相互帮助，结成一片！就如黄埔军校的战友情一样。三是我们新员工上课有严格执行与考核制度，所有新同事必须来，而且这个制度很铁，大家基本上不可能请到假。而且培训之后还要考试的，不合格者，也就意味着试用期不合格。"

杨小林，停下来，吃了一口菜，说道："我由此得到启发，我们今后的培训工作，要采用项目式的方式开展，才能让大家清楚感受到培训的价值。"

郑鹏问道："如何做呢？"

杨小林答道："首先要圈定一批学员，培训的目的很清楚、并给项目举一个好名字、再设计一系列的课程，并把这个方案设计好！只有领导一批，就坚定地实施执行。"

郑鹏转过头，看着杨小林说道："公司开发区新的基地已经在逐步投产了，从生产、品质、销售等需要大量人才，这些人才哪里来，无非是外招内培！刘伟事件你也听说了吧！外招可短期满足，但长期必须是要我们佳美公司内部有造出人才机制啊！"

这时，王涛与赵小勇、刘新浪看见郑鹏与杨小林在这里，也从那边走了过来，郑鹏招呼两人坐下，烧烤老板立即拿了三双筷子过来。

杨小林说道："再炒一盘韭菜炒蛋、一个空心菜，来几个大鸡翅，三瓶酒。"

郑鹏接着说道："我们人力资源同事的知识是个万花筒，部门经理对公司管理趋势，要保持职业敏感度，如刚才这个老板，你看他，没有说话，直接拿了三双筷子过来，你们都懂的。"

郑鹏看了大家，又说道："我们公司现在人才是远远不够用的，刚来公司，整个中心的力量基本上都用在招聘上，但现在招聘还依然是紧，因为我们内部没有形成内部培养人才的文化与机制，大区销售经理、生产总经理从外面大量招。这说明我们的中心人才发展策略是落后于公司的发展，兵马未动，粮草先行，千秋基业，人才为本。我们公司在发展，先就要储备人才，要做好人才的规划，从招聘、到人才培养、到绩效考核、到职业发展，要形成一个完整的人力资源管理闭循环机制，才行啊！"

四人盯着郑鹏，郑鹏拿过酒杯与大家喝下，继续说道："我们讲的培训与培养是两个不同的概念。培训更多时候是指给大家上一些改变大家观念课以及提升工作技能课，是较散的，目的性是短而强的，缺少系统性，当然如刚才杨经理用的项目式方式是非常好的。而培养呢？就不一样，他是长期性的，更个有系统性，是连续性的，与招聘结合在一起的；现在很多企业都在做企业大学，如现在的华为，他们的企业大学就是一个标杆！"

杨小林问道："我们如何做呢？"

郑鹏望着王涛问道："你的意见呢？在生产基地是最接近一线工人的！"

王涛说道："我赞同郑总的观念，但在我们公司，就培训部现在这点人手根本不够，除非培训部再增加十名培训师，还有大家很难达到那样的高度，而且我们硬件条件也不具备！现在就我们生产基地有一个专门的培训室。"

郑鹏问道："我们那个培训室用得多吗？一个月真正使用的有多少天？估计最多也就用了一周，其余时间都是空在哪里的？"

郑鹏继续说："在培训工作管理上，我们要打破旧思维，在管理上我们把现有同事效能给发挥出，在具体课程组织实施，我们中心每一位都要参与进来，大家也可多学习知识；在培训讲师的资源上，我们可以把内部有管理者以及有潜力讲课和愿意讲课的老师，激励并开发出来，并用好外部的培训资源。"

五人举杯又喝了起来："我们大家一起，团结一致，其心断金！"

正在这时，杨红、张冬、田君、王秋影等都一起走了过来，笑道："你几个大男人在这里海吃海喝，也不叫我们！"

张冬说道："他们这几人要玩'杀人游戏'，拉着我来找大家！"

这时，烧烤老板忙将另外一张拿过来，拼在一起！说："大家还点些什么？"

杨小林说道："我来点。"

大家提议又去了KTV唱歌，同事放松地嘶唱着内心的歌声！

这一晚大家玩累了！开心了！睡得很晚！很晚！

郑鹏透过窗，看着远处海面，偶尔有一点灯光在闪烁，这是先行航船走在回家路上，也许船上水手早已疲倦的脸上露出回家幸福的笑意，他突然想起自己年轻之时最喜欢歌曲之一，就是台湾歌手郑智化的《水手》：苦涩的沙，吹痛脸庞的感觉，像父亲的责骂，母亲的哭泣，永远难忘记。年少的我，喜欢一个人在海边，卷起裤管光着脚丫踩在沙滩上，总是幻想海洋的尽头有另一个世界，总是以为勇敢的水手是真正男儿，总是一副弱不禁风孬种的样子，在受人欺负的时候总是听见水手说，他说风雨中这点痛算什么，擦干泪不要怕，至少我们还有梦……

郑鹏特别喜欢这这首歌，每次去KTV，这首歌必唱，唱了之后，离开包间，独自一人回思自己人生，这首歌催人奋进，同时又警醒生活。

刘新浪又提议几位男同事，一起来到中央表演台，看着台上串串烧歌曲表演者，在观众呐喊声里，尖叫着把一杯又一杯的啤酒灌进了嗓子里。他们要了一支红酒，慢慢地随意闲谈，工作、人生、生活，后来随着音乐的节奏太响，而打断了他们谈话的思维。陪酒女与我们“享乐”的人员混合穿梭来往，看着这些酒女们“穿着旗袍半遮体”景色与“世上本没有乳沟，只因为喜欢的人多了，才有乳沟”的话语，在这样场景，在这里确实见到“看客男人的本性与女为悦己者容”的画面，实在是一个令人想入非非场合。

郑鹏漫漫的将眼光回到自己的酒杯上，酒杯形似巴黎的有名高脚杯，圆圆的底座，小巧而玲珑，中间细细的，就像“楚腰纤细手指轻”感受，上面是“贵妃醉”的容器则盛红酒，慢慢地欣赏着杯子，酒杯真的很像巴黎有名的跳天鹅舞的女孩。眼光徐徐的回归杯中的红酒，轻轻晃动，可以看到其浅红色在杯中摇曳，可一转眼又没有了，又得再轻摇，再想看到我所想要看的浅红色，可最后放到桌上，还是回归到她本来宁静。显示其高贵朱红色的红酒，轻轻地抿一口，再抬起头，舞池烟幕四处散开，人在这样的烟幕中，看不清本来的朦胧面目而却又更显妩媚的诱惑；而轰隆的强节奏音乐，让耳朵直鸣，伴随着酒醉的迷失真的让人兴奋。因看不清本来的面目，却又有让人兴奋，以此释放自己人本来内心动物原始冲动。给郑鹏感觉这里的歌女的舞技和歌唱还可以，不过这种环境，舒适的吧台，沙发、酒、歌手、舞女、陪酒女、狂荡的音乐、嘶声彻底的呐喊，却实在令人心旋动摇，心醉神迷。

想到在盛红酒的高脚杯又以浪漫与芭蕾舞而闻名的巴黎，在金碧辉煌的建筑物里，真的名流与上流社会、真情实意的美女。英雄、美女、红酒，英雄在战场纵横驰奔，踩踏着众人血渍，垒起赫赫功绩，商人在商场里，没有硝烟的战争中，在谈判桌上谈取商业利润，劳动的人民在工厂默默地劳作，“谁知杯中酒，美味皆辛苦”，男人奋力在这样的场合挣扎，赢得了成功，带着志得意满的心，在这样场合品尝美女呈给他们的美酒与美人舒适的身体港湾，他们英雄的心也就慢慢地融化了，融化了，也许他们“英雄的核”真的融化流失在映着美女的红酒中了，再也捞不起来，英雄的帝国而轰然倒塌。

也许他们还会重新聚合内心的核而奋然再起，英雄与美女的故事千古传，这是男人所向往的，这也是女人所向往的。“每一个男孩都能成长为英雄的总统”，每一个女孩都希望“天生丽质难自弃，一朝躺在英雄旁”，英雄与美女有了这种高贵的象征经典浪漫之作的红酒融合在一起就有了：男人考征服世界，成了英雄，同时也征服了美女，美女依天生其才貌，在红酒的调和下也融化了英雄，取得了世界。英雄、世界、美女在红酒的润合下：战马嘶，英雄驰骋，红酒杯里，美人一笑百艳生，也成就了一个五彩缤纷炫目的世界。

郑鹏看着酒杯里的红酒，透过台上的重重迷烟，穿过美丽服饰的酒女，其实也看到种植葡萄的人们在葡萄架下辛勤的劳作；看到酿酒的工人在酒雾中“汗滴杯中酒”，运输红酒的车子日日夜夜在宽敞的大路穿梭，最后红酒跌跌撞撞来到这样的地方，来消费人们的金钱与陪酒女的青春，来消遣人们的心，千古红酒多少事，悠悠，不尽人心滚滚流，他和客人轻轻品一口没有加任杂质红酒，有一点苦涩，似乎好像我也仅仅能品到苦涩。看着冰冷却又似人们热血一样的红酒，这里灯绿酒红中，看到人们的成功与失败、辛酸与屈辱，摇荡着红酒，就好像摇曳社会芸芸的众生与人类历史。历史也许会随着杯中红酒而跌宕起伏、片片飞舞，历史也许就是如此吧！不由得重新倒满与这位外国客人喝一曲！却又重重地长叹！

这晚，大家放松了！也累了！睡了！

第二天，在回广州的路上，大家都还在睡，郑鹏与杨小林还在针对昨天的培训主题讨论。

郑鹏说道：“你的任务，一是把我们现有培训管理制度重新完善，特别针对内部讲师的选拔与激励那部分内容，如内部讲师的推荐与申请、讲师的资格与条件、内训讲师的培训；讲师的激励：星级讲师、福利待遇、课酬等。二是依职能与职级体系，结合外部培训公司的资源，把我们化妆品行业的课程体系给建立起来，并分类，那些外请内训，哪些课程是内部讲师开发。”

郑鹏思考了会，又补充道：“详细了解宝洁公司的人才培养体系，他是我们本次做此项工作的标杆，我们要学习宝洁，建立我们佳美集团人才培养体系，这是我们实际依据，也可进一步提升我们的实战理论。”

通过两个多星期调研与访谈，郑鹏积累大量的培训信息数据，并已初步构想出方案，已一整天没有下楼了，在夜晚的灯光下，他还在伏案疾书《佳美集团人才学院》的文件：

面对极速变化、充满挑战的经济发展形势，加强学习型企业建设，为集团可持续性发展提供有效的人力资源保障！提升员工的专业及管理技能，培养员工的综合素质为目标。充分利用企业内部培训资源，建立共享互进的学习环境为方法，设立“佳美集团人才学院”。

学院愿景：打造成为佳美集团一流人才的孵化器。

学院致训：明德尚贤、博学笃行。

学院使命：汇师集才、传承百载。

学院理念：紧扣需求、系统设计、学以致用、知识管理。

课程规划：培训课程体系的开发建设要结合集团公司总体发展战略，在系统的岗位分析以及基于岗位胜任素质模型的基础上展开。根据不同的能力层次及专业、岗位需求设计培训课程结构，建立从岗位到能力到课程的培训课程库。社会化通用课程，各个企业都需要的通用性管理商科课程。定制课程，按照企业实际需要外包给专业机构开发的专题课程。自开发课程，企业自己开发制作的实践性极强的课程，由于企业本身组织整合、制度、行业规范、技术管理变化，而形成的需要企业员工学习的课程形式的内容。

职业素养培育培训项目，职前熔炼与教育、潜能开发拓展、快乐生活讲座、快乐工作培训、国学大讲堂、佳美集团讲坛、教练技术提升、高效沟通与人际交往、演讲与培训、执行力训练、领导力塑造等。

职业技能训练体现岗位针对性，综合管理班、市场营销班、生产管理班、品质管理班、仓储物流班、人力资源班、财务管理班、行政管理班等。此外，对于合作商、供应商，以至于行业的培训课程体系设计，也要开始进行相应的思考与规划。

学习管理：学习内容的采购、引入、存储、分类、更新、维护等管理机制。学习资源分配管理：将学习内容分配到需要学习的企业员工。学习计划管理：包括学习需求的反馈、学习计划的制定、学习计划的跟踪、学习计划的考核等。学习角色权限管理：不同级别的学习对象所享有的学习自由度的限制管理。教务管理：整个学习过程的统计分析，学习成果的考核等。建立详细的员工培训档案；建立员工培训学分制，借鉴高校的“学分制”方式对佳美集团员工培训工作实行量化管理，通过采取“统一要求、自主选择、量化积分、奖优惩劣”的方式，引导员工自主学习、持续学习，从而实现预期的学习目标。

培训转化：一是通过课后测试学员的课堂学习效果来强化他们对课堂所学知识和技能的记忆。二是在培训过后要求学员制定将课堂所学知识与技能应用于工作中的行动计划，并公开作出承诺，即形成书面的以绩效导向的“学以致用承诺书”。三是建立监督检查机制，将学员的工作改进计划转化成可持续的工作行动，一步一步去落实，并予以过程辅导，使学员形成持续改进的工作局面。四是将工作绩效进一步评价和深化，要求学员的上司分阶段对学员做绩效面谈和反馈，帮助学员进行总结和提炼。五是在集团公司内部营造良好的应用新知识和新技能的氛围。利用各种学习刊物、专题会议、树立标杆、奖励基金等来营造积极向上的员工学习与创新氛围。

讲师管理：建立内部培训讲师队伍，开发佳美集团自身的核心专业课程与教材。核心课程教材将紧紧围绕企业文化传递、战略传承、管理规范、技术研发、业务流程优化、持续过程改进的内容，建立起相对系统化、专业化的佳美集团内部课程体系与教材体系，奠定“佳美集团人才学院”的核心基础。内部培训讲师开发设计课程与教材工作需要集团公司给予大力指导和支持，内部培训讲师的直接上级也都应该给予鼓励和支持。要对成功开发核心课程与教材的内部培训讲师，给予课酬和开发费的奖励，并在考核与晋升中予以倾斜。

整合资源：根据佳美集团发展的实际需要以及佳美集团人才学院培训体系建设的规划要求，采集建立“外部培训机构/师资库”，并建立外部培训师资评估甄选的标准与流程。这样一方面可以规范对外部培训资源的甄选，提高培训的质量和相对稳定性、连贯性，另一方面通过建立“外部培训机构/师资库”，并不断更新和丰富。也为集团公司整合各方面有价值的资源提供资讯和服务。

……

当郑鹏完成这份文稿，月亮都已西沉，躺在床上很快就进行入梦乡。

人生能承受工作孤独，或是享受孤独是一种修行的本事，能孤独者多得自由，真孤独者是高贵的，自信的人，即使活在工作的孤独的世界里，也可以视工作为一种乐趣，而变得具有艺术性而获得快乐。

杨小林与郑鹏一起，经过近一个月准备，完成第一个佳美集团人才学院的“佳美集团黄埔人才规划方案”，打造佳美集团人才摇篮，培养佳美集团自己的总经理。

这天，根据与程强董事的约定，郑鹏来到王永标待客用的茶室，郑鹏是第二次来到这里。程强董事已经先在这里等着了。

“程董好！”

程强点了点头，郑鹏坐在程强的对面的下位。程董事今天也穿着公司的职业衣服，坚毅的双眼在眼镜的背后，显示出职场与管理者老练的智慧。郑鹏的旁边，即主坐的对面摆着一幅宣纸，毛笔还搁在笔架上，上面正书写着一首诗。程强烧上开水之后，说道：“我把人才学院的人才培养思路给董事长汇报一下，他很有兴趣，而且戳中他心中的痛，他一会马上也过来，商讨下此工作推进。”

停了一会又说：“这对公司而言，是一件很大的事，我们等会做好两点就好：一是将执行的方案给其说清楚；二是取的董事长在管理的支持与硬件设施上资源。”

郑鹏说道：“谢谢程董指导！”

“你们两位先到了！”说着王永标也进来了。董事长与所有同事一样，进办公室，都穿着公司职业服装，显得朴素，但不怒而威！

“郑总，你瘦了些！”王永标在主位上坐好之后，看了下郑鹏，笑笑说道。

郑鹏说道："谢谢董事长的关心！确实瘦了些，这正是我想要的结果。"

王永标说："程董事在上周给我们讲了，你们在规划一个'人才学院'之事，我听了之事，感觉特别棒，公司经过这些年发展，对于公司的人才，我有二种感受与矛盾：一是有些一起与公司创业的同事，因为多方面原因，格局与知识跟不上公司的发展，我们这样企业，给其岗位，再怎么戴上高帽子都没有用，也许大家没有时间学习，也许不会学习，学习了不能用；二是公司在扩大，我们的人才不够用，我们没有做好人才规划，现在主要获取人才方式就是招聘，但对高端人才招聘，也是有很大风险，如刘伟的事情。"

王永标停了一会又说道："怎么办呢？这个问题我都思考快一年呢，工作当然是由人力资源中心来组织完成。"

郑鹏还真的很佩服这位董事长领导艺术，讲话总是让你很有感觉！

程强笑着说道："这是郑鹏起草的《佳美集团人才学院》的文件，我看了，较为完善，对于里面细节，我看可以发给我们董事几位高层看看，多听取大家意见之后，再修改，然后再放到中心一级负责人讨论。这样又征询了大家的意见，集中大家智慧，也可以获取大家支持！"说着，并将这份文件递给王永标。

郑鹏说道："《佳美集团人才学院》这是一份长远规划的文件，同时，我今天给二位领导汇报的是立即实施的一份人才规划。"

这时王永标将茶递给了程强与郑鹏，并示意郑鹏继讲下去。

郑鹏喝了之后，继续说道："佳美集团黄埔人才规划方案。这里面主要思想是：战略性进行校园人才资源合作，是企业人才开发最重要的发展之路，也是化妆品行定位于未来的营销策略之一。我们要培养佳美集团自己的总经理，从校园招聘测评有潜力的人才就开始了。"

"我们专门研究了日化企业的航母，宝洁公司的人才培养之道，可以说，它是我们学习的标杆。宝洁的前董事长说：如果你把我们的资金、厂房及品牌留下，把我们的人带走，我们的公司会垮掉；相反，如果你拿走我们的资金、厂房及品牌，而留下我们的人，十年内我们将重建一切。这说明人才的重要性，那宝洁公司在人才培养方面很多独到之处，世界五百强很多公司都宝洁公司挖人才，但却挖不完，当然，我们也要去宝洁找几位人才，为我们佳美集团用。宝洁公司培养人才的方法很多人都听说过了，但如何转化为每家公司内部人才管理机制，这就大有学问与执行力。"

说到这里，郑鹏停顿一下，郑鹏与程强、王永标进行眼神交流。

又说道："我们现在做了些培训工作，但没有做人才培养工作，所以感觉培训是搞的轰轰烈烈，但就是内部提不起来人才用！特别中高层管理者；培养人才更是个系统工作，从人才招聘到潜力的人就开始了，还要建立自己的课程体系，如营销类、市场类、人力资源、财务类、生产类、质量类。还要分层级：职员、主管、经理、总经理。要上些什么课，培训完之后如何评？如何进行职业发展通道的上升，如何与薪酬绩效结合一起？”

程强与王永标没有说话，只是静静看着郑鹏。

郑鹏继续说道：“我们这个规划简而言之，分两部分：一是校企如何合作：人才招聘、将公司员工送往校园进行学历教育、短期技能培训、有针对性学生订单班培养、与学校进行技术合作、科研项目合作申报、行业发展论坛、开展文化活动。”

“二是与我们行业有关联学校合作，招聘到优秀人才培养，我提出几个连续的性项目方式，也适合于我们内部所有同事。佳美之苗班：培养主管级人才；佳美之鹰班：培养经理级人才；佳美之将班：培养总监级人才；佳美之帅班：培养总经理级人才；每个班都有共同的文化课、与不同专业课程；都要设定对应考评方法。”

程强说：“上这么多课程，老师哪里找？我们是要花大量的成本资源？”

王永标在思索着，不说话，郑鹏说道：“确实花些成本资源，但远没有你们想象的那么多，大家不要进入一个误区，只要培训都是要花钱请外面老师的。对宏观经济、行业发展、战略组织之类，我们确实要上请老师。但对于市场、销售、产品、生产、采购、行政、财务之类专业课程，我们主要更应是自己开发课程，培育我们内部的讲师，要让我们的管理者会做、还要会说，把知识共享与传承下去，这也做到公司知识有效管理。”

郑鹏停了下来，不说话了！三人都沉默起来了。

最后王永标说：“做，实施，我们初步需要些什么资源呢？”

郑鹏答道：“我们根据实际情况，生产基地有个专门培训室，这个培训还需要添置些硬件设施，并作为人才学院专用与管理。”

王永标点点头笑道：“同意，我还应布置得如大学一样，要高标准，给爱学习的同事创造一个好环境！还有吗？”

郑鹏答道：“管理上支持，如上次绩效管理变革一样！”

程强说道：“我们要策划一个佳美集团人才学院的成立揭牌仪式，董事长要出席，在人才培养执行过程中，可如董事长讲的一样，造高质量的产品之前先培育优秀人才，如新员工培训一样，打造强有力人才培养纪律。”

王永标说道：“我们这个成立揭牌仪式就在新的人才学院教室里进行，并且把牌就挂在门口，要邀请几名有代表性的合作商与全体管理人员都参加。”

王永标想了一会又说道：“程董事，你就是佳美集团人才学院的院长了，郑总就做执行院长了！其余的事情就你们自己完成了！”

程强听到这里，没有说话，看着郑鹏，脸上露出笑容。

这时王永标起身走到对面书桌旁，说道：“郑总，听说你也是一位书法爱好者，来看看我写的这幅字，如何？”

程强与郑鹏走了过去，郑鹏和程强一起走了过去，程强说道：“董事长的字又有很大进步了！”

王永标答道：“耳濡目染，作为国学文化践行者，毛笔字都写不好，可被人笑话了！”

郑鹏答道：“是的，董事长这字写得俊秀、有力！”

王永标说：“还不够好，艺术感不强，郑总，你来写幅字！”

郑鹏这时手似乎也有些痒了，忘了规矩，拿起旁边一支大狼毫，铺好宣纸，凝神静气，写了一个大的“竹”字，上实下虚，墨走云烟，最后一竖，如一枝竹子一样，一笔一顿写完收笔。并在空虚左下方，题上小字：高空亮节。

王永标看了又看，突然说道：“人才学院几个字就郑总来写好了，然后拓到牌子上面，更有书香育人的艺术感。”

郑鹏好像这才感觉到不妥，忙推辞，说道：“班门弄斧了！”

程强说道：“我们根据董事长说的，去做吧！”

周末下午，绿树成荫，旁边流水淙淙。郑鹏正独自一人在秀全公园散步，看着湖里游船，突然一个熟悉的声音在耳旁响起。

“郑总，你也在这里？”

郑鹏低头一看，在长廊的木椅上，一位穿着白色连衣裙的女子，手里拿着一本《三毛流浪记》，双眼正看着自己。

“你怎么在这里？”郑鹏惊讶地问道。

“我住在附近，只是很少来这里，今天刚好一个有空，想出来走走，就来这里了！”

“我也住在附近！”郑鹏说道：“看起来，你今天心情不错！”

田君笑着说道：“还好，我来这里有一会儿，看了一会书！”

这一时一个水花溅了过来，打湿在田君上身上。船上的小伙子忙说了声对不起，旁边小女孩嗔道：“你慢点！”

田君笑着说：“没关系！”

然后又看了一眼郑鹏。两人因工作关系已很熟了！这时郑鹏笑道：“我请你，一起划船，然后晚上一起吃饭！”

田君没有说话，把书收了起来，两人坐在船上，晃晃荡荡摇着桨！

田君说道：“我给讲一个故事吧！”

郑鹏点了点头。

“那一年在深圳，一个孤独女孩结识了一位小她三岁男孩，男孩学IT的，他非常喜欢女孩写的文章，对她照顾有加。之后就结婚了！结婚之时，家人有人强烈反对，说这个男孩比她小，心智不成熟！但她义无反顾，对家人说：女大三、抱金砖。后来，这个男孩，不，是她的丈夫离开深圳，说要到北京的表哥那里，在中关村一起做IT生意，刚开始，两人还经常电话沟通，男孩还写信给她。后来信没有，电话少了。听说这个男孩与他表哥的小姨子好上了。女孩万般无奈，背着父母与男孩离婚了。一个人离开伤心的深圳，来到广州！”

郑鹏没有答话，天气慢慢地黑了下来，两人离开公园吃过饭。灯上霓虹亮了起来，站在昏黄的路灯下，郑鹏说道：“我开车送你回家吧！”

田君低着头，突然说道：“你今晚没有什么事吧！”

郑鹏笑道说道：“没有，我一个人在外，只有工作！”

田君说道：“你请我划船与吃饭，我可不想欠你的，这样，我请你看电影！”

郑鹏略想了一下，说道：“好！多谢！”

两人离开电影院，田君轻轻地挨着郑鹏肩膀，说道：“电影里的女主人真的好幸福，我也好想有一个家！”

然后轻轻地吟唱：打开窗穿过走廊，下起雨来的弄堂，风里飘散的头发，门里空荡荡的家，我枕头下的梦想，我书包里的惆怅，她们等着我发芽，等到一地的落花，我蓝色的降落伞，在天空里那么孤单，飘向翻涌的人海，望着我被掩埋，那个青涩的男孩，在岁月里那城那么孤单。蓦然跳下老秋千，忽明忽暗地走远。打开窗穿过走廊，下起雨来的心房，风里飘散的头发，门外空荡荡的家，从不开始的冬天，从未晴朗的屋檐，没有人教会想念。烧成灰烬的木棉，我蓝色的降落伞，在天空里那么孤单，飘向翻涌的人海，望着我被掩埋。

郑鹏的心都被歌声撕碎了，紧紧地牵着田君的手，轻拂着她长长的头发，说道：“是的，我们回家吧！明天还要上班！”

郑鹏送完田君，独自一人开车在回家的路上，他也多想与田君待在一起，但理智告诉他不行！他有贞子，如果与田君走在一起，也意味着自己在佳美公司职业生涯结束！

郑鹏思绪如涟漪一样散开，剪不断，理还乱，别是一般滋味在心头，问君情如何？问君何所念？生命美好，没有闯不过去的关，擦干眼泪，洒脱一些，敞开心怀，青春正年少，应该大声笑！登高望远，前面的路，是个艳阳天！滚滚红尘如烟云，唯有长江水，无语东流，情爱之魂，荡荡悠悠，脉脉此意谁诉？

男性荷尔蒙在郑鹏胸腔里激荡，他打开远光灯，猛踩一脚油门，转过一个山坡！田君也许正在冲凉，梳洗着自己长发与美丽的胴体！

明月清风吹人面，人才学院助佳美。穷心力使鸿鹄志，埋头寂寞文字心。三千企业浪淘沙，万丈豪情一杯酒。妻子乘风下月宫，九霄云头吐真意。月露浓浓向天涯，情意深深忆故乡。独对青山感渺茫，静鸟声欢影接天。

第十七回　薪动魄力

郑鹏回到办公室，打开空调，似乎想起来什么，忙叫杨小林进来，郑鹏与其沟通一下，说道："此事很重要，你一定要亲自操作一遍，确保万无一失，在重要时刻，我们都需要注重细节！关于人才学院的PPT报告，还修改，最好的PPT是简洁、干净，不要太花哨，一定要突出主题！"

杨小林刚离开，赵小勇经理紧锁着眉头进来了，并递给了郑鹏一份文件！

赵小勇说道："这是品牌中心自己做的一份针对产品经理的薪资提成方案，刘俊总经理给到李家杰董事，李家杰董事给到董事长，董事长看了之后，给了程强董事，让他们处理，程强董事刚让我下去拿，让我找你处理。"

郑鹏思考了一会儿问道："你怎么看待这件事？"

赵小勇答道："凭我对董事长了解，董事长应该是不同意这个薪资方案的，当然还有其他想法。程强董事也明白这一点。"

思考一会说道："我在计算薪酬，产品部同事工资其实不算低了，但他们现在看着公司销售人员提成多，自己也想去分点蛋糕！所以，弄出这个方案直接给到了董事长。"

郑鹏明白，在任何团体，涉及薪酬管理都是很敏感，特别是在民营企业，薪酬管理不是很规范，会哭的孩子有奶吃，大家都想多分一点羹汤。都会找出各种理由和方法，向老板申请加薪。

为了想启迪一下赵小勇经理，说道："你认为该如何处理好呢？"

赵小勇答道："公司高层都有这个习惯了，上面不直接沟通，只管把烫手的山芋扔给我们！我的意见：直接告诉程董事，通过查薪酬数据分析，产品部员工的工资不低了，我们意见是不同意此方案！"

郑鹏想了一下，说道："你这个意见也行，这样你把资料给我，我再找程董沟通下此事。"

赵小勇似乎有些满腹疑问地离开了郑鹏的办公室，他以往遇到这种情形，都这样处理的。

郑鹏坐在椅子上，仰望头，陷入沉思：根据赵小勇经验，公司以前多次出现这种情况，人力资源中心处理的基本原则：对确实工资较低的部门员工，同意；对于工资不低的，否决。而事实上大家也知道这里一些小门道，自己做工资方案，直接给董事长审批，只要批了，人力资源中心就只有接受执行，董事长或程董事没有批的，人力资源中心较难为情的处理。这样的事情，未来还会出现，而且出现的频率更高、更难处理！自己应找程董事沟通，以这件事为切入点，谈谈自己对当前薪酬管理的观念与管理！

当然，自己作为公司人力资源负责人，如果可以，也要将薪酬的权力抓在人力资源手上。人力资源不再是一个计算器，而没有实质权利，当个定薪权抓到手上，人力资源才可以受到别的部门员工尊重，才会真的走向强大！

下班了，大家都叽叽喳喳的、三三两两关掉电脑，在一片欢声笑语中，都离开了办公室。

郑鹏轻轻推开了程强董事办公室的大门，程强说道："这里坐，我已经把茶的泡好了。"

程强董事在日常私下交流，永远都是自信满满的微笑。

郑鹏拿出了品牌中心产品部的薪酬提成方案，放在桌面上。

程强看了一眼那份文件说道："我们人力资源中心的工作有些时候是被别人赶着走的，如你刚入职的人才招聘工作一样，压的我们抬不起头，薪酬的事情也是这样的。"

郑鹏回道："这样的事情还会发生，各中心的管理者是有理由的，这样也会造成更多的管理者模仿。这样会让高层管理者头疼，也会造成薪酬管理混乱。"

程强问道："是的，我们现在如何处理这件事情？"

郑鹏胸有成竹地答道："这事由我来处理，但需你坚定的支持，只要我们回复得有理，董事长也会赞成的。"

然后又说道："我会直接回复邮件给刘俊总经理：一是现在产品部同事的工资与公司其他部门的同事比起来，已经算高的了。二是产品部同事的工资与外界同行业的人员比起来，也是中偏上的，在外部是有一定竞争力。三是这个提成方案与比例点，我们在进行严格数据推算，是有问题的，举个例子：高限没有规定，在销售业绩好的情况，产品部同事的工资会高得很离谱，而且没有考虑到成熟产品与新产品的差异等问题。"

程强点了点头说："好！就这样，把邮件也抄送给我、董事长、李家杰董事！"

郑鹏说道："我们也要修订完善我们的薪酬管理制度，其中一条要明确：各部门只对薪酬管理有建议权，有想法与人力资源中心薪酬绩效反馈，由人力资源中心根据情况，并充分评估之后，起草方案，而不能由各中心自行出方案，找上级领导审批。"

程强听了之后，回道："好，我们把此事处理之后，立即修订此薪酬制度。"

郑鹏喝一口茶，没有说话，只是看着程强，程强问道："郑总还有什么顾虑吗？"

郑鹏答道："是的，我们公司以前薪酬管理机制，采用的是遇到什么问题就处理，然后出一个薪酬方案，造成现在薪资计算复杂，在赵小勇经理那里就看得出，估计现在薪资计算只有赵经理最清楚了。另外一方面也给各部门的同事感觉，我们的薪酬管理是不公平的。不是批评以前的同事做得不好！对薪酬处理一定要系统性，搞得不好，就如在一条破了裤子上打补丁，补丁与线越来越多，搞的裤子不成为裤子，缺少美观没法穿，最后只留下保暖的功能。薪酬最后只留下发放的功能，而没有起到激励员工努力工作的作用。”

程强这时也默然，郑鹏讲的是有一些道理的，他走到窗边，看着天色渐渐黑了下来，转身过来说道：“我也知道啊！但薪酬是大家都敏感的事情，牵一发动全身啊！”

郑鹏答道：“是的，这也正是我思索的地方，如一个青春痘，我们都知道它有问题，但在它有里面没有溃烂之前，还不能去挤它。我们现在薪酬明知有许多问题，但时机还没有成熟，而且还需要更大的勇气、魄力、专业！”

程强说道：“好吧，我们今天就沟通到这里！”

郑鹏离开办公室，开着车，沿着广花路前行，突然外面的喇叭大响起来。原来因为出了一点交通事故，塞车了，车子如长尾龙一样摆在高速公路上。

终于下了高速，郑鹏早已饥肠辘辘了，将车子停在路旁边，找了一个小饭店，快速地点了一碗面，吃完之后，信步走进旁边的秀全公园。里面热闹非凡，他沿着一条水上走廊，走了这去，这是一排木做的长廊！走在上面有一种松软之感，突然一股泥土的气息中，隐含着清清的淡香，水中荷叶弄姿跳舞。

夏日荷花与圆月，绝色天姿洗人心；仙女转转换高风洁，勾魂摄魄紫玉英；遥知妻情灿瑶华，秀发枝头到黄昏；嫦娥娇容人远亦，夏日荷花共人心。

郑鹏似乎有些有想家人，人约黄昏后，月上柳梢头，在月亮下的人们，只是会想念家的。但这时郑鹏却在想佳美薪酬变革之事。

对于薪酬变革之事，他自己心里没底气，老板是怎么想的呢？这里有较多利益关系的平衡？员工的工资成本与公司总体利益？部门与部门之间？岗位与岗位之间？员工内心的感觉的公平？薪酬如何与公司经营业务完美的对接为一个整体，以推动公司战略执行牵引力？

郑鹏想着这一切，在没有做好万全的准备工作之前，不能动，现在最需做好，把公司两名核心高层人员招聘到位，把绩效运营工作推动，这个工作已初见成效了，那些指标的数据已经在完善，可以完整的收集了；还要推动人才学院课程体系建设与内部讲师队伍的建设。

想着这些，郑鹏决定自己不主动挑起薪酬之事。

又到了周六，郑鹏正在办公室加班，赵小勇因为核算工资也在办公室，王秋影因为招聘面试也在办公室，因为是周末，所以在办公室是可以穿自己服装的。平常在办公室看惯了大家工作服，结果突然看到大家着便服倒真是不一样。

王秋影说道："赵经理今天一件黑色的T恤，没有大叔的感觉，这下倒有点酷了，年轻了许多，有一种大哥的感觉，想不到你还有一点肌肉呢？"

赵小勇看了一眼王秋影，一改平常的严肃态，笑着说道："你知道，我为什么穿成黑色的吗？因为我昨晚做了一个梦，一位穿黑衣的女孩，今天要和我红尘做伴飞到天涯海角。"

王秋影似乎没有反应过来，在一旁的杨红却向王秋影在使眼神，原来王秋影今天，下身穿了一件淡黄色的裙裤，上身也穿一件黑色的蝴蝶飘衣，袖子更是很有特色的大袖口，如果举起手来，真的如飘飞之蝶，但却又显得很干练。

郑鹏也看了一眼，认为王秋影穿这身衣服和她那微微有点黑皮肤相衬，有一种黑美人的感觉。

王秋影反应过来，不好意思地笑了，红着脸笑道："赵经理就知道赚我们便宜！你没有见到杨红妹妹更是多姿照人吗？我们今天穿得这么漂亮给你们看，中午请客吃饭！"

郑鹏笑了，这个王秋影真是伶牙俐齿的。

杨红今天穿了一件红花色长连衣裙，浅亮的颜色刚好衬出她那白皙的皮肤，显的青春而阳光，也刚显露出她的身材。杨红今天是过来给王秋影帮助招聘的，两人如闺蜜一样的关系。

赵小勇说道："今天中午有郑总请我们吃饭了！"

杨红说道："好吧！你的这顿饭推迟到下周一晚上吧，我们好好吃一顿！"

郑鹏笑了起来，原来人在放松的时候，都是很逗的而充满幽默感的！

突然，郑鹏接到程强的电话，要他下午三点钟到半岛山庄，具体事情他也不清楚，是董事长通知，参与开会的还有几位董事。

接到电话之后，郑鹏思考了下，难道是上次薪酬之事没有处理好，引起程董事与李家杰董事之间有什么问题？回想了下，也没有什么问题啊！因为刚入职之时，为招聘美导之事，自己和刘俊反而结下了情谊，这件事，自己也在私底和刘俊总经理沟通过，是没问题的，也许人心难测吧。

平常董事层领导开会之事，自己从不参与？

中午四人吃过中午饭，郑鹏给三位经理交代了工作之事后，开着车，顺着广园路急速行驶，平常这条路，车子很多，因为是中午的原因，天气又很炎热，路上车子比平时少了许多。车子迎着刺目的阳光，很快进入了二沙岛，顺着导航指示，一路前行！

二沙岛，在这里居住的人，非贵即富。听说王永标董事长也住在这里，这里，三面环水，在炎热的广州是十分清凉而舒服的，岛上的绿树葱葱，显得很幽静，路边一排排红砖绿瓦的别墅群时不时从车窗外滑过。

顺着弯弯曲曲的环岛公路，空气中的热浪不再如开始一样逼人，郑鹏打开天窗，一股让人清新之风进入车内，让人感到无比的舒服。

半岛山庄，就坐落在岛边，山庄门口处一个高大泥黄色艺术石在山庄的入口处，是毛笔隶书写上去的“半岛山庄”，进入山庄里面，更是显得幽静，郑鹏停好车。

穿过一条临溪的小路，走上一个台阶，进入大门，迎面走来一位素朴着装的工作人员，着传统服饰，轻声问道：“先生去哪个楼阁？”

“观江阁。”

在工作人员带领下，郑鹏来到观江阁。

只见此阁临江而立，亭台木制的圆柱，全是中国传统建筑的样式，一边可以远远眺望珠江风景，此阁显的秀丽而独立！

郑鹏走进去，看到李家杰、范志勇、程强都到了，王永标还没有到！

郑鹏有一种拘谨的感觉，分别与三位领导打了招呼，就站在一旁。

三人也笑着与郑鹏回了话，郑鹏听李家杰说道：“我们薪酬体系也需要改革了，我们中心认为确实有许多不公平的地方，主要是并没有激励到员工努力工作，干多干少一个样，做好做坏一个样。我们早该变下了，上次的刘俊总经理提出的对产品部薪酬方案之事，虽然被我压下去，但员工心里还是有看法的。”

范志勇说道：“我们销售中心的客户经理可是凭业绩吃饭的，拿一点辛苦工资！不像一些职能部门，坐在办公室轻松地拿着高工资。”

程强先用眼神看了郑鹏，然后笑着说：“我完全赞同二位的建议，大家都很辛苦，我们等董事长来了之后，大家讨论下，我们高层一起做个决定。”

郑鹏似乎明白了今天要讨论的话题。真是，人在江湖，身不由己，其实上次说的不想动薪酬管理之事，还有两个原因，一是这个节奏有一点快了，要把已经变革事情夯实下去；二是自己也想休息，总是这么高强度工作也是个问题。

说着王永标董事长也来了，大家都起立，王永标叫大家都坐下，这时服务员为大家都端来一杯茶。

王永标喝了口茶，说道：“我们今天先讨论薪酬之事，再说其他事情，所以把郑总也找来了！”

“上次产品部薪酬方案之事，我看了，也看了郑总写的邮件，我认为很有道理，我们每一个薪酬方案都要与经营结合，进行数据的推导演算，我们今后不能随便乱定薪酬方案。”

停一会儿说道：“李董事，说说你的想法吧！”

李家杰说：“现在公司的产品种类在增多、销售量也在大增、我负责的品牌中心与研究中心的员工都在给我诉苦，说是工作量增加很多，但工资还是那个样，大家私底下嘲讽似开玩笑说：我们加量不加价啊！所以才有上次产品部提出薪酬方案之事！”

王永标又问道：“范董事，你呢？”

范志勇回道：“我们销售中心是根据销售业绩来的，倒也没什么，只是大区销售总监在说：现有薪酬制度太简单，对下面的客户经理激励度不够。而我想的是：能否有制度，对客户经理可以评级，评级之后，基本工资也可以变动。”

程强说道：“我们确实需改革薪酬了，以激励大家工作积极性，也要考虑到工资总成本的控制。”

郑鹏心里面这是开始盘算起来，这几位领导都在各自角度表态，真是无可奈何，自己可不能表态，只把这个薪酬变革的过程与可能遇到问题给大家讲清楚就好了！

王永标没有说话了，看着外面江景，回过头来问道：“郑总，我们现在每月总工资成本是多少？”

郑鹏答道：“六百五十万元，人均工资五千元左右。”

王永标又问道：“工资改革的之后，总成本一定会增加吗？”

郑鹏答道：“根据我的实战经验，在人数不变的情况一定会增加，一般在8%左右。”

王永标似乎想了一下，问道：“工资改革之后确实会激励员工的工作积极性吗？”

郑鹏答道：“理论是可以，工资改革的背后是公司战略的落地，但也可能让一小部分员工不满？”

“哪部分员工？”

“简而言之，就是出工不出力、不出心、不努力、没业绩的员工。”

王永标又问道：“工资改革需要多长时间？”

郑鹏想了一会儿答道：“根据我们现有情况，二个半月吧，还需要加班才能完成！”

“为什么需要这么长？”王永标问道。

“根据我的专业来讲：我们对于一家公司的总体薪酬管理，采用宽带式薪酬机制。一般要做几个工作：一是确定公司薪酬的总原则与策略，这方面，我还要向各位领导与中心负责人请教业务情况；二是进行公司岗位的分析，并确定基准的、典型的岗位；三是时行岗位价值的评估，这一步很重要，也很专业，花的时间也较长；四是要进行外部薪酬数据调查，了解我们化妆品行业、民营企业的、一线城市的数据；五是设计薪酬结构体系，进行岗位分等分级；六是薪酬套改执行，很多咨询公司完成不了第六步。当然这里有些步骤是可以并行开展的。”

大家都看着郑鹏，没有说话！

范志勇问道："能否简洁行事？"

郑鹏答道："可以，但会有一些问题！"

李家杰问道："我们能否只进行局部的改革，做一部分呢？"

郑鹏看下李家杰，回道："可以，就如以前一样，但问题会越来越多！"

这时，程强说道："关薪酬管理具体专业的事情，我们都没有郑总的专业知识，就听从郑总的！"

王永标，还是没有说话，一直喝着茶，然后摆摆手，示意大都坐下。

然后说道："你们是否还记得八年前，我们对生产部进行薪酬改变，结果是员工不理解，最后员工还停工了，我们又恢复成原先的。程董事应记忆深刻吧，幸亏程董事当晚去得早，亲自处理，和员工进行了有效的沟通，没酿成大的事情。"

停了下又说道："这次薪酬之事，随着公司的发展，特别我们当前又在引进一些高端人才，需结合现在人才学院的人才培养工作，要改革，要大改革！"

郑鹏听到这里有点闷了，董事长是啥意思啊！

"但我们要做充分的准备工作：郑总三个月的时间完成此项工作；我们四位要大力支持，这不是郑总一个人的事，不管做得好坏，这是我们公司经营层的重要之事。"

王永标说的这里，盯着郑鹏说道："按照你专业的方法去做吧！我们要的是结果！你如果需要资源随时找我们沟通！"

郑鹏想一会儿说道："我建议，我们要成立一个薪酬委员会，这也是公司治理结构里非常重要的一个机构，大家都是兼职的，你们几位董事是薪酬委员会里面的领导，董事长负责做决定，我作为薪酬委员会里面的秘书负责专业与具体事情。"

程强听了之后，说道："我同意郑总的建议，郑总还可以把这个薪酬委员会的职责进一步明确下来，总负责人是董事长了，我负责日常事务协调，有重要大的事情，我们几位一起讨论决定。郑总负责专业与执行的定位是很不错的。"

最后，大家都表态，说："好，我们就这样定下来！"

郑鹏上车，却没有启动，一颗悬着心掉了下来，但这颗心却又绷紧了！绷得特别紧！

他还在想着王永标最后一句话：在薪酬变革的事件完成之后，公司再进行精兵简政的工作。郑鹏想了好一会，也许暴风雨就好来了，启动车子，甩开珠江的落日斜晖，离开了半岛山庄。

周一的早会一结束，郑鹏就来到了会议室，现在早会内容与以前相比，内容更接地气与活泼些了，张冬还在继续加强纪律检查，但只有个别老同事因为堵车的原因，偶尔迟到。

郑鹏走到会议室窗前，外面南北大道车水马龙，公路两边郁郁葱葱的法国梧桐和榕树相间，在朝阳的晨光中显的绿意焕发，他精神一振，不由得也升起了一股豪情。

正在这时，张冬来到了会议室，小伙子瘦高的个子，大眼睛后面闪烁着幽默的智慧，他深得管理层信任，而本身做事的执行力也非常好。

赵小勇、王秋影、杨红也来到了办公室，杨红说道："郑总，一大早来会议室，是什么紧急事的？其他同事怎么没来呢？"

郑鹏笑道："此事不急，但很重要，需要立即行动，就我们几人就可以了。"

大家坐下之后，郑鹏问道："赵经理以前经历过薪酬变革吗？"

赵小勇说道："经历过薪酬方案变动，整个公司的大的薪酬变革没有经历过。"

郑鹏望向其他同事们，大家都拿眼睛看着他，一脸的茫然。

郑鹏缓缓说道："公司高层领导决定，对公司薪酬实行全面的改革，重新建立公司薪酬结构体系，并由董事长牵头，并由几位董事一起成立薪酬改革委员会，我们人力资源中心负责专业设计与改革执行的具体工作，二个半月之类完成。"

"这么长时间，我们应可以完成的了。"王秋影答道。

"你知道这里面有很多工作要做，更重要的是涉及全体员工利益，做不好我们会引火烧身的。"赵小勇确实要老练些，他着王秋影说道。

郑鹏听到这里，说道："赵经理说得很对，凭我多年职场经验，这件事有很大风险，对我们来说，有可能还意味着职业的凶险性，这种凶险性会超过赵经理预料。当然做好了，对我们的能力既是一种磨炼，公司也是会有重大奖励的。"

郑鹏这话说得大家似乎毛骨悚然，杨红摸了摸手臂，说道："郑总，我们都听你的安排。"

郑鹏说道："我想了很久，除了赵经理是必选人外，另选人王经理、杨经理，还有张冬，目的也是信任你们，也是想拉你们在一起学习与锻炼！"

"我现在宣布：佳美集团薪酬改革执行小组成立，成员就我们五位。纪律就一条：对我们薪酬改革说的每一句话、做的每一件事要随时记的是绝密，不该说的坚决不说！"

郑鹏站起身来，说道："大家站起来，跟我一起，左手按住胸部，说：'我是薪酬改革小组成员，坚决保密，不该说的坚决不说！'"

在大家宣誓完成之后，郑鹏说道："在此过程中，大家都不可避免地接触公司员工每个人薪酬，一定要有平常心，它就是一个数字，要有如赵经理一样品德。这次薪酬改革不是专业的问题，而是利益的问题平衡处理，所以，其实在很多公司都会请第三方咨询公司来做此事。”

赵经理回道：“我明白，确实如此！大家要保密！”

“此次薪酬改革成功与否，保密就是重要项之一！大家做的事，都要在暗中进行，不要让其他人知道！”郑鹏接着说道。

王秋影与张冬回答道：“好，你告诉我们如何做吧！”

郑鹏说道：“王秋影负责对外部薪酬市场的调查，主要渠道有三种：一是通过我们公司招聘时，面试的候选人的薪资要求；二是通南方人才市场的做薪酬调查报告数据，三是找前程无忧或智联招聘出的薪酬调查报告数据，对于二和三种要花钱买。对于南方人才的薪酬数据我们在引用之时要略提升6%左右，对于网络渠道拿到报告数据要低15%左右，这是由他们数据来源的特性所决定。在这些数据里，我们重点关注记录每个岗位三个节点数据，二十五分位、五十分位、七十五分位就好。同时，在地点上，我们主要获取一线的上海与广州城市化妆品行业数据。”

王秋影问道：“对所有个岗位都要这样做吗？”

郑鹏答道：“只对基准或特别的岗位即可，举例，如生产经理、品质经理、市场总监、销售大区经理等，那些个别的专员之类就不需要了。”

杨红问道：“我呢？”

郑鹏说道：“你带着张冬一起，也是对公司基准岗位进行工作分析与描述，对这些基准岗位的价值、核心工作内容、任职要求一定要写清楚，记住，只针对岗位，不与现有人员对号入座。”

“赵经理，对我们薪酬改革委员的领导机构与执行小组的工作职责再界定下，包括我们的工作议事流程。对现有薪酬数据进行分析，分析时进行分类分级，并进行对比；分类直接依中心部门进行，分级把董事以下岗位人员分层十一级，采用区间分法。我们本次薪酬设计主要是结合组织与员工职发展，进行宽带薪酬结构设计！”

郑鹏停了一下说道：“我的任务是和程强董事一起，根据公司业务战略确定公司的薪酬策略与原则，然后在你们的工作完成之后，组织大家一起，进行公司基准岗位价值评估，进行最终宽带薪酬结构体系的设计。”

赵小勇问道：“郑总，你对岗位价值评估是海氏法，还是用其他方法？”

郑鹏说道：“我也在这里给大家简单培训下，在工作分析完成之后，我们用美世国际职位评估法，简单而实用。它主要分为四因素十个维度：一是对组织的影响，分为影响性质、组织规模、贡献水平；二是知识，分为知识的应用宽度、深度、团队角色；三是沟通，分为沟通性质、对象；四是创新，分为创新程度、复杂度。到时候会给大家作详细培训的。”

大家又提了些问题，郑鹏稍做了些解答，便开始工作。

郑鹏在回家路上，穿过小路，走在天马河边，看着一堆堆点燃香蜡纸味，才想起今日是中元节，遥想着远方亲人与祖先，心怀意想：中元夜气清冥冥，野祭天马水中亭；许愿荷花灯去也，虔心纸火心意灵；无常仙人须敬畏，有情祷告鬼伶仃；尚飨亡魂血脉传，阴阳两界各相宁；祖宗远去未可忘，子孙长绵如青山。

这天上午，郑鹏在办公室里，拿着王秋影做外部市场的薪酬调查报告的数据，与赵小勇一起，三位正在讨论分析这些数据可用性与如何对比使用。

本来关上的办公室的门突然吱呀一声开了，三人惊讶地抬头一看，一个高大身影出现三人面前，大家立即起身。原来程强董事不请自来了，看见三人在一起，程强问道："你们三人正忙啊，看来我来得不是时候啊！"

郑鹏忙说道："没事的，因我们现在讨论是薪酬之事，所以把门关上，以便于保密！"

程强答道："哦，我来也是说这个事情！"

这时赵小勇已让了一把椅子请程强坐下，王秋影拿着一杯茶端了进来放到程董的面前。两人退出办公室，并顺带把门也关上了。

程强喝了一口水，说道："你们这个执行小组效率很快啊！"

郑鹏说道："大家参与，团队的力量！至于你们担心的保密之事，大家都是郑重承诺并宣誓了的！"

程强说道："我来，也是因为件董事长很看重薪酬改革之事，他也有些急，对于你们提出公司薪酬策略与原则草案，我们几位董事开会讨论了。结论是：薪酬原则：依岗位定薪、依能力定薪、依业绩定薪、依市场定薪。薪酬策略：总成本与现在持平、对于品牌中心的公关媒介部、产品部、推广部、研发部、销售部省区总监以上岗位、公司总监级上管理者及个别关键岗位采用领先薪酬，也就是与外资企业持平，对重要的职能管理岗位采用趋中与奖金激励策略。对于其他岗位采用跟随策略；具体的，你来定，起草之后，我们大家再讨论。"

程强停了一会作，又说道："对于范志勇最开始提出的，对生产中心的员工实行如销售一样计件工资方法，董事会讨论，决定不采用计件工资，还是采用计时工资，效率是低了一点，但有利于保证产品质量，对于我们化妆行业，质量是生命线，当然也不因为这次变革对生产的员工造成大的冲击，相反我们可以加强对生产人员奖金激励机制设定！"

郑鹏回道："这个决定很好啊！谢谢程董事，我其实也正为这事犯愁，因为把计时改为计件，从目的来讲是好，这里面涉及很多如IE的手法、工时、工价设定等问题。"

程强又说道："你讲的基本工资、绩效工资、技能工资结构设计大家都易理解，但大家对奖金、津贴、补贴三个概念与用法，大家分不清？"

郑鹏答道："奖金主要用作增量，指的是把工作完成的比目标还好，我们给予奖励，类似于销售提成完成并达到最高目标给予的奖励，对于研发人员、工艺技术、其他项目性工作完成的好的，都可以采用。津贴指为了补偿职工特殊或额外的劳动消耗和因其他特殊原因支付给职工劳动报酬的一种工资形式，如高温工作、高原工作、寒冷之地的销售人员，或是生产中心锅炉工等。与员工生活相联系的补偿称为补贴，如交通、住宿补贴等。”

程强笑道回道：“还是要听专家的，这下清楚了！”说着，看了郑强办公室。

说道：“你这里再增加两盘绿化，会更好些，你也注意休息！”

随着薪酬改革工作推进，郑鹏组织了一次中心负责人参加岗位价值评估的会议工作，中心负责人知道了公司在进行薪酬的变革，也提出了很多稀奇古怪的疑问？

郑鹏沟通说道：“需要辛苦大家的是，对于本次岗位价值评估之事要保密，事后也不要讨论。关于公平之事，我有两点：一是凡是在评估自己部门的岗位之事，当事人一律不参与，并立即对评估的文件封好；二是公司的审计监察中心全程进行审计，对现在、拆文件、统计的结果进行审计公正。”

郑鹏停了一会又说道：“与公司董事高层领导已经达成一致意见，在进行薪酬改革过程，我们一律不会降低员工的工资，只是做增量，就如上次的绩效管理工作一样！”

薪酬改革的过程中，没有造成大的不好之事。郑鹏小心应对着，听说对于各中心岗位价值评估之后，有些岗位现有人中拿着高工资但评估出来结果并不高，如老板的司机、工艺经理、大区销售总监、成本会计、产品经理，薪酬绩效经理等，当郑鹏把这个结果报告给薪酬改革委员的董事层之时，大家引起了热烈的讨论，吵得很凶。

李家杰董事还拍桌子了，最后是王永标董事长拍板：不降现有人员待遇。

这天下午，郑鹏正在办公室设计《民营企业经理人职业化》训练课，感觉头有些发胀，正计划站起身来走动下，突然年到接到程强董事电话。

“你到董事长办公室来下，我们现在正等着你，主要是薪酬的问题？”

郑鹏吓了一跳！难道薪酬改革出问题了？品牌中心的员工在闹事？郑鹏带了一个笔记本，边走边思索着！

王永标这次直接坐在自己办公桌位置，程强也坐在旁边，两人在悄声地说着什么！

看见郑鹏进来，招聘他也在旁边的椅子坐下。

王永标问道：“这次薪酬改革之后，你们对总体工资有进行核算吗？”

郑鹏答道：“我们根据新的工资结构体系，将每位同事新工资标准改了之后，对本月进行了核算，按照大家全勤方式，绩效工资是依照基准工资方式进行的。公司整体工资成本增加了5.5%，在预算范围之内。”

程强看着郑鹏，又看向王永标，王永标点了点头，说道：“这次薪酬改革，总成本是上升了，不过我认为是做对了，主体来讲，结合绩效工资，会调动大家工作积极性。”

停了一会又说道：“你们在做岗位价值分析之前，做的岗位分析报告，有些部门和岗位职责重叠，有些工作职责又相互扯皮，我看要把岗位与相关职责重新做下。结合大家工资调高了，有些员工评估出来，现有工资比实际的偏高，就增加这些岗位的工作量与能力的要求。”

郑鹏回道：“是的，我们岗位确实要重新梳理下，同时结合现有薪酬、绩效、培训，进一步建立员工职业发展通道。”

王永标问道：“职业发展通道？就是主管升为经理，经理升总监？”

程强接过话说道：“可以这么说，但又不全是，这是管理职位上升。”

郑鹏说道：“一般的公司，都会做两条通道，一是管理通道，就是你刚说的，还有是技术通道，主要针对技术人员。不过按照我的实践经验，除了这两个通道，还有其他通道需要设计。”

王永标和程强看了下郑鹏，郑鹏说道：“办公室职员，如我们人力资源、财务这些也设计，这叫管理幕僚类。还要对营销的人员也要设计发展通道，并且对我们现基层员工都要进行设计，我们部队的士兵都分级一样。”

“设定好职业发展通道，就好楼梯，如何让员工上楼梯，把通道变成跑道！这样人才管理才会形成良性循环。”郑鹏又说道。

王永标这时站了起来，示意郑鹏继续说下去。

“我们现在已有把通道变成跑道的相关机制，要有人才绩效评定机制、人才培养机制、对应的薪酬管理机制，要用通道这条线，把这些机制串起来。”

郑鹏似乎突然想起什么？说道：“如果我们组织管理能跟上去就好了！”

“组织管理可以简单地理解组织架构和岗位管理，这样大家就有施展才能实践之地了！”

王永标与程强没有说话，过了一会儿，王永标说道：“现在市场竞争很激烈，我们要提升效率，提升公司人员产出率，员工人数要控制好，成本要控制好，销售量要上去！”

最后，王永标说道：“程董事和你思考下这个问题，工资改革之事，你们关注下员工发了工资之后，是否有什么想法，要注意即时沟通解决。”

秋天是一个收获的季节，天高云淡，望断南飞雁，不到长城非好汉，屈指行程二万。

郑鹏来佳美公司，付出很多，已融入公司管理氛围，还有一种做下去的长远打算！但董事长话，他今天也听明白了，下一个挑战会更大！也许自己做不好会烽烟四起，矛盾的焦点都会集中在自己这里，只能走一步看一步了！

这一个月，发工资了，员工发现自己的工资条上结构名称不一样了，基本工资降低了，有了绩效工资、技能工资、奖金、被贴、津贴之类名称，但一细算总工资没有少，员工也没搞明白公司什么意图。

随着人力资源中源中心下发工资改革公告以及新的工资管理制度，并开展在大量的沟通会议，大家明白，今后的工资会随着自己职业发展，技能工资、绩效工资会随着考核的结果发生变动了，而且不当管理干部，只要肯干、实干，工资也会上升。

转眼，国庆节来了，并且是中秋节与国庆节合在一起的，公司放八天假，员工们都非常高兴。放假这晚，由企业文化部主办一台中秋晚会。

郑鹏坐在台下，看着台上田君圆润的主持声，特别的甜美入耳，郑鹏也不由得对这女孩起了倾慕之心！似乎田君的眼也有意无意看向郑鹏。这时男主持说道："下面有请田君女士表演独舞《明月千里寄相思》。"

随着音乐的节奏声响起，在聚光灯下，田君阿娜身影翩翩起舞，双眼顾盼生姿，长长的粉红的裙摆如荷叶一样，婷婷如荷花一样身姿是那样多情。郑鹏不由得内心澎湃起伏：为什么造化弄人。不由得在纸挥毫书写道：

伤离别，江南雁断音书绝，音书绝，两行珠泪，寸肠千结；伤心长记中秋节，今年还似前年月，前年月，哪知今夜，月圆人缺。伏枕漫书空，到晓愁难说！中秋谁与共孤光，把盏望乡，人生几度秋凉！

晚会之后，赵小勇、杨小林、王涛、刘新浪、王秋影、杨红、张冬、田君等人力资源中全心体同事聚在一起，这晚他们不仅仅是吃了饭，他们还去KTV了，正当大家在那里群魔乱舞、狂吼之时时，刘新浪高叫道，今晚我们还有一个惊喜，我来公司都五年了，第一遇到的。正在大家惊讶之际，外面进来一人。

原来程强董事来了，程强笑着和大家打招呼，黝黄的面孔在五颜六色的灯光下，显得年轻与舒畅。这时杨红走了过来，递给他满满的一杯红酒，王秋影拉着郑鹏的手走过来，也拉住程强的胳膊。杨小林、刘新浪、赵小勇、王涛、田君、杨燕等一批人都围过来，同事都欢快地、高兴地尖叫起来，大家举起酒杯与程强、郑鹏碰的直响，最后程强高高地举起满饮而尽！

等大家静了之后，故作神秘地说道："我听今年高考女儿说了一篇高考满分作文，我念出来你们听听，你们猜猜作者写的是什么？"

让你，若梦若醒，飘飘欲仙，让天地颠倒，让世界旋转，把人类历史，浇灌的跌宕起伏，将琴棋书画，熏染的色彩斑斓。醉了刘伶，狂了诗仙，张扬了曹孟德，书写了鸿门宴，湿了清明杏花雨，瘦了海棠李易安，景阳冈上，助武松三拳毙虎，浔阳楼头，纵宋江题诗造反，你啊你，成全了多少英雄豪杰，放倒了多少村夫莽汉。歌舞与你相佐，美色与你为伴，催诗情万丈，壮文人斗胆，有人借你发疯，有人借你夺权，有时你只是一个道具，烘托一下谈判桌上的氛围，有时你更像一种暗器，把贪杯的对手麻翻，你呀你，既入朱门豪宅，又进村舍陋院，既流溢皇室的金樽，又盛满农家的粗碗，愁也要你，喜也要你，跃过龙门的学子，迁徙流放的囚犯，落魄的文人骚客，得志的朝廷大员，都是你的知己，你的伙伴。因为你，耽误了多少大事，因为你，弄出了多少冤案，因为你，鲜活了多少逸事趣闻，因为你，催生了多少佳作名篇，真的是，成也有你，败也有你，你这浇愁愁更愁的琼浆啊，你这千百年永远燃烧的，液体的火焰。

这令郑鹏了解到，微笑背后另一个程强董事，性情中人，他作为公司高层承担了多少压力！作为职业经理人，承担起了民营企业发展的中尖力量，我们的国家是在王永标他们这批胆大有魄力老板，并和这样一批敢于拼搏与创新职业经理人手发展，实现我们经济腾飞的梦想！

出了KTV，已是凌晨，不过大家都放假了，也没关系，一一道别之后。

郑鹏看见田君一个站在那里，说道："上车吧！我送你一起回去！"

田君上了车，问道："我今天跳的舞好看吗？"

郑鹏笑道："不仅仅是好看，而且很入情，激荡了我的心。"

田君双眼朦胧的看着郑鹏说道："这是为你跳的！"

郑鹏没有说话，把纸条递给田君说道："这是你为而写的！"

田君看完之后，叹道："真的很美，你的古诗词功底很不错。"

轻轻偎依在郑鹏肩膀上，"我们今晚一起回家了！"

又斜着望向圆月，悄然念道：情不知所起，一往而深。生者可以死，死者可以生。无论爱与不爱，我都在那里等你！

郑鹏看着床上熟睡的田君，轻轻起了床，写道：

浊酒一杯家万里，清风素月千里望；曾经多少英雄梦，碧天蓝海一枚心；醉了水手心中意，东风斜月暮烟愁；风落黄叶深秋至，皓月破云逐水流；举杯狂欢顿抒胸，梦醒一地岁月稠；红叶西山平水流，一轮清辉一笺情。

望着已渐西斜圆月，不知何时，田君起来了，抱着郑鹏的腰，说道："你的诗写得真好！我爱你，谢谢你给了我浪漫的真爱！"

郑鹏望着田君，轻轻地搂着她那美丽有身姿，说道："你好美！你就是我的卓文君。"

第十八回　组织魂变

佳美集团人才学院的工作也在积极的推进之中，金秋十月，第一批从学校选出来学生为主的“佳美之苗”班的学员，通过三个月的培训与实习，结业呢，在结业的晚会上，郑鹏为大家讲了一个故事：

一位小伙子骑车上班途中遇到一老人晕倒在路边，马上将老人送医院，当时因身上没带多少钱，只能打电话向女友求援。女友一进病房就骂小伙子：你脑子有病啊，什么闲事你都管？当女友看到病床上的老人后，大吃一惊，叫了一声“爸爸！”。老人看了女儿一眼，对小伙子说：“孩子，你是好人，听我一句话，和我女儿分手吧，她真的不配你啊！”出院后，老人对女儿说：“这种傻瓜，绝不能嫁！”

然后着接着说道：“在山泉水清，出山泉水浊，这个故事最后结果如何？大家可以都去续写，也许每位都有自己故事结局，这透露一个社会、一个团体、一个人的价值观，这种价值观的背后就是文化，他们在关键的时候影响着我们的人生轨迹与重要选择！”

郑鹏随着年轮增长，逐渐感悟到，人的命运总是与自己特质和价值观紧紧相连，如自己走过的职场之路一样。所以对这些年轻的学生，佳美未来之才，他讲出这个故事。

公司“佳美之帅”的高层培养工作也在紧锣密鼓进行着，为改变提升大家思想观念与国际公司格局，经过朋友几方转介绍与引荐，与华为在职的一位李副总裁联系上，公司高层管理都坐车去华为公司参观学习。

华为公司，一家令中国人骄傲公司，现在已屹立世界五百强之林。

李副总裁出面为大家重点分享了华为两个方面：企业文化、人力资源管理；华为文化早就不是原先外界所传的《华为基本法》了。

华为主要价值观有六点，对所有管理都有要求，并融入公司的制度体系与员工的行为之中。

成就客户：为客户服务是华为存在的唯一理由，客户需求是华为发展的原动力。我们坚持以客户为中心，快速响应客户需求，持续为客户创造长期价值进而成就客户。为客户提供有效服务，是我们工作的方向和价值评价的标尺，成就客户就是成就我们自己。

艰苦奋斗：我们没有任何稀缺的资源可以依赖，唯有艰苦奋斗才能赢得客户的尊重与信赖。奋斗体现在为客户创造价值的任何微小活动中，以及在劳动的准备过程中为充实提高自己而做的努力。我们坚持以奋斗者为本，使奋斗者得到合理的回报。

自我批判：自我批判的目的是不断进步，不断改进，而不是自我否定。只有坚持自我批判，才能倾听、扬弃和持续超越，才能更容易尊重他人和与他人合作，实现客户、公司、团队和个人的共同发展。

开放进取：为了更好地满足客户需求，我们积极进取、勇于开拓，坚持开放与创新。任何先进的技术、产品、解决方案和业务管理，只有转化为商业成功才能产生价值。我们坚持客户需求导向，并围绕客户需求持续创新。

至诚守信：我们只有内心坦荡诚恳，才能言出必行，信守承诺。诚信是我们最重要的无形资产，华为坚持以诚信赢得客户。

团队合作：胜则举杯相庆，败则拼死相救。团队合作不仅是跨文化的群体协作精神，也是打破部门墙、提升流程效率的有力保障。

在回公司的路上，车在广深高速上急驰，大家因为都太累了，有的同事在车上睡着了，郑鹏却没有一点睡意，坐在董事长王永标旁边的位置上。

这时的王永标也没有睡意，说道："今天李老师讲一段话，对我影响很大，他说：华为文化，它是建立在国家优良传统文化基础上的企业文化，它凝聚全体员工，走集体奋斗的道路。任正非将华为创业期文化定义为以民族文化为基础的共产党文化，它既有贴近中国民族文化的方面，同时也进行了改良和发展。华为的不让雷峰吃亏的分配理念，团队协作，也改变中国人三个和尚没水喝的窝里斗文化。"

郑鹏不得不佩服这位老板，他学的事物，决不仅是事物本身，他关注的是事物背后本质与精髓！

小声回答道："文化是一个民族之魂，也是企业之魂，他反映了企业老板的经营哲学！"

王永标点了点头，说："是的，我们公司作为一家民营企业，也在摸索建立自己的企业文化，给企业与员工树立一个正确的价值观与经营理念！很多新来的高层管理不理解公司为什么祭拜孔子，因为他是中华民族文化的一个代表人物，是一个正统的人物，我们现在很多人都不了解他，也不了解我们的民族文化，他的仁、义、礼、智、信、温、良、恭、俭、良进中华民族的精神之宝，现在很多人都忘了，有些时候一些外国人比我们自己学习传统文化都还好！"

停一会又说道："现在比较好啊！现在习主席提出了中国梦，为中华民族伟大复兴之路，提出要继承我们传统文化。"

郑鹏回答道："传统文化是我们宝，不过也有一些担心啊，有些商家，如个别出版商、个别的国学老师，并没有真知领略传统文化，却批着传统文化的皮，在市场上挂羊皮卖狗肉。"

王永标接道："我们文化与经营理念，一定要守正、利他啊！我特别喜欢'上善若水、克己复礼'这两个词，一个是老子说的，一个是孔子提倡的！"

等一会儿又说道："今天李老师还讲人力资源，其中有华为组织管理，我们的组织架构要变革，华为都承认，他们比爱立信的人均产值要低些，而我们公司与一流的化妆品公司呢，这个差距数值还要大吧！我们要如习主席讲的那样，深入到公司改革的深水区，撸起袖子加油干！"

郑鹏看着车窗外，广深高速车水马龙，此时较多大货柜车忙忙碌碌的如一群浑身长满肌肉的小伙子，使不完劲式奔跑着，轰隆隆响声震天，这些车子背后是企业的经营、是国家的发展，改革这么多年，我们邓爷爷画了一个圈，深圳速度传遍神州。

郑鹏回过头，看着身旁的董事长，还是略显瘦削脸颊，额上隐隐突起青筋，饱满的前额，显示出风雨的沧桑，又露坚毅的神态。

王永标继续说道："你们入职到现在为止，见的最多的应就是在公司墙壁上挂的革新、刷新、创新六个字吧！"

郑鹏回应的眼神与王永标对视了下，轻轻点了头。

"我们要革新，公司必须革新，革新人的思想、观念、行为，如《大学》讲的'苟日新、日日新、又日新'，公司管理要敢于刷新、创新。虽然我们前面做了薪酬、绩效变革，这很好，触动了大家神经，但还不彻底，我们要从根本上进行组织变革。佳美虽是老公司，但生存发展在维新！"

郑鹏听着老板王永标这样引经据典的轻声讨论，这就是佳美的董事长，做重大决定，总是轻言细语却果断。郑鹏说了声："很好！组织变革，就是一个团队改革的深水区！这需要壮士断腕的决心！"

王永标没有接话，而是朝车内都熟睡同事们看了过去，慢言轻语地说道："从公司脖子上开始，不洗脑，就换头吧！"

这句话听的郑鹏身上直起冷汗。王永标看了郑鹏一眼，说道："当然，我们变革的方法要科学，处理方法要艺术些。"

郑鹏没有接话，而是又将眼光扫向窗外，看着公司两旁灯火通明的工厂，不觉思绪连连：改革！改革才是生产力。

王永标又说道："这把火就由你来引燃，也非常感谢你在过去所做的成绩，也彰显你在这方面的能力！义无反顾地改革！"

又自言自语道：每家企业、每位老板、每位君子都应自我革新！

回到家里，郑鹏独自一人来到楼下的小区，在昏暗月光下来回走动，组织变革暴风雨就要来了！

他自言自语道：山色蒙，鸟分飞。满怀愁绪情欲醉。清秋冷，身飘零。浮云游子，残阳半楼。路！路！路！华夏魂，松苍翠。一点正义浩然气。人生路，年正少。开怀畅道，朗月宏图。步！步！步！

已经过了立冬，快到小雪的节气了！南国还没有冷意！

郑鹏离开办公室，走过一座孔子像前，他以前每次路过，从没有细致的端详过这位圣人，这位至圣先师谦恭的面容，左手在前，右手后，谦谦礼仪的智慧，在礼崩乐坏周朝末年，春秋之际，继承着周朝礼制，并希望发扬光大，可乱世的那些君王需要什么呢？需要的是霸业，秦一个西南之国，以横扫六合之势，建立华夏第一个君主制国家，这是孔圣没人料到的吧！可秦朝的历史太短了，取而代之是汉，汉武帝罢黜百家，独尊儒！这也是孔圣人没料到吧！

郑鹏默默地在心里向这位智慧老人行礼，走向了程强的办公室。程强门口墙上，还是悬挂着克己复礼的书法大字，郑鹏显得更理解其中之味了，这是修身，也是劝社会奉礼之行啊！

郑鹏轻轻地敲了下门。

“请进。”程强在里面答道，推门进去，程强从椅上站立起来，并招呼其坐下，郑鹏坐下去之后。

程强开门见山地说道：“关于组织变革之事，董事长给我讲了，也不用急，先喝点茶。”

程强又说道：“我们佳美集团是一家有二十年历史的民营企业，也确实需要一场深层变革，这是迟早之事。我们公司本来有部分元老跟随董事长打天下，可也有先天文化与见识上不足，如缺少国际视野。而这几年董事长把经营的重担压在我身上，自己去参加各种高校的学习，又特别潜心于传统文化智慧的学习，对企业经营的智慧都有了独特看法，这次变革，只是选择什么时候做？用何种方式做而已？”

郑鹏没有出声，继续听着。

“根据近三十年工作经验，组织变革是所有企业管理变革之中，最难的一件，比上ERP、JIT这些还难，这涉及太多的利益与办公室政治。就如上次薪酬变革，我们做了很多准备工作，暗中也经历很多波浪，其实到现在也有一些因利益受到损伤没有抚平的人啊！”

郑鹏说道：“我同意程董事意见，我个人观点是把已经有的绩效经营、人才学院、薪酬变革之工作进一步稳稳地做好，这节奏也太快了！”

程强笑道：“你来公司这十个月的时间已是做了较多的事情了，但对董事长来说，他的组织变革绝不是心血来潮，他在一年多前就给我们提过，只是在我们几个董事层级都没有达成一致意见。这次见你来了，做的事情还不错，加上去华为学习，更进一步触动了他的神经，把这个事提前了！”

郑鹏想了一会儿，说道：“组织变革在本质是权利的变革啊！这是要实实在在动人的奶酪的！公司的高层们也会身处旋涡之中吧！”

程强站在来，走到窗口，斜阳映出他那长长身影在屋里，然后回过头说道：“郑总，你的预言也许是对的，也许董事长让我们俩人牵头这次组织变革，有很大可能会变革到我们自己头上的，但董事长作为企业家，他站在企业整体的高度，一定会走这一步的。因为董事长才四十当壮年龄，而且他自己事业只专注于做化妆品，所以他必须变革，亲自挥刀上阵。不过你放心，董事长深受传统文化熏陶，他内心有自己的定力，他绝不是一位做事不深思，他是一位做人际关系处理十分圆润，当然他也是一位内心仁厚的果断之人”

停一会儿，盯着郑鹏说道：“你也许就是点燃组织变革火焰的人吧！”

郑鹏问道："你有什么方法或建议吗？"

程强说道："也没有什么，因为董事长决定了的事，没有几人可以改变的，我们几位董事高层也会身在其中，虽然我、范志勇、李家杰三位都从公司的层面提出变革过程中风险，当然也表态了，都会支持董事长这一行动。也许我们自己也会成这次变革中烧死的凤凰，但大家都认为，只有为企业而工作吧，就问心无愧了：人在做，天在看！"

郑鹏没有说话。

"公司也确实需一场触及大家灵魂与思想之变革，不过你放心，董事长在心里应是有数的，只是他对公司管理之态度是若即若离的，这是我们要注意的。如果实施组织变革，就要借鉴上次薪酬改革的经验，一定要把他拉进来，让他参与并多做决定！"程强讲完这些，在办公室又走了几步！

郑鹏沉默了一会儿，说道："我有一方法，也许会让变革成功的可能更大，同时也降低我们俩人变革风险，并为变革增加科学性与成功性，减少变革过程中的阻力与风险，但并不能改变我们自己也在旋涡中的当事人局面。"

程强示意了下，郑鹏继续说道："请外部的咨询机构！"

程强没有说话，想了一会儿，说道："这个方法，确实不错，但现在很多咨询机构的老师其实也还没有我们专业知识与能力，他们都是说起来漂亮，而做起来最终结果不太理想。"

郑鹏说道："这是涉及如何选咨询机构的事呢？我有三个建议：一是顾问老师一定做过我们化妆品行业公司的组织变革的咨询成功经验，我们还要去考查。二是他曾做过的咨询项目的客户公司现在比我们公司大，并且管理上还要正规一些。三是咨询老师一定要有大型集团管控高管的工作经历，也就是他实操过盘。这三点很重要！"

"我们可以找中国本土大型的咨询公司，这样也可给公司的具体经营上注入科学的流程管理，为今后克服董事长人治方法，打下一个公司有效治理的基础吧！外资的咨询公司费用贵，虽然理论先进，但对我们这样企业，可能在理念上会有些水土不合。"程强说道。

郑鹏喝了一口茶，道："如果请咨询公司参与帮助，你和董事长沟通下，听听他的想法。"

两人又沟通一会儿，郑鹏回到自己的办公室，突然接到刘新浪电话，"郑总好，我们大家都在楼下的车子上等你，你快点！"

郑鹏这才记起，今天又是周五了，人力资源中心全体同事要去拓展培训一天。

车子沿着山路小心地行驶着。王子山，它比广州其他山有更为齐全的自然资源，王子山森林公园，周围群山环抱，显的这里及为幽静。大家停车在路边简单吃了一个特色的"鸽子煲饭"又向目的地芙蓉嶂出发。

在车里，杨小林给大家介绍道：“为了增强我们‘One HR’团队合作精神的建设，我们特意安排了此次拓展训练，今晚到了之后，有教练引导我们，分配好酒店房间，就开始训练，明天下午结束。”

这里的山好幽，这里的空气好净！同事都累了！都睡了。郑鹏还在酒店的院子里踱步，面对深邃的天空，繁星点点，一眨一眨的，时时还有蛙鸣进入耳朵。抬头望着远方的山峰，什么也看不清，什么也看不见！脚边，青青小草已开始起露珠，半勾残月挂在树树梢，月是故乡明啊！不由感道：脉脉琴心思念，依依有幸水潺潺。文化真谛吐真言，理想成于美善。漫送山涧勾月，轻描松声涛笺，隔断人间相思情，纵意文心不断。

组织变革，最大结局是什么呢？如果失败了，最坏的结果是什么？公司层面，高层动荡，大家刚开始抵制、否决、参与，对于那被动奶酪的人员，不适合现有岗位如何办呢，这些人可能包含有几位董事、中心负责总经理、下面的总监、经理。

流程权限变化，人事变动结果是：实权架控，挪动到别的岗位，或降职，或离职，自己离职、公司劝退。整个公司经营会受到影响吗？这对自己而言，点燃这把火，公司成功了，也会必然得罪公司领导，结局是离职走人，失败也会走人，是灰溜溜地走，其实结果就只有一个，离职走人！其实也没有什么可怕的，自己本也是佳美公司这列高速车上一份子，有上就有下。也许，董事长本人也知道，但他必须站在公司高度，发展公司，他需要一个人来点燃此火而已，程强董事也知道的，或许大家都知道的！

“月色滴晶露，清辉玉臂寒。情深太迷离，芬芳独叹息。丁香小雨巷，月是今宵明。雨巷故事去，今夜人更圆。”一个声音在耳后边响起。

郑鹏回头一看，见是田君，不知何时来到了他的身旁。郑鹏看着远山，左手不由得牵了过去，说道：“夜已较凉了，你还没有休息！别着凉了！”

田君一双明亮的大眼看着郑鹏，说道：“大家都休息了，我站在窗口，看到你一个人在这里很久了，所以就走了出来。”

郑鹏笑道：“我站这里看远山，你在窗口看我，我成了你的风景，你成了我的梦！”

田君紧紧偎依在郑鹏胸前，郑鹏脱下外套，披在她的身上，田君仰起头，清冷月光照在她的脸上，郑鹏说道：“在悠长悠长雨巷，我遇到了一位丁香一样姑娘！在这个小巷中，曾经走过的我和你！在模糊而迷蒙的月色中，我遇到了一位冰清绝美的姑娘，在这个圆月的夜里，你的身影是那样芬芳！一地的思念，穿过你发梢的指尖，还缠绵着我们生命的体香！”

随着董事长的要求，郑鹏的快速推进，咨询公司进驻公司开展工作了！

元旦节快来临了，在广州的冬天也倒显得十分舒服，公司内部一派迎新年喜气洋洋氛围，也隆重举行了三天经销商合作伙伴大会。由咨询公司项目总监公布公司新的组织人事架构：

王永标，董事长兼公司总裁，全权负责经营管理。

程强，不再担任集团执行董事，不再分管生产基地与人力资源中心，董事，负责公司战略与投资。

范志勇，董事，但不再分管销售中心，调职分管理人管人力资源中心副总裁。

李家杰，董事，不再管理研发中心，分管品牌中心。

刘俊，销售中心总经理，向总裁汇报工作。

李海，研发中心总经理，向总裁汇报工作。

赵忠泉，供应链中心总经理，分管番东与开发的两个生产基地，向总裁汇报工作。

黄宇亮，从宝洁公司挖过来一位年轻、朝气年轻人，已入职电商公司总经理，向总裁汇报工作。

郑鹏，公司人力总经理兼生产基地HRBP，向范志勇董事汇报工作。

财务中心总经理，招聘了一位有完整上市工作经验跨国集团候选人，钱奎先生也入职。

在王永标带领下，董事、中心负责人纷纷走向前台，向员工、经销商、市场亮相！

郑鹏站立在窗前，望着窗边一抹红日渐渐向西边落下，有些云彩慢慢向东边飘移，一会变成一群绵羊，一会儿变成一个奇怪的山陵，一会儿变成狮子样，一会儿变成什么也像的怪物。郑鹏望着这一切，想起一句诗：一道残阳铺水中，半江瑟瑟半江红。当然这里只有残阳，没有水，也没有诗人浪漫，有的只是职场的人心残酷与理智，郑鹏叹了一口气，又回到办公桌前。恰好这时，办公室的门“吱呀”一声被推开了。

“郑总，正忙着啊，看来，我来得不是时候！”原来是范志勇来到办公室。

郑鹏赶紧站起来，笑道：“今天是哪股风吹动了，范董事这里坐，这一下办公室立即生辉了。”

范志勇坐下来，说道：“我做梦也没有想到，我们会在一个战壕里了啊！”

郑鹏把泡好的一杯红茶递给范志勇，笑了笑，说道：“我们一直都在佳美的战壕里啊！”

范志勇先怔了一下，随即也笑道：“是的，郑总讲得很好啊！”

郑鹏也喝了一口茶说道：“我们现在战壕更近了，你现在可是我的直属领导，人力资源发展方向就需要你定策略了！”

范志勇此时倒显出劲了，盯着郑鹏说道：“我对人力资源管理不是很懂的，自从董事长宣布任命之后，我特别买了几本人力资源的书来学习，也有一点体会啊！”

郑鹏说道："很好啊！范董事学习能力和进取心很强的啊！"

范志勇回道："根据我们在营销工作经验，和近期的学习，我们人力资源今后，主要为各部门做服务工作，所以我们的定位是一个服务部门！"

郑鹏听到这里，对范志勇见解可以理解，却也不完全认同，说道："我们部门是一个职能部门，定位服务是很对的。"

范志勇说道："我们今后要给全体员工宣传与执行我们人力资源中心的服务理念！另外，我们人力资源中心每月会开一次中心全体员工会议，你今后开会，也通知我一下，我有时间就来，没有时间，就让我们以前的助理来。"

郑鹏心里默然了，他从内心是非常讨厌范志勇原先的助理，在这次变革之后，销售中心是没有岗位给这位助理，然后范志勇将带到人力资源中心，这位助理一点都不是省油的灯，一位典型的"心机婊"，自己刚入职时就与其因工作观念不和，吵过！

郑鹏回道："好啊！欢迎领导来指导工作，你是一定要来的，给同事鼓舞工作劲头的！"

两人又聊了一会其他事宜，范志勇离开办公室之后，郑鹏思虑了很久，他想起了上周程强董事给他讲的话："郑鹏原来根据人力资源中心发展配置，从内部提了一名赵秀红的老员工做开发区生产基地人力资源副经理。在这次组织变革之后，有一天范志勇到程强董事办公室交接人力资源中心工作之事，范志勇对程强说道：人力资源中心的赵秀红经理很好！我有一次去开发区生产基地之后，找到她，她把人力资源中心内部是如何管理之事，如月度会议、每周工作计划与执行报表啊，都告诉我了，也说了，郑鹏在管理中是专业地，但也较为强势的，而且在管理中偏心于总部人力资源的同事。"

王永标在五百多人经销商大会，大力赞扬了老同事在过去工作中所做的贡献，并结合公司经营战略，希望他们在新的岗位做出新的业绩，对新引进几位总经理介绍了其知名外资企业背景，也提出了殷切的希望！

在外请咨询公司之后，对于人力资源的管理模式，郑鹏与华夏普道公司的咨询师发生不同见解。根据咨询公司建议，人力资源中心今后依照HRBP进行分解建制，逐步建立公司三支柱模型。

郑鹏不由苦笑了，外请咨询公司杀出这么一个结果，也许咨询公司独立性也就体现在这里。

在白炽灯光下，他再次审视修改了自己这篇文章。

HRBP又称为人力资源业务合作伙伴，实际上就是企业派驻到各个业务部的人力资源管理者，协助各业务部在员工发展、人才培养、并更细的了解和参与业务等方面的工作。与HRBP相伴随而生的还有人力资源共享中心、人力资源专家共同组成"三驾马车"。

任《哈佛商业评论》总编托马斯·斯图沃特的那篇"炸掉你的人力资源

部”的文章出来之后，一石激起千层浪，GE群策群力专家团队的核心成员戴维·尤里奇适时的提出：是否废除人力资源部这样的问题是个坏问题：如果有价值，当然就不废除；如果没有价值，当然应该废除。也提出一个观点：人力资源部门不应该再关注活动本身；不应该关注做了什么，而应该关注产出是什么；并提出三支柱模型与HRBP这个概念。

HRBP传到中国，尤其是咨询公司的专家为其广泛传播并迅速推动，通过各种类型人力资源推广会、专门HRBP培训课，同时通过咨询手法给老板沟通：现在你的人力资源部没有创造价值，为什么呢？因为他们不懂业务，所以要求人力资源懂业务，所以要在各业部设HRBP岗位，才能直接为公司业务创造价值，这个提法满足了老板需求与胃口。

而HRBP在中国企业实践真实情况如何呢？一位HR老朋友曾由一个集团人力总监到集团下面的制造公司实践HRBP推行。在老板的提议下，为了更熟悉业务，还担任了一个工厂的厂长。其他人力资源同事都分别下放到不同的业务部门。在这几年郑鹏与很多实践了HRBP的同行沟通讨论了HRBP实际施行遇到的问题与改善措施，当然也会反思HRBP这个模式本身在企业中的可行性，大家都有几种感受。

一是HRBP还是做些人力资源工作，并且还兼做各业务部的行政工作，也参与了业务部门的会议，甚或分担本身非核心的业务工作，每天忙得不亦乐乎。

二是HRBP对业务工作确实了解得更细致了，但却造成业务部同事对大家防范之心：老板那一天是否会用这个懂业务的HR直接取代了我们。确实较多老板的内心都是两手准备的，也想把HRBP打造成一个内部人才供应池。

三是人力资源总部应有专家职能和共享职能却没有建立，只是形式上应付各种业务部HRBP与基础的人事流程工作，而没办法推进公司统一的人力资源专业体系的建设，因为他们的职权并不清楚。

四是实施HRBP之后，人力资源原有机制破碎之后，而新的机制又没建立。新的机制如何建立？也没有考虑清楚与公司整体管理组织形式如何有效统一？大家乱打仗。

五是人力资源总部职能缺失，即使有专家，也听不到真的业务炮火，就是听到了只能干着急。因为HRBP在中间，人力资源部管理在整体本来也混乱了，由一流部门分裂之后，并未蜕变成凤凰，反而变成二流、三流的职能角色，最后接近崩溃解体的边缘。

六是HRBP在人力资源总部与业务部之间，多头管理，经常出现管理的真空，没人为问题负责任，缺少统筹安排，大家又各自为政，都舍本逐末去追求、并伴业务部这个大款，但又没有抓到金条。

七是还有其他问题现象，业务部门对HRBP本身工作满意度低。HRBP概念是国外人力资源专家所提出，国内咨询与培训机构的人力资源专家在商业利益所驱动推广的一个炒作概念。在理论上看似成立，为什么在实践中却存在很多问题呢？因为我们只理解了一个点上的概念，而缺少了全局的人力资源观与全面企业管理知识。

有些专家会提出，华为就是一个成功HRBP案例，华为只是可以理解为HRBP而已，但华为是华为的人力资源特色，是“HR华为”模式，是任正非先生给华为HR赋予中国人民解放军的“政委”角色，这与HRBP有天然不同。而且很多企业，没有华为的命，却害了华为的病。华为，我们永远学不会！

HRBP乃至三支柱模式，对人力资源变革的方式可以通过一个比喻来阐释：人力资源本身具体有六大职能模块，就好比是六个鸡蛋。然而三支柱模式，是把鸡蛋本身打破了进行分类：蛋黄为人力资源专家，蛋清为共享服务，剩下的为蛋壳加一点可口调料，然后端给业务部门，这是HRBP。专家们把六个蛋黄集中放到一起，再把六个蛋清集中放到一起，把六个加了调料的蛋壳生硬的端给业务部门，她们通过蛋壳尝到些许美味，但想吃真蛋的话，再得去找蛋清、蛋黄解决。这个时候的蛋被分解之后，也不成为蛋了，只有扯蛋了！并带来严重伤害。

HRBP对企业人力资源从业者伤害。

一是工作角色错位，让企业人力资源从业者在HR与BP之间，很难把握标准与度。做了很多费力不讨好的事，迷失了本身的工作方向。

二是知识分化与退化，HRBP推行，对人力资源本身的专业素质与知识能力进行深度、宽度、高度了分割，专业知识核心竞争力缺失，失去了市场竞争力。

三是职业发展四不像，HRBP人力资源从业者在知识发展上，不懂人力资源核心专业知识，只知皮毛的一知半解，比业务部不懂业务，也深入不进去。专业人力资源只能做参谋，不能在业务的炮火中独当一面，成为具有高度综合作战能力的独立纵队。所谓的共享就只能是基础的人事工作再加一点信息化的E-HR软件而已。

四是最后结局，各业务部完成不了本职工作，都推向“人”的问题，而且推向名义上“懂人又懂业务”的HRBP，成为“问题漏斗”最终接盘者，都是HRBP之错。各业务部工作完成的漂亮，当然首先是业务部人员功劳，HRBP基于“秘书”打杂角色，成为举杯相庆之时，只能尝到“甜筒”下面最下端的一点“蛋卷”，令人流口水的上端“奶酪”当然是业务部同事的。

HRBP对组织管理的伤害。

一是组织架构臃肿，一个组织中，工作分类越精细，岗位就越多，这是必然的。实施HRBP，按三支柱模式，人力资源的人员编制增多，机构臃肿庞大。

二是流程长效率低。依照三支柱的人力资源专家、共享中心、HRBP模式必然造成人力资源管理流程更长，汇报端口更多，效率低下也在所必然了。

三是管理混乱破碎：在实践中，推行HRBP公司，人力资源管理的流程混乱、机制破碎。虽然在尝试着用各种方式调整，但先天性不足，必然如此，我们都在枉费力气做“让一只猪爬上树冠”之事。

四是成本高满意度低。就人力资源自身的工资福利等在显性增加；隐性的各种沟通成本也在增加；然而我们业务部、员工对我们HRBP以及整体人力资源工作满意度却在江河日下的降低。

HRBP三支柱模型与发展趋势不合，一是在移动互联网管理下，我们的沟通更便捷了，我们组织架构要整合成大部制，将部门与岗位工作内容更充实些，为什么要将人力资源专家、人事共享中心、懂业务HRBP这些进行分割呢？二是大数据管理下，我们对企业与员工各方面信息的获取更为方便，反而是将企业信息进行整合融通，人力资源知识信息也是如此。三是在差异竞争下，我们要学习“HR华为”的精神，建立自己所处行业、自己企业文化独特的人力资源管理模式与机制，来增强企业的人才核心竞争力。

人力资源从业者未来的出路在哪里呢？《大学》讲的，物有本末，事有终始，我们要回归到原点。

企业流程管理四条主线，一条是物流这条线，我们可以将其称为企业的经线，这条线是企业通过物与物传递（研发、采购、生产、销售）来获取企业的财务利润，我们可以称之为企业生命血液线，这是企业的主价值链的“物流”线。另外三条线，是人流、财流、信息流，我们可以将其称为企业的纬线，这三条线分别是从人、财、信息角度保证企业正常高效运转，它有控制作用（管理是一种控制性游戏）、支持服务角色。它们对企业经营，各有其核心价值，这些价值是不可替代。这“三条流线”是企业主要辅助价值链。在一般中小型企业，信息流这个职能是不被重视；人流是很重要，但也不被重视。所以在企业实践中，大家虽说以人为本，人才很重要，但对人力资源这个部门本身职能却是“说起来重要，忙起来不要”，这很正常。但“财流”是例外，无论公司大小与各式类型都是重要的，这里很多原因，但有一个重要原因，是先天决定的，因企业存在目的是赚钱，不赚钱的企业是流氓，所以管“财流”这个部门自然就很重要，它帮老板看管好钱袋子，所以优秀CFO有很大可能性成长为CEO，而CHO与CTO却很难，管物流这条线是负责赚钱的，所以它的COO也有可能成长为CEO。

人力资源作为企业一个重要的辅助职能部门，在企业充当着什么角色？

一是人力资源从业者首先核心的是一位人力资源专家。人力资源这个职业是一个入门易却发展难的职业，要成为一位优秀的高层次的CHO很难，首先从人力资源专业知识的构建上，要高标准严要求。郑鹏与一位刚做HRBP朋友交流，他自豪地告诉我：他比业务部门的同事懂人力资源，比人力资源同事懂业务。他笑了笑，没有做回答。过了约半年时间，他告诉我：他在业务部门就是一位打杂的，给业务部门领导当文秘的。实际充当“业务执行监督者和人际关系救火者”的协调员。还抱怨业务部门将他当“枪”使，四处打杂，搞的他几面不是“人”。与其交流人力资源专业知识，结果发现其人力资源功底很浅薄，连面试基本知识都不够，BBSI、STAR这些基本的知识点与技能都不会用。我只能说：你跟业务部比，不懂业务，你跟真正人力专家比，只知皮毛。你如何去指导、帮助、支持人家业务工作，只有打杂。可以说人力资源专业的从业者，离开我们人力资源专业知识，舍本逐末地去业务部门的做HRBP，就只能是打杂的。专业知识是根，只有守其根，才能有其重，才能真正服务好企业，离开人力资源专业知识，我们人力资源从业者什么也不是。

二是人力资源是员工服务者。可以这么讲，员工是人力资源从业者的客户。我们如何做好员工关系，在劳动合同法的框架下，平衡好企业与员工利益。提升员工对工作的满意度、对企业的忠诚度、对职业的敬业度，是非常重要。这中间，人力资源起重要作用。我们以前一位外资总经理说：我们要让员工上洗手间都要上的很爽。这只是一件看似微不足道的事，但我们企业做可以做到了！即一线车间员工的洗手间，都能如麦当劳洗手间的标准。员工是企业的原动力。我们服务客户，首先要把拉车的员工服务好，员工才会服务好坐车的客人。

三是业务伙伴，就是所谓的HRBP，但不同。郑鹏曾在各种场合讲，我们做人力资源要懂财务，看得懂财务报表，只有懂财务并深刻理解财务运营和预算管理，我们人力资源绩效管理才能做透，才能打通公司的运营，现在一些企业将运营与人力资源合在一起，叫“运营人力”这个意思是好的，但人力资源绩效管理本身就有运营功能，我们绩效工作如何做的？首先人力资源从业者就要参与并看懂公司战略与年度经营计划嘛！我们CEO指标从何来，就是从公司经营战略（方向或重点）来。部门组织指标从何来，来自本身的职能与CEO分解指标。员工指标从何而来，来自上级（或部门）和本来的职能。人力资源主导公司绩效管理了，不要让绩效成为一个鸡肋，绩效管理和全面财务预算管理是孪生兄弟，两者互相配合，就可以从职能角度，打通公司各个运作环节了，让其流畅而又有所管控了。

四是公司变革与创新的推动者。人力资源有一个重要职能，就是协助CEO做好公司的组织管理。这需要人力资源从业者对企业整体运作业务了解，站在对行业有深刻理解基础之上，运用人力资源组织管理知识，建立企业合适的组织管控机制，并对组织进行变革。同时在具体业务上，通过组织绩效运作、员工培训发展、基于业务战略的薪酬激励、人才发展等管理，也可以成为各业务流程的变革者。

人力资源从业者在企业还有其他角色，如知识管理者，郑鹏认为主要是这四种。人力资源从者要有所发展，企业要让人力资源在企业发挥最大功能，不要上人力资源部门成为“活寡妇”（有丈夫，但长年不在家，让妇人功能没有发挥，不能生孩子）或被肢解的“三个小矮人”（HRBP、共享者、专家），他们本来就完整一家。我们人力资源只有真正认清自己在企业中是一个重要职能部门，不要有给业务部一种野心家的越位感觉（不是指CHO不能成长为CEO），立足于本来的角色与定位，发挥正常功能。

战略业务导向人力资源关系是如何的呢？

我们可以进行基本推导，企业选定一个行业之后：确立企业的使命与原景，确定企业发展战略、经营计划，将企业经营计划通过绩效与预算进行分解。绩效工作完成需要员工执行，员工绩效由员工能力、动力决定。员工能力获取无非就是外部招聘与内部培养，这就会有人才培养发展与人才评估机制，以及岗位胜任素质模型。员工动力来源：公司人文与制度环境、员工职业生涯发展、公平有竞争力薪酬；薪酬管理就需有岗位价值评估与工作分析、绩效管理；然后岗位管理与岗位权责。所以一个人力资源管理效益与公司战略使命是环环相扣的正相关，本身并不脱节的，是一种线型关系。这解决戴维·尤里奇提出的问题：是否废除人力资源部这样的问题是个坏问题？如果有价值，当然就不废除；如果没有价值，当然应该废除。人力资源与公司业务发展及战略是具有基本的、内在逻辑的，还会根据企业扩张与收缩战略、发展阶段，有所变化与调整。

人力资源在实践中真实价值与功能有哪些呢？

人力资源在企业的价值是什么？较多的人回答：招聘人员、培训员工、搞绩效工作、算考勤与工资之类的，有一千个哈姆雷特。其实人力资源部在企业就两个核心价值。一是从财务的角度，不断提升员工投入产出（这个指标可以有计算公式，如：人均销售额、人均利润额、销售额与工资比例，利润额与工资比例）。选取什么公式，要结合企业战略而确定。如果公司要扩张发展“开源”，占领市场，建议用人均销售额。如果企业要利润与现金流，建议用人均利润。如果企业在“节流”，用利润额与工资投入产出，或者同时用人均利润额。但这个指标的核心是：我们如何从人才角度，获取公司的竞争力。举例：我们大家常用的人均销售额，公司人均销售额，要与我们所在行业人均销售额对比；与我们主要竞争对手比，行业标杆对比。举例，华为现在发展，大家都叫好。但华为员工知道，他们人均销售额是没有爱立信的高，这是需要努力。

人力资源要实现这两个核心价值，主要做哪些事呢？

一是基础的人事管理，工作时间定义、考勤管理、请假管理、劳动合同签订（保密协议、竞业禁止）、人事档案的管理、员工关系处理、社保及公积金、试用期设定、离职管理、招聘管理、人力状态分析、人力结构分析、异动流程、人力资源内部审计管理、人力成本管理、员工心理咨询等。

二是组织管理，公司结构搭建：公司治理结构组织架构、管理流程、部门功能定位及职责划定、编制、管理权限。

三是职位体系管理，职位体系管理及职业发展通道设计、职位分析、职位评估、职位说明书编写（职责的描述、任职资格要求、绩效指标、职位关系、工作环境）等。

四是人才管理，人力资源管理信息化、人才评估体系（对人）、绩效管理系统（对事）、培训开发管理（对能力）薪酬激励体系（对动力）。企业人力资源战略与企业文化管理，这解决戴维·尤里奇所提出的：人力资源部门不应该再关注活动本身，人力资源部不应该关注做了什么，而应该关注产出是什么？

从组织的哲学讲，人类社会采用什么的样组织模式，一直都在研究并不断进化与发展。在中国以周朝为代表的“宗族分封制”，以秦汉开始的“君主专政的郡县制”、现代民主的“三权分立”，还有我们现代中国特色组织制度。人才管理也经历了人事部、人力资源部、人力资本。有过分夸大人力资源在企业作用的，也有“炸掉人力资源部”无用论，到现在热火的HRBP转型。

人力资源组织架构设立成什么样的模式，必须是在企业治理结构与组织架构（需要根据行业、发展阶段、规模、战略、文化、流程决定）之下来进行。而不是照搬一位在办公室做研究的教授写出来的理论模型，这是万变不离其宗，这个根是不会变，而人力资源本身职能与企业关系的角色也是不会变的。

现在，人力资源新理论与新概念、新名词是层出不穷，在大家津津乐道，在咖啡厅里讨论，在论坛会上大肆地喧闹地讲。可谓眉飞色舞，百媚丛生的性感的好看。实际的人力资源从业者们在会议室抱怨工作的艰难与困苦，然后又自慰式地讨论这些高大上的前沿理论与新概念，显得自己是曲高和寡的清高之样。企业实际业务中的人力资源实践中，人力资源的处境与状况是非常的骨感的惨不忍睹。在很多企业KPI还没做好，就在做BSC，又在做CPI，一堆考核方法，都在术的层面。岗位说明书都没有扎下功夫去做：要么在网上抄抄，自己再修改式地写写，形成《岗位说明书》。即使有进行工作分析过程，也只是形式，这些工作分析虽然有了解业务，也没带来业务与组织形式改进。并没有从工作分析微观的角度研究组织架构有效性，即使这样做出来《岗位说明书》也是文件形成之后应付检查并束之高阁。

有一家大型民营公司，老板主导引进一家咨询公司的价值量化绩效管理系统，这是新理论。后来咨询师上课进行理论培训之时讲：这套系统超越现在流行的KPI\360度\BSC\CPI等绩效考核方法，克服他们所有缺点，任何事都可以量化。做成价值分的形式，员工也易接受，带来管理的高效与实用。实质就是如营销中销售积分方法那么浅薄，他这个方法在理发店和公司经销商有推行成功的经验。从制订这套系统的最基本的简单实施到结束，运行不到半年时间，就寿终正寝了，员工都嘲笑这又是一个人力资源管理游戏结束了。

人力资源理论界不断创造出新理论、新概念、新名词（有些还是英文缩写），并被一些人力资源的商家大事吹捧。而在实践的人力资源中，大家赴汤蹈火的做，最后自己遍体鳞伤，工作干得如鸡肋一样。这些花拳绣腿的新东西，搞的大家心力疲惫、人力资源系统工作支离破碎，机制与流程如昙花一现的瞎折腾。

不论人力资源理论界与商家造出多少新概念与名词，在实践中不能提升流程效率，不能提升人力资源在企业中两个核心价值：人力的投入与产出比、人才成长的建设。一切新名词不过是商家利益之所需。一切新的事物，都需要实践来检验。实践是检验真理的唯一标准，脚踏实地的练好人力资源的内功心法，即使是简单传统招式，也会看出深厚的管理功底，推动企业的发展。

老子道德经说：“骤雨不终日、飘风不终朝。”那我们人力资源如何朝这个方向发展的道是什么呢？郑鹏提出“一正六定”之方。

正名：人力资源就是人力资源、就是HR（humanresource），如果是公司是采用职能制的组织架构，公司就设定人力资源部。如果公司就采用事业部，就在集团部门设立集团人力资源中心，在分公司设立人力资源部。举个例子，如果是一家全球公司，采用区域划分事业部：总部人力资源（副总裁或CHO）、亚太区人力资源（总监）、中国区人力资源、分公司人力资源部。

不要在各部门、各业务部去设定一个HRBP部门或岗位，搞个HRBP岗位的名，而名又不正。师出无名：要对业务负一定责任，而实际上又没有这个业务真实的能力与权力；正要全力做人力资源工作，结果又有BP帽子，要去做业务。搞了HRBP之后，业务部门同事（特别是我们中国的文化里，并没有开放的文化，会上一片和气之音，会后一片乱说之声）一定会有防范之心（这是人性，很自然的）：你们HRBP参与业务，本来又是做人的工作，是否我一不小心，就会被取代。HRBP本意虽想帮助业务，但实际效果是惹了业务的一身贼骚味。

定位：人力资源价值定位：CEO为代表的企业管理者充分认识到，人力资源源是企业中一个重要辅助职能部门，对业务起着助推与控制功能，对公司人才成本与收益（或人均效益）和组织人才成长负责，这是人力资源的核心价值。发挥正常功能，让人力资源的部门在自己职能上，专化业、职业化的发展。

定责：人力资源如何实现核心价值与功能，组织赋予了人力资源应有职能：基础人事管理；组织管理（组织架构与部门职能、定岗位编、职位体系与流程权限）；人才开发（人才评估、绩效管理、培训发展、薪酬激励）；人才战略、人才信息、公司文化。这些前面都有讲的。这些职能扎扎实实地做下去，都可以对业务起到推进作用。举例：人才匹配，如何做到人与组织文化匹配、人与岗位区配、人与人之间匹配（多少人才，因为公司而加入，因与上司不合而离职，特别是在中国企业）、人与工作绩效匹配、人的业务绩效与工作薪酬匹配（任正非先生曾说：管理最难的问题是如何分钱的问题。华为对人才成功，就是把钱分好了）。我们把这些是人力资源的本职工作研究透，自然就会涉及业务，对业务起到推进作用。

定色：人力资源在公司中一般扮演那些角色：人力资源专家、公司战略参与者、变革与创新推动者、员工服务者，还有知识管理者、领导者这些角色，这些角色定位清楚了，对组织赋予人力资源正确职能与权责，以及对人力资源源从业者素质与知识要求都是很重要的。

定业：人力资源从业者知识要求：全面深化掌握应有人力资源知识，深入了解公司运营业务，参与公司的战略与管理变革，多学习企业管理知识，将自己的人力资源业务依“T”字展开与推动。CHO、HRD、HRM、HR主管，不仅是帽子与职称不同，是人力资源工作深化与高水平的突破表现形式。这些层次区分对我们知识的要求与能力实战的宽度和深度都有本质的不同；企业家重视人才，以人为本。首先就要重视推动企业人力资源工作的这个部门以及人力资源工作同事，高标准、严要求。打造产品与市场之前先打造人，打造人才之前先打造人力资源部。

定心：人力资源从业者不过于飘飘然然：五心不定，哗众取宠。很多专家在办公室创造出来新名词、新概念、新理念，然后又通过商家的吹捧。大家也去追求时尚，好像是在浪尖口，抓住了时势，要让人力资源这只“猪”借业务之风飞起来，最后只有浑浑然然的在企业的现实里摔的鼻青脸肿。大家要定心，不要让时尚的、碎片的知识迷住本心。为人力资源插上“专业、职业”两对翅膀，再配上“服务、业务、战略、变革”的助推剂。

定道：中国人力资源从业者，注重专业人力资源知识与企业知识全面学习实践的同时，还需注意加强修身与中国传统智慧增融，从传统文化管理中提取我国应有人力资源的“道”。建议大家多学习传统“四书”与老子的《道德经》、王阳明的心学与中国哲学、德鲁克的经典之作。这些道来提升自己管理的功力与文化修为。

人力资源负责人，充分结合企业的实际发展情况及业务战略、企业外部产业与市场行业环境、人力资源发展宏观环境。对企业人才发展定下不同的人才战略与方向，扎扎实实做好各项职能工作，并让这些工作都沉淀下来，发挥出应有功能效果，推动企业前进。

最后，人力资源从业者们：格物、致知于人力资源专知识；诚意、正心于企业与人的致良知之道。致虚极、守静笃于自己的内心！管理是一门实践，践行、践行，再践行！知行合一于道！

郑鹏打开办公室窗户，窗外一股凉风进来，昏黄路路灯下，只是偶尔有人走过，街上无比的冷清。因此时已快到元旦节了，广州天气已有阵阵凉意，公司战略管理与组织管理也进行的差不多，公司架构上脖子以变革完成了，已经走向中层。

从公司整体与王永标的角度，公司已焕出了生机，大家每天都在讨论变革：那位领导上了？那位领导下了？大家也在关注点燃这把火的郑鹏结局。

郑鹏给王永标写了一封邮件，并抄送给程强：

董事长好！为了我们更长远的合作，我不得不向你辞职，只有我的辞职，才能化解组织变革带来的人事矛盾冲突最大化解，相信我们都理解，我走了，大家心就宽慰顺畅了。离职之后，对于人力资源各种疑问，我们继续保持沟通。另外附件写了一篇文章，有点长，你自己决定是否看看！

郑鹏发完这封邮件，已是凌晨二点了，但感到心里特别的舒畅，走出办公室，街上空无一人！

腹有诗书能富足，胸无城府不装穷；背负行囊游子心，落笔文章经世心；立言树德是大智，智者不言道德经。

第十九回　晨光才赋

广州，似乎没有冬天，郑鹏开车沿着平坦的山路，来到白云山上，远远看到一个精致着传统建筑风格茶楼，“正德茶楼”，到了，将车稳稳地停好！走了上去。

王永标已坐在哪里，等着郑鹏，旁边还摆了一幅围棋。

“董事长好！”

王永标那清瘦的国字脸上，泛出热气腾腾的激情，眼睛看着郑鹏说道：“你有晨跑的习惯吗？”

郑鹏在其对面坐下，摇了摇头，回道：“喜欢，但我们必须奔跑在上班的路上！”

王永标看了一眼郑鹏，说道：“我从四十岁后就开始晨跑，因为在不惑的年龄之后，我们更懂得了生命意义，如今天这样，迎着清晨的阳光，脚下带着露珠，让人感受到时生命！让人感受到年青！”

然后递了一杯茶给郑鹏，停了一会说道：“你是一位非常优秀的骑手，可以紧紧地率领自己团队，冲向敌阵，不管前面的道路有多么艰辛，你都会勇敢冲向前去，用自己钢刀，劈开一条路来，前行！”

这时清晨的阳光照耀在王永标的左面颊上，显示出红润的朝气。

“我们经营企业，作为最高负责人，要为我们企业所有行为负责，就如我们上次讲的那样，佳美就是我的孩子，我要不顾一切保护它。这里面有很多的故事，我给你讲一个吧！”

王永标给郑鹏讲了一个故事。

那一年，广州的天气比以往冷了很多，有一位客家人，走进白云大道旁那家租来房间，里面摆满各种洗发水、沐浴露、香皂、牙膏之类的产品，堆的如小山一样高，旁边有一张一尺来高饭桌，桌上布满灰尘，桌上有一只装有发霉剩饭的大碗和几根黑黑的筷子，这位身材瘦小的青年走进了洗手间，蹲在里面足足有二十分钟没有起来，突然呜呜哭了起来。

房间里没有其他人，很安静，在这半夜的时间，哭声显得很突兀而刺耳，却充满哀伤。他连妻子的嫁妆都变卖了，连假烟都卖了，可还是没有赚到更多的钱，明天欠厂家的钱不能再拖了，他已三次给对方说延期了，做人可不能没诚信；员工的工资明天也要发了，明天是这个月的最后一天，必须要给员工发上个月的工资啊！

这时门吱呀一声开发，“王哥，王哥！”他擦干了眼泪，走出洗手间。“你的那辆捷达车，我跑遍了周围的二手车市车，找几家买主，有一家给价格不令我们满意，但却是最高的。”

这位年轻人望着白淡的天花板，快绝望的眼神露出坚毅的神情，说道：“范老弟，我们把全部家当都拿出来了。”范志勇也看看天花板，指着那批洗发水，说道：“王哥，我们是在为房东打工，是在为这批货打工，也是纯粹的为员工打工啊！甚至我们过的连员工都不好！我和李家杰想放弃了！”

第二天，王永标骑着一辆自行车走向工厂！他在那几年，作为自行车卖货骑手，走遍了广东每一个角落与大街小巷子。

郑鹏久久地看着王永标，他明白，中国民营企业老板大部分都是这样起家的，经历辛酸，有时候还走向谷底的绝望，他们永不放弃，用自己勤劳与毅力走下去，倒了一批，又起来一批，他们的企业走向发展！壮大！这过程中，他们拼的不仅是他们本人精神与意志，还有他们核心团队成员的决心，还有是他们整个家人、家庭、家族的意志与资源啊！没有企业是随便可以成功的！

佳美集团再出发，如一只老鹰一样，它现有二十多岁了，它平静的外表下，里面的心有些老了，它必须自我重生，如凤凰涅槃一样！

王永标站起来，站在旁边台阶上，说道：“公司经历二十多年发展，我们还要再出发，在这条路上更加艰辛，充满荆棘，大部分员工都只一枚棋子，只能做好本职工作，做不了开拓性的工作，正如鲁迅先生讲的：贪安稳就没有自由，要自由就要历些危险，只有这两条路，企业如人！”

郑鹏回答道："同时企业，对一起创业的老同事，也必须有宽仁的心，董事长在此次组织变革过程处理的果断而艺术，分寸拿捏得让我佩服。有些企业老板听从职业经理人的建议，把老同事一刀两断，结果新的职业经理人因不了解企业潜藏的根经营之道，最后失败，而且也伤了创业元老的心；有些老板听从职业经理人的建议，却又经不创业元老鼓动，把新的变革退回到原地。这两种都是典型的折腾，企业停止不前。如何处理好这些矛盾，需要企业家坚毅的定力与卓越而独到眼光！"

王永标回来，看着郑鹏点了点头。走在围棋边上，突然问道："你会下围棋吗？"

郑鹏答道："下的不好！只知金角银边、草肚皮！"

王永标答道："你是擦亮钢刀的骑手，在相棋盘手上纵横。我呢？"

王永标看了一眼郑鹏，一字一顿地说道："必须是一名围棋手了，必须保证这盘棋在市场浪潮中，我的棋子要围住更多的客户，我有时候必须取舍！做出抉择！"

郑鹏看着王永标，没有接话，却突然问道："你看过大秦帝国吗？"

王永标答道："看过，商鞅是我最佩服的中国改革家，企业需要这样的人！"

郑鹏看着崖边一棵松树，答道："是的，我也喜欢这样的真君子，但商鞅的结局一定是那样的，这是必然！"

王永标没有答话，郑鹏说道："杀商鞅，用其法，是秦惠王最佳的选择！这就变革的政治！只有商鞅的死能解开变革所带来的所有矛盾结，并让变革成果得以延续下去。"

郑鹏反问了一个问题："为什么秦朝那么短暂呢而汉朝却有三百年基业？"

王永标没有回答，只是看着郑鹏，"你怎么看？"

郑鹏也看了下王永标，他还是初次见面那样，瘦削而刚硬的神态！

郑鹏喝了一口茶，略微沉思了一下，说道："萧何，他也本是秦朝一县吏，在刘邦进入咸阳之后，他把秦朝的政府管理的一整套行政文件体系都完整地保留下来，后来汉朝国家治理机制是沿用秦朝的。同时汉初高层的统治方法，用的黄老无为学说，其实就是道家思想，就是老子《道德经》的'治大国若烹小鲜'啊！"

王永标点了点头！回道："你说的有道理！但还有一个，汉朝最高管理者们继承与发挥我们正统文化，孝的文化，我们现代人确实自由平等了，但不懂的孝的文化真实含义。孝心文化，让我们家族繁荣昌盛，让我们国家出忠臣保家卫国，让我们民族生生不息！我们潮汕客家文化非常讲究孝，媳妇在家孝，男人才会在外放心拼搏，男人的心也永远会被女人营造的温馨的家所吸引。"

王永标突然问道："你几个小孩？"

郑鹏答道："两个！你呢？"

王永标说："两个男孩！"

郑鹏回道："他们会子承父业吧！"

王永标看了看远方，说道："不清楚，也许吧！我现在还没想好这个问题！"

王永标想了一会又说道："我不希望他们有富二代的标签与心态，他们血液里流淌的应是我们客家人四海为家闯荡的精神！"

说完之后，两人沉默良久，王永标又自言自语道："太上，不知有之；其次，亲而誉之；其次，畏之；其次，侮之。这是《道德经》的话，很对啊！我们还需要再诵老子的文章啊！"

然后看着郑鹏说道："木强则折，曲则全，枉则直，洼则盈，敝则新，少则得，多则惑。是以圣人抱一为天下式。不自见，故明；不自是，故彰；不自伐，故有功；不自矜，故长。夫唯不争，故天下莫能与之争。"

王永标说道："木强则折，天下柔莫过水，而攻坚强者，莫之能胜！也是我对于你的临别赠言！"

郑鹏回到成都的家了，提着行李箱，好久没有回来了。小区灯火通明，人影走动，羽毛球场上的大妈还是那样的在跳广场舞。

他轻轻地打开门，里面传来女儿欢快声音：拔萝卜，拔萝卜，哎呀哎呀拔不动，哥哥呀，快点来，和妹妹一起拔萝卜。

妻子正厨房里忙着，走了出来，拿过行李，豆豆也立即从书房里跑了出来。

家是人生温暖的港湾，当你扬帆出航出海，途中累了，只要想到家，家那盏灯就会点亮你的心，你就不会觉得自己是在漂泊；当你带着满身倦意，把行囊扛回家时，你就会感受到家人温馨，这种情感，无论你飞的多高，跑的多远，无论你是总统，还是平民，家一个灵魂安息的地方，我们这种血缘关系，彼此相爱相生，这是我们根。

郑鹏本计划与三位朋友相约外出旅行。妻子建议道：你们不如去一个地方，就在我们四川的凉山县，一个很贫穷的地方，那里的山很高，树很古老，山道上还有很马粪，孩子们还在登着充满危险、一点都不结实的木制天梯上学，中午只吃二根火腿肠、喝一杯牛奶，还是爱心企业捐助的，好像你们佳美司也在捐助他们，送了一个图书室给他们。

郑鹏站立在古道的路口，想了很多，枯藤老树与流水农家共一体，清风半夜无虫吟，二郎山好高，星光明亮而深邃，空气好清凉！

何以铭心二百年，落笔成文三千字，写了一篇文章《启点才赋》以抒胸臆。

《战狼2》这部电影在国内确实火了，国外一些媒体也对此提出批评，他赢得了我们华人高票房与赞誉的口碑，他获得西方媒体的高调批评，因为他表现出了一个大家渴望已久中华民族在电影界的精神思想复兴与独立。由此联想企业管理思想，我们是否也该大力倡导应该有自己独立思想判断与发展。当前，我们伟大的祖国在军事上、经济已经是一个大国、强国，我们是一个五千年的文明古国，但我们现在企业管理思想上还不是一个强国，我们正在复兴的道路上！

在一般人的心中，外资企业管理好、民营企业管理差，这都形成思维定式了。而我们现代企业人力资源管理经历了人事管理、人力资源管理、人力资本管理几个阶段。确实现代人力资源基本理念原理都是起源于西方社会。去参加中国培训杂志举办的培训年会，一些咨询公司还批着外国一些大师名字的皮，来彰显自己理论是从外国进口的，是多么先进的，如一家公司还在用“Bob”的CTT理论来传播宣扬公司，CTT如何比FTT、TTT更先进与优秀，其实听这位老师三十分钟（本来主办方给其四十分钟）宣传介绍，她的介绍真不怎么样，应是一个差的评价。

当前有一些管理思想与传播实践现象，如：HR三支柱理论模型案例、阿米巴经营模式，看似高大上，实际搞乱中国企业、中国老板、企业人力资源从业者的思想与行为，其中的推动者是一些所谓的与国际接轨的管理大师，实际上是一些崇洋媚外的商业利益者，假扮成高大上，来忽悠中国的中小民企老板和缺少独立判断思想的HR从业者，这是非常荒唐的一件事。这些商业管理大师故意整一些新名词，和包装的很炫的题目来忽悠，还缩写成英文名词，再戴一个国外某某大师的帽子。高、大、上新理论，其实是嘴尖皮厚腹中空的竹笋而已。在多次的全国性的HR交流会上，看到众多观念与内容之后，在和众多的HR交流之后，不由得想到一个问题：我们中国企业管理、我们人力资源管理界，是时候提出自己管理思想，而不要盲从跟风式管理行动了。

我们为什么没有自己独立管理思想？为什么会有这样的管理乱象呢？我们为什么会迷失呢？深深地思考了十多年了。

一是先天不足的发展历史，在现代企业管理思想与工具、方法，确实起源于工业革命的西方社会，到我们国家改革开放之后，我们直接拿来主义，就全盘的接收与使用，这在当时企业管理中确实推动我们管理水平的提升。

我们大家所熟知的马斯洛需求理论、冰山模型、双因素理论、行为能力访谈法、KPI、BSC，近年较火HRBP理论为代表三支柱理论等。

二是崇洋媚外的商业驱使，国内一部分咨询公司或专家，其实自己本没有静下心来思考，专门研究我们人力资源管理思想与工具，而是在商业利益驱动下，想快速发财，非常浮躁的借用老外思想的皮，为自己作旗帜，用大众心里面崇洋的内心，以抬高与提升自己公司品牌，谋取商业的订单。

大家非常高抬的阿米巴经营模式，很多咨询都在鼓吹，可事实情况又如何？事实情况是初次接触是一位美丽姑娘，再次接触是一位素面的普通女子，实施后只有就如骨头一样的女子。一位朋友的公司是一家大型家具企业，初次接触老师（号称中国阿米巴第一人）很不错，就花了三十万来公司内训三天，还带一位年轻学徒老师讲课，放了很多稻盛和夫先生在中央台的采访视频，也讲了右手人心、左手算盘之类管理方法。培训结束之后，老师很想合作，几天之后，老板说：我们了三十万，学到结果是：阿米巴是没有用的。这个案例有点极端，确实也是非常真实的。

三是缺少思考的盲目跟风，一些HR实践，也为了彰显自己学到新知识、新理论、新名词，四处听课就开始传播，并在企业内部鼓吹。它造成我们很多人力资源理念在天上飘、口中说，性感的很？为什么我们在企业实践的HR确举步维尖、坐冷凳，骨感得很。

我们对一些管理新概念，我们热火朝天从外国引进来，然后几年热度下去，我们再去引进那些别的概念，又热火朝天的学习使用。《道德经》说：为学日益，为道日损，我们一路追赶着，学新知识，新概念，可我们脚步总跟不上新知识、新理论。曾到一家企业，这企业规模还较大，走进办公室，看到“九大理论”和“9S”，真的吓了我一跳，我理了理思想：整理、整顿、清扫、清洁、素养、服务、安全，还有呢？我看了他的工厂环境，其实清扫都没有做好！

这些管理现象与问题的本质会造成我们如何的管理思想呢？我们确实要从思想的高度去认知HR发展思想。当年毛主席干革命之时，走出一条自己的“打土豪、分田地”的从农村包围城市的革命之路。我们现在HR管理思想实际是处于一种精神被殖民的精神状态，我们企业的HR管理思想更要反思与独立，这种状态有以下四种特点：

一是我们在精神上把西方所谓管理大师以及对应的理论知识，视为我们的主人，在管理理念上建立对国外思想与文化的一种崇敬。我们非常崇拜这些大师们，我们认为这些大师们都是对的，我们以知道这些大师的理论为自豪；我们用这些大师与理论为我们贴金，如HR的三支柱理论就是很典型的。

二是根据西方管理大师改变我们企业现实管理行为，并适用这些管理大师。自觉接受西方管理大师对我们的指导！我们传播这些大师的理论，特别是现在咨询机构，非常善于利用这一点来包装自己公司，搞的高大上的样子，并且从中获取商业利益，有时和这些假大师们内外勾结。在帮着外国人洗我们中国人的头脑，我们自觉用这些理论来解释国内一些管理现象；用外国理念来解释中国企业人力资源管理现象。如果我们用这些理论来解释不通，认为我们实践的错了，并对实践的加批判，然后用这些理论来改造我们行为，如把华业解释为三支柱，大型企业也乐意，感觉自己高大上，与国际接轨。

有这样企业，老板在年底总会给他自己认为是重要并做出贡献的员工发“红包”，这样的管理从公平与机制的角度是不科学，但从老板管理角度却是艺术的！是有成效的！我们很多外资企业经理对这种现象提出批评。建立人力资源管理思想的自尊的民族意识，建立自己的自信；是真理与谬误只有一步只差；以师夷之长技来制夷，师夷长技与盲目媚外只有一步之遥；与国际接轨，有些东西是好，有些错误的。

三是慢慢地失去自主思考与判断的能力，自动的用大师的权威和媒体的言论进行引导，没有自己独立判断能力。从心理学上，人们会迷信权威、随大众的心理，我们现在又是一个易迷信权威与外国人的时代。在管理领域抵抗外来者，在HR管理领域莫做一个被外来的征服者。外资企业实际管理，总体而言的特色是偏向职业模块化、工作标准化、业务流程化，而对人力资源管理思想的也有一些研究，而这些研究者，只要你脱去宣传广告的外衣，其实也没有多少实践经验，他们有些是一些咨询师，有些是一些闭门造车之师。

西方社会有一句谚语：照我们写的去做，不要照着我们做的去做。不能不求胜解的囫囵吞枣，不要仅从西方所说的去盲目做，从西方企业的所做去验证。

四是缺少对自己国家文化的传承与思考。稻盛和夫老先生从我们先辈的管理智慧中获取营养，然后加以改造又回传到我们国内。我们对自己祖先著述智慧没有深深读透，一个外国人咀嚼我们老祖宗智慧再吐出来，我们再去吃这些吐出来的东西，我们却对这些奉为神明。我们要深深的懂的中国传统文化，懂得中国的传统文化的人才管理。对西方的文化与管理思想要深懂。对国外理论我们要研究，取其精华，结合我们实际，行不通的坚决抛弃。

今天，对人力资源实践者的要求，我们需要一批既有理论，又有实操经验的工作者何时才有自己的人力资源思想主张？加强我们的认知程度，学会独立判断；提出适中国国情，中国企业的人力资源管理思想与主张。根据我们企业管理实践与特色，重构我们的HR理念、书写者、解说员。对企业管理现象描述与解释权；在管理思想与精神上要自信，重构对管理理念解释权。

西方国家的文化在研究物与物之间的关系的自然科学是很厉害的，这是他们的文明优势。我们祖宗在研究人与人之间的关系的社会科学，可以说全世界鼻祖，我们对人的研究要有自己思路。管理思想再往深一层就叫管理哲学，管理哲学回答的是管理的本质问题。管理的本质是对人的管理。中国管理思想，完全可以从我们先贤的智慧得到答案，并与时俱进，结合国外管理工具与方法。要认真地去研究，结合我们管理实践，走中国特色的企业管理之路。

一是人才管理回归传统的真谛。人力资源，我们以前帽子叫“人事”部门其实没错，大家为与时俱进，改个“人力资源”的帽子，专家学者为此专门著书立说，描述两者等级与差异。也有人对人力资源这个名词提出不同建议，因为资源有用尽的时候，人可以是一种资源，但他是一种特殊资源，所以叫人力资源是有欠妥的。后面大家发展到人力资本。人力资本到现在为止在理论体系还没有完善，大家用的都比较少。当然大家还是习惯了人力资源这个称呼HR Human Resource Department，去掉了以前人事Personnel Department的称呼。

其实“人事”两个字确实描述我们人才管理工作的实质。我们这个部门就是研究“人”与“事”，以及“人与事”之间的关系。他是一个什么样的人？现在的冰山模型为代表的理念，这就研究这个对象。如何培训和培养人？就是改变一个观念与理念，以提升一个人的工作技能等问题？如何招聘到与团队匹配的人？这是人才管理者的工作。

如何激励人？以马斯洛的需求理论为代表，还有双因素理论等，人才激励，体现为物质薪酬激励与精神激励，人才是做事过程如何？这就是人与事结合，体现他的能力、知识、技能。他做事的结果如何？就是指绩效？组织绩效指发一群人的团队做事如何？个人绩效指这个人做事如何？人事工作就是两手抓。劳动关系，指人与组织的关系，劳动关系其实贯穿了整个人事工作管理。当然企业经营三要件：人、财、物，宇宙里，天、人、地，人居三才者之一，没有人，啥也不是，张载讲的为天地立心，本质上就是立人心。作为负责人才管理工作的人才，一定是老板的伙伴，帮助老板“领好人、管好事”，简称“人事”，这就对了。

二是HRBP人才学说。国外HRBP Human Resources Business Partner定位HR是业务伙伴，是职能角色，这本身与西方企业完善的公司治理结构与经营流程大环境密切相关的。启点财赋的HRBP新学说：Human Resources Boss Partner定位HR是老板伙伴，这是与我们国内本身大的民族文化管理环境有关系，我们国内优秀企业大部分老板都是强势的、对市场敏锐的、独裁为企业的，是狮子个性。

所以HR需要是政委角色、是常委、是老板左膀右臂，是韦尔奇讲的组织中第二角色，而且至少不低于CFO角色，这是我们HR发展之路，这是独立思想的中国式HRBP说这是由其产生的价值与企业运营模决定。这决定了人力资源在公司中一般扮演的角色：一是老板高级参谋；二是人力资源专家，他必须懂的人力资源相关知识，在公司所有人中的人力资源顾问老师；三是公司战略参加者与谋划者，用政委角度，他也须参与制订公司战略；四是公司变革与创新推动者；五是公司文化培育者。

最尖端科技一定在作风严谨的军队，最优秀的组织模式也在军队，向军人学习，向解放军学习，解放军缔造者在三弯改编之时，将支部放在“连级”基层单位，“连”有指导员、“营”有教导员，“团”以上有政委。政委在部队的角色是什么？司令员的伙伴！并将这个角色一级级建好！

三是企业人力资源价值系统模型。曾问很多HR从业者，其中不乏人力资源总监、人力行政副总裁、一些所谓的人力资源专家，企业人力资源工作的价值是什么？大部人的回答都是招聘、培训，做薪酬绩效、搞好员工关系。通过多年实践与思考，特别是在做咨询过程与中国民营企业老板沟通。人力资源价值在哪里？很多老板认为人力资源就是一个花钱的部门，而且很不专业。

人力资源在社会中核心价值是什么呢？中国式HRBP，一定要明白，我作为老板左膀右臂，我们一定要明白从老板或企业的高度作为标准看事物，企业是一个经济单位，老板是这个经济单位的建立者与组织者，企业的存在价值很多，但提炼出来就是两个字，共赢，说白了，企业最根本的只有实现客户、股东、经营者、员工共赢。这一步的价值有了，才有了企业的社会使命。人力资源从业者一定要记住这一点，并把这一点作为我们人力资源工作的“四项原则”，这是企业人力资源在社会中最核心价值。因此：我们人力资源的也要搞明白公司的客户是谁？他们在哪里？他们需什么服务？这种服务的背后需要什么样的人才？员工内心在想什么？每个时代、每个阶层的员工在想什么？他们需求是什么？我们HRBP一定明白吗？我们以总裁为代表的经营层，站在公司经营角度在想什么？他们业务工作进展如何？他们计划如何建自己的团队？我们HRBP要清楚；老板为代表股东在想什么？他们关注什么？公司产品哪里去？钱从哪里来？公司利润如何？公司发展如何？总之，我们站这个角度多想问题，搞清楚这些问题，从人的角度解决这些问题，这就是HRBP核心价值。

在企业内部人力资源最核心价值是什么？就两点：第一，人才的成长，保证企业随时有优秀的人才，并且有适合企业发展相匹配的人才。企业的在不同的行业、不同发展阶段，要适用相应匹配人才策略，如高科技行业，对研发人员要采用高学历薪酬，如大数据、材料领域；在一些制造劳动密集行业，如家具行业，可注意的技工的人才。第二，人才的投入产出，投入产出从财务角度讲，又可以分有四个要素：分母是人力总成本、员工总人数；分子是公司销售额、公司利润，这个概念如何组合，要根据公司的行业与管理情况而定。但无论如何组合，都要与行业标杆与平均水平进行对平，这样也好看出自己公司人力资源值水平；如公司销售/员工总人数。我们公司如果低于行业水平，说明什么，我们公司在市场没有竞争力，如何办？减员增效，销售额扩大等；与标杆企业是我们的多少倍？我如何努力，采取什么样的人才策略？

根据公司业务发展做相应的人才策略，定出我们的工作重点，就有了大家所说的工作。组织管理要做什么调整：公司治理结构、架构体系、职位体系、流程权限等？人才开发要做什么工作：现有人才诊断评估、绩效管理经营、人才培养与培训、薪酬激励体系构建等？再就是基础人事管理工作内容、HR信息建设、公司的文化培育等工作一步步跟上去；这些都是工作内容了，他们之间的关系，他们与公司业务之间关系，我们要理解清楚！

四是人力资源管理运营模型图。国外人力资源六大模块工作，是大概的分类，其实是不科学的，而且我们没有读懂他们有一个先天的前提条件，就是

外资企业的工作非常注重流程建设，他们的管理体系中流程管理是非常强大，并且也把这些人力资源模块固化企业整体的流程管理，也就是他们的人力资源模块这个小体系早已在企业的大体系当中。而我们中国的企业相对而言，人治的成分居多，不太注重流程与法治建设，所以我们照搬国外的人力资源工作职能模块到民营企业是不适合的，这也造成很多外资企业的HR高管，带一套很科学的外资企业人力资源管理模式到民营企业是水土不服的原因之一。

我们在这里要搞清楚两个问题：（一）人力资源模块与企业总体管理流程关系：找到人力资源管理源头与终点，要形成一个闭循环，物有本末，事有终始。人力资源在企业内部工作的起点是什么呢？是企业的使命与原景，他们分别回答企业存在社会价值与企业未来的成长目标，如一家化妆品公司的使命是“让人类多一分美丽”，愿景是：成为世界一流品牌。一流品牌一定要用一流的核心人才造出来的。然后通过公司总体的战略与流程，定人力资源的战略与人力资源在公司各个大节点流程相链接，然后经过公司具体年度经营计划，到具体的HR模块到人的动力与能力发挥，以实现公司的经营目标与战目，以实现公司愿景，这是一个闭环。（二）人力资源模块相互之间的关系，流程与战略决定公司组织架构，组织架构把公司业务部门化，定下部门职责，并进行工作分析与说明，定下岗位职责及相应管理。由些决定各岗位的胜任力与岗位的职责权利，再决定人才薪酬、职业发展、人才评估与培养，到员工绩效管理及动力、能力管理。我们必须把这里面关系搞清楚，搞清楚事物内在联系，做起工作来才如庖丁解牛一样，来去自由。要不然我们的工作就如迷迷糊糊，眉毛胡子一把抓，忙而无效，忙而无果。

五是心学素质九宫图人才模型是超越冰山模型的。冰山模型的基本原理：一层是冰山之上，知识在一个特定领域获取的信息；技能将事情做好所表现出来的行为；二层是冰山之下，自我意识指价值观、心智模式、认真态度、自我形象；个性指一个人情感、气质、动机等；动机驱动行为深层次需求。我们把听到这个模型所有见解都是这样的：冰山以上是容易观察到的，易于获得，可以改变的；冰山以下是不容易观察到，是很重要的，不易获得的，很难改变的；千篇一律都是这样；其实很多专家都一家半解，对自我形象、气质这些概念都是不了解的，也是不了解这里面的关系。

而事实人作为万物之灵，上面冰山模型对你的解述，一是不全的，如我们并没有行为与习惯、感觉、知觉等提出来，这是对人的评估中很重要的要素；二是分类较粗糙的，如冰山以下的解释等；三是也有问题的，没有真的理解清楚这里面的关系；四是通过实践也是有问题的，人其实在冰山以上都易很改变的，变好是难的，变差是容易的。

因此结合我们中国人文化与心理学管理，我们认识一个人从以下九方面来进行：行为习惯、知识技能、感觉知觉、记忆思维、情绪意志、心理特征、心理倾向、角色定位与自我认知、最后智慧。简称“心学素质九宫图”，它也可以用来解释冰山模型理论，我们可以把行为习惯、知识技能、感觉知觉等可说是水面以上的，其余的记忆思维、情绪意志、心理特征、心理倾向、定角定位与自我认知可以说是水面以下的。当然如果细分与应用，它会完全避免并解决冰山模型所遇到矛盾点与问题。它也可用来解释心理现象，一个包括有心理过程与心理特征。心理过程，包括认知过程，其中主要有感觉（视、听、味、嗅、肤、动、静、内脏觉等）、知觉（相对、选择、整体、恒常、组织性、定势等特性）、记忆、思维、想象，其次是情绪和意志；心理特征，包括个性心理特征：能力、气质、性格；个性心理倾向：动机、需要、信念、品德、价值观、人生观、信仰等。

心学素质九宫图它更是结合哲学智慧，其中我们取名为智慧为核心的，我们最切身感悟之一，如王阳明的心学智慧，他在政治、军事、教育、思想、文学，集立德、立言、立功于一体之大成者，与王阳明同时代人，比王阳明有知识的人是有的，但智慧而言与最终成就看，只有阳学的心学智慧流传千古。这个素质能力的核心是智慧，智慧超越了知识、民族、区域，带着一种空灵感，这种智慧不是指知识多，我们古圣先贤学的知识没有现代人多，但肯定地讲他们智慧是一流，如在百家争鸣的春秋战国时代，涌现了多少流派学说：儒家的孔孟、道家的老庄、纵横家鬼谷子、兵家孙子、墨家墨子等，他们大胆滋意汪洋，孕育了我们中华民族的文化。

六是人才天赋价值观。天生我材必有用，每一位人都是有自己的天赋的，都是天才，其实我们人有可能一辈子都不知道有哪方面的天赋。上帝总会给我们人类关上一扇窗，也会打开我们另一扇窗，这扇智慧之窗的开启要靠自己去认知这个世界，构建自己的世界观与人生观、价值观。这个智慧要多读哲学书。我们人生受家庭遗传因素影响，孟子说，性相近、习相远。其实，每个人天性相近，指智慧大部分较近；习相远，指学习，但这里如果指学习环境，会受到家人、家庭、学校、老师环境影响。他们会把我们塑造成一个什么样的人？我们在自己智慧还没有超过身边所有父母、老师为代表的人时，只有继承大家的这种思想。当我们超越之后，就会形成自己智慧，这里的天，指自己、我们身边所有的人、所有的文化对我们影响。

郑鹏在昏黄的灯光下，写完之后，山里虫鸣唧唧，夜风徐徐。

郑鹏又沉思良久，这篇文章理论其实还需要进一步实践与完善，仅作为抛砖引玉，供大家思索。

郑鹏看着床上熟睡的豆豆，这时起了轻微的鼾声。世界是浮躁的，孩子的心是安静的。这小孩子是第一次亲近这么高的山，是第一次走进这么大的山，第一次走入这清纯的山里，第一次听到同龄孩子不同民族的声音，第一次看到教室的黑板是黑油漆在墙上刷成的。郑鹏看到小家伙脸上还有汗水留下痕迹！感受真实不同的生活，这次带豆豆一起来，希望能启导幼稚心灵。

郑鹏曾经与妻子讨论一个孩子教育问题，是否让孩子的学习输在起跑线上？也就是从很小一开始就教孩子读书识字做加减法，开发孩子的大脑。这样做的好处不言而喻，同时也会造成孩子们被动接受知识，而疏于主动思考的习惯。

我们在上学前应学会基本的社会常识、动手能力，就是玩，做手工，引导孩子情绪。孩子过早学习知识会破坏孩子想象能力。孩子是上帝让其下来陪伴我们的，但迟早会离开我们的，退出我们父母的圈子，自闯一片自己的天地。

他们是一粒种子，他们需要自然的生存环境，不可以过多溺爱，过了就是控制，给孩子尽可量多的自由发展空间，并尊重孩子的自尊心，让孩子一起参与做家务与决策。我们在孩子入学前，启迪其对事物探索真知的态度，点化其丰富的想象力，让他真实面对这个社会好人与坏人的复杂性，看到社会的多面性，同时不要忘却内心的善良牵引。

郑鹏又看了看睡在旁边一位因爷爷生病没有回家的小学生，这是一位典型留守孩子，父母亲在外打工，离异，几个月大就开始跟随单身的爷爷生活，这里生活，没有来过真的不懂。其实这个社会的公平是相对的，从孩子接受教育与智慧开发的抢夺开始。马太效应说：凡有的，还要加给他，叫他有余，没有的，连他所有的也要夺过来。这是世间最冰冷规则，却又无处不在。

我们的大都市如抽水机，不停地从落后的地方抽取劳动力与知识，无数的村庄和乡镇教育凋零衰败，这是我们房地产投出来票。我们大都市拥有优质的商业资源、教育资源、人才资源，吸引着我们无数优秀年轻人，大家推动城市的繁荣发展。

而另一面，大都市高额的房价和户籍制度将千千万万建房的农民工挤到都市生活底层，弱者愈弱，越有钱的人资本收入越高，这是资本论。而且这样，农民工第二代再难出贵子。精英富家子弟进名校，而出身底层的人，读书的代价越高，上的学校越差，而且越难找到好工作。社会发展更进步，阶层固化也严重了。

三代人造不出一位贵族，成功不是一代人积累，知识还是能改变命运，我们每一位人，超越自己的家庭、血缘、基因、环境，挣脱时代对我们束缚，启迪我们才华天赋，为我们的智慧赋能。

这几天，早上九点多钟就陪着学校两名仅有的老师，和仅有的两个班的孩子一起学习。他们这里现在比起妻子讲的已变样了，已可以进行升旗仪式了，学生们也早已经不在泥土墙做成的教室上课了，他们有了砖石砌成明亮的教室，还有了图书馆，那个木制腐朽的天梯也换成结实的钢梯了的。这里的一名老师从师范毕业一开始就在这里教书，一晃都二十年了，他们的孩子还在别人家扶养，现在读高中了。

这天，他突然收到一个短信，打开一看，是中国银行款里突然进了六位数的款，正在惊异之际，又来了一个短信：是王永标董事长让我打给你的。

他想起了王永标给他曾讲过的潮汕人的三个特点。

一是我们潮汕人喜欢创业，而且都是从底层做起的，李嘉诚做过学徒，这些故事在民间口口相传，极富榜样的力量，街头那些挑箩筐的、摆地摊的，很多都是潮汕人，他们都从零售消费品业开始艰苦的创业。

二是我们潮汕人喜欢喝工夫茶，它培养我们潮汕人的豪爽、健谈，一壶工夫茶中，就能做成人情买卖，和气生财，也聚集了乡情、友情和人情。

三是我们潮汕生意人的守约的概率很强。我们心中有一杆秤，就是契约精神！对外做生意，特别是对潮汕自己人做生意，不论纸面协议，还是口头协议，说出去的话，泼出去的水，那是一定要算数的。我们是一事一议，不管对方赚多少，只要自己有赚就行，契约执行完毕，各走各路，互不妨碍。

晚上，郑鹏手里捧着《道德经》，道常无名。朴虽小，天下莫能臣。侯王若能守之，万物将自宾。天地相合，以降甘露，民莫之令而自均。始制有名，名亦既有，夫亦将知止，知止可以不殆。譬道之在天下，犹川谷之于江海。

他似乎找到了心灵答案，他也要做一名棋手，做一名HR讲师棋手：师者，传道！授业！解惑也！世界再嘈杂，老师的内心必须是安定的，专注于传播知识，对得光阴岁月，如王阳明临终讲的：我心光明，矣复何憾！

第二天清晨，迎着大山里冉冉升起红光，郑鹏又写下《我问佛》以言明志。

我问佛
HR道路上
为什么苦难总是比幸福多
佛说：岁月蹉跎
本是心灵的慰藉
令我们的思维不惑
我问佛
为什么企业员工总是形形色色
佛说：缤纷世界
性格色彩
每个人都是自己的东方朔
我问佛
为什么企业HR需要变革
佛说：必须折腾找难过
安逸本身就是祸
我们为了内外客户丰硕的成果

用菩萨一样心肠去启示
也像谋士的智慧一样谏言如何掌舵
我问佛
为什么需要薪酬与绩效
佛说：名利双收必须做
目标引导使得员工的心不再迷惑
利益公平组织没有沟壑
我问佛
为什么需要员工培训与开发
佛说：培训就是让员工更能干活
缺少培训的员工是导火索
每一个适当培训的员工都是自己的东方朔
我问佛
员工关系为什么相见欢却离别恨
佛说：缘与因果
不分是福是祸
修炼自己胜过纠缠别人的错
我问佛
为什么我们的内心总是在追求一种渴望的生活
佛说：面朝大海
春暖花开
正是HR在我们的内心投射的镜像
是对青春最有力的诉说
我问佛
是否三生三世都要做HR
佛说：最美莫过于渡河
在这繁花似锦的天地间
人最多情
每一个人都是自己的东方朔
HR是慈光的载体
引导每一个人
成为自己的神圣
引导每一个人成为自己的佛陀

肖方浩
2018年5月